2026

가천대 논술고사

핵심이론 + 실전문제

통합본

가천대 논술고사

핵심이론+실전문제
[통합본]

인쇄일 2025년 8월 1일 4판 1쇄 인쇄
발행일 2025년 8월 5일 4판 1쇄 발행
등 록 제17-269호
판 권 시스컴 2025

발행처 시스컴 출판사
발행인 송인식
지은이 타임논술연구소

ISBN 979-11-6941-682-5 13800
정 가 23,000원

주소 서울시 금천구 가산디지털1로 225, 514호(가산포휴) | **홈페이지** www.siscom.co.kr
E-mail siscombooks@naver.com | **전화** 02)866-9311 | **Fax** 02)866-9312

발간 이후 발견된 정오 사항은 나두공 홈페이지 도서 정오표에서 알려드립니다(나두공 홈페이지→자격증→도서정오표).

그동안 내신 모의고사 3등급 이하의 학생들이 대학에 입학하기 위한 도구로써 활용했던 대입적성검사가 폐지되고 가칭 약술형 논술고사가 새로운 대안으로 떠올랐다. 약술형 논술고사는 400~1,000자의 서술을 요구하는 상위권 대학의 작문형 논술고사가 아니라, 한두 어절이나 30~40자 이내의 한 문장 또는 빈칸 채우기 등의 단답형 논술고사이다.

약술형 논술고사는 학생들의 시험 준비부담을 덜기 위해 고교 교과과정 내에서 또는 EBS 수능연계 교재를 중심으로 출제되므로, 학생들은 별도의 사교육 부담 없이 학교 수업과 정기고사의 단답형 주관식 시험을 충실하게 준비하고, 아울러 EBS 연계 교재를 꼼꼼히 학습한다면 좋은 성과를 얻을 수 있다.

본 도서는 약술형 논술고사를 통해 대학 입학의 관문을 두드리는 학생들에게 각 대학에서 시행하는 약술형 논술고사의 출제경향과 문제흐름을 익힐 수 있도록 다음과 같은 특징들을 갖고 출간되었다.

시험장에서 바로 볼 수 있는 핵심이론

실전문제를 풀기에 앞서 각 과목별 핵심이 되는 기본 이론이나 공식들만 간추려 수록함으로써, 시험장에서 꼭 필요한 필수 이론과 공식을 암기할 수 있도록 하였다.

해당 단원을 총괄하는 대표문제

해당 단원을 가장 대표하는 예시문제를 엄선하여 모범답안, 바른해설, 채점기준에서부터 예상 소요 시간과 배점에 이르기까지 해당 대표문제에 대한 총괄적인 문항 내용을 직관적으로 파악할 수 있게 하였다.

기출유형과 100% 똑 닮은 실전문제

각 대학별 약술형 논술 유형을 철저히 분석하여 실제 시험과 문제 스타일이나 출제방식이 똑 닮은 싱크로율 100%의 실전문제를 수록하였다.

실제 시험 유형을 대비한 최신 기출문제

각 대학에서 시행한 최신 기출문제를 수록하여 학생들이 각 대학들의 논술시험 특징을 파악하고 엉뚱한 시험 범위와 잘못된 공부 방법으로 시간을 낭비하지 않도록 유도하였다.

부디 이 책이 학생들의 대학 진학에 조금이나마 도움이 되길 바라며, 아울러 수험생들의 충실한 길잡이가 되기를 기원한다.

2026학년도 약술형 논술대학

※ 전형일정 및 입시요강 등은 학교 측의 입장에 따라 변경 가능하므로, 추후 공지되는 변경사항을 각 대학교 홈페이지에서 반드시 확인하시기 바랍니다.

[전형기초]

대학	모집인원	시험과목	시간	문항수	전형방법	수능 최저
가천대	1,009명 (의예6명)	국어+수학	80분	인문: 국어9+수학6 자연: 국어6+수학9	논술100	○
강남대 [신설]	359명	국어+수학	60분	인문: 국어8+수학2 공학: 국어3+수학7 자유전공: 국어5+수학5	학생20+논술80	X
고려대 (세종)	203명	인문: 국어+사탐 자연: 수학(미적분)	120분	인문: 통합국어2 자연: 수학6	논술100	○
국민대 [신설]	226명	국어+수학 (자연: 미적분)	90분	인문: 국어8+수학2 자연: 국어2+수학8	논술100	○
삼육대	148명	국어+수학	80분	인문: 국어9+수학6 자연: 국어6+수학9	논술100	○
상명대	101명	국어+수학	60분	인문: 국어8+수학2 자연: 국어2+수학8	학생10+논술90	X
서경대	173명	국어+수학	60분	공통: 국어4+수학4	학생10+논술90	X
수원대	441명	국어+수학	80분	인문: 국어10+수학5 자연: 국어5+수학10	학생40+논술60	X
신한대	107명	국어+수학	80분	인문: 국어9+수학6 자연: 국어6+수학9	학생10+논술90	X
을지대	251명	국어+수학	70분	공통: 국어7+수학7	학생20+논술80	X
한국공학대	280명	수학1+수학2	80분	수학9	학생20+논술80	X
한국 기술교대	150명	수학1+수학2	80분	수학10	논술100	X
한국외대 (글로벌)	69명	수학1+수학2	90분	자연: 수학7	논술100	○
한신대	237명	국어+수학	80분	인문: 국어10+수학5 자연: 국어5+수학10	학생40+논술60	X
홍익대 (세종)	122명	수학1+수학2	70분	수학7	학생10+논술90	○

올풀

2026학년도 가천대 논술전형

[전형일정]

<table>
<tr><th colspan="2">구분</th><th>일시</th><th>비고</th></tr>
<tr><td colspan="2">원서접수</td><td>2025. 9. 8(월) ~ 12(금) 18:00</td><td>본 대학 입학처 홈페이지</td></tr>
<tr><td colspan="2">서류제출마감</td><td>2025. 09. 13(토) 13:00까지</td><td>원서접수 사이트에서 제출</td></tr>
<tr><td colspan="2">고사장 확인</td><td>2025. 11. 11(화)</td><td rowspan="5">• 본 대학 입학처 홈페이지에서 논술 일정을 반드시 확인
• 고사일은 원서접수 마감 후 지원자 수에 의해 변경 가능
• 세부 일정은 개별통지를 하지 않으므로 지원자가 반드시 확인
• 논술 시 본인임을 확인할 수 있는 신분증(주민등록증, 운전면허증, 여권 등) 및 수험표 지참</td></tr>
<tr><td rowspan="3">시험일</td><td>의예과</td><td>2025. 11. 23(일)</td></tr>
<tr><td>인문계열, 간호학과, 클라우드공학과, 바이오로직스학과</td><td>2025. 11. 24(월)</td></tr>
<tr><td>자연계열</td><td>2025. 11. 25(화)</td></tr>
<tr><td colspan="2">합격자 발표</td><td>2025. 12. 12(금)</td></tr>
</table>

[지원자격]

고교졸업(예정)자 또는 법령에 따라 이와 같은 수준 이상의 학력이 있다고 인정되는 사람

[선발원칙]

논술고사 성적의 총점 순으로 선발합니다(수능최저학력기준을 충족한 자).

[수능최저학력기준]

모집단위	반영영역	최저학력기준
인문계열, 자연계열	국어, 수학, 영어, 사회/과학탐구(1과목)	1개 영역 3등급 이내
바이오로직스학과	국어, 수학, 영어, 사회/과학탐구(1과목)	2개 영역 등급 합 5 이내
클라우드공학과	국어, 수학(기하, 미적분), 영어, 과학탐구(2과목)	2개 영역 등급 합 4 이내 (과학탐구 적용 시 2과목 평균, 소수점 절사)
의예과	국어, 수학(기하, 미적분), 영어, 과학탐구(2과목)	2개 영역 등급 합 4 이내 (과학탐구 적용 시 2과목 평균, 소수점 절사)

[원서접수 방법]

인터넷 원서접수 시 사진 업로드를 위하여 본인의 증명사진 파일(jpg, gif 파일형식)을 준비하시기 바랍니다.
[최근 3개월 내 사진으로 인물 위 배경이 있는 사진 또는 스냅사진은 사용이 불가함]

1. 원서접수 사이트 접속
가천대학교 입학처 홈페이지 접속 → 입학원서 접수 대행기관

▼

2. 회원가입 및 로그인
본인 명의로 회원가입

▼

3. 유의사항 확인
유의사항을 반드시 확인하여야 하며, 미확인으로 인한 책임은 지원자에게 있음

▼

4. 원서작성
① 모집요강을 참고하여 전형유형, 지원학과/전공 등을 선택하여 입력
② 모든 사항을 빠짐없이 정확하게 입력 및 확인(학생부 온라인 제공 동의)

▼

5. 전형료 결제
전형료 결제 후에는 입학원서 기재 사항을 수정하거나 원서접수를 취소할 수 없으며, 전형료는 반환하지 않음

▼

6. 수험표 확인
접수가 완료된 것을 원서와 수험표를 통해 직접 확인

▼

7. 서류 제출(해당자만)
온라인 원서접수 사이트를 통해 제출
각각의 제출 서류를 저용량 PDF로 합본하여 한 개의 문서로 제출해야 합니다.

1. 원서 및 서류제출은 온라인으로 접수합니다.
2. 본 대학에 원서를 접수하면 해당 전형과 관련된 학교생활기록부 및 수능성적 자료 온라인 제공에 동의하는 것으로 간주합니다.
3. 장애인복지법 제32조에 의하여 장애인등록을 필하고, 각종 장애 또는 지체로 인하여 입학전형 진행과정에서 지원이 필요한 경우 사전 요청바랍니다.
4. 장애학생의 지원 및 선발에 대한 차별은 없으며, 입학 시 본교의 장애학생지원에 관한 규정을 적용합니다.

※ 본 대학교는 원서접수 대행기관을 통해 원서접수를 위탁 처리하고, 수집한 개인정보(성명, 주민등록번호, 이메일 주소, 계좌번호, 평가자료 등)를 입학전형 목적 이외의 용도로 사용하지 않습니다. (단, 최종합격자의 개인정보는 본 대학교의 학적부 생성, 학생증 발급 등을 위한 자료로 활용하므로 원서접수 시 개인정보의 수집, 이용에 대한 지원자의 동의가 필요합니다.)

[시험개요]

특징	가천대학교 논술고사는 본교에 지원한 수험생들이 고등학교 교육과정을 통하여, 대학교육에 필요한 수학능력을 갖추었는지 평가합니다. 그러므로 평소 학교 교육과 대학수학능력시험을 성실하게 공부한 학생이라면 별도의 준비가 없어도 가천대학교 논술 전형에 대비할 수 있습니다.
출제방향	학생들의 수험준비 부담 완화를 위하여 EBS 수능연계 교재를 중심으로 고등학교 정기고사 서술 · 논술형 문항의 난이도로 출제할 예정입니다.
준비방법	사교육의 도움을 받기보다는 학교 수업과 정기고사의 서술 · 논술형을 충실하게 준비하는 것이 좋으며, EBS연계 교재를 꼼꼼하게 공부한다면 좋은 성과를 얻을 수 있을 것입니다.

[평가방법]

[인문계열/자연계열]

계열	문항수		배점	총점	고사시간	답안지 형식
	국어	수학				
인문	9	6	각 문항 10점	150점 + 850점(기본점수)	80분	노트 형식의 답안지 작성
자연	6	9				

[의예과]

모집단위	과목	문항수	배점	총점	고사시간	답안지 형식
의예과	수학	8	문항별 배점 상이	150점 + 850점(기본점수)	80분	노트 형식의 답안지 작성

※ 논술고사는 대학수학능력시험 이후에 실시합니다.

[출제범위 및 평가기준]

[인문계열/자연계열]

구분	출제범위	비고
국어	1학년 국어 문학, 독서, 화법, 작문, 문법 영역	• 문항에서 요구하는 조건에 충실한 답안 • 제시문의 핵심 내용을 정확하게 표현한 답안
수학	수학Ⅰ 수학Ⅱ	• 문제에 필요한 개념과 원리에 대한 정확한 서술 • 정확한 용어, 기호를 사용한 표현

[의예과]

구분	출제범위	비고
수학	수학Ⅰ 수학Ⅱ 미적분	• 문제에 필요한 개념과 원리에 대한 정확한 서술 • 정확한 용어, 기호를 사용한 표현 • 수학적 사고력을 고려하여 평가

[모집단위 및 모집인원]

계열	모집단위		모집인원
인문	경영학과		45
	회계세무학과		16
	관광경영학과		13
	의료산업경영학과		13
자연	금융 · 빅데이터학부		26
인문	미디어커뮤니케이션학과		8
	경제학과		15
	응용통계학과		13
	사회복지학과		12
	유아교육학과		15
	심리학과		10
	패션산업학과		12
	한국어문학과	AI인문대학	71
	영미어문학과		
	중국어문학과		
	일본어문학과		
	유럽어문학과		
	법학과	법과대학	45
	경찰행정학과		
	행정학과		
자연	도시계획 · 조경학부		21
	건축학부		15
	건축공학과		15
	화공생명베터리공학부		57
	기계공학부		56
	스마트팩토리학과		16
	건설환경공학과		14

계열	모집단위		모집인원
자연	신소재공학과		14
	바이오나노학과		14
	식품생명공학과		14
	식품영양학과		12
	생명과학과		15
	반도체물리학과		13
	화학과		14
	전자공학과	반도체대학	73
	반도체공학과		
	시스템반도체학과		16
	클라우드공학과		7
	인공지능학과		45
	컴퓨터공학과		41
	스마트보안학과		18
	전기공학과		20
	스마트시티학과		16
	의공학과		14
	간호학과		77
	치위생학과		9
	응급구조학과		6
	물리치료학과		8
	방사선학과		8
	운동재활학과		13
	의예과		6
	바이오로직스학과		28
합계			1,009

[합격자 발표]

합격자 발표	수능일 이전 : 2025. 11. 08(토)
	수능일 이후 : 2025. 12. 12(금)
충원합격자 발표	2025. 12. 18(목) ~ 23(화)

1. 합격자 및 충원합격자 발표는 본 대학 입학처 홈페이지를 통해 확인하실 수 있습니다.
2. 유의사항
   - 합격자 및 충원합격자는 반드시 지정된 기간 내에 등록하여야 합니다(미등록 시 불합격 처리함).
   - 합격자 및 충원합격자 중 본 대학에 등록 후 입학을 포기하고자 하는 자는 본 대학 입학처 홈페이지에서 등록 포기를 신청해야 합니다.
   - 합격자 명단 미확인으로 인한 모든 불이익은 지원자에게 있으므로 반드시 본인이 직접 확인하여야 합니다.
   - 충원합격자 통지기간 [2025. 12. 18.(목) ~ 23.(화) 18:00] 중 연락 두절로 합격 통지가 불가능할 경우 충원 대상에서 제외됩니다. 또한 어떠한 사유로도 이의를 제기할 수 없으며, 본 대학교는 이에 대한 책임을 지지 않습니다.

[합격자 등록]

1. 등록기간(문서등록)
   - 최초합격자 : 2025. 12. 15.(월) ~ 17.(수) 16:00까지
   - 충원합격자 : 2025. 12. 18.(목) ~ 24.(수) 16:00까지
2. 문서등록 방법
   - 본대학 홈페이지에서 정해진 절차에 따라 인터넷을 통해 등록(문서등록)해야 합니다(등록예치금 납부 없음).
3. 최종등록금 납부
   - 2026. 02. 02.(월) ~ 04.(수) 16:00까지
4. 유의사항
   - 수시모집 합격자는 대학, 교육대학, 산업대학, 전문대학에서 시행하는 정시모집, 추가모집에 지원할 수 없습니다.
   - 수시모집 합격자 중 환불하여 입학을 포기하여도 위의 사항과 같이 정시모집, 추가모집에 지원할 수 없습니다.
   - 위의 사항을 위반하여 정시모집, 추가모집 대학에 지원해 입학하여도 추후 입학이 취소되며, 또한 정시모집, 추가모집에 불합격하여도 지원한 사실로 인하여 수시모집 입학이 취소될 수 있습니다.
   - 동일 모집단위 중복합격자는 먼저 합격된 전형에 합격한 것으로 처리합니다(별도 통보 없음).

[제출서류]

구분	제출서류
국내 고교 졸업(예정)자	제출서류 없음 (단, 학생부 온라인 제공 비동의자는 학교생활기록부 제출)
검정고시 합격자	제출서류 없음 (단, 온라인 제공 비동의자는 검정고시 합격증명서 및 성적증명서 제출)
외국 고교 졸업자	외국 고등학교 졸업증명서 및 성적증명서 제출 (아포스티유 확인 또는 고등학교 소재국의 한국 영사관에서 영사확인을 받은 후 제출)

1. 인터넷 원서접수 사이트에서 제출
2. 각각의 제출서류를 저용량 PDF문서로 합본하여 하나의 문서로 제출
   ※ 업로드 방법 예시(파일명은 자유롭게 작성 가능)
   - 원본 서류를 사진으로 찍은 후 PDF로 만들어 업로드
   - 원본 서류를 스캔하여 PDF로 만들어 업로드
   - 원본 서류를 PDF로 받아 업로드(암호화된 경우 암호 해제 후 업로드)

[동점자 처리기준]

가. 인문계열 / 자연계열

1. 논술 성적 우수자
   ① 인문: 국어 성적 우수자 / 자연: 수학 성적 우수자
   ② 논술 문항별 만점이 많은 자
   ③ 논술 문항별 0점이 적은 자
2. 수능 영역별 등급 합 우수자
3. 교과 성적 우수자(학생부우수자 전형 기준)

나. 의예과

1. 논술 성적 우수자
   ① 논술 문항별 만점이 많은 자
   ② 논술 문항별 0점이 적은 자
2. 수능 영역별 등급 합 우수자
3. 교과 성적 우수자(학생부우수자 전형 기준)

올풀

2026 올풀 가천대 논술고사를 효율적으로 학습하기 위한

Study plan

영 역				날 짜	시 간
PART 1 국어 영역	Ⅰ. 문학		핵심이론		
			실전문제		
	Ⅱ. 독서		핵심이론		
			실전문제		
	Ⅲ. 화법과 작문		핵심이론		
			실전문제		
	Ⅳ. 문법		핵심이론		
			실전문제		
PART 2 수학 영역	수학 Ⅰ	Ⅰ. 지수함수와 로그함수	핵심이론		
			실전문제		
		Ⅱ. 삼각함수	핵심이론		
			실전문제		
		Ⅲ. 수열	핵심이론		
			실전문제		
	수학 Ⅱ	Ⅳ. 함수의 극한과 연속	핵심이론		
			실전문제		
		Ⅴ. 다항함수의 미분법	핵심이론		
			실전문제		
		Ⅵ. 다항함수의 적분법	핵심이론		
			실전문제		

구성과 특징

핵심 이론

시험장에서 바로 볼 수 있는 핵심이론

실전문제를 풀기에 앞서 각 과목별 핵심이 되는 기본 이론이나 공식들만 간추려 수록함으로써, 시험장에서 꼭 필요한 필수 이론과 공식을 암기할 수 있도록 하였다.

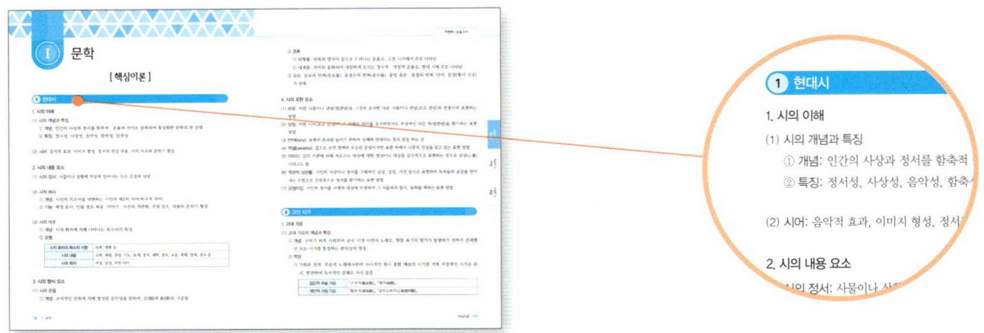

실전문제

기출유형과 100% 똑 닮은 실전문제

각 대학별 약술형 논술 유형을 철저히 분석하여 실제 시험과 문제 스타일이나 출제방식이 똑 닮은 싱크로율 100%의 실전문제를 수록하였다.

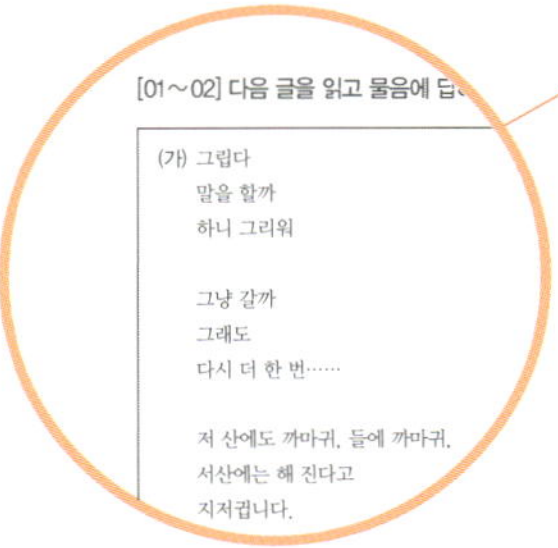

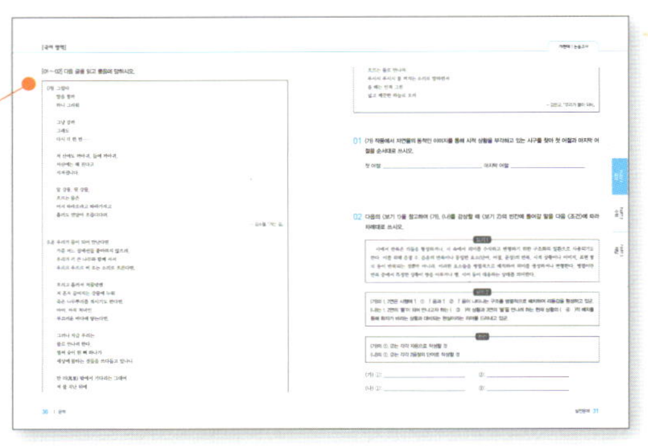

대표문제 해당 단원을 총괄하는 대표문제

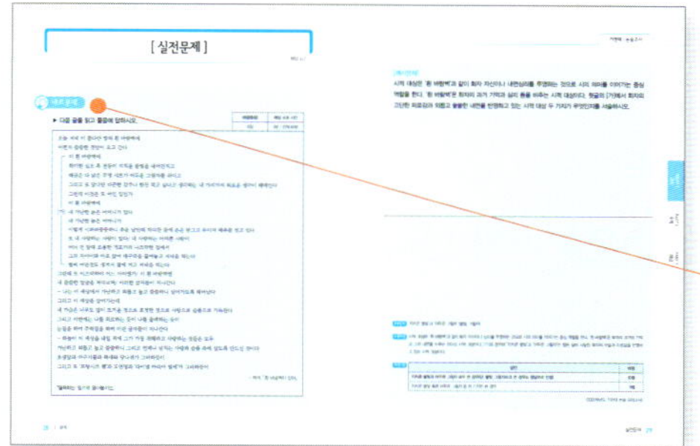

해당 단원을 가장 대표하는 예시문제를 엄선하여 모범답안, 바른해설, 채점기준에서부터 예상 소요 시간과 배점에 이르기까지 해당 대표문제에 대한 총괄적인 문항 내용을 직관적으로 파악할 수 있게 하였다.

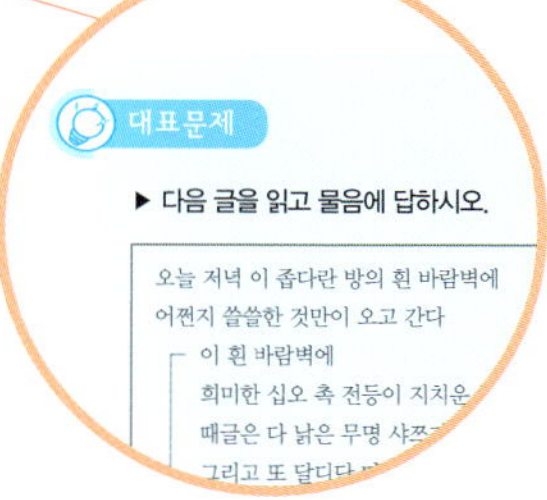

기출문제 실제 시험 유형을 대비한 모의 또는 기출문제

각 대학에서 시행한 모의 또는 기출문제를 수록하여 학생들이 각 대학들의 논술시험 특징을 파악하고 엉뚱한 시험범위와 잘못된 공부 방법으로 시간을 낭비하지 않도록 유도하였다.

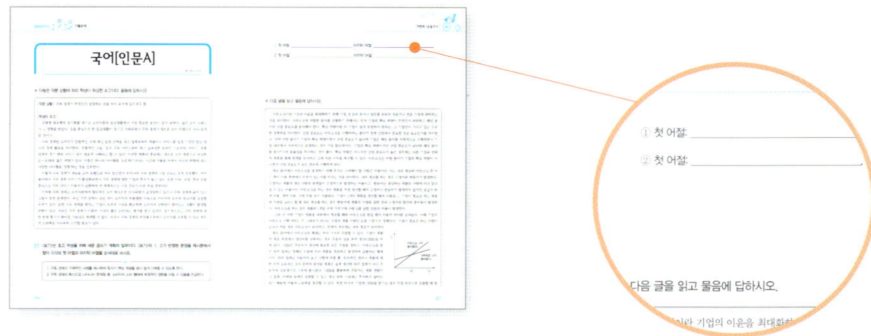

합격을
기원합니다

CONTENTS

시스컴은
여러분을
응원합니다

PART 1

국어

Ⅰ. 문학

Ⅱ. 독서

Ⅲ. 화법과 작문

Ⅳ. 문법

문학

[핵심이론]

1 현대시

1. 시의 이해

(1) 시의 개념과 특징

① **개념:** 인간의 사상과 정서를 함축적 · 운율적 언어로 압축하여 형상화한 문학의 한 갈래

② **특징:** 정서성, 사상성, 음악성, 함축성, 압축성

(2) **시어:** 음악적 효과, 이미지 형성, 정서적 연상 작용, 시의 어조와 분위기 형성

2. 시의 내용 요소

(1) **시의 정서:** 사물이나 상황에 부딪혀 일어나는 모든 감정과 상념

(2) 시적 화자

① **개념:** 시인의 목소리를 대변하는 시인의 제2의 자아(허구적 자아)

② **기능:** 배경 묘사, 인물 정보 제공, 이야기 · 사건의 객관화, 주제 강조, 작품의 분위기 형성

(3) 시의 어조

① **개념:** 시적 화자에 의해 나타나는 목소리의 특성

② 유형

시적 화자의 목소리 지향	독백, 대화 등
시의 내용	고백, 애원, 찬양, 기도, 분개, 풍자, 해학, 관조, 교훈, 회화, 염세, 냉소 등
시의 화자	여성, 남성, 어린 아이

3. 시의 형식 요소

(1) 시의 운율

① **개념:** 규칙적인 반복에 의해 형성된 음악성을 말하며, 운(韻)과 율(律)로 구분됨

② 종류

㉠ 외형률: 반복의 양식이 겉으로 드러나는 운율로, 고전 시가에서 주로 나타남

㉡ 내재율: 의미와 융화되어 내밀하게 흐르는 정서적 · 개성적 운율로, 현대 시에 주로 나타남

③ 요소: 음보의 반복(음보율), 음절수의 반복(음수율), 동일 음운 · 음절의 반복, 단어, 문장(통사 구조)의 반복

4. 시의 표현 요소

(1) 비유: 어떤 사물이나 관념(원관념)을 그것과 유사한 다른 사물이나 관념(보조 관념)과 연결시켜 표현하는 방법

(2) 상징: 어떤 시어(보조 관념)가 그 자체의 의미를 유지하면서도 추상적인 다른 뜻(원관념)을 환기하는 표현 방법

(3) 반어(irony): 표현의 효과를 높이기 위하여 실제와 반대되는 뜻의 말을 하는 것

(4) 역설(paradox): 겉으로 보면 명백히 모순된 문장이지만 표현 속에서 나름의 진실을 담고 있는 표현 방법

(5) 이미지: 감각 기관에 의해 떠오르는 대상에 대한 영상이나 대상을 감각적으로 표현하는 것으로 심상(心象)이라고도 함

(6) 객관적 상관물: 시인의 사상이나 정서를 구체적인 심상, 상징, 사건 등으로 표현하여 독자들의 공감을 얻어내는 수법으로 간접적으로 정서를 환기하는 표현 방법

(7) 감정이입: 시인의 정서를 구체적 대상에 투영하여 그 사물과의 합치, 융화를 꾀하는 표현 방법

2 고전 시가

1. 고대 가요

(1) 고대 가요의 개념과 특징

① 개념: 구석기 씨족 사회부터 삼국 시대 이전의 노래로, 향찰 표기의 향가가 발생하기 전까지 존재했던 모든 시가를 통칭하는 편의상의 명칭

② 특징

㉠ 기원과 전개: 주술적 노래에서부터 서사적인 원시 종합 예술의 시기를 거쳐 서정적인 시가로 분리, 발전하여 독자적인 갈래로 자리 잡음

집단적 주술 가요	「구지가(龜旨歌)」, 「해가(海歌)」
개인적 서정 가요	「황조가(黃鳥歌)」, 「공무도하가(公無渡河歌)」

㉡ 문자 없이 구전되다가 한자의 습득과 더불어 한역으로 전해짐

㉢ 배경 설화와 함께 전해짐

(2) **주요 작품:** 공무도하가(公無渡河歌), 구지가(龜旨歌), 황조가(黃鳥歌), 정읍사(井邑詞)

2. 향가

(1) 향가의 개념과 특징

① **개념:** 신라 때부터 고려 초기까지 존재했던 정형시가를 의미하며, 넓은 의미로는 중국 한시에 대한 우리나라의 노래를 의미함

② **특징**

㉠ 표기: 한자의 음과 뜻을 빌려 순 우리말을 국어의 어순대로 적은 향찰(鄕札)로 표기

㉡ 형식: 4구체, 8구체, 10구체

(2) 주요 작품

4구체	「서동요(書童謠)」, 「풍요(風謠)」, 「헌화가(獻花歌)」, 「도솔가(兜率歌)」
8구체	「모죽지랑가(慕竹旨郎歌)」, 「처용가(處容歌)」
10구체	「혜성가(彗星歌)」, 「원왕생가(願往生歌)」, 「원가(怨歌)」, 「제망매가(祭亡妹歌)」, 「안민가(安民歌)」, 「찬기파랑가(讚耆婆郎歌)」

3. 고려 가요

(1) 고려 가요의 개념과 특징

① **개념:** 고려 때 서민, 평민들이 부르던 민요를 궁중에서 일부 개편하여 궁중 속악으로 부른 노래가사로, 경기체가를 제외한 고려 가요를 말하는데, 향가계 가요까지도 포함된다.

② **특징**

㉠ 형식

구조	분절체(=분연체, 연장체) 구조가 많음
후렴구	각 연마다 후렴구가 붙음(후렴구는 일정하지 않음)
운율	3 · 3 · 2조 또는 3 · 3 · 4조의 3음보 운율을 지님

㉡ 내용: 남녀 간의 애정, 자연에 대한 예찬, 이별에 대한 아쉬움 등

(2) **주요 작품:** 동동(動動), 정석가(鄭石歌), 처용가(處容歌), 청산별곡(靑山別曲), 서경별곡(西京別曲), 가시리, 쌍화점(雙花店), 만전춘(滿殿春), 사모곡(思母曲), 상저가(相杵歌), 유구곡(維鳩曲)

4. 경기체가

(1) 개념: 고려 중엽 이후 대두되기 시작한 신흥 사대부에 의해 향유된 시가로, 노래 말미에 반드시 '위~경긔 엇더하나잇고'라는 후렴구가 붙음

(2) 특징

① 형식

형식	몇 개의 연이 중첩되어 한 작품을 이루는 연장(聯章) 형식
구조	분절 구조로 각 장은 4구의 전대절(前大節)과 2구의 후소절(後小節)로 나누어짐
운율	전 3구는 3 · 3 · 4조, 4 · 4 · 4조 등으로 이루어진 3음보이며, 후 3구는 4 · 4 · 4 · 4조로 4음보인 경우가 많음

② 내용: 귀족들의 멋과 풍류, 사물이나 경치, 학식과 체험 등을 주로 노래하였으며, 고답적 · 퇴폐적 · 도피적 성격의 내용이 대부분임

(3) 주요 작품: 한림별곡(翰林別曲), 관동별곡(關東別曲), 죽계별곡(竹溪別曲)

5. 시조

(1) 시조의 개념과 형식

① 개념: 고려 말에서 조선 초에 이르는 기간에 정제되어, 조선 시대와 개화기를 거쳐 현재에 이르기까지 생명력을 유지해 온 서정 시가

② 형식

평시조	3장 6구 45자 내외의 기본 형태를 가진 시조
엇시조	초장 또는 종장 중 어느 한 장이 긴 중형 시조
사설시조	3장의 의미 단락만 유지되고, 3장 중 2장 이상이 길어져 파격을 이룬 시조
연시조	2수 이상의 시조를 거듭하여 한 편의 작품을 이룬 시조

(2) 주요 작품

① 조선 전기: 맹사성 「강호사시사」, 이현보 「어부사」 · 「농암가」, 이황 「도산십이곡」, 이이 「고산구곡가」, 정철 「훈민가」, · 「장진주사」 등

② 조선 후기: 박인로 「오륜가」 · 「조홍시가」, 윤선도 「견회요」 · 「어부사시사」, 안민영 「오륜가」, 작자미상 「창 내고쟈 창 내고쟈」 · 「귀또리 져 귀또리」 등

PART 1 국어
PART 2 수학
PART 3 해답

6. 가사

(1) 가사의 개념과 특징

① **개념:** 고려 말에 경기체가가 쇠퇴하면서 나타난 시가 문학으로, 조선조(朝鮮朝)에 들어와 본격적으로 전개되면서 사대부들에게 널리 향유되었던 4음보의 운문 장르

② **특징**

㉠ 형식: 보통 3 · 4조, 4 · 4조의 4음보 연속체로 구성(한 행의 길이는 제한이 없음)

㉡ 내용: 강호한정, 연주충군, 사대부 여인의 신세 한탄 등

(2) **주요 작품:** 「누항사(陋巷詞)」, 「속미인곡(續美人曲)」, 「일동장유가(日東壯遊歌)」, 「농가월령가(農家月令歌)」, 「규원가(閨怨歌)」

3 소설

1. 소설의 이해

(1) 소설의 개념과 특징

① **개념:** 현실 세계에 있을 법한 일을 작가의 상상력에 의해 창조해 낸 허구의 이야기로, 인물이나 사건의 전개를 통일성 있게 구성하여 인생의 진리를 표현하려는 산문 문학

현실 세계 ⇨ 모방(창조) ⇨ 허구의 세계

② **특징:** 허구성, 개연성, 진실성, 모방성, 서사성, 산문성

(2) 소설의 요소

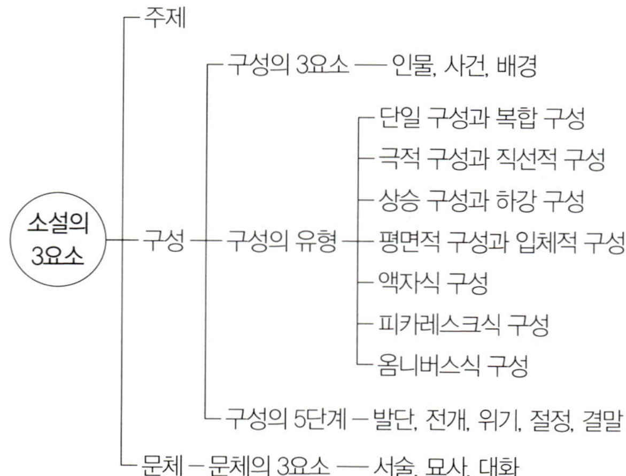

2. 주제

(1) 개념: 작가가 작품을 통해서 전달하고자 하는 말(작품 속 중심 사상)

(2) 표현 방법

① 작품 속에서 직접 제시 ㉠고전 소설, 신경향파 소설, 카프 소설
② 갈등 구조와 해소를 통해 제시 ㉠하근찬「수난 이대」, 윤흥길「장마」
③ 상징적 사물에 의해 제시 ㉠이상「날개」, 이범선「오발탄」
④ 작중 인물의 대화를 통해 제시 ㉠김승옥「서울, 1964년 겨울」, 이태준「해방전후」

3. 구성

(1) 개념: 주제를 효과적으로 표현하기 위해 일정한 형식과 작가의 미적 안목에 의해 통일성 있게 구성하는 것

(2) 구성의 단계

발단	이야기가 시작되는 부분으로 인물과 배경이 처음으로 제시되고, 주제와 사건의 실마리가 암시되는 단계
전개	사건이 구체적으로 전개되면서 갈등이 표면화되는 단계
위기	새로운 사건이 발생하기도 하고, 갈등이 고조되고 심화되는 단계
절정	갈등이 최고조에 이르고, 사건 해결의 분기점이 되는 단계
결말	갈등과 위기가 해소되고, 등장인물의 운명이 분명해지는 단계

4. 인물

(1) 개념: 소설에서 행위나 사건을 수행하는 주체

(2) 인물의 성격 제시 방법

직접적 제시(분석적, 논평적 제시)	간접적 제시(극적, 장면적 제시)
말하기(telling), 설명적	보여주기(showing), 묘사적
인물의 성격이나 특성을 서사, 서술을 사용하여 설명함	인물의 성격이나 특성을 행동, 대화, 장면의 묘사를 통해 보여줌
서술이 간단하고 시간이 절약됨	구체적이고 감각적인 묘사로 독자의 상상적 참여가 가능함
구체성을 잃고 추상적 설명으로 흐르기 쉬운 단점이 있음	표현상의 제약이 있음

5. 갈등(사건)

(1) 개념: 등장인물이 겪게 되는 대립적 관계로서, 한 인물의 내부적 혼란이나 그를 둘러싼 외적인 요소 간의 대립

(2) 갈등의 양상

내적 갈등	개인 내부의 심리적 모순에 의한 내적 갈등	
외적 갈등	개인과 개인	주인공과 그와 대립하는 인물 간의 갈등
	개인과 사회	개인과 개인이 속해 있는 사회적 환경과의 갈등
	개인과 운명	개인과 인간의 조건과의 대결에서 오는 갈등

6. 시점과 거리

(1) 시점의 개념: 서술의 진행 양상을 바라보는 서술자의 각도와 위치를 말하며, 서술자의 위치나 태도에 따라 시점은 달라짐

(2) 시점의 종류

① 1인칭 주인공 시점: 주인공이 자기 자신의 이야기를 하는 시점

② 1인칭 관찰자 시점: '나'가 관찰자의 입장에서 주인공에 대해 이야기하는 시점

③ 전지적 작가 시점: 작가(서술자)가 전지전능한 위치에서 인물의 심리나 행동을 분석하여 서술하는 시점

④ 작가 관찰자 시점: 서술자가 외부 관찰자의 입장에서 이야기를 서술하는 시점

4 기타 문학의 갈래

1. 수필

(1) 수필의 개념 : 인생이나 자연의 모든 사물에서 보고, 듣고, 느낀 것이나 경험한 것을 형식과 내용상의 제한을 받지 않고 붓 가는 대로 쓴 글

(2) 수필의 종류

① 경수필 : 일정한 격식 없이 개인적 체험과 감상을 자유롭게 표현한 수필로 주관적, 정서적, 자기 고백적이며 신변잡기적인 성격이 담김

② 중수필 : 일정한 격식과 목적, 주제 등을 구비하고 어떠한 현상을 표현한 수필로 형식적이고 객관적

이며 내용이 무겁고, 논증, 설명 등의 서술 방식을 사용

③ **서정적 수필** : 일상생활이나 자연에서 느낀 정서나 감정을 솔직하게 주관적으로 표현한 수필

④ **교훈적 수필** : 인생이나 자연에 대한 지은이의 체험이나 사색을 담은 교훈적 내용의 수필

2. 희곡

(1) 희곡의 정의와 특성

① **희곡의 정의** : 희곡은 공연을 목적으로 하는 연극의 대본, 등장인물들의 행동이나 대화를 기본 수단으로 하여 관객들을 대상으로 표현하는 예술 작품

② **희곡의 특성**

㉠ 무대 상연을 전제로 한 문학 : 공연을 목적으로 창작되었기 때문에 여러 가지 제약(시간, 장소, 등장인물의 수)이 따름

㉡ 대립과 갈등의 문학 : 희곡은 인물의 성격과 의지가 빚어내는 극적 대립과 갈등을 주된 내용으로 함

㉢ 현재형의 문학 : 모든 사건을 무대 위에서 배우의 행동을 통해 지금 눈앞에 일어나는 사건으로 현재화하여 표현함

(2) 희곡의 구성 요소와 단계

① **희곡의 구성 요소**

㉠ 해설 : 막이 오르기 전에 필요한 무대 장치, 인물, 배경(때, 곳) 등을 설명한 글로, '전치 지시문'이라고도 함

㉡ 대사 : 등장인물이 하는 말로, 인물의 생각, 성격, 사건의 상황을 드러냄

㉢ 지문 : 배경, 효과, 등장인물의 행동(동작이나 표정, 심리) 등을 지시하고 설명하는 글로, '바탕글'이라고도 함

㉣ 인물 : 희곡 속의 인물은 의지적, 개성적, 전형적 성격을 나타내며 주동 인물과 반동 인물의 갈등이 명확히 부각됨

② **희곡의 구성 단계**

㉠ 발단 : 시간적, 공간적 배경과 인물이 제시되고 극적 행동이 시작됨

㉡ 전개 : 주동 인물과 반동 인물 사이의 갈등과 대결이 점차 격렬해지며, 중심 사건과 부수적 사건이 교차되어 흥분과 긴장이 고조

㉢ 절정 : 주동 세력과 반동 세력 간의 대결이 최고조에 이름

㉣ 반전 : 서로 대결하던 두 세력 중 뜻하지 않은 쪽으로 대세가 기울어지는 단계로, 결말을 향하여 급속히 치닫는 부분

㉤ 대단원 : 사건과 갈등의 종결이 이루어져 사건 전체의 해결을 매듭짓는 단계

TIP

〈희곡의 구성단위〉
- 막(幕, act) : 휘장을 올리고 내리는 데서 유래된 것으로, 극의 길이와 행위를 구분
- 장(場, scene) : 배경이 바뀌면서, 등장인물이 입장하고 퇴장하는 것으로 구분되는 단위

(3) 희곡의 갈래

① **희극(喜劇)** : 명랑하고 경쾌한 분위기 속에 인간성의 결점이나 사회적 병폐를 드러내어 비판하며, 주인공의 행복이나 성공을 주요 내용으로 삼는 것으로, 대개 행복한 결말로 끝남

② **비극(悲劇)** : 주인공이 실패와 좌절을 겪고 불행한 상태로 타락하는 결말을 보여 주는 극

③ **희비극(喜悲劇)** : 비극과 희극이 혼합된 형태의 극으로 불행한 사건이 전개되다가 나중에는 상황이 전환되어 행복한 결말을 얻게 되는 구성 방식

④ **단막극** : 한 개의 막으로 이루어진 극

(4) 희곡의 제약

① 희곡은 무대 상연을 전제로 하기 때문에 시간적, 공간적 제약을 받음

② 등장인물 수가 한정

③ 인물의 직접적 제시가 불가능, 대사와 행동만으로 인물의 삶을 드러냄

④ 장면 전환의 제약을 받음

⑤ 서술자의 개입 불가능, 직접적인 묘사나 해설, 인물 제시가 어려움

⑥ 내면 심리의 묘사나 정신적 측면의 전달이 어려움

3. 시나리오(Scenario)

(1) 시나리오의 정의와 특징

① **시나리오의 정의** : 영화나 드라마 촬영을 위해 쓴 글(대본)을 말하며, 장면의 순서, 배우의 대사와 동작 등을 전문 용어를 사용하여 기록

② **시나리오의 특징**

㉠ 등장인물의 행동과 장면의 제약 : 예정된 시간에 상영될 수 있도록 해야 함

㉡ 장면 변화와 다양성 : 장면이 시간이나 공간의 제약 없이 자유자재로 설정

㉢ 영화의 기술에 의한 문학 : 배우의 연기를 촬영해야 하므로, 영화와 관련된 기술 및 지식을 염두에 두고 써야 함

(2) 시나리오의 갈래

① 창작(original) 시나리오 : 처음부터 영화 촬영을 목적으로 쓴 시나리오

② 각색(脚色) 시나리오 : 소설, 희곡, 수필 등을 시나리오로 바꾸어 쓴 것

③ 레제(lese) 시나리오 : 상영이 목적이 아닌 읽기 위한 시나리오

(3) 시나리오와 희곡의 공통점

① 극적인 사건을 대사와 지문으로 제시

② 종합 예술의 대본, 즉 다른 예술을 전제로 함

③ 문학 작품으로 작품의 길이에 어느 정도 제한을 받음

④ 직접적인 심리 묘사가 불가능

[실전문제]

해답 p.342

▶ **다음 글을 읽고 물음에 답하시오.**

배점(총점)	예상 소요 시간
10점	3분 / 전체 80분

오늘 저녁 이 좁다란 방의 흰 바람벽에
어쩐지 쓸쓸한 것만이 오고 간다
이 흰 바람벽에
희미한 십오 촉 전등이 지치운 불빛을 내어던지고
때글은 다 낡은 무명 샤쯔가 어두운 그림자를 쉬이고
그리고 또 달디단 따끈한 감주나 한잔 먹고 싶다고 생각하는 내 가지가지 외로운 생각이 헤매인다
그런데 이것은 또 어인 일인가
이 흰 바람벽에
[가] 내 가난한 늙은 어머니가 있다
내 가난한 늙은 어머니가
이렇게 시퍼러둥둥하니 추운 날인데 차디찬 물에 손은 담그고 무이며 배추를 씻고 있다.
또 내 사랑하는 사람이 있다/ 내 사랑하는 어여쁜 사람이
어늬 먼 앞대 조용한 개포가의 나즈막한 집에서
그의 지아비와 마조 앉어 대구국을 끓여놓고 저녁을 먹는다
벌써 어린것도 생겨서 옆에 끼고 저녁을 먹는다
그런데 또 이즈막하야 어느 사이엔가/ 이 흰 바람벽엔
내 쓸쓸한 얼굴을 쳐다보며/ 이러한 글자들이 지나간다
– 나는 이 세상에서 가난하고 외롭고 높고 쓸쓸하니 살어가도록 태어났다
그리고 이 세상을 살어가는데
내 가슴은 너무도 많이 뜨거운 것으로 호젓한 것으로 사랑으로 슬픔으로 가득찬다
그리고 이번에는 나를 위로하는 듯이 나를 울력하는 듯이
눈질을 하며 주먹질을 하며 이런 글자들이 지나간다
– 하늘이 이 세상을 내일 적에 그가 가장 귀해하고 사랑하는 것들은 모두
가난하고 외롭고 높고 쓸쓸하니 그리고 언제나 넘치는 사랑과 슬픔 속에 살도록 만드신 것이다
초생달과 바구지꽃과 짝새와 당나귀가 그러하듯이
그리고 또 '프랑시쓰 쨈'과 도연명과 '라이넬 마리아 릴케'가 그러하듯이

– 백석, 「흰 바람벽이 있어」

***울력하는**: 힘으로 몰아붙이는.

[예시문제]

시적 대상은 '흰 바람벽'과 같이 화자 자신이나 내면심리를 투영하는 것으로 시의 의미를 이어가는 중심 역할을 한다. '흰 바람벽'은 화자의 과거 기억과 심리 등을 비추는 시적 대상이다. 윗글의 [가]에서 화자의 고단한 피로감과 외롭고 쓸쓸한 내면을 반영하고 있는 시적 대상 두 가지를 찾아 각각 2어절로 쓰시오.

모범답안 '지치운 불빛', '어두운 그림자'

바른해설 시적 대상은 '흰 바람벽'과 같이 화자 자신이나 심리를 투영하는 것으로 시의 의미를 이어가는 중심 역할을 한다. '흰 바람벽'은 화자의 과거와 기억과 그의 내면을 비추는 의미의 시적 대상이다. [가]의 경우에 '지치운 불빛'과 '어두운 그림자'는 힘든 삶에 시달린 화자의 모습과 피로감을 반영하고 있는 시적 대상이다.

채점기준

답안	배점
지치운 불빛과 어두운 그림자 모두 쓴 경우	10점
지치운 불빛 혹은 어두운 그림자 중 한 가지만 쓴 경우	5점

[01～02] 다음 글을 읽고 물음에 답하시오.

(가) 그립다
말을 할까
하니 그리워

그냥 갈까
그래도
다시 더 한 번……

저 산에도 까마귀, 들에 까마귀,
서산에는 해 진다고
지저귑니다.

앞 강물, 뒷 강물,
흐르는 물은
어서 따라오라고 따라가자고
흘러도 연달아 흐릅디다려.

– 김소월, 「가는 길」

(나) 우리가 물이 되어 만난다면
가문 어느 집에선들 좋아하지 않으랴.
우리가 키 큰 나무와 함께 서서
우르르 우르르 비 오는 소리로 흐른다면.

흐르고 흘러서 저물녘엔
저 혼자 깊어지는 강물에 누워
죽은 나무뿌리를 적시기도 한다면.
아아, 아직 처녀인
부끄러운 바다에 닿는다면.

그러나 지금 우리는
불로 만나려 한다.
벌써 숯이 된 뼈 하나가
세상에 불타는 것들을 쓰다듬고 있나니

만 리(萬里) 밖에서 기다리는 그대여
저 불 지난 뒤에

흐르는 물로 만나자.
푸시시 푸시시 불 꺼지는 소리로 말하면서
올 때는 인적 그친
넓고 깨끗한 하늘로 오라.

– 강은교, 「우리가 물이 되어」

01 (가) 작품에서 자연물의 동적인 이미지를 통해 시적 상황을 부각하고 있는 시구를 찾아 첫 어절과 마지막 어절을 순서대로 쓰시오.

첫 어절: ______________________, 마지막 어절: ______________________

02 다음의 〈보기 1〉을 참고하여 (가), (나)를 감상할 때 〈보기 2〉의 빈칸에 들어갈 말을 다음 〈조건〉에 따라 차례대로 쓰시오.

보기 1

시에서 반복은 리듬을 형성하거나, 시 속에서 의미를 수식하고 변형하기 위한 구조화의 일환으로 사용되기도 한다. 이를 위해 음절 수, 음운의 반복이나 동일한 요소(단어, 어절, 문장)의 반복, 시적 상황이나 이미지, 표현 형식 등이 반복되는 것뿐만 아니라, 이러한 요소들을 병렬적으로 배치하여 의미를 생성하거나 변형한다. 병렬이란 반복 중에서 특정한 상황이 쌍을 이루거나 행, 시어 등이 대응하는 상태를 의미한다.

보기 2

(가)의 1, 2연은 시행에 '(①)' 음과 '(②)' 음이 나타나는 구조를 병렬적으로 배치하여 리듬감을 형성하고 있군. (나)는 1, 2연의 '물'이 되어 만나고자 하는 (③)적 상황과 3연의 '불'을 만나려 하는 현재 상황의 (④)적 배치를 통해 화자가 바라는 상황과 대비되는 현실이라는 의미를 드러내고 있군.

조건

(가)의 ①, ②는 각각 자음으로 작성할 것
(나)의 ①, ②는 각각 2음절의 단어로 작성할 것

(가) ①: ______________________ ②: ______________________

(나) ①: ______________________ ②: ______________________

[03~04] 다음 글을 읽고 물음에 답하시오.

금붕어는 어항 밖 대기(大氣)를 오를래야 오를 수 없는 하늘이라 생각한다.
금붕어는 어느새 금빛 비늘을 입었다 빨간 꽃 잎파리 같은
꼬랑지를 폈다. 눈이 가락지처럼 삐여저 나왔다.
인젠 금붕어의 엄마도 화장한 따님을 몰라 볼게다.

금붕어는 아침마다 말숙한 찬물을 뒤집어 쓴다 떡가루를
힌손을 천사(天使)의 날개라 생각한다. 금붕어의 행복은
어항 속에 있으리라는 전설(傳說)과 같은 소문도 있다.

금붕어는 유리벽에 부대처 머리를 부시는 일이 없다.
얌전한 수염은 어느새 국경(國境)임을 느끼고는 아담하게
꼬리를 젓고 돌아선다. ㉠ 지느러미는 칼날의 흉내를 내서도
항아리를 끊는 일이 없다.
아침에 책상우에 옴겨 놓으면 창문으로 비스듬이 햇볕을 녹이는
붉은 바다를 흘겨본다. 꿈이라 가르켜진
그 바다는 넓기도 하다고 생각한다.

금붕어는 아롱진 거리를 지나 어항 밖 대기(大氣)를 건너서 지나해(支那海)*의
한류(寒流)를 끊고 헤엄처 가고 싶다. 쓴 매개를 와락와락
삼키고 싶다. 옥도(沃度)빛 해초(海草)의 산림속을 검푸른 비눌을 입고
상어(鱌漁)에게 쪼겨댕겨 보고도 싶다.

금붕어는 그러나 작은 입으로 하늘보다도 더 큰 꿈을 오므려
죽여버려야 한다. 배설물(排泄物)의 침전(沈澱)처럼 어항 밑에는
금붕어의 연령(年齡)만 쌓여간다.
금붕어는 오를래야 오를 수 없는 하늘보다도 더 먼 바다를
자꾸만 돌아가야만 할 고향(故鄕)이라 생각한다.

– 김기림, 「금붕어」

***지나해:** 일본에서 말레이반도 남단에 이르는 태평양 해역

03 다음의 〈보기〉는 ㉠을 통해 금붕어가 처한 현실에 대한 태도를 서술한 것이다. 빈칸에 들어갈 적절한 단어를 쓰시오.

보기

'지느러미를 이용해 항아리를 끊는 일이 없다'는 것은 금붕어가 자신이 처한 현실에 (①)하지 않고 (②)하는 태도를 드러낸 것이다.

04 인간이 아닌 금붕어가 등장하여 인간이 처한 현실을 우회적으로 드러내는 모더니즘시의 형상화 방법을 〈보기〉에서 찾아 쓰시오.

보기

모더니즘시는 의도적으로 현실과 거리를 두며 객관적인 시각으로 현실을 형상화하려는 태도를 보인다. 그리고 그 태도 안에는 대체로 현대 문명에 대한 비판이 전제되어 있기에, 이를 파악하면 시에 담긴 의미들을 탐색해 갈 수 있다. 예를 들어 모더니즘시에 드러나는 거리 두기와 같은 형상화 방법은 인간이 아닌 특정 대상을 활용하여 현실을 우회적으로 표현한다. 즉 시적 화자가 특정 대상이 처한 현실과 거리를 두고 그 대상을 관찰함으로써 특정 대상이 처한 현실을 우회적으로 드러낸다는 것이다.

[05～06] 다음 글을 읽고 물음에 답하시오.

딩아 돌하 당금(當今)에 계샹이다
딩아 돌하 당금(當今)에 계샹이다
션왕셩ᄃᆡ(先王聖代)예 노니ᄋᆞ와지이다

삭삭기 셰몰애 별헤 나ᄂᆞᆫ
삭삭기 셰몰애 별헤 나ᄂᆞᆫ
구은 밤 닷 되를 심고이다
그 바미 우미 도다 삭 나거시아
그 바미 우미 도다 삭 나거시아
유덕(有德)ᄒᆞ신 님믈 여ᄒᆡᄋᆞ와지이다

옥(玉)으로 련(蓮)ㅅ고즐 사교이다

옥(玉)으로 련(蓮)ㅅ고즐 사교이다
바회 우희 접듀(接柱)ᄒᆞ요이다
그 고지 삼동(三同)이 퓌거시아
그 고지 삼동(三同)이 퓌거시아
유덕(有德)ᄒᆞ신 님 여ᄒᆡ ᄋᆞ와지이다

므쇠로 텰릭을 ᄆᆞᆯ아 나ᄂᆞᆫ
므쇠로 텰릭을 ᄆᆞᆯ아 나ᄂᆞᆫ
텰ᄉᆞ(鐵絲)로 주롬 바고이다
그 오시 다 헐어시아
그 오시 다 헐어시아
유덕(有德)ᄒᆞ신 님 여ᄒᆡ ᄋᆞ와지이다

므쇠로 한쇼를 디여다가
므쇠로 한쇼를 디어다가
텰슈산(鐵樹山)애 노호이다
그 ᄉᆈ 텰초(鐵草)를 머거아
그 ᄉᆈ 텰초(鐵草)를 머거아
유덕(有德)ᄒᆞ신 님 여ᄒᆡ ᄋᆞ와지이다

구스리 바회예 디신ᄃᆞᆯ
구스리 바회예 디신ᄃᆞᆯ
긴힛ᄃᆞᆫ 그츠리잇가
즈믄 ᄒᆡᄅᆞᆯ 외오곰 녀신ᄃᆞᆯ
즈믄 ᄒᆡᄅᆞᆯ 외오곰 녀신ᄃᆞᆯ
신(信)잇ᄃᆞᆫ 그츠리잇가

– 작자 미상, 「정석가(鄭石歌)」

05 위의 작품은 불가능한 상황을 전제하는 역설적 표현으로 임과의 영원한 사랑을 다짐하고 있다. 그러한 불가능한 상황을 가정하기 위해 이 작품에서 사용한 소재들을 모두 찾아 쓰시오.

① ______________________________

② ______________________________

③ ______________________________

④ ______________________________

06 위의 작품에서 당대의 민요가 궁중 음악으로 재편된 근거로 볼 수 있는 연을 찾아 첫 어절과 마지막 어절을 순서대로 쓰시오.

[07～08] 다음 글을 읽고 물음에 답하시오.

덥다.

몇 도인지 백십 도 혹은 그 이상인지도 모르겠다.

매일 아침 경험하는 바와 같이 동쪽 하늘에 떠오르는 해를, '저 해가 이제 곧 무르녹일 테지.' 생각하면 그 예언을 맞히려는 듯이 해는 어느덧 방 안을 무르녹인다.

다섯 평이 좀 못 되는 이 방에, 처음에는 스무 사람이 있었지만, 몇 방을 합칠 때에 스물여덟 사람이 되었다. 그때에 이를 어찌하노 하였다. 진남포 감옥에서 공소*로 넘어온 사람까지 하여 서른네 사람이 되었을 때에 우리는 한숨을 쉬었다. 그러나 신의주와 해주 감옥에서 넘어온 사람까지 하여 마흔 한 사람이 된 때에 우리는 한숨도 못 쉬었다. 혀를 채였다.

곧 처마 끝에 걸린 듯한 뜨거운 해는 그침 없이 더위를 보낸다. 몸속에 어디 그리 물이 많았던지 아침부터 그침 없이 흘린 땀은 그냥 멎지 않고 흐른다. 한참 동안 땀에 힘없이 앉아 있던 나는 마지막 힘을 내어 담벽을 기대고 흐늘흐늘 일어섰다. 지옥이었다. 빽빽이 앉은 사람들은 모두들 힘없이 머리를 숙이고 입을 송장같이 벌리고, 흐르는 침과 땀을 씻을 생각도 안 하고 먹먹히 앉아 있다. 둥그렇게 구부러진 허리, 맥없이 무릎 위에 놓은 팔, 뚱뚱 부은 짓퍼런 얼굴에 힘없이 벌려진 입, 정기 없는 눈, 흩어진 머리와 수염, 모든 것은 죽은 사람이었다. 이것이 과연 아침에 세면소까지 뛰어갔으며 두 시간 전에 점심 먹느라고 움직인 사람들인가. 나의 곤하여 둔하게 된 감각에도 눈이 쓰린 역한 냄새가 쏜다.

그들은 무얼 하여 여기 왔나. 바람 불고 잘 자리 있고 담배 있는 저 세상에서 무얼 하러 여기 왔나. 사랑스런 손주가 있는 사람도 있겠지. 예쁜 아내가 있는 사람도 있겠지. 제가 벌어먹이지 않으면 굶어 죽을 어머니가 있는 사람도 있겠지. 그리고 그들은 자유로 먹고 마시고 자유로 바람을 쏘이고 자유로 자고 있었을 테다. 그러면 그들이 어떤 요구로 여기를 왔나.

그러나 지금의 그들의 머리에는, 독립도 없고 자결도 없고 자유도 없고 사랑스러운 아내나 아들이며 부모도 없고 또는 더위를 깨달을 만한 새로운 신경도 없다. 무거운 공기와 더위에게 괴로움받고 학대받아서 조그맣게 두개골 속에 웅크리고 있는 그들의 피곤한 뇌에 다만 한 가지의 바람이 있다 하면, 그것은 냉수 한 모금이었다. 나라를 팔고 고향을 팔고 친척을 팔고 또는 뒤에 이를 모든 행복을 희생하여서라도 바꿀 값이 있는 것은 냉수 한 모금밖에는 없었다.

[중략 부분 줄거리] '나'를 비롯한 감방 사람들은 공판 갈 날을 기다리지만, '나'에게는 기회조차 주어지지 않는다. 그러던 중 영원 영감을 포함한 서너 사람이 공판을 받으러 재판소에 다녀온다.

"판결은 어찌 되었소?"

영감은 대답이 없었다. 그의 입은 바늘로 호라매지나* 않았나? 그러나 한참 뒤에 그는 겨우 대답하였다. 그의 목소리는 대단히 떨렸다.

"태형(笞刑)* 구십 도랍니다."

"거 잘됐구려! 이제 사흘 뒤에는, 담배두 먹구, 바람두 쏘이구…… 난 언제나……."

"여보! 잘돼시오? 무어이 잘된단 말이오? 나이 칠십 줄에 들어서서 태 맞으면 — 말하기두 싫소. 난 아직 죽긴 싫어! 공소했쉐다!"

그는 벌컥 성을 내어 내게 달려들었다. 그러나 그의 말은 들은 뒤의 내 성도 그에게 지지를 않았다.

"여보! 시끄럽소. 노망했소? 당신은 당신이 죽겠다구 걱정하지만 그래 당신만 사람이란 말이오? 이 방 사십여 인이 당신 하나 나가면 그만큼 자리가 넓어지는 건 생각지 않소? 아들 둘 다 총 맞아 죽은 다음에 뒤상* 하나 살아 있으면 무얼 해? 여보!"

나는 곁에 있는 다른 사람들에게 향하였다.

"여게 태형 언도를 공소한 사람이 있답니다."

나는 이상한 소리로 껄껄 웃었다.

다른 사람들도 영감을 용서치 않았다. 노망하였다. 바보로다. 제 몸만 생각한다. 내쫓아라. 여러 가지의 폄이 일어났다.

영감은 대답이 없었다. 길게 쉬는 한숨만 우리의 귀에 들렸다. 우리들도 한참 비웃은 뒤에는 기진하여 잠잠하였다. 무겁고 괴로운 침묵만 흘렀다.

바깥은 어느덧 어두워졌다. 대동강 빛과 같은 하늘은 온 세상을 덮었다. 그 밑에서 더위와 목마름에 미칠 듯한 우리들은 아무 말 없이 앉아 있었다. 우리들의 입은 모두 바늘로 호라매지나 않았나.

그러나 한참 뒤에 마침내 영감이 나를 찾는 소리가 겨우 침묵을 깨뜨렸다.

"여보."

"왜 그러오?"

"그럼 어떡하란 말이오?"

"이제라두 공소를 취하해야지!"

영감은 또 먹먹하였다. 그러나 좀 뒤에 그는 다시 나를 찾았다.

"노형 말이 옳소. 내 아들 두 놈은 정녕코 다 죽었쉐다. 난 나 혼자 이제 살아서 무얼 하겠소? 취하하게 해 주소."

"진작 그럴 게지. 그럼 간수 부릅니다."

"그래 주소."

영감은 떨리는 소리로 말하였다.

나는 패통*을 쳤다. 간수는 왔다. 내가 통역을 서서 그의 뜻(이라는 것보다 우리의 뜻)을 말하매 간수는 시끄러운 듯이 영감을 끌어내 갔다.

자리에 돌아올 때에 방 안 사람들의 얼굴을 보니, 그들의 얼굴에는 자리가 좀 넓어졌다는 기쁨이 빛나고 있었다.

– 김동인, 「태형」

***공소**: '항소'의 옛말.

***호라매지나**: 홀쳐매지나. 풀리지 아니하도록 단단히 잡아매지나.

***태형**: 오형 가운데 죄인의 볼기를 작은 형장으로 치던 형벌.

***뒤상**: '늙은이'의 방언.

***패통**: 교도소에서, 재소자가 용무가 있을 때에 담당 교도관을 부를 수 있도록 마련한 장치.

07 다음의 〈질문〉 내용에 맞는 〈답안〉을 주어진 〈조건〉에 따라 위의 작품에서 찾아 제시하시오.

〈질문〉	〈조건〉	〈답안〉
'나'가 무더운 날씨에 많은 인원이 갇혀 있는 감방을 표현한 것	단어	①
감방 안 사람들이 모든 것을 희생하여서라도 바꿀 가치가 있다고 생각 하는 것	3어절	②

08 다음의 〈보기 2〉는 〈보기 1〉을 바탕으로 위 작품을 감상한 내용이다. 〈보기 2〉의 빈칸에 들어갈 단어를 〈보기 1〉에서 찾아 차례대로 쓰시오.

보기 1

3·1 운동 직후의 감옥 안을 묘사한 김동인의 「태형」에는 '옥중기의 일절'이라는 부제가 붙어 있다. 이 작품은 일제에 맞서 3·1 운동을 하다가 잡힌 사람들로 가득 찬 비좁은 감옥을 배경으로 하여, 생존을 위협하는 극한 환경 속에서 감방 안 사람들이 겪는 갈등과 존엄성 상실의 비극을 통해 타인의 고통을 외면하고 자신의 안위만을 추구하는 인간의 생존 본능과 비도덕성, 극단적 이기주의를 보여 주고 있다. 이를 통해 작가는 환경에 따라 개인이 어떻게 변하는가를 '환경 결정론'의 입장에서 보여 줌과 동시에, 인간의 존엄성이 유지될 수 없을 정도로 비인간적인 환경을 조성한 일제의 잔혹감도 고발하고 있다.

보기 2

- '뜨거운 해'가 내리쬐는 여름날 '다섯 평이 좀 못 되는 이 방'에 '마흔한 사람'이 갇힌 상황을 통해, 생존을 위협할 정도로 극한 (①)을/를 조성한 일제의 잔혹함이 드러나 있군.
- 간수가 영감을 끌어낸 뒤 '방 안 사람들의 얼굴'에 '기쁨'이 빛나고 있는 것을 통해, 타인의 고통보다 자신의 안위를 우선시하는 극단적 (②)이/가 드러나고 있군.

① ____________________

② ____________________

[09~10] 다음 글을 읽고 물음에 답하시오.

시원한 여름 저녁이었다.

바람이 불고 시커먼 구름 떼가 서편으로 몰려 달리고 있었다. 그 구름이 몰려 쌓이는 먼 서편 하늘 끝에선 이따금 칼날 같은 번갯불이 번쩍이곤 했다. 이편 하늘의 별들은 구름 사이사이에서 이상스레 파릇파릇 빛났다. 달은 구름 더미를 요리조리 헤치고 빠져나왔다가는, 새로 몰려오는 구름 더미에 애처롭게도 휘감기곤 했다. 집집의 지붕들은 깊숙하고도 싸늘한 빛으로 물들고, 대기에는 차가운 물기가 돌았다.

땅 위엔 무언지 불길한 느낌이 들도록 차단한 정적이 흘렀다.

철과 나는 베란다 위에 앉아 있었다. 막연한 원시적인 공포감 같은 소심한 느낌에 사로잡혀 무한정 묵묵히 앉아 있었다. 철은 먼 하늘가에 시선을 준 채 연방 담배를 피웠다. 이렇게 한동안 말없이 앉았다가 철은 문득 다음과 같은 얘기를 들려주었다.

형은 스물일곱 살이었고 동생은 스물두 살이었다.

형은 둔감했고 위태위태하도록 솔직했고, 결국 조금 모자란 사람이었다.

해방 이듬해 삼팔선을 넘어올 때 모두 긴장해서 숨도 제대로 쉬지 못하는 판에 큰 소리로,

"야하, 이기 바루 그 삼팔선이구나이, 야하."

이래 놔서 일행 모두의 간담을 서늘하게 한 일이 있었다. 아버지는 그때도 형을 쥐어박았고, 형은 엉엉 울었고, 어머니도 찔끔찔끔 울었다. 아버지는 애초부터 이 형을 단념하고 있었고, 어머니는 불쌍해서 이따금씩 찔끔거리곤 했다.

물론 평소에 동생에 대한 형으로서의 체모나 위신 같은 것도 전혀 신경을 쓰지 않아서, 이미 철들자부터 형을 대하는 동생의 눈언저리와 입가엔 늘 쓴웃음같은 것이 어리어 있었으니, 하얀 살갗의 여윈 얼굴에 이 쓴웃음은 동생의 오연한 성미와 잘 어울려 있었다.

어머니는 형에 대한 아버지의 단념이나 동생의 이런 투가 더 서러웠는지도 몰랐다. 그러나 형은 아버지나 어머니나 동생의 표정에 구애 없이 하루하루가 그저 천하태평이었다.

사변이 일어나자 형제가 다 군인의 몸이 됐다.

1951년 가을, 제각기 북의 포로로 잡혀 북쪽 후방으로 인계돼 가다가 둘은 더럭 만났다. 해가 질 무렵, 무너진 통천(通川)읍 거리에서였다.

형은 대뜸, 울음보를 터뜨렸다. 펄렁한 야전잠바에 맨머리 바람이었고, 털럭털럭한 군화를 끌고 있었다.

동생도 한순간은 흠칫했으나, 형이 울음을 터뜨리자 난처한 듯 살그머니 외면을 했다. 형에 비해선 주제가 조금 깔끔해서 산뜻한 초록색 군 작업복 차림이었다.

시월달 밤이라 꽤 선들선들했다.

멀리 초이레 달 밑에 태백산 줄기가 싸늘히 뻗어 있었다.

형은 동생 곁에 누워 자꾸 쿨쩍거리기만 했다.

일행 모두가 잠들었을 무렵, 경비병들도 사그라진 불 곁에 둘러앉아 잠이 들었다. 하늘 한복판으로 이따금 끼룩끼룩 밤기러기가 울며 지나갔다.

– 이호철, 「나상」

09 다음의 〈보기〉는 윗글의 서사 구조를 나타낸 것이다. 이를 바탕으로 윗글의 [외부 이야기]와 [내부 이야기]의 서술 시점을 쓰시오.

보기

[외부 이야기]

'나'와 '철'의 대화

[내부 이야기]

전쟁에서 형과 동생이 북한군의 포로가 되어 겪은 이야기

• 외부 이야기 : ①

• 내부 이야기 : ②

10 윗글의 제목인 '나상(裸像)'은 무엇에도 감추어지지 않은 벌거벗은 순수한 인간 본연의 모습을 의미하는 데, 이에 비추어 볼 때 이 제목과 관련된 인물을 작품 속에서 찾으시오.

[11～12] 다음 글을 읽고 물음에 답하시오.

[앞부분의 줄거리]
범이 사람을 잡아먹으면 첫 번째 사람은 굴각이라는 귀신이 되어 겨드랑이에 붙어 있고, 두 번째 사람은 이올이라는 귀신이 되어 볼에 붙어 다니며, 세 번째 사람은 육혼이 되어 턱에 붙어 다닌다고 한다. 어느 날 밤 범이 먹을 것을 구하려는데 마땅한 것이 없어, 굴각, 이올, 육혼 세 귀신에게 묻는다. 세 귀신의 말을 듣고 범은 의원을 잡아먹자니 의심이 나고 무당의 고기는 불결하게 느껴졌다. 그래서 비록 탐탁지 않았으나 큰 덕망을 지닌 유학자의 고기를 먹기로 한다.

정나라 어느 고을에 벼슬을 좋아하지 않는 척하는 선비가 하나 있었으니, '북곽 선생(北郭先生)'이라 불리는 이였다. 나이 마흔에 손수 교감(校勘)한 책이 1만 권이요, 또 구경(九經)의 뜻을 풀이해서 책으로 엮은 것이 1만 5천 권이었다. 천자(天子)가 그 뜻을 가상히 여기시고, 제후(諸侯)들은 그 이름을 흠모하였다.

같은 고을 동쪽에는 젊은 나이에 남편을 잃은 아리따운 과부 한 명이 살고 있었는데, 그 이름을 '동리자(東里子)'라 하였다. 천자는 동리자의 절개를 갸륵히 여기시고 제후들은 어진 덕을 칭송하여 그 고을 사방 및 몇 리의 땅을 봉하고는 '동리과부지려(東里寡婦之閭)'라고 이름 붙였다.

이렇듯 동리자는 수절하는 과부였음에도 불구하고 그의 아들 다섯은 모두 성(姓)이 달랐다.

하루는 그 다섯 아들들이 한밤에 모여 "강 북쪽엔 닭이 울고 강 남쪽엔 별이 반짝이는 이 깊은 밤에 방 안에서 들리는 소리가 어찌 이리 북곽 선생과 비슷한가."하고는 서로 번갈아 가며 문틈으로 엿보았다. 동리자가 북곽 선생에게 부탁하였다.

"오랫동안 선생님의 덕을 흠모하여 왔습니다. 원컨대 오늘 밤 선생님의 글 읽는 소리를 듣고자 합니다."

북곽 선생은 옷깃을 여미고 꿇어앉아서 시 한 장(章)을 읊는다.

"병풍에는 원앙새요, 반딧불은 반짝반짝, 가마솥과 세발솥, 무얼 본떠 만들었나. 흥이라."

다섯 아들이 서로 말했다.

"『예기(禮記)』에 '과부댁 문에는 함부로 들어서지 않는다.'고 했는데 북곽 선생은 현자이시니, 저 사람은 북곽 선생은 아닐 테고."

"내 듣기로, 정나라 성문이 헐어 여우 구멍이 생겼다던데."

"여우가 천 년을 묵으면 요술을 부려 사람 모양으로 변할 수 있다고 들었단 말이지. 저놈은 필시 여우가 북곽 선생으로 둔갑한 것일 게야."

"여우의 갓을 얻는 이는 천만금을 지닌 부자가 되고, 여우의 신을 얻는 이는 대낮에도 그림자를 감출 수 있다지. 그리고 여우 꼬리를 얻는 자는 남을 잘 꼬드겨 자신을 좋아하게 만든다고 하던데. 우리 저 여우 놈을 잡아 죽여서 나눠 갖는 게 어떨까?"

이에 다섯 아이들이 함께 어미의 방을 에워싸고는 안으로 들이닥쳤다. 북곽 선생은 깜짝 놀라 부리나케 내빼면서 그 와중에도 행여 남들이 자신을 알아볼까 겁이 나 한 다리를 들어 목에다 얹고는 귀신마냥 춤추고 웃으며 문을 빠져나왔다. 그러고는 그렇게 달아나다가 벌판에 파 놓은 똥구덩이에 빠지고 말았다. 똥이 가득 찬 구덩이 속에서 버둥거리며 무언가를 붙잡고 간신히 올라가 목을 내밀어 살펴보니, 범 한 마리가 길을 막고 있었다. 범이 이맛살을 찌푸리고 구역질을 하며 코를 막은 채 얼굴을 외면하고 말한다.

"아이구! 그 선비, 냄새가 참 구리기도 하구나."

– 박지원, 「호질」

11 위의 작품에 등장하는 '북곽 선생'과 '동리자'에 어울리는 속담을 다음의 〈보기〉를 참고하여 서술하시오.

보기

겉으로는 점잖고 의젓하나 남이 보지 않는 곳에서는 엉뚱한 짓을 하는 경우를 비유적으로 이른다.

속담 : ____________________

12 동리자는 절개를 지킨 열녀로 칭송받았으나 세간의 평과 맞지 않게 겉과 속이 다른 부도덕한 인물이다. 이를 알 수 있는 문장을 본문에서 찾아 15자 이내로 서술하시오.

[13～14] 다음 글을 읽고 물음에 답하시오.

이다음에 나는 고양이로 태어나리라.
윤기 잘잘 흐르는 까망 얼룩 고양이로
태어나리라.
사뿐사뿐 뛸 때면 커다란 까치 같고
공처럼 둥굴릴 줄도 아는
작은 고양이로 태어나리라.
나는 툇마루에서 졸지 않으리라.
사기그릇의 우유도 핥지 않으리라.
가시덤불 속을 누벼 누벼
너른 벌판으로 나가리라.
거기서 들쥐와 뛰어놀리라.
배가 고프면 살금살금
참새 떼를 덮치리라.
그들은 놀라 후다닥 달아나겠지.
아하하하
폴짝폴짝 뒤따르리라.
꼬마 참새는 잡지 않으리라.

할딱거리는 고놈을 앞발로 톡 건드려
놀래 주기만 하리라.
그리고 곧장 내달아
제일 큰 참새를 잡으리라.

이윽고 해는 기울어
바람은 스산해지겠지.
들쥐도 참새도 가 버리고
어두운 벌판에 홀로 남겠지.
나는 돌아가지 않으리라.
어둠을 핥으며 낟가리를 찾으리라.
그 속은 아늑하고 짚단 냄새 훈훈하겠지.
훌쩍 뛰어올라 깊이 웅크리리라.
내 잠자리는 달빛을 받아
은은히 빛나겠지.
혹은 거센 바람과 함께 찬비가
빈 벌판을 쏘다닐지도 모르지.
그래도 난 ⓐ<u>털끝 하나 적시지 않을걸</u>.
나는 꿈을 꾸리라.
놓친 참새를 쫓아
밝은 들판을 내닫는 꿈을.

– 황인숙, 「나는 고양이로 태어나리라」

13 위의 작품에서 '인간의 보살핌'을 대표하는 공간과 '고양이의 야생적인 삶'을 대표하는 공간을 각각 찾아 쓰시오.

- '인간의 보살핌'을 대표하는 공간 ⇒ [①]
- '고양이의 야생적인 삶'을 대표하는 공간 ⇒ [②]

14 위의 작품에서 ⓐ의 '털끝 하나 적시지 않을걸.'이 의미하는 바가 무엇인지 4어절로 쓰시오.

[15～16] 다음 글을 읽고 물음에 답하시오.

무는 실내 공간의 거의 대부분을 채우고 있는 이젤들을 손가락질했다.
"저기 봐, 먹구살라구 애들 가르치는데 내 그림 그릴 공간이 없어졌어. 그래서 안쪽으로 옮겼더니 자리가 없어져 버렸네."
"어디, 요새 뭘 하구 있나 봐두 돼?"
정수가 슬슬 일어나니까 의외로 무는 선선히 말했다.
"가서 보구 얘기나 좀 해 주라."
화실에서 벽에 세워져 있던 그림들에서 대강 눈치는 챘는데 무가 그리던 것은 추상 표현주의 계통이었다.
방 안에는 프레임에 짜 넣지 않은 캔버스가 바닥에 그냥 펼쳐져 있었고 물감이 사방에 튀거나 흘린 자국투성이였다. 비싼 유화 물감 절약하느라고 그랬는지 색감이 좋아서였는지 안료를 개다 만 함석판이나 베니어판들이 널려 있었다. 그야말로 잠자리는 자취하는 학생들에게 애용되던 군용 목침대가 창가 아래 바짝 붙어 있었다. 우리는 무의 그림을 내려다보았다. 붉은색이 용암처럼 흘러내려 간 틈틈이 푸른 바탕이 엿보이고 그 위에 누각의 현판 글씨처럼 꿈틀거리면서 검은 붓자국이 몇 차례 지나갔다. 물감이 방울방울 떨어진 흔적이며 뿌린 것처럼 무수한 점들이 퍼져 나간 부분도 보였다.
우리가 화실로 돌아가니 무는 웃통을 벗고는 창문을 활짝 열고 바람을 즐기는 중이었다. 그가 쾌활한 목소리로 정수에게 물었다.
"어때, 말 좀 해 봐라."
정수가 잠깐 생각해 보는 척하다가 말을 꺼냈다. 나는 그가 무슨 얘기를 꺼낼지 이미 짐작했다.
"신나게 그렸더군. 액션이잖아?"
"한번 해 봤어. 곧 변할 거야."
무는 대수롭지 않게 내뱉고는 다시 덧붙였다.
"고등학교 때는 뷔페 흉내를 냈지. 나이프를 많이 썼거든."
"뷔페에서 폴록으루 뛰는 거냐?"
무는 정수의 말에 기분이 상한 것 같지는 않았지만 맥이 빠지는 것 같은 표정이 되었다.
"니가 보기에 그러냐? 나는 다만, 음울한 데서 신나는 쪽으루 이동하고 싶었어."
"그러면 교통사고를 기다려야겠네."
"기분에 따라서니까 그 말두 맞다. 나는 밑그림이 싫어."
무의 말에 정수가 한마디로 잘라 말했다.
"밑그림이 싫으면 네모난 프레임도 평면도 소용없지."
두 사람의 핑퐁이 지루하게 계속될 것이 염려되었던지 인호가 색에 넣어 왔던 정수의 그림을 꺼냈다. 그 때문에 정수는 그날 오후 내내 인호에게 투덜거렸다.
"여기 정수 그림이 있는데, 한마디 해 주지."
무가 두 손으로 받쳐 들고 들여다보는 동안 정수는 불만스레 중얼거렸다.
"아직 더 손대야 돼."
무가 씩 웃더니 말했다.
"분위기 좋은데, 근데 말야, 문학적이다. 니가 애들하구 놀아서 그런가?"
인호가 주둥이를 쑥 내밀고 앉았다가 한마디 했다.

– 황석영, 「개밥바라기 별」

15 위의 작품에서 무가 그린 그림이 추상화임을 알 수 있는 묘사 부분을 찾아 첫 문장의 첫 어절과 마지막 문장의 마지막 어절을 쓰시오.

16 위의 작품은 인터넷을 통해 연재되면서 많은 누리꾼들의 호응을 받은 인터넷 연재소설이다. 다음의 〈보기〉를 바탕으로 문학을 향유하는 공간으로서 인터넷 연재소설의 특징에 대해 서술하시오. (띄어쓰기 제외, 30자 내외)

보기

블로그 소설은 작가 중심의 일방적 글쓰기가 아니라 인터넷 글쓰기의 상호 작용 속성을 반영하면서 나온 것으로, 이른바 댓글 문화와 함께 탄생한 문화적 장르다. 누리꾼들은 단순히 작품을 내려 읽는 데 그치지 않고, 작가의 블로그를 하나의 광장, 문학적 광정으로 이용했다. 「개밥바라기 별」을 연재한 황석영의 블로그는 누리꾼 사이에서 '별 광장'이라고 불렸다. 작가도 직접 댓글 대열에 동참하여 독자와 한데 어울려 인터넷 광장의 시민이 되었다.

[17~18] 다음 글을 읽고 물음에 답하시오.

〈나〉는 관모가 나타날 때까지 동굴을 들락날락하고만 있다. 드디어 관모가 동굴까지 올라왔다. 그 얼굴이 어둠 속에서 땀에 번들거렸다. 그는 대뜸 〈동강 난 팔 핑계를 하고 드러누워 처먹고만 있을 테냐〉며, 〈오늘은 네놈도 같이 겨울 준비를 해야겠다〉고 김 일병을 일으켜 끌고 동굴을 나간다. 〈내〉가 불현 듯 관모의 팔을 붙잡는다. 관모가 독살스러운 눈으로 〈나〉를 쏘아본다. 〈나〉는 아무 말도 못 하고 고개를 떨어뜨린다. 〈넌 구경이나 하고 있어……〉 타이르듯 낮게 말하고 관모가 김 일병을 앞세우고 산을 내려간다. 말끝에서 나는 '이 참새가슴아.'라고 말하고 싶어 하는 관모의 소리를 들은 듯싶었다. 뜻밖의 기동으로 침착하게 발길을 내려 걷고 있는 김 일병은 단 한 번 길을 내려가면서 〈나〉를 돌아본다. 그러나 그 눈에는 아무 것도 찾아볼 수가 없다. 둘은 눈길에 검은 발자국을 내며 골짜기로 내려갔다. 그리고 그들이 골짜기의 잣나무 숲으로 아물아물 숨어 들어가 버릴 때까지 〈나〉는 거기에 못 박힌 듯 붙어 서 있기만 했다. 어느덧 눈은 그치고 눈 위를 스쳐 온 바람이 관목 사이로 기분 나쁜 소리를 내며 빠져나갔다. 드문드문 뚫린 구름장 사이로는 바쁜 별들이 서쪽으로 서쪽으로 흐르고 있었다. 조금 뒤에 골짜기에서는 한 발의 총소리가 적막을 깼다. 그 소리는 골짜기를 한 바퀴 돌고 난 다음 남쪽 산등성이로 긴 꼬리를 끌며 사라져 갔다. 〈나〉는 비로소 잠에서 깨어난 듯 깜짝 놀란다.

〈그 총소리는 나의 가슴속 깊이 어느 구석엔가 숨어서 그 전쟁터의 수많은 총소리에도 지워지지 않고 남아 있었던 선명한 기억 속의 것이었다. 어린 시절, 노루 사냥을 갔을 때에 설원에 메아리치던 그 비정과 살의를 담은 싸늘한 음향이었다.〉

[A] 그러자 〈나〉의 눈앞에는 그 설원에 끝없이 번져 가는 핏자국이 떠올랐다. 그때 또 한 발의 총소리가 메아리쳐 올랐다. 〈나〉는 몸을 부르르 떨고 나서 동굴 구석에 남은 한 자루의 총을 걸어 메고 그 〈핏자국〉을 따라 산을 내려갔다. 〈오늘은 그 노루를 보고 말겠다. 피를 토하고 쓰러진 노루를〉, 〈날더러는 구경만 하라고? 그렇지. 잔치는 언제나 너희들뿐이었지.〉 이런 말들이 〈내〉가 그 〈핏자국〉을 따라가는 동안에 수없이 되풀이되고 있었다.

〈그 핏자국은 끝날 것 같지 않았다. 끝없이 눈 위로 계속되었다. 나는 뛰었다. 그 핏자국은 관모들이 눈을 헤치고 간 발자국이었다는 것을 안 것은 내가 가시나무에 이마를 할퀴고 정신을 다시 차렸을 때였다. 이마에 섬뜩한 촉감을 느끼고 발을 멈추어 섰을 때 나의 뒤에서는 가시나무가 배를 움켜쥐며 웃고 있는 것처럼 커다란 키를 흔들고 있었다. 나는 잣나무 숲속으로 들어서 있었다. 이마에 손을 대어 보니 미끄럽고 검은 것이 묻어났다. 손가락을 뿌리고 다시 발자국을 따라 몸을 움직이려고 했을 때였다.

"어딜 가는 거야!"

송곳 같은 소리가 귀에 와 들어박혔다. 나는 흠칫 놀라 발을 멈추고 주위를 둘러보았다. 발자국이 사라진 쪽과는 반대편 언덕 아래서 관모가 총을 내 쪽으로 받쳐 들고 서 있었다. 어둠 속에 허연 이를 드러내 놓고 있었다. 웃고 있는 것 같았다. 내가 발을 멈추자 그는 총을 내리고 나에게로 다가왔다.〉

– 이청준, 「병신과 머저리」

17 위의 작품에서 관모에게 끌려가는 김 일병의 체념적 심정을 엿 볼 수 있는 대목을 찾아 한 문장으로 서술하시오.

18 김 일병을 지켜 주지 못한 것에 대해 형의 죄책감을 불러일으킨 과거의 노루 사냥 경험과 현재 사건을 연결하는 매개체를 [A]에서 찾아 한 단어로 쓰시오.

[19～20] 다음 글을 읽고 물음에 답하시오.

한참 속도를 내고 있는데 삽 끝에 딱딱한 게 또 걸렸다. 시간은 촉박하고 마음은 급한데 발로 눌러도 삽날이 더 이상 들어가지 않았다. 남자는 일 미터쯤 떨어진 곳에 다시 삽을 꽂았다. 한 삽 떠내고 나자 또 삽이 들어가지 않았다. 생활 정보지 함이나 자전거가 쓰러진 게 아니라 공룡이라도 묻혀 있는 것 같았다. 하는 수 없이 방향을 옆으로 틀어서 팠다. 그때 어디선가 메아리처럼 음악 소리가 들려왔다. 가느다란 목소리의 여자가 부르는 곡인데 멜로디가 익숙했다. 남자는 잠시

손을 멈추고 그 소리에 귀를 기울였다. 비록 벨 소리이긴 하지만 그날 처음으로 듣는 음악이었다. 주머니 속에서 휴대 전화의 진동이 울렸지만 남자는 무시해 버렸다. 음악 소리는 멈추었다가 눈을 퍼내자 다시 시작되었다. 아까와 같은 멜로디였고 눈을 퍼낼수록 소리가 점점 커졌다. 남자는 길이 아니라 소리를 찾아서 삽을 움직였다. 손으로 눈을 쓸어 낸 뒤에야 소리의 진원지를 찾아낼 수 있었다. 그것은 눈 속에 파묻힌 누군가의 휴대 전화였고 공교롭게도 빳빳하게 언 양복바지 안에 들어 있었다.

남자는 무릎을 꿇고 앉아서 삽과 손으로 눈을 파냈다. 판박이 스티커를 천천히 벗겨낼 때처럼 눈 속에서 검은색 구두와 발, 모직으로 된 양복바지가 차례대로 모습을 드러냈다. 남자는 코를 훌쩍거리면서 언 손으로 조심스럽게 눈을 파헤쳤다. 입에서는 입김이 쉴 새 없이 쏟아져 나왔다. 양복 차림의 사람은 눈의 중간쯤에서 화석처럼 묻혀 있었다. 양복 웃옷과 와이셔츠는 주름을 그대로 간직한 채 얼어붙었고 검붉은색의 실크 넥타이는 오래 전에 흘린 피처럼 굳어 있었다. 양손 다 눈을 그러쥐고 있어서 손가락은 보이지 않았다. 전체적으로 몸을 둥글게 말고 있는 모습이지만 상반신 일부는 아직도 눈 속에 묻혀 있었다. 쌓인 눈의 두께로 봐서는 그가 쓰러진 뒤에도 눈이 계속 내렸다는 걸 알 수 있었다.

해가 빠르게 기울고 있었다. 몸은 추운데 남자의 얼굴은 땀범벅이 되었다. 흘러내리는 땀을 닦으며 남자는 조심스럽게 눈을 치웠다. 고대 유물을 발굴하는 고고학자처럼 손이 떨렸다. 눈을 쓸어 내자 어깨와 목, 안경을 쓴 얼굴이 차례로 나타났다. 혹시라도 맥박이 뛰는지 확인하려던 남자가 바닥에 그대로 주저앉았다. 눈 속에서 화석이 된 사람은 집에도 없고 전화도 받지 않던 유 대리였다. 이봐, 남자는 유 대리의 몸을 흔들었다. 턱에서 땀이 툭 떨어졌다. 일어나. 휴대 전화에서 다시 익숙한 멜로디의 노래가 흘러나왔다. ⓐ"이봐!" 유 대리를 부르는 남자의 목소리가 떨렸다. 유 대리의 전화기를 주워 귀에 댔지만 남자는 아무 말도 하지 못했다. '여기, 눈 속에, 유 대리가 있어요.' 하지만 그 말은 입 밖으로 나오지 않고 남자의 입 안에서 딱딱하게 굳었다.

해가 기울고 주위는 어느새 어둑어둑해졌다. 이대로 한 시간 정도만 파고 가면 회사에 도착할 수 있을 것 같은데. 남자는 회사 쪽을 쳐다보았다. 그리고 자신이 파고 온 길을 돌아보았다. 앞으로 나아가기에도 다시 돌아가기에도 만만치 않은 거리였다. 게다가 남자는 너무 지쳐 있었다. 그는 유 대리의 옆에 쪼그리고 앉아서 숨을 골랐다. 졸음이 밀려왔지만 졸지 않으려고 눈을 부릅떴다. 눈 더미는 딱딱하거나 차갑게 느껴지지 않고 그저 공원에 있는 나무 벤치 같았다. 시야가 구겨진 종이처럼 뭉개지고 있었다.

– 서유미, 「스노우맨」

19 다음의 〈보기〉를 참고하여 위 작품의 주제 의식을 드러낸 현대 사회의 부정적 모습을 서술하시오. (띄어쓰기 제외, 25자 내외)

보기

'디스토피아(dystopia)'란 현대 사회의 부정적인 모습을 허구로 그려 냄으로써 현실을 날카롭게 비판하는 문학 작품 또는 그 사상을 말하며, '역(逆)유토피아'라고도 한다.

20 글의 문맥상 ⓐ는 위 작품의 등장인물 중 누구의 목소리인지 쓰시오.

[21～22] 다음 글을 읽고 물음에 답하시오.

순원(淳園)의 꽃 중에는 이름이 없는 것이 많다. 대개 사물은 스스로 이름을 붙일 수 없고, 사람이 그 이름을 붙인다. 꽃이 아직 이름이 없다면 내가 이름을 붙이는 것이 좋을 수도 있지만 또 어찌 꼭 이름을 붙여야만 하겠는가?

사람이 사물을 대함에 있어 그 이름만을 좋아하는 것은 아니다. 좋아하는 것은 ⓐ이름 너머에 있다. 사람이 음식을 좋아하지만 어찌 음식의 이름 때문에 좋아하겠는가? 사람이 옷을 좋아하지만 어찌 옷의 이름 때문에 좋아하겠는가? 여기에 맛난 회와 구이가 있다면 그저 먹기만 하면 된다. 먹어 배가 부르면 그뿐, 무슨 생선의 살인지 모른다 하여 문제가 있겠는가? 여기 가벼운 가죽옷이 있다면 입기만 하면 된다. 입어 따뜻하면 그뿐, 무슨 짐승의 가죽인지 모른다 하여 문제가 있겠는가? 내가 좋아할 만한 꽃을 구하였다면 꽃의 이름을 알지 못한다 하여 무슨 문제가 있겠는가? 정말 좋아할 만한 것이 없다면 굳이 이름을 붙일 이유가 없고, 좋아할 만한 것이 있어 정말 그것을 구하였다면 또 꼭 이름을 붙일 필요는 없다.

이름은 구별하고자 하는 데서 나오는 것이다. 구별하고자 한다면 이름이 없을 수 없다. 형체를 가지고 본다면 '장(長) · 단(短) · 대(大) · 소(小)'라는 말을 이름이 아니라 할 수 없으며, 색깔을 가지고 본다면 '청(靑) · 황(黃) · 적(赤) · 백(白)'이라는 말도 이름이 아니라 할 수 없다. 땅을 가지고 본다면 '동(東) · 서(西) · 남(南) · 북(北)'이라는 말도 이름이 아니라 할 수 없다. 가까이 있으면 '여기'라 하는데 이 역시 이름이라 할 수 있고, 멀리 있으면 '저기'라고 하는데 그 또한 이름이라 할 수 있다. 이름이 없어서 '무명(無名)'이라 한다면 '무명' 역시 이름이다. 어찌 다시 이름을 지어다 붙여서 아름답게 치장하려고 하겠는가?

[A] 예전 초나라에 어부가 있었는데 초나라 사람이 그를 사랑하여 사당을 짓고 대부 굴원(屈原)과 함께 배향하였다. 어부의 이름은 과연 무엇이었던가? 대부 굴원은 『초사(楚辭)』를 지어 스스로 제 이름을 찬양하여 정칙(正則)이니 영균(靈均)이니 하였으니, 이로서 대부 굴원의 이름이 정말 아름답게 되었다. 그러나 어부는 이름이 없고 단지 고기 잡는 사람이라 어부라고만 하였으니 이는 천한 명칭이다. 그런대도 대부 굴원의 이름과 나란하게 백대의 먼 후세까지 전해지게 되었으니, 이것이 어찌 그 이름 때문이겠는가? 이름은 정말 아름답게 붙이는 것이 좋겠지만 천하게 붙여도 무방하다. 있어도 되고 없어도 된다. 아름답게 해 주어도 되고 천하게 해 주어도 된다. 아름다워도 되고 천해도 된다면 꼭 아름답기를 생각할 필요가 있겠는가? 있어도 되고 없어도 된다면 없는 것도 정말 괜찮은 것이다.

어떤 이가 말하였다.

"꽃은 애초에 이름이 없었던 적이 없는데 당신이 유독 모른다고 하여 이름이 없다고 하면 되겠는가?"

내가 말하였다.

"없어서 없는 것도 없는 것이요, 몰라서 없는 것 역시 없는 것이다. 어부가 또한 평소 이름이 없었던 것은 아니요, 어부가 초나라 사람이니 초나라 사람이라면 그 이름을 당연히 알고 있었을 것이다. 그런데도 초나라 사람들이 어부를 좋아함이 이름에 있지 않았기에 그 좋아할 만한 것만 전하고 그 이름은 전하지 않은 것이다. 이름을 정말 알고 있는 데도 오히려 마음에 두지 않는데, 하물며 모르는 것에 꼭 이름을 붙이려고 할 필요가 있겠는가?

– 신경준, 「이름 없는 꽃」

PART 1 소설
PART 2 수필
PART 3 비문학

21 다음의 〈보기〉는 윗글에 대한 평가의 글이다. ⓐ의 '이름 너머'가 의미하는 어구를 〈보기〉에서 찾아 쓰시오.

보기

조선 시대에 사대부들은 사물의 실질보다는 관념적인 명분을 중요하게 여겼다. 그런데 조선 후기가 되면서 명분과 같은 허울에만 빠지지 말고 사물의 실질을 주목하고 실생활의 가치에 더 힘써야 한다는 주장이 제기되기 시작했다. 이것이 바로 실학의 근간이 되는 사고이다. 이름보다는 실질을 주목하라는 이 글은 그런 점에서 실학적 사고를 잘 담아낸 글이라고 할 수 있다.

22 다음 〈보기〉의 시가 '이름'을 '존재의 본질'에 의미를 부여하는 것으로 본다면, 윗글의 [A]는 '이름'과 '존재의 본질'을 어떻게 보고 있는지 한 문장으로 서술하시오. (띄어쓰기 제외, 20자 내외)

보기

내가 그의 이름을 불러 주기 전에는
그는 다만
하나의 몸짓에 지나지 않았다.

내가 그의 이름을 불러 주었을 때
그는 나에게로 와서
꽃이 되었다.

내가 그의 이름을 불러 준 것처럼
나의 이 빛깔과 향기에 알맞은
누가 나의 이름을 불러다오.
그에게로 가서 나도
그의 꽃이 되고 싶다.

우리들은 모두
무엇이 되고 싶다.
너는 나에게 나는 너에게
잊혀지지 않는 하나의 눈짓이 되고 싶다.

– 김춘추, 「꽃」

[23～25] 다음 글을 읽고 물음에 답하시오.

생선은 비린 만큼 교만하다. 비린 생선들은 비린 그의 개성을 우선 존중해 주지 않으면 우리가 의도하는 맛을 내주지 않는다. 그러나 ㉠ 명태는 맛에 대한 자기주장을 관철하려 들지 않는다. 줏대도 없는 놈이라고 할지 모르지만, 그건 줏대가 없는 것이 아니고 줏대 없는 그의 본성 자체가 그의 줏대인 것이다.

나는 여태껏 썩은 명태를 보지 못했다. 오늘날의 명태 말고, 냉동 산업과 운송 여건이 불비한 시절, 동해안에서 태산준령을 넘어 충청도 산읍 5일장의 어물전까지 실려 온 명태를 두고 하는 말이다. 당연하다. 명태는 썩지 않는 철에만 잡히기 때문이다. 명태는 바닷물이 섭씨 1도에서 5도가 되어야 산란을 하러 북태평양에서 동해로 떼 지어 내려오는데, 그때가 명태의 어획기다. 부패의 철을 비켜서 어획기를 설정한 주체는 어부가 아니라 명태이다. 가급적 주검을 부패시키지 않으려는 명태의 의지가 진화된 결과로 보고 싶다. 어차피 그물코에 걸리 수밖에 없는 회유성(回遊性)이 운명일 바에는 주검을 부패시켜 가지고 혐오스러워하는 사람의 손실에 뒤채이며 어물전의 천덕꾸러기가 될 필요는 없다는 게 명태의 결론이었을지 모른다. 얼마나 생선다운 고결한 결론인가.

"썩어도 준치"란 말이 있다. 참 가소롭기 그지없는 말이다. 명태가 들으면 "무슨 소리야, 썩으면 썩은 것이지—" 하고 실소를 금치 못할 것이다. 부패 직전의 살코기에서는 글리코겐이 분해되며 젖산을 발생시켜서 구수하고 단맛을 낸다는 요리학적 설명이 있긴 하지만, 그건 숙성을 뜻하는 것이지 부패를 이른 말이 아니다. 자연에서 생선의 숙성은 순식간에 지나가는 과정에 불과하다. 숙성을 보전하는 것은 기술이고 부가가치를 창출하는 것으로 요리사의 몫이지 준치의 몫이 아니다.

'썩어도 준치'란 말은 꼭 청문회장에 나온 사람의 뻔뻔스러운 변명 같아서 부패한 냄새가 코를 찌른다. 준치는 4월에서 7월까지 부패가 촉진되는 철에 잡힌다. 제 주검의 선도(鮮度)에 대한 대책도 없는 주제에 '썩어도 준치'라니, 명태에 비하면 비천하기 이를 데 없는 본성이다.

보릿고개가 준치의 어획기다. 배가 고픈 백성들은 준치의 어획을 고마워하며 먹었으리라. 어쩌다 숙성된 준치를 먹었을지 모르지만 대개 썩은 준치를 먹고 삶의 비애를 개탄하는 마음으로 짐짓 '썩어도 준치'라고 역설적인 감탄을 했을지 모른다. 얼마나 우리들의 슬픈 시대를 단적으로 대변하는 감탄구인가.

[A]

명태는 무욕으로 일관한 제 생의 담백한 육질을 신선하게 보전해서 사람들에게 보시(布施)*했다. 명태는 제 속을 비워 창난젓과 명란젓을 담게 주고 몸뚱이만 바닷가의 덕장에서 바닷바람에 말라 북어가 되고, 대관령 너머 눈벌판의 덕장에서 눈바람에 말라 더덕북어가 되었는데, 알다시피 제상의 좌포(左脯)로 진설되거나, 고사상 떡시루 위에 실타래를 감고 누워 사람들의 국궁 재배*를 받는 귀물(貴物)로 받들어졌다.

명태를 생각하면 언뜻 늦가을 텃밭의 황토 흙에 하반신을 묻고 상반신을 햇살에 파랗게 드러낸 채 서 있던 청정한 조선무가 떠오른다. 그 순박 무구하고 건강하기가 과년한 산골 큰아기 같은 조선무가 없으면 명태의 담백한 맛을 살려내기 힘들었을지 모른다. 산골 동네 텃밭에서 그 청정한 무가 가으내 담백한 맛의 진수를 보여 주려고 뼈 무르면서 명태를 기다렸다. 순박한 무와 담백한 생선의 만남, 그야말로 산해(山海)가 진미로 만나는 것이다.

– 목성균, 「명태에 관한 추억」

*보시: 자비심으로 남에게 재물이나 불법을 베풂.

*국궁 재배: 허리를 굽혀 두 번 절함.

23 윗글에서 명태가 다른 생선과 달리 비릿한 맛을 지니지 않는 것을 긍정적으로 표현한 문장을 찾아 쓰시오.

____

24 윗글에서 명태와의 비교를 통해, 명태가 지닌 가치를 부각하기 위해 사용된 소재를 찾아 한 단어로 쓰시오.

25 [A]에서 연상을 통해 대상과 어울리는 다른 소재를 소개하고 있는 문장을 찾아 첫 어절과 마지막 어절을 차례대로 쓰시오.

첫 어절: ______________________, 마지막 어절: ______________________

[26～27] 다음 글을 읽고 물음에 답하시오.

제11경. 동쪽 나라 사령관실

ⓐ 사령관과 정보 참모, 수색 중대장이 그들 앞에 서 있다.

사령관: 적은 공격을 앞두고 아군에 대한 보다 광범하고 정확한 정보를 수집하기 위해서 아군 장병을 사로잡으려고 혈안이 돼 있다. 수색 중대장은 적의 관측소에서 잘 보이는 곳에 그 겁쟁이 병사를 팽개쳐 놓고 돌아오기만 하면 되는 거다.
중대장: 그곳에 혼자 남겨 놓고 오면 도망할 텐데요.
사령관: 도망하는 데도 최소한의 용기는 필요한 거다. 또 다른 질문은?
중대장: 없습니다.
사령관: 그럼 그 병사를 불러들일 테니까, 시나리오 대로 잘해 보세. 전속 부관, 오장군 이등병을 들여보내게.
전속 부관: (밖에서) 옛.
사령관: 정보 참모는 눈에 안 띄는 게 좋겠군.
정보 참모: 예.

정보 참모가 퇴장하고 오장군이 들어온다.

오장군: ⓑ 육군 이등병 오장군, 사령관 각하의 어깨를 주물러 드리러 왔습니다.

오장군, 여전히 뻗정다리 걸음으로 사령관에게로, 중대장은 오장군을 착잡한 시선으로 주시하고 있다. 오장군은 사령관에게 다가가면서 손가락을 폈다 접었다 한다. 준비 운동인 것이다.

사령관: 오늘은 잠깐만 주물러도 돼. 너무 힘도 주지 말고.
오장군: 옛.

긴 사이

사령관: 오늘 아침두 배부르게 먹었나?
오장군: 옛, 3인분 먹었습니다.

긴 사이

사령관: 어젯밤에도 고향 꿈을 꾸었나?
오장군: 아닙니다. 어젯밤엔 꾸지 못했습니다. 그 대신 오늘 아침 고향에서 온 편지를 받았습니다.
사령관: 음, 기뻤겠군.
오장군: ⓒ (대답 대신 콧소리를 쉬익 낸다……. 주저하다가) 그런데 각하, 그 편지에 이 육군 이등병 오장군이 같은 동네에 사는 오 부자네 아들인 오장군 대신 군에 잘못 들어왔다고 씌어 있는데 그럴 수가 있습니까?

사령관: 무슨 뜻인지 모르겠군.
오장군: 예. (순하게 수긍하며) 저도 무슨 뜻인지 통 모르겠습니다, 각하.

긴 사이

사령관: (수색 중대장에게) 참, 수색 중대장, 어제 수색 작전에서 몇 명이나 잃었지?
중대장: 전사 5명, 부상자 11명입니다.

– 박조열,「오장군의 발톱」

26 다음의 〈보기〉는 시나리오 를 꾸민 인물과 이용당하는 인물을 구체화한 것이다. 빈 칸에 들어갈 등장인물들을 차례대로 쓰시오.

보기

동쪽 나라의 (①)이/가 (②)을/를 이용해 적군에게 허위 사실을 유포하기 위해 준비한 계획이다.

① ____________________

② ____________________

27 위 작품은 무대 상연을 전제로 한 연극 대본인 희곡이다. 본문에서 ⓐ~ⓒ에 해당하는 희곡의 3대 구성 요소를 차례대로 쓰시오.

ⓐ ____________________

ⓑ ____________________

ⓒ ____________________

독서

[핵심이론]

1 독서의 본질

1. 독서의 준비

(1) 독서의 목적에 따라 글을 선택하는 방법

목적	글의 선택 방법
학업 독서	나에게 필요한 분야의 지식을 잘 정리한 책을 찾아서 정독함
교양 독서	나에게 필요한 교양이 무엇인지 생각하고 나서 읽을 만한 책을 찾음
문제 해결 독서	당면한 문제에 대해 분석하고 해결책을 제시한 책을 찾음
여가 독서	나의 흥미와 관심을 생각하여 책을 찾음
타인과의 관계 유지를 위한 독서	사람들의 공통적인 관심사를 생각하여 책을 찾음

(2) 독서 수준에 맞는 글을 선택하는 방법

① 표지를 통해 책의 성격에 대한 단서 찾기

② 목차와 서문을 통해 책에서 다룬 내용의 범위 확인하기

③ 본문을 보고 나의 지식이나 어휘력으로 이해할 수 있을지 짐작하기

(3) 가치 있는 글을 선택하는 방법

① 다른 사람이 쓴 서평 등을 참고하여 책 선택하기

② 여러 세대를 거치면서 검증되어 '고전'으로 인정된 책 선택하기

③ 권장 도서나 추천 도서로 선정된 책 선택하기

2. 주제 통합적 읽기

(1) 개념: 같은 화제를 다룬 여러 글을 읽고 비판적 · 통합적으로 이해하여 의미를 재구성하는 활동

(2) 필요성

① 다양하고 폭넓은 관점으로 주제를 바라볼 수 있음

② 주관적이고 비판적인 시각으로 다른 사람의 글을 읽을 수 있음
③ 인간과 세계를 폭넓게 이해하는 능력을 기를 수 있음
④ 문제 상황을 창의적으로 해결할 수 있는 능력을 기를 수 있음

(3) 과정

읽기의 목적 구체화하기
⇩
읽기 목적에 맞는 글 찾기
⇩
글의 분야, 글쓴이의 관점, 형식이 다른 글을 서로 비교하며 읽기
⇩
글의 주장을 비판적으로 검토하고 유용한 정보 추려 내기
⇩
자신의 관점에 따라 정보를 가려내어 화제에 대한 자신의 견해 정리하기(재구성하기)

2 독서의 방법

1. 사실적 읽기

(1) 개념: 글에 드러난 정보를 확인하면서 읽는 활동으로, 글을 이해하기 위한 가장 기본적인 읽기 방법

(2) 방법
① 제목을 주의 깊게 살펴보고 내용을 요약하기
② 글의 종류와 그에 따른 글 전체의 논리를 살펴 글의 구조를 파악하기
③ 글의 화제나 내용, 글의 전개 방식을 알려 주는 담화 표지 등을 살펴 글의 전개 방식을 파악하기

2. 추론적 읽기

(1) 개념: 글에 드러난 내용 이외의 것들을 추측하며 읽는 활동

(2) 방법
① 배경지식, 담화 표지, 글의 문맥 등을 종합적으로 활용하여 생략되거나 암시된 정보를 추론하기

② 글의 종류, 글 전체의 내용과 글의 맥락을 고려하여 글쓴이의 의도나 목적을 추론하기
③ 글쓴이의 입장, 글의 예상 독자, 글의 화제나 대상을 대하는 글쓴이의 태도 등을 종합하여 숨겨진 주제를 추론하기

3. 비판적 읽기

(1) 개념: 글의 내용과 표현 방법, 글쓴이의 관점, 글의 배경이 되는 사회 · 문화적 이념 들을 판단하며 읽는 활동

(2) 방법
① 글쓴이의 관점이 타당한지, 내용이 논리적으로 타당한지, 정확하고 믿을 만한지, 공정한지, 자료가 적합한지 등을 판단하기
② 글에 쓰인 표현 방법이 적절하고 효과적인지 판단하기
③ 글에 숨겨진 의도, 글에 전제되거나 글쓴이가 의도적으로 반영한 사회 · 문화적 이념을 판단하기

4. 감상적 읽기

(1) 개념: 글에 대해 정서적으로 반응하며 읽는 활동

(2) 방법
① 공감하거나 감동을 느낀 부분의 의미를 생각하기
② 글에서 깨달음과 즐거움을 얻기
③ 글의 내용을 자신에게 맞게 수용하기

5. 창의적 읽기

(1) 개념: 글의 내용과 글쓴이의 생각에 독자 자신의 지식과 경험을 더해 새로운 의미를 만들어 내는 활동

(2) 방법
① 문제 해결에 도움이 되는 글을 찾아 읽기
② 문제와 관련된 글쓴이의 생각을 평가하고 이에 대한 대안을 찾으며 능동적으로 읽기

3 독서의 분야

1. 인문 · 예술 분야의 글 읽기

(1) 글의 특성

① **인문 분야**: 인간 존재에 대해 철학적으로 탐구하고, 인간의 삶을 기록하기 위한 인간의 지적 활동이 축적된 글

예 문학, 역사, 철학, 언어, 종교, 심리 등에 관한 글

② **예술 분야**: 인간의 상상력과 기술을 발휘해 아름다움을 표현하려는 활동 및 그 결과로 만들어진 작품에 대한 설명, 예술이 탄생한 배경과 창작된 과정 등을 다룬 글

예 예술 철학, 미학 등 예술론 일반에 대한 글, 작품론, 작가론, 음악, 미술, 연극, 영화, 무용, 건축, 사진, 공예 등

(2) 글을 읽는 방법

① 인문 분야와 예술 분야에 대한 배경지식을 활용하며 읽기

② 인문학적 세계관과 인간에 대한 글쓴이의 성찰을 비판적으로 이해하며 읽기

③ 예술과 삶의 문제를 대하는 인간의 태도를 비판적 시각에서 읽기

2. 사회 · 문화 분야의 글 읽기

(1) 글의 특성

① **사회 분야**: 정치, 경제, 언론, 법률, 국제 관계, 교육 분야를 다룬 글

② **문화 분야**: 의식주, 언어, 풍습, 종교, 학문 분야를 다룬 글

(2) 글을 읽는 방법

① 글에 담긴 사회적 요구와 신념을 비판적으로 파악하며 읽기

② 사회적 현상의 특성을 이해하며 읽기

③ 역사적 인물과 사건의 사회 · 문화적 맥락을 비판적으로 이해하며 읽기

3. 과학 · 기술 분야의 글 읽기

(1) 글의 특성

① 과학 분야

㉠ 자연 현상이나 물리적 세계를 대상으로 하며, 대상의 구조나 변화의 원리를 보편적 인과 법칙에 의해 서술함

㉡ 객관적 자료에 근거한 과학적 사실이나 법칙을 제시함

㉢ 자연 과학에 관한 글뿐 아니라 과학에 관한 일반적인 글도 포함함

② 기술 분야

㉠ 과학 이론을 실제로 적용하여 자연과 사물 등을 인간 생활에 유용하도록 가공한 다양한 기술에 관해 서술함

㉡ 기술 공학적 원리나 법칙을 탐구하고 설명함

(2) 글을 읽는 방법

① 과학 용어나 개념을 명확하게 이해하며 읽기

② 지식과 정보의 객관성을 파악하며 읽기

③ 논거의 입증 과정을 파악하고 논거의 타당성을 판단하며 읽기

④ 과학적 원리의 응용과 한계를 파악하며 읽기

4. 시대의 특성을 고려한 글 읽기

(1) 글쓰기 관습의 변화

① 세로쓰기 → 가로쓰기

② 한문 또는 한문과 한글의 병기 → 한글 표기

(2) 글 읽기 방법

① 글이 생산된 당대의 글쓰기 관습이나 독서 문화를 고려하며 읽기

② 글쓴이의 상황이나 당시의 사회 · 문화적 맥락을 고려하며 읽기

③ 자신의 필요나 상황에 맞추어 글의 의미를 재구성하며 읽기

5. 지역의 특성을 고려한 글 읽기

(1) 필요성

① 인간과 세계의 다양성에 대한 이해의 폭을 넓힐 수 있다.

② 다른 지역의 사회 · 문화가 갖는 특수성을 알 수 있다.

③ 다른 지역과 비교하여 우리 사회와 문화의 고유한 가치, 한 인간으로서 자신에 대한 이해를 높일 수 있다.

(2) 글 읽기 방법

① 글이 쓰인 당시 그 지역을 지배한 가치관과 문화를 고려하며 읽기

② 글이 지역의 가치관이나 문화에 끼친 영향을 생각하며 읽기
③ 지역적으로 편중되지 않도록 세계와 국내 여러 지역의 문화를 다룬 글을 두루 읽기
④ 각 지역의 문화적 특성을 존중하는 문화 상대주의적 관점을 지니고 읽기

6. 매체의 특성을 이용한 글 읽기

(1) 독서 환경의 변화
① 정보 통신 기술의 발달로 다양한 읽기 매체(스마트폰, 태블릿 컴퓨터, 전자책 단말기 등)가 생겨남
② 인터넷을 통해 사람들이 지식과 정보의 구성에 직접 참여하고, 손쉽게 자료를 복제하고 전송할 수 있게 됨

(2) 글 읽기 방법
① 매체의 유형과 특성을 고려하여 매체 자료를 읽기
② 매체 자료의 타당성, 신뢰성, 공정성 등을 평가하며 비판적으로 읽기
③ 다양한 매체에서 필요한 정보를 수집하여 활용할 수 있도록 능동적이고 주체적으로 읽기

4 독서의 태도

1. 지속적인 독서 활동

(1) 효과
① 지식과 정보를 얻어 시대의 변화에 대응할 수 있음
② 자기 분야의 전문가로 성장할 수 있음
㉢ 독서 문화를 향유하고 건전한 독서 문화 형성에 이바지할 수 있음

(2) 실천
① 독서에 대한 흥미와 관심을 유지함
② 자발적인 독서 태도를 지님
③ 자신의 독서 이력을 관리함

2. 독서를 통해 타인과 교류하는 방법

① 자신의 관심사에 맞는 다양한 독서 활동 찾기
② 독서 활동에 능동적으로 참여하기
③ 독서 활동의 경험을 공유하고 확산하기

[실전문제]

해답 p.349

▶ 다음 글을 읽고 물음에 답하시오.

배점(총점)	예상 소요 시간
10점	3분 / 전체 80분

최근에는 동일한 기능과 용도를 가진 제품들이 시장에 많기 때문에 소비자들은 차별화된 디자인에 주목하여 상품을 고르는 경우가 많다. 그에 따라 상품의 디자인이 중요한 요소로 부각되고 있다. 이러한 상품의 디자인을 보호하고 관련 산업을 발전시키기 위해 우리나라에서는 디자인 보호법을 제정하여 디자인권을 보호하고 있다. 디자인권을 획득하기 위해서는 누구든지 디자인의 성립 요건과 등록 요건을 갖추어서 특허청에 디자인 등록을 출원하여* 심사를 받아야 한다. 디자인 보호법 제2조에서는 디자인을 '물품의 형상 · 모양 · 색채 또는 이들을 결합한 것으로서 시각을 통하여 미감(美感)을 일으키게 하는 것'으로 규정하고 있다. 이에 따라 법률상 디자인으로 성립하기 위해서는 물품성, 형태성, 시각성, 심미성의 요건을 갖추어야 한다.

디자인의 물품성은 유체성, 동산성, 정형성, 독립성의 네 가지 요건을 갖추어야 한다. 물품은 원칙적으로 유형적 존재를 갖는 유체물에 한정되고, 빛, 열, 전기, 기체, 액체 등과 같이 형태가 고정되어 있지 않은 것은 물품에 해당하지 않는다. 그리고 물품은 유체물 중에서도 동산(動産)에 한정되고 토지와 그 위의 정착물인 건축물이나 건조물 등의 부동산(不動産)은 원칙적으로 물품으로 인정되지 않는다. 다만 이동식 어린이 놀이방, 방갈로 등과 같이 부동산이라도 공업적으로 양산(量産) 가능하고 이동이 가능한 대상은 물품으로 인정된다. 또한 동산이라도 육안으로 식별이 가능하고 일정한 형태를 가져 디자인이 특정될 수 있는 정형성을 갖추어야만 물품으로 인정되기 때문에 가루나 알갱이 형태의 설탕, 시멘트와 같이 정형화되지 않은 동산은 물품으로 인정받을 수 없다. 그러나 만일 이들이 정형성을 갖게 된다면 예외적으로 물품으로 인정받기도 한다. 그 외에도 손수건을 접어서 만든 꽃 모양과 같이 물품 자체의 형태가 아닌 것 역시 물품으로 볼 수 없다. 마지막으로 물품은 경제적으로 독립하여 거래의 대상이 되는 것이어야 하므로 병의 주둥이와 같은 물품의 일부분도 물품에서 제외된다. 이와 함께 물품으로 구현되지 않은 아이디어 자체는 디자인 보호법상의 보호 대상이 되지 않는다.

디자인의 형태성은 물품의 형상에 모양이나 색채가 결합한 형태를 말한다. 여기서 형상은 물품이 공간을 점하고 있는 윤곽을 의미하고, 모양은 물품의 외관에 나타나는 선으로 그린 도형, 색 구분 등을 의미하여, 색채는 물품에 채색된 빛깔을 의미한다. 디자인이 형태성을 갖추기 위해서는 형상이 반드시 있어야 하므로 형상 없이 모양이나 색채만으로 된 것은 형태성을 인정받지 못한다. 형태성은 물품성을 불가분적 전제로 하며, 외부에서 보이는 것이어야 하므로 분해하거나 파괴해야만 볼 수 있는 것은 시각성의 조건을 만족하지 못해 디자인에서 제외된다. 다만 뚜껑을 여는 것과 같은 구조로 된 것은 그 내부도 디자인의 대상이 된다. 디자인의 심미성은 제품이 아름다움을 느낄 수 있도록 처리가 되어 있는 것으로 사람마다 느끼는 정도가 다르기 때문에 그 의미에 대해서는 다양한 입장이 존재한다.

이와 같은 디자인의 성립 요건을 갖추었다고 하더라도 디자인 등록을 위해서는 신규성, 창작성, 양산성 등의 요건을 충족해야 한다. 신규성은 디자인을 출원하기 전에 그 디자인이 국내외 웹사이트, 전시, 간행물, 카탈로그 등을 통해 일반 대중에게 공개되지 않아야 함을 의미한다. 다만 출원인의 권리를 보호하기 위해 일정한 경우에는 자신의 디자인이 일반 대중에게 공개된 날로부터 12개월 이내에 그 디자인을 출원하면 예외적으로 신규성을 인정받을 수 있다. 창작성은 그 디자인이 속하는 분야에서 통상적인 지식을 가진 사람이 기존 디자인을 쉽게 변형하여 만들 수 있는 것이 아니어야만, 즉 용이(容易) 창작이 아니어야만 인정받을 수 있다. 예를 들어 원 모양의 시계는 일반적인 형태이기 때문에 이는 용이 창작에 해당될 가능성이 높지만, 개미 모양의 시계는 그렇지 않기 때문에 창작성을 인정받을 가능성이 높다. 마지막으로 양산성은 동일한 제품을 반복적으로 계속 생산해야 하는 것으로, 수석이나 꽃꽂이와 같이 자연물을 사용한 물품으로 다량 생산할 수 없는 것과 미술 작품의 원본은 양산성이 없기 때문에 디자인으로 등록될 수 없다. 그런데 앞에 언급한 디자인 등록 요건을 갖추었다 하더라도 동일하거나 유사한 디자인을 제3자가 먼저 등록 출원하게 되면 디자인을 등록할 수 없다. 하지만 창작자가 아닌 제3자가 창작자의 권리를 침해하여 디자인을 먼저 등록 출원할 경우, 특허청은 창작자의 권리 보호를 위해 제3자의 디자인 등록을 거부할 수 있다.

***출원하여**: 청원이나 원서를 내어.

[예시문제]

〈보기〉의 빈칸에 들어갈 적절한 내용을 윗글에서 찾아 서술하시오.

보기

디자인 등록을 위해서는 몇 가지 요건이 필요하다. 동일한 제품을 반복적으로 계속 생산할 수 있는 (①) 요건이 있어야 하고, 디자인 출원 전에 일반 대중에게 공개된 적이 없는 (②) 요건이 있어야 한다.

모범답안 ① 양산성 / ② 신규성

바른해설 디자인의 성립 요건을 갖추었다고 하더라도 디자인 등록을 위해서는 몇 가지 요건이 필요하다. 양산성은 동일한 제품을 반복적으로 계속 생산해야 하는 것으로, 수석이나 꽃꽂이와 같이 자연물을 사용한 물품으로 다량 생산할 수 없는 것과 미술 작품의 원본은 양산성이 없기 때문에 디자인으로 등록될 수 없다. 신규성은 디자인을 출원하기 전에 그 디자인이 국내외 웹사이트, 전시, 간행물, 카탈로그 등을 통해 일반 대중에게 공개되지 않아야 함을 의미한다.

채점기준

답안	배점
① '양산성'과 ② '신규성'을 순서에 맞게 모두 쓴 경우	10점
① '양산성'과 ② '신규성'을 순서에 맞게 한 가지만 쓴 경우	5점
답안의 순서가 바뀐 경우 0점 처리함	0점

[01～02] 다음 글을 읽고 물음에 답하시오.

국가는 서로 다른 가치관이나 목표를 가진 개인과 집단을 포괄하면서 개인이나 집단이 할 수 없는 일들을 수행한다. 이는 국가가 자연적으로 형성된 것이 아니라 인간에 의해 요청되고 설립된 구성물이라는 것을 의미한다. 국가는 개인이나 집단의 자유를 제한할 수 있는 권력을 가지고 있으며, 통치자는 이 권력을 통해 피통치자를 지배한다. 국가 권력은 인간의 자유 의지로 구성된 사회적 산물인 동시에 인간을 억압할 수 있기 때문에 지배 근거에 대한 정당화가 필요하다.

대부분의 국가들에서 국가 권력이 효력을 발휘할 수 있는 근거는 법률이다. 법률은 도덕과 달리 양심에 호소하거나 인간적인 감화를 할 필요가 없다. 제도로서 시행되는 실정법은 개인과 집단을 초월하여 지배의 근거가 되는 물리적 강제력을 갖추고 있기 때문에 개인과 집단은 따라야만 한다. 그렇지만 법률에 규정된 물리적 강제력이 권력의 지배를 정당화할 수 있는 것은 아니다. 이에 대해 중세 신학자 아퀴나스는 지배를 위한 법률의 정당화는 강제력이 아니라 지배 대상들로부터 어떻게 자발적인 순응을 얻어 낼 수 있는가에 달려 있다고 보았다. 그는 신의 섭리이며 신앙을 통해서 인식할 수 있는 영원법과, 인간 세계의 보편적 원리이며 이성을 통해 인식할 수 있는 자연법에서 그 근거를 찾았다. 영원법과 자연법은 인간의 본성인 양심이나 정의에 대한 관념에 부합하기 때문에 그에 따라 제정된 실정법은 지배의 정당성을 갖게 된다는 것이다. 아퀴나스는 실정법이 자연법을 따른다 하더라도 자연법의 정신은 완전히 구현할 수 없다는 점을 인정한다. 그렇지만 실정법을 영원법과 자연법에 가깝게 함으로써 국가가 공동선을 지향한다는 생각을 구성원 모두가 공유하는 것이 권력의 지배를 정당화할 수 있다고 보았다.

국가가 정당화해야 할 또 다른 문제는 권력을 행사하는 사람이다. 아퀴나스는 권력자를 결정하는 방법보다 더 중요한 것은 권력자의 도덕성이라고 보았다. 보통의 국가에서는 실정법이 정한 절차에 의해 선정된 자가 권력을 가지게 된다. 군주제에서는 왕위를 계승한 사람이, 민주주의에서는 투표를 통해 다수의 표를 얻은 사람이 권력을 가지게 된다. 민주주의에서 투표는 권력이 사회 구성원으로부터 나온다는 것을 표상하기 때문에 군주제보다 더 좋은 제도로 보이지만, 투표가 권력자의 도덕성을 담보하는 것은 아니다. 아퀴나스는 권력자가 도덕적이며 공동선을 이끌 수 있다면 국가 권력이 정당화될 수 있다고 보았다. 투표로 뽑힌 사람이라 하더라도 사람들에게 양심에 어긋나는 일을 강요하거나 공동선의 추구를 가로막는 폭군이라면 그 자리에서 끌어내려야 한다고 보았다. 이러한 행위 역시 정당화가 되기 위해서는 그것이 공동체의 행위이며, 현재 상태보다 더 나은 결과를 가져올 것이라는 확고한 명분이 있어야 한다. 아퀴나스가 폭군의 통치하에서 공동선에 대한 더 나은 대안과 기대가 없다면 당분간의 안전을 위해 폭군의 통치를 용인해야 한다고 한 것은 혁명도 적절한 시기와 명확한 전망이 있어야 정당화될 수 있다는 것을 말하는 것이다.

01 윗글의 내용을 다음과 같이 이해할 때 빈칸에 들어갈 말을 제시문에서 찾아 차례대로 쓰시오.

중세 신학자 아퀴나스는 (ⓐ)이/가 그 자체로는 정당화될 수 없으며 신의 섭리인 (ⓑ)와/과, 이성을 통해 인식되는 (ⓒ)에 근거하였을 때 정당화될 수 있다고 보았다.

ⓐ ______________________

ⓑ ______________________

ⓒ ______________________

02 **다음의 〈보기〉는 제시문의 내용을 이해하고 정리한 것이다. 〈보기〉의 ①~④에 들어갈 말을 문맥에 맞게 '있다' 또는 '없다'로 답하시오.**

보기

- 실정법은 자연법의 정신을 완전히 구현할 수 (①).
- 국가가 공동선을 지향한다는 생각을 구성원 모두가 공유하는 것은 권력의 지배를 정당화할 수 (②).
- 다수의 득표로 지도자를 선출하는 방식은 지도자의 도덕성을 담보할 수 (③).
- '공동선에 대한 더 나은 대안과 기대'는 폭군을 권좌에서 끌어내리는 혁명을 정당화하는 명분이라고 할 수 (④).

① ____________________

② ____________________

③ ____________________

④ ____________________

[03~04] 다음 글을 읽고 물음에 답하시오.

[A] '아는 것이 힘이다'라는 말이 있다. 반면에 '아는 것이 병이다'라는 말도 있다. 이것은 같은 대상이 이익도 되고 손해도 되는 모순된 상황을 이야기하는 것은 아니다. '아는 것'에는 바르게 아는 것(바른 지식)도 있지만, 부분적으로 아는 것(부분 지식), 잘못 아는 것(오류 지식)도 있으며, 자신의 지식이 불완전하다는 것을 아는 것(비판 지식)도 있다. 그런 점을 생각하면 힘이 되는 '아는 것'과 병이 되는 '아는 것'은 다른 종류의 지식이라고 할 수 있다.

인간이 수천 년 동안 지식을 쌓아 올려 행성의 운동을 설명할 수 있었던 것은 (ⓐ) 지식을 얻는 과정을 보여 준다. 인간은 무지에서 시작하여 사고와 탐구를 통해 (ⓑ) 지식을 쌓는다. 지식을 쌓는 과정에 논리적 결함이 있거나 부분 지식을 전체로 단정할 때 (ⓒ) 지식에 빠질 수도 있지만, (ⓓ) 지식을 통해 오류들을 제거해 나가면 바른 지식을 향해 나갈 수 있다. 따라서 바른 지식으로 나아가기 위해서는 먼저 내가 어디쯤 있는가를 아는 것이 중요한데, 이때 결정적인 역할을 하는 것이 독서이다. 독서를 통해 우리는 앞선 사람들이 이루어 놓은 지식을 얻는 동시에 자신이 무지한 상태이거나 부분 지식, 오류 지식을 지니고 있다는 것을 깨달을 수 있기 때문이다. 그렇다면 바른 지식을 향해 가는 독서는 어떻게 해야 하는 것일까?

우선 다양한 분야의 책을 읽어야 한다. 무지를 깨닫고 벗어나기 위해서는 깊지 않아도 다양한 지식을 갖추어야 한다. 이를 위해서는 어느 특정 분야에 얽매이지 말고 여러 분야의 책을 골고루 읽어야 한다. 교양이 어느 정도 쌓였을 때는 한 분야의 책을 깊이 읽어야 한다. 한 분야의 책을 집중적으로 읽다 보면 해당 분야의 전문가가 될 수 있고, 부분 지식이 다른 부분 지식들과 결합해 나갈 경우 바른 지식으로 나아갈 수도 있다. 그와 함께 비판적인 책을 읽어야 한다. 이는 오류 지식을 해결하려는 것으로, 타당한 관점이나 방법론을 바탕으로 기존 지식에 대해 비판적 안목을 가지게 하는 책은 우리의 지식이 바른 방향으로 갈 수 있도록 해 준다. 독서를 통해 바른 지식으로 나아갈 수 있다면 '아는 것'이 인생을 살아가는 데 큰 힘이 될지언정 병이 될 일은 없을 것이다.

–「바른 지식을 위한 독서」

03 [A]에서 설명한 지식의 종류를 토대로, 제시문의 ⓐ~ⓓ 들어갈 지식의 종류를 차례대로 쓰시오.

ⓐ ______________

ⓑ ______________

ⓒ ______________

ⓓ ______________

04 〈보기 2〉는 위의 제시문을 바탕으로 〈보기 1〉의 내용을 이해한 것이다. 〈보기 2〉의 빈칸에 들어갈 지식의 종류를 제시문에서 찾아 쓰시오.

보기 1

옛날 인도의 어떤 왕이 앞을 보지 못하는 사람들을 불러 손으로 코끼리를 만져 보고 각자 코끼리에 대해 말해 보도록 했다. 배를 만진 이는 장독, 등을 만진 이는 평상, 다리를 만진 이는 절구와 같다고 제각기 다른 말을 했다. 이들의 말이 틀린 것은 아니었지만 이들이 서로 자기가 코끼리를 만져 알게 된 것만이 옳다고 싸우자 왕은 "보아라. 코끼리는 하나이거늘 제각기 자기가 알고 있는 것만을 코끼리로 알고 있구나. 진리를 아는 것도 또한 이와 같은 것이니라."라고 했다.

보기 2

앞을 보지 못하는 사람들이 코끼리를 만진 후 제각기 다른 말을 한 것은 (①) 지식을 가졌기 때문이고, 앞을 보지 못하는 사람들이 자기가 만진 것이 옳다고 싸우는 것은 (②) 지식에 빠졌기 때문이다.

[05～06] 다음 글을 읽고 물음에 답하시오.

기대승은 당대 유학계의 거목이었던 이황과 12년에 걸쳐 사단 칠정에 대한 학문적 논쟁을 벌인 것으로 유명하다. 이황은 그의 깊이 있는 독서 태도와 탐구 정신에 감동하여 그가 자신보다 스물여섯 살이나 아래였지만 깍듯하게 예우했으며, 다른 사람들에게 그를 '유학자 중의 유학자'라고 칭찬했다. 기대승이 당대의 최고 권위자에게도 논리적으로는 전혀 밀리지 않았던 것은 책의 내용을 자신의 관점에서 완전히 이해하고 실제를 통해 체득하려는 독서법과 관련이 있다.

후대 사람인 정약용이 전한 일화에 따르면 기대승은 다섯 살에 천자문을 시작했지만, 일곱 살이 되도록 첫 구절인 '천지현황(天地玄黃)'의 뜻을 모른다 했다고 한다. 훈장이 소만도 못하다고 혼을 내자 "천지현황을 삼 년 동안 읽으니, 언재호야(焉哉乎也)는 언제 읽을까?"라고 읊었다고 한다. '언재호야'는 천자문의 마지막 구절인데, 이 말을 듣고 훈장은 기대승이 큰 인물이 될 것이라 생각했다고 한다. 이것은 약간의 과장이 있는 이야기일 수 있지만, 단순히 읽어 보는 것을 넘어 그 속에 담긴 참뜻을 보려고 했던 기대승의 정신을 보여 주는 일화라고 할 수 있다.

독서 방법에 대한 기대승의 생각은 벼슬길에 나서지 않던 시절의 상황을 해명한 ㉠「삼해(三解)」라는 글에 잘 나타난다. 그는 독서의 목적을 과거 시험에 합격하거나 출세를 하는 것에 두면 깊이 있게 탐구할 수 없다는 것을 언급하면서 자신의 학문 탐구 자세를 이야기한다. 그는 천지 만물은 물(物)과 아(我)의 구분이 없고, 만물은 나와 기(氣)를 같이하기 때문에 나를 돌이켜 궁구하면 천지의 도를 알 수 있다고 보았다. 성(性)은 하늘의 도이고, 경(敬)은 성인의 도이기 때문에, 마음을 집중하여 경을 실천하며 성에 이른다면 만물의 이치를 깨달을 수 있다고 보았다. 여기에서 성인의 글을 읽을 때 근본 취지를 생각하고, 반복해서 읽고 실천하면서 핵심 원리를 체득하려는 자세를 볼 수 있다. 그는 옛 성인들의 글을 읽을 때 남들의 주석을 참고는 하되, 그에 전적으로 의존하지 않고 반복해서 읽고 실천하면서 참뜻을 이해해야 한다고 했는데, 이는 그가 쓴 「독서(讀書)」라는 짧은 시에서도 잘 드러난다. '독서를 할 때는 옛사람 마음을 보아야 하니 / 반복하여 깊이 마음을 붙여야 한다. / 마음에 얻는 바가 있으면 체행(體行)해야 하니 / 언어만 의지해서 찾으려 하지 마라.' 그가 이 시에서 말하는 바는 읽고 읽어서 자신의 말로 설명할 수 있어야 아는 것이며, 아는 것을 실천하고 적용하면서 언어의 행간을 이해하라는 것이다.

기대승은 이황과의 논쟁이나 왕과의 경연 자리에서 항상 새로운 문제의식을 제시하고, 새로운 관점을 제시했다. 그가 틀에 박힌 해석을 하는 사람들과 달랐던 것은 독서를 하면서 읽은 내용을 글자 그대로 받아들이는 것이 아니라, 읽은 내용을 다양한 상황에 적용해 보면서 깊이 있는 이해를 했기 때문이라고 할 수 있다.

05 다음은 제시문의 ㉠을 통해 알 수 있는 독서 자세를 설명한 것이다. 이와 연관된 내용을 제시문에서 찾아 각각 한 문장으로 쓰시오(단, 띄어쓰기와 문장부호는 글자 수에서 제외함).

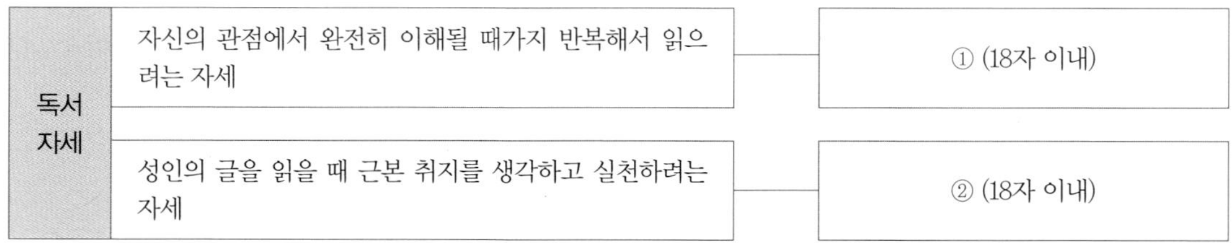

독서 자세	설명	답
독서 자세	자신의 관점에서 완전히 이해될 때가지 반복해서 읽으려는 자세	① (18자 이내)
	성인의 글을 읽을 때 근본 취지를 생각하고 실천하려는 자세	② (18자 이내)

① ______________________________

② ______________________________

06 〈보기 1〉은 학생이 쓴 '성찰 일기'의 일부이고, 〈보기 2〉는 〈보기 1〉의 ①과 ②에 나타난 문제점을 '기대승'의 관점에서 지적한 것이다. 〈보기 2〉의 빈칸에 들어갈 단어(모두 2음절)들을 제시문에서 찾아 쓰시오.

보기 1

오늘 '윤리와 사상' 수업에서 「고대 이오니아 철학자들」이라는 글을 읽고 친구들 앞에서 발표를 했다. 글의 내용을 두 부분으로 나누어, 먼저 만물의 근원에 대한 탈레스와 데모크리토스, 아낙시만드로스의 관점을 비교하였고, 그런 다음 이들의 생각이 자연 과학의 발전에 미친 영향을 설명했다. 그런데 친구들이 내용을 이해하기 어렵다며 ① 실제 생활에서 그 내용이 어떻게 적용되는지를 설명해 달라고 했을 때, 미처 생각을 해 보지 못했다고 답했다. 그리고 한 친구가 ② 그들이 왜 만물의 근원을 따지려 했느냐고 묻는 말에 정확히 답을 하지 못했다. 대신 그 정도 깊이까지는 시험에 나오지 않는다는 말로 얼버무리고 말았다.

보기 2

① (　　　)하고 (　　　)하면서 확실하게 이해해야 한다.
② 언어의 (　　　)을/를 이해하고 성인들의 말에 담긴 (　　　)을/를 이해해야 한다.

① ______________, ______________

② ______________, ______________

[07～09] 다음 글을 읽고 물음에 답하시오.

국제 통화 기금(IMF)은 국가 간 거래가 늘어나는 상황에서 국제 통화 및 금융 제도의 안정을 도모하기 위한 국제 금융 기구로서, 2023년 현재 190개국이 가입해 있다. IMF는 가입 희망국의 자격에 관하여 특별한 제한을 하고 있지 않으며, 질서 있고 안정적인 환율 제도 운용을 통해 국제 통화 문제에 협력할 의사가 있는 모든 나라에 대해 가입을 허용하고 있다. IMF 가입을 희망하는 나라가 가입 신청서를 제출하면 IMF는 신청국의 경제 규모나 교역량 등에 따라 출자 할당액인 쿼터(quota)와 납입 방법을 결정하고 이사회의 승인을 거쳐 총회에 회부한다. 가입을 위해서는 총투표권의 2/3 이상을 보유하는 과반수 회원국이 참가하여 이들이 행사한 투표권의 과반수가 찬성을 얻어야 한다. 회원국으로 가입한 국가는 쿼터 지분만큼의 투표권을 가지게 된다.

IMF에서는 국제 금융 위기 예방을 위한 감시 활동 등을 하고 있지만, 가장 중요한 기능은 금융 위기 국가에 대해 금융 지원을 하는 것이다. IMF의 금융 지원은 주로 쿼터 납입금을 활용하며 필요할 경우 회원국 또는 비회원국 및 민간으로부터 재원을 차입하기도 한다. 쿼터 납입금은 IMF의 가장 기본적인 융자 재원이며, IMF의 재원 중 90% 정도를 차지하는데, 쿼터 납입금으로 가맹국은 할당액의 25%를 금으로, 나머지 75%를 자국 통화로 납입해야 했다. 금으로 납입한 부분은 '골드 트랑슈'라고 하여 납입한 회원국이 특별한 조건 없이 인출할 수 있었지만, 신용도가 떨어지는 회원국의 통화는 융자 재원으로 사용하기는 어려웠다. 국제 거래에 사용되기 위해서는 금이나 달러화와 교환해야 했는데, 금의 경우 한정된 수량으로 인해 충분히 공급되기 어려웠으며, 달러화의 공급에는 한계가 있었다. 달러화가 전 세계에 공급되기 위해서는 미국의 국제 수지가 계속 적자 상태가 되어야 하며, 그럴 경우 달러화의 신용도가 떨어지는 문제가 있었다.

이러한 문제를 해결하기 위해 1970년에 채택된 것이 특별 인출권(SDR)이다. SDR은 IMF 회원국들이 담보 없이 외화를 인출할 수 있는 권리로, 금과 달러에 이은 제3의 국제 통화로 간주되고 있다. SDR은 추가 출자 없이 회원국의 합의에 의해 발행 총액이 결정되며, 회원국의 쿼터에 비례하여 배정된다. 자국의 국제 수지가 악화돼 외화가 부족할 때 SDR을 외화와 교환하고, 대신 외화를 제공한 회원국에게 이자를 지급하는 방식으로 사용된다. 과거 금으로 채웠던 골드 트랑슈는 금 본위제가 해체된 이후에는 금이나 달러화 외에 SDR로도 채울 수 있게 되면서 '리저브 트랑슈'로 불리게 되었다. SDR의 가치는 처음에는 달러화와 등가(等價)로 정해졌지만 주요 선진국들이 변동 환율제를 도입하면서 달러 가치의 변동성이 커지게 되었다. 이에 따라 1974년에는 SDR의 가치를 세계 교역에서 1% 이상 차지하는 상위 16개국의 통화 시세에 가중치를 곱하여 산정하는 ㉠ <u>통화 바스켓 방식</u>이 도입되었다. 이렇게 하면 통화 바스켓 통화 중 어느 한 통화의 상대적 가치가 저하되어도 다른 통화의 상대적 가치가 상승하면 영향이 상쇄되기 때문에 안정적으로 가치를 유지할 수 있다는 장점이 있다. 하지만 구성 통화가 많아 계산이 복잡했기 때문에 1980년 IMF 총회에서는 통화 바스켓을 미국 · 영국 · 프랑스 · 독일 · 일본 5개국의 통화로 구성된 표준 통화 바스켓으로 재편하였다. 이후 1999년 유로화가 도입되고, 2016년 중국의 위안화가 표준 통화 바스켓에 ㉡ <u>들어오면서</u> 현재는 달러화, 유로화, 위안화, 엔화, 파운드화 순의 비율로 구성되어 있다.

IMF로부터 융자를 받은 회원국은 기본 수수료, 약정 수수료, 인출 수수료를 내야 한다. 그리고 IMF와 정책 프로그램을 약속하고 이를 이행해야 하는데, 이를 신용 공여 조건이라고 한다. 신용 공여 조건은 IMF의 융자금이 수혜국의 문제 해결을 위해 제대로 쓰이고 있는지와 정책 프로그램이 효과적으로 작동하는지를 모니터링하기 위한 것이다. 신용 공여 조건을 두는 이유는 IMF 입장에서는 융자 수혜국의 경제가 하루빨리 회복되어야 융자금을 회수할 수 있으며, 융자 수혜국은 IMF와 정책 프로그램을 약속하는 것 자체만으로도 시장의 신뢰를 어느 정도 회복할 수 있기 때문이다. 그러나 신용 공여 조건이 각국의 경제적 기초 여건을 고려하지 않는 문제들로 인해 2008년 글로벌 금융 위기 이후에 이에 대한 개선이 논의되었다. 그 결과 경제적 기초 여건이 견실한 회원국에 대해서는 신용 공여 조건을 갖추었다고 간주하고 즉각 지원을 해 주는 '사전적 신용 공여 조건'이 도입되었다.

07 윗글에서 ㉠을 도입함으로써 얻을 수 있는 장점을 제시문에서 찾아 한 문장으로 서술하시오. (띄어쓰기 제외, 20자 내외)

08 윗글을 바탕으로 다음의 〈보기〉를 이해할 때 밑줄 친 ⓐ에 해당하는 것을 제시문에서 찾아 쓰시오.

보기

1990년대에는 금융 자유화와 금융 시장 개방 등으로 인해 아시아로 유입된 외국 자본이 빠르게 늘어났다. 국내 금융 기업들은 금리가 낮은 해외의 단기 자금을 끌어와 높은 금리로 동남아 국가들에 장기로 빌려주면서 이자 차익을 보았다. 1997년 미국의 금리 인상으로 해외 투자자들이 아시아 시장에서 자본을 회수하기 시작하면서 우리나라는 외화가 부족하여 환율이 급등하고, 단기 자금을 갚지 못해 국가 부도의 상황까지 가게 되었다. 우리 정부는 회원국으로 있던 IMF에 구제 금융을 신청하면서 ⓐ 구조 조정과 공기업의 민영화, 자본 시장의 추가 개방 등의 IMF가 내건 조건을 수락했다. 국민들의 금 모으기 운동과 고금리 정책 등으로 IMF의 융자금을 조기 상환하였지만, 구조 조정으로 인해 많은 기업이 파산하고 실업자가 증가하는 후유증도 있었다.

09 ⓛ의 의미가 문맥상 다음과 같을 때, 밑줄 친 '들어왔다'를 비슷한 말로 바꾸어 쓰시오. (4음절 기본형)

그 기업은 올해부터 대기업 집단에 들어왔다.

[10~11] 다음 글을 읽고 물음에 답하시오.

우리가 마시는 커피와 생물학적 커피는 엄연히 구분된다. 우리가 만나는 인간과 생물학적 인간이 전혀 별개인 것과 마찬가지다. 생물학적 커피는 커피나무에 매달린 체리(커피 열매)의 씨앗, 즉 생두를 의미한다. 그러나 갓 수확한 생두는 옅은 회색을 띤 흰색에 향도 거의 없이 쓰기만 하다. 꽃향기에서 풀 냄새, 초콜릿에 이르는 풍부한 향을 포괄하고, 시고 쓰고 떫은맛을 아우르며, 황토색에서 검은색에 가까운 짙은 갈색까지 다양한 갈색의 스펙트럼을 아우르는 커피는 말리고 볶는 가공 과정을 통해 탄생한다.

커피를 가공하는 방식은 크게 건식법과 습식법으로 나눌 수 있다. 자연식이라고도 불리는 건식법은 가장 단순하고 오래되었을 뿐 아니라 기계를 가장 적게 사용하는 방식이다. 건식법의 첫 단계는 빨갛게 익은 커피 열매, 즉 체리를 수확하는 것이다. 수확하는 방법은 커피 농장의 규모, 시설물, 위치, 재배하는 커피의 품질에 따라 다양하다. 수확한 체리는 세척 과정을 거쳐 키질을 통해 잘 익은 것과 덜 익은 것, 손상된 것으로 선별한다. 먼지, 흙, 나뭇가지 등 이물질은 바람에 날려 제거한다.

이렇게 선별한 체리는 커다란 콘크리트 블록, 벽돌 파티오 또는 돗자리를 펼쳐 놓고 햇볕을 받도록 한다. 이는 한국에서 가을에 고추를 말리는 광경과 흡사하다. 체리는 꾸준히 갈퀴나 손으로 섞고 뒤집어 주면서 골고루 마르도록 한다. 체리가 최적 상태인 12.5퍼센트의 수분을 머금을 때까지 2~3주간 말린다. 햇볕이 약하거나 습도가 높은 지역에서는 4주까지 말리기도 한다. 규모가 큰 농장에서는 더운 바람이 나오는 드라이어를 사용하여 말리는 기간을 단축하기도 한다.

건조 작업은 커피의 품질을 결정하는 가장 중요한 단계이다. 체리가 너무 마르면 부서지기 쉬워 운송하는 동안 손상될 위험이 커진다. 그렇다고 덜 말리면 체리에 곰팡이가 피거나 썩어 품질이 떨어진다. 따라서 너무 마르지도, 너무 습하지도 않은 12.5퍼센트의 수분을 유지하는 것이 중요하다. 말린 체리는 공장에서 껍질을 벗길 때가지 특별히 고안된 '사일로'에 보관한다. 공장에서는 기계를 사용하여 생두를 체리에서 분리해 낸 후에 이를 선별하고 등급을 매겨 포대에 담는다. 값싼 로부스타 커피는 대부분 비용이 덜 들고 손이 덜 가는 건식법을 통해 가공된다. 브라질에서 생산하는 아라비카 커피의 95퍼센트, 에티오피아 · 아이티 · 파라과이산 아라비카의 대부분, 일부 인도 · 에콰도르산 아라비카도 건식법을 거친다.

습식법은 특별히 고안된 기계와 많은 양의 물을 사용하기 때문에 상대적으로 비용이 많이 들지만, 건식법보다 커피 본래의 맛과 향을 더 훌륭하게 보존할 수 있을 뿐만 아니라 훼손도 적다. 따라서 습식법은 주로 고급 아라비카 커피 원두를 가공하는 데 이용된다.

– 김성윤, 「커피 이야기」

10 다음은 건식법으로 커피를 가공할 때 이루어지는 과정을 위의 제시문을 바탕으로 정리한 것이다. 빈칸에 들어갈 말을 제시문에서 찾아 쓰시오.

체리 (①) ⇨ 체리 (②) ⇨ 체리 (③) ⇨ 생두 (④)

11 고급 아라비카 커피 원두를 가공하는 데 건식법보다 습식법을 이용하는 두 가지 이유를 제시문에서 찾아 서술하시오.

① ________________

② ________________

[12～13] 다음 글을 읽고 물음에 답하시오.

풍력 발전기는 바람 에너지를 날개에 부딪히게 하여 날개의 회전 운동으로 변환한 후, 이를 다시 전기 에너지로 변환하는 장치이다. 풍력 발전기는 날개의 회전축이 불어오는 바람의 방향과 평행한 것은 수평축형, 수직인 것은 수직축형으로 구분한다. 수평축형에서 바람은 날개와 나셀, 그리고 타워를 순서대로 통과한다. 나셀은 회전 운동을 전기로 변환하는 데 필요한 장치들을 모아 둔 상자이고, 타워는 날개와 나셀을 높은 곳에 위치시켜 주는 구조물이다.

〈그림〉은 수평축형의 날개 중 한 개의 단면을 나타낸 것이다. 유선형*의 날개에 부딪힌 바람은 날개의 곡면과 평탄한 면으로 나뉘어 흐른다. 곡면을 따라 흐르는 바람은 평탄한 면을 따라 흐르는 바람보다 속력이 빠르다. 그 결과 곡면 주변은 평탄한 면의 주변보다 압력이 낮아져, 압력이 높은 곳에서 낮은 곳으로 들어 올리는 힘인 양력이 발생하게 되어 날개는 양력 방향으로 회전하게 된다. 이때 풍속이 증가하면 양력도 증가한다. 한편 불어오는 바람의 방향과 날개의 시위선*이 이루는 각을 받음각이라 하며, 일반적으로 받음각이 클수록 동일한 풍속에서 발생하는 양력도 커진다. 수평축형의 날개는 10도 정도의 받음각을 이루고 있어서, 풍속으로 인하여 발생하는 양력에 받음각으로 인하여 발생하는 양력을 합한 힘으로 날개를 회전시킨다. 이때 날개를 회전시킬 수 있는 풍속은 3m/s 이상이어야 한다.

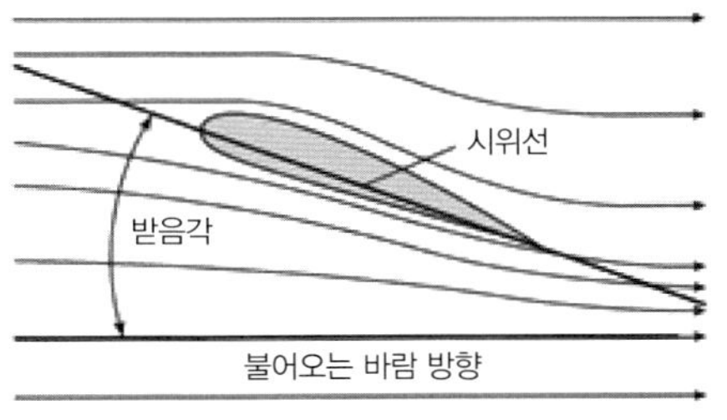

나셀 내부에는 증속기, 제너레이터, 제어기가 들어 있다. 날개의 회전축은 증속기를 거쳐 제너레이터 축과 연결되어 있고, 제너레이터는 제너레이터 축의 회전을 전기로 변환하여 출력한다. 이때 증속기는 날개의 회전축의 회전 속력보다 제너레이터 축의 회전 속력을 더 증가시켜 준다. 제너레이터에서 출력되는 전기의 양을 전기의 출력량이라 하며, 과도한 고속 회전은 제너레이터를 손상시키므로 제너레이터의 내구성을 고려해 정해 둔 전기의 출력량의 최댓값을 정격 출력이라 한다. 정격 출력을 얻기 위해서는 풍속이 15m/s에 도달해야 한다.

수평축형 풍력 발전기의 효율과 안정성을 위한 장치인 제어기에는 요잉 장치와 피치 장치, 브레이크 장치가 있다. 불어오는 바람이 모든 날개에 고르게 닿아야 발전 효율이 높아진다. 그래서 요잉 장치는 바람의 방향에 대응해 나셀을 움직여서, 회전축을 바람의 방향에 평행하도록 이동시킨다. 피치 장치는 고속 회전으로 인한 부품들의 손상을 막기 위해 날개를 움직여 받음각을 조절한다. 그래서 풍속 15m/s부터 25m/s까지는 정격 출력보다 더 많은 출력이 가능하나 정격 출력을 넘지 않게 하기 위해, 피치 장치는 풍속에 의해 양력이 증가하는 만큼 받음각을 조절하여 날개의 회전 속력을 일정하게 만든다. 풍속이 25m/s를 초과하면 부품들을 보호하기 위해 받음각을 0도로 만들고 추가적으로 브레이크 장치가 작동되어 날개 회전을 중단한다. 이후 풍속이 줄어들면 브레이크 장치의 작동은 해제되고 피치 장치는 받음각을 복원한다.

발전 효율이란 투입한 바람 에너지에 대한 출력되는 전기 에너지의 비율이다. 독일의 물리학자인 베츠에 의해 풍력 발전기의 발전 효율은 59.4%를 넘을 수 없음이 증명되었고, 상용되고 있는 풍력 발전기는 이 값보다 더 낮다. 수평축형의 발전 효율이 수직축형보다 더 높은데, 수직축형은 한쪽 날개에 바람이 닿는 동안 반대쪽 날개에는 바람이 닿지 않기 때문이다. 하지만 수직축형은 여러 방향의 바람에도 날개 회전이 가능해서 요잉 장치가 필요 없으므로 수평축형에 비해 제어기의 구조가 간단하다.

***유선형**: 물이나 공기의 저항을 최소한으로 하기 위하여 앞부분을 곡선으로 만들고 뒤쪽으로 갈수록 뾰족하게 한 형태.

***시위선**: 날개의 앞 꼭짓점과 뒤 꼭짓점을 직선으로 연결한 가상의 선.

12 다음의 〈보기〉는 윗글을 바탕으로 준비한 학생의 발표이다. ㉠과 ㉡에 들어갈 내용을 제시문의 내용을 토대로 차례대로 서술하시오.

보기

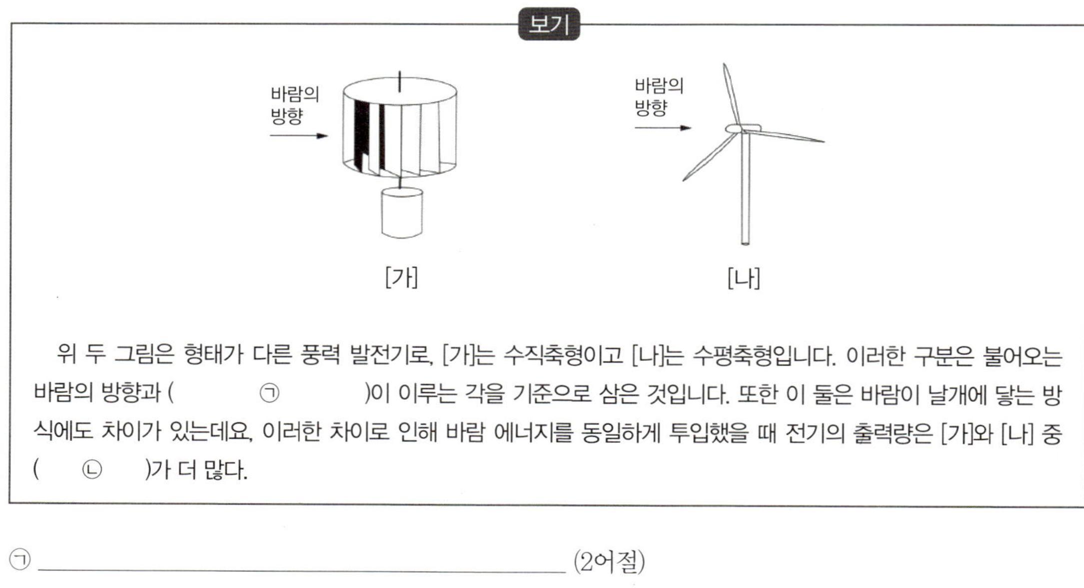

위 두 그림은 형태가 다른 풍력 발전기로, [가]는 수직축형이고 [나]는 수평축형입니다. 이러한 구분은 불어오는 바람의 방향과 (㉠)이 이루는 각을 기준으로 삼은 것입니다. 또한 이 둘은 바람이 날개에 닿는 방식에도 차이가 있는데요, 이러한 차이로 인해 바람 에너지를 동일하게 투입했을 때 전기의 출력량은 [가]와 [나] 중 (㉡)가 더 많다.

㉠ ______________________ (2어절)

㉡ ______________________ [가]와 [나] 중 선택하기

13 다음의 〈보기 1〉은 '수평축형 풍력 발전기'가 설치된 장소에서 하루 동안의 시간대별 풍속을 기록한 것이다. 윗글을 바탕으로 T1 ~ T5 시간대에 따른 발전기의 작동을 이해할 때, 〈보기 2〉의 빈칸에 들어갈 T1 ~ T5 시간대를 차례대로 쓰시오.

보기 1

구분	시간대	풍속
T1	오전 9시 ~ 오전 10시	2m/s에서 1m/s로 점차 감소
T2	오전 11시 ~ 정오	4m/s에서 7m/s로 점차 증가
T3	오후 1시 ~ 오후 2시	8m/s에서 13m/s로 점차 증가
T4	오후 3시 ~ 오후 4시	16m/s에서 23m/s로 점차 증가
T5	오후 5시 ~ 오후 6시	28m/s에서 26m/s로 점차 감소

보기 2

날개가 회전하여 발전기에서 전기가 처음 출력되기 시작하는 시간대는 (ⓐ)이며, 풍속의 증가로 날개의 회전수가 점차 증가하여 정격 출력을 내기 시작하는 시간대는 (ⓑ)이다. 또한 브레이크가 작동되어 날개의 회전이 중단되는 시간대는 (ⓒ)이다.

[14～15] 다음 글을 읽고 물음에 답하시오.

정보 기술은 정보의 처리뿐만 아니라 그 수집과 저장도 용이하게 했다. 미국의 경우 1971년에 미국 연방 수사국(FBI)의 국가 범죄 정보 센터가 250만 명의 범죄자에 대한 신상 정보를 만들면서 출범했는데 지금은 수천만 명에 대한 신상 정보를 축적하고 있다. 이 데이터베이스의 초기 목적은 보석(保釋)과 같은 사법적인 절차를 용이하게 하는 것이었지만, 지금은 사람을 고용하거나 자격증을 줄 때 그 사람의 과거를 조회하는 용도로 더 많이 쓰이고 있다. 또 인터넷은 정보를 찾는 것을 도와주는 한편, 쿠키 등을 통해 아이피(IP) 주소나 전자 우편과 같은 사용자 신상 정보를 기업에 제공함으로써 기업이 소비자 정보를 얻는 것을 가능케 한다. 직장에서의 컴퓨터는 정보 처리를 통해 업무를 도와주지만 동시에 작업자의 업무 시간과 작업의 진행 과정, 심지어는 그의 행동까지 낱낱이 기록해서 상관에게 전달하기도 한다. 컴퓨터 데이터베이스는 '데이터 감시'라는 새로운 유형의 감시를 낳았다. 1995년부터 한국에서 추진되었다가 여론의 반대에 부딪혀 무산된 전자 주민 카드에는 원래 주민 등록증, 주민 등록 등본과 초본, 인감, 지문, 운전 면허증, 의료 보험증, 국민연금 등 7개 증명 41개 항목이 통합되어 포함될 예정이었다.

감시는 데이터베이스에만 국한되지 않는다. 폐회로 텔레비전과 같은 전자 기기를 통한 감시, 전자 지문 · 홍채 · 얼굴 모양 · 정맥 등 생체 인식을 통한 감시, 인공위성과 연결된 위치 확인 시스템(GPS)을 통한 감시, 휴대 전화를 통한 위치 추적, 기업에서의 소비자 정보의 수집, 국가 기관에 의한 감시, 사설 기관에 의한 감시가 우리 주변에 널려 있다.

이러한 새로운 감시는 '전자 패놉티콘'이라고 명명되었다. '패놉티콘'에서는 시선이 규율과 통제의 기제라면, '전자 패놉티콘'에서는 정보가 규율과 통제의 기제로 작동한다. 일단 이 둘은 '불확실성'에 피상적인 공통점이 있다. 감시를 당하는 사람은 자신의 정보가 국가나 직장의 상관에게 언제든 열람될 수 있음을 인지하고 있기 때문에 자신의 행동이나 작업에 주의를 기울이지 않을 수 없다. 그렇지만 이 둘에는 두드러진 차이점도 존재한다. 무엇보다 시선에는 한계가 있지만 컴퓨터를 통한 정보의 수집은 국가적이고 전 지구적일 수 있다.

물론 역감시의 기능을 하는 것도 있다. 의회와 언론이 그러하다. 그렇지만 지금 사회에서는 의회와 언론이 비대해지면서 스스로가 권력화하는 경향을 보인다. 이런 상황에서 정부와 행정 기관은 물론 의회와 언론을 포함해서 사회의 권력 집단을 감시하고 대안적인 정책을 제시하기 위해 등장한 것이 다양한 시민운동이다. 우리나라의 시민운동은 정치권의 부패, 권력의 남용, 선거, 대기업, 언론에 대한 감시를 유지해 왔는데, 이러한 시민운동에 필수 불가결한 것이 권력 단체에 대한 정보 공개이다. 강력한 정보 공개법은 국민의 역감시의 권리를 적극 보장하고 행정의 투명성을 감시하는 중요한 법률적 장치이며, 정보 공개를 통한 역감시는 투명한 사회를 향한 첫발이다. 또 시민운동은 신문, 라디오, 텔레비전과 같은 기존의 언론은 물론, 인터넷을 통해서 자신의 활동을 알리고 성과를 공유하며 연대를 강화하고 있다. 특히 인터넷과 같은 쌍방향의 분산된 통신망은 "빅 브라더가 당신을 감시하고 있다."라는 전통적인 감시를 "당신이 바로 감시하는

빅 브라더이다."라는 역감시의 기제로 바꾸기 용이하다.

– 홍성욱, 「감시와 역감시의 역사

14 다음 〈보기〉의 사례에 해당하는 기능을 위의 제시문에서 찾아 한 단어로 쓰시오.

보기

개인 정보의 침해 가능성이 있다고 판단되는 기관 · 업체 등에 마크를 부여하여 국민들이 알게 하였다.

15 위의 제시문에서 규율과 통제의 기제로 작동하는 '패놉티콘'과 '전자 패놉티콘'의 두드러진 차이점을 대표하는 단어를 각각 찾아 쓰시오.

• 패놉티콘 ⇒ ①

• 전자 패놉티콘 ⇒ ②

[16～17] 다음 글을 읽고 물음에 답하시오.

17세기 초반까지 수학의 주된 관심 분야는 유클리드가 정립한 기하학이었다. 유클리드 기하학은 어떤 명제 A가 참이라는 것을 증명하기 위해 이미 참으로 인정된 명제 B로부터 A를 논리적으로 추론하는 체계로 이루어져 있었다. 그런데 B가 참이라는 것을 증명하기 위해서는 또 다른 참인 명제 C가 필요한데, 이러한 과정은 참을 증명하지 않아도 되는 명제가 없다면 끝이 나지 않는다. 유클리드는 참임이 직관적으로 자명하기 때문에 증명이 필요 없다고 인정되는 명제, 즉 공리를 명확히 하고 이를 바탕으로 기하학의 문제들을 해결해 나갔다. 유클리드 기하학은 공리를 바탕으로 한 논리적인 체계였지만 사람들의 경험을 바탕으로 하는 귀납 추론과 어긋나지 않았고, 실제 생활에서 접하는 문제들을 해결하는 데 도움을 주었다.

17세기에 과학 기술이 발전하면서 유클리드의 기하학만으로 설명하기 어려운 다양한 도형에 대한 연구가 필요했다. 행성과 유성의 경로, 포탄의 궤적, 안경이나 망원경의 곡률을 계산하는 데에는 타원, 포물선, 쌍곡선 등이 필요했다. 그렇지만 직선과 원에 대한 법칙들로 이루어진 유클리드 기하학 체계에서는 이러한 도형들을 연구하는 데 한계가 있었다. 데카르트는 x축이라고 부르는 수평선과 y축이라고 부르는 수직선이 직각으로 교차하는 좌표 평면 위에 점 P를 표시하는 새로운 방법을 제시하고, 이를 바탕으로 연역적으로 지식 체계를 구축해 나갔다. 이것은 개별적으로 발전해 왔던 기하학과 대수학이 합쳐져 해석 기하학이 탄생하게 되는 획기적인 아이디어였다.

데카르트의 좌표 평면에서 한 점은 x와 y의 값의 쌍으로 나타낼 수 있으며, 점들의 집합은 특정 도형의 형태가 된다. 이를 통해 유클리드가 도형에 대한 정의와 논리적 공리, 기하학적 공리들을 동원해서 설명했던 것들을, 방정식을 통해 간단하게 설명할 수 있다. 반지름이 c인 원의 경우 $x^2+y^2=c^2$으로, 직각 삼각형의 경우 $x=ay$ 그래프에 수직선을 그어 생긴 면으로 나타낼 수 있게 되었다. 이제 도형의 성질은 구체적인 모양이 아닌, 두 변수 x와 y의 관계로 환원할 수 있게 되었다. 한편 도형을 대수적으로 표현할 때, 방정식을 만족하는 모든 점은 방정식이 나타내는 선에 존재하며, 방정식을 만족하지 못하는 점은 그 선에 존재할 수 없다. 이는 생성 가능한 방정식만큼 그에 대응하는 도형이 있다는 것을 의미하므로 유클리드 기하학으로는 기술하기 어려웠던 다양한 도형에 대해서도 해석하고 기술할 수 있는 길이 열리게 된 것이다.

그런데 기하학과 대수학이 하나가 되면서 대수적으로 가능하지만 시각적으로 구현하기 어려운 것들에 대한 문제가 제기되었다. 대수 방정식에서 x, y, z 세 변수가 있는 방정식은 데카르트 평면에서 하나의 축을 더 만들어 세 변수의 조합을 나타낼 수 있다. 방정식을 만족하는 점들은 3차원의 입체도형으로 나타난다. 그런데 네 개 이상의 변수가 있는 대수 방정식의 경우 데카르트 좌표계로 시각화하기는 어렵다. 대수로 표현되는 모든 차원의 도형은 구체적인 형상이 아닌, 변수들 간의 관계를 논리적으로 구성한 것이므로 4차원의 도형 역시 2, 3차원의 도형들과 마찬가지로 실재한다. 단지 2, 3차원 도형들은 변수들의 위치를 파악하고 위치들을 연결하여 시각화하는 것이 가능하지만 4차원 도형은 시각화하기 어렵다는 차이가 있을 뿐이다. 그럼에도 불구하고 사람들이 4차원 이상의 도형을 생각하면서 겪는 어려움은 어떤 도형을 정신적으로 구성하는 것과 시각으로 인식하는 것을 혼동하는 데서 발생한다.

4차원 도형에 대한 시각화 방법은 3차원의 상황을 참고함으로써 설명할 수 있다. 예를 들어 럭비공과 같은 타원체의 성질을 연구하고자 한다면 제일 간단한 방법은 입체를 절단해 보는 것이다. 타원체의 절단면은 타원 형태의 2차원 도형으로 나타나며, 절단면들을 모으면 3차원 물체를 재구성할 수 있다. 결국 3차원 타원체에 대한 연구는 2차원 도형에 대한 연구로 환원할 수 있다는 것을 보여 준다. 이처럼 어떤 도형을 절단했을 때 한 차원이 낮은 도형이 나타나는 것을 통해 4차원 도형의 한 절단면은 우리가 시각적으로 인식할 수 있는 3차원 도형이 된다는 것을 생각할 수 있다.

4차원 도형을 우리가 사는 공간 속에 그려 내기는 어렵지만 4차원 도형의 한 절단면이 3차원 도형이라는 것은 물리 현상을 설명하는 데 유용한 아이디어를 제공한다. 우리가 살고 있는 물리적 세계에서의 사건은 특정한 장소에서 특정한 시간에 발생한다. 어떤 사건을 다른 사건과 구분되는 것으로 기술하기 위해서는 그것이 일어난 공간적 위치와 시간을 제시해야 한다. 공간적 위치는 3차원의 좌표로 나타낼 수 있으며, 발생한 시간은 네 번째 변수가 될 수 있다. x, y, z에 t의 값이 지정되면 시간에 따라 움직이는 물체를 좌표로 나타낼 수 있다. 시간이라는 변수는 순서에 따른 인과 관계가 있으므로 네 변수를 이용하면 물리적 사건을 오류 없이 기술할 수 있다는 것이다.

16 다음의 〈보기〉는 제시문의 내용을 바탕으로 유클리드와 데카르트에 의해 정립된 개념의 특징을 정리한 것이다. 빈칸에 들어갈 수학자와 적절한 말을 제시문에서 찾아 쓰시오.

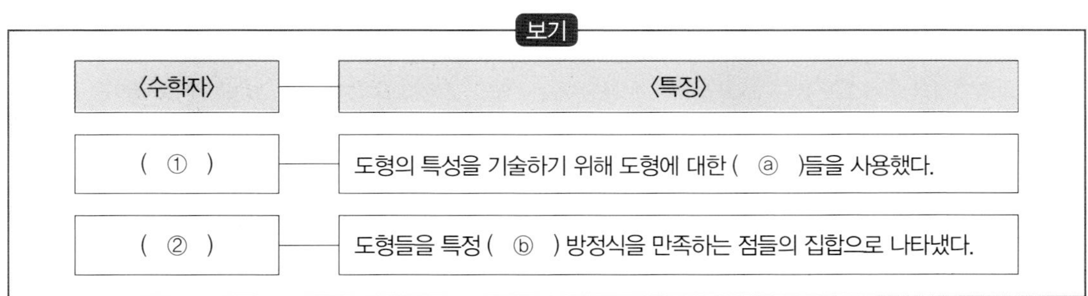

보기

〈수학자〉	〈특징〉
(①)	도형의 특성을 기술하기 위해 도형에 대한 (ⓐ)들을 사용했다.
(②)	도형들을 특정 (ⓑ) 방정식을 만족하는 점들의 집합으로 나타냈다.

17 〈보기 2〉는 제시문의 내용을 바탕으로 〈보기 1〉에 대해 보인 반응을 서술한 것이다. 빈칸에 알맞은 차원의 숫자를 차례대로 쓰시오.

보기 1

작가들은 4차원 세계에서는 벽이나 바닥, 천장을 통과하지 않고도 방을 나갈 수 있다는 '방 탈출' 아이디어를 제안한다. 2차원의 사각형 안에 있는 점 A에서 사각형 밖에 있는 점 B로 가려면 반드시 경계선을 가로질러야 한다. 그런데 만약 한 차원이 더 높은 3차원이라면 경계선을 피해 다른 경로로 점 B로 갈 수 있다. 이러한 원리를 적용하면 4차원의 세계에서는 막힌 방 안에서도 경계를 피해 방 밖으로 나갈 수 있다는 것이다. 이와 달리 물리학자들은 방의 경계를 우회하여 방 밖으로 갈 수는 없다고 본다. 그들은 우리가 살고 있는 물리적 세계를 시간이라는 변수가 있는 4차원이라고 규정한다. 방이라는 3차원 도형은 4차원의 한 단면이지만, 추가된 차원은 시간이기 때문에 시간에 따른 인과 관계는 유지된다고 본다.

보기 2

작가들이 '방 탈출' 아이디어를 제안한 데에는 (①)차원 도형의 단면이 (②)차원 도형이며, (③)차원 도형을 모아 (④)차원 도형을 재구성할 수 있다는 생각이 작용했겠군.

① ______________ ② ______________

③ ______________ ④ ______________

[18～19] 다음 글을 읽고 물음에 답하시오.

'육지의 쓰레기는 육지로, 바다의 쓰레기는 바다로' 버리는 게 원칙이다. 우리나라도 이 원칙을 적용하고 있다. 그래서 수산물 가공 공장에서 나오는 생선 기름이나 생선 찌꺼기들은 바다에 버려도 된다. 수산물 시장에서 나오는 조개 껍데기나 수산물 폐수도 마찬가지다.

하지만 여전히 원칙이 적용되지 않는 것들이 있다. 소나 돼지 등의 축사에서 나오는 가축 분뇨와 일반 가정에서 나오는 음식물 쓰레기다. 이것들은 불과 2012년까지도 합법적으로 바다에 버려졌다. 우리가 남은 음식물을 음식물 쓰레기통에 버리면, 지방 자치 단체의 수거 차량이 '음식물 자원화 시설'로 가져간다. 음식물 자원화 시설은 이것을 가지고 가축의 사료나 농경지의 퇴비로 만든다. 하지만 거기서 자원화되지 않고 남는 것들이 있다. 이 쓰레기들이 폐기물 운반선을 타고 바다로 가서 버려지는 것이다.

그렇다면 아무 데나 버리는 걸까? 그렇지 않다. 정부는 1993년부터 동·서해 연안에서 멀리 떨어진 바다 3개 구역을 '바다의 쓰레기장'으로 선정해 운영하고 있다. '서해 병', '동해 병', '동해 정' 구역이 그것이다. 서해 병 구역은 군산 서쪽 200킬로미터 지점에 있는 지역으로 수심은 80미터다. 동해 병 구역은 포항에서 동쪽으로 125킬로미터 떨어진 수심 200~2,000미터 지역이다. 동해 정 구역은 울산에서 남동쪽으로 불과 65킬로미터밖에 떨어지지 않았다. 수심은 약 150

미터 정도다. 동해 병 구역은 전체 폐기물의 60퍼센트 가량을 담당하는 우리나라 최대의 바다 쓰레기장이고, 서해 병 구역과 동해 정 구역은 각각 전체 폐기물의 27퍼센트와 1.3퍼센트를 담당한다.

이렇게 많은 쓰레기가 바다에 버려진 것은 음식물 쓰레기의 육상 매립이 금지된 이후다. 이에 따라 음식물 자원화 시설에서 최대한 많은 양을 사료나 퇴비로 재활용해야 하는데, 기술 부족 등의 이유로 성공하지 못하고 바다로 버려진다. 또한, 축사에서 나오는 분뇨를 깨끗하게 만드는 정화 시설도 많이 짓지 못했다. 힘이 들더라도 환경 정화를 위해 새로운 기술을 개발하고 투자하는 대신, 바다에 버리는 손쉬운 방법을 택한 우리에게 잘못이 있다.

그런데 비상이 걸렸다. 우리나라도 런던 의정서에 따라 해양 투기를 전면 중단해야 하는 상황에 이른 것이다. 우리나라는 국제 사회에 2012년부터 가축 분뇨의 해양 배출을 중단하겠다고 약속했고, 이어 2013년에는 음식물 쓰레기도 모두 육상에서 처리하겠다고 공언했다. 결국, 2013년부터 해양 투기가 전면 금지됐다. 이에 따라 정부는 1억 2,000만 톤의 쓰레기를 육상에서 처리하기 위해 동분서주하고 있다.

바다가 오염되면 어떻게 될까? 결국 바다 생태계의 건강이 악화되고 생선과 해초를 먹는 우리의 건강도 위협받게 된다. 중금속으로 오염된 바다에 사는 생선을 먹으면 우리 인체에도 같은 중금속이 농축된다. 이 때문에 정부는 2006년부터 세 구역의 일부에 휴식년제를 설정하여 해양 배출을 금지했다. 휴신년제 덕분에 오염 물질이 줄어들긴 했지만, 아직도 납이나 카드뮴 등의 중금속 농도가 미국 해양 대기 관리처의 기준을 초과하고 있다는 게 정부의 설명이다.

물론 지구에는 자정 능력이 있다. 거대한 쓰레기 섬도 수백년 동안 파도에 부딪히고 자외선에 노출되면 조금씩 분해된다. 음식물 쓰레기가 만든 바다의 오염 지대도 해류를 타고 퍼지면 점차 오염 물질의 농도가 낮아진다. 하지만 언젠가 지구의 자정 능력이 작동하지 못하는 순간이 찾아올 수 있다. 그러므로 우리는 물건을 아끼고 쓰레기를 줄여야 한다. 국가적 차원에서 환경 정화를 위해 새로운 기술을 개발하고 투자하는 데 힘을 아끼지 않아야 한다. 지구는 결코 우리를 기다려 주지 않기 때문이다.

– 남종영, 「육지의 배설물은 바다에 쌓인다」

18 다음의 〈보기〉는 위의 제시문을 바탕으로 2012년까지 우리나라에서 음식물 쓰레기를 처리한 과정을 도식화한 것이다. A와 B에 들어갈 시설 또는 장소를 제시문에서 찾아 쓰시오.

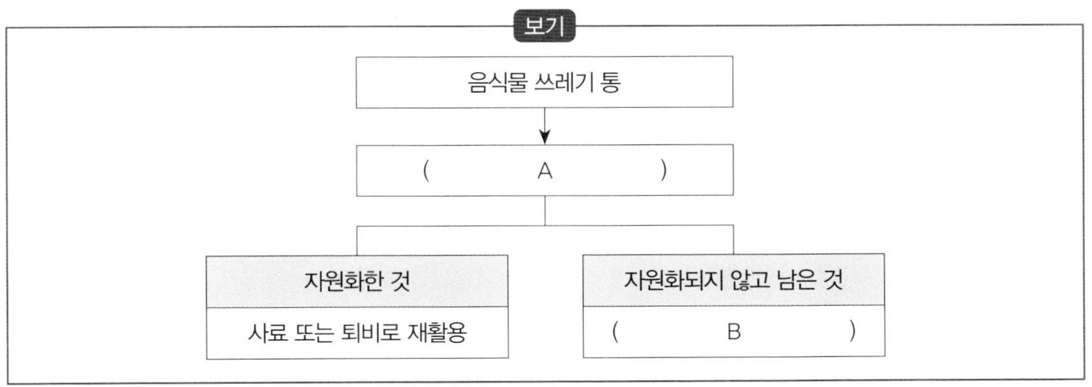

19 제시문에 따르면 정부는 1993년부터 동 · 서해 연안에서 멀리 떨어진 바다 3개 구역을 '바다의 쓰레기장'으로 선정해 운영하고 있다. 위의 제시문을 바탕으로 다음 〈보기〉의 질문에 해당하는 구역을 차례대로 쓰시오.

보기

㉠ 바다 쓰레기장 중 육지에서 가장 멀리 떨어진 구역은 어디입니까?
㉡ 바다 쓰레기장 중 수심이 가장 깊은 구역은 어디입니까?
㉢ 바다 쓰레기장 중 폐기물을 가장 적게 처리하는 구역은 어디입니까?

[20～21] 다음 글을 읽고 물음에 답하시오.

인상주의자들은 대상에 대해 시각적으로 느낀 인상에 충실하고자 했으며 기하학적 원근법이나 명암법과 같은 전통적인 규칙에 구애되지 않으려 했다. 특히 그들은 빛이 변화함에 따라 그 빛을 받는 자연 속 대상들의 표면에서 일어나는 색 변화를 화폭에 나타내고자 하였다. 이에 따라 인상주의자들은 윤곽선이나 형태 및 입체감보다는 색채의 효과를 중시했으며, 외부에서 관찰한 자연의 순간순간의 모습과 그것에 대한 시각적 인상을 현장에서 화폭에 담아냈다. 인상주의의 대표적인 화가인 모네가 '잡을 수 없는 신비한 자연'에 대한 한탄을 유언으로 남기고 죽은 것은 이 때문이다. 그런데 세잔은 모네의 이 말에 회의를 느끼고, 인상주의자들이 추구했던 '눈으로만 파악한 감각 세계'의 혼란스러운 모습에 정신적인 구성과 지적인 질서를 부여하고자 했다.

세잔은 대상 표면의 색이 변한다 하더라도 입체적인 구조는 변하지 않는다는 생각에서 감각적 경험과 지적 원리가 결합된 미술을 만들어 냄으로써 견고하고 영구적인 모습으로 물체들을 나타내고자 하였다. 그림이란 선 · 면 · 색의 구성으로 이루어진 조형 세계라는 관점에서 지적이며 합리주의적인 세계를 만들어 내려 한 것이다. 이런 관점에서 세잔은 "모든 자연 속의 대상은 원통, 원뿔, 구로 환원하여 나타내야 한다."라는 유명한 말을 남겼으며, 그 나름대로의 독특한 공간 구성법을 실현하였다.

그의 그림 「사과와 오렌지가 있는 정물」은 인상주의 그림들에 비해 무겁고 단단해 보인다. 인상주의 화가들이 사용하던 잘게 쪼갠 색 점들이 아닌, 넓게 바른 색 면들로 입체적인 형태를 나타냈기 때문이다. 또한 전체적으로 안정감이 있고 화면이 꽉 찬 느낌을 준다. 그것은 세잔이 사과, 오렌지, 꽃병, 식탁보 등의 물체를 원통, 원뿔, 구 같은 기하학적 형태를 염두에 두고 그리면서 공간을 구성했기 때문이다. 한편 ⓐ그림 안에서 이상하게 왜곡된 표현들도 많이 발견할 수 있다. 꽃병은 살짝 기울어져 있고, 꽃병 왼쪽의 오렌지를 담은 접시는 꽃병이나 식탁보와의 관계에서 볼 때 홀로 떠 있는 듯이 보인다. 그 밑에 있는 사과를 담은 접시는 비스듬히 세워져 있어 금방이라도 사과들이 굴러떨어질 것만 같다. 그리고 식탁보 밑 왼쪽 탁자 면과 오른쪽 탁자 면의 높이가 맞지 않아 마치 두 개의 탁자가 있는 것처럼 보이기도 한다. 이러한 이상한 점들은 모두 종전의 원근법적 그림들이 지켜 온 규칙으로부터 벗어났기 때문이다. 세잔은 원근법적 그림에서처럼 어떤 하나의 대상에 중심을 두고 다른 대상들을 통일하여 나타내지 않았다. 대신 각각의 물체를 충실하게 묘사해서 전체적으로 견고하고 안정감 있으며 꽉 찬 느낌을 주었다. 그렇기 때문에 이 그림에서는 어떤 하나의 물체가 두드러지지 않는다. 원근법이 우리의 시점과 시선을 중심으로 화면 안의 통일성을 나타내는 방법이라면, 세잔의 그림은 대상이 되는 물체를 중심으로 공간을 구성하는 방법을 사용했다. 세잔은 르네상스 이래 400년 이상 지켜 온 인간 시점 중심의 원근법적 조형 세계에 의문을 가졌고, 그것을 대상 물체 중심의 조형 세계로 변화시킨 것이다.

– 박일호, 「세잔과 입체파」

20 다음의 〈보기〉는 인상주의자와 세잔의 작품 경향을 비교하여 설명한 것이다. 빈칸에 들어갈 말을 제시문에서 찾아 차례대로 서술하시오.

> **보기**
>
> 인상주의자들은 윤곽선이나 형태 및 입체감보다는 (　　ⓐ　　)을/를 중시한 반면에, 세잔은 감각적 경험과 더불어 (　　ⓑ　　)을/를 중요시 하였다.

21 ⓐ는 세잔이 그린 「사과와 오렌지가 있는 정물」의 특징 중 하나이다. ⓐ의 이유가 무엇인지 제시문에서 찾아 한 문장으로 서술하시오. (띄어쓰기 제외, 30자 내외)

[22～23] 다음 글을 읽고 물음에 답하시오.

한 사회의 정치 · 경제와 관련된 문제는 정치적으로 접근하느냐 경제적으로 접근하느냐에 따라 보는 시각이 달라진다. 정치 논리에서는 (ⓐ)을 중시하고 경제 논리에서는 (ⓑ)을 중시하는데, 두 기준 가운데 어느 것을 중요시하느냐에 따라 문제 인식과 해법이 크게 달라진다.

정치 논리는 '누구에게 얼마를'이라는 식의 자원 배분의 논리로서 주로 분배 측면을 중시한다. 반면에 경제 논리는 효율성 혹은 '최소의 비용으로 최대의 효과'를 얻고자 하는 경제 원칙에 입각한 자원 배분의 논리이다.

정치 논리와 경제 논리는 일반적으로 정치인과 경제인에게서 잘 드러난다. 여기서 정치인은 사회적 의사 결정에 합법적인 권한을 갖고 있는 공직자를 말하고, 경제인은 공공 정책의 분석 · 진단 · 수립 및 평가 등을 담당하는 경제 전문가를 의미한다. 물론 사회적 쟁점에 대한 모든 정치인이 정치 논리만을 주장하거나 모든 경제인이 경제 논리만을 주장하는 것은 아니며, 경제 논리를 내세우는 정치인이나 정치 논리에 좌우되는 경제인도 있을 수 있다. 그러나 여기서는 정치인과 경제인의 일반적 속성에 비추어 그들이 각각 정치 논리와 경제 논리에 기초한다고 본다. 이를 통해 정치인과 경제인의 기본 발상과 환경 속성을 비교해 본다면 그들의 주장에 담긴 정치 논리와 경제 논리의 차이점을 살펴볼 수 있을 것이다.

정치인은 선거를 통해 국민에게 권력을 위임받은 사람들이다. 이러한 의미에서 이들은 자연인이라기보다 권력 기관들이다. 그리고 국민 투표 사안을 제외한 모든 사회적 의사 결정에서 주권자를 대신할 권한을 지닌다. 반면에 경제인은 주권자를 대신해 사회적 의사 결정을 할 권한도 없고 합법성도 없다. 그렇지만 경제인은 시장 경제 체제에서 인간 활동의 동기가 되는 경제 행위에 관한 전문 지식과 분석 기술을 보유하고 있어, 정치인의 결정에 도움이 되는 대안을 제시할 수 있다. 이들은 정책을 결정하는 당사자가 아니므로 대안 선정에 따른 궁극적인 책임을지지 않는다.

정치인은 정책을 투입의 관점에서 보는 반면, 경제인은 효과의 측면에서 본다. 경제인은 효율성 원칙에 따라 여러 가지 정책을 수립하고 예상되는 정책 효과를 기준으로 하여 그 정책의 우선순위를 정한다. 그러나 정치인의 입장에서 보자면 정책이 미래에 가져올 효과는 정확히 측정하기 어려운 반면, 어느 지역에 어떤 정책을 시행했고 어느 정도의 자원(예산)을 투입했는지는 정확히 파악할 수 있다. 따라서 정치인은 유권자에게 제시하기 쉬운 투입을 기준으로 하여 정책을 결정하는 경향이 있다.

– 김승욱, 「정치 논리와 경제 논리」

22 〈보기 2〉는 〈보기 1〉의 '방역 방법'에 대한 정치인과 경제인의 반응을 예측하여 말한 내용이다. 제시문의 내용을 바탕으로 '정치인'과 '경제인' 중 하나를 골라 차례대로 쓰시오.

보기 1

A지역에서는 질병 예방을 위한 방역 정책을 수립하고 있다. 방역 방법을 선택하기 위해 다음과 같은 연구 결과가 활용되었다.

(총주민: 1,000가구, 총예산: 1,000만 원)

	가두당 비용	방역 성공 확률	예산 투입 대상 (수혜 가구)	정책의 효과 (방역 성공 가구 수)
〈방법 1〉	50,000원	80%	200호	160호
〈방법 2〉	25,000원	50%	400호	200호
〈방법 3〉	10,000원	10%	1000호	100호

보기 2

〈방법 1〉에 대해 (①)은 투입 대상이 가장 적다는 사실에 주목할 것이다.
〈방법 2〉에 대해 (②)은 정책의 효과가 가장 크다는 것에 주목하여 찬성할 것이다.
〈방법 3〉에 대해 (③)은 방역에 성공하는 가구 수가 가장 적다는 사실을 보고 반대할 것이다.

23 정책의 방향을 결정하는데 있어 '정치 논리'와 '경제 논리'가 중요시 하는 관점에 대해 ⓐ와 ⓑ에 들어갈 성향을 주어진 뜻풀이를 참고하여 차례대로 쓰시오.

ⓐ ______________________ (어느 쪽으로도 치우치지 않는 고른 성향)
ⓑ ______________________ (들인 노력과 얻은 결과의 비율이 높은 성향)

[24～25] 다음 글을 읽고 물음에 답하시오.

개발 도상국에서는 정수된 물을 구하는 것이 매우 어렵습니다. 물을 정수하는 것과 정수된 물을 가정에 보내기 위해 상하수도 시설을 설치하는 데 드는 비용이 매우 바싸기 때문입니다. 그 결과 더러운 물을 마신 사람들이 각종 질병으로 사망하는 일이 빈번하게 일어나고 있습니다.

부족한 것은 전기와 정수된 물뿐만이 아닙니다. 그 외에도 여러 기술을 사용할 수 없는데요, 돈이 없어 불편함을 겪거나 죽을 수밖에 없는 그들에게 현대의 최첨단 과학이란 참 부질없어 보이기까지 합니다.

그렇다면, 그들은 가난하다는 이유로 불편함과 죽음의 공포 속에서 사는 것을 당연히 여겨야 할까요? 아닙니다. 기술의 혜택을 상대적으로 많이 누리는 우리가 그들을 도와주어야 합니다. 그래서 빈곤층도 기술의 혜택을 받을 수 있도록 하자는 취지에서 생겨난 기술이 바로 '적정 기술'입니다.

적정 기술 운동은 마하트마 간디가 맨 처음 시작했습니다. 그는 지역을 중심으로 하는 작은 기술을 개발하려고 노력했습니다. 인도의 각 마을이 독립적으로 경제 활동을 할 수 있게 하기 위해서였습니다. 그는 이윤 증대를 위한 대량 생산 기술, 그리고 소수의 사람만 이익을 볼 수 있는 기술을 싫어했습니다.

간디의 이러한 운동에 영향을 받은 경제학자 에른스트 슈마허는 《작은 것이 아름답다》라는 책에서 '중간 기술'을 강조했습니다. 최소의 비용으로, 현지의 재료를 사용하여 현지 사람들이 직접 사용할 수 있는 기술을 중간 기술이라고 합니다. 전 세계 상위 10퍼센트를 위한 첨단 기술이 아니라 90퍼센트를 위한, 인간의 얼굴을 한 기술이지요. 이 기술은 개발 도상국의 토착 기술보다 훨씬 우수하지만 선진국의 기술에 비해서는 매우 값이 싸고 소박합니다.

현재는 중간 기술이라는 이름이 열등한 기술인 것처럼 오해받을 수 있어서 대안으로 '적정 기술'이란 단어를 사용합니다. 적정 기술이 되기 위해서는 몇 가지 조건을 만족해야 합니다.

[A]

1. 적은 비용으로 활용한다.
2. 가능하면 현지에서 나는 재료를 사용한다.
3. 현지의 기술과 노동력을 활용하여 일자리를 창출한다.
4. 제품의 크기는 적당해야 하고 사용 방법은 간단해야 한다.
5. 특정 분야의 지식이 없어도 이용할 수 있어야 한다.
6. 지역 주민 스스로 만들 수 있어야 한다.
7. 사람들의 협업을 끌어내 지역 사회 발전에 공헌해야 한다.
8. 분산된 재생 가능한 에너지 자원을 사용한다.
9. 사용하는 사람들이 해당 기술을 이해할 수 있어야 한다.
10. 상황에 맞게 변화할 수 있어야 한다.

지금부터 적정 기술의 예와 그 속에 담긴 과학 원리를 살펴보겠습니다. 읽으면서 느끼겠지만, 적정 기술은 어떻게 보면 다소 불편한 기술입니다. 하지만 전기가 없어 언제나 어둡게 살아가는 사람들이나 오염된 물을 마시며 살아가는 사람들처럼 열악한 환경에서 살아가는 이들에게는 꼭 필요한 기술입니다.

– 지은지, 「'우리'를 위한 기술, 적정 기술」

24 다음의 〈보기〉는 윗글의 내용을 바탕으로 '적정 기술'이라는 개념의 발전 과정을 정리한 것이다. 빈칸에 들어 갈 말을 차례대로 서술하시오.

25 다음의 〈보기〉는 '적정 기술'에 해당하는 사례이다. 〈보기〉의 사례가 적정 기술이 되기 위해 만족된 조건 세 가지를 제시문의 [A]에서 찾아 서술하시오.

보기

몽골은 겨울 기온이 최고 영하 50도까지 떨어져 연료를 사는 데 많은 돈을 지출한다. 난방비조차 없는 빈곤층의 경우 중앙난방 배관이 매립된 맨홀에서 생활하기도 한다. 특히 약 120만 명이 거주하고 있는 몽골의 수도 울란바토르 시에는 유연탄, 나무 등에 의한 매연 발생으로 대기 오염이 심각한 상태다. 몽골 국립 과학 기술대 김만갑 교수는 기존 난로보다 높은 열효율을 보이는 '지세이버' 모델을 개발했다. 이 모델은 몽골에서 쉽게 구할 수 있는 돌인 맥반석을 활용하였다. 장작을 땔 때 맥반석을 뜨겁게 달군 뒤, 지세이버에 넣어 열기를 오랫동안 담아 두는 원리이다. 그 결과 연료 사용량이 40퍼센트 감소하였다. 지세이버를 사용하면 가구당 평균 하루에 한화 1,850원, 연간 40만 원의 난방비 절감 효과가 있다. 또한 연료비로 절약된 비용이 아이들의 교육에 재투자되고 있다.

① ______________________________

② ______________________________

③ ______________________________

[26～27] 다음 글을 읽고 물음에 답하시오.

포드주의는 테일러주의라는 노동 재편 양식의 완성으로서 20세기에 도입된 기술적 패러다임이다. '과학적 관리'로 일컬어진 테일러주의는 노동 활동을 구상과 실행으로 분리함으로써, 노동 과정에서 노동자 집단의 숙련을 박탈하고자 했다. 그 결과 숙련공과 비숙련공의 구분은 구상을 담당하는 기술자와 실행에 종사하는 단순 기능공의 구분으로 전환되었다. 이에 더해 포드주의는 기술자와 단순 기능공을 자동 기계 시스템에 통합시킨 일관 생산 체제*를 구성함으로써 테일러주의를 완성했다. 즉 노동의 전 과정이 컨베이어 장치와 공작 기계에 통합되고, 노동자의 배치는 기계 시스템의 성격에 의해 결정되었다. 이러한 변화는 엄청난 생산성의 향상을 불러왔다. 대표적으로 자동차 산업에서의 생산성은 11배 상승했으며, 이는 철강, 유리, 고무 산업 등 관련 산업 부문들로도 확산되었다.

[A] 그러나 포드주의적 생산 방식에서는 기계 시스템의 획일적 작동이 전체 집단의 작업 리듬을 결정하기 때문에, 노동자의 작업에 대한 통제권이 상실되었다. 노동자의 직무 자율성을 박탈하여 개별적 태업을 불가능하게 했던 것이다. 그 결과 노동자들은 작업장에서 빼앗긴 권력을 노동자들 간의 연대를 통해 작업장 밖에서 찾아야 하는 상황으로 내몰렸다. 또 다른 문제는 생산 방식의 변화가 가져온 엄청난 생산성의 상승이 공급은 지속적으로 팽창시킨 반면, 수요는 상대적으로 정체되어 있었다는 것이다. 특히 노동자의 실질 임금이 정체된 상황에서 생산성 상승은 과잉 생산의 문제를 낳았고, 공급과 수요 간의 거대한 간극은 세계 대공황 그리고 제2차 세계 대전이라는 파국의 한 원인이 되었다.

하지만 제2차 세계 대전 종전 이후 선진 자본주의 국가들은 1970년대 중반까지 포드주의적 생산 방식에 힘입어 괄목할 만한 경제 성장을 누릴 수 있었는데, 이 시기를 자본주의 황금시대라고 일컫는다. 또한 이 시기는 자본주의 대 공산주의 진영 간의 냉전이라는 국제 질서에 의해 뒷받침되었다. 전쟁은 초강대국 사이에 핵전쟁을 촉발할지도 모른다는 우려에 의해 억제되었고, 얼어붙은 국제 상황은 역설적으로 지속적인 국제 평화를 가능하게 했다.

그렇다면 포드주의적 생산 방식이 전쟁 이전과 달리 어떻게 자본주의 황금시대의 원동력으로 작용할 수 있었을까? 문제의 해답은 파국의 원인에 대한 반성에서 나왔다. 반(反)파시즘과 평화라는 광범위한 사회적 합의가 형성되는 과정에서 반(反)자본주의적 요소들이 자본주의에 삽입된 복지 국가 모델이 등장한 것이다. 요컨대 자유주의적 시장 논리에 의존해서는 공급과 수요의 격차를 해결할 수 없었기 때문에, 국가가 자본의 이윤을 제한하고 시장에 개입해야 한다는 생각이 종전 이후 받아들여졌다. 이러한 국가의 시장 개입은 자본가와 노동자 사이의 계급 타협에 기초했다. 고용주는 생산성 상승에 상응한 실질 임금 상승에 동의했고, 노동자 조직들은 자본 투자를 유인할 정도의 이윤 확보에 합의한 것이다. 이에 따라 국가는 실질 임금 상승률이 하락하는 것을 막기 위한 다양한 노동권적 규제와 사회 보장 체계를 도입하고, 전국 단위로 조직된 노동조합의 강력한 협상력을 인정했다. 포드주의적 생산 방식이 가져온 대량 생산의 문제를 국가의 정책적 개입을 통해 해결하려했던 것이다.

–「자본주의 황금시대와 포드주의」

***일관 생산 체제:** 제품의 개발 설계부터 제조, 검품, 출하까지 각 공정이 유기적으로 연결된 생산 체제

26 다음의 〈보기〉는 포드주의 생산 방식의 특징을 한 문장으로 서술한 것이다. 위의 제시문의 내용을 바탕으로 빈칸에 알맞은 말을 넣어 문장을 완성하시오.

보기

포드주의는 [ⓐ]의 과학적 노동 관리 방식에 [ⓑ]이/가 결합되어 완성된 생산 방식을 의미한다.

27 제시문의 [A]에서 포드주의적 생산 방식이 가져온 부작용을 주워진 원인에 따라 각각 한 문장으로 서술하시오.

① 포드주의적 생산 방식은 기계 시스템의 획일적 작동이 전체 집단의 작업 리듬을 결정한다.

⇒ ____________________

② 포드주의적 생산 방식은 실질 임금이 정체된 상황에서 엄청난 생산성의 상승을 가져왔다.

⇒ ____________________

화법과 작문

[핵심이론]

1 화법과 작문의 본질

1. 화법과 작문의 특성

(1) 개념

① 화법: 말을 통해 생각이나 느낌을 나누는 사회적 의사소통 행위

② 작문: 글을 통해 생각이나 느낌을 나누는 사회적 의사소통 행위

(2) 특성

① 화법: 화자와 청자가 직접 대면하여 언어적, 준언어적, 비언어적 표현을 사용해 의사소통을 함

② 작문: 필자가 독자 등의 작문 맥락을 바탕으로 글을 쓰고, 그 글에 대해 독자가 반응하며 상호 작용함

2. 화법과 작문의 기능

<table>
<tr><td rowspan="2">개인</td><td>개인의 내적 의사소통</td><td>개인 간 의사소통</td></tr>
<tr><td>자아 성장 및 긍정적 자기 정체성 확립</td><td>개인 간의 문제와 갈등을 해소하고 인간적인 유대감 형성</td></tr>
<tr><td>공동체</td><td colspan="2">공동체 안에서 갈등 발생 ⇨ 의사소통을 통한 공동체의 문제 해결 ⇨ 공동체의 발전</td></tr>
</table>

3. 화법과 작문의 맥락

(1) 맥락의 개념과 중요성

① 개념: 사물이나 사건 등의 요소가 서로 이어져 있는 관계

② 중요성: 글자 그대로의 의미가 다른 요소와 결합될 경우 그 의미가 다르게 해석될 수 있으므로 맥락은 말과 글의 의미를 이해하는 데 큰 영향을 미침

(2) 맥락의 유형

유형	개념	요소
언어적 맥락	어떤 언어적 표현에서 그 표현의 앞부분과 뒷부분의 뜻이나 내용이 그 표현과 서로 이어져 있는 관계나 흐름	지시어, 연결어, 대용 표현, 통일성, 응집성 등
상황 맥락	의사소통에 직접적으로 관련되면서 영향을 미치는 맥락	언어 행위의 주체(화자, 필자, 청자, 독자), 상황(주제, 의도, 목적, 시간, 공간 등)
사회 · 문화적 맥락	의사소통을 하는 데 거시적이고 간접적으로 작용하는 맥락	역사적 · 사회적 상황, 이념, 공동체의 가치와 신념

2 화법의 원리와 실제

1. 상황에 맞는 말하기

(1) 부탁할 때의 말하기

개념	어떤 일을 해 달라고 청하거나 맡기는 것
방법	• 미안함을 드러내며 완곡하고 정중하게 말하기 • 강요하거나 명령하듯 말하지 않기

(2) 요청할 때의 말하기

개념	필요한 어떤 일이나 행동을 청하는 것
방법	• 요청하게 된 이유를 충분히 설명하기 • 위협하듯이 말하지 않기 • 요청하는 행동과 이유를 정중하게 전달하기

(3) 거절할 때의 말하기

개념	상대편의 요구, 제안, 선물, 부탁 따위를 받아들이지 않고 물리치는 것
방법	• 미안함을 드러내며 정중하게 말하기 • 거절하는 이유를 충분히 설명하기 • 자신에게 중요하지 않은 요청은 간단명료하게 거절하기 • 바로 거절하기 어려운 상황이라면 결정을 보류하는 말을 하고 나중에 거절하기

(4) 사과할 때의 말하기

개념	자기의 잘못을 인정하고 용서를 비는 것
방법	• 잘못을 정당화하려고 변명하지 말고 자신의 잘못을 인정하기 • 진심을 담아 정중하고 공손하게 말하기 • 미안함을 드러내며 앞으로 어떻게 행동할 것인지 표현하기

(5) 감사할 때의 말하기

개념	고마운 마음을 나타내는 인사
방법	• 상대방의 배려나 호의를 감사하게 생각하고 있다는 말을 직접 하기 • 상대방의 행동이 자신에게 어떤 도움이 되었는지 구체적으로 말하기

2. 대화와 면접

(1) 대화

<table>
<tr><td>개념</td><td colspan="2">둘 이상의 참여자가 감정, 의견, 정보 등을 주고받으며 의사소통하는 행위</td></tr>
<tr><td>영향</td><td colspan="2">사람은 타인과 의사소통하며 자아 개념을 형성하게 되고, 이렇게 형성된 자아 개념은 그 사람의 의사소통 방식에 영향을 미침</td></tr>
<tr><td>방법</td><td colspan="2">• 적절한 자아 개념 형성하기
• 상대방과의 관계에 따라 자기를 표현하기
• 상대방의 입장에서 공감하며 듣기</td></tr>
<tr><td rowspan="3">나-전달법</td><td colspan="2">문제 상황에서 다른 사람을 평가하고 해석하는 대신 자신이 느끼는 감정과 바람에 집중하여 표현하는 의사소통 방법</td></tr>
<tr><td>방법</td><td>자신이 느끼는 감정과 경험을 표현하며, '사건-감정-기대'의 순서로 메시지를 구성하여 전달함</td></tr>
<tr><td>효과</td><td>• 갈등이 증폭되지 않고 자신의 감정을 상대방이 이해할 수 있게 함
• 문제 상황에서 비난하지 않고 상대방에게 기대하는 바를 말하게 되므로 갈등 해결에 효과적임</td></tr>
</table>

(2) 면접

개념	면접 대상자의 지식, 기능, 성품, 잠재력 등을 파악하여 평가하기 위한 공적 대화
특징	공적 대화이므로 면접자와 면접 대상자 모두 격식을 갖춘 표현을 사용해야 함

답변 전략	질문 내용별 전략	약점을 묻거나 지적하는 질문
		역량이나 전문성을 묻는 질문
		문제 상황을 제시하고 해결 방법을 묻는 질문
	답변 내용별 전략	답변 내용이 사실에 관한 것일 때
		답변 내용이 의견에 관한 것일 때
	형식 측면의 전략	결론부터 말하기
		사례를 제시하며 말하기
	표현 측면의 전략	언어적 표현
		준언어적 표현
		비언어적 표현

3. 발표와 연설

(1) 발표

개념	여러 사람 앞에서 자신의 생각이나 의견 또는 어떤 사실에 대하여 진술하는 의사소통 행위
목적	• **정보 전달**: 청자에게 특정 주제에 대한 정보를 전달함 • **설득**: 청자가 자신의 주장을 수용하도록 함
방법	발표는 청자 지향적 행위이므로 화자는 청자의 특성을 분석하여 발표의 내용을 구성하고 전달해야 함
구성	• 내용에 대한 흥미와 이해정도 • 주제에 대한 태도 • 주제와 관련한 세부 관심사 • 정서적 상태

(2) 연설

개념	공식적 상황에서 화자가 청중에게 자신의 주장이나 의견을 전달하는 의사소통 행위	
특징	• 화자의 공신력을 높임으로써 연설의 설득력을 높일 수 있음 • 인성적 · 이성적 · 감성적 설득 전략을 사용하여 화자의 의도대로 청중을 설득할 수 있음	
공신력	전문성	화자가 화제에 대한 지식이나 경험을 충분히 갖추고 있는지의 여부
	신뢰성	화자의 성품이 믿음직한지, 주변의 평판은 어떠한지에 대한 것
	침착성	화자가 위기나 돌발 상황에서 당황하지 않고 침착하게 대처하는 태도
	외향성	화자가 역동적인 어조, 몸짓으로 신념과 열정 등을 표현하는 정도에 대한 것
	사회성	화자가 친금감을 주는 정도

<table>
<tr><td rowspan="3">설득 전략</td><td>인성적 설득 전략</td><td>연설의 내용과 표현에서 화자가 믿을 만한 사람임을 드러내어 청중이 화자의 말을 수용하게 하는 전략</td></tr>
<tr><td>이성적 설득 전략</td><td>화자가 자신의 주장을 타당한 근거를 들어 논리적으로 표현함으로써 청중이 자신의 주장을 수용하게 하는 전략</td></tr>
<tr><td>감성적 설득 전략</td><td>화자가 내용을 전달할 때 청자의 감성에 호소하여 청중이 자신의 주장을 수용하게 하는 전략</td></tr>
</table>

4. 토론과 협상

(1) 토론

<table>
<tr><td>개념</td><td colspan="2">어떤 공동의 문제에 대해 서로 다른 의견을 갖고 있는 개인이나 집단이 합리적으로 문제를 해결해 가는 의사소통 행위</td></tr>
<tr><td rowspan="4">반대 신문</td><td>개념</td><td>토론에서 상대측이 주장한 것에 논리적 문제가 있음을 질문으로 드러내는 과정으로, 교차 신문 또는 교차 조사라고도 함</td></tr>
<tr><td>특징</td><td>• 상대측 주장에 대한 반대 측의 질문과 이에 대한 상대측의 응답으로 이루어짐
• 토론의 유형에 따라 입론 단계 혹은 입론 및 반론 단계에서 이루어짐</td></tr>
<tr><td>질문방법</td><td>• 상대측이 말한 내용이 사실인지 확인하기
• 상대측 논증의 공공성, 신뢰성, 타당성 비판하기
• 폐쇄형으로 질문하기
• 정답을 아는 질문을 하기
• 한 번에 하나씩 질문하기</td></tr>
<tr><td>답변 방법</td><td>• 앞서 주장했던 내용과 일관성 유지하기
• 간단명료하게 답하기
• 정확하지 않은 내용을 즉흥적으로 답변하지 않기
• 답변하기 어려운 문제일 경우 '바로 답변 드리기 어려운 문제이다.', '~은 더 생각해 봐야 할 문제이다.' 등과 같이 적절하게 대처하기</td></tr>
</table>

(2) 협상

<table>
<tr><td rowspan="3">개념</td><td colspan="2">둘 이상의 주체들이 서로 원하는 바가 달라 갈등이 생겼을 때 이를 해결하기 위한 공동 의사 결정 과정</td></tr>
<tr><td>의제</td><td>협상에서 합의가 필요한 사안</td></tr>
<tr><td>입장</td><td>의제에 대한 협상 참여자의 태도</td></tr>
<tr><td>절차</td><td colspan="2">시작 단계
• 갈등의 원인 분석
• 문제 해결의 가능성 확인
⇨
조정 단계
• 문제 확인
• 상대방의 처지와 관점 이해
• 제안이나 대안 상호 검토
⇨
해결 단계
• 최선의 해결책 제시
• 합의와 문제 해결
• 합의 이행</td></tr>
</table>

전략	시작 단계	목표 수립하기(협상의 의제 확인 및 대안 마련하기)
	조정 단계	• 상대방이 정말 원하는 것 찾기 • 상대방의 표준을 파악하여 마음을 움직일 수 있게 표현하기 • 먼저 제안하기 • 여러 제한 맞교환하기 • 차선책 준비하기
	해결 단계	• 최선의 방법과 우선순위 결정하기 • 합의 사항 점검하기

3 작문의 원리와 실제

1. 정보 전달과 보고의 글

(1) 정보를 전달하는 글

개념	어떤 대상, 사실, 현상 등에 대한 새로운 정보를 알리고 설명하는 글 예 설명문, 기사문, 안내문, 공고문 등
목적	독자에게 믿을 만하고 정확한 정보를 전달하는 것
과정	다양한 자료 수집 (글, 그림, 사진, 그래프, 동영상 등) ⇨ 가치 있는 정보 선별 ⇨ 정보의 속성에 따른 내용 조직

(2) 보고하는 글

개념	특정한 사안이나 현상에 대한 연구의 과정과 결과를 독자적으로 전달하기 위한 글 예 실험 보고서, 관찰 보고서, 조사 보고서, 연구 보고서 등
목적	어떤 주제에 대한 실험, 관찰, 조사, 연구 등의 과정과 결과를 독자에게 알리는 것

2. 설득 · 비평 · 건의의 글

(1) 설득하는 글

개념	필자의 주장과 주장에 따른 근거를 제시하여 다른 사람들의 생각, 태도, 행동 등을 변화시키려는 의도를 가진 글 예 논설문, 비평문, 건의문, 광고문 등

논거	독자가 필자의 주장을 납득하고 수용할 수 있게 주장을 뒷받침하는 타당하고 믿을 만한 근거	
	사실 논거	구체적이고 객관적인 사례로서의 실제적인 근거 예 통계 자료, 설문 조사 자료, 실험 결과, 역사적 사실 등
	의견 논거	권위 있는 사람이나 전문가의 의견 예 한 분야의 전문적인 지식을 가진 학자의 견해
논거 선별 방법	수집한 논거의 타당성, 공정성, 신뢰성 여부를 판단하여 주장의 설득력을 높일 수 있는 논거를 선별	
	타당성	• 주장과 관련이 있는가? • 주장을 뒷받침할 수 있는 합리성과 객관성을 갖추었는가?
	공정성	• 어느 한쪽의 입장에 치우치지는 않았는가? • 필자의 선입견이나 편견이 들어가지는 않았는가?
	신뢰성	• 출처가 분명하고 자료가 객관적인가? • 인용한 자료의 출처가 권위 있는 것인가? • 의견을 낸 화자나 필자가 전문성이 있는가?

(2) 비평하는 글

개념	어떤 사물이나 현상에 대한 옳고 그름, 아름다움과 추함 등의 가치를 논하며 필자의 의견이나 관점을 드러내는 글
종류	• 문학 작품에 대한 비평문 • 책에 대한 평가를 담은 서평 • 특정한 사람이 쓴 글에 대한 비평 글 • 특정한 인물에 대한 비평 글 • 이 외 대상의 가치에 대해 평가하는 글 등
특징	• 특정한 대상에 대한 평가를 주장으로 내세우며 근거를 제시해 이를 뒷받침함 • 설득하는 글보다 필자의 주관(해석 및 관점)이 더 뚜렷하게 드러남
평가 항목	관점과 주장의 명확성 ⇨ 관점과 주장의 일관성 ⇨ 논거의 타당성 ⇨ 주장의 공정성

(3) 건의하는 글

개념	어떤 현안을 분석하여 쟁점을 파악하고 그 현안을 해결할 방안을 담은 글
특징	설득하는 글이나 비평하는 글과 달리 글을 읽는 대상이 상당히 구체적임
방법	• 독자의 공감 유도 • 문제 해결 방안 및 요구 사항의 구체화 • 긍정적 효과 제시 • 타당한 논거 제시 • 예의 바르고 공손한 표현 사용

형식	비평의 대상 선정하기 ⇨ 비평의 대상 이해하기 ⇨ 자신의 관점 수립하기 ⇨ 비평의 근거 마련하기 ⇨ 표현하기

3. 소개와 친교의 글

(1) 자기를 소개하는 글

개념	자신의 이력이나 경험, 장점 등을 담아 자기를 잘 모르는 독자에게 자기에 대해 알려 진학이나 취업, 동아리 가입 등과 같은 특정한 목적을 달성하기 위한 글	
맥락	목적과 독자	자기소개서를 쓰는 목적에 따라 독자가 달라지며, 독자가 요구하는 바를 고려해야 함 예 진학이 목적일 때의 독자는 '대학의 입학 사정관'이며, 취업이 목적일 때의 독자는 '기업의 인사 담당자'임
	매체	자기소개서를 쓸 때에는 매체를 고려해야 함 예 인쇄 매체인지 인터넷 매체(블로그 등)인지에 따라 활용할 수 있는 자료가 달라짐
방법	• 내용을 구체적이고 깊이 있게 써야 하며, 진솔한 내용을 써야 함 • 창의적으로 내용을 구성해야 하며, 품격 있는 표현을 사용해야 함	

(2) 친교의 내용을 표현하는 글

개념	초대, 부탁, 감사 등 다양한 목적으로 다른 사람과 친밀한 관계를 맺기 위해 쓰는 글	
맥락	독자	친교의 내용을 표현하는 글은 받는 사람이 정해져 있으므로 독자와 필자와의 관계, 독자의 나이와 관심사 등을 고려하여 글을 써야 함
	목적	• 친교의 내용을 표현하는 글의 목적은 초대, 위로, 축하, 사과, 소개, 요청 등 매우 다양함 • 친교의 목적을 더 잘 달성하기 위해서는 필자가 글의 목적을 확실히 정하고 글을 써야 함
과정	독자와 목적 정하기 ⇨ 내용 생성하기 ⇨ 표현하기	

4. 정서 표현과 성찰의 글

(1) 정서를 표현하는 글

개념	필자의 경험에서 얻은 감정이나 필자가 어떤 대상을 살펴보고 나서의 느낌을 드러내는 글	
유형	수필	필자가 자신이 보고, 듣고, 느낀 바를 자유롭게 표현한 글
	기행문	필자가 여행을 하면서 보고, 듣고, 느끼고 생각한 바를 쓴 글
	감상문	문학, 연극, 영화, 미술, 음악 등의 대상에 대한 필자의 주관적인 생각이나 느낌을 표현한 글

특성	• 진정성이 드러남 • 개성이 느껴짐 • 예상 독자에 대한 인식이 뚜렷하게 드러나지 않음
과정	일상 속에서 대상이나 사건을 관찰하기 ⇨ 대상이나 사건에 의미 부여하기 ⇨ 표현하기

(2) 자기를 성찰하는 글

개념	자신의 삶을 되돌아보는 내용을 담은 글	
유형	일기	자산의 삶의 체험을 기억하고 간직하기 위한 개인적인 기록
	자서전	필자 자신의 생에 대한 전기
	회고문	필자가 자신의 삶 가운데 독자에 전할 만한 가치가 있다고 생각되는 내용을 기록한 글
과정	가치 있는 경험 정하기 ⇨ 경험에 의미 부여하기 ⇨ 표현하기	

4 화법과 작문의 태도

1. 저작권

(1) **개념**: 사람의 정신적 노력에 따른 결과물에 대해 그것을 창작한 사람에게 주는 권리

(2) 침해 사례

① 책의 일부나 전체를 복사하여 나누어 쓰는 행동

② 인터넷에 있는 자료를 베껴서 과제로 제출하는 행동

③ 기존 작가의 작품을 베껴서 자신의 이름으로 발표하는 행동

④ 다른 사람의 블로그나 누리집에 있는 글, 사진, 영상 등의 자료를 만든 사람의 허락 없이 자신의 블로그나 누리집에 옮기는 행위

2. 표절과 인용

(1) **표절**: 저작권을 지키지 않고 다른 사람의 글이나 자료, 아이디어의 일부 또는 전체를 그대로 베끼는 행위

(2) **인용**: 공표된 저작물에 한해 정당한 범위 내에서 저작자의 동의를 구하여 저작물을 사용하는 것

[실전문제]

해답 p.358

배점(총점)	예상 소요 시간
10점	2분 / 전체 80분

▶ **다음은 반대 신문식 토론의 일부이다. 물음에 답하시오.**

사회자: 지금부터 '게임 사용 장애를 질병으로 인정해야 한다'를 논제로 토론을 시작하겠습니다. 먼저 찬성 측 첫 번째 토론자의 입론이 있겠습니다.

찬성1: 대한 신경 정신 의학회를 비롯한 5개 단체가 발표한 성명에 따르면, 흔히 '게임 중독'이라는 용어로 알려져 온 '게임 사용 장애'는, 뇌 도파민 회로의 기능 이상을 동반하며 비정상적인 행동을 초래합니다. 게임에 방해가 된다는 이유로 타인에게 폭력을 휘두르거나 게임 아이템을 구입하기 위해 절도 행각을 벌인 사건과 같이 우리가 그 동안 언론을 통해 심심찮게 접해 온 사례들은 게임 사용 장애가 비정상적인 행동을 통해 타인에게 큰 피해를 입힐 수 있다는 것을 잘 보여 줍니다. 이처럼 게임 사용 장애는 심각한 문제를 일으키므로 질병으로 인정해야 합니다.

[가]

사회자: 다음은 반대 측 두 번째 토론자의 반대 신문이 있겠습니다.

반대2: 음악 감상에 방해가 된다고 해서 타인에게 폭력을 휘두르거나 유명 가수의 콘서트를 관람하기 위해 티켓 절도를 하면 법적으로 처벌을 받습니다. 그러면 이때 음악 감상이나 콘서트 관람이라는 행위 자체가 폭력이나 절도를 유발한 원인입니까?

찬성1: 그렇지 않다고 생각합니다.

반대2: 그렇다면 제가 말씀드린 사례에서 폭력이나 절도의 원인은 무엇입니까?

찬성1: 원인을 하나로 확정하기는 어렵겠지만 분노 조절 장애나 탐욕 등 다양한 복합적 원인이 있을 것으로 보입니다.

반대2: 그러면 찬성 측에서 말씀하신 폭력이나 절도 사례의 경우도 게임에 대한 지나친 몰입이 유발한 것이라고 확정할 수는 없겠군요. 부적절한 사례를 언급하신 게 아닙니까?

찬성1: 전문 단체에서 게임 사용 장애가 심각한 일상 생활 기능의 장애를 초래한다고 한 만큼, 게임 사용 장애와 폭력이나 절도를 충분히 관련지을 수 있다고 생각합니다.

–후략–

[예시문제]

다음은 윗글을 분석한 내용이다. 빈 칸에 들어갈 말을 본문의 [가]에서 찾아 완성하시오.

> [가]에서 반대2는 찬성1에 대한 반대 신문 과정에서, 게임에 대한 지나친 몰입과 (　　) 사이의 확고한 인과 관계를 부정하는 전략을 사용하고 있다.

모범답안 폭력이나 절도

바른해설 찬성1은 게임에 대한 지나친 몰입이 비정상적인 행동의 원인이라는 논지에서 게임에 대한 지나친 몰입을 일종의 질병으로 간주해야 한다는 주장을 하고 있다. 이를 신문하는 과정에서 반대2는 찬성이 제시하고 있는 게임에 대한 지나친 몰입과 비정상적인 행동 사이의 확고한 인과 관계를 부정하고자 한다. 비정상적인 행동이 (A)에서는 '폭력이나 절도'로 제시되고 있다.

채점기준

답안	배점
폭력, 절도 2개 모두 쓰면	10점
폭력, 절도 가운데 1개만 쓰면	5점
답안의 순서와 무관	0점

PART 1 국어
PART 2 수학
PART 3 영어

[01～02] 다음은 교육 실습생(교생)과 학생들의 대화이다. 물음에 답하시오.

학생 1: 선생님, 안녕하세요.
교생: 네, 반가워요.
학생 1: 저희는 3학년인데요, ⓐ아까 저희 반에서 수업하실 때 정말 재미있게 들었어요. 정말 배운 것이 많은 수업이었어요!
교생 : ⓑ아, 그래요? 부족한 게 많은 수업이었는데 재미있었다니까 기분이 좋네요.
학생 1 : ⓒ사실은 선생님께 여쭤보고 싶은 게 있는데 잠깐 시간 좀 내 주실 수 있나요? 아주 잠깐이면 됩니다.
교생: ⓓ학생들이 원하는 일인데 당연히 시간을 내야죠. 물어보고 싶은 게 뭔가요?
학생 2: 저희는 교육 동아리 학생들인데 선생님께서는 고등학교 때 대학 진학을 어떻게 준비하셨는지 궁금해요.
교생: 그러면 둘 다 사범 대학으로 진학할 생각을 하고 있겠네요?
학생 1: 저는 초등 교사가 되고 싶어서 교육 대학 진학을 준비하고 있어요. 선생님께서는 사범 대학에 재학 중이신 거죠?
교생: 네, 맞아요. 지금 국어 교육과 4학년이고, 교육학을 함께 공부하고 있어요.
학생 2: 저도 선생님처럼 사범 대학에 진학하고 싶어서 준비하고 있는데요, 제가 잘하고 있는 건지 모르겠어요. 불안하기도 하고요. 어떻게 하면 될까요?
교생: 질문을 받고 보니, 고등학생 시절에 준비했던 것들이 기억나네요. 저도 친구들과 함께 교육 동아리 활동을 하면서 수업은 어떻게 할까, 담임 선생님이라면 어떤 학급 활동을 할까 생각했어요. 생각한 것들을 직접 실행해 보고 친구들과 잘된 점과 반성할 점에 대해 이야기를 나누었어요. 그때는 많이 불안했지만, 함께하는 친구들이 있다는 것이 큰 힘이 되었어요. 그러니 걱정하지 말고 친구들과 서로 믿고 활동하면서 준비하면 된다고 생각해요.
학생 2: 감사합니다.
학생 1: 실제로 수업해 보시니까 어떠세요?
교생: 어렵기는 해요. 아직은 대학생 신분이고 정식 교사가 아니기 때문에 현직 선생님들만큼 수업을 잘 진행하지는 못하는 것 같지만 노력 중이지요. 그런데 선배 선생님들께서 해 주시는 이야기를 들어 보면, 교직 10년이 넘어도 계속 노력하신다고 하니, 아마 교직을 그만두는 날까지 계속 노력해야 하는 것 같아요.
학생 1: 그런데 선생님, 아까 교육학을 함께 공부하신다고 하셨잖아요? 요즘 학교에서 친구들과 함께 교육 관련 책을 읽으려고 하는데요, 추천해 주실 수 있나요?
교생: 루소의 『에밀』을 안 읽어 봤다면 추천하고 싶어요. 저도 그 책을 읽고 교육의 목적과 방향에 대해 깊이 생각해 볼 수 있었고, 교육자로서 가져야 할 태도를 생각했답니다.
학생 1: 감사합니다. 친구들과 같이 읽어 봐야겠어요.
학생 2: 저는 1학년 때 읽어 보았는데 내용이 조금 어렵더라고요.
교생: 물론 내용이 어려울 수도 있겠지만, 이해할 수 있는 내용만 접하더라도 교육을 이해하는 데 도움이 될 것으로 생각해요.
학생 1: 네, 알겠습니다. 저도 교사가 되기 위해 앞으로도 계속 노력할게요. 답해 주셔서 고맙습니다.
교생: 그래요, 고마워요. 다음 시간에 교실에서 만나요.

01 **교육 실습생(교생)과 학생들의 대화 흐름을 고려할 때, 상담의 핵심 주제어를 제시문에서 찾아 한 단어로 쓰시오.**

핵심 주제어 ⇒ [　　　　　] 상담

02 **다음의 〈보기〉를 참고하여 제시문의 ⓐ~ⓓ를 평가할 때, 적용된 공손성의 원리를 〈보기〉에서 찾아 차례대로 서술하시오.**

보기

공손성의 원리는 대화를 할 때 상대를 배려하고 존중하며 예절 바르게 말해야 한다는 원리이다. 공손성의 원리에는 다음과 같은 격률들이 있다.

1. 요령의 격률: 상대에게 부담이 되는 표현은 최소화하고, 이익이 되는 표현은 최대화한다.
2. 관용의 격률: 자신에게 이익이 되는 표현흔 최소화하고, 부담이 되는 표현은 최대화한다.
3. 찬동의 격률: 상대를 비난하는 표현은 최소화하고, 칭찬하는 표현은 최대화한다.
4. 겸양의 격률: 자신을 칭찬하는 표현은 최소화하고, 자신을 낮추는 표현은 최대화한다.
5. 동의의 격률: 자신의 의견과 상대의 의견 사이의 차이점은 최소화하고, 자신의 의견과 상대의 의견 사이의 일치점은 최대화한다.

ⓐ ______________________

ⓑ ______________________

ⓒ ______________________

ⓓ ______________________

[03～04] 다음은 전문가의 강연이다. 물음에 답하시오.

학생 여러분 안녕하세요. 저는 ○○ 대학교 병원 가정 의학과 교수 권□□입니다. 오늘 강연에서는 체지방 감소에 도움을 줄 수 있는 건강 기능 식품에 대해서 알아보려고 합니다. 체지방은 우리 몸에 저장된 지방으로, 우리 몸이 다양한 대사 반응을 할 수 있는 최적의 온도인 36.5도를 유지하는 데에 중요한 역할을 합니다. 그런데 지나치게 많은 체지방이 몸에 쌓이게 되면 당뇨병이나 심혈관 질환의 발병 위험을 높이는 등 부정적 영향을 미치는 경우가 많죠. 우리나라의 음식들은 과하게 섭취할 때 체지방으로 전환되는 탄수화물의 비중이 높다는 특징이 있습니다. 오늘 점심에 드셨던 음식을 떠올려 보시면 제 말씀을 이해하실 수 있을 것 같은데요? (청중의 반응을 살피고) 네, 대부분 고개를 끄덕이시네요. 이러한 우리 음식 문화로 인해 여기 계신 분들을 비롯해 많은 사람이 체지방 감소에 도움을 주는 식품에 관심이 많은 것 같아요. 그래서 오늘의 주제를 선정하게 되었습니다.

우선 건강 기능 식품이 무엇인지 알려 드려야 할 것 같아요. 건강 기능 식품은 일상적인 식생활에서 부족하기 쉬운 영양소 또는 인체에 유용한 기능성을 가진 원료나 성분을 사용하여 제조한 식품으로, 식품 의약품 안전처로부터 기능성을 과학적으로 인정받은 식품을 말합니다. (화면을 제시하며) 화면에서 보시는 바와 같이 각종 비타민을 포함해 철, 마그네슘과 같은 무기질 성분이 들어 있는 영양제, 홍삼 같은 특정 기능성 원료를 포함한 제조 식품 등이 모두 건강 기능 식품이죠. 그런데 크릴오일, 양배추즙, 새싹 보리 등과 같은 건강식품은 일반 식품으로 분류되어 있으니 건강 기능 식품과 구분을 하셔야 합니다. 그러면 어떻게 구분해야 할까요? 건강 기능 식품의 포장지에는 건강 기능 식품 인증 마크가 붙어 있으며, (화면을 바라보며) 화면에서 보시는 것과 같이 정보 표시의 내용도 건강 기능 식품은 영양 · 기능 정보를 표시하고 건강식품은 영양 정보만 표시합니다. 최근에는 체지방 감소에 도움을 준다는 건강식품이 많은 사람에게 알려지고 실제로 이를 구입해서 섭취하시는 분들이 많은 것 같습니다. 하지만 건강식품은 식품 의약품 안전처로부터 기능성을 입증받은 원료가 포함된 것이 아니라 건강에 이롭다고 알려진 성분이 포함된 식품입니다.

체지방 감소의 기능이 있다고 알려진 기능성 원료 중 유명한 것이 바로 가르시니아 캄보지아 추출물입니다. (화면을 가리키며) 이 원료는 지금 보고 계시는 가르시니아 캄보지아 열매에서 추출합니다. 열매껍질에 있는 하이드록시시트르산이 주된 성분인데, 이것이 지방 축적을 막아 주는 효능이 있는 것으로 알려져 있습니다. 그러나 일부 연구에서는 효능이 생각보다 크지 않다는 결과가 나오기도 했고, 최근 미국의 한 연구에서는 간에 부정적인 영향을 미칠 수도 있다는 결과가 나오기도 했으니 해당 원료가 들어간 건강 기능 식품을 섭취하시기 전에 득과 실을 신중하게 따져 보아야 할 것 같습니다.

물론 건강 기능 식품만으로 체지방을 완전하게 관리할 수 있는 것은 아닙니다. 균형 잡힌 식습관과 자신에게 맞는 적절한 운동이 가장 좋은 체지방 관리 방법이며, 여기에 적절한 건강 기능 식품의 섭취가 병행된다면 체지방 관리에 도움을 받을 수 있겠죠? 오늘 강연의 내용이 학생 여러분의 건강한 삶에 도움이 되길 바라면서 이만 강연을 마치고자 합니다. 감사합니다.

03 다음은 강연자가 제시한 '건강 기능 식품'과 '건강식품'의 예시이다. 제시문의 내용을 바탕으로 '건강 기능 식품'과 '건강식품'을 구분하여 차례대로 쓰시오.

예시	구분
크릴오일, 양배추즙, 새싹 보리	(①)
홍삼 같은 특정 기능성 원료를 포함한 제조 식품	(②)
건강에 이롭다고 알려진 성분이 포함된 식품	(③)
각종 비타민을 포함해 철, 마그네슘과 같은 무기질 성분이 들어 있는 영양제	(④)

04 다음의 〈보기〉는 제시된 강연을 들은 학생들의 반응이다. 다음의 질문 내용에 타당한 학생은 누구인지 '학생 1', '학생 2', '학생 3' 중에서 골라 쓰시오(단, 복수의 학생 가능).

보기

학생 1: 건강 기능 식품과 건강식품의 차이는 우리가 일상생활에서 식품을 고를 때 매우 중요하게 이용할 수 있는 정보라고 생각해. 그런데 기능성이 있다는 건강 기능 식품은 일반 의약품과는 어떤 차이가 있는지 설명을 추가했으면 더 좋았을 것 같아.

학생 2: 체지방 감소의 기능이 있다고 알려진 원료로는 가르시니아 캄보지아 추출물 이외에도 녹차 추출물이나 키토올리고당도 있다고 들은 것 같아. 이 원료로 만든 제품들이 건강 기능 식품인지 일반 식품인지 알아봐야겠어.

학생 3: 가르시니아 캄보지아의 부정적 영향에 대한 연구 결과는 사용자가 꼭 알아야 할 정보라고 생각해. 그런데 그 부정적 영향이라는 것이 간에 어떤 악영향을 미치는지 자세히 확인할 수 없어서 아쉬웠어. 동영상 플랫폼에서 관련 내용을 찾아봐야겠어.

① 강연 내용과 관련하여 자신이 알고 있는 배경지식을 떠올리고 있는 학생은 누구인가?

② 강연 내용을 통해 알게 된 정보의 효용성을 판단하고 있는 학생은 누구인가?

③ 강연 내용과 관련하여 추가적인 정보를 탐색하려 하고 있는 학생은 누구인가?

① ______________________

② ______________________

③ ______________________

[05～06] 다음의 담화 자료를 읽고, 물음에 답하시오.

(가)

민효식: 내일이 지역 리그다. 강연두, 너는 우짜고 싶은데?

강연두: 내 솔직한 심정은 (주변을 둘러보며) 너희들이랑 다 같이 무대에 서는 거야.

최태평: 그럼 내일 같이 대회 나가자구요?

강연두: (고개를 저으며) 아니.

박다미: 네? (실망하며) 그럼 우리 대회 안 나가요? 우리 다 포기해요?

강연두: 그것도 아니야.

권수아: (답답해하며) 강연두, 그러면 어쩌자는 건데?

강연두: 내일 아침 10시 반, 대회가 시작되기 30분 전에, 나 대회장 앞에서 너희들 기다리고 있을게. (부원들을 둘러보며 진지하게) 같이 하고 싶은 사람들은 내일 아침 거기서 만나자. 물론 쉽진 않을 거야. 수업도 땡땡이쳐야 되고, 학교엔 더 찍힐지도 몰라. 그럼에도 같이 하고 싶은 사람들은 나와 줘.

김열: (웃으며) 하고 싶은 사람만 같이 하자. 뭐 그런 건가?

강연두: ⓐ어. (차분하게) 근대, 누군가 나오지 않았다고 해서 절대 그 사람을 원망하거나 그러지는 않았으면 좋겠다. 각자의 선택을 존중해 주자고.

(나)

권수아: (머뭇거리다가 조심스럽게) 내가 돌아와도 되는지 겁이 났었어. 근데 너희들이 보내 준 동영상 보고 용기를 냈고, 여기까지 올 수 있었어. 고맙고, 미안해.

민효식: (웃으며) 가시내, 알긴 아나?

권수아: 너네 얼굴 보고 직접 사과하고 싶었어. 김열, 너한테는 특히 더 미안하고, 하동재 너한테도 너무 미안하고. 내 스펙 쌓자고 너희들 치어리딩에 끌어들인 것도 너무 미안하고.

이준수: 야 됐어, 뭐가 그렇게 많아.

권수아: 강연두, 미안해. (고개를 떨구며) 내가 계단에서…….

강연두: (말을 끊으며) 그래. 너 진짜 나빴어. 너 하나 살겠다고 다른 사람 다치게 한 거, 그건 진짜 나빴다.

권수아: (고개를 끄덕이며) 알아. 미안하다는 한 마디로 용서받을 수 없다는 거.

강연두: 그리고 비겁했어. 우리가 얼마나 무서웠는지 알아?

차승우: 그래. 우리가 얼마나 많이 놀랐는지 알아?

(술렁거리는 아이들)

강연두: 그래서, 나 너 쉽게 용서 못 해. 권수아, 앞으로 한 달 동안 동아리실 청소 너 혼자 다해라. 구석구석 깨끗하게.

권수아: (안도하는 표정으로 웃으며) 어.

(다)

권수아: (강연두 옆에 와 앉으며) 뭐하니? 여기서.

강연두: 그냥, 잠이 안 와서.

권수아: 나 궁금한 게 있는데……. 너 왜 애들 설득 안 해? 지역 리그 나가고 싶잖아, 너. 원래 강연두라면 학교 몰래 나가자고 애들한테 열변을 토해 가면서 설득해야 되는 거 아니야?

강연두: 내가 그랬었나?
권수아: 어, 그랬어. 아주 시끄럽고, 매사에 자신만만하고, 공부에 방해되고.
강연두: 그럼 내가 지금 아무것도 안 하는 게 더 마음에 들겠네?
권수아: 아니, 전혀. 강연두가 조용하니까 오히려 공부가 안 된다.
강연두: (웃으며) 뭐야?
권수아: 애들 설득하는 거 힘들겠으면 나한테 말해. 나도 같이할게.
강연두: (웃으며) 고맙다. 권수아.

05 제시문의 (가)~(다)에서 각 화자의 말하기 상황을 제시된 단어에서 골라 쓰시오.

(가) 강연두	⇨	(나) 권수아	⇨	(다) 강연두
거절 / 부탁 / 사과		사과 / 감사 / 거절		요청 / 거절 / 감사

(가) ______________________

(나) ______________________

(다) ______________________

06 (가)의 ⓐ에서 사용된 강연두의 말하기 전략에 대해 다음의 〈조건〉을 활용하여 서술하시오.

조건

- 글 (가)의 마지막 문장을 활용할 것
- '남이 시키거나 요청하지 않아도 자기 스스로 행한다.'는 의미의 형용사를 활용할 것
- 띄어쓰기를 제외한 25자 내외의 한 문장으로 쓸 것

[07～08] (가)는 강연의 일부이고, (나)는 (가)를 듣고 교지에 기고하기 위해 학생이 쓴 글의 초고이다. 물음에 답하시오.

(가)

안녕하세요? 과학 특강 시리즈 두 번째, '영화 속의 지구 과학' 강연을 맡은 천문 연구원 □□□입니다. 오늘은 두 편의 영화와 관련된 이야기를 준비했는데요, 영화 속의 내용들을 과학적 관점에서 분석해 보면 새로운 재미가 있을 겁니다.

㉠ 먼저 첫 번째! 영상을 먼저 보시죠. (영화 장면을 보여 주며) 전지전능한 능력을 가지게 된 주인공이 데이트 분위기를 위해 달을 당겨 오는 장면입니다. 한마디로 과학과는 거리가 먼 이야기이지요. 그런데 사람이 달을 당겨 올 수는 없지만 달이 지구 가까이에 와서 평소보다 크게 보일 수는 있습니다. 바로 '슈퍼 문'입니다.

슈퍼 문이 나타나는 이유는 달이 타원 궤도로 공전하기 때문입니다. 거의 원에 가깝기는 하지만 타원 궤도라서 (사진 자료를 보여 주며) 이렇게 지구와 가까워지는 곳이 있고 멀어지는 곳이 생기는데요, 지구와 가까운 곳에 있을 때의 보름달이니까 당연히 다른 보름달보다 크게 보이는 것입니다. 올해는 10월 17일에 뜬다고 하니 기억해 두시기 바랍니다.

슈퍼 문은 우리 삶에 영향을 미치기도 합니다. 달이 지구와 가장 가까운 위치에 있을 때는 달의 인력이 커지기 때문에 조석 간만의 차가 다른 때보다 커지고 밀물 때 바닷물이 더 많이 들어온다는 점에서 저지대에서는 침수 피해를 볼 수도 있습니다. 만약 영화에서 보이는 정도로 달이 가까이 오면 달의 인력으로 인해 지구의 자전 속도가 느려지고 지각이 틀어지면서 대규모 지진과 화산 폭발이 일어날 수 있습니다. 아마 데이트 분위기가 썩 좋지는 않을 겁니다.

여기서 한 가지 더 생각해 봅시다. 지구의 자전 속도가 느려지다가 결국 자전하지 않게 된다면 어떻게 될까요? (대답을 듣고) 네, 맞습니다. 말씀처럼 일출이나 일몰이 없고, 밤 또는 낮이 계속될 겁니다. 그것도 심각한 문제이지만 더 큰 문제가 있습니다.

㉡ 여기서 두 번째! 영화 장면을 보고 이야기해 봅시다. (영화 장면을 보여 주며) 이 영화에서는 지구가 자전하지 않으면서 지구 자기장이 사라진 상황을 보여 주고 있습니다. 새들은 방향을 잃고, 나침반이 작동하지 않지요. 지구 자기장은 새가 방향을 잡을 때도 쓰이지만 더 중요한 것은 우주에서 날아오는 방사선을 막아 주는 역할을 한다는 것입니다. 만약 지구가 자전을 멈추면 지구 자기장이 소멸해서 지구상의 생명체는 우주 방사선을 그대로 맞아야 합니다. 방사선에 노출되면 어떻게 될까요? (대답을 듣고) 맞습니다. 방사선에 피폭되면 세포가 손상되어 목숨을 잃을 수도 있게 됩니다. 그러니까 달이 너무 가까이 오거나 지구가 자전을 멈추면 안 되겠지요?

여러분, 영화 속에서 흘려보내는 장면들에도 이렇게 재미있는 과학이 숨어 있습니다. 저희 연구소 누리집을 방문하시면 오늘 강연한 내용 말고도 흥미로운 지식을 찾아볼 수 있으니, 꼭 방문해서 확인해 보시기를 바랍니다. 감사합니다.

(나)

이번 학기에 실시된 과학 특강 시리즈에서 학생들의 반응이 가장 좋았던 강연은 '영화 속의 지구 과학'이다. 강연을 맡은 천문 연구원 □□□ 박사는 두 편의 영화를 통해 영화에서처럼 달이 지구에 가까워진다면 어떤 일이 일어날지에 대해 흥미로운 이야기를 했다. 이 강연에서는 두 가지 중요한 과학적 개념을 이야기했었는데, 바로 슈퍼 문과 지구 자기장이다.

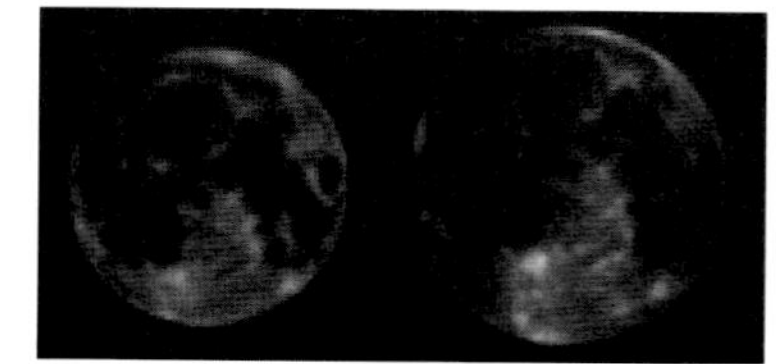

(출처: 한국 천문 연구원, 2017)

슈퍼 문은 달이 타원궤도로 공전하기 때문에 발생하는 현상으로 보름달이 지구와 가장 근접한 근지점에 있을 때 나타난다. 보통 슈퍼 문은 위의 사진에서 보이는 것처럼 가장 작게 보이는 달인 미니 문보다 약 14% 더 크다. 그리고 밝기도 약 30% 더 밝다. 지구와 달의 평균 거리는 대략 384,000km이고, 미니 문이 관찰되는 원지점은 대략 400,000km, 슈퍼 문이 관찰되는 근지점은 대략 357,000km이다. 이 거리 차이가 슈퍼 문으로 나타나는 것이다. 그런데 달이 가까워지는 것은 아니지만 주변 지형지물 때문에 달이 크게 보이는 '달 착시' 현상도 있다. 이는 우리가 착각하여 달을 크게 보는 것으로, 슈퍼 문과는 다르다.

달의 인력은 조석(潮汐) 현상의 원인이 되는데 슈퍼 문이 나타날 때는 달의 인력이 커진다. 이에 따라 조석 간만의 차이에도 영향을 미치는데 평소보다 19% 정도 차이가 커지는 것으로 알려져 있다. 이로 인해 해안가 저지대에서는 침수 피해가 일어날 수도 있다.

달이 지구에 더 가까워지면 인력이 커지면서 지구의 자전 속도가 느려지는 현상이 발생할 수 있다. 만약 지구가 자전을 멈춘다면 지구 자기장이 사라질 수도 있다. 지구 자기장은 지구의 자전으로 내부의 액체로 이루어진 코어가 회전하면서 생겨난다는 가설이 유력하다. 지구 자기장은 비를 막아 주는 우산처럼 우주 방사선으로부터 지구를 보호해 주는 역할을 한다. 만약 지구 자기장이 없어진다면 지구의 생명체들은 우주 방사선을 그대로 맞게 되기 때문에 큰 위험에 노출된다. 그리고 전파를 이용하는 모든 통신 수단이 교란되기 때문에 우리의 삶에 막대한 영향을 끼치게 된다.

우리의 삶에 많은 영향을 끼치는 지구 과학 지식은 매우 흥미로운 지식이라 할 수 있다. 삶과 관련이 있는 과학 지식을 알아보면 과학 공부가 더 즐거워질 것이다.

07 제시문의 ㉠과 ㉡에 사용된 언어적 표현을 다음의 〈보기〉 내용을 참조하여 2어절로 쓰시오.

보기

주로 구어에서 문장의 내용에 직접적인 영향을 미치지는 않지만 전체적인 분위기나 대화의 최종적인 목적을 달성하고자 문장 간의 응집성을 높이기 위해 사용한다.

08 다음의 자연 현상이 발생하는 이유나 가설을 글 (나)에서 찾아 각각 한 문장으로 서술하시오.

슈퍼 문 ⇒ ⓐ ______________________

지구 자기장 ⇒ ⓑ ______________________

[09～10] 다음 글을 읽고 물음에 답하시오.

사회자: 최근 로봇은 학습, 적응의 기능을 갖춘 인공 지능 기술과 접목되어 빠르게 진화하고 있습니다. 이미 일본에서는 안내, 요리 로봇이 보급되었고, 우리나라에도 공항에 안내, 청소 로봇이 배치되어 인간의 노동력을 대체하고 있습니다. 이런 상황을 고려해 오늘은 '로봇에 세금을 부과해야 한다.'를 논제로 학생 토론을 진행하겠습니다. 토론의 규칙을 따르고 상대방에게 예의를 지켜주시기 바랍니다. 먼저 찬성 측에서 입론해 주십시오.

찬성 1: 로봇이란 '어떤 작업이나 조작을 자동적으로 하거나 인간과 비슷한 형태를 가지고 걷거나 말할 수 있는 장치'를 뜻합니다. 이 로봇을 '전자 인간'으로 간주하고 로봇을 소유한 사람이나 기업에 세금을 부과해야 한다고 생각합니다. 그 까닭은 첫째, 로봇의 도입이 노동자의 대량 실직을 유발할 수 있기 때문입니다. 둘째, 로봇에 부과한 세금을 실직자의 직업 재교육에 사용할 수 있기 때문입니다. 영국의 로봇 권위자 윈필드 교수가 '자동화 세'를 제안한 것이나 마이크로소프트의 창업자 빌 게이츠가 '로봇 세' 부과를 주장한 것도 이러한 까닭 때문입니다. 이상으로 입론을 마치겠습니다.

사회자: 반대 측에서 반대 신문을 해 주십시오.

반대 3: ⓐ기존의 일자리가 사라지더라도 새로 창출되는 일자리가 있기 때문에 실업률이 증가하지 않을 수 있다는 점은 생각해 보셨습니까?

찬성 1: 새 일자리가 창출되어도 로봇 도입으로 많은 노동자가 실직하는 것은 사실이며, 재교육 없이 실직자들이 새 직업을 찾기는 힘들 것입니다.

사회자: 다음으로 반대 측에서 입론해 주십시오.

반대 1: 저희는 로봇에 세금을 부과하자는 주장을 다음의 까닭으로 반대합니다. 첫째, 세금을 부과하면 로봇의 도입이 늦어져 새로운 산업과 로봇 기술의 발전이 저해될 수 있기 때문입니다. 산업 혁명 시절 방적기나 증기기관에 세금을 부과했다면 산업 발달이 늦어졌을 것입니다. 둘째, 로봇만을 실직의 주범으로 몰아 과세하는 것은 형평성에 어긋나기 때문입니다. 항공기 탑승권 발급 기계나 은행 현금 인출기도 노동자들의 실직을 유발했지만, 세금을 부과하지는 않았습니다. 이상 입론을 마치겠습니다.

〈중략〉

사회자: 반대 측 반대 신문이었습니다. 다음으로 반대 측 반론이 있겠습니다.

반대2: 찬성 측은 대량 실직을 방지하고, 직업 재교육 비용을 마련할 수 있다는 점을 들어 로봇에 세금을 부과해야 한다고 주장합니다. 하지만 자동차 보급으로 주유소, 카센터, 레저 산업 등의 일자리가 생겼듯 로봇 도입은 다양한 일자리를 창출할 수 있습니다. 미국은 전체 일자리 수가 과거에 비해 증가했고 그중 절반 이상이 신기술과 관련된 것입니다. 근로자 1만 명당 로봇이 300대 이상인 독일, 일본의 실업률이 세계적으로 낮은 편이라는 사실도 이를 증명합니다. 게다가 재교육이 필요한 까닭이 로봇 도입 때문만은 아니기에 다양한 재원 마련책이 강구되어야 한다고 생각합니다.

사회자: 반대 측의 반론이었습니다. 다음으로 찬성 측 반대 신문해 주십시오.

찬성 1: ⓑ미국의 일자리 증가와 관련한 내용은 어느 자료를 인용한 것입니까?

반대 2: 유럽 경제 정책 연구 센터(CEPR)에서 2016년 인터넷 누리집에 게시한 연구 결과에 따르면 1980~2007년 미국의 전체 일자리는 17.5 퍼센트가 증가했고, 그중 8.84퍼센트 정도가 신기술과 관련한 일자리였습니다.

사회자: 이상 찬성 측의 반대 신문이었습니다. 다음으로 찬성 측과 반대 측의 최종 반론이 있겠습니다. 시간 제약이 있으니 간략히 해 주십시오.

찬성 3: 과거와 달리 현재는 산업 구조가 고도화되어 직업 재교육의 과정도 복잡해졌습니다. 영국의 경제학자 홀데인은 로봇 도입으로 미국 내 8,000만 개 일자리가 위기에 처했으며, 이 중 대부분이 상대적으로 교육을 덜 받은 저소득 단순 노동직이라고 예상했습니다. 이는 새로운 일자리가 생기더라도 실직자들이 재취업 기회를 얻기 힘들고, 빈곤층으로 전락할 수 있다는 것을 의미합니다. 로봇에 세금을 부과하면 실직한 노동자의 재교육 비용과, 빈부 격차 확대에 따른 복지 재원을 확보할 수 있을 것입니다. 따라서 저희는 로봇에 세금을 부과해야 한다고 생각합니다.

09 ⓐ와 ⓑ는 상대측의 주장을 검증하기 위한 반대 신문이다. '공정성', '신뢰성', '타당성' 중 ⓐ와 ⓑ의 반대 신문에 사용된 검증 기준을 각각 골라 쓰시오.

ⓐ ______________________

ⓑ ______________________

10 다음은 위 토론에서 '로봇에 세금을 부과해야 한다.'는 논제에 찬성 측의 입론과 그에 대한 반대 측의 반론을 정리한 것이다. 빈칸에 들어갈 말을 본문에서 찾아 각각 한 문장으로 서술하시오.

구분		
찬성 측 입론	로봇의 도입이 노동자의 대량 실직을 유발할 수 있다.	(나) (띄어쓰기 제외, 25자 이내)
반대 측 반론	(가) (띄어쓰기 제외, 20자 이내)	재교육이 필요한 까닭이 로봇 도입 때문만은 아니기에 다양한 재원 마련책이 강구되어야 한다.

[11～12] (가)는 교지 제작 동아리 부장의 요청이고, (나)는 (가)에 따라 작성한 설명문의 초고이다. 물음에 답하시오.

(가) 우리가 생활 속에서 무심코 기술에 대해 설명하면서 그것이 ⓐ 환경에 미치는 부정적 영향에 대해 이야기해 주면 좋겠어. 그리고 ⓑ 이를 해결할 수 있는 기술과 그 기술의 장점도 함께 소개해 줘. 새로운 기술의 도입으로 인한 긍정적인 전망에 대해서도 설명해 주면 좋을 것 같아.

(나) 우리는 하루에도 몇 번씩 냉장고에 있는 음식을 꺼낸다. 냉장고 문이 쉴 새 없이 열리는데도 냉장고 안의 온도가 차갑게 유지되는 원리는 무엇일까? 우리가 일상생활 속에서 사용하는 냉장고는 쉽게 기화될 수 있는 냉매가 액체에서 기체로 변할 때 주변의 열을 흡수하는 원리를 이용한다. 냉장고의 냉각 작용은 압축기, 응축기, 모세관, 증발기를 거치며 이루어진다. 압축기를 거치는 동안 냉매는 고압의 상태가 되는데, 이 냉매가 응축기를 거치게 되면 액체로 변한다. 응축기에서 나온 냉매는 저온 상태이며 압력이 높아 기체로 변하기 어렵기 때문에, 관의 굵기가 가느다란 모세관을 지나도록 하여 압력을 낮춘다. 모세관을 통과한 냉매는 증발기로 들어가 주변의 열을 흡수하여 냉장고 안의 온도를 낮추게 된다.

이러한 기존의 냉각 기술은 생활의 편리함을 가져다주었지만, 과도한 전력 소비 문제를 비롯한 심각한 환경 문제의 원인으로 지적되기도 한다. 특히 예전부터 냉장고의 냉매로 많이 사용되어 온 프레온 가스는 대표적인 오존층 파괴 물질로 꼽힌다. 이러한 점 때문에 오존층에 영향이 없는 3세대 냉매가 개발되어 사용되고 있지만, 과거에 만들어진 냉장고를 폐기하는 과정에서 폐냉매가 제대로 처리되지 않아 공기에 누출되면 오존층 파괴 위험이 높아지고 지구 온난화에도 부정적 영향을 미칠 수 있다.

이러한 문제를 예방하기 위해 미국에 있는 한 연구소에서 자석을 이용한 소형 자기 냉각 장치를 개발하였다. 자기 냉각 기술은 자성을 띠는 물체에 자기장을 걸면 냉매 내부의 전자들이 평행하게 배열되면서 온도가 올라가고, 자기장을 제거하면 전자들이 불규칙하게 배열되며 온도가 떨어지는 자기 열량 효과의 원리를 이용한다. 자기 냉각 과정은 먼저 자성을 띠는 물질의 전자들을 자기장으로 정렬시켜 온도가 올라가게 만든다. 이때 발생되는 열은 열 방출 과정을 통해 상온 부근의 온도로 방출되고, 자성 물질에 공급된 자기장이 제거되면서 냉매 내부의 전자들은 다시 무질서한 상태로 돌아가며 온도가 떨어진다. 이후 매우 낮아진 자성 물질의 온도로 인해 주변의 열을 흡수하여 냉장고 안의 온도를 낮추게 된다.

자기 냉각 장치를 이용한 자기 냉장고는 기존의 냉매 가스 대신 안정적인 고체 자성 물질을 사용하기 때문에 지구 온난화에 부정적 영향을 미치는 가스를 배출하지 않는다. 또한 자기 열량 효과를 이용한 냉각 방식은 에너지 손실이 적어, 자기 냉장고가 상용화되면 냉장고의 소비 전력을 크게 낮출 수 있을 것으로 기대된다. 자기 열량 효과를 이용한 자기 냉각 기술은 냉장고, 에어컨 등 대규모 냉각기에서부터 자동차용 냉각기 등 소형 제품에 이르기까지 다양하게 응용될 수 있다. 자기 냉장고의 상용화가 이루어진다면 기존의 냉각 방식의 문제점을 해결하고 여러 긍정적인 효과를 가져다줄 수 있을 것이다.

11 다음은 (가)에서 ⓐ의 요청 사항이 (나)에 반영된 양상을 설명한 것이다. 빈칸에 들어갈 말을 (나)에서 찾아 주어진 조건에 따라 차례대로 쓰시오.

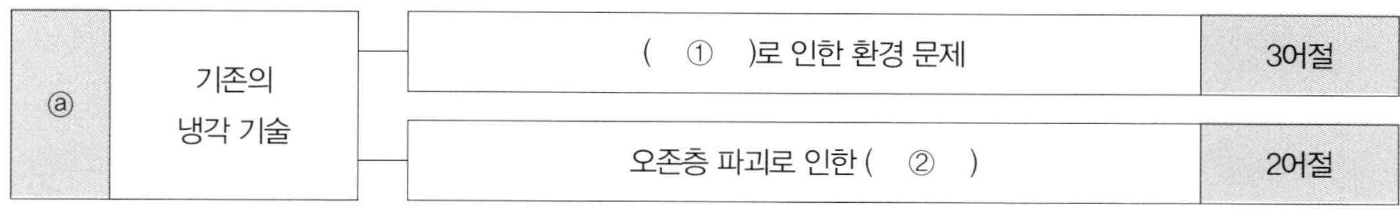

12 **다음은 (가)에서 ⓑ의 요청 사항이 (나)에 반영된 양상을 설명한 것이다. 빈칸에 들어갈 말을 (나)에서 찾아 주어진 조건에 따라 차례대로 쓰시오.**

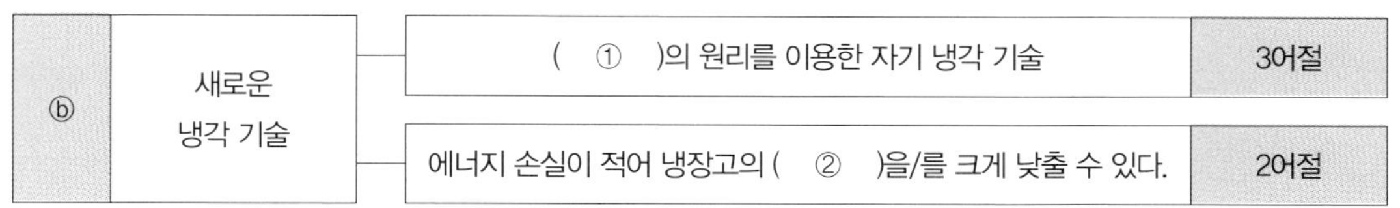

ⓑ
새로운
냉각 기술
(①)의 원리를 이용한 자기 냉각 기술
30어절
에너지 손실이 적어 냉장고의 (②)을/를 크게 낮출 수 있다.
20어절

[13～14] 다음 글을 읽고 물음에 답하시오.

〈질문 1〉 그래도 기사를 작성하려면 어느 한쪽의 의견을 지지할 수밖에 없는 상황도 발생할 텐데요. 그럴 때는 어떻게 할 건가요?

(침착한 표정으로) 아, 기사의 취지가 제 생각과 다를 경우에는 어떻게 하겠느냐는 말씀이시죠? 저는 제 의견이 절대적으로 옳다고 생각하지 않아요. 기사를 판단하는 것은 독자에게 맡기겠습니다. 어떤 기사든 일정한 관점이 있기 마련이니까 기사를 읽고 깊이 공감하는 독자가 있다면 기사 내용을 비판하거나 반박하고 싶어 하는 독자도 있겠죠. 어느 쪽으로든 독자에게 의미 있게 다가간다면 좋은 기사라고 생각합니다.

〈질문 2〉 그렇다면 신문 기자의 역할은 무엇이라고 생각하나요? 한 문장으로 정의해 보겠어요?

신문 기자는 볼록 렌즈와 같다고 생각합니다. 좋은 신문 기자는 실험실의 현미경처럼 볼록 렌즈가 되어 사회 이곳저곳을 꼼꼼히 들여다보면서 숨어 있는 진실들을 찾아내고 사람들에게 알리는 역할을 해야겠죠.

〈질문 3〉 좋은 신문 기자가 되기 위해서는 어떤 능력이 필요하다고 생각하나요?

좋은 기사를 작성하려면 좋은 기삿거리를 발견하는 안목이 필수적이라고 생각합니다. 그러려면 무엇보다 따듯한 시선으로 세상을 볼 수 있어야겠죠. 주변의 사람이나 사물에 관한 애정이 있어야 호기심도 생기고, 그런 호기심이 세심한 관찰로 이어진다고 생각합니다.

〈질문 4〉 다양한 호기심과 세심한 관찰력, 세상을 향한 애정만 있으면 좋은 신문 기자가 될 수 있을까요?

(신중한 표정으로) 음, 냉철한 시각으로 기사를 다루려면 균형감 있고 비판적인 안목도 필요할 것 같아요. 그리고 무엇보다 글쓰기를 좋아하고 즐겨야 한다고 생각합니다.

13 〈보기〉의 내용을 참고하여 위의 〈질문 1〉에 사용된 면접 방식을 쓰시오.

> **보기**
>
> 면접 대상자에게 연속된 질문이나 의도된 스트레스 등을 가하여 극한 상황에서 임기응변과 자제력, 순발력, 상황 대처능력, 문제해결능력 등을 테스트하는 면접 방식이다. 군대, 정보기관, 영업직, 극도로 위험한 물건을 취급하는 기관에서 주로 실시하며 보통 정답이 없는 질문을 하는 경우가 많다.

14 면접 대상자가 '좋은 신문 기자가 되기 위해 필요한 능력'이라고 생각한 답변 내용 네 가지를 위의 제시문에서 찾아 쓰시오.

① ______________________

② ______________________

③ ______________________

④ ______________________

[15～16] 다음 글을 읽고 물음에 답하시오.

> 조선 시대의 최고 과학자 장영실은 오늘날까지 존경받는 위인으로 손꼽힌다. 동래현 관노에서 종3품까지 오른 장영실이지만 이후의 행적에 대해 알려진 것은 많지 않다. 장영실에 대한 마지막 기록은 의외로 처벌에 관한 것이다. 새로 만든 세종의 가마가 시험 운행 중 부서지자 장영실이 책임을 지게 된 것이다. 『세종실록』에는 장영실이 곤장 80대를 맞고 파면됐다고 기록되어 있다. 그 후의 행적은 찾아볼 수 없다.
>
> 장영실이 파면된 해에서 약 600년이 지나 4차 산업 혁명이 화두가 되고 있는 지금까지도 우리 사회는 실패를 허(許)하지 않는 분위기이다. 실패를 용납하지 않는 문화는 국가의 발전과 성장에 걸림돌이 된다. 혁신은 수많은 시행착오를 바탕으로 이루어지는데 시도 자체를 원천 봉쇄한 셈이기 때문이다. 지난해 국가 연구 개발 성공률은 96퍼센트라고 한다. 얼핏 좋게 들릴 수 있지만 실상은 매우 좋지 않은 신호이다 정작 사업화 성공률은 20퍼센트에 그쳐 70퍼센트에 근접한 미국이나 영국과 비교했을 때 턱없이 낮은 수준이기 때문이다. 연구 가치나 사업화 가능성에 대한 고민보다 성공 가능성이 높고 안전한 목표만을 추구하는 것은 아닌지 돌아볼 대목이다. 도전하라고 하면서 실패했을 때 책임을 묻는다면 혁신을 위한 도전에 나서는 이는 아무도 없을 것이다.

이제 우리도 바뀌어야 한다. 4차 산업 혁명 시대를 눈앞에 둔 지금 우리는 '따라가는 사람(fast follower)'이 아니라 '선도자(first mover)'로 국제 사회와 경쟁해야 한다. ㉠지금까지 경험하지 못한 새로운 분야에 남보다 먼저 뛰어들지 않으면 안 된다. 위험을 무릅쓴 도전을 존중해야 한다. 실패를 딛고 일어설 수 있는 체계를 만들어야 한다. 실패로 얻은 기술과 경험을 자산으로 만들 수 있다면 더할 나위 없다. 미국 실리콘 밸리의 사업 성공률은 10퍼센트에 불과하다. 그럼에도 세계를 선도하는 최고 혁신 기업 대부분이 실리콘 밸리에서 태어난 것은 실패를 허하는 문화에서 비롯되었다.

역사에서 가정은 무의미하지만, 만약 장영실에게 실패를 허락했다면 어땠을까. 부서진 가마가 자동차로 태어나지 않았을지, 조선형 소총이 개발되어 임진왜란의 고초가 없지는 않았을지, 더 나아가 이 땅 위에 혁신의 꽃이 무수히 피어나지는 않았을지……. 지나간 역사는 바꿀 수 없지만 미래는 얼마든지 바꿀 수 있다. 4차 산업 혁명을 앞에 둔 지금 도전하고 또 도전해 보자. 실수해도 괜찮다. ㉡실패의 쓴맛은 성공의 확률을 그만큼 더 높여 주는 법이다.

15 제시문의 ㉠에 사용된 표현 전략과 그 전략이 반영된 문장을 완성하시오.

ⓐ 표현 전략: ______________________

ⓑ 반영 문장: ____

(띄어쓰기 제외, 25자 이내의 명령문)

16 제시문의 ㉡와 관련하여 주제를 함축적으로 표현한 3어절의 격언을 쓰시오.

[17~18] 다음 글을 읽고 물음에 답하시오.

한 젊은 남성이 안경을 건네받고서 아들의 그림을 보고는 눈물을 흘린다. 남성은 "이렇게 다양한 색이 있는 줄 몰랐다."라며 멋진 그림이라고 감동을 전한다. 이것은 적록 색맹을 위해 색 보정 안경을 개발한 회사의 광고다. 많은 사람이 당연하게 누리는 색의 향연이 색각 이상자에게는 감동으로 다가간다. 온전히 색을 본다는 것은 인간에게 어떤 의미일까?

색에 대한 인식은 망막에 있는 원추 세포가 결정한다. 원추 세포는 약 700만 개인데 (　　)색과 (　　)색, (　　)색 중 어떤 가시광선을 인식하는지에 따라 크게 세 종류로 나뉜다. 세 종류의 원추 세포는 마치 삼원색처럼 색을 배합하고, 그 배합 비율에 따라 다양한 색을 인식한다.

[A] 인간이 눈으로 식별할 수 있는 색의 전부 또는 일부를 인식하지 못하거나 구분하지 못하는 것을 '색각 이상'이라고 한다. 색각 이상은 원추 세포에 이상이 있을 때 나타난다. 색을 식별하는 기능이 약하면 색약, 특정한 원추 세포가 없으면 색맹이라고 한다. 녹색을 인식하지 못하는 녹색맹, 적색과 녹색을 구분하지 못하는 적록 색맹이 대표적이다. 적색을 구분하지 못하는 적색맹과 청색 원추 세포 이상으로 청색과 황색을 구분하지 못하는 청황 색맹도 있다. 적색과 녹색 원추 세포에 이상이 생겨 청색약(보라색약)이 나타나는 때도 드물게 있다. 또 원추 세포 세 종류에 모두 문제가 발생해 색 자체를 인식하지 못하는 전(全) 색각 이상도 있다.

색각 이상의 세상은 어떤 색일까? 녹색맹은 신호등에서 빨간불과 노란불을 거의 비슷하게 인식하고 녹색불을 흰색으로 인식한다. 적색맹은 빨간불의 붉은색은 인식하지 못하지만 빨간불과 노란불, 초록불의 색이 다르다는 점은 인식한다. 전 색각 이상은 흑백과 백색, 회색을 본다.

색각 이상은 선천적이고 유전적인 경우가 많고, 동양인보다 서양인에게 많다. 우리나라에서는 남성의 약 6퍼센트, 여성의 약 0.4퍼센트가 색각 이상자로 추정된다. 남성 비율이 더 높은 까닭은 색을 인식하는 원추 세포 유전자가 엑스(X) 염색체상에 존재하기 때문이다.

17 [A]에서 전달하는 '원추 세포'와 '색각 이상'의 관계를 이해할 때, 위의 제시문의 (　　)에 들어갈 색상 3가지를 쓰시오.

18 다음의 〈보기〉는 윗글에서 알 수 있는 '색각 이상'과 관련된 정보들을 나타낸 것이다. 빈칸에 들어갈 말을 차례대로 쓰시오.

보기

- 색각 이상은 (　　ⓐ　　)의 상태에 따라서 그 종류를 구분할 수 있다.
- (　　ⓑ　　)은/는 빨간불과 노란불을 거의 비슷하게 인식하지만, (　　ⓒ　　)은/는 빨간불과 노란불이 다르다는 점은 인식한다.
- (　　ⓒ　　) 은/는 색 자체를 인식하지 못하지만 흑색, 백색, 회색은 볼 수 있다.

[19～20] 다음의 협상을 보고 물음에 답하시오.

벽화 반대 주민 대표: 저희는 마을의 모습을 예전으로 되돌리기를 원합니다. 주말이면 관광객들이 하루 종일 찾아와 시끄럽게 하는 바람에 도저히 정상적인 생활을 할 수가 없습니다. 무더운 여름날에도 창문 하나 제대로 열지 못하고 지내고 있습니다. 이대로는 도저히 살 수가 없습니다.

벽화 찬성 주민 대표: 네, 저희도 그 마음은 이해합니다. 하지만 이미 우리 마을 곳곳에 아름다운 벽화가 그려져 있고, 수많은 관광객이 이 벽화를 보기 위해 우리 마을을 찾고 있습니다. 그동안 낙후되어 있던 마을의 경기도 되살아났고, 많은 주민들이 관광객을 대상으로 장사를 하여 생계를 유지해 가고 있습니다. 무조건 벽화를 없애는 것만이 능사는 아니라고 생각합니다.

벽화 반대 주민 대표: 네, 저희도 관광객을 대상으로 하는 장사가 주된 수입원이 되고 있다는 점을 잘 알고 있습니다. 그래서 마을의 모든 벽화를 다 없앨 수는 없다고 생각합니다. 하지만 벽화에 반대하는 사람들의 집에 그려진 벽화만큼은 지워 주셨으면 합니다. 그러면 소음이나 엿보기 같은 사생활 침해에서 벗어날 수 있을 테니까요.

벽화 찬성 주민 대표: 그렇군요. 그럼 저희가 준비한 안을 말씀드리겠습니다. 우선 현재 벽에 써 있는 조용히 해 달라는 문구를 지워 주시기를 바랍니다. 그 문구가 관광객들에게 큰 혐오감을 불러일으켜 장사에 큰 방해가 되고 있습니다. 그 문구를 지워 주신다면 모든 벽화는 아니더라도 일부 벽화는 지울 생각입니다.

벽화 반대 주민 대표: 음, 벽화를 모두 지우겠다는 것은 아니군요. 벽에 쓰인 문구를 지우는 것은 받아들일 수 있지만, 벽화에 반대하는 사람들의 집에 그려진 벽화를 모두 지우지는 않겠다는 그 제안은 선뜻 받아들이기 어렵네요.

벽화 찬성 주민 대표: 벽화에 반대하는 분들이 진정 원하는 것이 사생활 침해에서 해방되는 것이라는 건 잘 알고 있습니다. 그런데 벽화에 반대하는 분들의 집에 그려진 벽화 중에 인기 있는 벽화들이 많습니다. 그것들을 모두 지우면 관광객 수가 급감하게 됩니다. 또한 우리 마을의 벽화는 관광객의 이동 경로에 따라 하나의 이야기가 되도록 구성되어 있어, 중간에 그려져 있는 벽화가 지워지면 관광객들이 크게 실망할 것입니다. 그러니 전체가 아닌 일부만 지우는 것은 어떨까요? 그리고 특히 인기가 많은 몇 개 벽화는 위치를 옮겨서 사생활 침해를 최대한 줄이도록 노력하겠습니다.

[A] **벽화 반대 주민 대표:** 좋습니다. 벽에 쓰인 문구도 지우고, 벽화도 전체가 아닌 일부만 지우는 것을 받아들이겠습니다. 그러면 관광객 수 회복에 도움이 되겠죠. 벽화에 찬성하시는 분들은 관광객 수가 예전처럼 회복되는 것을 원할 테니까요. 그런데 우리가 한 마을의 주민으로서 공동체를 형성하고 있다면, 이익을 나눠야 하지 않을까요? 누구는 이익을 보고 누구는 피해만 보는 것은 부당한 일입니다. 공동체라면 기쁨도 슬픔도 함께 나누어야 한다고 생각합니다.

벽화 찬성 주민 대표: 생각해 보니 그러네요. 공동체의 모든 사람들이 관광객들의 소음으로 피해를 보는데 그 이익은 일부만 얻고 있었네요. 미처 그 생각을 못 했습니다. 공동체라면 이익을 함께 나누어야 한다는 것에 동의합니다. 우리가 열심히 장사해 이익을 얻고 있다 하더라도 그 과정에서 다른 주민들에게 피해를 주어서는 안 되니까요. 다만 그 이익을 어떻게 나누어야 하는지에 대해서는 주민들과 이야기를 나누어 보아야 할 것 같습니다. 저희들만으로 결정할 문제는 아니니까요. 각자 주민들과 협의할 시간이 필요할 것 같은데, 이익 분배 문제는 2차 협상에서 진행하는 것이 어떨까요?

벽화 반대 주민 대표: 네, 좋습니다. 2차 협상에서 이익 분배에 대해 다시 논의해 보죠. 그럼, 다음에 뵙겠습니다.

19 다음의 〈보기〉는 벽화 찬성 주민 대표와 벽화 반대 주민 대표의 합의 내용을 정리한 것이다. 빈칸에 공통으로 들어갈 내용을 서술하시오.

보기

	양보한 것	얻은 것
벽화 찬성 주민 대표	(　　　　　　　　)	벽에 쓰인 문구를 지우는 것
벽화 반대 주민 대표	벽에 쓰인 문구를 지우는 것	(　　　　　　　　)

20 다음의 〈보기〉는 조정 단계에서 사용되는 협상 전략들이다. 〈보기〉를 참고할 때 벽화 반대 주민 대표가 [A]에서 사용한 협상 전략을 골라 쓰시오.

보기

- 상대방이 정말 원하는 것 찾기
- 상대방의 표준을 파악하여 마음을 움직일 수 있게 표현하기
- 먼저 제안하기
- 여러 제안 맞교환하기
- 차선책 준비하기

[21～22] 다음 글을 읽고 물음에 답하시오.

2012년, ○○ 대공원에서 인기를 끌었던 돌고래 쇼가 폐지되었다. 동물 보호 단체는 국내의 한 동물원이 동물들에게 행한 학대 행위를 고발하기도 했다. 2015년에는 국내 큰 규모의 수족관에서 북극 돌고래 벨루가 폐사했다. 잊힐 만하면 동물 학대 소식이 들려오는 것 같다. 이렇듯 동물원 운영의 부작용이 지속적으로 제기되니 '동물원은 꼭 필요한가?'라는 논쟁이 따라온다.

현대로 넘어오면서 동물원은 여러 사회적 역할을 부여받았다. 첫 번째는 교육 기능이다. 동물원은 박물관의 일종이기도 하다. 나라마다 차이가 있지만 교육 프로그램도 다양하다. 동물원에서 동물들에 관한 생태 지식을 얻고 생명 존중 정신을 배울 수도 있다.

다음은 동물 보호 및 연구 기능이다. 유럽 들소, 프르제발스키 말, 하와이 기러기 등은 동물원의 노력으로 멸종 직전에서 가까스로 벗어난 동물들이다. 중국이 원서식지인 사불상은 중국 내에서 멸종됐지만 영국 베드퍼드 공작령에서 번식에 성공했다. 이후 세계 각국의 동물원에 보내져 1,000여 마리가 사육되고 있다.

마지막으로 유희적 기능이다. 한 사람을 위해 만들어진 쇤부른 동물원의 유희적 기능이 대중에게 풀린 셈이다. 동물원을 찾은 사람들은 스트레스가 높은 도시 문명 속에서 자연과 유사한 환경을 마주해 심신의 안정을 찾을 수 있다. 많은 사람이 어릴 적 찾은 동물원에서의 추억을 갖고 있을 것이다. 인터넷에서 동물원 방문기를 찾아보면 '즐거웠다.'라는 반응이 대다수다.

동물원의 긍정적인 기능에도 '동물원을 폐지해야 한다.'라는 목소리는 줄지 않고 있다. 그 중심에 동물원의 상업화가 있다. 동물원을 유지하려면 이윤이 필요한데, 이윤을 높이기 위해 선택한 통상적인 방법이 바로 '동물 쇼'와 같은 재미를 갖춘 공연이었던 것이다. 그러나 널리 알려졌듯 동물 쇼는 동물을 비윤리적으로 착취하는 형태이다. 자연적으로라면 동물에게서 기대하기 어려운 동작들을 반강제적인 조련으로 만들어 낸 것이기 때문이다. 쇼의 영향으로 동물들은 여러 질병에 시달린다. 국내에서는 임신 10개월인 돌고래가 쇼에 지속적으로 출현한 사실이 알려져 논란이 되기도 했다. 이러한 비윤리적인 처사에 동물원들은 상업적이라는 비난을 피할 수 없게 됐다.

21 윗글에서 설명한 현대 동물원의 기능 중 '동물원을 폐지해야 한다.'는 비판을 받는 가장 큰 부작용을 낳은 기능을 쓰시오.

22 다음의 〈보기 1〉은 윗글을 비평한 글이다. 비평하는 글에 대한 〈보기 2〉의 평가 항목을 고려할 때 빈칸에 알맞은 평가 항목을 골라 쓰시오.

보기 1

윗글의 필자는 동물원을 폐지하자는 주장을 드러내고 있지만, 현대 동물원의 긍정적 기능들을 언급함으로써 (   )을/를 갖추었다는 인상을 주고 있다.

보기 2

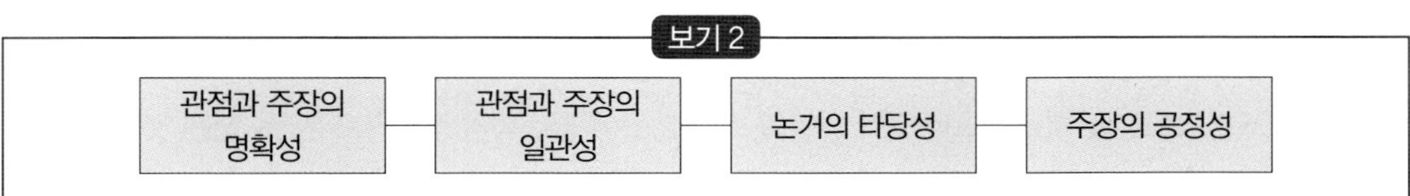

관점과 주장의 명확성
관점과 주장의 일관성
논거의 타당성
주장의 공정성

[23～24] 다음은 작문 상황과 이를 바탕으로 학생이 작성한 초고이다. 물음에 답하시오.

[작문 상황]
- 글의 목적: 새로운 산업으로 주목받는 스마트 팜을 설명하는 글을 씀.
- 예상 독자: 스마트 팜에 대해 잘 모르는 우리 학교 학생들

[초고]

최근 스마트 팜이 새로운 산업으로 각광을 받고 있다. 스마트 팜은 다양한 정보 통신 기술을 접목하여 원격 또는 자동으로 작물과 가축의 생육 환경을 적정하게 유지 · 관리하는 농장을 의미한다. 스마트 팜에서는 컴퓨터 또는 모바일을 통해 농장의 온도, 이산화 탄소 등을 모니터링하고 창문 개폐, 영양분 공급 등을 원격 또는 자동으로 제어한다. 또한 영상 장비를 통해 시각적으로 농장의 상태를 확인하고, 다양한 센서를 농장의 내부와 외부에 설치하여 실시간으로 생육 환경을 점검하며, 환기나 난방 등을 통제하며 농장을 유지한다.

스마트 팜은 정보 통신 기술을 적용하기 쉬운 비닐하우스나 유리 온실과 같은 시설 원예 농가만을 생각하기 쉽지만, 노지 작물이나 축사에도 활용이 된다. 스마트 노지 작물 농가는 스마트 팜 시스템을 통해 물 공급과 병해충 예방 관리를 집중적으로 이행하고 있으며, 스마트 축사 농가는 가축에게 제공하는 물과 사료를 원격으로 조절하거나 자동으로 조절하고 있다. 스마트 팜을 지원하는 정부 기관의 발표에 따르면 2023년 8월 현재, 스마트 시설 원예 농가 700여 가구, 스마트 노지 작물 농가 400여 가구, 스마트 축사 농가 500여 가구가 참여하고 있으며, 노지 작물 품목 중에서는 포도가, 시설 원예 품목 중에서는 딸기가 가장 많이 재배되며, 축산 품목 중에서는 한우가 가장 많다. 이렇게 스마트 팜은 최근 연평균 성장률이 15.5% 정도로 꾸준히 성장하고 있는 모습을 보여 주고 있다.

스마트 팜이 지금보다 널리 보급되어야 하는 이유는 여러 장점이 존재하기 때문이다. 관련 기관의 스마트 팜 지원 결과 분석 보고서에 따르면, 스마트 팜의 도입으로 나타난 가장 큰 변화는 노동력 절감과 생산성 증대이다. 기존 방식의 농업과 축산업에서는 노동력 부족이 문제로 나타나고 있는데, 스마트 팜에서는 적은 노동력으로도 생산성을 높일 수 있다. 아울러 스마트 팜을 이용하면서 작물 등을 재배할 때 드는 에너지를 절감할 수 있으며, 배출되는 온실가스도 감소하는 효과가 나타나는 등 스마트 팜은 기존 농업 방식에 비해 환경 측면에서도 우위에 있다.

이렇게 여러 장점이 있는 스마트 팜이지만 구축과 운영 과정에서 겪는 문제는 무엇일까? 실제로 스마트 팜을 운영하는 많은 농민들은 스마트 팜 설치 비용이 부담이 된다고 하였으며, 기술적 이해 부족으로 인한 잦은 고장 문제를 이야기한 농민들도 많았다. 따라서 미래의 노동력 부족 현상이나 환경적 측면에서 여러 효과가 있는 스마트 팜을 확대 적용하기 위해서는 스마트 팜 관련 시설의 설치 비용을 낮추는 방안을 찾는 일과 장비 운용에 대한 이해도를 높이는 일 등이 무엇보다 시급하다고 할 수 있다.

23 다음의 〈보기〉는 초고의 내용을 보강하기 위해 찾은 스마트 팜 개요도이다. 초고의 내용을 이해할 때, 〈보기〉의 스마트 팜 개요도에서 여러 형태의 스마트 팜에 필수적인 장비라고 볼 수 없는 것을 골라 한 가지만 쓰시오.

보기

[스마트 팜 개요도]

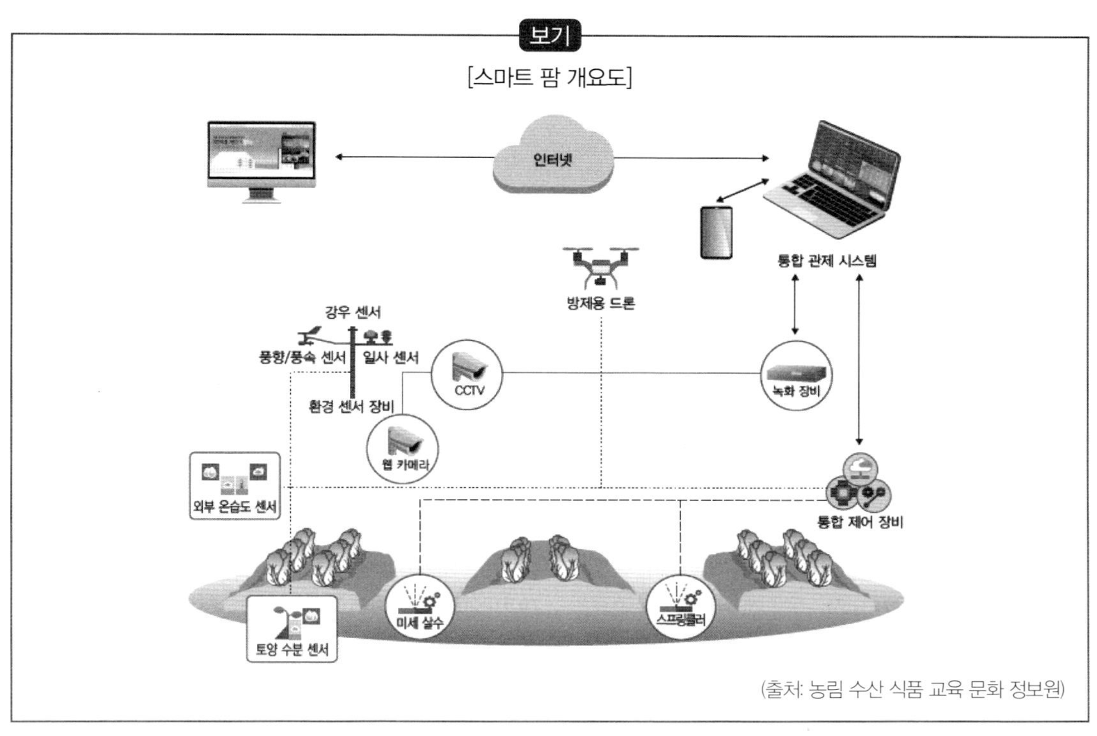

(출처: 농림 수산 식품 교육 문화 정보원)

24 다음의 〈보기〉는 스마트 팜 운영 농민을 대상으로 한 '스마트 팜 구축 운영 과정에서 겪는 어려움'에 대한 설문 조사 결과이다. 초고의 내용을 토대로 스마트 팜의 구축과 운영 과정에서 겪는 문제점과 이를 뒷받침 할 수 있는 비율이 가장 높은 스마트 팜 운영 농가를 〈보기〉에서 찾아 차례대로 대응하시오.

보기 1

(단위: %)

문제점 / 운영 농가	스마트 팜 설치 비용 부담	스마트 팜 기술 및 장비에 대한 낮은 이해도	스마트 팜 설치를 위한 기존 보유 시설의 한계	인터넷 등 추가 기반 구축의 어려움	설치 업체와의 커뮤니케이션	기타
시설 원예	32.2	26.9	14.2	13.7	11.4	1.6
노지 과수	19.1	45.7	9.6	17.7	7.9	–
노지 채소	5.8	35.9	4.3	16.3	37.7	–
축산	65.6	19.4	4.3	–	4.1	6.6

※ '기타' 응답에는 '입지 조건의 어려움', '설치 업체의 IT 기반이 약해서' 등이 있음.

스마트 팜의 구축과 운영 과정에서 겪는 문제점		운영농가
문제점 1	(가)	ⓐ
문제점 2	(나)	ⓑ

[25～26] (가)는 학생들의 대화이고, (나)는 (가)를 바탕으로 작성한 건의문의 초고이다. 물음에 답하시오.

(가)

동아리 부장: 지금부터 봉사 동아리 회의를 시작할 게. 어르신 무인 기기 이용을 돕는 봉사를 하면서 논의한 점들을 정리해서 우리 지역 지자체의 노인 복지 담당 부서에 건의하자는 의견을 모았었지? 여기에 건의한 내용이 수용되면서 정부의 협조와 지원이 가능한대. 현황, 필요성, 건의 내용 순서로 논의해 보자. 우선 어르신들의 무인 기기 교육 현황에 대해서 누가 조사했지?

부원 1: 우리가 조사했어. 현재 우리가 봉사하는 ○○ 복지관에 등록된 65세 이상 어르신들을 대상으로 설문 조사를 한 결과, 전체 어르신 중의 64% 정도가 복지관에서 디지털 교육을 받으셨어. 교육 내용은 무인 기기를 활용한 간편 결제, 송금, 주문, 휴대폰 배달 앱 사용 등에 대한 거야. 지금도 상시로 교육이 진행되고 있어.

부원 3: 설문 조사에서 ○○ 복지관에서 디지털 교육을 받으신 효과에 대해서도 질문을 했는데, 교육을 받은 후 무인 기기를 이용하셨다는 응답은 전체의 24% 정도에 불과했어.

동아리 부장: 교육을 받으신 분들에 비해 실제로 이용을 하시는 분들은 정말 적구나. 이번에는 어르신들이 어떤 점을 어려워하셨는지 직접 봉사 활동을 하면서 알게 된 점을 얘기해 줄래?

부원 2: 어르신들은 복지관에서 정말 열심히 교육을 받으셨어. 복지관에 있는 기기를 식당이랑 마트에 가신 상황으로 설정해서 조작하셨을 때에도 정말 잘하셨고, (부원들을 돌아보며) 봉사하면서 느꼈던 건데 어르신들이 막상 현장에 가셔서 실제로 기기를 사용하실 때에는 복지관에서 실습했을 때보다 더 힘들어하시지 않았니?

부원 3: 맞아. 실제 상황에서는 배웠던 내용과 조금이라도 다르면 주문을 포기하려고 하셨어. 예를 들면 열차표 구입이나 영화표 예매처럼 실습하지 않은 경우에.

부원 2: 이용 품목이 다를 때는 물론이고, 같은 품목도 메뉴에 따라 선택 사항이 다르면 주문을 힘들어 하셨어. 햄버거 같은 필수 옵션이랑 추가 옵션이 있는데 필수 옵션을 모르셔서 주문 진행 자체가 안 되는 경우가 있었고, 추가 옵션을 모두 선택해서 번거롭게 된 일도 있었어.

부원 1: ㉠ <u>내가 봉사할 때도 비슷해서, 기기로 주문하기를 어려워하시더니 앞으로 같은 메뉴만 주문해야겠다는 어르신들이 계셨어</u>. 무엇보다 어르신들은 메뉴를 선택한 다음 결제하는 과정에서 쿠폰이나 적립 등 추가 절차에 대한 화면이 나오면 당황하셨어. 이런 절차를 기기에서 생략할 수 없을까?

부원 3: ㉡ <u>그것은 조금 뒤에 건의 내용을 논의할 때 얘기하면 될 것 같으니, 우선 결제 과정에서 어르신들이 어려워하셨던 점에 대해 좀 더 추가할게.</u> 내가 봉사할 때 결제 과정에서 쿠폰 사용이나 적립, 다양한 결제 수단 선택 등의 화면이 나오면 의미를 잘 모르시거나 당황하셔서 포기하려고 하신 어르신들이 정말 많았어. 조사한 바에 의하면, 주문받는 직원이 안 보이는 매장에는 들어가지 않으시고 늘 몇몇 식당만 가신다는 분도 계셨어.

동아리 부장: 기기 조작이 어려워서 원하는 것을 주문하지 못하면 얼마나 속상하실까 생각하니 너무 안타깝다. 그러면 이제 건의의 필요성에 대해 얘기해 볼까? 무인 기기 설치 현황이랑 이용 현황을 조사한 친구가 누구지?

부원 2: 내가 조사했어. (자료를 제시하며) 여기 자료에 따르면 2019년 국내에 설치된 무인 기기는 약 19만 대였는데 2022년 45만 5천 대로 2배 이상 늘었고, 현재도 인력 감축과 업무 효율화를 목적으로 계속 증가하고 있어. 그런데 어르신들의 무인 기기 주문 선호율은 60대가 28%, 70대가 15% 정도이고, 연령대가 높아질수록 무인 기기보다 대면 주문을 선호하셨어.

동아리 부장: 그러면 무인 기기 증가 추세와 고령층 대상 교육 및 이용 현황, 실제 이용상의 어려움 등을 건의문에 제시해야겠네. 이제 건의 내용으로 넘어가서, 어르신들이 무인 기기를 쉽게 이용하시려면 기기를 어떻게 개선해야 할까?

부원 2: 우선 무인 기기를 절차에 맞게 조작하실 수 있는 상세한 안내가 나오면 좋겠어. 그리고 가급적이면 각기 다른 종류의 무인 기기라도 조작 절차나 진행 과정이 어느 정도 통일성이 있어야 할 것 같아. 배운 내용이랑 실제가 조금이라도 다르면 조작을 어려워하시니까.

부원 3: ㉢ <u>그건 플랫폼과도 관련된 문제여서 우리가 요구하는 데 한계가 있겠지만, 기기들의 조작 절차가 비슷하면 더 자신감 있게 활용하실 것 같아.</u> 그리고 복지관 어르신들을 대상으로 한 설문 조사 결과를 보면 전화 안내처럼 음성 지원 기능이 있어서 소리를 들으면서 조작하면 좋겠다는 의견이 압도적으로 많았어.

부원 1: 조사해 보니까 요즘 인공 지능 기술이 도입되면서 기존 기기에 간단한 프로그램이나 장치를 추가하면 음성 지원이 가능하고, 기기 조작 시범을 상단에 띄워 주는 영상 지원도 가능하다고 하더라.

동아리 부장: 그러면 기기를 이용할 때 조작에 대한 상세한 안내가 가능하도록 추가 장치를 도입하면 좋겠다고 건의할게. 그리고 각기 다른 종류의 기기라도 조작 절차나 진행 과정이 어느 정도 통일되면 좋겠다는 것도 제안해야겠네. ('부원 1'을 향해) ㉣ <u>그리고 아까 말했던 결제 전의 쿠폰 적용이나 적립 같은 과정도 건너뛸 수 있도록 건의하고 싶은 거지?</u>

부원 1: 그래. 상품 선택 후에 바로 결제 화면으로 넘어갈 수 있다면 어르신들이 당황해서 머뭇거리시는 경우가 줄어서 가게 운영 측면에서도 더 효율적일 것 같아.

부원 2: 지난번 봉사 활동 끝나고 나온 얘긴데, 무인 기기 이용이 더 익숙해지실 때가지는 우리 같은 봉사자들이 어르신과 동행해서 교육 내용을 반복하시도록 돕는 게 좋을 것 같아.

부원 3: 그리고 연령이 많이 높거나 거동이 불편하신 어르신들은 기기 조작 가능 정도와 상관없이 우리가 지속적으로 동행하면서 보조하면 좋겠다는 의견도 있었어. 주문 완료된 음식이나 물품을 운반하시는 것도 힘드실 수 있으니까.

동아리 부장: 그런 기회를 통해 어르신들과 봉사자들 간의 소통이 더 활발해질 수 있을 것 같아. 너희 의견도 건의 내용에 포함할게. 오늘 논의한 내용을 중심으로 건의문 초고를 작성할 테니까 필요하면 자료를 추가해 줘.

(나)

안녕하십니까. 저희는 ○○ 복지관에서 어르신 무인 기기 이용 관련 봉사 활동을 하는 학생 봉사 동아리입니다. 지자체에서 정부와 협력하여 어르신들의 무인 기기 이용을 위해 힘써 주셔서 감사합니다. 알고 계신 바와 같이 최근 정보 기술의 발전, 비대면 거래의 증가 등에 따라 요식업을 비롯한 다양한 분야에서 무인 기기의 설치 비율이 증가하여 2019년에 비해 2022년에는 2배 이상 늘었고, 지금도 증가 추세입니다. 그러나 60대 이상의 어르신들 중에는 무인 기기의 이용을 어려워하시는 분들이 많습니다. 저희 동아리가 봉사하는 복지관에서는 65세 이상 어르신들의 64% 정도가 무인 기기 이용 교육을 받으셨는데요, 그 후에 얼마나 활용을 하게 되었을까요? 실제 어르신들의 무인 기기 이용률은 24% 정도에 그치고 있었습니다. 저희가 어르신들을 모시고 직접 무인 기기를 이용하시는 것을 돕는 봉사를 하면서 여러 가지 문제점을 느꼈기 때문에, 이러한 점들을 바탕으로 다음과 같이 건의드립니다.

첫째, 무인 기기의 조작 절차가 이용하기 쉽게 안내될 수 있도록 기기에 장치를 추가하는 방안을 우리 지자체 내에서 추진해 주십시오. 어르신들께서는 기기를 이용하여 주문하시는 일 자체에 대해 큰 부담을 느끼고, 이용 시 당황하시는 경우가 많습니다. 저희가 알아본 바에 의하면 비싸지 않은 프로그램을 이용해도 인공 지능 챗봇처럼 음성 지원 기능을 넣을 수 있고, 화면의 일부에 조작 절차에 대한 시범 영상을 띄울 수도 있다고 합니다. 저희의 건의가 수용되면, 저예산으로 어르신들이 더욱 편리하게 무인 기기를 사용하실 수 있을 것입니다.

둘째, 어르신들이 다양한 품목의 구매에 무인 기기를 직접 이용하실 수 있도록 우리 지역 내 각 기기의 조작 절차를 가급적이면 통일하는 방향으로 지속적으로 점검해 주시면 좋겠습니다. 어르신들은 기기 이용 교육을 받으시고도 실제로 접하게 되는 기기의 조작 절차가 교육받은 내용과 다른 경우 당황하시거나 어려움을 겪으시는 경우가 많습니다. 특히 결제 단계가 복잡한 경우 더욱 힘들어하셨습니다. 현실적으로 이미 설치한 기기를 모두 같은 기기로 바꾸는 것은 불가능할 것이고 또 비효율적일 것입니다. 그렇기에 각 기기의 조작 절차가 일정한 통일성을 갖추고, 결제 과정에서 쿠폰 적용이나 적립의 과정을 생략 가능하도록 지자체에서 계도해 주시면 좋겠습니다.

셋째, 어르신들의 상황에 따라 봉사자들이 어르신들을 지속적으로 보조할 수 있도록 연계를 강화해 주십시오. 저희가 경험한 바에 의하면 무인 기기의 이용이 익숙해지실 때까지만 봉사자의 도움이 필요한 어르신도 계시고, 익숙해지신 후에도 봉사자가 계속 동행하며 물리적인 측면에서도 도움을 드려야 하는 어르신도 계셨습니다. 저희 같은 봉사 단체와 노인 복지관 등을 연계해서 정기적으로 봉사하도록 해 주시면 지속적인 봉사가 가능할 것입니다.

위의 제안이 수용될 경우 다음과 같은 효과가 예상됩니다. 첫째, 어르신들이 상세한 안내에 따라 편리하게 무인 기기를 조작하실 수 있다면 다양한 업종의 매장에서 기기를 설치한 목적대로 효율적인 업무가 가능할 것입니다. 둘째, 기기 간의 조작 단계가 어느 정도 통일되면 한 기기의 조작 방법을 익히신 어르신들이 다른 기기도 쉽게 이용하실 수 있게 되어 다양한 디지털 기기 사용에 자신감을 가지실 수 있을 것입니다. 셋째, 저희와 같은 봉사 단체가 어르신들을 지속적으로 보조하면 세대 간의 원활한 소통과 조화로운 관계 형성이 가능할 것입니다. 아무쪼록 저희의 건의 내용을 긍정적으로 검토해 주시기를 부탁드립니다. 감사합니다.

25 **다음의 〈보기〉는 제시문의 ㉠~㉣에 나타난 말하기 방식을 정리한 것이다. 빈칸에 들어갈 대상을 '부원 1', '부원 2', '부원 3' 중에서 골라 쓰시오.**

보기

㉠ (　　　　　)이/가 언급한 내용에 동의하며 그 내용을 뒷받침하는 추가 발언을 하고 있다.
㉡ (　　　　　)의 제안에 대해 논의 순서를 언급하며 추가 발언을 하려는 의사를 표시하고 있다.
㉢ (　　　　　)의 말에 동의하면서 각 기기의 조작 절차가 유사할 경우 효과가 있을 것이라고 언급하고 있다.
㉣ (　　　　　)이/가 앞부분에서 언급했던 내용을 건의 내용으로 포함할지에 대해 확인하는 질문을 하고 있다.

26 **다음의 〈보기〉는 (가)의 대화 내용이 (나)에 반영된 양상을 설명한 것이다. (가)의 대화 내용이 반영된 건의 사항을 (나)에서 각각 찾아 첫 어절과 마지막 어절을 순서대로 쓰시오.**

보기

① (가)에서 '부원 2'와 '부원 3'이 어르신들이 겪는 무인 기기 이용의 어려움과 관련해서 언급한 내용이 (나)에서 기기 조작 절차와 관련된 지속적인 점검이 필요하다는 건의로 제시되었다.
② (가)에서 '부원 2'와 '부원 3'이 어르신들을 보조하는 봉사에 대해 언급한 내용이 (나)에서 봉사 단체와 어르신 보조를 연계할 것을 건의하는 근거로 제시되었다.

① 첫 어절: ______________________, 마지막 어절: ______________________

② 첫 어절: ______________________, 마지막 어절: ______________________

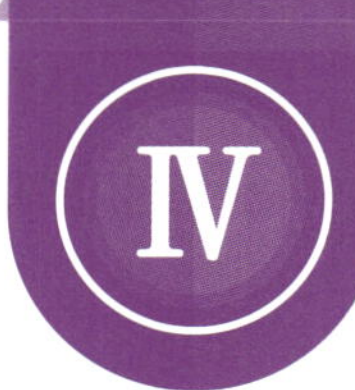

문법

[핵심이론]

1 음운

1. 음운의 개념과 체계

(1) 개념: 말의 뜻을 구별해 주는 최소의 소리 단위(자음과 모음)

(2) 체계

	분류 기준	음운 체계
자음	조음 위치에 따라	입술소리, 잇몸소리, 센입천장소리, 여린입천장소리, 목청소리
	조음 방법에 따라	파열음, 마찰음, 파찰음, 유음, 비음
	소리의 세기에 따라	예사소리, 된소리, 거센소리
	목청의 떨림 여부에 따라	울림소리, 안울림소리
모음	혀의 위치에 따라	전설 모음, 후설 모음
	혀의 높낮이에 따라	고모음, 중모음, 저모음
	입술의 모양에 따라	원순 모음, 평순 모음

(3) 자음과 모음

① 자음: 말소리를 낼 때 공기의 흐름이 발음 기관에서 장애를 받고 나오는 소리

조음 방법 \ 조음 위치		입술소리	잇몸소리	센입천장소리	여린입천장소리	목청소리
파열음	예사소리	ㅂ	ㄷ		ㄱ	
	된소리	ㅃ	ㄸ		ㄲ	
	거센소리	ㅍ	ㅌ		ㅋ	
파찰음	예사소리			ㅈ		
	된소리			ㅉ		
	거센소리			ㅊ		

조음 방법 \ 조음 위치		입술소리	잇몸소리	센입천장소리	여린입천장소리	목청소리
마찰음	예사소리		ㅅ			ㅎ
	된소리		ㅆ			
비음		ㅁ	ㄴ		ㅇ	
유음			ㄹ			

② 모음: 말소리를 낼 때 공기의 흐름이 발음 기관에서 장애를 받지 않고 나오는 소리

혀의 높이 \ 혀의 앞뒤 위치 / 입술 모양	전설 모음		후설 모음	
	평순	원순	평순	원순
고모음	ㅣ	ㅟ	ㅡ	ㅜ
중모음	ㅔ	ㅚ	ㅓ	ㅗ
저모음	ㅐ		ㅏ	

2. 음운의 변동

(1) 교체

음절의 끝소리 규칙	음절 끝에서 'ㄱ, ㄴ, ㄷ, ㄹ, ㅁ, ㅂ, ㅇ'만 발음되는 현상 예 부엌[부억], 빗[빋]/빚[빋]/빛[빋], 앞[압]
비음화	앞 음절의 'ㄱ, ㄷ, ㅂ'이 뒤에 오는 첫 음절 'ㄴ, ㅁ'의 영향으로 각각 [ㅇ, ㄴ, ㅁ]으로 바뀌는 현상 예 국물[궁물], 받는다[반는다], 밥물[밤물]
유음화	'ㄴ'이 유음 'ㄹ'의 앞이나 뒤에 올 때 [ㄹ]로 바뀌는 현상 예 천리[철리], 칼날[칼랄]
구개음화	끝소리가 'ㄷ, ㅌ'인 형태소가 모음 'ㅣ'나 반모음 'ㅣ'로 시작되는 형식 형태소와 만나 [ㅈ, ㅊ]으로 바뀌는 현상 예 굳이[구지], 같이[가치]
된소리되기	'ㄱ, ㄷ, ㅂ, ㅅ, ㅈ'이 앞에 오는 소리의 영향을 받아 각각 된소리 [ㄲ, ㄸ, ㅃ, ㅆ, ㅉ]으로 바뀌는 현상 예 국밥[국빱], 신고[신꼬], 갈등[갈뜽]

(2) 탈락

자음군 단순화	음절 끝에 자음군이 오면 두 자음 중 하나가 탈락하고 하나만 발음되는 현상 예 삶[삼], 맑다[막따], 읊다[읍따], 넋[넉], 값[갑], 핥다[할따]
‘ㄹ’ 탈락	용언이 활용할 때 어간의 끝소리 ‘ㄹ’이 몇몇 어미 앞에서 탈락하는 현상 예 알-+-는 → [아는], 둥글-+-ㄴ → [둥근]
‘ㅎ’ 탈락	용언이 활용할 때 어간의 끝소리 ‘ㅎ’이 모음으로 시작하는 어미나 접사 앞에서 탈락하는 현상 예 좋은[조은], 넣어[너어], 끓이다[끄리다]
‘ㅡ’ 탈락	용언이 활용할 때 모음 ‘ㅡ’로 끝나는 어간이 모음 ‘ㅏ/ㅓ’로 시작하는 어미 앞에서 탈락하는 현상 예 크-+-어서 → [커서], 담그-+-아도 → [담가도]

(3) 첨가

‘ㄴ’ 첨가	파생어나 합성에서 자음으로 끝나는 형태소 뒤에 모음 ‘ㅣ’나 반모음 ‘ㅣ’로 시작하는 형태소가 올 때 그 사이에 ‘ㄴ’이 첨가되는 현상 예 맨입[맨닙], 솜이불[솜니불], 두통약[두통냑]

(4) 축약

거센소리되기	예사소리 ‘ㄱ, ㄷ, ㅂ, ㅈ’이 ‘ㅎ’과 만나 각각 거센소리 [ㅋ, ㅌ, ㅍ, ㅊ]으로 바뀌는 현상 예 놓고[노코], 많다[만타], 업히다[어피다], 젖히다[저치다]

2 단어

1. 품사의 개념과 분류

(1) 개념: 단어들 가운데 공통된 성질을 가진 것들을 묶어서 분류해 놓은 갈래

(2) 품사의 분류

형태	기능	의미	예
불변어	체언	명사, 대명사, 수사	손, 서울, 학교, 것/이것, 저기, 나, 우리/하나, 첫째
	수식언	관형사, 부사	새, 헌, 이, 그, 세, 다섯/매우, 못, 다행히, 과연
	관계언	조사	이/가, 에, 와/과, 하고, 만, 도, 부터
	독립언	감탄사	앗, 네(대답)
가변어	용언	동사, 형용사	뛰다, 걷다, 먹다, 잡다/고요히, 이러하다

2. 품사의 종류와 특성

(1) 체언: 문장에서 주어, 목적어, 보어 등으로 쓰이며 주로 조사와 결합하고 형태가 불변

명사	사람이나 사물, 장소 등의 이름을 나타내는 말	보통 명사	어떤 속성을 가진 일반적인 대상을 나타내는 말
		고유 명사	특정한 하나의 대상을 나타내는 말
		자립 명사	홀로 쓰일 수 있는 명사
		의존 명사	다른 말에 기대어 쓰이는 명사 예 것, 따름
대명사	명사를 대신하여 그것을 가리키는 말	지시 대명사	사물이나 장소를 나타내는 말 예 이것, 그것, 여기, 저기
		인칭 대명사	사람을 나타내는 대명사 예 나, 너, 우리
수사	사물의 수량이나 순서를 나타내는 말	양수사	수량을 나타내는 말 예 하나, 둘
		서수사	순서를 나타내는 말 예 첫째, 둘째

(2) 용언: 문장에서 주어를 서술하는 기능

동사	사람이나 사물의 움직임을 나타내는 말 예 걷다, 부르다, 날다
형용사	사람이나 사물의 상태 또는 성질을 나타내는 말 예 빠르다, 깨끗하다

(3) 수식언: 다른 단어를 꾸며 주는 역할

관형사	체언 앞에 놓여서 체언을 꾸며 주는 역할을 하는 말 예 새, 한, 이
부사	주로 용언, 관형사, 부사, 문장 등을 꾸며 주는 역할을 하는 말 예 빨리, 저리

(4) 관계언: 문장에 쓰인 단어들의 관계를 나타내는 역할

조사	격 조사	문법적인 관계를 나타냄 예 이/가, 을/를
	보조사	앞말에 특별한 뜻을 더해 줌 예 도, 만, 까지
	접속 조사	두 단어나 구를 같은 자격으로 이어 줌 예 와/과, 랑

(5) 독립언: 문장에 쓰인 다른 말들과 관계를 맺지 않고 독립적으로 쓰이는 단어

감탄사	말하는 이의 느낌이나 부름과 응답, 특별한 의미 없이 쓰이는 입버릇이나 더듬거림 등을 나타내는 말 예 아, 여보세요, 자

3. 단어의 짜임

(1) 형태소의 개념과 종류

① 개념: 뜻을 가진 가장 작은 말의 단위

예 하늘에 비구름이 끼었다. → 하늘/에/비/구름/이/끼/었/다

② 종류

자립성 여부에 따라	자립 형태소	혼자 쓰일 수 있는 형태소 예 하늘, 비, 구름
	의존 형태소	반드시 다른 형태소와 함께 써야 하는 형태소 예 에, 이, 끼—었-, -다
의미에 따라	실질 형태소	실질적인 의미를 가진 형태소 예 하늘, 비, 구름, 끼-
	형식 형태소	문법적인 의미만을 가진 형태소 예 에, 이, -었-, -다

(2) 단어의 개념과 종류

① 개념: 자립하여 쓸 수 있는 말 또는 그 말의 뒤에 붙어서 문법적 기능을 나타내는 말

② 종류

단일어	하나의 어근으로 이루어진 단어 예 집, 바다	
복합어	합성어	어근끼리 결합하여 이루어진 단어 예 꽃잎, 비구름
	파생어	어근과 접사가 결합하여 이루어진 단어 예 향기롭다

4. 단어의 의미 관계

유의 관계	말소리는 다르지만 의미가 같거나 비슷한 단어들의 관계(유의어) 예 배우다-학습하다-익히다-수강하다-공부하다-사사하다	
반의 관계	서로 의미가 반대되거나 대립되는 단어들의 관계(반의어) 예 소년-소녀, 숙녀-신사	
상하 관계	두 개의 단어 중 한 단어의 의미가 다른 단어의 의미를 포함하거나 또는 다른 단어의 의미에 포함되는 의미 관계(상의어, 하의어) 예 동물(상의어) – 개(하의어), 개(상의어) – 진돗개(하의어)	
상하 관계	동음이의어	소리는 같지만 의미가 서로 다른 단어 예 배[腹]: 가슴과 엉덩이 사이의 부분 배[梨]: 과일의 하나 배[船]: 교통 수단

동음이의어와 다의어	다의어	여러 가지 의미를 지니고 있는 단어 예 손: 1. 사람의 팔목 끝에 달린 부분(중심적 의미) 2. 힘이나 노력(주변적 의미)

3 문장

1. 문장의 짜임

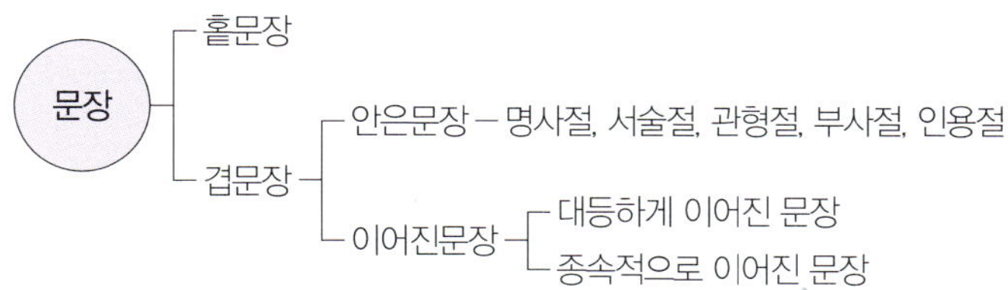

(1) 홑문장 : 주어와 서술어가 각각 하나씩 있는 문장

예 바람이 분다.

(2) 겹문장 : 한 개의 홑문장이 한 성분으로 안겨 들어가서 이루어지거나, 홑문장 여러 개가 이어져서 여러 겹으로 된 문장

예 바람이 불고 비가 온다.

① 안은문장 : 속에 다른 문장을 안고 있는 겉의 전체 문장

분류	개념
명사절을 안은문장	문장에서 주어, 목적어, 부사어 등으로 명사처럼 기능하는 절을 안은 문장
	명사형 어미 '–(으)ㅁ, –기'와 결합함 예 농부들이 비가 오기를 기다린다.
서술절을 안은문장	문장에서 절 전체가 서술어의 기능을 하는 절을 안은 문장
	절의 표지가 따로 없음 예 우리 고양이는 머리가 좋다.
관형절을 안은문장	문장에서 관형어처럼 기능을 하는 절을 안은 문장
	관형사형 어미 '–(으)ㄴ, –는, –(으)ㄹ, –던'과 결합함 예 나는 선생님이 추천한 책을 읽었다.
부사절을 안은문장	문장에서 부사어처럼 기능을 하는 절을 안은 문장
	접미사 '–이', 부사형 어미 '–게, –도록, –(아)서' 등과 결합함 예 도둑놈이 소리도 없이 들어왔다.

분류	개념
인용절을 안은문장	다른 사람의 말이나 생각을 인용한 문장을 절의 형태로 안은 문장
	인용의 부사격 조사 '고, 라고'와 결합함 예 어머니가 어디 가냐고 물었다.

② 안긴문장 : 절의 형태로 바뀌어서 전체 문장 속에 안긴문장

③ 이어진문장 : 연결어미에 의해 두 문장이 결합된 문장

분류	개념
대등하게 이어진 문장	앞뒤 절이 '나열, 대조, 선택' 등의 의미 관계를 지니는 문장
	'-고, -(으)며, -(으)나, -지만, -거나, -든지' 등의 대등적 연결 어미에 의해 이어짐 예 비가 오고 바람이 분다.
종속적으로 이어진 문장	앞 절과 뒤 절의 의미가 독립적이지 못하고 종속적인 관계에 있는 문장
	'-는데, -아서/-어서, -(으)니, -(으)면, -아야/-어야, -아도/-어도, -더라도, -(으)려고, -(으)러' 등의 종속적 연결 어미에 의해 이어짐 예 비가 오면 창문을 닫아라.

2. 문법 요소의 활용

(1) 높임 표현

① 상대 높임법: 화자가 청자를 높이거나 낮추어 표현하는 방법

방법	• 문장의 종결 어미에 의해 실현됨 • 격식체: 하십시오체, 하오체, 하게체, 해라체 • 비격식체: 해요체, 해체
사례	예 지우야, 버스 왔어. / 할머니 버스 왔어요.

② 주체 높임법: 주어가 가리키는 대상, 즉 서술의 주체를 높이는 방법(서술어의 주체가 나이나 사회적 지위 등이 화자 보다 높을 때 사용함)

방법	선어말 어미 '-(으)시-', 주격 조사 '께서', 특수 어휘 '계시다', '잡수시다' 등을 통해 실현함
사례	예 아버지께서 방에 들어오셨다.

③ 객체 높임법: 주어의 행위가 미치는 대상인 목적어나 부사어, 즉 서술의 객체를 높이는 방법

방법	'드리다', '모시다', '뵈다', '여쭈다'와 같은 특수한 어휘, 부사격 조사 '께' 등을 통해 실현함
사례	예 나는 어머니께 선물을 드렸다.

(2) 시간 표현

① **현재 시제:** 사건시와 발화시가 일치하는 시제

방법	사례
선어말 어미 '-ㄴ-/-는-' 결합	예 비가 온다
형용사나 서술격 조사는 기본형으로 표현	예 꽃이 예쁘다.
동사의 관형사형은 어간에 '-는' 결합	예 자는 아기
형용사나 서술격 조사의 관형사형은 어간에 '-(으)ㄴ' 결합	예 예쁜 꽃

② **과거 시제:** 사건시가 발화시보다 앞서 있는 시제

방법	사례
선어말 어미 '-았-/-었-'이나 '-더-' 결합	예 비가 왔다.
동사의 관형사형은 어간에 '-(으)ㄴ'이나 '-던' 결합	예 먹은 사과
형용사나 서술격 조사의 관형사형은 어간에 '-던' 결합	예 예쁘던 그녀

③ **미래 시제:** 사건시가 발화시보다 나중인 시제

방법	사례
선어말 어미 '-겠-'이나 '-(으)리-'를 결합하거나, '-겠-' 대신 '-(으)ㄹ 것이-'를 사용하기도 함	예 곧 가겠다.
관형사형으로 만들 때는 '-(으)ㄹ'을 사용	예 받을 물건

(3) **사동 표현:** 주어가 남에게 동작을 하도록 시키는 것을 나타내는 표현

방법	사례
주동사의 어근에 사동 접미사 '-이-, -히-, -리-, -기-, -우-, -구-, -추-' 결합	예 울리다
명사에 사동 접미사 '-시키다' 결합	예 대피시키다
주동사의 어간에 '-게 하다' 결합	예 입게 하다

(4) **피동 표현:** 다른 주체에 의해 동작이 이루어지거나 영향을 받는 것을 나타내는 표현

방법	사례
능동사의 어근에 피동 접미사 '-이-, -히-, -리-, -기-' 결합	예 잡히다
명사에 피동 접미사 '-되다' 결합	예 가결되다
능동사의 어간에 '-아/-어지다', '-게 되다' 결합	예 풀어지다

(5) 부정 표현

길이에 따른 분류	짧은 부정문	부정 부사 '안, 못'을 사용하여 만든 부정문 예 공부를 안 했다. / 공부를 못 했다.
	긴 부정문	'-지 않다(아니하다), -지 못하다'를 사용하여 만든 부정문 예 공부를 하지 않았다. / 공부를 하지 못했다.
의미에 따른 분류	의지 부정문	단순한 부정이나 화자의 의지에 의한 부정 예 나는 석호를 안 만났다. / 나는 석호를 만나지 않았다.
	능력 부정문	능력이 부족하거나 의지와 상관없는 상황에 의한 부정 예 나는 석호를 못 만났다. / 나는 석호를 만나지 못했다.

4 담화

1. 담화의 개념과 구성요소

(1) 발화와 담화의 개념

발화	화자의 생각, 느낌 등이 의사소통 상황에서 실제 언어 표현으로 나타난 것 → 머릿속의 생각이 실제로 문장 단위로 실현된 것
담화	둘 이상의 발화가 연속해서 이루어지는 말의 단위 → 담화를 이루는 발화들이 하나의 주제 또는 내용으로 연결되어야 담화가 하나의 완결성을 지님

(2) 담화의 특성

통일성	발화들의 내용이 하나의 담화 주제 아래 유기적으로 결합되는 것
응집성	담화를 구성하는 발화들이 형식적으로 긴밀하게 연결되는 것

(3) 담화의 구성 요소

① 화자(글쓴이): 발화를 생산하고 전달하는 역할을 하는 이

② 청자(독자): 발화를 전달받고 이해하는 역할을 하는 이

③ 발화(언어): 언어로 표현된 내용

④ 맥락: 의사소통이 이루어지는 배경이나 환경(시간, 공간, 사회 · 문화적 관습 등)

2. 담화와 맥락의 유형

언어적 맥락	앞뒤 발화에 나타난 언어적 표현이나 내용의 흐름 등으로 파악할 수 있는 맥락
비언어적 맥락	• **상황 맥락:** 의사소통의 시간적 · 공간적 배경, 화자(글쓴이), 청자(독자), 주제, 목적 등 담화를 생산하고 수용하는 활동에 직접 영향을 끼치는 맥락 • **사회 · 문화적 맥락:** 역사적 · 사회적 상황, 공동체의 이념이나 가치 등 담화를 생산하고 수용하는 활동에 간접적인 영향을 끼치는 맥락

[실전문제]

해답 p.363

▶ **다음 글을 읽고 물음에 답하시오.**

배점(총점)	예상 소요 시간
10점	5분 / 전체 80분

제4차 산업 혁명의 본격적인 도래와 함께 사회 변화가 가속화됨에 따라 ⓐ복잡하고 다양한 공공 문제를 해결하려는 정부의 노력도 점점 한계에 봉착하고 있다. 이는 정부의 능력 자체가 무능해졌다기보다는 문제의 성격 자체가 정부가 감당하기에는 점점 더 어려워지고 있다는 것을 의미한다. 이에 시민들은 자신들이 ⓑ직면한 문제를 정부에 의존하기보다는 스스로 해결하려는 시도를 더 많이 하고 있다. 이러한 움직임의 하나로 '시빅 테크'가 최근 부상하고 있다. 시빅 테크는 '시민' 혹은 '시민의'라는 뜻을 가진 'Civic'과 '기술'이라는 뜻을 가진 'Tech'가 결합된 말이다. 자발적으로 모인 시민이 정보 통신 기술을 활용하여 공공 문제나 사회 문제의 해결책을 직접 모색하는 시민운동 또는 시민 참여를 의미한다.

시빅 테크의 등장은 정보 통신 기술의 발전과 함께하는 디지털 환경의 형성, 행정 기관 및 공적 기관을 중심으로 한 보유 데이터(공공 데이터)의 개방 움직임을 배경으로 한다. 공공 데이터는 공공 기관에서 생성, 취득하여 관리하고 있는 정보를 전자적 방식으로 처리하여 누구나 이용할 수 있도록 제공한 것을 말한다. 정보 통신망의 구축에 따라 사회 각 부분에서 발생하는 다양한 사건 및 공공 데이터가 시민들에게 상시적으로 노출되면서 사회 문제에 대한 시민들의 관심과 문제의식이 높아지고 있다. 이러한 현상은 정부가 독점하며 진행하던 일방적 · 하향식 정책 관리 방법이 시민 주도의 자발적 · 상향식 방법으로 전환되는 것을 의미한다. 즉 시빅 테크는 '시민들이 정부가 제공하는 정보 통신 기술과 공공 데이터를 활용하여 직접 또는 주도적으로 공공 문제를 해결하려는 행위'이다.

새로운 시민 참여로서의 시빅 테크는 전통적인 시민 참여와 달리, 시민 단체 및 지역 공동체 등과 같은 전통적인 매개 집단이나 조직의 틀에 얽매이지 않는다. 대신 수많은 개인이 서로 직접 연결되어 사회 문제를 해결하기 위한 다양한 지식과 대안을 함께 만들고 공유할 수 있게 한다. 즉 시민들이 자율적으로 사회 문제를 인식하고, 참여 의제를 설정하며, 자발적으로 모여들고, 적극적으로 문제 해결을 도모함으로써 공익을 실현하고자 한다. 이 과정에서 핵심적으로 사용되는 수단이 인공 지능, 빅 데이터, IoT 등의 지능 정보 기술이다. 인공 지능 기술은 특정 분야 및 목적에 대하여 추론 능력, 인지 능력, 학습 능력 등 사람의 지능을 정보 통신 기술을 통해 일부 구현한 기술이다. 인공 지능 기술은 전문가가 아니어도 누구나 원하는 정보를 쉽게 활용할 수 있도록 데이터 및 콘텐츠를 사용자 맞춤형으로 가공하여 제공한다. 이를 통해 시민들은 시 · 공간에 구애받지 ⓒ않고 정보에 손쉽게 접근할 수 있다. 빅데이터란 기존의 데이터베이스로는 처리하기 어려울 정도로 방대한 양의 데이터로부터 가치를 추출하고 결과를 분석하는 기술이다. 이를 바탕으로 발생 가능한 문제를 사전에 파악하고 그에 대한 해결 방안을 모색해 봄으로써 선제적 대응을 통한 문제 해결이 가능하다. IoT는 사람, 사물, 서비스 등의 분산된 환경 요소가 상호 협력적으로 정보를 처리하는 사물 공간 연결 인프라로써 사람의 개입 없이 다양한 정보를 지속적으로 수집할 수 있게 한다. 이를 통해 시민들이 정보를 손쉽게 제공받음으로써, 시민들이 보다 다양한 의사 결정 과정에 참여하는 것이 용이해져 커뮤니티의 확대도 촉진된다. 이처럼 지능 정보 기술은 전문 지식과 정보

접근에 대한 진입 장벽을 낮춤으로써 시민이 사회 참여를 위한 효과적 도구를 제작하고 올바른 의견을 제시하는 데 도움을 준다.

[예시문제]

제시문의 ⓐ~ⓒ에서 각각 관찰되는 음운의 변동을 〈보기〉에서 모두 찾아 쓰시오.

보기

거센소리되기, 구개음화, 된소리되기, 모음 탈락, 반모음 첨가, 비음화, 유음화

ⓐ ____________________

ⓑ ____________________

ⓒ ____________________

모범답안 ⓐ 된소리되기, 거센소리되기
ⓑ 비음화
ⓒ 거센소리되기

바른해설 '복잡하고'는 [복짜파고]로 발음되므로, '된소리되기, 거센소리되기'를 모두 확인할 수 있다. '직면한'은 [징면한]으로 발음되므로, '비음화'를 확인할 수 있다. '않고'는 [안코]로 발음되므로 '거센소리되기'를 확인할 수 있다.

채점기준

답안	배점
ⓐ: 된소리되기, 거센소리되기	4점
ⓑ: 비음화	3점
ⓒ: 거센소리되기	3점
– ⓐ, ⓑ, ⓒ의 각 항목이 정확하게 기술된 경우에만 정답으로 처리함. – ⓐ는 순서에 상관없이 2개 모두 기술된 경우에만 정답으로 처리함. – 정답 외에 다른 답안을 추가로 기술한 경우는 오답으로 처리함.	

01 〈보기〉의 내용을 참고하여 제시된 단어들을 (A)와 (B)로 각각 분류하시오.

보기

국어의 음절은 크게 네 가지 유형의 구조로 실현된다.

a. 모음
b. 자음 + 모음
c. 모음 + 자음
d. 자음 + 모음 + 자음

그런데 어떤 단어에서 연음이 일어나면 앞 음절과 뒤 음절의 음절 구조 유형이 바뀐다. 음운 변동이 일어나도 음절 구조 유형이 바뀌는 경우가 있다.

(A) 음절 구조 유형이 바뀐 음절이 있는 말 ⇒ ______________________

(B) 음절 구조 유형이 바뀐 음절이 없는 말 ⇒ ______________________

잡일	축하	학대	겉늙은	많지만

※ 다음 글을 읽고 물음에 답하시오.

음운은 말소리의 가장 작은 단위를 가리킨다. 음운에는 자음, 모음, 반모음과 같은 분절 음운과 음의 길이와 같은 비분절 음운이 있다. 비분절 음운은 한글 자모로 나타낼 수 없기 때문에 긴소리의 경우 특수한 기호(:)를 사용하여 나타낸다. 음운은 단어의 의미를 구별해주는 기능을 하는데, 단 하나의 음운으로 인해서 의미가 구별되는 단어의 짝을 최소 대립쌍이라고 한다.

02 최소 대립쌍에 대한 위의 설명을 참고하여 〈보기〉에서 최소 대립쌍만을 있는 대로 골라 쓰시오.

보기

ⓐ 김[김] – 곰[곰:]
ⓑ 굴[굴] – 꿀[꿀]
ⓒ 거리[거리] – 마리[마리]
ⓓ 연(鳶)[연] – 원(圓)[원]
ⓔ 사과[사과] – 사과(謝過)[사:과]

[03～04] 다음 글을 읽고 물음에 답하시오.

[가]

말소리를 낼 때 공기의 흐름이 발음 기관에서 장애를 받지 않고 나오는 소리를 모음이라고 한다. 모음은 발음할 때 입술이나 혀가 고정되어 움직이지 않는 단모음과 입술 모양이나 혀의 위치가 달라지는 이중 모음이 있다.

모음은 혀의 높낮이, 혀의 앞뒤 위치, 입술 모양에 따라 나누어 볼 수 있다. 모음은 혀의 높낮이에 따라 고모음, 중모음, 저모음으로 나눌 수 있는데, 고모음에는 'ㅣ, ㅟ, ㅡ, ㅜ'가 있고, 중모음에는 'ㅔ, ㅚ, ㅓ, ㅗ'가 있으며, 저모음에는 'ㅐ, ㅏ'가 있다. 모음은 혀의 앞뒤 위치에 따라 전설 모음과 후설 모음으로 나눌 수도 있는데, 전설 모음에는 'ㅣ, ㅔ, ㅐ, ㅟ, ㅚ', 후설 모음에는 'ㅡ, ㅓ, ㅏ, ㅜ, ㅗ'가 있다. 또, 모음은 입술 모양에 따라 원순 모음과 평순 모음으로 나누기도 하는데, 입술을 동그랗게 오므려서 발음하는 원순 모음에는 'ㅟ, ㅚ, ㅜ, ㅗ'가 있고, 평순 모음에는 'ㅣ, ㅔ, ㅐ, ㅡ, ㅓ, ㅏ'가 있다.

[나]

음운이 의미의 차이를 구분하는 최소 단위라고 할 때, 소리의 길이도 의미 구별에 기여한다. 국어에서 긴소리는 일반적으로 단어의 첫음절에서만 나타난다. 본래 길게 발음되던 것도 둘째 음절 이하에 오면 짧은소리로 발음되는 것을 볼 수 있다.

03 글 [가]의 내용을 참고할 때 〈보기〉의 ⓐ, ⓑ, ⓒ에 들어갈 말을 차례대로 쓰시오.

보기

혀의 앞뒤 위치 / 입술 모양 / 혀의 높이	전설 모음		후설 모음	
	평순	원순	평순	원순
고모음				ⓐ
중모음		ⓑ		
저모음	ⓒ			

04 글 [나]를 바탕으로 〈보기〉를 이해했을 때, 짧게 발음해야 하는 것과 길게 발음해야 하는 것을 구분하시오.

보기

ⓐ눈에 함박ⓑ눈이 들어가니 ⓒ눈물이 난다. ⓓ눈이 아프니 ⓔ눈 구경은 이제 그만해야겠다.

• 짧게 발음해야 하는 것: ____________________

• 길게 발음해야 하는 것: ____________________

[05～06] 다음 글을 읽고 물음에 답하시오.

중의성은 어떤 언어 표현이 둘 이상의 의미로 해석되는 특성을 말한다. 문장에서 중의성이 생기는 원인으로 대표적인 세 가지 경우를 살펴보자.

첫째, 문장에서 동음이의어나 다의어가 사용될 때 중의성이 생길 수 있다. 예컨대 "우리 이제 이 길을 함께 걸을까요?"와 같은 문장에서 '길'은 물리적인 길을 의미할 수도 있지만 추상적으로 삶의 목적이나 방향과 같은 뜻을 지닐 수도 있기 때문에 중의적이다.

둘째, 문장의 구조가 둘 이상의 구조로 분석될 수 있을 때 중의성이 생길 수 있다. 예컨대 "씩씩한 동주와 민지가 어제 우리 집에 놀러 왔다."는 '씩씩한'이 '동주'를 꾸며 줄 수도 있고 '동주와 민지'를 꾸며 줄 수도 있기 때문에 중의적이다. 즉 '씩씩한 동주'와 '민지'가 접속되는 구조일 때와 '씩씩한'이 '동주와 민지'를 수식하는 구조일 때에 그 의미가 서로 다르다는 것이다.

셋째, 어떤 대상의 수나 양을 나타내는 말이 있을 때 그 말이 어떤 범위에 걸쳐 있는지에 따라 중의성이 생길 수 있다. 예컨대 "그 반 학생은 컴퓨터 한 대를 사용하고 있습니다."라는 문장에서 '컴퓨터 한 대'를 사용하는 사람이 '학생 개개인'이라면 학생들이 자신의 컴퓨터를 한 대씩 사용하고 있다는 뜻이 되고, '학생 전체'라면 반 학생들이 단 하나의 컴퓨터를 사용하고 있다는 뜻이 된다.

위의 대표적인 세 가지 경우 외에도 중의성이 생기는 경우는 많다. 물론 어떤 문장이 중의성이 있다고 해도 문장이 이어지는 글에서는 대개 앞뒤의 문맥이 주어지므로, 중의성이 자연스럽게 해소되어 대부분 문제가 되지 않는다. 그러나 간혹 한 문장의 중의성이 글을 원활하게 읽는 데에 방해가 될 때도 있으므로, 가급적 중의성이 없는 문장을 쓰는 것이 좋다.

[A] 중의성을 해소하기 위해서는 중의성의 원인을 제거하는 방법이 가장 좋겠지만, 그 원인을 제거하기가 어려운 경우도 있다. 적절한 문맥을 제공하거나 어순을 바꾸거나 적절한 수식어 혹은 문장 부호를 사용하거나 상세히 풀어 써 주는 등의 방법으로 중의성을 해소할 수 있다.

05 다음에 주어진 예문이 중의성이 생기는 원인을 제시문에서 찾아 한 문장으로 쓰시오.

미술관에서 학생들은 전시 작품을 모두 감상했다.

06 [A]를 바탕으로 다음에 제시된 문장들의 중의성을 괄호 안의 설명을 참고하여 해소하시오.

ⓐ 두 명의 포수가 참새 네 마리를 잡았다.

⇒ ______________________ (두 명의 포수가 총 여덟 마리의 참새를 잡은 경우)

ⓑ 대학에 합격한 영수와 철수가 함께 찾아왔다.

⇒ ______________________ (대학에 합격한 사람이 '영수'인 경우)

[07～08] 다음 글을 읽고 물음에 답하시오.

제가 갖고 있는 교육에 대한 재능과 열정을 확인하고 싶은 마음이 잘못된 것은 아니었다고 생각합니다. 그러나 이것을 목적으로 생각하고 아이들을 수단으로만 대한 것이 아닌지 반성하는 마음이 들었습니다. 저는 제가 가진 것을 내세우기만 하였을 ⓐ뿐 진정으로 아이들을 이해하고 무언가를 함께 배우고 익힐 생각을 하지 못했던 것입니다. 저는 한글 낱자를 읽고 쓰는 것이 중요하다고 생각해서 자음과 모음을 반복해서 쓰는 수업을 진행했는데 아이들은 이미 알고 있는 한글 낱자가 많아 제 수업을 지루하게 여기고 자꾸만 딴청을 피웠습니다. 그러다 보니 수업이 제대로 이루어지지 않았고 아이들에게도 찌푸린 얼굴로 대하게 된 것입니다.

이 점을 반성하여 저는 제가 진행하고 있는 수업에 변화가 필요하다고 생각했습니다. ⓑ자음과 모음을 반복해서 쓰는 수업은 생활 속에서 자주 접하는 낱말 속에 있는 자음과 모음을 찾기로 바꾸었고, 찾은 자음과 모음은 자신이 알고 있는 낱말을 최대한 만들어 보는 게임도 구성하였습니다. 무엇보다 아이들이 설사 틀리더라도 '할 수 없는 것'보다 '할 수 있는 것'에 초점을 맞추어 크게 칭찬해 주었습니다. 이렇게 수업을 바꾸자 아이들은 수업에 집중하며 재미있어 하는 모습을 보였습니다. 그 모습은 저에게 큰 기쁨이었습니다. 그리고 그 기쁨은 단순한 기쁨으로 끝나는 것이 아니라, 교사가 되고자 하는 저에게 진정한 교육을 실천하는 모습이 무엇인지 깨닫게 하는 계기로 발전하였습니다.

이 경험을 통해 저는 아무리 어린아이일지라도 제가 지식을 전달하는 일방적인 생각을 가지고 접근하는 것은 곤란하다는 것을 깨달았습니다. 그리고 배움을 나눈다는 것은 단순히 지식을 전달하는 것이 아니라 아이들을 이해하고 아이들과 함께하는 소통의 과정이라는 것을 알게 되었습니다.

07 다음의 〈보기〉는 ⓐ의 '뿐'과 〈예시〉 문장의 '뿐'의 품사 및 의미의 차이를 비교하여 설명한 것이다. 〈보기〉에 들어갈 품사를 차례대로 쓰시오.

예시

네가 기분 좋은 것, 그것뿐 다른 건 바라지 않아.

보기

구분	뜻풀이	품사
ⓐ의 '뿐'	(어미 '-을' 뒤에서) 다만 어떠하거나 어찌할 따름	①
〈예시〉의 '뿐'	그것만이고 더는 없음	②

08 윗글에서 ⓑ의 '자음과 모음을 반복해서 쓰는 수업은'의 문장 성분을 쓰시오.

09 〈보기〉의 ㉠에 해당하는 사례를 주어진 제시어에서 모두 찾아 쓰시오.

보기

국어에서는 음절의 종성으로 'ㄱ, ㄴ, ㄷ, ㄹ, ㅁ, ㅂ, ㅇ' 중의 하나만이 발음될 수 있다는 강력한 제약이 있다. 이 제약 때문에 이 일곱 가지 이외의 자음이 종성 자리에 오면, 이 일곱 가지 중 하나로 바뀌는 음절의 끝소리 규칙이 적용된다. 또한 두 개의 자음이 종성 자리에 올 때에도 하나만 남고 하나는 탈락하는 자음군 단순화가 적용된다. 음절의 끝소리 규칙과 자음군 단순화는 단어에 따라 ㉠하나만 적용되기도 하고, 두 가지가 모두 적용되기도 한다.

닭과 넓고 읊지 굵게 읊다 넓다 굵나

※ 다음은 용언의 불규칙 활용에 대한 설명이다. 물음에 답하시오.

용언을 활용할 때 어간이나 어미의 기본 형태가 달라지는 경우를 불규칙 활용이라 하고, 이러한 용언을 불규칙 용언이라고 한다. 불규칙 용언에는 어간이 바뀌는 것, 어미가 바뀌는 것, 어간과 어미가 모두 바뀌는 것이 있다.

10 〈보기〉의 각 문장들은 위의 밑줄 친 불규칙 용언 중 어느 경우에 해당하는 지 차례대로 쓰시오.

보기

- 올해 유난히 단풍잎이 ⓐ노래.
- 가을 하늘은 언제나 ⓑ푸르러서 좋아.
- 오늘은 직접 밥을 ⓒ지어 먹자.

ⓐ ____________________

ⓑ ____________________

ⓒ ____________________

※ 다음 글을 읽고 물음에 답하시오.

산 너머 고운 노을을 보려고
그네를 힘차게 차고 올라 발을 ⓐ굴렀지
노을은 끝내 어둠에게 잡아먹혔지
나를 태우고 ⓑ날아가던 그넷줄이
오랫동안 삐걱삐걱 떨고 있었어

어릴 때는 나비를 좇듯
아름다움에 취해 땅끝을 찾아갔지
그건 아마도 끝이 아니었을지 몰라
그러나 살면서 몇 번은 땅 끝에 서게도 되지
파도가 끊임없이 땅을 먹어 들어오는 막바지에서
이렇게 뒷걸음질 치면서 말야

〈중략〉

끝내 발 디디며 서 ⓒ있는 땅의 끝,
그런데 이상하기도 하지
위태로움 속에 아름다움이 스며 있다는 것이
땅끝은 늘 젖어 있다는 것이
그걸 보려고
또 몇 번은 여기에 ⓓ이르리라는 것이

– 나희덕, 「땅끝」

11 다음의 〈보기〉는 ⓐ~ⓓ의 '시제'와 이를 표현하기 위해 사용된 '어미'의 종류를 정리한 것이다. 빈 칸에 들어갈 시제와 어미를 차례대로 쓰시오.

보기

	시제	어미
ⓐ 굴렀지	(①)	선어말 어미
ⓑ 날아가던	과거 시제	(②)
ⓒ 있는	(③)	관형사형 어미
ⓓ 이르리라는	미래 시제	(④)

※ 다음의 대화를 읽고 물음에 답하시오.

선생님: 우리말의 합성어 중에는 일반적인 단어 배열 방식에 맞는 것도 있고, 그렇지 않은 것도 있어요. 그렇다면 '산나물', '작은집', '들어가다'는 우리말에서 흔히 나타나는 단어 배열법이라고 할 수 있을까요?

학생: 네. '산나물', '작은집', '들어가다'는 각각 '명사 + 명사', '용언의 관형사형 + 명사', '용언의 연결형 + 용언'으로서 우리말에서 흔히 나타나는 단어 배열법을 따른 것이라고 볼 수 있어요.

선생님: 그래요. 이렇듯 우리말의 일반적인 단어 배열 방식에 따른 합성어들을 우리는 통사적인 합성어라고 해요. 한편 ⓐ'용언의 어간 + 명사'는 우리말의 정상적인 단어 배열에 어긋나는 합성어라고 볼 수 있어요. 우리말의 정상적인 단어 배열에서는 용언의 어간과 명사, 용언의 어간과 용언 사에는 어미가 개입되어야 하고, 부사는 일반적으로는 용언이나 다른 부사를 꾸며야 하기 때문이죠. 이런 점을 감안하여 비통사적 합성어의 예를 들어 보기로 할까요?

12 다음의 〈보기〉에서 ⓐ의 구성을 보이는 비통사적 합성어를 모두 골라 쓰시오.

보기

척척박사　　덮밥　　접칼　　검붉다　　스며들다

※ 다음 글을 읽고 물음에 답하시오.

ⓐ나, 죽고싶다고
생각한 적이
몇 번이나 있었어
하지만 시를 짓기 시작하고
ⓑ많은이들의 격려를 받아
지금은
우는 소리 하지 않아
ⓒ아흔 여덟에도
사랑은 하는 거야
꿈도 많아
ⓓ구름도 타보고 싶은 걸

13 위의 작품에서 ⓐ~ⓓ의 띄어쓰기를 바르게 고쳐 쓰시오.

ⓐ ______________________

ⓑ ______________________

ⓒ ______________________

ⓓ ______________________

14 다음의 〈보기〉는 종결 표현을 학습하는 수업의 한 장면이다. 선생님의 질문에 따라 ㉠~㉢에 들어갈 '읽다'의 활용형을 차례대로 쓰시오.

보기

종결 표현은 대체로 종결 어미에 의해 결정되는데, 이때 상대 높임의 등급까지 함께 결정돼요. 문장의 종결 표현과 상대 높임의 여섯 등급을 결정하는 종결 어미들은 다음 표의 각 빈칸에 자기 자리가 있어요. 어느 자리에 어떤 종결 어미가 위치하는지는 외우는 것이 아니고 한국인으로서 우리말에 대한 직관에 따라 판단하는 것이에요. 그럼 '읽다'의 어간에 적절한 종결 어미를 붙여 ㉠~㉢에 들어갈 활용형을 말해 볼까요?

		평서문	의문문	명령문	청유문	감탄문
격식체	하십시오체	㉠				
	하오체			읽으시오		
	하게체				㉡	
	해라체					㉢
비격식체	해요체					
	해체		읽어			

㉠ ______________________

㉡ ______________________

㉢ ______________________

※ 다음 글을 읽고 물음에 답하시오.

형태소는 일정한 뜻을 가진 가장 작은 말의 단위인데, 실질형태소와 형식형태소로 나뉠 수 있다. 실질형태소는 구체적인 대상이나 동작, 상태 등 실질적 의미를 나타내며, 체언이나 용언의 어간 등이 이에 해당한다. 형식형태소는 높임, 의문, 시제, 추측, 진행상 등의 문법적 의미를 나타내며, 선어말어미나 연결어미, 종결어미 등이 이에 해당한다.

15 위의 제시문을 바탕으로 다음의 문장들을 분석했을 때 빈칸에 들어갈 형태소의 종류를 쓰시오.

- 나는 어제 스파게티를 먹었다. ⇒ '먹-' ⇒ [ⓐ]
- 얼마 만에 보는 맑은 하늘이냐? ⇒ '하늘' ⇒ [ⓑ]
- 지금은 그 행사가 이미 끝났겠군. ⇒ '-겠-' ⇒ [ⓒ]

• 손목시계를 보면서 교실로 향했다. ⇒ '-면서' ⇒ [ⓓ]
• 할머니는 연세에 비해 참 고우시다. ⇒ '-시-' ⇒ [ⓔ]

16 다음 〈보기〉의 예문을 참고하여 각각의 상황에 맞는 '뜨다'의 반의어를 차례대로 쓰시오.

보기

• 붉은 해가 수평선 위로 조금씩 뜨고 있다. ⇒ (ⓐ)
• 아이들은 하늘에 떠 있는 비행기를 바라보며 환호성을 질렀다. ⇒ (ⓑ)
• 물속에 가라앉아 있던 물체가 서서히 수면으로 뜨기 시작했다. ⇒ (ⓒ)

※ 다음 글을 읽고 물음에 답하시오.

풀이 눕는다.
비를 몰아오는 동풍에 나부껴
풀은 눕고
드디어 울었다.
날이 흐려서 더 울다가
다시 누웠다.
풀이 눕는다.
바람보다도 더 빨리 눕는다.
바람보다도 더 빨리 울고
바람보다 먼저 일어난다.

17 다음 〈보기〉의 설명을 바탕으로, 위의 작품에서 밑줄 친 '종속적으로 연결된 이어진문장'을 찾아 쓰시오.

보기

이어진문장은 둘 이상의 절이 연결 어미로 이어진 겹문장을 말한다. 이어진문장은 절이 이어지는 방식에 따라 대등하게 연결된 이어진문장과 종속적으로 연결된 이어진문장으로 나뉜다.

※ 다음 글을 읽고 물음에 답하시오.

조사는 다른 품사와 달리 홀로 쓰이지 못하고 앞의 말에 붙어서 그 말과 다른 말의 문법적 관계를 나타내거나 특별한 뜻을 더해주는 역할을 한다. 조사는 기능과 의미에 따라 문법적인 관계를 나타내는 ⓐ격 조사, 앞말에 특별한 뜻을 더해주는 ⓑ보조사, 두 단어나 구를 같은 자격으로 이어 주는 ⓒ접속 조사로 나눌 수 있다.

18 다음의 〈보기〉에서 ⓐ의 '격 조사', ⓑ의 '보조사' 그리고 ⓒ의 '접속 조사'에 해당하는 용례를 표시한 문장을 찾아 각각 쓰시오.

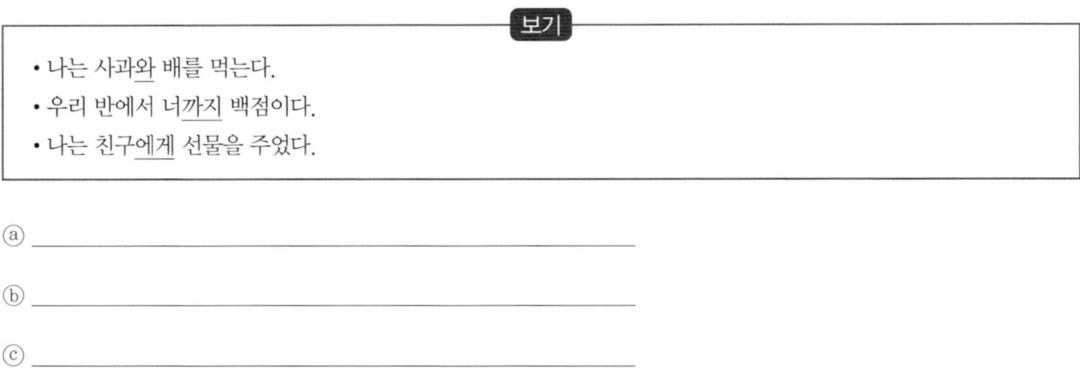

보기

- 나는 사과와 배를 먹는다.
- 우리 반에서 너까지 백점이다.
- 나는 친구에게 선물을 주었다.

ⓐ ______________________

ⓑ ______________________

ⓒ ______________________

19 다음 아래 〈보기〉의 문장에서 ⓐ, ⓑ에 해당하는 단어를 모두 찾아 쓰시오.

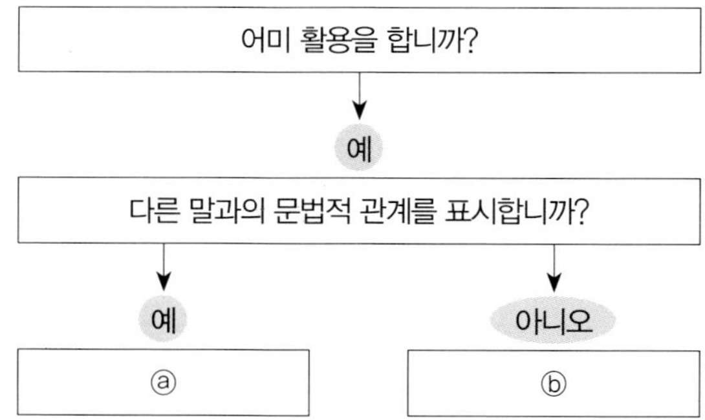

보기

경주는 옛 모습을 간직하고 있는 도시이다.

ⓐ ______________________

ⓑ ______________________

※ 다음 글을 읽고 물음에 답하시오.

지난주에 중간고사가 끝나고 잠시 여유가 생겼다. 이 시간에 봉사 활동을 하면 좋겠다는 생각이 들어 인터넷에서 이것저것 검색해 보았다. 그러다가 '낭독 봉사 활동'이라는 것을 알게 되었다. 시각 장애인들을 위해 책을 낭독하고 녹음하는 봉사 활동이었다. 관심이 생긴 나는 방과 후에 친구 둘과 함께 봉사 활동 기관을 찾았다. 표준어 및 음성 도서 제작 과정과 관련된 ⓐ다섯 번의 교육을 듣고 난 뒤 녹음을 할 수 있다고 했다. 봉사 활동 신청을 마치고 집으로 돌아오는 길에 기분이 참 ⓑ좋았다. 아, 내 목소리로 제작된 음성 도서를 누군가가 즐겁게 듣게 된다니……. 마음이 문득 뭉클해졌다.

20 ⓐ, ⓑ의 품사와 관련된 〈보기〉의 질문에 맞는 단어를 각각 골라 쓰시오.

보기

ⓐ의 품사와 같은 것은?		ⓑ의 품사와 다른 것은?	
• 그가 갔구먼그래. • 그는 성실히 일했다. • 모든 일의 시작이 중요하다. • 첫째로 중요한 것은 건강이다. • 그리고 아무 말도 하지 않았다.	⇒ 같은 것: ①	• 푸르다 • 미루다 • 향기롭다 • 이러하다 • 삭막하다	⇒ 다른 것: ②

[21～22] 다음 글을 읽고 물음에 답하시오.

모음은 발음하는 도중에 입술과 혀의 모양이 고정되어 달라지지 않는 단모음과 혀의 위치나 입술의 모양이 달라지는 이중 모음으로 나뉜다. 이때 이중 모음은 반모음과 단모음이 결합된 복합체로 볼 수 있다. 예를 들어 이중 모음 'ㅛ'는 반모음 'j'와 단모음 'ㅗ'가 결합된 복합체이다.

단모음이나 이중 모음과 달리, 한글 글자 가운데 반모음을 표기하기 위한 글자는 존재하지 않는다. 그러나 이중 모음을 나타내는 모음자를 보면 한글에서 반모음을 표시하는 방식을 알 수 있다. 이중 모음을 반모음과 단모음이 결합된 복합체라고 했을 때 이중 모음에서 단모음을 나타내는 부분을 제거하면 반모음의 표기를 확인할 수 있기 때문이다. 예를 들어, 반모음 'j'와 단모음 'ㅏ'로 이루어진 이중 모음 'ㅑ'에서 'ㅏ'를 제외하면 〈그림〉에서 점선 동그라미로 표시된 짧은 선만 남게 된다. 이 짧은 선이 반모음 'j'를 표시하는 것으로 볼 수 있다. 이 짧은 선은 훈민정음 창제 당시에는 점으로 표시했으므로 'ㅑ'나 'ㅛ'에서 반모음 'j'의 표시는 점으로 동일하였다.

〈그림〉

이러한 한글의 반모음 'j'의 표시는 현대 국어에서 반모음 'j'와 단모음으로 이루어진 모든 이중 모음에 적용된다. 현대 국어의 이중 모음 'ㅑ, ㅕ, ㅛ, ㅠ, ㅒ, ㅖ' 등에서 현대 국어 단모음에 해당하는 'ㅏ, ㅓ, ㅗ, ㅜ, ㅐ, ㅔ'를 제외하면 반모음 'j'는 모두 짧은 선으로 표시되는 것이다.

한편 반모음 'j'가 단모음 뒤에 오는 경우를 살펴보기 위해서는 중세 국어의 이중 모음 'ㅐ, ㅔ, ㅚ, ㅟ' 등을 살펴보아야 한다. 현대 국어와 달리 중세 국어에서 'ㅐ, ㅔ, ㅚ, ㅟ' 등은 모두 반모음 'j'가 단모음 뒤에 더해진 이중 모음이었는데, 여기서도 'ㅏ, ㅓ, ㅗ, ㅜ'를 제거하면 단모음에 후행하는 'ㅣ'가 반모음 'j'를 나타내고 있음을 알 수 있다.

반모음 'w'가 단모음 앞에 오는 경우는 이중 모음 'ㅘ, ㅝ, ㅙ, ㅞ'이다. 이 글자에서 단모음을 표시하는 'ㅏ, ㅓ, ㅐ, ㅔ'를 제거하면 'w'가 단모음 앞의 'ㅗ'나 'ㅜ'로 표시됨을 알 수 있다. 여기서 반모음 'j'와 달리, 반모음 'w'는 'ㅗ,' 'ㅜ'라는 두 가지 다른 표기가 있다는 점이 주목된다. 이것은 (　　A　　)와/과 관련되는데, ⓐ <u>반모음 'w'가 양성 계열 'ㅏ, ㅐ'와 결합될 때는 양성 계열인 'ㅗ'로 표기하고, 음성 계열 'ㅓ, ㅔ'에 대해서는 음성 계열 'ㅜ'로 표기한 것이다.</u> 이를 통해 'ㅸ'나 'ㅝ'와 같은 글자는 존재하지 않는 이유를 설명할 수 있다.

21 제시문의 ⓐ를 고려할 때 빈칸 A에 들어갈 음운 현상을 쓰시오.

22 다음은 윗글을 바탕으로 'ㅢ'에 대해 이해한 내용이다. 빈칸에 들어갈 1음절의 단어를 차례대로 쓰시오.

'ㅢ'는 반모음 '(　　㉠　　)'(이)가 단모음 (　　㉡　　)에 오는 이중 모음이었다.

[23～24] 다음 글을 읽고 물음에 답하시오.

[가]

한 음운이 다른 음운과 결합할 때 환경에 따라 발음이 달라지는 경우가 있는데, 이러한 현상을 음운의 변동이라고 한다. 음운 변동의 유형은 교체, 탈락, 첨가, 축약으로 나눌 수 있다. 교체는 한 음운이 다른 음운으로 바뀌는 현상, 탈락은 한 음운이 없어지는 현상, 첨가는 없던 음운이 새로 생기는 현상, 축약은 두 음운이 합쳐져 하나의 새로운 음운으로 줄어드는 현상이다.

[나]

오늘 새벽 시장에서 화재가 발생했습니다. 새벽일을 나온 상인의 신고를 ⓐ받고 소방차가 바로 ⓑ출동하였으나 길가에 세워진 차량들 때문에 화재 현장에 진입하지 ⓒ못해 초기 진화가 늦어졌다고 합니다. 불은 인근 상가 ⓓ열여섯 곳을 태운 후에야 겨우 잡혔습니다. 이른 시간이라 다행히 인명 피해는 없었습니다.

23 다음의 〈보기〉에서 제시한 단어들의 음운 변동 유형을 [가]에서 찾아 차례대로 쓰시오.

보기

- 좋은 → (①)
- 많다 → (②)
- 권력 → (③)
- 맨입 → (④)

24 음운 변동에 관한 [가]의 설명을 참고하여 [나]의 ⓐ～ⓔ의 발음을 차례대로 쓰시오.

ⓐ 받고 ⇒ [ ]

ⓑ 출동 ⇒ [ ]

ⓒ 못해 ⇒ [ ]

ⓓ 열여섯 ⇒ [ ]

25 다음은 반의 관계에 대한 설명이다. 〈보기〉의 빈칸에 들어갈 반의 관계의 유형을 쓰시오.

> 반의 관계는 두 단어 사이에 중간 개념이 없이 대립하는 '모순 관계', 두 단어 사이에 중간 개념이 존재하는 '반대 관계', 두 단어 사이에서 서로 상대적 관계가 성립하는 '상대 관계'로 나뉠 수 있다.

보기

- 형 : 아우 ⇒ (ⓐ)
- 기혼 : 미혼 ⇒ (ⓑ)
- 뜨겁다 : 차갑다 ⇒ (ⓒ)

※ 다음 글을 읽고 물음에 답하시오.

> 이 과장: 저희 회사 연수원에서 비치할 냉장고, 텔레비전, 전기 포트 등 생활 가전을 대량 구매하고자 하는데요, 보내 드린 목록대로 총 50대 가량을 구매하는 만큼 저희 쪽에서는 15% 정도의 할인 혜택을 얻어 보다 합리적인 가격에 구매하고자 합니다.
>
> 매장 주인: 예, 저번에 전화로 말씀하신 대로군요. 일단 저희 매장을 선택해 주신 것에 감사드립니다. 저희 브랜드의 특성을 말씀드리죠. 널리 알려져 있듯이 저희는 할인 행사를 하지 않습니다. ⓐ<u>대신 무상 에이에스(AS) 기간이 타 브랜드보다 두 배나 길지요.</u> 기업 등에서 대량 구매 시 5% 할인을 해 드리고 있으며 그 이상은 어렵다는 것이 저희 입장입니다. 따라서 5%까지만 할인해 드릴 수 있습니다.

26 ⓐ의 발화 내용을 이해할 때, 고려해야 할 맥락의 유형을 다음의 〈보기〉를 참고하여 쓰시오.

보기

> 의사소통의 시간적 · 공간적 배경, 화자(글쓴이), 청자(독자), 주제, 목적 등 담화를 생산하고 수용하는 활동에 직접 영향을 끼치는 맥락 유형이다.

- 맥락 유형: ____________________

27 다음의 〈보기〉는 높임 표현을 잘못 쓴 문장들이다. 바르게 고쳐 쓰시오.

보기

ⓐ 주문하신 음식 나오셨습니다.
ⓑ 그분은 세 살 된 딸이 계세요.
ⓒ 경희야, 선생님께서 지금 너 오래.
ⓓ 이 문제는 할아버지께 물어서 해결하자.
ⓔ 할머니께서는 자기가 직접 농사를 지으세요.

ⓐ ______________________________

ⓑ ______________________________

ⓒ ______________________________

ⓓ ______________________________

ⓔ ______________________________

PART 2

[수학 I]

I. 지수함수와 로그함수

II. 삼각함수

III. 수열

[수학 II]

IV. 함수의 극한과 연속

V. 다항함수의 미분법

VI. 다항함수의 적분법

지수함수와 로그함수

[핵심이론]

1 거듭제곱근

(1) 실수인 거듭제곱근

① a가 실수이고 n이 2 이상의 자연수일 때 a의 n제곱근 중 실수인 것

	$a>0$	$a=0$	$a<0$
n이 짝수	$\sqrt[n]{a}>0$, $-\sqrt[n]{a}<0$	$\sqrt[n]{0}=0$	없다
n이 홀수	$\sqrt[n]{a}>0$	$\sqrt[n]{0}=0$	$\sqrt[n]{a}<0$

② a의 n제곱근 중 실수인 것은 방정식 $x^n=a$의 실근이므로, 함수 $y=x^n$의 그래프와 직선 $y=a$의 교점의 x좌표와 같다.

(2) 거듭제곱근의 성질

$a>0$, $b>0$이고 m, n이 2 이상의 자연수 일 때

① $(\sqrt[n]{a})^n=a$

② $\sqrt[n]{a}\sqrt[n]{b}=\sqrt[n]{ab}$

③ $\dfrac{\sqrt[n]{a}}{\sqrt[n]{b}}=\sqrt[n]{\dfrac{a}{b}}$

④ $(\sqrt[n]{a})^m=\sqrt[n]{a^m}$

⑤ $\sqrt[m]{\sqrt[n]{a}}=\sqrt[mn]{a}=\sqrt[n]{\sqrt[m]{a}}$

⑥ $\sqrt[np]{a^{mp}}=\sqrt[n]{a^m}$ (단, p는 자연수)

2 지수의 확장

(1) 지수가 정수인 경우

① $a\neq0$이고 n이 양의 정수일 때

㉠ $a^0=1$

㉡ $a^{-n}=\dfrac{1}{a^n}$

② $a\neq0$, $b\neq0$이고 m, n이 정수일 때

㉠ $a^m a^n=a^{m+n}$

㉡ $a^m\div a^n=a^{m-n}$

㉢ $(a^m)^n=a^{mn}$

㉣ $(ab)^n=a^n b^n$

(2) 지수가 유리수와 실수인 경우

① $a>0$이고 m이 정수, n이 2 이상의 정수일 때

㉠ $a^{\frac{1}{n}}=\sqrt[n]{a}$ ㉡ $a^{\frac{m}{n}}=\sqrt[n]{a^m}$

② $a>0$, $b>0$이고 r, s가 유리수일 때

㉠ $a^r a^s=a^{r+s}$ ㉡ $a^r \div a^s=a^{r-s}$

㉢ $(a^r)^s=a^{rs}$ ㉣ $(ab)^r=a^r b^r$

③ $a>0$, $b>0$이고 x, y가 실수 일 때

㉠ $a^x a^y=a^{x+y}$ ㉡ $a^x \div a^y=a^{x-y}$

㉢ $(a^x)^y=a^{xy}$ ㉣ $(ab)^x=a^x b^x$

3 로그

(1) 로그의 정의와 조건

① 정의

$a>0$, $a\neq1$, $N>0$일 때, $a^x=N \Longleftrightarrow x=\log_a N$

② 조건

$\log_a N$이 정의되려면 밑 a는 $a>0$, $a\neq1$이고 진수 N은 $N>0$이어야 한다.

(2) 로그의 성질

$a>0$, $a\neq1$이고 $M>0$, $N>0$일 때

① $\log_a 1=0$, $\log_a a=1$ ② $\log_a MN=\log_a M+\log_a N$

③ $\log_a \dfrac{M}{N}=\log_a M-\log_a N$ ④ $\log_a M^k=k\log_a M$ (단, k는 실수)

(3) 로그의 밑의 변환

① $a>0$, $a\neq1$, $b>0$, $c>0$, $c\neq1$일 때

$\log_a b=\dfrac{\log_c b}{\log_c a}$

② 로그 밑의 변환 활용: $a>0$, $a\neq1$, $b>0$일 때

㉠ $\log_a b=\dfrac{1}{\log_b a}$ (단, $b\neq1$)

㉡ $\log_a b\times\log_b c=\log_a c$ (단, $b\neq1$, $c>0$)

③ $\log_{a^m} b^n = \dfrac{n}{m}\log_a b$ (단, m, n은 실수이고, $m \neq 0$이다.)

④ $a^{\log_b c} = c^{\log_b a}$ (단, $b \neq 1$, $c > 0$)

4 지수함수

(1) 지수함수의 뜻과 그래프

① 지수함수의 뜻

$y = a^x$ ($a > 0$, $a \neq 1$) $\Rightarrow$ a를 밑으로 하는 지수함수

② 지수함수의 그래프

㉠ $a > 1$일 때

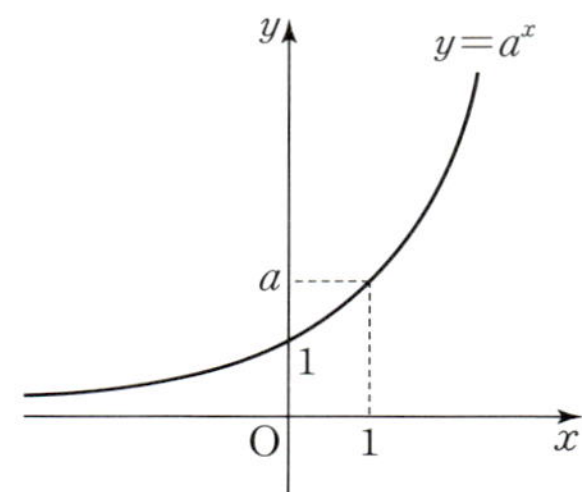

㉡ $0 < a < 1$일 때

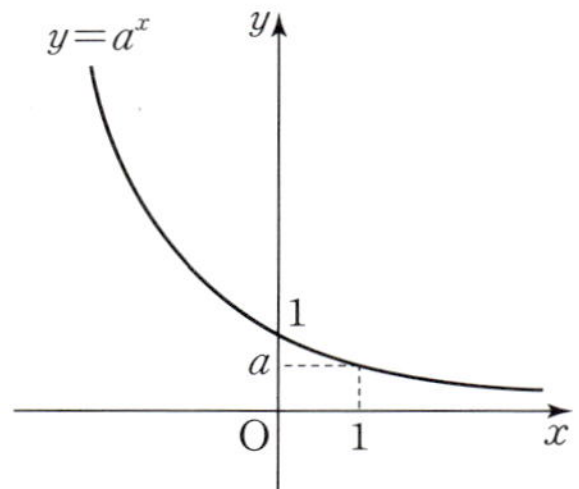

(2) 지수함수의 성질

① $a > 1$일 때 x의 값이 증가하면 y의 값도 증가하고, $0 < a < 1$일 때 x의 값이 증가하면 y의 값은 감소한다.

② 함수 $y = a^x$의 그래프는 점 $(0, 1)$을 지나고, 점근선은 x축(직선 $y = 0$)이다.

③ 함수 $y = a^x$의 그래프와 함수 $y = \left(\dfrac{1}{a}\right)^x$의 그래프는 y축에 대하여 서로 대칭이다.

④ 함수 $y = a^{x-m} + n$의 그래프는 함수 $y = a^x$의 그래프를 x축의 방향으로 m만큼, y축의 방향으로 n만큼 평행이동한 것이다.

(3) 지수함수의 활용

① $a > 0$, $a \neq 1$일 때, $a^{f(x)} = a^{g(x)} \Longleftrightarrow f(x) = g(x)$

② $a > 1$일 때, $a^{f(x)} < a^{g(x)} \Longleftrightarrow f(x) < g(x)$

③ $0 < a < 1$일 때, $a^{f(x)} < a^{g(x)} \Longleftrightarrow f(x) > g(x)$

5 로그함수

(1) 로그함수의 뜻과 그래프

① 로그함수의 뜻

$y=\log_a x$ $(a>0,\ a\neq1)$ $\Rightarrow$ a를 밑으로 하는 로그함수

② 지수함수와 로그함수의 관계

역함수 관계: $y=a^x$ $(a>0,\ a\neq1)$ $\Longleftrightarrow$ $y=\log_a x$ $(a>0,\ a\neq1)$

③ 로그함수의 그래프

㉠ $a>1$일 때

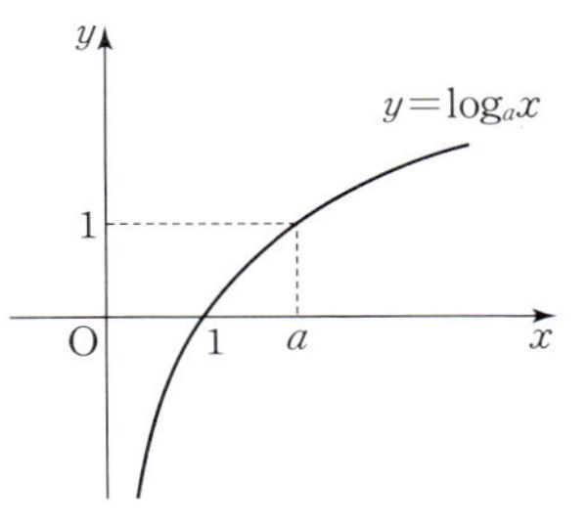

㉡ $0<a<1$일 때

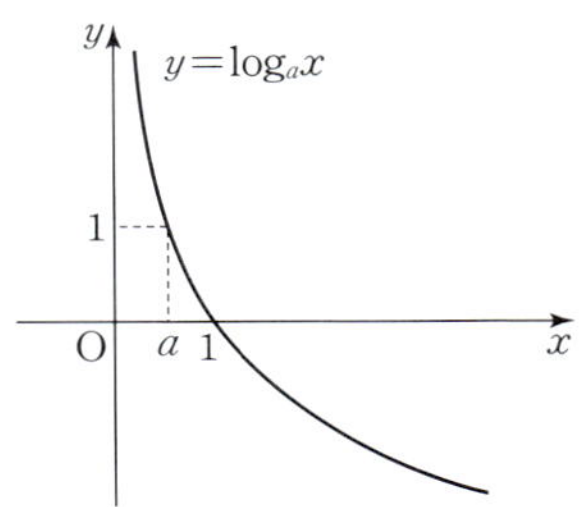

(2) 로그함수의 성질

① $a>1$일 때 x의 값이 증가하면 y의 값도 증가하고, $0<a<1$일 때 x의 값이 증가하면 y의 값은 감소한다.

② 함수 $y=\log_a x$의 그래프는 점 $(0,\ 1)$을 지나고, 점근선은 y축(직선 $x=0$)이다.

③ 함수 $y=\log_a x$의 그래프와 함수 $y=\log_{\frac{1}{a}} x$의 그래프는 x축에 대하여 대칭이다.

④ 함수 $y=\log_a(x-m)+n$의 그래프는 함수 $y=\log_a x$의 그래프를 x축의 방향으로 m만큼, y축의 방향으로 n만큼 평행이동한 것이다.

(3) 로그함수의 활용

① $a>0,\ a\neq1$일 때, $\log_a f(x)=\log_a g(x) \Longleftrightarrow f(x)=g(x),\ f(x)>0,\ g(x)>0$

② $a>1$일 때, $\log_a f(x)<\log_a g(x) \Longleftrightarrow 0<f(x)<g(x)$

③ $0<a<1$일 때, $\log_a f(x)<\log_a g(x) \Longleftrightarrow f(x)>g(x)>0$

[실전문제]

해답 p.370

배점(총점)	예상 소요 시간
10점	3분 / 전체 80분

▶ **함수 $f(x)=2^{x-1}+k$의 역함수를 $g(x)$라 하자. 함수 $y=g(x)$의 그래프가 점 $(5,\ 2)$을 지날 때, $g(35)$의 값을 구하는 과정을 아래 과정을 참고하여 서술하시오.**

$f(x)$의 역함수 $g(x)=$ [　　　　　　]이다.
$g(5)=2$이므로, $k=$ [　　　　　　]이다.
따라서, $g(35)=$ [　　　　　　]이다.

모범답안 $f(x)$의 역함수는 $g(x)=\log_2(x-k)+1$
$g(5)=2$이므로, $k=3$
$g(35)=\log_2(35-3)+1=6$

채점기준

답안	배점
$f(x)$의 역함수는 $g(x)=\log_2(x-k)+1$	4점
$g(5)=2$이므로, $k=3$	3점
$g(35)=\log_2(35-3)+1=6$	3점

01 모든 실수 x에 대하여 이차부등식 $x^2+2x\log_2 a+3\log_2 a-2>0$이 성립하도록 하는 실수 a의 값의 범위를 구하는 과정을 아래 과정을 참고하여 서술하시오.

> 진수는 양수이므로 이때의 a값의 범위는
>
> [①]
>
> 주어진 부등식이 모든 실수 x에 대하여 성립하려면 이차방정식
>
> $x^2+2x\log_2 a+3\log_2 a-2=0$
>
> 의 판별식 D가 $D<0$인 조건을 만족시켜야 한다.
>
> $\frac{D}{4}=$ [②] <0
>
> $(\log_2 a)^2-3\log_2 a+2<0$
>
> $\log_2 a=A$라 하면
>
> $(\log_2 a)^2-3\log_2 a+2=A^2-3A+2$이므로
>
> $A^2-3A+2<0$
>
> $(A-1)(A-2)<0$
>
> $1<A<2$
>
> 따라서 a의 값의 범위는 [③]

02 양수 a에 대하여 a의 세제곱근 중 실수인 것이 2^n이고, 4^n의 네제곱근 중 양수인 것을 k라 하자. $k=\sqrt{2a}$일 때, $\frac{1}{a}$의 값을 구하는 과정을 서술하시오.

PART 1 국어
PART 2 수학
PART 3 해답

03 좌표평면 위의 점

$\left(\log_3 \frac{36}{5} + \log_3 \frac{15}{4},\ \log_2 a\right)$가

원 $x^2+y^2=25$ 위에 있도록 하는 모든 양수 a의 값의 곱을 구하는 과정을 서술하시오.

04 함수 $y=4\log_a x+b\,(a>1)$의 그래프와 그 역함수의 그래프가 두 점에서 만난다. 이 두 점의 x좌표가 각각 1, 5일 때, $a+b$의 값을 구하는 과정을 서술하시오. (단, b는 상수)

05 자연수 n에 대하여 집합 A_n을

$A_n=\{(a,\ b)\,|\,\log_2 a+\log_2 b=n,\ a,\ b$는 자연수$\}$

라 하자. 집합 A_n의 모든 원소 (a, b)에 대하여 $a+b>2\sqrt{2^n}$이 성립하도록 하는 10 이하의 모든 자연수 n의 합을 구하는 과정을 서술하시오.

06 함수 $y=2^{x+1}+1$의 그래프가 y축과 만나는 점을 A, 함수 $y=\log_3(x+k)-1$의 그래프가 x축과 만나는 점을 B라 할 때, 선분 AB의 길이가 5가 되도록 하는 모든 실수 k의 곱을 구하는 과정을 서술하시오.

07 등식 $6^{\log_3 4} \div n^{\log_3 2} = 2^k$이 성립하도록 하는 두 자연수 n, k의 순서쌍 (n, k)에 대하여 $n+k$의 최댓값을 구하는 과정을 서술하시오.

08 다음 〈보기〉의 조건을 만족시키는 정수 m에 대하여 2^m의 최댓값과 최솟값의 합이 k일 때, $\frac{5}{8}k$의 값을 구하는 과정을 서술하시오.

보기

$\log_2 a - \log_2 b + \log_2 c - \log_2 d = m$을 만족시키는 2 이상 8 이하의 서로 다른 네 자연수 a, b, c, d가 존재한다.

09 부등식

$\log_{\frac{x}{2}}(x^2+2x+1)<\log_{\frac{x}{2}}(8x-7)$을 만족시키는 모든 자연수 x의 값을 구하는 과정을 서술하시오. (단, $x\neq2$)

10 함수 $y=3^x$의 그래프 위의 서로 다른 두 점 A, B에 대하여 $\overline{AB}=\sqrt{17}$이고, 직선 AB의 기울기는 4이다. 두 점 A, B의 x좌표가 각각 a, b일 때, 3^a+3^b의 값을 구하는 과정을 서술하시오. (단, $a<b$)

11 $a^2+b^2=10ab$인 두 양수 a, b에 대하여 등식 $\frac{\log a+\log b}{2}=\log\frac{a+b}{p}$가 성립한다. 이때, p^2의 값을 구하는 과정을 서술하시오. (단, p는 실수)

12 그림과 같이 $k>1$인 상수 k에 대하여 두 함수 $f(x)=\log_4 x$, $g(x)=\log_k(-x)$가 있다. 두 곡선 $y=f(x)$, $y=g(x)$가 x축과 만나는 점을 각각 A, B라 하자. 곡선 $y=f(x)$ 위의 점 P에 대하여 직선 AP의 기울기를 m_1, 직선 BP의 기울기를 m_2, 직선 AP가 곡선 $y=g(x)$와 만나는 점을 $Q(a, b)$라 하자. $\frac{m_2}{m_1}=\frac{3}{5}$, $k^b=-\frac{9}{7}b$일 때, ab의 값을 구하는 과정을 서술하시오.
(단, 점 P는 제1사분면 위의 점이고, a, b는 상수이다.)

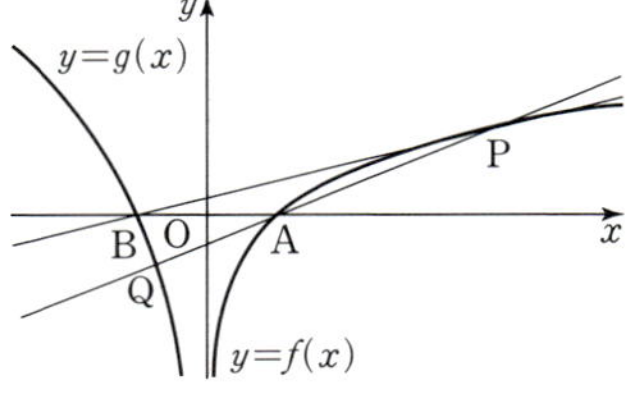

13 1보다 큰 두 자연수 a, b와 두 함수

$f(x)=a^{x+1}$, $g(x)=-\left(\frac{1}{4}\right)^x+b$에 대하여 두 곡선 $y=f(x)$, $y=g(-x)$가 만나는 점의 x좌표를 p라 하고, 실수 전체의 집합에서 정의된 함수 $h(x)$를

$$h(x)=\begin{cases} g(x) & (x<0) \\ g(-x) & (0\leq x<p) \\ f(x) & (x\geq p) \end{cases}$$

라 하자.

p가 자연수이고 곡선 $y=h(x)$와 직선 $y=k$가 만나는 점의 개수가 2가 되도록 하는 모든 실수 k의 값의 합이 11이다. $b-a$의 값을 구하는 과정을 서술하시오.

14 서로 다른 두 양수 a, b가 $\log_a b=\log_b a$를 만족시킬 때, $(a+5)(b+4)$의 최솟값을 구하는 과정을 서술하시오. (단, $a\neq1$, $b\neq1$)

PART 1 국어
PART 2 수학
PART 3 해답

15 두 점 $A(17, 2)$, $B(25, 1)$을 좌표평면에서 이은 선분 AB와 함수 $y=\log_n x$의 그래프가 만나도록 하는 자연수 n의 최댓값과 최솟값의 차를 구하는 과정을 아래 과정을 참고하여 서술하시오.

> 좌표평면에서 주어진 조건을 만족하기 위해서는 $y=\log_n x$의 그래프가 최소한 점 A와 점 B를 지나야 한다.
>
> (i) $A(17, 2)$에서
>
> [①]이므로
>
> $\therefore n=\sqrt{17}$
>
> (ii) $B(25, 1)$
>
> [②]이므로
>
> $\therefore n=25$
>
> (i), (ii)에서 선분 AB와 함수 $y=\log_n x$의 그래프가 만나도록 하는 n의 값의 범위는 [③]이므로 자연수 n의 최댓값과 최솟값은 각각 5, 25이다.
>
> $\therefore 25-5=20$

16 함수 $f(x)=n^x-n^{-x}(n>0,\ n\neq1)$과 실수 t에 대하여 $f(t)=4$일 때, $f(4t)$의 값을 구하는 과정을 서술하시오.

17 두 실수 a, b가 $2^a=5^b=50$을 만족시킨다. 이때 $(a-1)(b-2)$의 값을 구하는 과정을 서술하시오.

18 방정식 $3^{2x+2}-3^{x+1}+2=0$의 두 근을 α, β라 할 때, $\dfrac{9^\alpha+9^\beta}{3^\alpha+3^\beta}$의 값을 구하는 과정을 서술하시오.

19 두 실수 a, b가 $3^{a+b}=8$, $2^{a-b}=9$를 만족할 때, $\sqrt[3]{3^{a^2-b^2}}$의 값을 구하는 과정을 서술하시오.

20 함수 $y=\left(\frac{2}{5}\right)^{2x-2}+t$의 그래프가 제3사분면을 지나지 않도록 하는 상수 t의 최솟값을 구하는 과정을 서술하시오.

21 닫힌구간 $[1, 3]$에서 정의된 두 함수

$$f(x)=\left(\frac{a}{10}+\frac{3}{20}\right)^{x}, g(x)=\left(\frac{2a+4}{9}\right)^{x}$$

에 대하여 두 함수 $f(x)$, $g(x)$의 최솟값이 각각 $f(3)$, $g(1)$이 되도록 하는 모든 자연수 a의 합을 구하는 과정을 서술하시오.

22 두 함수 $y=3^{x}+2$, $y=9^{x-1}+\frac{38}{9}$의 그래프가 만나는 점을 각각 A, B라고 할 때, 두 점 A, B의 x좌표의 합을 구하는 과정을 서술하시오.

23 좌표평면에서의 두 함수 $y=4^x+4$, $y=2^{x-1}-8$의 그래프와 직선 $y=8$과의 교점을 각각 A, B라고 할 때, 삼각형 OAB의 넓이를 구하는 과정을 서술하시오.

24 x에 대한 이차방정식 $(-\log k+2)x^2-2(\log k-2)x+1=0$이 허근을 갖도록 하는 실수 k값의 범위를 구하는 과정을 서술하시오.

25 양수 k에 대하여 닫힌구간 $[k, k+2]$에서 함수 $f(x)=\log_a x+1$은 $x=k$에서 최댓값 M을 갖고 $x=k+2$에서 최솟값 m을 갖는다. $M-m=-\log_a 2$, $Mm=0$일 때, 모든 실수 a의 값의 곱을 구하는 과정을 서술하시오. (단, $a>0$, $a\neq1$)

삼각함수

[핵심이론]

1 일반각과 호도법

(1) 일반각

시초선 OX와 동경 OP로 주어진 ∠XOP에 대하여 동경 OP가 나타내는 한 각의 크기를 α°라 할 때, ∠XOP의 크기를 다음과 같이 나타내고, 이것을 동경 OP가 나타내는 일반각이라고 한다.

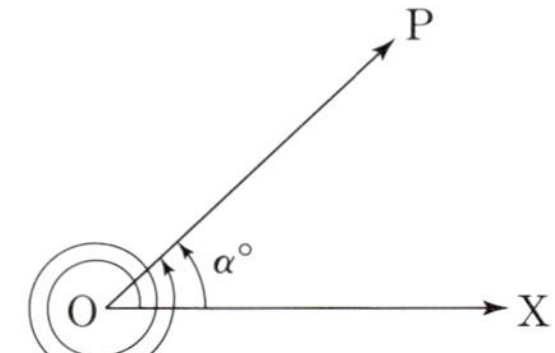

일반각: $360^\circ \times n + \alpha^\circ$ (n은 정수)

(2) 호도법

반지름의 길이와 호의 길이가 같을 때, 부채꼴의 중심각의 크기를 1라디안(rad)이라 한다.

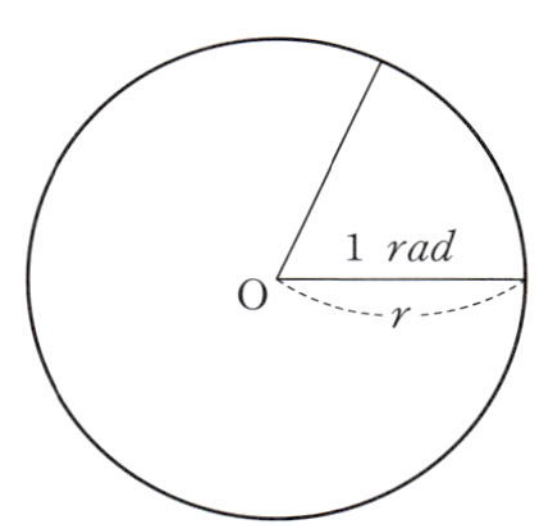

① $1(\text{라디안}) = \frac{180^\circ}{\pi}$

② $1^\circ = \frac{\pi}{180^\circ}(\text{라디안})$

(3) 부채꼴의 호의 길이와 넓이

반지름의 길이가 r, 중심각의 크기가 θ(라디안)인 부채꼴에서 호의 길이를 l, 넓이를 S라하면

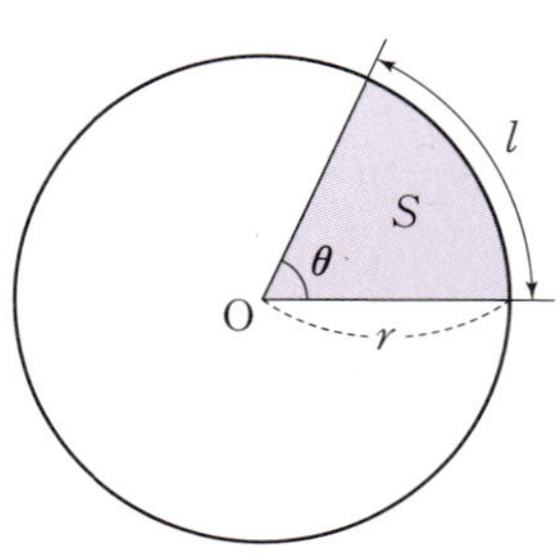

① $l = r\theta$

② $S = \frac{1}{2}r^2\theta = \frac{1}{2}rl$

2 삼각함수의 정의 및 관계

(1) 삼각함수의 정의

좌표평면에서 중심이 원점 O이고 반지름의 길이가 r인 원 위의 한 점을 $\mathrm{P}(x,\ y)$라 하고, x축의 양의 방향을 시초선으로 하는 동경 OP가 나타내는 각의 크기를 θ라 할 때, θ에 대한 삼각함수를 다음과 같이 정의한다.

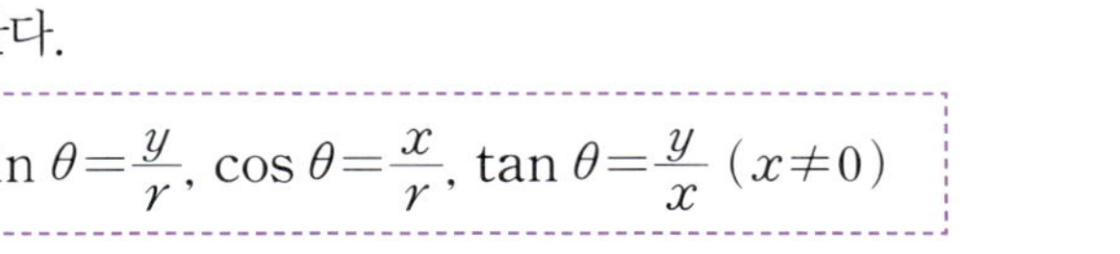

$$\sin\theta=\frac{y}{r},\ \cos\theta=\frac{x}{r},\ \tan\theta=\frac{y}{x}\ (x\neq0)$$

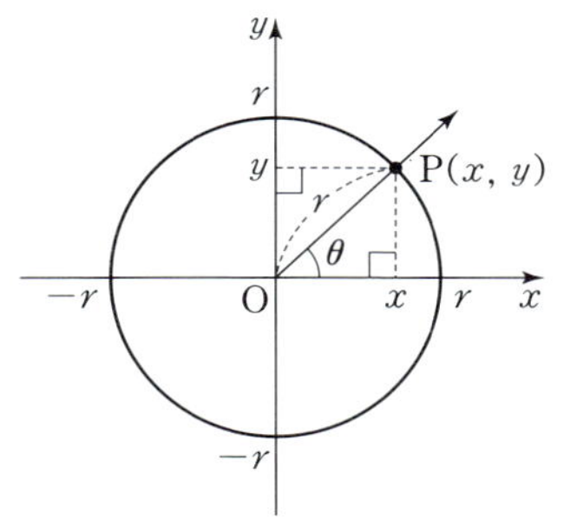

(2) 삼각함수의 부호

사분면	$x,\ y$ 부호	$\sin\theta$	$\cos\theta$	$\tan\theta$
제 1 사분면	$x>0,\ y>0$	$+$	$+$	$+$
제 2 사분면	$x<0,\ y>0$	$+$	$-$	$-$
제 3 사분면	$x<0,\ y<0$	$-$	$-$	$+$
제 4 사분면	$x>0,\ y<0$	$-$	$+$	$-$

(3) 삼각함수 사이의 관계

① $\tan\theta=\dfrac{\sin\theta}{\cos\theta}$　　② $\sin^2\theta+\cos^2\theta=1$　　③ $1+\tan^2\theta=\dfrac{1}{\cos^2\theta}$

(4) 특수각의 삼각비

구분	0°	30°	45°	60°	90°
$\sin\theta$	0	$\frac{1}{2}$	$\frac{1}{\sqrt{2}}$	$\frac{\sqrt{3}}{2}$	1
$\cos\theta$	1	$\frac{\sqrt{3}}{2}$	$\frac{1}{\sqrt{2}}$	$\frac{1}{2}$	0
$\tan\theta$	0	$\frac{1}{\sqrt{3}}$	1	$\sqrt{3}$	∞

3 삼각함수의 그래프

(1) $y=\sin x$

① 정의역은 실수 전체의 집합이고, 치역은 $\{y \mid -1 \le y \le 1\}$이다.

② 모든 실수 x에 대하여 $\sin(-x)=-\sin x$이다. 즉, 그래프는 원점에 대하여 대칭이다.

③ 모든 실수 x에 대하여 $\sin(2n\pi+x)=\sin x$ (n은 정수)이고, 주기가 2π인 주기함수이다.

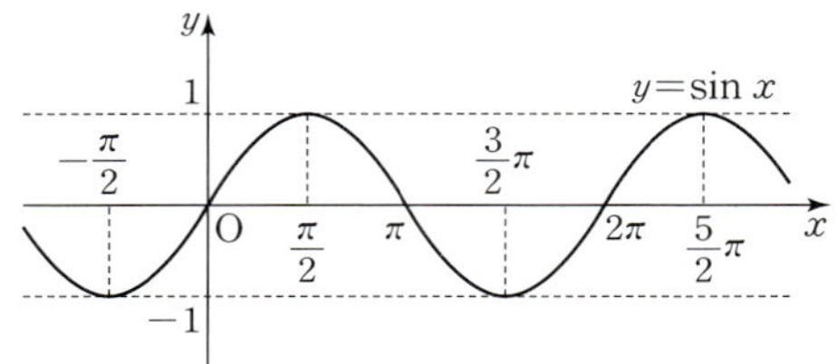

(2) $y=\cos x$

① 정의역은 실수 전체의 집합이고, 치역은 $\{y \mid -1 \le y \le 1\}$이다.

② 모든 실수 x에 대하여 $\cos(-x)=\cos x$이다. 즉, 그래프는 y축에 대하여 대칭이다.

③ 모든 실수 x에 대하여 $\cos(2n\pi+x)=\cos x$ (n은 정수)이고, 주기가 2π인 주기함수이다.

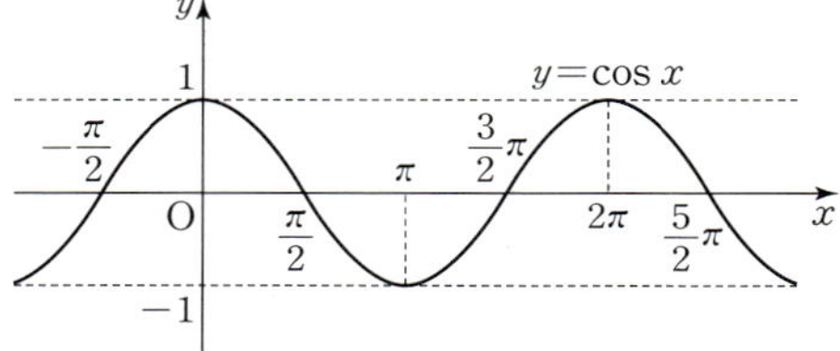

(3) $y=\tan x$

① 정의역은 $x \ne n\pi+\dfrac{\pi}{2}$ (n은 정수)인 실수 전체의 집합이고, 치역은 실수 전체의 집합이다.

② 정의역에 속하는 모든 실수 x에 대하여 $\tan(-x)=-\tan x$이다. 즉, 그래프는 원점에 대하여 대칭이다.

③ 모든 실수 x에 대하여 $\tan(n\pi+x)=\tan x$ (n은 정수)이고, 주기가 π인 주기함수이다.

④ 그래프의 점근선은 직선 $x=n\pi+\dfrac{\pi}{2}$ (n은 정수)이다.

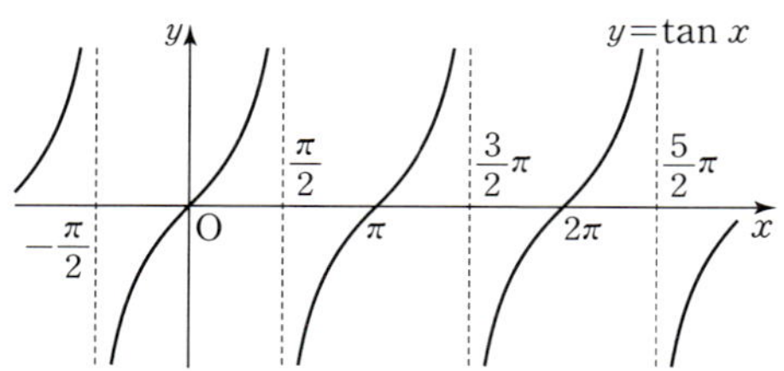

4 삼각함수의 성질 및 활용

(1) 삼각함수의 성질

① $2n\pi+\theta$의 삼각함수 (단, n은 정수)

㉠ $\sin(2n\pi+\theta)=\sin\theta$ ㉡ $\cos(2n\pi+\theta)=\cos\theta$ ㉢ $\tan(2n\pi+\theta)=\tan\theta$

② $-\theta$의 삼각함수

㉠ $\sin(-\theta)=-\sin\theta$ ㉡ $\cos(-\theta)=\cos\theta$ ㉢ $\tan(-\theta)=-\tan\theta$

③ $\pi+\theta$의 삼각함수

㉠ $\sin(\pi+\theta)=-\sin\theta$ ㉡ $\cos(\pi+\theta)=-\cos\theta$ ㉢ $\tan(\pi+\theta)=\tan\theta$

④ $\frac{\pi}{2}+\theta$의 삼각함수

㉠ $\sin\left(\frac{\pi}{2}+\theta\right)=\cos\theta$ ㉡ $\cos\left(\frac{\pi}{2}+\theta\right)=-\sin\theta$ ㉢ $\tan\left(\frac{\pi}{2}+\theta\right)=-\frac{1}{\tan\theta}$

(2) 삼각함수의 활용

① 방정식에의 활용

방정식 $2\sin x=1$, $2\cos x=-1$, $1+\tan x=0$과 같이 각의 크기가 미지수인 삼각함수를 포함한 방정식은 삼각함수의 그래프를 이용하여 다음과 같이 풀 수 있다.

㉠ 주어진 방정식을 $\sin x=k(\cos x=k,\ \tan x=k)$의 꼴로 변형

㉡ 주어진 범위에서 함수 $y=\sin x(y=\cos x,\ y=\tan x)$의 그래프와 직선 $y=k$의 교점의 x좌표를 찾아서 해를 구함

② 부등식에의 활용

부등식 $2\sin x>1$, $2\cos x<-1$, $1-\tan x>0$과 같이 각의 크기가 미지수인 삼각함수를 포함한 부등식은 삼각함수의 그래프를 이용하여 다음과 같이 풀 수 있다.

㉠ 주어진 부등식을 $\sin x>k(\cos x<k,\ \tan x<k)$의 꼴로 변형

㉡ 주어진 범위에서 함수 $y=\sin x(y=\cos x,\ y=\tan x)$의 그래프와 직선 $y=k$의 교점의 x좌표를 구함

㉢ 함수 $y=\sin x(y=\cos x,\ y=\tan x)$의 그래프가 직선 $y=k$보다 위쪽(또는 아래쪽)에 있는 x값의 범위를 찾아서 해를 구함

5 사인 및 코사인 법칙

(1) 사인법칙

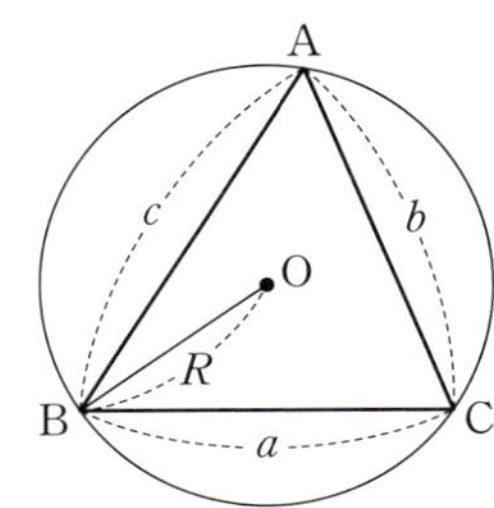

① △ABC의 외접원의 반지름의 길이를 R이라 하면

$$\frac{a}{\sin \mathrm{A}}=\frac{b}{\sin \mathrm{B}}=\frac{c}{\sin \mathrm{C}}=2\mathrm{R}$$

② 사인법칙의 변형

① $a=2\mathrm{R}\sin \mathrm{A},\ b=2\mathrm{R}\sin \mathrm{B},\ c=2\mathrm{R}\sin \mathrm{C}$

② $\sin \mathrm{B}=\frac{a}{2\mathrm{R}},\ \sin \mathrm{B}=\frac{b}{2\mathrm{R}},\ \sin \mathrm{C}=\frac{c}{2\mathrm{R}}$

③ $a:b:c=\sin \mathrm{A}:\sin \mathrm{B}:\sin \mathrm{C}$

(2) 코사인법칙

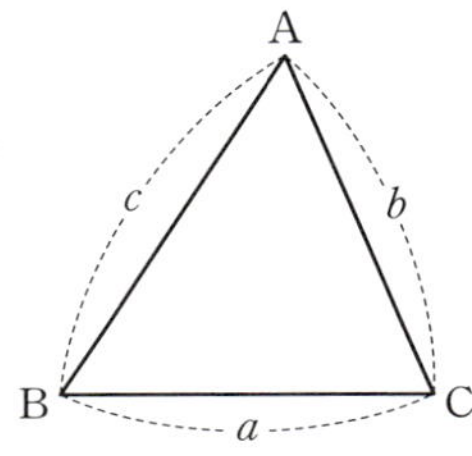

① $a^2=b^2+c^2-2bc\cos \mathrm{A} \Rightarrow \cos \mathrm{A}=\frac{b^2+c^2-a^2}{2bc}$

② $b^2=c^2+a^2-2ca\cos \mathrm{B} \Rightarrow \cos \mathrm{B}=\frac{c^2+a^2-b^2}{2ca}$

③ $c^2=a^2+b^2-2ab\cos \mathrm{C} \Rightarrow \cos \mathrm{C}=\frac{a^2+b^2-c^2}{2ab}$

6 삼각형의 넓이

(1) 두 변의 길이와 끼인각의 크기가 주어진 삼각형의 넓이

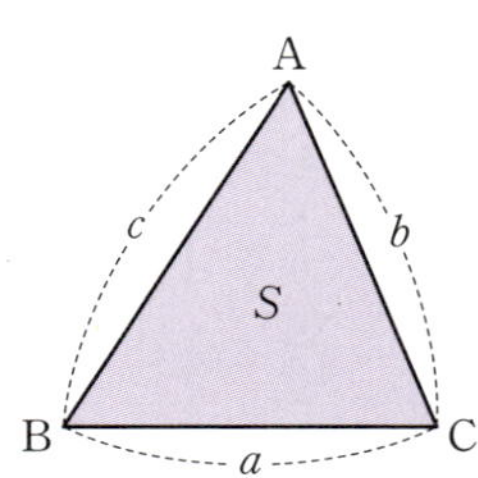

$$S=\frac{1}{2}ab\sin \mathrm{C}=\frac{1}{2}ac\sin \mathrm{B}=\frac{1}{2}bc\sin \mathrm{A}$$

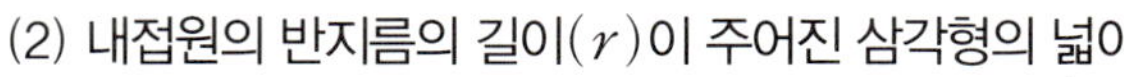

(2) 내접원의 반지름의 길이(r)이 주어진 삼각형의 넓이

$$S=rs\left(\text{단, } s=\frac{a+b+c}{2}\right)$$

(3) 사각형의 넓이

① 평행사변형의 넓이 $S=xy\sin\theta$

② 사각형의 넓이 $S=\frac{1}{2}xy\sin\theta$

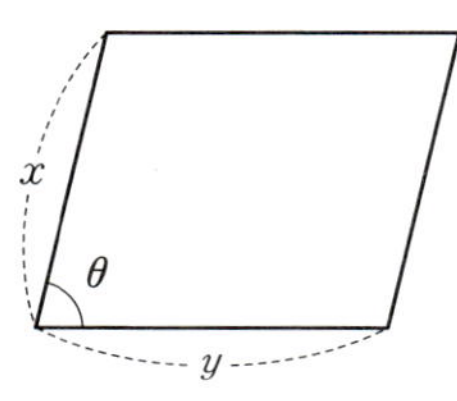

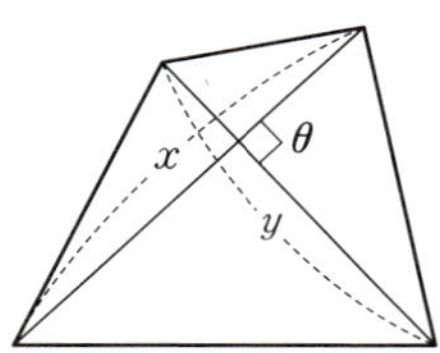

[실전문제]

해답 p.375

배점(총점)	예상 소요 시간
10점	5분 / 전체 80분

▶ **$0 \le \theta < 2\pi$일 때, x에 대한 이차방정식 $x^2+(\sqrt{3}\sin\theta)x+\cos\theta-\frac{1}{4}=0$의 실근을 갖도록 하는 모든 θ의 값의 범위는 $\alpha \le \theta \le \beta$이다. $\tan\alpha-\tan\beta$의 값을 구하는 과정을 서술하시오.**

모범답안 실근을 갖기 위한 이차방정식의 판별식 $D \ge 0$,

따라서 $3\sin^2\theta-4\left(\cos\theta-\frac{1}{4}\right) \ge 0$

이는 $(3\cos\theta-2)(\cos\theta+2) \le 0$이고, 이를 풀면 $-2 \le \cos\theta \le \frac{2}{3}$이다.

항상 $\cos\theta \ge -1$이므로, $\cos\theta \le \frac{2}{3}$

$\cos\alpha=\cos\beta=\frac{2}{3}$, α는 1사분면, β는 4사분면

$\tan\alpha=\frac{\sqrt{5}}{2}$, $\tan\beta=-\frac{\sqrt{5}}{2}$ $\quad\therefore \sqrt{5}$

채점기준

답안	배점
실근을 갖기 위한 이차방정식의 판별식 $D \ge 0$, 따라서 $3\sin^2\theta-4\left(\cos\theta-\frac{1}{4}\right) \ge 0$	3점
이는 $(3\cos\theta-2)(\cos\theta+2) \le 0$이고, 이를 풀면 $-2 \le \cos\theta \le \frac{2}{3}$이다.	2점
항상 $\cos\theta \ge -1$이므로, $\cos\theta \le \frac{2}{3}$ $\cos\alpha=\cos\beta=\frac{2}{3}$, α는 1사분면, β는 4사분면	2점
$\tan\alpha=\frac{\sqrt{5}}{2}$, $\tan\beta=-\frac{\sqrt{5}}{2}$ $\therefore \sqrt{5}$	3점

PART 1 국어
PART 2 수학
PART 3 해답

01 $0\le x<2\pi$일 때, 방정식 $|\sin x|+\sin x=2$의 해를 구하는 과정을 아래 과정을 참고하여 서술하시오.

(i) $0\le x<\pi$일 때, $\lvert\sin x\rvert=$ [①] 이므로 $2\sin x=2$ $\therefore \sin x=1$ $x=\frac{\pi}{2}$ (ii) $\pi\le x<2\pi$일 때, $\lvert\sin x\rvert=$ [②] 이므로 $\lvert\sin x\rvert+\sin x=2$의 해는 없다. (i), (ii)에 의해 주어진 방정식의 해는 $x=$ [③]

02 그림과 같이 반지름의 길이가 2이고 중심각의 크기가 $\frac{\pi}{2}$인 부채꼴 OAB의 호 AB 위에 $\angle AOP=\theta$, $\angle AOQ=4\theta$가 되도록 두 점 P, Q를 잡는다. 부채꼴 OAQ의 넓이와 부채꼴 OAP의 넓이의 차가 $\frac{2}{3}\pi$일 때, 부채꼴 OQB의 넓이를 구하는 과정을 서술하시오.

$\left(\text{단, } 0<\theta<\frac{\pi}{8}\right)$

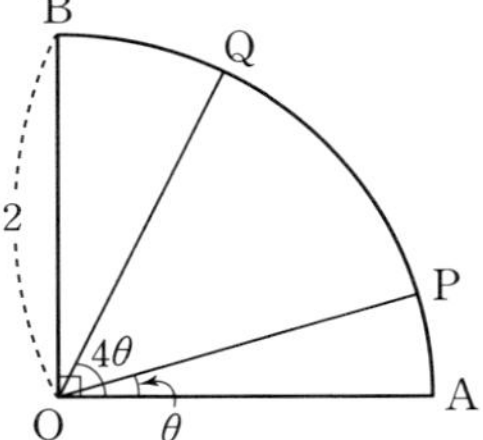

03 양수 a와 실수 b에 대하여 함수

$$f(x)=a\sin\left(ax+\frac{\pi}{6}\right)+a\cos\left(\frac{1}{3}\pi-ax\right)+b$$

의 주기가 2π이고 최솟값이 2일 때,

$f\left(\frac{5}{6}\pi\right)$의 값을 구하는 과정을 서술하시오.

04 $0<\theta<\frac{\pi}{2}$인 θ에 대하여

$3\sin\theta-\sqrt{3}\cos\theta=0$일 때

$|3\cos\theta|+\sin\theta+\sqrt{(3\cos\theta-\sin\theta)^2}$

의 값을 구하는 과정을 서술하시오.

05 이차방정식 $x^2-4x+2=0$의 두 근을 α, $\beta(\alpha>\beta)$라 할 때, $\sin\theta-\cos\theta=\frac{\alpha-\beta}{\alpha+\beta}$를 만족시키는 θ에 대하여 $\sin\theta\cos\theta$의 값을 구하는 과정을 서술하시오.

06 $\frac{3}{2}\pi<\theta<2\pi$인 θ에 대하여
$\sqrt{(\sin\theta-\cos\theta)^2}-|\sin\theta|$
$=\sqrt[3]{(\sin\theta-\cos\theta)^3}+|2\sin\theta|$가 성립할 때, $\frac{1}{\sin\theta}$의 값을 구하는 과정을 서술하시오.

07 $\triangle ABC$의 세 변의 길이가 a, b, c일 때, $(a-b)^2=c^2+(\sqrt{3}-2)ab$의 값이 성립한다. 이때 $\tan C$의 값을 구하는 과정을 서술하시오.

08 함수 $y=\cos\frac{\pi}{2}x$의 그래프와 직선 $y=\frac{1}{5}x$의 교점의 개수를 구하는 과정을 서술하시오.

09 x값의 범위가 $0 \leq x < 2\pi$일 때, $\sin x = \frac{2}{3}$의 두 근을 α, β라고 하자. 이때 $\sin(\alpha+\beta+\pi)$의 값을 구하는 과정을 서술하시오.

10 반지름의 길이가 4인 원에 내접하는 $\triangle ABC$가 있다. $C=75°$이고 $2\sin(A+C) \times \sin B = 1$이 성립한다고 할 때, a의 길이를 구하는 과정을 서술하시오.

11 그림은 함수 $f(x)=a\sin b\left(x+\frac{\pi}{3}\right)+c$의 그래프이다.

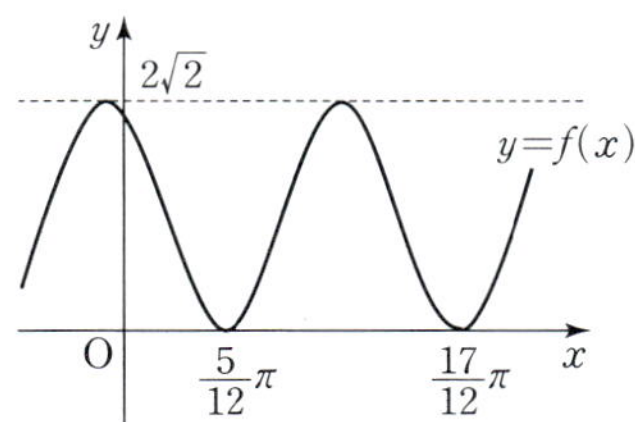

$a^2-b^2+c^2$의 값을 구하시오. (단, a, b, c는 상수이다.)

12 두 함수 $f(x)=a\sin bx+1$, $g(x)=|\cos 2x|$에 대하여 함수 $f(x)$의 최댓값과 최솟값의 차가 10이고, 함수 $f(x)$의 주기와 함수 $g(x)$의 주기가 같을 때, $a+b$의 최댓값을 구하는 과정을 서술하시오. (단, a, b는 0이 아닌 상수이다.)

13 $\triangle$ABC에서
$\sin A : \sin B : \sin C = 3 : 4 : 5$를 만족시킬 때, $\cos A$의 값을 구하는 과정을 서술하시오.

14 모든 실수 θ에 대해 부등식
$\cos^2\theta + 2\sin\theta \le 3(a+1)$가 항상 성립하도록 하는 실수 a의 최솟값을 구하는 과정을 아래 과정을 참고하여 서술하시오.

> $\sin^2\theta + \cos^2\theta = 1$, $\cos^2\theta = 1 - \sin^2\theta$이므로
> $\cos^2\theta + 2\sin\theta \le 3(a+1)$를 $\sin\theta$에 대한 부등식으로 변형하면
> [①] $\le 3(a+1)$
> 따라서
> $\sin^2\theta - 2\sin\theta + 3a + 2 \ge 0$
> 이때 $\sin\theta = t$라고 하면 t값의 범위는 $-1 \le t \le 1$
> $t^2 - 2t + 3a + 2 \ge 0$
> 이를 완전제곱식으로 변형하면
> [②] ≥ 0
> 함수 $y = t^2 - 2t + 3a + 2$는 $t =$ [③]에서 최솟값을 갖는다.
> 따라서 a값의 범위는
> $\therefore a \ge$ [④]

15 자연수 n에 대하여 $2n-2\le x<2n$에서 정의된 함수

$$f(x)=\begin{cases}2^{n-1}\sin\pi x & (2n-2\le x<2n-1)\\ \left(\frac{1}{2}\right)^{n}\sin\pi x & (2n-1\le x<2n)\end{cases}$$

의 최댓값과 최솟값의 합을 $g(n)$이라 할 때, $g(1)\times g(2)$의 값을 구하는 과정을 서술하시오.

16 $0<t<2\pi$인 실수 t에 대하여 함수

$$f(x)=\begin{cases}\cos x-\cos t & (0\le x\le t)\\ \cos t-\cos x & (t<x\le 2\pi)\end{cases}$$

의 최댓값을 $M(t)$, 최솟값을 $m(t)$라 할 때, $M(t)+m(t)=0$을 만족시키는 실수 t의 최댓값과 최솟값의 합을 구하는 과정을 서술하시오.

17 $\triangle\mathrm{ABC}$에서 $a=3$, $c=5$, $\mathrm{B}=120°$일 때, 이 삼각형의 외접원의 반지름의 길이를 구하는 과정을 서술하시오.

18 θ가 제2사분면의 각이고 $\tan\theta=-\frac{3}{7}$일 때, $\sin\theta+\cos\theta$의 값을 구하는 과정을 서술하시오.

19 모든 실수 x에 대하여 부등식
$x^2-2x\cos\theta+\sin^2\theta>-\sin\theta$가 항상 성립하도록 하는 θ의 값의 범위를 구하는 과정을 서술하시오. (단, $0\le\theta<2\pi$)

20 $\triangle$ABC는 반지름의 길이가 5인 원에 내접한다.
$a+b+c=24$일 때,
$\sin A+\sin B+\sin C$의 값을 구하는 과정을 서술하시오.

21 모든 실수 x에 대한 부등식
$\cos^2 x + 6\sin x + k < 0$이 항상 성립하도록 하는 실수 k의 값의 범위를 구하시오.

22 그림과 같이 길이가 3인 선분 AB에 대하여 중심이 A이고 반지름의 길이가 2인 원 O_1과 중심이 B이고 반지름의 길이가 1인 원 O_2가 만나는 점을 C라 하자. 원 O_1 위의 점 P를 중심으로 하고 두 점 A, C를 지나는 원 O_3이 원 O_1과 만나는 점 중 C가 아닌 점을 D라 하고, 원 O_3이 원 O_2와 만나는 점 중 C가 아닌 점을 E라 할 때, 삼각형 EDC에서 $\sin(\angle EDC)$의 값을 구하는 과정을 서술하시오.

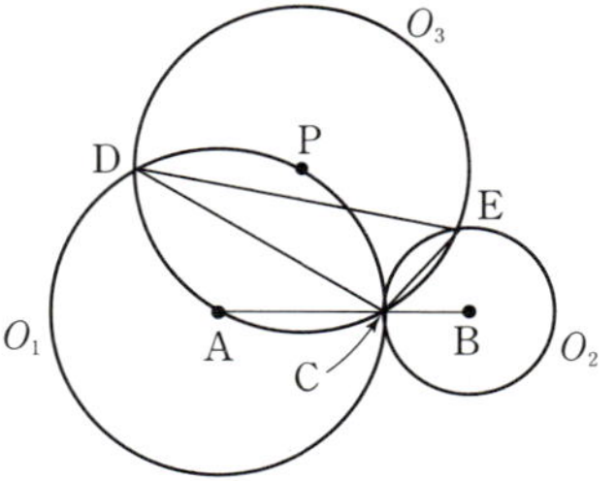

23 $\triangle \mathrm{ABC}$의 변의 길이가 각각 $a=3$, $b=4$, $c=5$일 때, $\triangle \mathrm{ABC}$의 넓이를 구하는 과정을 서술하시오.

24 $0<x<2\pi$일 때, 부등식

$$2\cos^2\left(\frac{\pi}{2}-x\right)-3\sin\left(\frac{\pi}{2}-x\right)-3\geq 0$$

을 만족시키는 모든 x의 값의 범위는 $\alpha\leq x\leq\beta$이다. $\beta-2\alpha$의 값을 구하는 과정을 서술하시오.

25 x값의 범위가 $0 \le x < 2\pi$일 때, 부등식 $2\sin x - 1 \ge 0$을 만족시키는 모든 x값의 범위가 $\alpha \le x \le \beta$이다. 이때 $\tan\left(\alpha + \beta - \frac{2}{3}\pi\right)$의 값을 구하는 과정을 서술하시오.

수열

[핵심이론]

1 1. 등차수열

(1) 일반항 및 등차중항

① 일반항

첫째항이 a, 공차가 d인 등차수열 $\{a_n\}$의 일반항 a_n은

$a_n=a+(n-1)d$ (단, $n=1, 2, 3, \cdots$)

② 등차중항

세수 a, b, c가 이 순서대로 등차수열을 이룰 때, b를 a와 c의 등차중항이라고 한다.

$b-a=c-b$이므로 $b=\dfrac{a+c}{2}$

(2) 등차수열의 합

등차수열의 첫째항부터 제n항까지의 합 S_n은 다음과 같다.

① 첫째항이 a, 제n항이 l일 때: $S_n=\dfrac{n(a+l)}{2}$

② 첫째항이 a, 공차가 d일 때: $S_n=\dfrac{n\{2a+(n-1)d\}}{2}$

2 등비수열

(1) 일반항 및 등비중항

① 일반항

첫째항이 a, 공비가 $r(r\neq0)$인 등비수열 $\{a_n\}$의 일반항 a_n은

$a_n=ar^{n-1}$ (단, $n=1, 2, 3, \cdots$)

② 등비중항

0이 아닌 세수 a, b, c가 이 순서대로 등비수열을 이룰 때, b를 a와 c의 등비중항이라고 한다.

$\dfrac{b}{a}=\dfrac{c}{b}$이므로 $b^2=ac$

(2) 등비수열의 합

첫째항이 a, 공비가 $r(r\neq0)$인 등비수열의 첫째항부터 제n항까지의 합 S_n은 다음과 같다.

① $r=1$일 때: $S_n=na$

② $r\neq1$일 때: $S_n=\dfrac{a(r^n-1)}{r-1}=\dfrac{a(1-r^n)}{1-r}$

(3) 수열의 합과 일반항 사이의 관계

수열 $\{a_n\}$의 첫째항부터 제 n항까지의 합을 S_n이라 하면

$a_1=S_1,\ a_n=S_n-S_{n-1}\ (n\geq2)$

3 수열의 합

(1) 정의

수열 $\{a_n\}$의 첫째항부터 n번째 항까지의 합

$$\sum_{k=1}^{n}a_k=S_n=a_1+a_2+a_3+\cdots+a_n$$

(2) 성질

① $\sum_{k=1}^{n}(a_k+b_k)=\sum_{k=1}^{n}a_k+\sum_{k=1}^{n}b_k$

② $\sum_{k=1}^{n}(a_k-b_k)=\sum_{k=1}^{n}a_k-\sum_{k=1}^{n}b_k$

③ $\sum_{k=1}^{n}ca_k=c\sum_{k=1}^{n}a_k$ (단, c는 상수)

④ $\sum_{k=1}^{n}c=cn$ (단, c는 상수)

(3) 여러 가지 수열의 합

① 자연수의 합

㉠ $\sum_{k=1}^{n}k=1+2+3+\cdots+n=\dfrac{n(n+1)}{2}$

㉡ $\sum_{k=1}^{n}k^2=1^2+2^2+3^2+\cdots+n^2=\dfrac{n(n+1)(2n+1)}{6}$

㉢ $\sum_{k=1}^{n}k^3=1^3+2^3+3^3+\cdots+n^3=\left\{\dfrac{n(n+1)}{2}\right\}^2$

② 분수 꼴인 수열의 합

① $\sum_{k=1}^{n}\dfrac{1}{k(k+a)}=\sum_{k=1}^{n}\dfrac{1}{a}\left(\dfrac{1}{k}-\dfrac{1}{k+a}\right)$

② $\sum_{k=1}^{n}\dfrac{1}{(k+a)(k+b)}=\dfrac{1}{b-a}\sum_{k=1}^{n}\left(\dfrac{1}{k+a}-\dfrac{1}{k+b}\right)$ (단, $a\neq b$)

③ 무리식으로 나타내어진 수열의 합

㉠ $\sum_{k=1}^{n}\frac{1}{\sqrt{k+a}+\sqrt{k}}=\frac{1}{a}\sum_{k=1}^{n}(\sqrt{k+a}-\sqrt{k})$ (단, $a\neq0$)

㉡ $\sum_{k=1}^{n}\frac{1}{\sqrt{k+a}+\sqrt{k+b}}=\frac{1}{a-b}\sum_{k=1}^{n}(\sqrt{k+a}-\sqrt{k+b})$ (단, $a\neq b$)

4 수학적 귀납법

(1) 귀납적 정의

① 수열: $\{a_n\}$을 첫째항 a_1, 서로 이웃하는 a_n과 a_{n+1} 사이의 관계식으로 정의하는 것

② 등차수열: $a_{n+1}-a_n=d$(일정), $2a_{n+1}=a_n+a_{n+2}$

③ 등비수열: $a_{n+1}\div a_n=r$(일정), $(a_{n+1})^2=a_n\times a_{n+2}$

(2) 수학적 귀납법

자연수 n과 관련된 어떤 명제 $p(n)$이 모든 자여수에 대하여 성립한다는 것을 증명하려면 다음 두 가지를 보이면 된다.

① $n=1$일 때: 명제 $p(n)$이 성립한다.

② $n=k$일 때: 명제 $p(n)$이 성립함을 가정하면, $n=k+1$일 때에도 명제 $p(n)$이 성립한다.

[실전문제]

해답 p.379

배점(총점)	예상 소요 시간
10점	3분 / 전체 80분

▶ 자연수 n에 대하여 x에 대한 이차방정식 $x^2+25x-(2n-1)(2n+1)=0$의 두 근을 α_n, β_n이라 하자. 등식 $\sum_{n=1}^{m}\left(\frac{1}{\alpha_n}+\frac{1}{\beta_n}\right)=12$를 만족시키는 자연수 m의 값을 구하는 과정을 서술하시오.

모범답안 근과 계수와의 관계에 의해 $\alpha_n+\beta_n=-25$, $\alpha_n\beta_n=-(2n-1)(2n+1)$이고,

식에 대입하면 $\sum_{n=1}^{m}\left(\frac{1}{\alpha_n}+\frac{1}{\beta_n}\right)=\sum_{n=1}^{m}\frac{\alpha_n+\beta_n}{\alpha_n\beta_n}=\sum_{n=1}^{m}\frac{25}{(2n-1)(2n+1)}$이다.

따라서 $\sum_{n=1}^{m}\frac{25}{(2n-1)(2n+1)}=\frac{25}{2}\sum_{n=1}^{m}\left(\frac{1}{2n-1}-\frac{1}{2n+1}\right)$이고

$$=\frac{25}{2}\left(1-\frac{1}{3}+\frac{1}{3}-\frac{1}{5}+\cdots-\frac{1}{2m+1}\right)=\frac{25m}{2m+1}$$

$25m=12(2m+1)$이므로 $m=12$이다.

채점기준

답안	배점
근과 계수와의 관계에 의해 $\alpha_n+\beta_n=-25$, $\alpha_n\beta_n=-(2n-1)(2n+1)$	2점
$\sum_{n=1}^{m}\left(\frac{1}{\alpha_n}+\frac{1}{\beta_n}\right)=\sum_{n=1}^{m}\frac{\alpha_n+\beta_n}{\alpha_n\beta_n}=\sum_{n=1}^{m}\frac{25}{(2n-1)(2n+1)}$	2점
$\sum_{n=1}^{m}\frac{25}{(2n-1)(2n+1)}=\frac{25}{2}\sum_{n=1}^{m}\left(\frac{1}{2n-1}-\frac{1}{2n+1}\right)$ $=\frac{25}{2}\left(1-\frac{1}{3}+\frac{1}{3}-\frac{1}{5}+\cdots-\frac{1}{2m+1}\right)=\frac{25m}{2m+1}$	4점
따라서 $25m=12(2m+1)$이므로 $m=12$이다.	2점

01 모든 자연수 n에 대하여 x에 관한 다항식 $3x^2+(4-2n)x-3n$을 $x-n$으로 나누었을 때의 나머지를 a_n이라고 할 때, $\sum_{k=1}^{17} \frac{1}{a_k}$의 값을 구하는 과정을 아래 과정을 참고하여 서술하시오.

> 주어진 다항식 $3x^2+(4-2n)x-3n$을 $x-n$으로 나누었을 때의 나머지가 a_n임을 이용하여
> $3x^2+(4-2n)x-3n=(x-n)Q(x)+a_n$의 식으로 표현할 수 있다.
> 따라서 위 식을 이용하여 a_n을 구하면,
> $a_n=$ ①
> $a_n=n^2+n$
> $\therefore \sum_{k=1}^{17} \frac{1}{a_k}=\sum_{k=1}^{17} \frac{1}{k^2+k}=\sum_{k=1}^{17} \frac{1}{k(k+1)}$
> $=$ ②
> 이므로 식을 전개하면
> $\left(\frac{1}{1}-\frac{1}{2}\right)+\left(\frac{1}{2}-\frac{1}{3}\right)+\left(\frac{1}{3}-\frac{1}{4}\right)+\cdots+\left(\frac{1}{16}-\frac{1}{17}\right)+\left(\frac{1}{17}-\frac{1}{18}\right)$
> $=$ ③

02 첫째항이 a이고 공차가 자연수인 등차수열 $\{a_n\}$이 다음 조건을 만족시키도록 하는 모든 자연수 a의 최솟값을 구하는 과정을 서술하시오.

> (가) $a_1+a_4=a_8$
> (나) 어떤 자연수 m에 대하여 $a_m=12$이다.

03 $\sum_{n=1}^{m}\left\{\sum_{i=1}^{n}(2i+1)\right\}=26$이라고 할 때, m의 값을 구하는 과정을 서술하시오.

04 등차수열 $\{a_n\}$은 첫째항이 -6이고 모든 항이 0이 아닌 정수로 이루어져 있다. 첫째항부터 제 n항까지의 합을 S_n이라고 할 때, $S_n=0$을 만족시키는 2 이상의 자연수 k에 대하여 S_{3k}의 최솟값을 구하는 과정을 서술하시오.

05 모든 항이 서로 다른 양수인 등비수열 $\{a_n\}$에 대하여 수열 $\{b_n\}$을 $b_n=a_{2n}$이라 하자. 수열 $\{a_n\}$의 첫째항부터 제n항까지의 합을 S_n이라 하고, 수열 $\{b_n\}$의 첫째항부터 제n항까지의 합을 T_n이라 할 때, $2S_8=3T_4$를 만족시킨다. $\frac{b_2}{a_2}$의 값을 구하는 과정을 서술하시오.

06 공비가 r인 등비수열 $\{a_n\}$의 첫째항부터 제n항까지의 합을 S_n이라 하자.
$\frac{a_8-a_6}{S_8-S_6}=3$일 때, r의 값을 구하는 과정을 서술하시오. (단, $a_1\neq0$, $r\neq0$, $r^2\neq1$)

07 공차가 4인 등차수열 $\{a_n\}$의 첫째항부터 제 n항까지의 합을 S_n이라고 하자.
$S_n=kn^2-2n$일 때, a_8의 값을 구하는 과정을 서술하시오. (단, p는 상수)

08 임의의 수열 $\{a_n\}$에 대하여 $\sum_{k=1}^{n} a_k=3^n-1$이라고 할 때, $\frac{1}{9^9-1}\sum_{k=1}^{9} a_{2k}$의 값을 구하는 과정을 서술하시오.

09 등차수열 $\{a_n\}$에서 $a_2=-10$, $a_5=14$일 때, $|a_1|+|a_2|+|a_3|+\cdots+|a_{10}|$의 값을 구하는 과정을 서술하시오.

10 임의의 수열 $\{a_n\}$에서
$\sum_{k=1}^{20} ka_k=100$, $\sum_{k=2}^{21}(k-1)(a_k)=50$,
$a_{21}=\frac{1}{2}$일 때, $\sum_{k=1}^{20} a_k$의 값을 구하는 과정을 서술하시오.

11 등차수열 $\{a_n\}$은 첫째항이 12이고 제5항과 제9항은 절댓값이 같고 부호가 반대이다. 이때 a_{12}의 값을 구하는 과정을 서술하시오.

12 두 수열 $\{a_n\}$, $\{b_n\}$이 〈보기〉의 조건을 만족할 때, $\sum_{n=1}^{8}(a_n-b_n)$의 값을 구하는 과정을 서술하시오.

보기

(가) 모든 자연수 n에 대하여 $a_{n+4}=a_n$, $b_{n+2}=b_n$이다.

(나) $\sum_{n=1}^{4}a_n=\frac{7}{2}$, $\sum_{n=1}^{2}b_n=\frac{3}{4}$

13 수열 $\{a_n\}$의 첫째항부터 제n항까지의 합을 S_n이라 할 때, $S_n=2^n+1$이다.
$S_{2m}-S_m=56$을 만족시키는 자연수 m에 대하여 $a_1\times a_m$의 값을 구하는 과정을 서술하시오.

14 함수 $y=\dfrac{x+5}{2x^2+3}$의 그래프가 직선 $y=1$과 만나는 교점의 x좌표를 각각 a, b라고 할 때, $2\sum_{k=1}^{5}(k-a)(k-b)$의 값을 구하는 과정을 아래 과정을 참고하여 서술하시오.

> 주어진 함수 $y=\dfrac{x+5}{2x^2+3}$가 $y=1$과 만남으로
>
> $\dfrac{x+5}{2x^2+3}=1$, $x+5=2x^2+3$, $2x^2-x-2=0$
>
> 이때 교점의 x좌표 a, b는 $2x^2-x-2=0$의 두 근이므로 $2x^2-x-2=$ [①]의 식으로 표현할 수 있다.
>
> 따라서
>
> $2\sum_{k=1}^{5}(k-a)(k-b)=\sum_{k=1}^{5}(2k^2-k-2)$
>
> $=$ [②]
>
> $=$ [③]

15 수열 $\{a_n\}$이 첫째항이 1이고 공차가 2인 등차수열일 때, $\frac{1}{\sqrt{a_1}+\sqrt{a_2}}+\frac{1}{\sqrt{a_2}+\sqrt{a_3}}+\frac{1}{\sqrt{a_3}+\sqrt{a_4}}+\cdots+\frac{1}{\sqrt{a_9}+\sqrt{a_{10}}}$의 값을 구하는 과정을 서술하시오.

16 공차가 4인 등차수열 $\{a_n\}$에서 a_3과 a_9의 등차중항이 a_k이고 a_1과 a_k의 등비중항이 a_4일 때, a_k의 값을 구하는 과정을 서술하시오.

17 첫째항이 1이고 공차가 d인 등차수열 $\{a_n\}$에 대하여 $\sum_{n=1}^{12} \frac{d}{\sqrt{a_n}+\sqrt{a_{n+1}}}$의 값이 10 이하의 자연수가 되도록 하는 모든 자연수 d의 개수를 구하는 과정을 서술하시오.

18 첫째항이 -28이고 공차가 정수인 등차수열 $\{a_n\}$에 대하여 $a_{k+1}a_{k+3}<0$을 만족시키는 자연수 k의 최솟값이 13일 때, a_4의 값을 구하는 과정을 서술하시오.

19 수열 $\{a_n\}$의 첫째항부터 제 n항까지의 합 S_n이 $S_n=2n^2-n$일 때, $\sum_{k=1}^{11}\frac{1}{a_k a_{k+1}}$의 값을 구하는 과정을 서술하시오.

20 첫째항이 32이고 공차가 -5인 등차수열 $\{a_n\}$의 첫째항부터 제 n항까지의 합을 S_n이라고 할 때, S_n의 최댓값을 구하는 과정을 서술하시오.

21 첫째항이 2인 등차수열 $\{a_n\}$에 대하여 $\sum_{k=1}^{4} a_k = 14$일 때, $\sum_{k=1}^{6} \frac{1}{a_k a_{k+1}}$의 값을 구하는 과정을 서술하시오.

22 자연수 k에 대하여 수열 $\{a_n\}$은 $a_1 = 4k-2$이고, 모든 자연수 n에 대하여

$$a_{n+1} = \begin{cases} |a_n - 4| & \left(n \le \frac{a_1}{4} + 1\right) \\ a_n + 4 & \left(n > \frac{a_1}{4} + 1\right) \end{cases}$$

을 만족시킨다. $a_1 = a_{12}$일 때, k의 값을 구하는 과정을 서술하시오.

23 수열 $\{a_n\}$에 대하여 $\sum_{k=1}^{n} a_k = n^2+n$일 때, $\sum_{k=1}^{12} a_{3k+2}$의 값을 구하는 과정을 서술하시오.

24 두 수 3과 24 사이에 m개의 수를 넣어 만든 수열이 차례대로 공차가 d인 등차수열을 이루고, 그 합이 243이라고 할 때, d의 값을 구하는 과정을 서술하시오.

25 수열 $\{a_n\}$이 모든 자연수 n에 대하여

$$a_{n+1}=\begin{cases} a_n+2\,(a_n<0) \\ a_n-1\,(a_n\geq 0) \end{cases}$$

을 만족시킨다.

$a_5=1$일 때, 모든 a_1의 값의 최솟값을 구하는 과정을 서술하시오.

수학Ⅱ

Ⅳ 함수의 극한과 연속

[핵심이론]

1 함수의 극한

(1) 함수의 수렴과 발산

① 함수의 수렴

함수 $f(x)$에서 x가 a가 아닌 값이면서 a에 한없이 가까워질 때, $f(x)$의 값이 일정한 값 α에 한없이 가까워지면 함수 $f(x)$는 α에 수렴한다고 하며, α를 $x \to a$일 때의 $f(x)$의 극한이라고 한다.

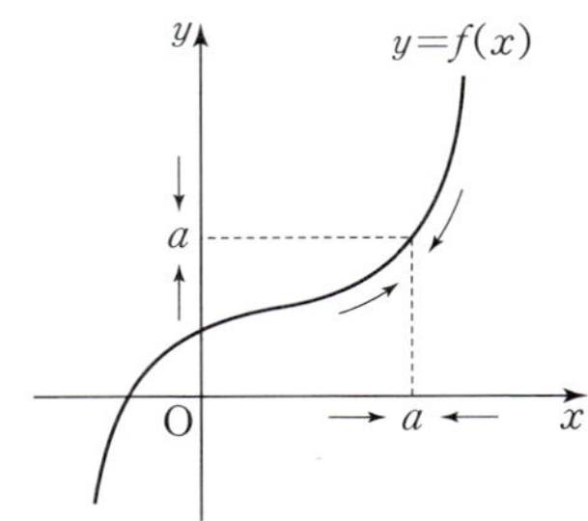

$\lim_{x \to a} f(x) = \alpha$ 또는 $x \to a$일 때, $f(x) \to \alpha$

② 함수의 발산

함수 $f(x)$에서 x가 a가 아닌 값이면서 a에 한없이 가까워질 때, $f(x)$의 값이 한없이 커지거나 작아지면 $f(x)$는 양의 무한대 또는 음의 무한대로 발산한다고 한다.

$\lim_{x \to a} f(x) = \infty(-\infty)$ 또는 $x \to a$일 때, $f(x) \to \infty(-\infty)$

(2) 함수의 좌극한과 우극한

① 함수의 좌극한

함수 $f(x)$에서 x가 a보다 작으면서 a에 한없이 가까워질 때, $f(x)$가 일정한 값 α에 한없이 가까워지면 α를 $x=a$에서 함수 $f(x)$의 좌극한값이라고 한다.

$\lim_{x \to a-} f(x) = \alpha$ 또는 $x \to a-$일 때, $f(x) \to \alpha$

② 함수의 우극한

함수 $f(x)$에서 x가 a보다 크면서 a에 한없이 가까워질 때, $f(x)$가 일정한 값 α에 한없이 가까워지면 α를 $x=a$에서 함수 $f(x)$의 우극한값이라고 한다.

$\lim_{x \to a+} f(x) = \alpha$ 또는 $x \to a+$일 때, $f(x) \to \alpha$

③ 극한값의 존재

좌극한값과 우극한값이 같을 때, 극한값이 존재한다고 한다.

$$\lim_{x \to a-} f(x) = \lim_{x \to a+} f(x) = \alpha \text{ 일 때, } \lim_{x \to a} f(x) \to \alpha$$

(3) 함수의 극한에 대한 성질

① 기본 성질

두 함수 $f(x)$, $g(x)$에 대하여 $\lim_{x \to a} f(x) = \alpha$, $\lim_{x \to a} g(x) = \beta$ (α, β는 실수)일 때

㉠ $\lim_{x \to a} \{cf(x)\} = c\lim_{x \to a} f(x) = c\alpha$ (단, c는 상수)

㉡ $\lim_{x \to a} \{f(x) + g(x)\} = \lim_{x \to a} f(x) + \lim_{x \to a} g(x) = \alpha + \beta$

㉢ $\lim_{x \to a} \{f(x) - g(x)\} = \lim_{x \to a} f(x) - \lim_{x \to a} g(x) = \alpha - \beta$

㉣ $\lim_{x \to a} \{f(x)g(x)\} = \lim_{x \to a} f(x) \times \lim_{x \to a} g(x) = \alpha\beta$

㉤ $\lim_{x \to a} \dfrac{f(x)}{g(x)} = \dfrac{\lim_{x \to a} f(x)}{\lim_{x \to a} g(x)} = \dfrac{\alpha}{\beta}$ (단, $\beta \neq 0$)

② 함수의 극한과 부등식

㉠ $f(x) \leq g(x)$이면 $\lim_{x \to a} f(x) \leq \lim_{x \to a} g(x)$

㉡ $f(x) \leq h(x) \leq g(x)$이고 $\lim_{x \to a} f(x) = \lim_{x \to a} g(x) = \alpha$이면 $\lim_{x \to a} h(x) = \alpha$

(4) 미정계수의 결정

두 함수 $f(x)$, $g(x)$에 대하여 다음 성질을 이용하여 미정계수를 결정할 수 있다.

① $\lim_{x \to a} \dfrac{f(x)}{g(x)} = \alpha$ (α는 실수)이고 $\lim_{x \to a} g(x) = 0$이면 $\lim_{x \to a} f(x) = 0$이다.

② $\lim_{x \to a} \dfrac{f(x)}{g(x)} = \alpha$ ($\alpha \neq 0$인 실수)이고 $\lim_{x \to a} f(x) = 0$이면 $\lim_{x \to a} g(x) = 0$이다.

2 함수의 연속

(1) 연속과 불연속

① 함수의 연속

함수 $f(x)$가 실수 a에 대하여 다음의 세 조건을 만족시킬 때, 함수 $f(x)$는 $x = a$에서 연속이라고 한다.

$$\begin{cases} \text{함수 } f(x)\text{가 } x=a\text{에서 정의되어 있다.} \\ \lim_{x\to a} f(x)\text{가 존재한다.} \\ \lim_{x\to a} f(x)=f(a)\text{이다.} \end{cases}$$

② 함수의 불연속

함수 $f(x)$가 위의 세 조건 중 하나라도 만족하지 않을 때, $f(x)$는 $x=a$에서 불연속이라고 한다.

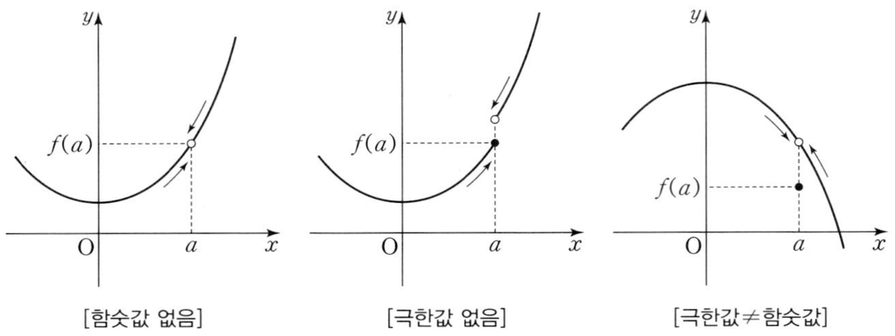

[함숫값 없음] [극한값 없음] [극한값≠함숫값]

(2) 연속함수의 성질

함수 $f(x)$, $g(x)$가 $x=a$에서 연속이면 다음 함수도 $x=a$에서 연속이다.

① $cf(x)$ (단, c는 상수) ② $f(x)\pm g(x)$

③ $f(x)g(x)$ ④ $\dfrac{f(x)}{g(x)}$ (단, $g(x)\neq 0$)

(3) 최대 · 최소 정리

함수 $f(x)$가 닫힌구간 $[a, b]$에서 연속이면 함수 $f(x)$는 이 구간에서 반드시 최댓값과 최솟값을 갖는다.

(4) 사잇값 정리

① 함수 $f(x)$가 닫힌구간 $[a, b]$에서 연속이고 $f(a)\neq f(b)$이면 $f(a)$와 $f(b)$ 사이의 임의의 값 k에 대하여 $f(c)=k$가 열린구간 (a, b)에 적어도 하나 존재한다.

② 함수 $f(x)$가 닫힌구간 $[a, b]$에서 연속이고 $f(a)$와 $f(b)$의 부호가 서로 다르면 $f(c)=0$인 c가 열린구간 (a, b)에 적어도 하나 존재한다.

[실전문제]

해답 p.384

배점(총점)	예상 소요 시간
10점	5분 / 전체 80분

▶ **다항함수 $f(x)$가 있다. 이 다항함수 $f(x)$는 $\lim_{x\to\infty}\frac{f(x)}{x^2+7x+9}=1$, $\lim_{x\to 0}\frac{f(x)}{x-3}=0$을 만족한다. 이때 다항함수 $f(x)$를 구하시오.**

모범답안 $\lim_{x\to\infty}\frac{f(x)}{x^2+7x+9}=1$에서 $f(x)$는 x^2에서의 계수가 1인 이차함수임을 알 수 있다.

그러므로 $f(x)=x^2+ax+b$(a, b는 상수)라고 할 수 있다.

$\lim_{x\to 0}\frac{f(x)}{x-3}=\lim_{x\to 0}\frac{x^2+ax+b}{x-3}=0$

이때 $\lim_{x\to 3}(x-3)=0$이므로 $\lim_{x\to 3}(x^2+ax+b)=0$이다.

따라서 $9+3a+b=0$이므로 $b=-3(a+3)$

$f(x)=x^2+ax+b=x^2+ax-3(a+3)=(x-3)(x+a+3)$

$\lim_{x\to 0}\frac{f(x)}{x-3}=\lim_{x\to 0}\frac{x^2+ax+b}{x-3}=\lim_{x\to 0}\frac{(x-3)(x+a+3)}{x-3}=\lim_{x\to 0}(x+a+3)=a+3=0$

$\therefore a=-3$, $b=0$, $f(x)=x^2-3x$

채점기준

답안	배점
$f(x)=x^2+ax+b$(a, b는 상수)	2점
$\lim_{x\to 0}\frac{f(x)}{x-3}=\lim_{x\to 0}\frac{x^2+ax+b}{x-3}=0$ 이때 $\lim_{x\to 3}(x-3)=0$이므로 $\lim_{x\to 3}(x^2+ax+b)=0$ 그러므로 $9+3a+b=0$이므로 $b=-3(a+3)$ $f(x)=x^2+ax+b=x^2+ax-3(a+3)=(x-3)(x+a+3)$	3점
$\lim_{x\to 0}\frac{f(x)}{x-3}=\lim_{x\to 0}\frac{x^2+ax+b}{x-3}=\lim_{x\to 0}\frac{(x-3)(x+a+3)}{x-3}=\lim_{x\to 0}(x+a+3)=a+3$	3점
$a=-3$, $b=0$, $f(x)=x^2-3x$	2점

PART 1 국어

PART 2 수학

PART 3 해답

01 다항함수 $f(x)$가 $\lim_{x\to 4}\frac{(x+4)f(x)}{(x-4)^2}=16$,

$\lim_{x\to\infty}\frac{f(x)}{4x^3+1}=\frac{1}{4}$을 만족한다.

이때, $f(5)$의 값을 구하는 과정을 아래 과정을 참고하여 서술하시오.

$\lim_{x\to\infty}\frac{f(x)}{4x^3+1}=\frac{1}{4}$에서 $f(x)$는 최고차항의 계수가 1인 삼차함수이다.

$\lim_{x\to 4}\frac{(x+4)f(x)}{(x-4)^2}=16$에서 $x\to 4$일 때,

(분모) → 0이고 극한값이 존재한다.

그러므로 (분자) → 0이어야 한다.

즉, $f(4)=$ ①

삼차함수 $f(x)$는 $x-4$를 인수로 가지므로

$f(x)=(x-4)g(x)$라고 하자. (단, $g(x)$는 이차함수)

$\lim_{x\to 4}\frac{(x+4)f(x)}{(x-4)^2}$

$=\lim_{x\to 4}\frac{(x+4)(x-4)g(x)}{(x-4)^2}$

$=\lim_{x\to 4}\frac{(x+4)g(x)}{(x-4)}=16$에서

$x\to 4$일 때 (분모) → 0이고 극한값이 존재한다. 그러므로 (분자) → 0이어야 한다.

즉, $g(4)=$ ②

이차함수 $g(x)$는 $x-4$를 인수로 가지고 이차항의 계수는 1이므로

$g(x)=(x-4)(x+k)$ (k는 상수)라 하면

$f(x)=(x-4)^2(x+k)$

이때 $\lim_{x\to 4}\frac{(x+4)f(x)}{(x-4)^2}$

$=\lim_{x\to 4}\frac{(x+4)(x-4)^2(x+k)}{(x-4)^2}$

$\lim_{x\to 4}(x+4)(x+k)=8(4+k)=16$에서

$k=$ ③

그러므로 $f(x)=$ ④

$f(5)=$ ⑤

02 함수 $y=f(x)$의 그래프가 그림과 같다.

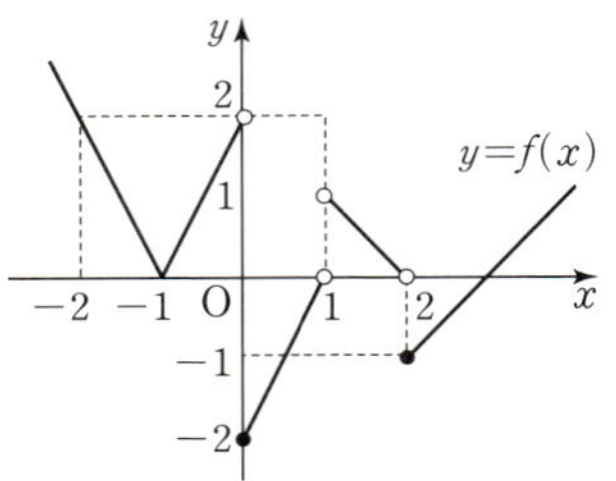

$\lim_{x\to 1-}f(x-1)+\lim_{x\to 1+}f(x+1)=\lim_{x\to k+}f(x)$

를 만족시키는 정수 k의 값을 구하는 과정을 서술하시오. (단, $-2\le k\le 2$)

03 함수 $f(x)=\begin{cases} x+a & (x<1) \\ -3x^2+x+2a & (x\geq 1) \end{cases}$에

에 대하여

$\lim_{x\to 1-} f(x)\times\lim_{x\to 1+} f(x)=16$이 되도록 하는 a의 값을 구하는 과정을 서술하시오. (단, $a<0$)

04 닫힌구간 $[0, 4]$에서

$$f(x)=\begin{cases} m(x-2)^3+n & (0\leq x\leq 2) \\ x+1 & (2<x\leq 4) \end{cases}$$

로 정의되고, 모든 실수 x에 대해

$f(x)$가 실수 전체의 집합에서 연속이면서 $f(x)=f(x+4)$를 만족할 때, $f(41)$의 값을 구하는 과정을 서술하시오.

05 두 함수

$f(x)=x^4+2,\ g(x)=2x^2+kx+3$

에 대하여 함수 $\dfrac{f(x)}{g(x)}$가 모든 실수 x에 대하여 연속이 되도록 하는 정수 k의 개수를 구하는 과정을 서술하시오.

06 두 양수 a, b에 대하여

$\lim_{x \to \infty}\{\sqrt{x^2+ax+b}-(ax+b)\}=-2$일 때, $3a-b$의 값을 구하는 과정을 서술하시오.

07 두 상수 a, b에 대하여

$\lim_{x \to -2} \frac{\sqrt{2x+a}+b}{x+2} = \frac{1}{3}$일 때,

$a-b$의 값을 구하는 과정을 서술하시오.

08 함수 $f(x)$가 모든 실수 x에 대하여

$|f(x)-3x| < 4$를 만족한다.

이 때, $\lim_{x \to \infty} \frac{\{f(x)\}^2}{x^2-8x+24}$의 값을 구하는 과정을 서술하시오.

09 모든 실수 에서 연속인 함수 $f(x)$가

$(x^2-4)f(x)=x^3+3x^2-4x-12$

를 만족한다. $f(-2)f(2)$의 값을 구하는 과정을 서술하시오.

10 구간 $[a, \infty)$에서 정의된 함수 $f(x)=x^4-4x^3+5$의 역함수가 존재하도록 하는 실수 a의 최솟값을 구하는 과정을 서술하시오.

11 두 함수 $f(x)$, $g(x)$가

$\lim\limits_{x\to\infty}f(x)=\infty$

$\lim\limits_{x\to\infty}\{f(x)+g(x)\}=4$를 만족한다.

이때 극한값 $\lim\limits_{x\to\infty}\dfrac{3f(x)+7g(x)}{(-f(x))+g(x)}$를 구하는 과정을 서술하시오.

12 실수 $t(0<t<1)$에 대하여 두 직선 $x=1+t$, $x=1-t$가 곡선 $y=x^2-1$과 만나는 점을 각각 A, B라 하자. 점 $C(-1, 0)$에 대하여 삼각형 ACB의 넓이를 $S(t)$라 할 때, $\lim\limits_{t\to0+}\dfrac{S(t)}{t}$의 값을 구하는 과정을 서술하시오.

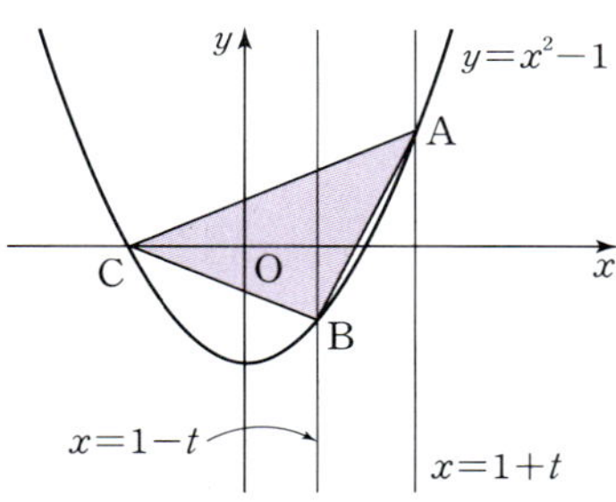

13 다항함수 $f(x)$가 $\lim_{x\to\infty}\frac{f(x)-2x^2}{x}=3$을 만족시킬 때, $\lim_{x\to 0+}x^2f\left(\frac{1}{x}\right)$의 값을 구하는 과정을 아래 과정을 참고하여 서술하시오.

$\lim_{x\to\infty}\frac{f(x)-2x^2}{x}=3$이므로 $f(x)-2x^2=$ ① $+a$(a는 상수) 따라서 $f(x)=$ ② $f\left(\frac{1}{x}\right)=$ ③ 이므로 $x^2f\left(\frac{1}{x}\right)=$ ④ 따라서, $\lim_{x\to 0+}x^2f\left(\frac{1}{x}\right)=$ ⑤

14 최고차항의 계수가 1인 두 이차함수 $f(x)$, $g(x)$가 다음 조건을 만족시킨다.

(가) $\lim_{x\to 1}\frac{f(x)g(x)}{x-1}=0$ (나) $\lim_{x\to 1}\frac{f(x)-g(x)}{x-1}=5$

$f(2)=g(3)$일 때, $f(4)+g(4)$의 값을 구하는 과정을 서술하시오.

15 다항함수 $f(x)$가

$$\lim_{x\to 0}\frac{f(x)}{x}=8,\ \lim_{x\to 4}\frac{f(x)}{(x-4)}=6,$$

$$\lim_{x\to 4+}\frac{f(f(x))}{(x+1)(x-4)}=\frac{n}{m}$$

을 만족할 때, nm의 값을 구하는 과정을 서술하시오.

16 2 이상인 자연수 n에 대하여

$\lim_{x\to n}\frac{2[x]}{[x]^2+x}=m$을 만족한다. 이때 $\frac{n}{m}$의 값을 구하는 과정을 서술하시오. (단 $[x]$는 x보다 크지 않은 최대의 정수)

17 $x\neq3$일 때, $f(x)=\dfrac{x^2-9}{x-3}$로 정의되는 함수 $f(x)$가 $x=3$에서 연속이 되도록 하는 $f(3)$의 값을 구하는 과정을 서술하시오.

18 함수

$$f(x)=\begin{cases} x^2+2x+a & (x\le2) \\ \dfrac{3}{2}x+2a & (x>2) \end{cases}$$

에 대하여 함수 $\left|f(x)-\dfrac{1}{2}\right|$이 실수 전체의 집합에서 연속이 되도록 하는 모든 실수 a의 값의 곱을 구하는 과정을 서술하시오.

19 다음 그림과 같이 원 $x^2+y^2=1$과 직선 $y=x+t$가 만나는 점의 개수를 $f(t)$라고 하자. 함수 $f(t)$가 $t=k$에서 불연속일 때, k의 값을 모두 구하는 과정을 서술하시오.

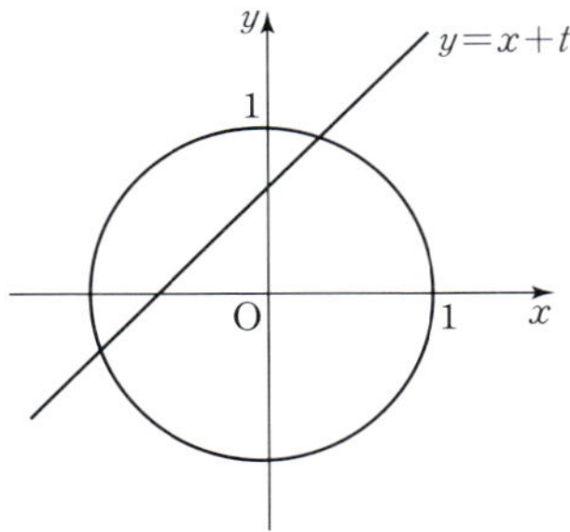

20 $\dfrac{1}{f(x)}-3x=0$의 실근이 열린구간 $(0, 4)$에 적어도 하나 이상 존재할 때,

$f(0)=\dfrac{1}{1-k}, f(4)=\dfrac{1}{3-k}$을 만족하는 정수 k의 개수를 구하는 과정을 서술하시오.

21 모든 실수 x에 대하여 연속인 함수 $f(x)$가 $f(-1)=k^2-2k-3, f(1)=0, f(3)=22$이다. $f(x)-(2x^2+3)=0$이 열린구간 $(-1, 1)$과 열린구간 $(1, 3)$에서 각각 적어도 하나의 실근을 갖도록 하는 k의 범위를 구하는 과정을 서술하시오.

22 두 함수

$$f(x)=\begin{cases} x+3 & (x<a) \\ 3x-4 & (x\geq a) \end{cases},$$

$$g(x)=x^2+ax+a-1$$

에 대하여 함수 $f(x)g(x)$가 실수 전체의 집합에서 연속이 되도록 하는 모든 실수 a의 곱을 구하는 과정을 서술하시오.

23 두 함수

$$f(x)=\begin{cases}-x+3 & (x<-1)\\ 3x+a & (x\ge -1)\end{cases},$$

$$g(x)=-x^2+4x+a$$

에 대하여 함수 $f(x)g(x)$가 실수 전체의 집합에서 연속이 되도록 하는 모든 실수 a의 값의 곱을 구하는 과정을 서술하시오.

24 다항함수 $f(x)$가 $\lim_{x\to 0+}\frac{2xf\left(\frac{1}{x}\right)-3}{3-x}=7$을 만족한다. 이때, $\lim_{x\to\infty}\frac{f(x)}{x}$의 값을 구하는 과정을 서술하시오.

25 다음 두 조건을 만족하는 이차함수를 $f(x)$라고 할 때, $f(1)$을 구하는 과정을 서술하시오.

$\lim_{x \to \infty} \frac{f(x)}{x^2+x+1}=1$, $\lim_{x \to 3} \frac{f(x)}{x-3}=5$

다항함수의 미분법

[핵심이론]

1 1. 평균변화율

(1) 정의

함수 $y=f(x)$에서 x의 값이 a에서 b까지 변할 때, 함수 $y=f(x)$의 평균변화율은

$\frac{\Delta y}{\Delta x}=\frac{f(b)-f(a)}{b-a}=\frac{f(a+\Delta x)-f(a)}{\Delta x}$ (단, $\Delta x=b-a$)

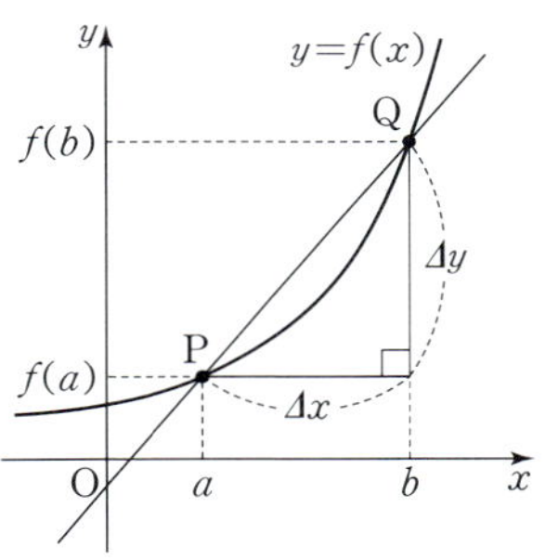

(2) 기하학적 의미

함수 $y=f(x)$에서 x의 값이 a에서 b까지 변할 때, 함수 $y=f(x)$의 평균변화율은 곡선 $y=f(x)$ 위의 두 점 $\mathrm{P}(a, f(a))$, $\mathrm{Q}(b, f(b))$를 지나는 곡선 PQ의 기울기를 나타낸다.

2 미분계수

(1) 정의

함수 $y=f(x)$의 $x=a$에서의 미분계수 $f'(a)$는

$$f'(a)=\lim_{\Delta x \to 0}\frac{\Delta y}{\Delta x}=\lim_{\Delta x \to 0}\frac{f(a+\Delta x)-f(a)}{\Delta x}=\lim_{x \to a}\frac{f(x)-f(a)}{x-a}$$

(2) 기하학적 의미

함수 $y=f(x)$의 $x=a$에서의 미분계수 $f'(a)$는 곡선 $y=f(x)$ 위의 점 $\mathrm{P}(a, f(a))$에서의 접선의 기울기를 나타낸다.

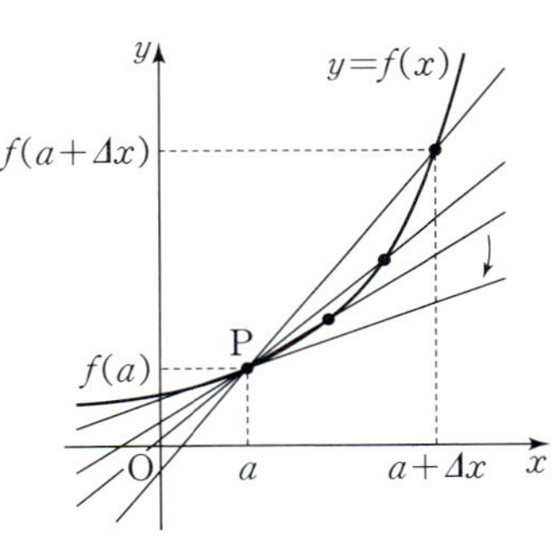

(3) 미분가능과 연속

① 함수 $f(x)$에 대하여 $x=a$에서의 미분계수 $f'(a)$가 존재할 때, 함수 $f(x)$는 $x=a$에서 미분가능하다고 한다.

② 함수 $f(x)$가 어떤 열린구간에 속하는 모든 x에서 미분가능할 때,

함수 $f(x)$는 그 구간에서 미분가능하다고 한다. 또한 함수 $f(x)$가 정의역에 속하는 모든 x에서 미분가능할 때, 함수 $f(x)$를 미분가능한 함수라고 한다.

③ 함수 $f(x)$가 $x=a$에서 미분가능하면 함수 $f(x)$는 $x=a$에서 연속이다. 그러나 일반적으로 그 역은 성립하지 않는다.

3 도함수

(1) 정의

함수 $y=f(x)$가 정의역 임의의 원소 x에서 미분가능할 때, 정의역 임의의 원소에 대하여 미분계수 $f'(x)$를 대응시키는 함수를 $y=f(x)$의 도함수라 하고 $f'(x)$로 나타낸다.

$$f'(x)=\lim_{\Delta x\to 0}\frac{\Delta y}{\Delta x}=\lim_{\Delta x\to 0}\frac{f(x+\Delta x)-f(x)}{\Delta x}$$

(2) 기하학적 의미

$y=f(x)$의 도함수 $f'(x)$는 함수 $y=f(x)$의 그래프 위의 임의의 점 $(x, f(x))$에서의 접선의 기울기와 같다.

(3) 미분법 공식

$f(x)$, $g(x)$가 미분가능할 때,

① $y=c$ (단, c는 상수)이면 $y'=0$

② $y=x^n$이면 $y'=nx^{n-1}$

③ $y=cf(x)$ (단, c는 상수)이면 $y'=cf'(x)$

④ $y=f(x)\pm g(x)$이면 $y'=f'(x)\pm g'(x)$

⑤ $y=f(x)\cdot g(x)$이면 $y'=f'(x)g(x)+f(x)g'(x)$

⑥ $y=\{f(x)\}^n$이면 $y'=n\{f(x)\}^{n-1}f'(x)$

4 도함수의 활용

(1) 접선의 방정식

① 접점 $(a, f(a))$에서 접선의 방정식

곡선 $y=f(x)$ 위의 점 $(a, f(a))$에서 접선의 방정식은

$y-f(a)=f'(a)(x-a)$

② 접점 $(a, f(a))$에서의 법선이 방정식

곡선 $y=f(x)$ 위의 점 $(a, f(a))$에서 접선에 수직인 법선의 방정식은

$$y-f(a)=\frac{1}{f'(a)}(x-a)$$

③ 기울기가 m인 접선의 방정식

㉠ $f'(a)=m$에서 접점의 x, y 좌표를 구한다.

㉡ $y-f(a)=m(x-a)$에 대입한다.

④ 곡선 밖의 한 점 (x_1, y_1)에서 그은 접선의 방정식

① 접점의 좌표를 $(a, f(a))$로 놓는다.

② $y-f(a)=f'(a)(x-a)$에 점 (x_1, y_1)을 대입하여 a를 구한다.

(2) 평균값의 정리

함수 $f(x)$가 닫힌구간 $[a, b]$에서 연속이고, 열린구간 (a, b)에서 미분가능하면 $\dfrac{f(b)-f(a)}{b-a}=f'(c)$ (단, $a<c<b$)를 만족시키는 c가 열린구간 (a, b)에 적어도 하나 존재한다.

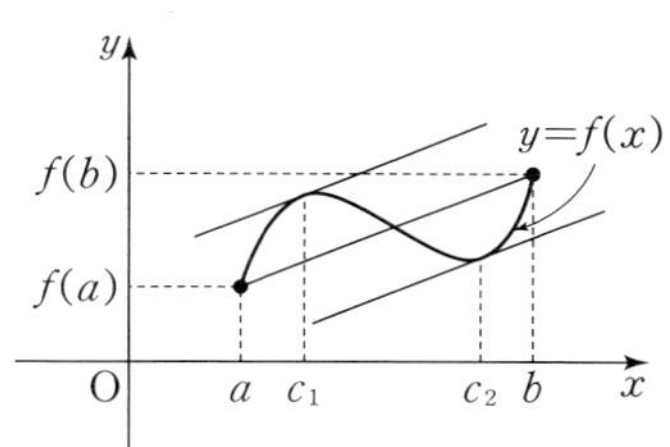

(3) 함수의 증가와 감소

① 함수 $f(x)$가 미분가능한 구간의 모든 실수 x에 대하여

㉠ $f'(x)>0$이면 $f(x)$는 이 구간에서 증가한다.

㉡ $f'(x)<0$이면 $f(x)$는 이 구간에서 감소한다.

② 함수 $f(x)$가 어떤 미분가능하고

㉠ $f(x)$가 증가하면 그 구간 모든 실수 x에 대하여 $f'(x)\geq 0$이다.

㉡ $f(x)$가 감소하면 그 구간 모든 실수 x에 대하여 $f'(x)\leq 0$이다.

(4) 함수의 극대와 극소

① 정의

함수 $y=f(x)$가 $x=a$에서 연속이고 x가 $x=a$를 지날 때

㉠ $f(x)$가 증가 상태에서 감소 상태로 변하면, $f(x)$는 $x=a$에서 극대라 하고 $f(a)$를 극댓값이라고 한다.

㉡ $f(x)$가 감소 상태에서 증가 상태로 변하면, $f(x)$는 $x=a$에서 극소라 하고 $f(a)$를 극솟값이라고 한다.

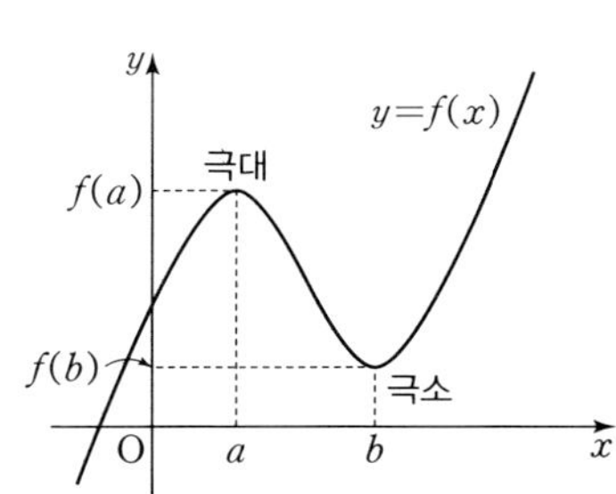

② 극값과 미분계수

$x=a$에서 미분가능한 함수 $f(x)$에 대하여

㉠ $x=a$에서 극값을 가지면 $f'(a)=0$이다.

㉡ $x=a$에서 극값 b를 가지면 $f'(a)=0$, $f(a)=b$이다.

(5) 함수의 최댓값과 최솟값

닫힌구간 $[a, b]$에서 연속인 함수 $y=f(x)$의 최댓값, 최솟값을 구할 때

① 열린구간 (a, b)에서의 모든 극값을 구한다.

② 닫힌구간 $[a, b]$의 양 끝점에서 함숫값 $f(a)$, $f(b)$를 구한다.

③ 위에서 구한 극값과 함숫값 $f(a)$, $f(b)$ 중에서 최대인 것이 최댓값, 최소인 것이 최솟값이다.

(6) 방정식의 근과 도함수

① 방정식 $f(x)=0$의 실근의 개수

함수 $y=f(x)$의 그래프와 x축과의 교점의 개수와 같다.

② $f(x)=g(x)$의 실근의 개수

함수 $y=f(x)$의 그래프와 $y=g(x)$의 그래프의 교점의 개수와 같다.

③ 삼차방정식의 실근의 개수

삼차함수 $f(x)$가 $x=\alpha$, $x=\beta$에서 극값을 가질 때, 삼차방정식 $f(x)=0$의 실근의 개수는 다음과 같다.

㉠ $f(\alpha)f(\beta)<0$이면 서로 다른 세 실근을 갖는다.

㉡ $f(\alpha)f(\beta)=0$이면 중근과 다른 한 실근을 갖는다.

㉢ $f(\alpha)f(\beta)>0$이면 한 실근과 서로 다른 두 허근을 갖는다.

(7) 속도와 가속도

수직선 위를 움직이는 점 P의 시간 t에서의 위치 x가 $x=f(t)$로 주어질 때, t에서의 속도와 가속도는 다음과 같다.

① 속도: 위치의 시간에 대한 변화율

$$v=\frac{dx}{dt}=\lim_{\Delta t \to 0}\frac{f(t+\Delta t)-f(t)}{\Delta t}=f'(t)$$

② 가속도: 속도의 시간에 대한 변화율

$$v=\frac{dv}{dt}=\lim_{\Delta t \to 0}\frac{v(t+\Delta t)-v(t)}{\Delta t}=v'(t)$$

[실전문제]

해답 p.389

배점(총점)	예상 소요 시간
10점	3분 / 전체 80분

▶ **함수 $f(x)=2x^3+6x^2+ax+5$가 닫힌구간 $[-2, 2]$에서 증가하도록 하는 상수 a의 값의 범위를 구하는 과정을 서술하시오.**

모범답안 닫힌구간 $[-2, 2]$에서 $f(x)$가 증가하기 위해서는, $-2\le x\le 2$에서 $f'(x)\ge 0$이어야 한다.

채점기준 $f'(x)=6x^2+12x+a=6(x+1)^2+a-6$

$f'(x)\ge 0$이기 위해서는 닫힌구간 $[-2, 2]$에서 $f'(x)$의 최솟값 m이 0보다 크거나 같아야 한다.

최솟값 m은 $a-6$이므로 $a-6\ge 0$을 만족하여야 하므로 $a\ge 6$이어야 한다.

답안	배점
닫힌구간 $[-2, 2]$에서 $f(x)$가 증가하기 위해서는, $-2\le x\le 2$에서 $f'(x)\ge 0$	3점
$f'(x)=6x^2+12x+a=6(x+1)^2+a-6$	3점
최솟값 m은 $a-6$이므로 $a-6\ge 0$을 만족하여야 하므로 $a\ge 6$	4점

01 다항함수 $f(x)$에 대하여

$\lim_{x \to 3} \frac{x^2 f(3) - 9f(x)}{x-3}$를 $f(3)$과 $f'(3)$에 관한 식으로 나타내는 과정을 아래 과정을 참고하여 서술하시오.

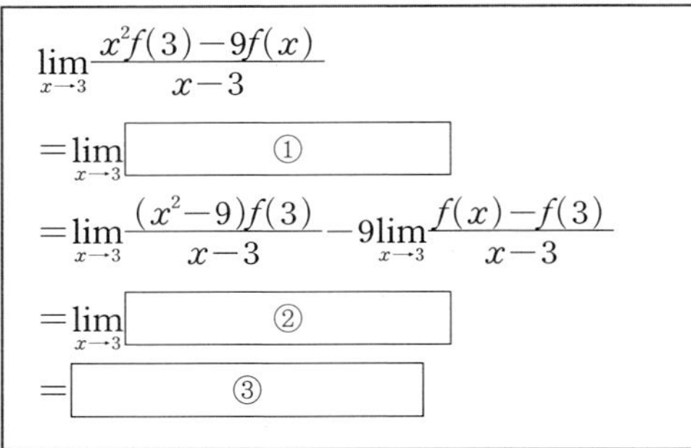

$$\lim_{x \to 3} \frac{x^2 f(3) - 9f(x)}{x-3}$$
$$= \lim_{x \to 3} \boxed{\quad ① \quad}$$
$$= \lim_{x \to 3} \frac{(x^2-9)f(3)}{x-3} - 9\lim_{x \to 3} \frac{f(x)-f(3)}{x-3}$$
$$= \lim_{x \to 3} \boxed{\quad ② \quad}$$
$$= \boxed{\quad ③ \quad}$$

02 $f(2) \neq 0$인 이차함수 $f(x)$가 다음 조건을 만족시킨다.

> (가) 함수 $y=f(x)$의 그래프는 y축에 대하여 대칭이다.
>
> (나) $\lim_{x \to 2} \frac{f(x)+af(-2)}{x-2}$의 값이 존재한다.

함수 $f(x)$에서 x의 값이 -2에서 a까지 변할 때의 평균변화율을 p, a에서 2까지 변할 때의 평균변화율을 q라 할 때, $\frac{p}{q}$의 값을 구하는 과정을 서술하시오. (단, a는 상수이다.)

03 두 다항함수 $f(x)$, $g(x)$가

$\lim_{x \to 0}\frac{f(x)-g(x)}{x}=2$,

$\lim_{x \to 0}\frac{g(2x)-x}{f(x)-2x}=4$를 만족시킬 때,

$f'(0)-g'(0)$의 값을 구하는 과정을 서술하시오.

04 최고차항의 계수가 1인 삼차함수 $f(x)$가 모든 실수 x에 대하여 $f(x)+f(-x)=0$을 만족한다. 이때, 방정식 $|f(x)|=2$이 서로 다른 네 실근을 갖도록 하는 $f(x)$를 구하는 과정을 서술하시오.

05 함수 $f(x)$는 모든 실수 x, y에 대하여 $f(x+y)=f(x)+f(y)+4xy$를 만족한다. $f'(0)=5$일 때, $f'(3)$을 구하는 과정을 서술하시오.

06 미분가능한 두 함수 $f(x)$, $g(x)$가

$$\lim_{x\to3}\frac{f(x)-1}{x-3}=2,\ \lim_{x\to3}\frac{g(x)-4}{x-3}=5$$

를 만족한다. 함수 $h(x)=f(x)g(x)$일 때, $h'(3)$의 값을 구하는 과정을 서술하시오.

07 최고차항의 계수가 1인 이차함수 $f(x)$가

$$\lim_{x\to\infty}\frac{f(x)-x^2}{x}$$
$$=\lim_{x\to\infty}x\left\{f\left(1+\frac{2}{x}\right)-f(1)\right\}$$

을 만족시킨다. $f(2)=-1$일 때, $f(3)$의 값을 구하는 과정을 서술하시오.

08 원점 O에서 함수 $f(x)=-x^4+3x^2-36$로 그은 두 접선과 만나는 점을 각각 P, Q라고 할 때, $\triangle$OPQ의 넓이를 구하는 과정을 서술하시오.

09 좌표평면 위의 세 점 $\mathrm{P}(0, 4)$, $\mathrm{Q}(4, 0)$, $\mathrm{R}(x, 4)$에서 $\overline{\mathrm{RP}}^2$와 $\overline{\mathrm{RQ}}^2$ 중 크지 않은 값을 $f(x)$라고 하자. 함수 $f(x)$가 $x=k$에서 미분가능하지 않을 때 k값을 구하는 과정을 서술하시오.

10 수직선 위를 움직이는 두 점 P, Q가 있다. 시각 $t(t>0)$에서의 위치가
각각 $(t-1)^2(t-7)^2$, k일 때 두 점 P, Q의 위치가 같은 순간이 3번 있도록 하는 k의 값의 범위를 구하는 과정을 서술하시오.

11 함수 $f(x)=\frac{1}{3}x^3+ax^2-3a^2x$가 열린 구간 $(k, k+2)$에서 감소하도록 하는 양수 a에 대하여 a의 값이 최소일 때, $f\left(\frac{2}{3}k\right)$의 값을 구하는 과정을 서술하시오. (단, k는 실수이다.)

12 100보다 작은 두 자연수 a, b에 대하여 함수 $f(x)=\frac{1}{a}(x^3-2bx^2+b^2x+1)$의 극댓값과 극솟값의 차가 4일 때, $a+b$의 최댓값과 최솟값을 각각 M, m이라 하자. $\mathrm{M}-2m$의 값을 구하는 과정을 서술하시오.

13 곡선 $y=-x^3+6x^2-7x$는 기울기가 2인 두 직선과 접할 때, 이 두 직선 사이의 거리를 구하는 과정을 서술하시오.

14 다항함수 $f(x)=-2x^3+3kx^2+kx+1$의 역함수가 존재하도록 하는 상수 k값의 범위를 구하는 과정을 아래 과정을 참고하여 서술하시오.

> 역함수가 존재하도록 하기 위해서는 $f(x)$는 일대일대응이어야 한다.
> 그러므로 $f'(x)\geq 0$이거나 $f'(x)\leq 0$이어야 한다.
> $f'(x)=$ [①] 는 최고차항이 음수이다.
> 따라서 $f'(x)\leq 0$이어야 한다.
> 이차방정식 $f'(x)=0$의 판별식을 D라고 할 때, $f'(x)\leq 0$이려면 판별식 $D\leq 0$이어야 한다.
> $\frac{D}{4}=(3k)^2-(-6k)=9k^2+6k$
> $=$ [②] ≤ 0
> 따라서 k의 범위는 [③] 이어야 한다.

15 원기둥의 밑면의 반지름과 높이의 합이 90 cm이다. 이 원기둥의 부피가 최대일 때, 원기둥의 겉넓이를 구하는 과정을 서술하시오. (단, 원주율은 π)

16 미분가능한 두 함수 $f(x)$, $g(x)$가 있다. $f(x)$, $g(x)$에 대하여 함수

$h(x)=\begin{cases} f(x) & (x\geq 3) \\ g(x) & (x<3) \end{cases}$는 $x=3$에서 미분가능할 때,

$$\frac{1}{h'(3)}\times\lim_{x\to 3}\frac{2f(x)+3g(x)-5g(3)}{x-3}$$

의 값을 구하는 과정을 서술하시오.

17 최고차항의 계수가 1인 삼차함수 $f(x)$가 다음 조건을 만족시킨다.

> (가) 함수 $|f(x)+kx|$는 실수 전체의 집합에서 미분 가능하다.
>
> (나) $\lim_{x \to 1} \frac{f(x)-kx}{x-1}$의 값이 존재한다.

18 함수 $f(x)=x^3-3x^2+kx$가 $x=\alpha$에서 극값을 가질 때 모든 α의 값의 곱은 -3이다. 이때 $f(x)=t$가 서로 다른 세 실근을 갖도록 하는 t의 범위를 구하는 과정을 서술하시오.

19 두 함수
$f(x)=x^4-2x^2$, $g(x)=-x^2+4x+k$가 있다. 임의의 두 실수 a, b에 대하여 $f(a)\geq g(b)$가 성립할 때, 실수 k의 최댓값을 구하는 과정을 서술하시오.

20 곡선 $y=2x^2+4x-3$ 위의 점 $(-2,\ -3)$에서의 접선의 방정식이 $y=ax+b$일 때, $a+b$의 값을 구하는 과정을 서술하시오.

21 삼차함수 $f(x)$의 도함수 $f'(x)$의 그래프가 아래 그림과 같이 두 점 $(\alpha, 0)$, $(\beta, 0)$을 지난다. $f(\alpha)=3, f(\beta)=-2$일 때, 방정식 $\{f(x)^2\}+2f(x)=8$의 서로 다른 실근의 개수를 구하는 과정을 서술하시오.

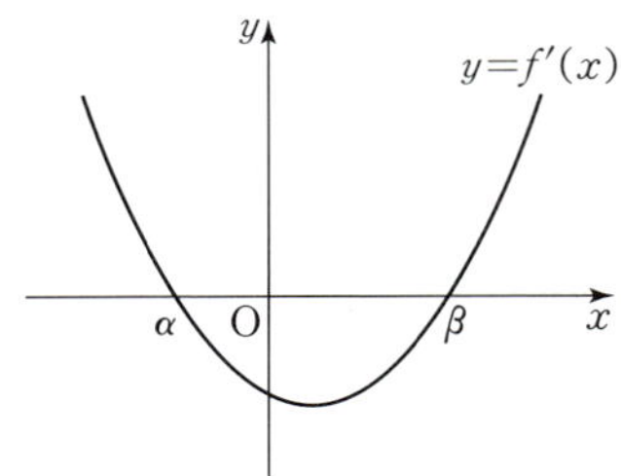

22 항상 양의 값을 갖는 미분가능한 함수 $f(x)$가 모든 실수 x, y에 대하여 $f(x+y)=3f(x)f(y)$를 만족시키고 $f'(0)=3$일 때, $\dfrac{f'(2018)}{f(2018)}$의 값을 구하는 과정을 서술하시오.

23 모든 자연수 x에 대하여 부등식

$$\frac{1}{3}x^3+\frac{1}{4}x^2-3x+a\geq 0$$

이 성립하도록 하는 실수 a의 최솟값이 $\frac{q}{p}$일 때, $q-p$의 값을 구하는 과정을 서술하시오. (단, p와 q는 서로소인 자연수이다.)

24 계수가 모두 정수인 다항함수 $f(x)$가 모든 실수 x에 대하여

$$f'(x)\{f'(x)+2\}=8f(x)+12x^2+11$$

을 만족시킬 때, $f(x)$의 식을 구하는 과정을 서술하시오.

25 수직선 위를 움직이는 점 P의 시각 $t(t\geq0)$에서의 위치 x가 $x=-t^4+4t^3+kt^2$이다.
점 P의 가속도의 최댓값이 48일 때, 점 P의 속도와 최댓값을 구하는 과정을 서술하시오. (단, k는 상수이다.)

수학 Ⅱ

Ⅵ 다항함수의 적분법

[핵심이론]

1 부정적분

(1) 정의와 표현

① 정의

함수 $f(x)$에 대하여 $F'(x)=f(x)$를 만족시키는 함수 $F(x)$를 $f(x)$의 부정적분이라 하고, $f(x)$의 부정적분을 구하는 것을 $f(x)$를 적분한다고 한다.

② 표현

함수 $f(x)$의 부정적분을 $F(x)$라 하면

$$\int f(x)dx=F(x)+C \text{ (단, } C\text{는 적분상수)}$$

(2) 부정적분과 미분의 관계

함수 $f(x)$의 부정적분은 미분의 역이다.

① $\int\left\{\frac{d}{dx}f(x)\right\}dx=f(x)+C$

② $\frac{d}{dx}\left\{\int f(x)dx\right\}=f(x)$

(3) 부정적분의 공식

① $\int kdx=kx+C$ (단, k는 상수)

② $\int x^n dx=\frac{1}{n+1}x^{n+1}+C$ (단, $n\neq-1$)

③ $\int kf(x)dx=k\int f(x)dx$ (단, k는 상수)

④ $\int(f(x)+g(x))dx=\int f(x)dx+\int g(x)dx$

⑤ $\int(f(x)-g(x))dx=\int f(x)dx-\int g(x)dx$

PART 1 국어
PART 2 수학
PART 3 정답

2 정적분

(1) 정의와 표현

① 정의

함수 $y=f(x)$의 닫힌구간 $[a, b]$에서 연속일 때, 함수 $y=f(x)$의 부정적분 중 하나를 $F(x)$라 하면 $F(b)-F(a)$를 구하는 것을 함수 $f(x)$를 a에서 b까지 적분한다고 한다.

② 표현

닫힌구간 $[a, b]$에서 연속인 함수 $f(x)$의 부정적분이 $F(x)$이면

$$\int_a^b f(x)dx=\Big[f(x)\Big]_a^b=F(b)-F(a)$$

(2) 정적분과 미분의 관계

① $\frac{d}{dx}\int_a^x f(t)dt=f(x)$

② $\frac{d}{dx}\int_x^{x+a} f(t)dt=f(x+a)-f(x)$

③ $\lim_{x\to a}\frac{1}{x-a}\int_a^x f(t)dt=f(a)$

④ $\lim_{x\to 0}\frac{1}{x}\int_x^{x+a} f(t)dt=f(a)$

(3) 정적분의 공식

① $\int_a^a f(x)dx=0$

② $\int_a^b f(x)dx=-\int_b^a f(x)dx$

③ $\int_a^b kf(x)dx=k\int_a^b f(x)dx$ (단, k는 상수)

④ $\int_a^b \{f(x)\pm g(x)\}dx=\int_a^b f(x)dx\pm\int_a^b g(x)dx$

⑤ $\int_a^b f(x)dx=\int_a^c f(x)dx+\int_c^b f(x)dx$

(4) 우함수와 기함수의 정적분

① 우함수의 정적분

$f(x)$가 y축에 대하여 대칭인 함수(우함수)인 경우 연속인 함수 $f(x)$가 모든 실수 x에 대하여 $f(-x)=f(x)$이면

$$\int_{-a}^a f(x)dx=2\int_0^a f(x)dx$$

② 기함수의 정적분

$f(x)$가 원점에 대하여 대칭인 함수(기함수)인 경우 연속인 함수 $f(x)$가 모든 실수 x에 대하여

$f(-x)=-f(x)$이면

$$\int_{-a}^{a} f(x)dx=0$$

3 정적분의 활용

(1) 곡선과 x축 사이의 넓이

함수 $f(x)$가 닫힌구간 $[a, b]$에서 연속일 때, 곡선 $y=f(x)$와 x축 및 두 직선 $x=a$, $x=b$로 둘러싸인 부분의 넓이 S는

$$S=\int_{a}^{b} |f(x)|dx$$

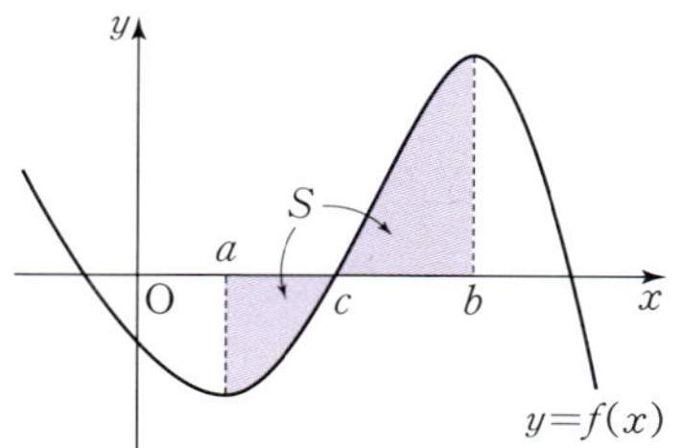

(2) 두 곡선 사이의 넓이

닫힌구간 $[a, b]$에서 연속인 두 곡선 $y=f(x)$, $y=g(x)$와 두 직선 $x=a$, $x=b$로 둘러싸인 도형의 넓이 S는

$$S=\int_{a}^{b} |f(x)-g(x)|dx$$

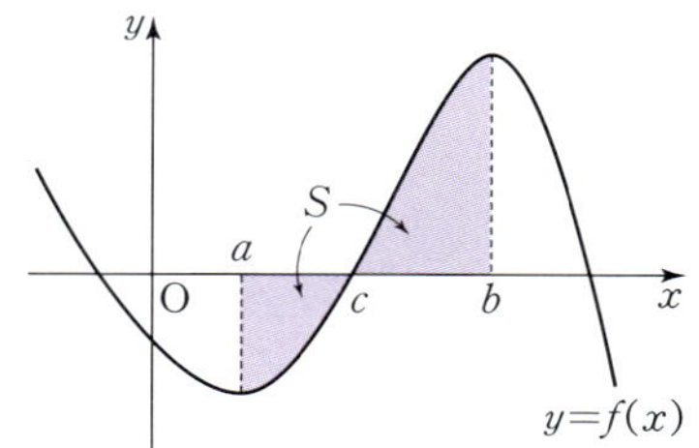

(3) 서로 역함수인 두 곡선 사이의 넓이

함수 $f(x)$, $g(x)$가 서로 역함수이고 곡선의 교점의 x좌표가 a, b일 때

$$S=\int_{a}^{b} |f(x)-g(x)|dx=2\int_{a}^{b} |f(x)-x|dx=2\int_{a}^{b} |g(x)-x|dx$$

(4) 수직선 위를 움직이는 점의 위치와 거리

① **수직선 위를 움직이는 점의 위치:** 수직선 위를 움직이는 점 P의 시각 t에서의 속도가 $v(t)$이고, 시각 t_0에서의 위치가 x_0이면

㉠ 시각 t에서의 점 P의 위치: $x_0+\int v(t)dt$

㉡ 시각 $t=a$에서 $t=b$까지 점 P의 위치 변화량: $\int_{a}^{b} v(t)dt$

② **수직선 위를 움직이는 점의 실제 이동거리:** 수직선 위를 움직이는 점 P의 시각 t에서의 속도가 $v(t)$이고 시각 $t=a$에서 $t=b$까지의 실제 이동 거리

$$\int_{a}^{b} |v(t)|dt$$

[실전문제]

해설 p.394

배점(총점)	예상 소요 시간
10점	3분 / 전체 80분

▶ **다음 조건을 만족시키는 다항함수 $f(x)$를 구하는 과정을 서술하시오.**

> (가) $f'(x)=3x^2-2x+1$
> (나) 곡선 $y=f(x)$ 위의 점 $(1, f(1))$에서의 접선의 x절편은 -1이다.

모범답안 (가)로부터 $f(x)=\int(f'(x))dx=\int(3x^2-2x+1)dx=x^3-x^2+x+c$

$f'(1)=2$이므로 곡선 $y=f(x)$ 위의 점 $(1, f(1))$에서의 접선의 방정식은 $y=2(x-1)+f(1)$이다.

접선의 x절편이 -1이므로 $0=2(-1-1)+(1-1+1+c)$, 따라서 $c=3$

$f(x)=x^3-x^2+x+3$

답안	배점
(가)로부터 $f(x)=\int(f'(x))dx=\int(3x^2-2x+1)dx=x^3-x^2+x+c$	3점
$f'(1)=2$이므로 곡선 $y=f(x)$ 위의 점 $(1, f(1))$에서의 접선의 방정식은 $y=2(x-1)+f(1)$이다.	3점
접선의 x절편이 -1이므로 $0=2(-1-1)+(1-1-1-c)$, 따라서 $c=3$	2점
$f(x)=x^3-x^2+x+3$	2점

01 함수 $f(x)=\int(2x^2+kx-3)dx$가 $x=-1$에서 극값을 가지며 $f(0)=0$을 만족한다. 상수 k의 값과 $f(x)$의 극댓값을 구하는 과정을 아래 과정을 참고하여 서술하시오.

> $f(x)$가 $x=-1$에서 극값을 가지므로
> $f'(-1)=0$
> $f(x)=\int(2x^2+kx-3)dx$에서 양변을 미분하면
> $f'(x)=$ [①]
> $f'(-1)=0$이므로 $f'(-1)=2-k-3=0$, $k=-1$
> 즉, $f'(x)=$ [②]
> $f'(x)=0$일 때 $x=-1$ 또는 $x=\frac{3}{2}$
> 따라서 $f(x)$는 $x=-1$에서 극댓값을 가지며 $x=\frac{3}{2}$에서 극솟값을 가진다.
> $f(x)=\int(2x^2-x-3)dx$
> $\quad=\frac{2}{3}x^3-\frac{1}{2}x^2-3x+C$이다.
> $f(0)=0$이므로 $C=0$
> 즉, $f(x)=$ [③]
> 따라서 $f\left(\frac{3}{2}\right)=$ [④]

02 함수 $f(x)$에 대하여 $f'(x)=4x^3-8x+7$이고, 곡선 $y=f(x)$ 위의 점 $(1, f(1))$에서의 접선의 y절편이 3일 때, $f(3)$의 값을 구하는 과정을 서술하시오.

PART 1 국어
PART 2 수학
PART 3 해답

03 곡선 $y=f(x)$ 위의 임의의 점 $(x, f(x))$에서의 접선의 기울기는 다음과 같다.

(가) $x<1$일 때, $3x^2-4$ (나) $x\geq 1$일 때, $-4x+3$

함수 $f(x)$가 실수 전체의 집합에서 연속이고, $f(0)=0$일 때, $f(2)-f(1)$의 값을 구하는 과정을 서술하시오.

04 모든 실수 x에 대하여 연속인 함수 $f(x)$가 $f(x+3)=f(x)+2$를 만족한다.
$\int_{-2}^{1} f(x)dx=k$라고 할 때, 정적분
$\int_{-2}^{7} f(x)dx$를 k에 관한 식으로 나타내는 과정을 서술하시오.

05 두 다항함수 $f(x)$, $g(x)$가

$$\frac{d}{dx}\{f(x)g(x)\}=3x^2+4x-2,$$

$$\frac{d}{dx}\{f(x)-g(x)\}=2x-2$$를 만족한다.

$f(0)=1$, $g(0)=3$일 때, 두 다항함수 $f(x)$, $g(x)$를 구하는 과정을 서술하시오.

06 미분가능한 함수 $f(x)$가

$\int_0^x (x-t)f(t)dt=x^4+3x^2+k$ (단, k는 상수)를 만족한다. 이때 $f(1)$의 값을 구하는 과정을 서술하시오.

07 함수 $f(x)=6x^2-6x-5$에 대하여

$$\int_{-1}^{0} f(x)dx=\int_{-1}^{a} f(x)dx$$

를 만족시키는 a의 모든 합을 구하는 과정을 서술하시오.

08 곡선 $y=x^2+2x+5$와 x축, 그리고 두 직선 $x=3-2h$, $x=3+2h(h>0)$로 둘러싸인 넓이를 $S(h)$라고 할 때 $\lim_{h \to 0+} \frac{S(h)}{h}$의 값을 구하는 과정을 서술하시오.

09 미분가능한 함수 $f(x)$가 임의의 실수 x, y에 대하여 $f(x+y)=f(x)+f(y)-xy$를 만족한다. $f'(1)=2$일 때, $f(x)$를 구하는 과정을 서술하시오.

10 연속함수 $f(x)$가 모든 실수 x에 대하여 y축에 대칭이고

$\int_{0}^{5} f(x)dx=3$일 때, $\int_{-5}^{5}(x^3+4)f(x)dx$

의 값을 구하는 과정을 서술하시오.

PART 1 국어
PART 2 수학
PART 3 해답

11 최고차항의 계수가 3인 이차함수 $f(x)$에 대하여 $\int_0^1 f(x)dx=f(1)$, $\int_0^2 f(x)dx=f(2)$일 때, $f(-1)$의 값을 구하는 과정을 서술하시오.

12 다항함수 $f(x)$가 다음 조건을 만족시킬 때, $f(1)$의 값을 구하는 과정을 서술하시오.

> (가) 모든 실수 x에 대하여
> $$f(x)=x^3+4x\int_0^2 f(t)dt-\left\{\int_0^2 f(t)dt\right\}^2$$
> 을 만족시킨다.
> (나) 임의의 두 실수 x_1, x_2에 대하여 $x_1<x_2$이면 $f(x_1)<f(x_2)$이다.

13 함수 $f(x)=x^2(x+2)(x+k)$(단, $k>2$)와 x축으로 둘러싸인 두 도형의 넓이가 같을 때 k의 값을 구하는 과정을 서술하시오.

14 위의 두 곡선으로 둘러싸인 도형의 넓이를 S_n이라 할 때,

$$\begin{cases} y=2x^2-3 \\ y=x^2+\dfrac{1}{n} \end{cases}$$

S_n의 식과 $\lim_{x\to\infty} S_n$의 값을 구하는 과정을 아래 과정을 참고하여 서술하시오.

두 곡선 $y=2x^2-3$과 $y=x^2+\frac{1}{n}$의 교점의 x 좌표는

$x=$ [①]이다.

따라서 도형의 넓이 S_n은

$$S_n=\int_{-\sqrt{3+\frac{1}{n}}}^{\sqrt{3+\frac{1}{n}}} \left|\left\{(2x^2-3)-\left(x^2+\frac{1}{n}\right)\right\}\right|dx$$

$=$ [②]

이때 $\lim_{x\to\infty} S_n=$ [③]

15 원점에서 동시에 출발하여 수직선 위를 움직이는 두 점 P, Q가 있다. 이 두 점 P, Q의 시각 t에서의 속도가 각각 $v_{\mathrm{P}}(t)=3t^2+4t-5$, $v_{\mathrm{Q}}(t)=4t+11$일 때, 두 점 P, Q가 다시 만나게 되는 시각을 구하는 과정을 서술하시오.

16 다항함수 $f(x)$가 모든 실수 x에 대하여

$$x^2\int_1^x f(t)dt$$

$$=\int_1^x t^2 f(t)dt+x^4+ax^3+bx^2$$을 만족시킨다. $f(a+b)$의 값을 구하는 과정을 서술하시오. (단, a, b는 상수이다.)

17 $\lim_{x \to k} \frac{1}{x-k} \int_{k}^{x} (3t^2-10t)\,dt=-3$을 만족하는 모든 실수 k의 값의 곱을 구하는 과정을 서술하시오.

18 양수 k에 대하여 함수 $f(x)$를

$f(x)=x(x+2)(x-k)$라 하고,

함수 $g(x)$를 $g(x)=f(x)+|f(x)|$라 하자.

함수 $y=g(x)$의 그래프와 x축으로 둘러싸인 부분의 넓이가 8이 되도록 하는 k의 값을 구하는 과정을 서술하시오.

19 삼차함수 $f(x)=x^3-3x$와 최고차항의 계수가 1인 이차함수 $g(x)$가 $f(k)=g(k)$, $f'(k)=g'(k)=0$을 만족한다. (단, $k>0$) 이때 두 곡선 $y=f(x)$와 $y=g(x)$로 둘러싸인 부분의 넓이를 구하는 과정을 서술하시오.

20 그림과 같이 곡선 $y=f(x)$와 x축 및 두 직선 $x=1$, $x=3$으로 둘러싸인 부분의 넓이를 A라고 하자. 이때 $\lim_{n\to\infty}\sum_{k=1}^{n}f\left(1+\frac{2k}{n}\right)\frac{4}{n}$의 값을 A로 나타내는 과정을 서술하시오.

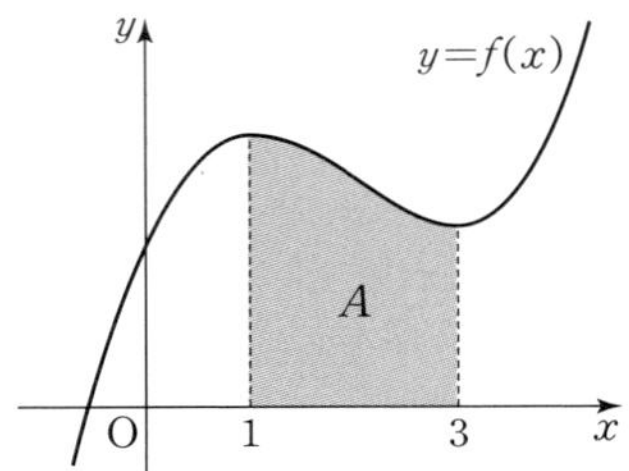

21 이차함수 $f(x)$와 그 부정적분 $F(x)$사이에 다음 관계가 성립한다.

$F(x)=xf(x)-2x^3+2x^2-1$

$f(1)=2$일 때, $f(2)$의 값을 구하는 과정을 서술하시오.

22 삼차함수 $f(x)$가 다음 조건을 만족시킨다.

> (가) $\lim_{x\to 0}\frac{f(x)}{x}=9$
>
> (나) $\lim_{x\to 3}\frac{f(x)}{x-3}=0$

곡선 $y=f(x)$와 x축으로 둘러싸인 부분의 넓이를 구하는 과정을 서술하시오.

23 수직선 위를 움직이는 점 P의 시각 $t(t>0)$에서의 속도 $v(t)$가 $v(t)=t^2-5t+4$이다.
점 P가 시각 $t=t_1$, $t=t_2(t_1<t_2)$일 때 움직이는 방향이 바뀌고, 시각 $t=t_1$에서의 점 P의 위치가 7일 때, 시각 $t=t_2$에서의 점 P의 위치를 구하는 과정을 서술하시오. (단, t_1, t_2는 상수이다.)

24 함수 $f(x)=x^3+x$일 때,
$\lim_{n\to\infty}\frac{1}{n}\sum_{k=1}^{n}f\left(1+\frac{2k}{n}\right)$의 값을 구하는 과정을 서술하시오.

25 함수 $f(x)=\begin{cases} 4x^2 & (x<1) \\ (x-3)^2 & (x\geq1) \end{cases}$과

$0<t<1$인 실수 t에 대하여 함수 $y=f(x)$의 그래프와 x축 및 두 직선 $x=t$, $x=t+1$로 둘러싸인 부분의 넓이를 $S(t)$라 하자. 함수 $S(t)$가 최대가 되도록 하는 실수 t의 값을 구하는 과정을 서술하시오.

2025학년도

가천대 논술 기출문제

인문A 인문B

자연C 자연D 자연E 자연F

국어[인문A]

▶ 해답 p.400

※ 다음은 작문 상황에 따라 학생이 작성한 초고이다. 물음에 답하시오.

[작문 상황]: 구독 경제가 무엇인지 설명하는 글을 써서 교지에 실으려고 함.

[학생의 초고]

감염병 대유행의 장기화를 계기로 소비자들의 일상생활에서 가장 중요한 공간이 '집'이 되면서, 많은 소비 트렌드가 그 영향을 받았다. 집을 중심으로 한 일상생활이 장기간 지속되면서 구독 경제가 새로운 소비 트렌드로 자리 잡게 된 것이다.

구독 경제란 소비자가 단발적인 구매 대신 일정 금액을 내고 업체로부터 제품이나 서비스를 일정 기간만 받는 방식의 경제 활동을 의미한다. 전통적인 신문, 잡지 구독 서비스부터 최근 급부상한 온라인 스트리밍 서비스, 유통 업계의 정기 배송 서비스 등이 대표적 사례라고 할 수 있다. 이러한 변화의 중심에는 새로운 소비 계층으로 부상한 20~30대의 젊은 세대가 있다. 이들은 하나의 아이템을 '소유'하기보다는 시간과 비용을 아껴서 자신의 취향에 맞는 다양한 아이템을 '경험'하는 것을 선호한다.

이렇게 구독 경제가 새로운 소비 트렌드로 자리 잡으면서 우리나라 구독 경제의 시장 규모는 크게 성장했다. 여러 분야에서 구독 경제 서비스가 활성화되면서 구독 경제에 대한 기업의 투자가 늘고 있다. 또한 미국, 유럽, 중국 등을 중심으로 구독 서비스 이용자가 급증하며 전 세계적으로 시장 규모가 더욱 커질 전망이다.

이처럼 구독 경제는 소비자들에게 합리적인 소비 방식으로 인식되면서 급성장하고 있으나 구독 경제에 숨어 있는 그림자 또한 존재한다. 우선 가격 장벽이 낮은 것이 소비자의 무분별한 구독으로 이어지며 오히려 과소비를 조장할 우려가 있다. 또한 구독 경제를 펼치는 기업이 독점적 시장을 확보하면 소비자의 선택권이 줄어드는 상황이 발생할 위험이 있다. 지금은 구독 경제가 이른바 '가성비 좋은 소비'라는 평가를 받고 있지만, 장기적으로는 구독 경제에 대한 반대 평가가 쏟아질 가능성도 배제할 수 없다. 따라서 구독 경제의 부작용으로부터 소비자를 보호할 수 있는 제도적 보완책을 지금부터 고민할 필요가 있다.

01 〈보기〉는 초고 작성을 위해 세운 글쓰기 계획의 일부이다. 〈보기〉의 ①, ②가 반영된 문장을 제시문에서 찾아 각각의 첫 어절과 마지막 어절을 순서대로 쓰시오.

〈보기〉

① 구독 경제의 구체적인 사례를 제시하여 독자가 핵심 개념을 보다 쉽게 이해할 수 있도록 한다.

② 구독 경제의 확산으로 나타나는 문제점 중, 소비자의 소비 행태에 부정적인 영향을 미칠 수 있음을 언급한다.

① 첫 어절: ______________________, 마지막 어절: ______________________

② 첫 어절: ______________________, 마지막 어절: ______________________

※ 다음 글을 읽고 물음에 답하시오.

아웃소싱이란 기업의 이윤을 최대화하기 위해 기업 내 일부 부서나 업무를 외부의 전문가나 전문 기업에 위탁하는 것을 의미한다. 아웃소싱에 적합한 분야를 선별하기 위해서는 먼저 기업의 핵심 역량이 무엇인지 파악하고 해당 분야의 산업 중요도를 분석해야 한다. 핵심 역량이란 타 기업이 쉽게 모방하지 못하는, 그 기업만이 가지고 있는 고유한 경쟁력을 의미한다. 산업 중요도는 아웃소싱을 시행하려는 분야가 전체 산업에서 중요한 성공 요소인가를 의미한다. 만약 어떤 분야가 기업의 핵심 역량이면서 산업 중요도가 높다면 기업은 해당 분야를 자체적으로 수행하면서 기업 내부에서 지속적으로 운영하는 것이 가장 합리적이다. 기업의 핵심 역량이지만 산업 중요도가 낮다면 해당 분야를 분사*시켜 효율성을 추구하는 것이 좋다. 핵심 역량은 아니지만 산업 중요도가 높은 경우에는 다른 기업과 전략적 제휴를 통해 관계를 유지하고 그에 따른 이익을 추구할 수 있다. 아웃소싱은 어떤 분야가 기업의 핵심 역량이 아니면서 산업 중요도가 낮은 경우에 시행하게 된다.

제조 분야에서 아웃소싱을 결정하기 위해 추가로 고려해야 할 사항은 비용이다. 이는 내부 제조와 아웃소싱 중 어느 쪽이 비용 측면에서 우위가 있는지를 따지는 것을 의미한다. 내부 제조를 하는 경우 고정비와 변동비가 발생한다. 고정비는 제품의 생산 수량과 관계없이 고정적으로 발생하는 비용이고, 변동비는 생산하는 제품의 수량에 따라 달라질 수 있는 비용이다. 아웃소싱을 하는 경우 제품을 직접 생산할 때의 고정비나 변동비가 발생하지 않지만 공급자 탐색 비용, 계약 비용, 구매 비용 등이 지출된다. 기업이 1개의 제품을 생산할 때의 비용을 C, 기업이 필요로 하는 제품의 수량을 Q라고 할 때 내부 제조를 하는 경우 변동비에 제품의 수량을 곱한 것과 고정비의 합만큼 총비용이 발생한다. 아웃소싱을 하는 경우 제품의 1개당 구매 가격 P에 수량 Q를 곱한 만큼의 비용이 발생한다.

〈그림〉은 어떤 기업이 제품을 내부에서 제조할 때와 아웃소싱을 맡길 때의 비용의 차이를 보여준다. 이때 기업의 아웃소싱 시행 여부는 두 그래프가 만나는 지점의 제품 수량인 Q′을 기준으로 정해진다. 기업이 필요로 하는 수량이 Q′보다 적을 경우 아웃소싱이 유리하고, 반대의 경우에는 내부 제조가 유리하다.

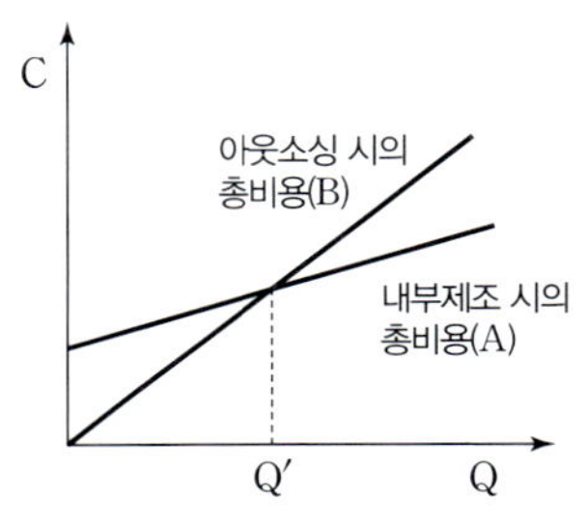

제조 분야에서 아웃소싱의 형태는 여러 가지로 구분할 수 있다. 기업이 제품의 제조 과정에서 생산비를 낮추려는 경우 주문자 상표 부착 생산(OEM)을 하게 된다. OEM은 주문자가 생산에 필요한 모든 지침을 정하고, 아웃소싱을 받은 외주 업체는 정해진 지침에 따라 제품을 제조하고 완성하여 납품하는 형태이다. 외주 업체는 주문자의 요구 사항에 따를 뿐, 독자적인 권리나 제품에 대한 지적 소유권은 갖지 못하며 완성된 제품은 실제 생산한 외주 업체가 아닌 주문자의 상표명으로 시장에 출시된다. OEM을 활용하면 주문자는 제품 개발이나 설계, 마케팅 등에만 집중할 수 있고 생산 관련 시설에는 투자하지 않아도 되기 때문에 비용과 노동력을 절감할 수 있다. 또한 타국의 기업에 OEM을 맡기는 경우 직접 외국으로 진출할 때 발생하는 공장 설립 비용, 물류비용 등을 줄일 수 있고, 외국의 값싼 노동력을 활용하는 것도 가능하다. 외주 업체는 다른 절차를 신경 쓰지 않고 생산에만 집중할 수 있고, 지속적인 경험으로 기술력을 향상시켜 경쟁력을 높이는 것도 가능하다.

시간이 흐르면서 외주 업체의 경험이 축적되고 제조 경쟁력을 가지게 되는 경우 아웃소싱의 형태가 달라질 수 있다. 주문자가 모든 지침을 다 정하지 않고 큰 범위 내에서 개괄적인 지침을 정해 주면 외주 업체가 이에 따라 상세 설계를 완성하고 필요하다면 주문자가 지시한 설계나 규격까지도 변경할 수 있는 것이다. 이를 제조업자 개발 생산(ODM)이라고 한다. ODM은 OEM에 비해 외주 업체의 생산 관련 권한과 자유도가 높고, 외주 업체는 주문자와의 협의에 따라 제품에 대한 지적 재산권을 공유할 수도 있지만 제품은 주문자의 상표명으로 출시된다. 주문자는 제품 생산에 대한 모든 지침을 완전히 완성하지 않아도 되어 시간과 비용을 절약할 수 있고, 외주 업체의 전문성을 적극적으로 활용할 수 있다는 장점이 있다.

*분사: 본사에서 갈리어 그 아래에 속하여 있는 하부 기관이나 사업체.

02 〈보기〉는 제시문을 읽고 실시한 탐구활동이다. 〈보기〉의 ①, ②에 들어갈 적절한 말을 〈조건〉에 맞게 쓰시오.

〈보기〉

- 제시문의 〈그림〉에서 A가 B보다 더 위에서 시작하는 이유는 아웃소싱 시와 달리 내부 제조 시에는 (①).
- 제품의 내부 제조 시 다른 비용은 달라지지 않으면서 고정비만 줄어든다면, 제시문의 〈그림〉에서 Q'의 위치는 (②) 이동하게 된다.

〈조건〉

①은 '–기 때문이다'의 형식으로, ②는 '–(으)로'의 형식으로 작성할 것
①은 12자 이내로, ②는 6자 이내로 작성할 것(단, 띄어쓰기와 문장부호는 글자 수에서 제외함)

① ____________________

② ____________________

※ 다음 글을 읽고 물음에 답하시오.

사회철학자 노직은 생명과 자유, 재산에 대한 권리 등 개인의 권리는 국가 권력 등이 위협해서는 안 되는 절대적인 것이라고 보았다. 하지만 그는 자연 상태에서는 개인이 타인의 권리를 침해할 수도 있으므로 개인의 권리를 보호할 수 있는 최소한의 권력을 지닌 국가가 필요하다고 보았다. 노직은 ㉠자연 상태에서 최소 국가에 이르는 일련의 과정을 분석하여 가장 정당한 국가가 무엇인지를 설명하였다. 노직은 국가가 강제력의 독점과 모든 사람에 대한 보호 서비스 공급이라는 두 요건을 갖추어야 한다고 보았다. 이때 강제력은 부당한 침해를 처벌할 수 있는 권력을 뜻한다.

자연 상태에 놓인 개인들은 권리 침해와 이로 인한 분쟁을 방지하기 위해 자발적으로 '보호 협회'를 결성하고 협동을 통해 서로를 보호한다. 하지만 협회에 속한 모든 사람이 보호받기 위해서는 회원들이 항상 대기 상태에 있어야 하는 불편을 겪게 된다. 이러한 문제를 해결하기 위해 '상업적 보호 협회'가 탄생하게 되는데, 사람들은 협회에 대가를 지불하고 보호 서비스를 받게 된다. 이 협회는 회원과 사적으로 계약된 상태이므로 계약 당사자들만을 보호한다. 상업적 보호 협회들이 여러 개 생겨나면 이들끼리 경쟁을 하게 되고 그 결과 일정 지역 안에서 보호를 지배적으로 행사하는 '지배적 보호 협회'가 형성될 수 있다. 이 협회는 지배적인 위치에 있기는 하지만 다른 협회가 권력을 행사하는 것을 막을 수는 없기에 권력을 독점하고 있지는 않다. 따라서 이 협회는 노직이 생각하는 국가의 두 가지 요건을 모두 갖추지 못한 상태이다. 그런데 한 협회가 권력의 독점을 주장하며 사법 조직을 설립함으로써 한 지역 내에서 독점적인 보호를 행사하는 형태로 발전할 수 있는데, 노직은 이를 '극소 국가'라 하였다. 극소 국가는 권력의 독점이라는 요건은 충족하지만 극소 국가의 보호 비용을 부담하는 자는 보호하고 그렇지 않은 자는 보호에서 제외하므로 노직이 생각하는 국가의 수준에는 여전히 이르지 못한다.

노직은 극소 국가가 국가에 자발적으로 가담하지 않고 있는 지역 내 개인들을 흡수하여 일정 지역 내에 거주하는 모든 이에게 보호를 제공하는 '최소 국가'로 나아간다고 보았다. 최소 국가는 국가에 자발적으로 가담하지 않는 독립인들이 타인에게 해를 끼치는 행위를 금지하는 대신 보호라는 보상을 제공한다. 노직은 무정부 상태보다는 나은 국가, 그러나 최소의 보호 능력 이상으로 확장되지 않은 국가를 이상적인 국가로 보았다.

03 〈보기〉는 제시문을 읽고 ㉠의 일부를 표로 정리한 것이다. 〈보기〉의 ①, ②에 들어갈 적절한 말을 제시문에서 찾아 쓰시오.

〈보기〉

	강제력의 독점 여부	보호 서비스 공급 대상의 범위
보호 협회	비독점	보호 협회 가입자
(①)	독점	지역 내 거주자 중 보호 서비스 비용 지불자
(②)	독점	지역 내 모든 거주자

① ______________________

② ______________________

[04~05] 다음 글을 읽고 물음에 답하시오.

형법상 범죄가 성립하려면 행위자의 행위가 구성 요건에 해당해야 하며 위법성과 유책성을 갖추어야 한다. 여기서 구성 요건이란, 형법상 금지되는 행위가 무엇인가를 추상적 · 일반적으로 기술해 놓은 것을 말한다. 자신이 하는 행위가 구성 요건에 해당함을 알고도 그 행위를 의도적으로 실현한 경우를 '고의'라고 하고, 자신의 행위가 타인의 법익*을 해칠 것임을 몰랐더라도 사회적으로 요구되는 주의 의무를 준수하지 못한 것을 '과실'이라고 한다. 자동차 운전자가 보복 운전의 목적으로 앞차를 뒤에서 들이받아 추돌 사고를 낸 경우라면 [㉠]에 의한 범죄 행위에 해당할 수 있다. 한편 운전자가 수면 부족으로 피로한 상태에서 졸음운전을 하다 앞차를 뒤에서 들이받는 사고를 낸 경우에는 [㉡]에 의한 범죄 행위에 해당할 수 있다. 의도적인 규범 불복종인 고의에 비해서 과실은 불법성이나 책임의 정도가 약한 것으로 간주된다. 그래서 우리나라는 원칙적으로 고의범*만을 처벌하되, '정상적으로 기울여야 할 주의를 게을리하여 죄의 성립 요소인 사실을 인식하지 못한 행위는 법률에 특별한 규정이 있는 경우에만 처벌한다.'라고 명시한 형법 제14조에 따라 법률에 특별한 규정이 있는 경우에만 예외적으로 과실범*을 처벌하고 있다.

형법 제14조는 과실의 개념 요소로 '주의를 게을리'함을 명시적으로 밝히고 있다. 이는 행위자가 자신의 부주의, 즉 주의 의무 불이행으로 인해 예견하거나 피할 수 있었던 법익 침해의 결과를 초래한 경우를 이른다. 달리 말하면, 행위자가 [㉢]을/를 다하였더라도 결과가 발생하였으리라고 인정되는 경우에는 과실범이 성립하지 않는다. 이처럼 과실범의 본질은 주의 의무 위반에 있다. 따라서 과실범의 성립 요건을 검토하는 과정에서 일차적으로 그 행위와 관련된 주의 의무의 규정을 확인할 필요가 있다. 예를 들어, 도로 교통법 제31조 제1항에서는 '모든 차 또는 노면 전차의 운전자는 다음 각 호의 어느 하나에 해당하는 곳에서는 서행하여야 한다.'라고 주의 의무를 규정하면서 세부 항목 중 제4호로 '가파른 비탈길의 내리막'을 명시하였다. 즉 규정에 명시된 장소에서 주행 중인 모든 운전자는 서행해야 할 의무가 있으므로, 운전자가 도로에 사람이 있다는 것을 인식하지 못하여 [㉣]이/가 인정되지 않더라도 가파른 비탈길의 내리막에서 감속하지 않고 주행하다가 교통사고로 사람을 다치게 한 경우라면 과실범으로 인정될 수 있다.

한편, 법문에서는 '정상적으로 기울여야 할 주의'라는 개념을 통해 사회생활에서 요구하는 일정한 주의 의무가 있음을 밝혔으나, 그 수준과 정도에 대해 무엇을 표준으로 삼을 것인지를 명시하지는 않았다. ⓐ<u>주의 의무의 표준</u>에 대한 견해로 객관설과 주관설 등이 있다. 객관설은 사회 일반인의 주의 능력을 기준으로 하여 주의 의무 위반의 유무를 판단하려는 견해로, '평균인 표준설'이라고도 한다. 이는 주의 의무의 척도가 추상적 · 객관적이어야 한다는 것을 전제하므로, 과실 유무와 과실의 경중을 판단할 때 행위자의 구체적인 사정이 아니라 일반적인 사람들이 취할 수 있는 주의의 정도를 표준으로 삼는다. 단, 의료나 운전 등과 같이 전문화된 업무와 관련된 행위는 동일한 업무와 직종에 종사하는 사람들을 표준으로 삼는다. 반면, 주관설은 행위자 개인의 주의 능력을 기준으로 하여 주의 의무 위반 여부를 판단하려는 견해로 '행위자 표준설'이라고도 한다. 귀책의 근거가 행위자의 주관적인 요소에 있으므로, 주의 의무의 척도로 행위자 개개인의 주의력을 표준으로 하는 구체적 과실을 상정한다. 이는 법 규범이 개인에게 불가능한 것을 요구할 수 없음을 전제한다. 우리나라는 평균인 표준설을 따르는 것이 통설이다.

평균인 표준설은 법 규범의 선도적 · 예방적 기능을 강화하고, 과실로 인한 사고가 대량으로 발생하는 영역에서 행위자가 준수해야 할 주의 의무가 정형화 · 표준화되어 적용되도록 만든다는 장점이 있다. 하지만 이는 사회 구성원에게 일상에서 남다른 주의를 기울이면서 살아가도록 강요하므로 정상적인 사회생활을 영위하는 것을 어렵게 만들 수 있다. 그래서 과실의 주의 의무를 제한하기 위해 등장한 것이 바로 '허용된 위험' 이론이다. 행위자가 구성 요건에 해당하는 결과를 피하기 위한 조치를 충분히 했다면, 비록 그 행위가 중대한 피해를 초래하더라도 행위자에게 과실 책임을 지울 수 없다는 것이다. 도로 교통법이나 의료법에서는 위험의 발생 빈도가 높은 영역에 대해 사회생활상 요구되는 주의 의무 기준을 명문화한 규정이 있는데, 규정에 명시된 기준을 충족했는지에 따라 구성 요건의 배제 여부가 결정된다. 예를 들어 의료법에서는 의사가 환자에게 수술 전 지켜야 할 주의 사항이나 의료 행위에 대한 부작용에 대해 구체적으로 설명할 의무가 있다고 명시했다. 이러한 명문화된 기준에 따라 행위자가 필요한 안전 조치를 했다면 주의 의무를 다한 것이므로, 그 행위가 법익을 침해했더라도 과실범으로 처벌할 수 없다.

*법익: 형법에서 침해가 금지되는 개인이나 공동체의 이익 또는 가치.

*고의범: 죄를 범할 의사를 가지고 저지른 범죄. 또는 그런 범인.

*과실범: 부주의로 인하여, 어떤 결과의 발생을 미리 내다보지 못함으로써 성립하는 범죄. 또는 그런 죄를 저지른 사람.

04 문맥상 제시문의 ㉠~㉣에 들어갈 적절한 말을 〈보기〉에서 찾아 쓰시오.

〈보기〉

고의, 과실, 주의 의무

㉠: ______

㉡: ______

㉢: ______

㉣: ______

05 〈보기2〉는 제시문을 읽고 〈보기1〉의 사례를 이해한 것이다. 〈보기2〉의 ①~③에 들어갈 적절한 말을 제시문에서 찾아 쓰시오.

〈보기 1〉

의사인 '갑'에게 수술을 받던 중에 환자 '을'이 과다 출혈로 사망했다. 조사 결과, 평소 고혈압을 앓던 '을'이 지속적으로 먹던 아스피린을 수술을 앞두고도 복용한 것이다. 아스피린은 혈소판의 응고를 막아 지혈을 방해하는 약물로 과다 출혈이 우려되는 수술을 앞두고 의사가 환자에게 일정 기간 복용 중단을 지시해야 하는 약물 중 하나이다.

〈보기 2〉

〈보기1〉에서 '갑'의 과실 유무와 과실의 경중에 대한 판단 기준과 결과는 제시문의 ⓐ에 대해 어떤 견해를 취하는가에 따라 달라진다. '갑'의 과실 유무와 과실의 경중을 판단할 때 (①)의 관점에서는 '갑' 개인의 주의력을 표준으로 삼는다. 반면, (②)의 관점에서는 의료 업무와 직종에 종사하는 사람들의 주의력을 표준으로 삼는다. 그리고 (③)의 관점에서는 '갑'의 과실 책임 인정 여부에 '갑'이 '을'에게 수술 전 일정 기간 아스피린의 복용 중단을 지시했는가 그렇지 않은가가 중요한 요소이다.

① ________________

② ________________

③ ________________

06 〈보기 1〉은 수업 시간의 대화 내용이다. 〈보기 1〉의 ①~③에 들어갈 적절한 말을 〈보기 2〉에서 찾아 쓰시오.

〈보기 1〉

선생님: 지금까지 음운 변동의 종류를 살펴봤어요. 이제부터는 다음 문장의 밑줄 친 부분을 발음할 때, 각각 어떤 음운 변동이 일어나는지 이야기해 볼까요?

- 나는 요즘 채소를 자주 ㉠먹는다.
- 휴일이라 공원에 ㉡가서 여유 있는 시간을 보냈다.
- 아이가 울고불고 ㉢난리가 났다.
- 안개가 ㉣걷히자 아름다운 광경이 펼쳐졌다.

학생 1: ㉠은 비음화가 일어난 예에 해당해요.
학생 2: ㉡에서는 (①)이/가 일어났어요.
학생 3: ㉢은 (②)이/가 일어난 예로 볼 수 있어요.
학생 4: ㉣에서는 거센소리되기와 (③)이/가 일어났어요.
선생님: 네, 맞아요. 모두 실제 예에서 어떤 음운 변동이 일어나는지를 잘 찾았어요.

〈보기 2〉

비음화, 유음화, 된소리되기, 구개음화, 두음 법칙, 모음 탈락, 거센소리되기

① ______________________

② ______________________

③ ______________________

[07～08] 다음 글을 읽고 물음에 답하시오.

헌사한 조화옹이 산천을 빚어낼 때
낙은암(樂隱岩) 깊은 골을 날 위하여 삼겨시니
산봉우리도 빼어나고 경치도 뛰어나다
어와 주인옹이 명리(名利)에 뜻이 없어
진세를 하직하고 암혈에 깃들이니
내 생애 담백한들 분수이니 상관하랴

(중략)

옥류폭(玉流瀑) 노한 물살 돌을 박차 떨어지니
합포의 명월주를 옥반에 굴리는 듯
은고리 수정렴을 난간에 걸었는 듯
티끌 묻은 긴 갓끈을 탁영호(濯纓湖)에 씻어 내니
귀 씻던 옛 할아비* 자네 혼자 높을쏘냐
반곡천(盤谷川) 긴긴 굽이 초당을 둘렀으니
드넓은 저 강물아 세상으로 가지 마라
연사*에 막대 짚어 무릉계(武陵溪) 내려가니
양안의 나는 도화(桃花) 붉은 안개 자욱하다
물 위에 뜬 꽃을 손으로 건진 뜻은
춘광을 누설하여 세간에 전할세라
단구(丹丘)를 넘어 들어 자연뢰(紫煙瀨) 지나가니
향로봉 남은 안개 햇빛에 비치었다
구변담(鷗邊潭) 고인 물이 거울처럼 맑구나
속세 잊은 저 백구(白鷗)야 너와 나와 벗이 되어
물가에 노닐면서 세상을 잊자꾸나
청학동(青鶴洞) 좁은 길로 선부연(仙釜淵) 찾아가니
반고씨 적 생긴 가마 제작도 공교하다
형산에 만든 솥을 뉘라셔 옮겨 왔나
석간에 걸린 폭포 상하연에 떨어지니
공연한 벼락 소리 대낮에 들리는고
계산*에 취한 흥이 해 지는 줄 잊었는데
쌍계암(雙溪庵) 먼 북소리 갈 길을 재촉하네
퉁소에 봄을 담아 유교(柳橋)로 돌아드니
서산(西山)의 상쾌한 기운 사의당*에 이어졌네
어와 우리 형님 환정*이 전혀 없어
공명을 사양하고 삼족와*로 돌아오니
재앙의 남은 물결 신변에 미칠쏘냐

긴 베개 높이 베고 두 노인이 나란히 누워
슬하의 모든 자손 차례로 늘어서니
먹으나 못 먹으나 이 아니 즐거운가
아마도 수석에 소요하여 남은 세월 마치리라

– 남도진, 「낙은별곡」

*귀 씻던 옛 할아비: 중국 요임금 시절의 은사인 허유
*연사: 안개가 낀 모래사장 또는 물가
*계산: 시내와 산
*사의당: 남도진의 형인 남도규의 서재 당호(堂號)
*환정: 벼슬을 하고 싶어 하는 마음
*삼족와: 남도진의 형인 남도규의 서재 당호

07 〈보기〉는 제시문에 대한 설명의 일부이다. 〈보기〉의 ㉠과 ㉡에 해당하는 행을 제시문에서 찾아 각각의 첫 어절과 마지막 어절을 순서대로 쓰시오.

〈보기〉

18세기 강호 가사인 「낙은별곡」에서는 이전 강호 가사에 흔히 나타나는, 자연물에 도덕적 이상을 투영하거나 벼슬에 미련을 보이는 태도는 찾을 수 없다. 이 작품의 작가는 한양을 벗어나 한양에서 가까운 한적하고 아름다운 장소를 골라 거주한 것으로 알려져 있다. ㉠화자는 설의적 표현을 통해 그곳에서의 소박한 생활에 불만을 가지기보다는 그것이 자신에게 맞는 삶이라고 하며, 이를 수용하는 삶의 태도를 드러낸다. 또한 작품에는 세속적 명리에 뜻을 두지 않고 마음 맞는 사람들과 어울려 자연 속에서 소박하게 풍류를 즐기는 삶의 모습이 제시되고 있다. 그리고 가문의 화목 추구라는 가치를 형의 가족과 자기 가족이 모여 사는 구체적인 모습을 통해 나타내고 있다. 이는 자연을 삶의 공간으로 인식하고 가족의 행복과 가문의 화목 등 현실적 가치를 지향하는 화자의 삶의 태도가 드러나는 것으로 이해할 수 있다. ㉡화자는 이러한 삶의 태도를 가지고 여생을 살아가고자 하는 소망과 다짐을 표현하고 있다.

① ㉠에 해당하는 행 – 첫 어절: ________________, 마지막 어절: ________________

② ㉡에 해당하는 행 – 첫 어절: ________________, 마지막 어절: ________________

08 〈보기〉는 제시문을 읽고 '장소의 이동'에 따른 '화자의 경험과 생각'을 정리한 것의 일부이다. 〈보기〉의 ①, ②에 들어갈 적절한 단어를 제시문에서 찾아 쓰시오.

〈보기〉

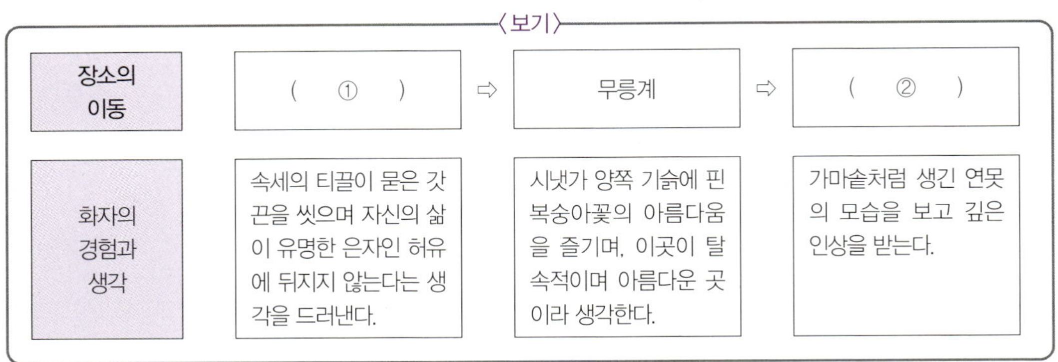

장소의 이동	(①)	⇨	무릉계	⇨	(②)
화자의 경험과 생각	속세의 티끌이 묻은 갓끈을 씻으며 자신의 삶이 유명한 은자인 허유에 뒤지지 않는다는 생각을 드러낸다.		시냇가 양쪽 기슭에 핀 복숭아꽃의 아름다움을 즐기며, 이곳이 탈속적이며 아름다운 곳이라 생각한다.		가마솥처럼 생긴 연못의 모습을 보고 깊은 인상을 받는다.

※ 다음 글을 읽고 물음에 답하시오.

모든 것이 순조로이 해결되어 가고 학교에 들어가시게 되었다 하오니 얼마나 반가운지 모르겠습니다. 과거 반년간의 쓰라린 체험이 오늘의 신생을 위한 커다란 준비 시기이셨던 것을 생각하면, 그동안 나의 행동이 부끄럽지 않을 수 없습니다마는, 한편으로는 내 생애에 있어서도, 다만 젊은 한때의 유흥 기분만에 그치지 아니하였던 것을 감사하며 기뻐합니다. 그러나 뒷날에 달콤하고 아름다운 추억으로 남아 있으리라고 생각할 뿐이라면 이렇게 섭섭한 일도 없고, 당신은 또 자기를 모욕하였다고 노하실지도 모르나, 언제까지 그런 기쁨과 행복에 잠겨 있도록 이 몸을 안온하고 자유롭게 내버려두지 않으니 어찌하겠습니까. 나도 스스로를 구하지 않으면 아니 될 책임을 느끼고, 또 스스로의 길을 찾아가야 할 의무를 깨달아야 할 때가 닥쳐오는가 싶습니다. …… 지금 내 주위는 마치 공동묘지 같습니다. 생활력을 잃은 백의(白衣)의 백성과, 백주에 횡행하는 이매망량(魑魅魍魎)* 같은 존재가 뒤덮은 이 무덤 속에 들어앉은 나로서 어찌 '꽃의 서울'에 호흡하고 춤추기를 바라겠습니까. 눈에 보이는 것, 귀에 들리는 것이 하나나 내 마음을 부드럽게 어루만져 주고 용기와 희망을 돋우어 주는 것은 없으니, 이러다가는 이 약한 나에게 찾아올 것은 질식밖에 없을 것이외다. 그러나 그것은 장미꽃 송이 속에 파묻히어 향기에 도취한 행복한 질식이 아니라, 대기에서 절연된 무덤 속에서 화석(化石) 되어 가는 구더기의 몸부림치는 질식입니다. 우선 이 질식에서 벗어나야 하겠습니다. ……

소학교 선생님이 사벨(환도)을 차고 교단에 오르는 나라가 있는 것을 보셨습니까? 나는 그런 나라의 백성이외다. 고민하고 오뇌하는 사람을 존경하시고 편을 들어 주신다는 그 말씀은 반갑고 고맙기 짝이 없습니다. 그러나 스스로 내성(內省)하는 고민이요 오뇌가 아니라, 발길과 채찍 밑에 부대끼면서도 숨이 죽어 엎디어 있는 거세된 존재에게도 존경과 동정을 느끼시나요? 하도 못생겼으면 가엾다가도 화가 나고 미운증이 나는 법입넨다. 혹은 연민의 정이 있을지 모르나, 연민은 아무것도 구하는 길은 못 됩니다. …… 이제 구주의 천지는 그 참혹한 살육의 피비린내가 걷히고 휴전 조약이 성립되었다 하지 않습니까. 부질없는 총칼을 거두고 제법 인류의 신생(新生)을 생각하려는 것 같습니다. 그러나 이 땅의 소학교 교원의 허리에서 그 장난감 칼을 떼어 놓을 날은 언제일지? 숨이 막힙니다. ……

우리 문학의 도(徒)는 자유롭고 진실된 생활을 찾아가고, 이것을 세우는 것이 그 본령인가 합니다. 우리의 교유, 우리의 우정이 이것으로 맺어지지 않는다면 거짓말입니다. 이 나라 백성의, 그리고 당신의 동포의, 진실된 생활을 찾아 나가는 자각과 발분을 위하여 싸우는 신념 없이는 우리의 우정도 헛소리입니다. ……

나는 형님이 떠날 제 초상에 쓰고 남은 것이라고, 동경 갈 노자와 함께 책값이며 용돈으로 내놓고 간 삼백 원 속에서 백 원을 이 편지와 함께 부쳐 주었다. 혹시는 다른 의미나 있는 줄로 오해할 것이 성가시기도 하나, 동경에서 떠날 제 선사받은 것도 있으려니와, 정자의 새출발을 축하하는 의미라고 한마디 쓰고, 다소 부조가 될까 하여 보낸 것이다. 실상은 동경 가는 길에 들르지 않겠다는 결심을 다시 하였기 때문에, 아주 이것으로 마감을 하여 버리고, 나도 이 기회에 가뜬한 몸이 되고 싶었던 것이다.

– 염상섭, 「만세전」

*이매망량(魑魅魍魎): 온갖 도깨비. 산천, 목석의 정령에서 생겨난다고 함.

09 〈보기〉는 제시문에 대한 해설의 일부이다. 〈보기〉의 ①, ②에 들어갈 적절한 문장을 제시문에서 찾아 각각의 첫 어절과 마지막 어절을 순서대로 쓰시오.

〈보기〉

이 작품은 일제 강점기 지식인의 내면과 식민지 현실에 대한 인식을 형상화하고 있는 중편 소설로, 작품의 제목에서 드러나듯이 3 · 1 운동 직전의 암울한 시대 상황을 배경으로 하고 있다. 작품의 '나'는 동경에서 서울로 향하는 과정에서, 일제의 침탈을 당하면서도 여전히 전근대적인 가치관에서 벗어나지 못하고 있는 조선 백성의 모습을 목격하고 민족이 처한 현실을 희망이 없는 '공동묘지'로 규정한다.

'나'는 이러한 조선의 현실에 크나큰 절망감을 느낀다. 이 소설에서는 '나'가 느끼는 절망감과 고통이 다양한 표현을 통해 드러나고 있다. 그중 '(①)'에서는 '나'가 느끼는 고통이 '숨막힘'과 같은 것으로 표현되는데, 여기에서는 긍정적 상황의 '숨막힘'과 부정적 상황의 '숨막힘'을 대조하며 '나'가 느끼는 절망감을 더욱 부각하고 있다. 이와 같은 '나'의 고통과 절망감은 자신 역시 식민 지배를 받는 무기력한 민족의 일원일 수밖에 없다는 인식으로 이어진다. '(②)'에서는 무력을 의미하는 환유적 소재를 통해 조선을 지배하는 일본의 폭압성을 드러냄과 동시에, 문제 해결을 위한 적극적 성찰로 나아가지 못하고 무기력한 태도로 살아가는 조선 민중과 자신에 대한 자조적 인식이 편지 수신자를 향한 질문의 형식으로 표현되고 있다.

① 첫 어절: ______________________, 마지막 어절: ______________________

② 첫 어절: ______________________, 마지막 어절: ______________________

수학[인문A]

▶ 해답 p.402

10 1이 아닌 두 양수 a, $b(a \neq b)$가 $\log_a b - \log_b a = 0$을 만족시킬 때, $9a + 25b$의 최솟값을 m이라하고, 이때의 a의 값을 α라 하자. m과 α의 값을 구하는 과정을 서술하시오.

11 첫째항이 2이고 공차가 3인 등차수열 $\{a_n\}$에 대하여 첫째항부터 제n항까지의 합이 S_n일 때, $13S_n > \sum_{k=1}^{6} (a_k)^3$을 만족시키는 자연수 n의 최솟값을 구하는 과정을 서술하시오.

12 양의 실수 t에 대하여 함수 $y=t-|2x|$의 그래프와 함수 $y=x^2$의 그래프로 둘러싸인 부분의 넓이를 $S(t)$라 할 때, $\lim_{t \to \infty} \frac{\sqrt{t}S(t)}{t^2}$의 값을 구하는 과정을 서술하시오.

13 실수 t에 대하여 직선 $y=t$가 곡선 $y=|x^2-2x|+x$와 만나는 점의 개수를 $f(t)$라 하자. 최고차항의 계수가 1인 삼차함수 $g(t)$에 대하여 함수 $f(t)g(t)$가 실수 전체의 집합에서 연속일 때, $f(1)+g(1)$의 값을 구하는 과정을 서술하시오.

14 최고차항의 계수가 $-\frac{1}{2}$이고 $x=8$에서 최댓값을 갖는 이차함수 $f(x)$에 대하여 함수 $g(x)$를

$$g(x)=\begin{cases} f(x) & (x\le a) \\ \left|f(x+1)-f(x)-\frac{7}{2}\right| & (x>a) \end{cases}$$

라 하자.

함수 $g(x)$가 실수 전체의 집합에서 미분가능할 때, $f(a)$의 값을 구하는 과정을 서술하시오(단, a는 상수이다).

15 함수 $f(x)$

$$=2\sin^2\left(\frac{3}{2}\pi-x\right)-2\cos\left(\frac{\pi}{2}-x\right)+5$$

의 최댓값이 α이고 최솟값이 β일 때, $\alpha\beta$의 값을 구하는 과정을 서술하시오.

국어[인문B]

▶ 해답 p.404

※ (가)는 박물관 해설사의 한글 점자 안내이고, (나)는 해설사가 안내 시 활용한 자료이다. 물음에 답하시오.

(가)

안녕하세요? 박물관 해설사 ○○○입니다. 이곳은 점자의 날을 기념한 특별 코너입니다. 한글 점자가 갖는 기본 원리를 설명해 드릴게요. 화면의 자료를 같이 봐 주시기 바랍니다. 한글 점자는 3행 2열로 왼쪽 위에서 아래로 1-2-3점, 오른쪽 위에서 아래로 4-5-6점의 번호를 붙여 각각의 문자 기호에 따라 점이 찍히는 번호가 정해져요. 초성은 기본점을 지정하여 기본점 외에 점을 추가하여 표현해요. ㄱ, ㄴ, ㄷ은 4점을, ㄹ, ㅁ, ㅂ은 5점을, ㅅ, ㅈ, ㅊ은 6점을, ㅋ, ㅌ은 1, 2점을 ㅍ, ㅎ은 4, 5점을 각각 기본점으로 사용해요. 이 밖에도 초성에서는 'ㅇ'을 따로 표기하지 않습니다. 쉽게 배우고 익힐 수 있도록 하기 위한 것이라 할 수 있죠. 한글 점자는 초 · 중 · 종성을 풀어 쓰는 특성 때문에, 초성과 종성의 구분이 필요합니다. 종성은 초성의 점형을 좌우 또는 상하로 평행하게 이동시켜 표현합니다.

(나)

[자료 1]

한글 점자에서 점의 위치 번호					
	상	1	●	4	●
	중	2	●	5	●
	하	3	●	6	●
		좌		우	

[자료 2]

초성													
	○●	●●	○●	○○	●○	○●	○○	○●	○○	●●	●○	●●	○●
	○○	○○	●○	○●	○●	○●	○○	○○	○●	●○	●●	○●	●●
	○○	○○	○○	○○	○○	○○	○●	○●	○●	○○	○○	○○	○○
	ㄱ	ㄴ	ㄷ	ㄹ	ㅁ	ㅂ	ㅅ	ㅈ	ㅊ	ㅋ	ㅌ	ㅍ	ㅎ

[자료 3]

초성														
	●○	○○	○○	○○	○○	●○	○○	○○	●○	○○	○○	○○	○○	○○
	○○	●●	○●	●○	●○	●○	○○	●●	○○	●○	●●	●○	●●	○●
	○○	○○	●○	○○	○●	○○	●○	●●	●○	●○	●○	●●	○●	●●
	ㄱ	ㄴ	ㄷ	ㄹ	ㅁ	ㅂ	ㅅ	ㅇ	ㅈ	ㅊ	ㅋ	ㅌ	ㅍ	ㅎ

01 〈보기1〉은 (가)의 해설사가 (나)의 자료를 활용한 방법을 정리한 것이다. 〈보기1〉에 들어갈 적절한 말을 〈보기2〉에서 찾아 쓰시오.

〈보기 1〉

- (①)와/과 (②)을/를 가리키며, 한글 초성 점자의 점형과 제자 원리를 설명한다.
- (③)와/과 (④)을/를 가리키며, 한글 'ㅇ'에 대한 점자 표기가 초성과 종성에서 다른 것을 설명한다.

〈보기 2〉

자료 1, 자료 2, 자료 3

① ________ ② ________ ③ ________ ④ ________

[02～03] 다음 글을 읽고 물음에 답하시오.

생태학에서는 식물 군집이나 조류 군집처럼 일정한 공간 내에 존재하는 모든 종의 무리를 군집이라고 정의한다. 군집에 대해 이해하고 분석하는 데 있어 가장 단순한 척도는 군집 내에서 일정한 면적 안에 있는 종의 수, 즉 종 풍부도이다. 그러나 군집을 구성하고 있는 각 종의 개체 수가 모두 동일한 것은 아니기 때문에 종 풍부도만으로 군집의 특성을 설명하기는 어렵다. 이를 보완하기 위해 특정한 표본구에 있는 모든 개체 수를 헤아리고 각 종이 차지하는 개체 수를 따져 각 종이 차지하는 비율을 구하는데 이 척도를 상대 풍부도라고 한다. 풍부도 서열 그래프는 각 종의 상대 풍부도를 서열화하여 나타낸 것이다. 가장 풍부한 종부터 x축의 원점에서 가장 가까운 위치에 표시되고 축에는 각 종의 상대 풍부도가 표현된다. 이 과정을 가장 희귀한 종까지 반복하여 얻어진 그래프가 풍부도 서열 곡선이다. 풍부도 서열 곡선에서 곡선의 길이가 길수록 군집에 나타나는 종의 수가 많다는 뜻이며, 곡선의 기울기가 완만할수록 종간 개체 수 배분이 균등하다는 뜻이다.

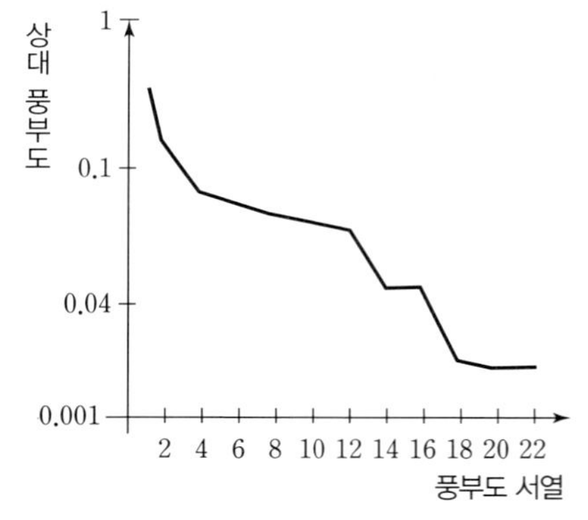

풍부도 서열 그래프

풍부도 서열 그래프는 군집의 생물학적 구조를 파악하는데 사용될 수 있지만 군집에서 관찰된 차이를 정량화하는 수단이 되지는 못한다. 이에 생태학자들은 다양도 지수라는 것을 개발하여 사용하는데, 그중 하나가 심슨 지수이다. 심슨 지수란 한 표본에서 임의로 추출된 두 개체가 같은 종일 확률을 모든 종에 대해 계산한 뒤 더한 값이다. 심슨 지수는 0부터 1까지의 값을 가지며 다양도가 낮을수록 값이 커, 한 표본에 한 종만 있는 경우는 다양도가 0이고 심슨 지수는 1이다. 심슨 지수의 역수를 취하여 다양도를 나타내기도 하는데, 심슨 지수의 역수를 심슨 역지수라고 부른다. 이 지수는 다양도 지수 가운데 가장 많이 사용된다.

심슨 지수는 우점도의 척도로도 사용된다. 대부분의 군집은 상대 풍부도가 높은 몇몇 흔한 종들로 구성되어 있는데, 군집에서 한 종 또는 소수의 종이 우세할 때 이들 종이 우점했다고 한다. 우점도는 다양도와 반대되는 말이기 때문에 우점도의 척도로 심슨 지수가 사용되는 것이다. 일반적으로 우점하는 종은 군집 내 다른 종을 희생시켜 그 지위에 오르기 때문에 이들은 주어진 환경 조건하에서 우세한 경쟁자라고 할 수 있다. 그렇다고 우점종이 군집에 가장 큰 영향을 주는 종이라고 말할 수는 없다. 풍부도에 비하여 군집에 큰 영향을 주는 핵심종이 있을 수 있기 때문이다. 예를 들어 아프리카 남부 사바나에 서식하는 코끼리는 우점종은 아니지만 많은 양의 관목과 교목 등의 식물을 섭취하고 뿌리를 뽑아 버리기 때문에 사바나의 식물 생장에 크게 영향을 미치는 핵심종이다. 군집에서 중요한 위치를 차지하는 핵심종을 제거하면 군집의 종 풍부도, 다양도 등이 크게 변화하기 때문에 핵심종의 군집에 대한 효과는 상대 풍부도에 비례하지 않는다.

02 〈보기1〉은 어떤 지역의 두 식물 군집 A와 B의 생물학적 구조를 분석한 풍부도 서열 그래프이고, 〈보기2〉는 제시문을 바탕으로 〈보기1〉을 이해한 것이다. 〈보기2〉의 ①, ②에 들어갈 적절한 말을 쓰시오.

〈보기 1〉

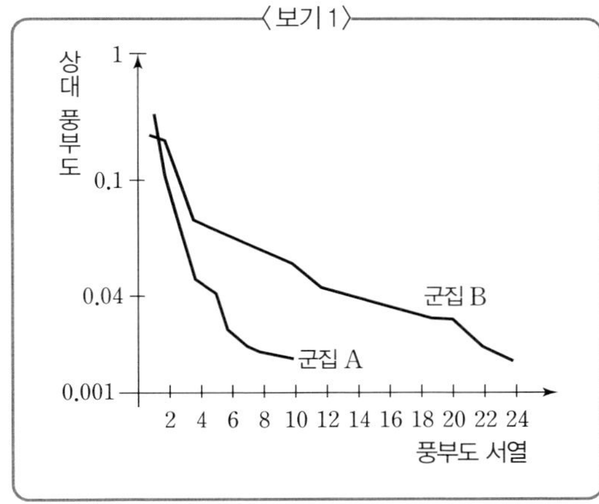

〈보기 2〉

- '군집 A'와 '군집 B' 중, 종의 수가 더 많은 것은 '군집 (①)'이다.
- '군집 A'와 '군집 B' 중, 종간 개체 수 배분이 더 균등한 것은 '군집 (②)'이다.

① ____________________

② ____________________

03 〈보기1〉은 어떤 지역의 두 삼림 군집 [삼림 Ⅰ], [삼림 Ⅱ] 내 수목의 종 구성을 표로 나타낸 것이고, 〈보기2〉는 제시문을 바탕으로 〈보기1〉을 이해한 것이다. 〈보기2〉의 ①~③에 들어갈 적절한 말을 〈조건〉에 맞게 쓰시오.

〈보기 1〉

[삼림 Ⅰ]

종	개체 수	상대 풍부도(%)
튤립나무	122	44.5
사사프라스나무	107	39.0
검은벚나무	12	4.4
목련	11	4.0
⋮	⋮	⋮
사탕단풍나무	1	0.4

[사림 Ⅱ]

종	개체 수	상대 풍부도(%)
튤립나무	112	43.8
백찰나무	36	14.1
큰떡갈나무	17	6.6
사탕단풍나무	14	5.4
⋮	⋮	⋮
가죽나무	1	0.39

※ [삼림 Ⅰ]은 10종, [삼림 Ⅱ]는 24종으로 구성되어 있다.

〈보기 2〉

- [삼림 Ⅰ]이 [삼림 Ⅱ]보다 다양도는 (①), 심슨 지수는 (②).
- [삼림 Ⅱ]에서 튤립나무를 제거하면, [삼림 Ⅱ]의 심슨 역지수는 (③).

〈조건〉

- ①은 '-고'의 형식으로, ②, ③은 '-다'의 형식으로 작성할 것.
- ①, ②는 2자로, ③은 4자 이내로 작성할 것(단, 띄어쓰기와 문장부호는 글자 수에서 제외함).

① ______________________

② ______________________

③ ______________________

※ 다음 글을 읽고 물음에 답하시오.

국제 통화 기금(IMF)은 국가 간 거래가 늘어나는 상황에서 국제 통화 및 금융 제도의 안정을 도모하기 위한 국제 금융 기구이다. IMF는 가입을 희망하는 나라가 가입 신청서를 제출하면 신청국의 경제 규모나 교역량 등에 따라 출자 할당액인 쿼터(quota)와 납입 방법을 결정하고 이사회의 승인을 거쳐 총회에 회부되면 총회에서 가입을 결정한다. 회원국이 된 국가는 쿼터 지분만큼의 투표권을 가지게 된다.

IMF에서는 국제 금융 위기 예방을 위한 감시 활동 등을 하지만, 가장 중요한 기능은 금융 위기 국가에 대한 금융 지원이다. IMF의 금융 지원은 주로 쿼터 납입금을 활용하며 필요할 경우 회원국 또는 비회원국 및 민간으로부터 재원을 차입하기도 한다. 쿼터 납입금은 IMF의 가장 기본적인 융자 재원이며, IMF의 재원 중 90% 정도를 차지하는데, 쿼터 납입금으로 가맹국은 할당액의 25%를 금으로, 나머지 75%를 자국 통화로 납입해야 했다. 금으로 납입한 부분은 '골드 트랑슈'라고 하여 납입한 회원국이 특별한 조건 없이 인출할 수 있었지만, 신용도가 떨어지는 회원국의 통화는 융자 재원으로 사용하기 어려웠다. 국제 거래를 위해서는 금이나 달러화와 교환해야 했는데, 금의 경우 수량이 한정되어 충분히 공급되기 어려우며, 달러화의 공급에는 한계가 있었다. 달러화가 전 세계에 공급되기 위해서는 미국의 국제 수지가 계속 적자 상태가 되어야 하며, 그럴 경우 달러화의 신용도가 떨어지는 문제가 있었다.

이런 문제를 해결하기 위해 1970년에 채택된 것이 특별 인출권(SDR)이다. SDR은 IMF 회원국이 담보 없이 외화를 인출할 수 있는 권리로, 금과 달러에 이은 제3의 국제 통화로 간주되고 있다. SDR은 추가 출자 없이 회원국의 합의에 의해 발행 총액이 결정되며, 회원국의 쿼터에 비례하여 배정된다. 자국의 국제 수지가 악화돼 외화가 부족할 때 SDR을 외화와 교환하고, 대신 외화를 제공한 회원국에게 이자를 지급한다. 과거 금으로 채웠던 골드 트랑슈는 금 본위제가 해체된 이후에는 금이나 달러화 외에 SDR로도 채울 수 있게 되면서 '리저브 트랑슈'로 불리게 되었다.

04 〈보기〉는 제시문을 이해한 내용이다. 〈보기〉의 ①~③에 들어갈 적절한 말을 제시문에서 찾아 쓰시오.

〈보기〉

- SDR이 채택된 이유는, IMF의 쿼터 납입금이 금과 (①)(으)로 구성되던 시기에 (①)을/를 IMF의 금융 지원 재원으로 사용하기 어려운 문제가 있었기 때문이다.
- IMF 회원국이 IMF의 금융 지원으로 IMF로부터 외화를 인출할 때, 리저브 트랑슈에서 인출하는 경우의 인출 한도는 자국의 납입금이 그 범위가 되지만, (②)을/를 사용하는 경우의 인출 한도는 자국의 납입금과 상관없이 회원국의 합의에 의해 결정된다.
- 금 본위제가 해체된 이후 골드 트랑슈가 리저브 트랑슈로 바뀌게 된 것은 IMF에서 회원국이 행사할 수 있는 권리였던 SDR이 (③)(으)로서의 지위를 획득하였기 때문에 가능한 일이었다.

① ______________________

② ______________________

③ ______________________

※ 다음 글을 읽고 물음에 답하시오.

서구 철학에서 ㉠코나투스는 수천 년에 걸쳐 정의되었다. 고대 그리스의 스토아학파는 코나투스를 생명체의 자기 보존의 욕망으로 보았으며, 살아있는 생명체는 스스로에 대한 애착과 보존 의지를 가지는 동시에 죽음으로부터 멀어지기를 원한다고 하였다. 하지만 스토아학파는 코나투스를 모든 생명체가 가지는 것이 아니라 동물만이 가지는 특성이라고 하였다. 이후 중세의 스콜라 철학에서는 동물뿐만 아니라 모든 자연적 사물이 코나투스를 가지고 있으며, 이에 따라 모든 유기적 생명체는 자신의 실존을 지속하려는 욕망을 갖는다고 보았다. 중세 이후 르네상스 철학자들은 코나투스가 자기 보존에 대한 욕망이라는 기존의 견해를 받아들이면서, 코나투스를 유기적 생명체뿐만 아니라 무기물도 가진 속성이라고 하였다.

근대 철학자들은 코나투스의 기존 의미를 받아들이면서도, 코나투스를 물체의 운동에 적용하여 자연을 이해하는 데 활용하였다. 무기물도 코나투스를 가지고 있다는 인식을 이어받아 이를 물체의 운동에 적용한 것이다. 데카르트는 어떤 물체가 현재의 상태를 유지하고자 하는 속성을 코나투스에 의한 것이라고 보았다. 데카르트는 이전 학자들과 달리 코나투스에 담긴 생물학적인 함축적 의미를 제외하고 어떤 물체의 상태를 기술하는 중립적인 표현으로만 코나투스를 사용하였다. 홉스도 물체의 운동을 이해하기 위한 방법으로 코나투스를 활용하였다. 홉스는 코나투스를 인간이 알기 어려운 단위에서 벌어지는 물체의 운동이라고 말하였고, 우리가 관찰하는 모든 운동은 코나투스의 집합이라고 하였다. 홉스는 걷기나 말하기 같은 인간의 움직임도 코나투스에 의한 것이라고 보았는데, 이러한 관점에 따르면 심장을 통한 혈액의 순환 등 인체의 자기 보존을 위한 생명 운동 역시 코나투스에 의한 것이 된다. 즉 홉스에 따르면 코나투스는 어떠한 방향으로 향하기 위한 노력이며 인간의 자기 보존 욕망도 생존이라는 방향성을 갖는 노력이라고 할 수 있다.

05 〈보기〉는 제시문을 읽고 ㉠을 정리한 것의 일부이다. 〈보기〉의 ①~③에 들어갈 적절한 말을 제시문에서 찾아 쓰시오.

〈보기〉

<table>
<tr><th colspan="2">철학의 흐름</th><th colspan="2">㉠에 대한 인식의 변화</th></tr>
<tr><td colspan="2">그리스 스토아학파</td><td colspan="2">생명체 중 동물이 지닌 특성</td></tr>
<tr><td colspan="2">중세 스콜라 철학</td><td colspan="2">모든 유기적 생명체가 지닌 특성</td></tr>
<tr><td colspan="2">(①)철학</td><td colspan="2">유기적 생명체와 무기물이 지닌 특성</td></tr>
<tr><td rowspan="2">근대 철학</td><td>데카르트</td><td rowspan="2">물체의 운동에 코나투스의 의미를 적용</td><td>어떤 물체의 상태를 기술하는 (③)인 표현으로만 사용</td></tr>
<tr><td>(②)</td><td>물체의 모든 운동을 코나투스의 집합으로 이해</td></tr>
</table>

① ______________ ② ______________ ③ ______________

※ 다음 글을 읽고 물음에 답하시오.

양 원수가 귀 기울여 들으니 어찌 그 곡조를 모르리오? 여러 장수를 돌아보며,

"옛적에 장자방이 계명산에 올라 퉁소를 불어 초나라 병사들을 흩어지게 했는데, 알지 못하겠도다.

이곳에서 어떤 사람이 능히 이 곡조를 아는고? 내가 어렸을 때 옥피리를 배워 몇 곡조를 기억하니, 이제 마땅히 한 곡조를 시험해 삼군의 처량한 마음을 진정시키리라."

상자에서 옥피리를 꺼내어 장막을 높이 걷고 책상에 기대어 한 곡을 부니, 그 소리가 화평하고 호방해, 마치 봄 물결이 천 리 장강에 흐르는 듯하고, 삼월의 화창한 바람이 아름다운 나무에 불어오는 듯해, 한 번 불매 처량한 마음이 기쁘게 풀어지고, 두 번 불매 호탕한 마음이 저절로 생겨나 군중이 자연히 평온해지더라. 양 원수가 또 음률을 바꾸어 한 곡을 부니, 그 소리가 웅장하고 너그러워 도문의 협객이 축에 맞춰 노래하는 듯하고, 변방에 출전하는 장군이 철기를 울리는 듯하더라. 막하 삼군이 기세가 늠름해져 북을 치고 칼춤을 추며 다시 한번 싸우길 원하니, 양 원수가 웃으며 옥피리 불기를 그치고 다시 군막으로 들어가 몸을 뒤척이며 생각하되,

'내가 천하를 두루 다니며 인재를 다 보지는 못했으나, 오랑캐 땅에 이렇게 뛰어난 인재가 있을 줄 어찌 알았으리오? 남만 장수의 무예와 병법을 보니, 참으로 이 나라의 선비 가운데 그와 견줄 사람이 없고 천하의 기재이거늘, 이 밤 옥피리 역시 평범한 사람이 불 수 있는 바가 아니로다. 이는 하늘이 우리 명나라를 돕지 않고 조물주가 나의 큰 공로를 시기해 인재를 내어 남만 왕을 도움이로다.'

잠을 이루지 못하다 군막으로 소사마를 다시 불러 묻기를,

"장군이 어제 진중에서 남만 장수의 용모를 자세히 보았는가?"

소사마가 대답하길,

"가시덤불 속 꽃다운 풀이 분명하고, 기와 조각 속 보석이 완연하니, 잠깐 보았으나 어찌 잊을 수 있으리이까? 당돌한 기상은 이 시대의 영웅이요, 아리따운 태도는 천고의 가인이라. 연약한 허리와 가느다란 눈썹은 남자의 풍모가 적으나, 빼어난 용모와 용맹한 기상 역시 여자의 자태가 아니니, 대개 남자로 논한다면 고금에 없는 인재요, 여자로 논한다면 나라와 성을 기울게 할 미인일까 하나이다."

양 원수가 듣고 묵묵히 말이 없더라. 이때 홍랑이 사부의 명으로 남만 왕을 도우러 왔으나 또한 부모의 나라를 저버리지 못해, 조용히 옥피리를 불어 장자방이 초나라 병사인 강동의 자제들을 흩어지게 한 술법을 본받고자 함이거늘, 뜻밖에 명나라 진영 안에서도 옥피리로 화답하니, 비록 곡조는 다르나 음률에 차이가 나지 않고, 기상은 현격하게 다르나 뜻에 다름이 없어, 마치 아침 햇살에 빛깔 고운 봉황 암수가 화답함과 같더라. 홍랑이 옥피리 불기를 멈추고 망연자실해 고개를 숙이고 오래 생각하길,

'백운 도사께서 말씀하시길, 이 옥피리가 본디 한 쌍으로 한 개는 문창성*에게 있으니 그대가 고국에 돌아갈 기회가 이 옥피리에 달려 있노라 하셨거늘, 명나라 원수가 어찌 문창성의 성정이 아니리오? 그러나 하늘이 옥피리를 만들되 어찌 한 쌍을 만들었으며, 이미 한 쌍이 있다면 어찌 남북에서 그 짝을 잃게 하여 서로 만남이 이같이 더딘고?'

또 생각하길,

'이 옥피리가 짝이 있다면, 그것을 부는 사람이 분명 짝이 될지라. 하늘이 내려다보시고 밝은 달이 비추시니, 강남홍의 짝이 될 사람은 양 공자 한 분이라. 혹시 조물주가 도우시고 보살께서 자비를 베푸시어 우리 양 공자께서 이제 명나라 진영의 도원수가 되어 오신 것인가? 내가 어제 진영 앞에서 병법을 보았고 오늘 달빛 아래 다시 옥피리 소리를 들으니, 이 세상에 둘도 없는 인재라. 내가 마땅히 내일 도전해 원수의 용모를 자세히 보리라.'

– 남영로, 「옥루몽」

*문창성: 양창곡이 인간 세계에 태어나기 전 선계에서 신선일 때 이름.

06 **〈보기〉는 제시문에 대한 해설의 일부이다. 〈보기〉의 ㉠, ㉡에 해당하는 문장을 제시문에서 찾아 각각의 첫 어절과 마지막 어절을 순서대로 쓰시오.**

〈보기〉

고전 소설 「옥루몽」은 천상계의 선관 '문창성'이 꿈 속에서 '양창곡'으로 태어나 영웅적 모습으로 '원수'의 벼슬에 올라 부귀영화를 누리다가 다시 천상계로 돌아가는 '현실–꿈–현실'의 환몽 구조를 취하는 작품이다. 이 작품에는 주인공 '양창곡'의 영웅적 모습이 다양한 방법을 통해 제시되고 있다. 예를 들어 제시문에서는 ㉠<u>'양창곡'이 옥피리를 부는 장면에서 과장법, 열거법 등이 활용되며 '양창곡'의 비범한 능력이 드러나는데, '양창곡'의 옥피리 소리를 듣고 병사들은 심리적 안정감을 갖게 된다</u>. 그리고 이어지는 '양창곡'의 또 다른 옥피리 소리에 병사들의 사기가 진작되는 모습이 나타난다. 한편 「옥루몽」은 여성 영웅이 등장하는 특징이 있는 작품이다. 「옥루몽」에는 '강남홍'이 여성 영웅으로 등장하는데, 제시문에서는 '강남홍'의 이러한 영웅적 면모가 다른 등장 인물의 대화를 통해 나타나는 부분이 있다. ㉡<u>이 대화에서는 비유적 표현과 설의적 표현을 통해 '강남홍'의 전체적인 인상이 먼저 언급된다</u>. 그리고 이어지는 '강남홍'의 구체적인 외양 묘사를 통해 '강남홍'의 영웅으로서의 비범함이 드러나고 있다.

① ㉠에 해당하는 문장

첫 어절: ______________________, 마지막 어절: ______________________

② ㉡에 해당하는 문장

첫 어절: ______________________, 마지막 어절: ______________________

※ 다음 글을 읽고 물음에 답하시오.

밤의 식료품 가게
케케묵은 먼지 속에
죽어서 하루 더 손때 묻고
터무니없이 하루 더 기다리는
북어들,
북어들의 일 개 분대가
나란히 꼬챙이에 꿰어져 있었다.
나는 죽음이 꿰뚫은 대가리를 말한 셈이다.
한 쾌의 혀가
자갈처럼 죄다 딱딱했다.

나는 말의 변비증을 앓는 사람들과
무덤 속의 벙어리를 말한 셈이다.
말라붙고 짜부라진 눈,
북어들의 뻣뻣한 지느러미.
막대기 같은 생각
빛나지 않는 막대기 같은 사람들이
가슴에 싱싱한 지느러미를 달고
헤엄쳐 갈 데 없는 사람들이
불쌍하다고 생각하는 순간,
느닷없이
북어들이 커다랗게 입을 벌리고
거봐, 너도 북어지 너도 북어지 너도 북어지
귀가 먹먹하도록 부르짖고 있었다.

– 최승호, 「북어」

07 〈보기〉는 제시문에 대한 해설의 일부이다. 〈보기〉의 ①, ②에 들어갈 말을 제시문에서 찾아 쓰시오.

〈보기〉

최승호의 「북어」는 밤의 식료품 가게에 놓여 있는 북어의 말라비틀어진 모습을 통해 비판적으로 생각하고 말하는 능력을 잃어버린 현대인들을 비판하는 시이다. 화자는 나란히 꿰어진 북어를 보다가 북어의 모습에서 현대인의 모습을 발견하고 이에 연민을 느끼게 된다. 이 시에는 화자의 이러한 인식을 바탕으로 한 현대인의 속성이 투영된 북어의 이미지가 다양하게 나타난다. 특히 신체 이미지인 '(①)'은/는 비판적으로 말하는 능력을 잃어버린 현대인의 속성이 북어의 모습과 중첩되어 형상화된 시어이다. 말하는 능력을 잃어버린 채 무기력하게 살아가는 현대인의 모습은 화자에게 병 또는 불구의 이미지로 인식된다. 그러던 중 문득 화자는 자신 또한 다른 사람들과 다를 바 없다는 생각을 하게 되고, 이러한 생각은 자신과 북어의 동일시로 나타난다. 이와 같은 화자의 인식은 시행 '(②)'에 잘 드러난다. 이 부분에서 시상의 반전이 일어나 비판의 주체였던 화자는 비판의 대상이 된다.

① ______________________

② ______________________

※ 다음 글을 읽고 물음에 답하시오.

어린 시절 가장 많이 받은 질문. "너 커서 뭐가 될래?"

내 꿈은 계절마다 바뀌어서, 지금은 기억조차 가물가물하다. 하지만 초등학교 시절까지 가장 오래 간직했던 꿈은, 부끄럽지만 피아니스트였다. 피아니스트의 삶이 어떤 건지는 잘 몰랐지만 나는 그저 피아노가 좋았다. (중략) 피아노를 '잘 쳐서' 좋은 것이 아니라, '그냥 좋아서' 좋아했다. 특출한 재능이 있는 것은 아니었다.

꿈의 불꽃이 타오르기 시작한 순간은 이상하게도 잘 기억나지 않는데, 꿈의 불꽃이 사그라지던 순간은 정확히 기억난다. 어린 시절 우리 집에서 같이 살던 이모와 수다를 떨다가, 내가 피아니스트의 꿈을 꾸는 것이 부모님께 부담이 될 수 있다는 사실을 깨닫게 된 것이다. (중략) 조숙한 척만 했지 전혀 철들지 못했던 초등학생에게 이 사실은 커다란 충격이었다. 그때부터 나는 피아노 연습을 게을리하기 시작했다.

그 이후로도 나는 꿈을 여러 번 포기했다. 때로는 성적이 모자라서, 때로는 사람들의 평가가 두려워서, 때로는 그저 꿈만 꾸는 것이 싫증 나서 수도 없이 꿈을 포기했다. 내 꿈의 역사는 '포기의 역사'였다. 그런데 그 수많은 꿈을 포기하며 살아가다 보니, 정말 인정하기 싫지만 나의 진짜 문제를 알게 되었다. 실패가 두려워 한 번도 제대로 된 도전을 해 보지 못했다는 것을. 아무리 이모의 말이 충격적이었더라도, 내가 피아노를 좀 더 뜨겁게 사랑했더라면, 좀 더 세상과 싸워 볼 용기가 있었다면, 그렇게 쉽게 포기하진 않았을 것이다.

나는 달걀로 바위를 치는 심정으로, 자신의 꿈을 향해 도전하며 처절하게 실패하는 사람들을 마음속 깊이 질투하고 존경한다. 이제야 알았기 때문이다. 포기의 역사보다는 실패의 역사가 아름답다는 것을. 제대로 부딪쳐 보지도 않은 채 포기하는 것보다는, 멋지게 도전하고 처참하게 실패하는 사람들이 훨씬 많은 것을 배운다는 것을. 꿈을 이루는 데 실패하더라도, 삶에서 실패하는 것은 아님을.

얼마 전 내 소중한 벗이 불쑥 물었다. "넌 왜 그렇게 매사에 자신감이 없냐?"

나는 아무렇지도 않다는 듯 적당히 둘러대긴 했지만, 그 말이 오랫동안 아팠다. 가슴에 날카로운 사금파리*가 박힌 것처럼, 시리게 아팠다. 내 삶의 치명적인 허점을 건드리는 말이었기 때문이었다. 나를 오래 알아 온 사람만이 알아볼 수 있는 내 아픔이었기 때문이다.

나는 이제야 깨닫는다. 피아노를 포기한 것이 문제가 아니라, 그때부터 '포기하는 버릇'을 가슴 깊이 내면화한 것이 문제라는 것을. 도전하기 전에, 미리 온갖 잔머리를 굴려 내 인생을 머릿속으로 그려 보고, 안 되겠구나 싶어 지레 포기하는 것.

아주 어릴 때부터 나도 모르게 생긴 버릇이라 쉽게 고칠 수도 없었다.

내게 주어진 현실을 실제 상황보다 훨씬 나쁘게 인식하는 것. 내가 가진 것을 실제보다 훨씬 작게 생각하는 버릇. (중략) 그것은 금속에 슬기 시작한 '녹' 같다. 처음에는 아주 하찮아 보이지만 나중에는 가득 덮인 녹 때문에 원래 모습조차 알 수 없게 되어 버리는. 나는 진로에 대한 공포 때문에, 미래에 대한 비관 때문에, 나의 원래 모습마저 잃어버린 것 같았다.

나의 글을 읽는 젊은이들은 나 같은 실수를 반복하지 말았으면 한다. 진로를 생각할 때 '실현 가능성'부터 생각하지 말았으면 한다. 진로를 생각할 때 곧바로 '직업'과 연결하지도 말았으면 한다. 미래를 생각할 때 생활의 안정을 1순위로 하지 말았으면 좋겠다.

하지만 이런 건 괜찮다. 예컨대, 내가 얼마나 그 꿈에 몰두해 있을 수 있는지 실험해 보는 것. 밥 먹는 것도 잊고, 잠자는 것도 잊고, 약속 시각도 잊고, 무언가에 몰두해 본 적이 있는가. 그게 바로 우리들의 가슴을 뛰게 하는 것이다.

– 정여울, 「그때 알았더라면 좋았을 것들」

*사금파리: 사기그릇의 깨어진 작은 조각.

08 **〈보기〉는 제시문에 대한 해설의 일부이다. 〈보기〉의 ①, ②에 들어갈 적절한 말을 제시문에서 찾아 쓰시오.**

〈보기〉

이 작품은 꿈을 포기하는 습관을 가졌던 자신의 아픈 경험을 솔직하게 이야기하고, 이러한 경험을 통해 얻게 된 깨달음을 젊은이들에 대한 당부의 형식으로 전하고 있다. 이 작품에서는 글쓴이의 심리와 정서를 효과적으로 표현하기 위한 다양한 이미지들이 활용되고 있다. '(①)'은/는 날카로운 외형과 이로부터 연상되는 섬뜩한 촉각적 이미지를 환기하며 글쓴이가 느낀 심리적 고통을 감각적으로 형상화하는 기능을 한다. 그리고 처음에는 작지만 그대로 놔두면 걷잡을 수 없이 퍼지는 속성을 가진 '(②)'은/는 꿈을 쉽게 포기하는 행동이 거듭되다 보면, 그것이 결국 자신의 삶을 결정하는 내면화된 습성이 되어 버린다는 글쓴이의 깨달음을 시각적으로 형상화하는 소재이다.

① ______________________

② ______________________

09 **〈보기1〉은 '한글 맞춤법'의 일부이고, 〈보기2〉는 〈보기1〉을 실제 사례에 적용한 탐구활동이다. 〈보기2〉의 ①~③에 들어갈 적절한 말 또는 숫자를 쓰시오.**

〈보기 1〉

[제6항] 'ㄷ, ㅌ' 받침 뒤에 종속적 관계를 가진 '-이(-)'나 '-히-'가 올 적에는 그 'ㄷ, ㅌ'이 'ㅈ, ㅊ'으로 소리 나더라도 'ㄷ, ㅌ'으로 적는다.

[제11항] 한자음 '랴, 려, 례, 료, 류, 리'가 단어의 첫머리에 올 적에는, 두음 법칙에 따라 '야, 여, 예, 요, 유, 이'로 적는다.

[붙임 1] 단어의 첫머리 이외의 경우에는 본음대로 적는다. 다만, 모음이나 'ㄴ' 받침 뒤에 이어지는 '렬, 률'은 '열, 율'로 적는다.

[제13항] 한 단어 안에서 같은 음절이나 비슷한 음절이 겹쳐 나는 부분은 같은 글자로 적는다.

[제19항] 어간에 '-이'나 '-음/-ㅁ'이 붙어서 명사로 된 것과 '-이'나 '-히'가 붙어서 부사로 된 것은 그 어간의 원형을 밝히어 적는다.

[제40항] 어간의 끝음절 '하'의 'ㅏ'가 줄고 'ㅎ'이 다음 음절의 첫소리와 어울려 거센소리로 될 적에는 거센소리로 적는다.

〈보기 2〉

- '한글 맞춤법' 제11항 및 제11항 [붙임 1]을 참고하면 '성공율/성공률' 중 올바른 표기는 '(①)'이다.
- '한글 맞춤법' 제13항을 참고하면 '짭짤하다/짭잘하다' 중 올바른 표기는 '(②)'이다.
- '한글 맞춤법' 제(③)항을 참고하면 '간편게/간편케' 중 올바른 표기는 '간편케'이다.

① ______________ ② ______________ ③ ______________

수학[인문B]

▶ 해설 p.406

10 정의역이 $\left\{x \middle| \log_5 \frac{1}{3} \le x \le 2\right\}$인 함수 $y = 25^x - 3 \times 5^{x+2} + 10$이 $x = \alpha$에서 최댓값 M을 갖고 $x = \beta$에서 최솟값 m을 가질 때, α, β, M, m의 값을 구하는 과정을 서술하시오.

11 양의 실수 전체의 집합에서 정의된 함수 $f(x) = \sum_{k=1}^{45} \frac{\sqrt{x+k+45} - \sqrt{x+k}}{x\sqrt{x}}$에 대하여 $g(x)$는 $\lim_{x \to \infty} f(x)g(x) = 2025$를 만족시키는 이차함수이다. 방정식 $g(x) = 0$의 서로 다른 두 실근 α, β가 $\alpha + \beta = 25$, $\alpha\beta = 5$를 만족시킬 때, $g(x)$의 최솟값을 구하는 과정을 서술하시오.

12 다음 조건을 만족시키는 모든 다항함수 $f(x)$에 대하여 모든 $f(1)$의 값의 합을 구하는 과정을 서술하시오.

> 모든 실수 x에 대하여
> $f(x)=5x^4+x^2\int_{-1}^{1}f(t)dt-\left|\int_{0}^{1}f(t)dt\right|$
> 이다.

13 첫째항이 1이고 공차가 자연수인 등차수열 $\{a_n\}$에 대하여

$\sum_{k=1}^{21}\frac{a_{k+1}-a_k}{\sqrt{a_{k+1}}+\sqrt{a_k}}$의 값이 50 이하의 자연수가 되도록 하는 공차들의 집합을 A라 하자. 집합 A의 모든 원소의 개수를 α, 모든 원소의 합을 β라 할 때, α와 β의 값을 구하는 과정을 서술하시오.

14 그림과 같이 사각형 ABCD가 한 원에 내접하고 $\overline{AD}=\overline{CD}=3$, $\overline{BC}=8$, $\angle BAD=\frac{2}{3}\pi$일 때, $\sin(\angle ADC)$의 값을 구하는 과정을 서술하시오.

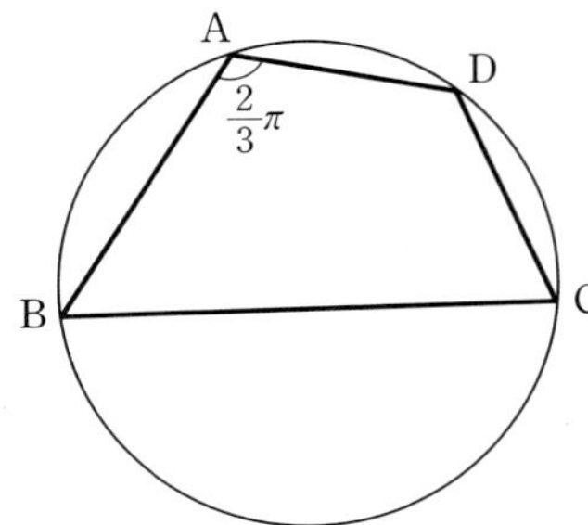

15 함수

$$f(x)=\begin{cases} ax+b & (x\le -1) \\ x^2-2x+2 & (-1<x<3) \\ x^3-3x^2+cx+d & (x\ge 3) \end{cases}$$

가 실수 전체의 집합에서 미분가능할 때, 함수 $g(x)=ax^3+(b+t)x^2+cx+d$가 극값을 가지도록 하는 실수 t의 범위를 구하는 과정을 서술하시오.

국어[자연C]

▶ 해답 p.408

※ 다음은 스마트 팜을 설명하는 글을 쓰기 위해 학생이 작성한 초고이다. 물음에 답하시오.

최근 스마트 팜이 새로운 산업으로 각광받고 있다. 스마트 팜은 정보 통신 기술을 접목하여 원격 또는 자동으로 작물과 가축의 생육 환경을 적정하게 유지 · 관리하는 농장을 의미한다. 스마트 팜에서는 컴퓨터 또는 모바일을 통해 농장의 온도, 이산화 탄소 등을 모니터링하고 창문 개폐, 영양분 공급 등을 원격 또는 자동으로 제어한다.

스마트 팜이라고 하면 정보 통신 기술을 적용하기 쉬운 비닐하우스나 유리 온실과 같은 시설 원예 농가만을 생각하기 쉽지만, 스마트 팜은 노지 작물이나 축사에도 활용된다. 스마트 팜 시스템을 통해 스마트 노지 작물 농가는 물 공급과 병충해 예방 등 작업을 관리하고, 스마트 축사 농가는 물과 사료를 원격 또는 자동으로 조절한다. 정부 기관의 발표에 따르면 2023년 8월을 기준으로 스마트 시설 원예 농가 700여 가구, 스마트 노지 작물 농가 400여 가구, 스마트 축사 농가 500여 가구가 참여하는 등 스마트 팜은 최근 연평균 15.5% 정도의 성장률로 꾸준히 성장 중이다.

정부의 스마트 팜 지원 결과 보고서에 따르면, 스마트 팜의 도입으로 나타난 가장 큰 변화는 노동력 절감과 생산성 증대이다. 기존 방식의 농업과 축산업에서는 노동력 부족이 큰 문제인데, 스마트 팜에서는 적은 노동력으로도 생산성을 높일 수 있다. 아울러 에너지 절감과 온실가스의 배출 감소처럼 환경 측면의 긍정적 효과도 있다.

여러 장점이 있는 스마트 팜이지만 아직 구축과 운영 과정에서 겪는 문제도 남아 있다. 실제로 스마트 팜을 운영하는 많은 농민들은 스마트 팜 설치 비용이 부담이 된다고 하였으며, 기술적 이해 부족으로 인한 잦은 고장 문제를 이야기한 농민도 많았다. 따라서 미래의 노동력 부족 현상이나 환경적 측면에서 여러 효과가 있는 스마트 팜을 확대 적용하기 위해서는 스마트 팜 관련 시설의 설치 및 비용을 낮추는 방안을 찾는 일과 장비 운용에 대한 이해도를 높이는 일 등이 시급하다고 할 수 있다.

01 〈보기〉는 제시문을 작성하기 전에 학생이 수립한 글쓰기 계획의 일부이다. 〈보기〉의 ①, ②가 반영된 문장을 제시문에서 찾아 각각의 첫 어절과 마지막 어절을 순서대로 쓰시오.

〈보기〉

① 구체적인 통계 자료를 활용하여 스마트 팜의 현황을 제시한다.

② 스마트 팜의 구축 및 운영 과정에서 발생하는 문제점을 스마트 팜 운영 농가의 실제 사례를 통해 보여준다.

① 첫 어절: ______________________, 마지막 어절: ______________________

② 첫 어절: ______________________, 마지막 어절: ______________________

[02～03] 다음 글을 읽고 물음에 답하시오.

초음파는 사람이 들을 수 있는 주파수보다 높은 주파수를 가지는 음파이다. 이를 이용한 초음파 진단기는 신체에 탐촉자*를 대고 초음파를 발생시킨 뒤, 인체 조직을 통과하는 초음파 빔 중에서 되돌아오는 신호를 탐촉자가 수신하여 영상으로 변환해 화면에 나타내는 기기이다.

소리의 파동인 초음파는 전파되기 위해 매개체, 즉 매질이 필요하다. 매질의 특성에 따라 초음파의 전파 속도에 차이가 나며, 동일한 매질 내에서는 동일한 전파 속도를 가진다. [자료 1]은 매질별 초음파의 전파 속도와 음향 저항을 나타낸 표이다. 인체는 대략 65%가 수분으로 구성되어 있어 평균적인 전파 속도가 1,540m/s와 유사한 값을 갖는다. 뼈조직에서의 전파 속도는 4,080m/s로 가장 빠르고, 대부분이 공기로 채워진 폐에서의 전파 속도는 가장 느리다. 전파 속도는 통과하는 매질의 체적 탄성률*에 비례하고 매질의 밀도에 반비례한다.

매질	초음파의 전파 속도(m/s)	음향 저항 (g/cm^2 · s)
공기	331	0.0004
지방	1,450	1.38
물	1,540	1.54
혈액	1,570	1.61
근육	1,585	1.70
뼈	4,080	7.80

[자료 1]

탐촉자에서 송신한 초음파 빔은 인체 조직을 통과하면서 조직의 경계면에서 반사되거나 조직 내에서 산란되어 되돌아오는데, 초음파 진단기는 이러한 반사파나 산란파를 이용한다. 음향 저항이 서로 다른 두 조직의 경계면에 초음파가 입사*되면, 일부는 반사되고 나머지는 투과된다. 음향 저항은 음파에 대한 매질의 저항을 의미하는 것으로, 매질의 밀도(g/cm^3)와 매질 내 전파 속도(m/s)를 곱한 값으로 결정된다. 이때, 두 매질 사이에 음향 저항의 차이가 클수록 반사되는 초음파의 세기가 증가한다. 초음파는 같은 매질 내에서는 같은 전파 속도를 가지므로, 음향 저항의 차이를 유발하는 것은 두 매질 간의 밀도 차이이다. 근육, 힘줄, 인대 등과 같은 연부 조직의 평균 음향 저항은 1.70g/cm^2 · s로 지방보다 공기와의 음향 저항의 차이가 더 크므로, 지방과 근육의 경계면보다 공기와 근육의 경계면에서 반사파의 세기가 더 크다. ㉠초음파 검사 시에 탐촉자와 피부 표면 사이에 점성이 높은 액체형 젤(gel)을 바르는 것도 탐촉자와 피부 사이의 공기로 인해 발생하는 반사파의 세기를 고려한 것이다.

또한 음파의 반사는 입사각의 영향을 크게 받는다. 입사각은 입사되는 초음파와 법선*이 이루는 각도를 말한다. 표면이 평평한 두 매질의 경계면에 초음파 빔이 입사할 경우, 법선을 기준으로 입사각과 반사각은 같다. 초음파 빔이 조직의 경계면에 수직으로 입사하면, 탐촉자로 돌아오는 반사파가 많아져서 초음파 영상이 명료하게 나타난다. 하지만 입사각이 커질수록, 즉 입사파와 경계면이 이루는 각도가 작아질수록 빔은 탐촉자의 반대 방향으로 반사되어 탐촉자로 돌아오는 빔이 적어져서 영상에 포함되지 않게 된다. [자료 2]는 초음파가 조직의 경계면에 수직으로 입사한 경우의 반사 계수를 나타낸 표이다. 반사 계수란 입사파 대비 반사파의 비율로, 이 값이 1에 가까울수록 입사파 대부분이 반사됨을 의미한다.

초음파 검사 시 주의 사항이 있다. 위장, 간, 담낭 등의 장기를 살펴볼 수 있는 상복부 초음파 검사를 할 경우, 물을 포함한 음식물의 섭취가 소화액과 장내 가스를 발생시켜 반사파가 증가한다. 즉 위장에서 분비하는 소화액과 장내 가스는 위장의 깊숙한 부위 혹은 팽창된 위장에 가려지는 췌장이나 간 등의 장기에 초음파가 도달하는 것을 방해할 수 있다. 따라서 상복부 초음파 검사 전에는 8~12시간 이상 물을 마시지 말고 금식해야 한다. 또한 껌을 씹거나 흡연하는 과정에서 삼킨 많은 공기가 위장으로 들어갈 수 있으므로 ㉡검사 전에 껌 씹기와 흡연을 하지 않아야 한다.

경계면	반사 계수
지방-근육	0.10
혈액-근육	0.03
근육-뼈	0.64
신장-간	0.01
연부 조직-물	0.05
연부 조직-공기	0.99

[자료 2]

*탐촉자: 초음파를 발생시켜 송신하고 되돌아오는 음파를 수신하는 장비.
*체적 탄성률: 물체의 모든 방향에서 균일한 압축력이 가해졌을 때, 압축되지 않으려고 저항하는 정도를 나타내는 값.
*입사: 소리나 빛의 파동이 매질 속을 지나 다른 매질의 경계면에 이르는 일.
*법선: 어떤 면에 수직으로 세운 가상의 선.

02 〈보기〉는 제시문을 읽고 실시한 탐구 활동이다. 〈보기〉의 ①~③에 들어갈 적절한 말을 쓰시오.

〈보기〉

- '근육과 뼈의 경계면'과 '지방과 근육의 경계면' 중 경계면에서 반사되는 초음파의 세기가 더 큰 것은 '(①)의 경계면'이다.
- 매질의 특성만 고려하면, '혈관 속'과 '폐 속' 중 초음파의 전파 속도는 '(②) 속'에서 더 빠르다.
- 초음파가 조직의 경계면에 수직으로 입사한 경우를 기준으로 했을 때, '근육과 뼈의 경계면'과 '지방과 근육의 경계면' 중 '(③)의 경계면'에서 반사되는 정도가 더 크다.

※ 〈보기〉에서 언급한 조건 외에, 다른 조건들은 모두 동일함.

① ______________________

② ______________________

③ ______________________

03 〈보기〉는 제시문을 바탕으로 제시문의 ㉠과 ㉡의 이유를 추론한 것이다. 〈보기〉의 ①, ②에 들어갈 적절한 말을 제시문에서 찾아 쓰시오.

〈보기〉

- ㉠은 탐촉자에서 나온 초음파가 피부에 닿기 전에 통과하게 되는 매질과 피부 사이의 (①)을/를 감소시켜 초음파가 신체 내로 쉽게 투과되도록 하기 위함이다.
- ㉡은 껌을 씹거나 흡연하는 과정에서 위장으로 들어간 공기로 인해, 초음파 검사 시 (②)이/가 증가하여 정밀한 진단이 어렵게 되기 때문이다.

① ______________________

② ______________________

※ 다음 글을 읽고 물음에 답하시오.

우리는 산행 중 만난 작은 들꽃을 눈여겨보며 '아름답다'고 느낀다. 드높이 솟은 산봉우리를 바라보며 그 광경이 '장엄하다'거나 '숭고하다'고 느끼기도 한다. 칸트는 이러한 미(美)와 숭고(崇高)의 판단이 우리에게 즐거움, 즉 쾌를 준다는 점에서 공통적이라고 보았다. 나아가 둘은 개념을 통해 대상을 인식하는 논리적 판단이나 외부 세계의 정보를 알게 하는 감각적 판단이 아니라고 보았다. 논리적 판단과 감각적 판단이 모두 객관과 관계된 것이라면, 미와 숭고는 오직 주체가 느낀 감정, 즉 주관과 관계된다는 것이다. 그런데 칸트에 따르면 미와 숭고의 판단은 모두 특수한 대상에 대한 주관적 판단이지만 우리는 다른 모든 사람도 그 대상에 대해 자신과 같이 판단할 것이라고 생각한다. 즉 사람은 자신에게 아름답거나 숭고한 대상은 남에게도 그럴 것이라고 여긴다. 이러한 점에서 칸트는 미와 숭고의 판단이 모두 반성적 판단, 즉 특수한 것으로부터 보편적인 것을 발견하려는 판단이라고 보았다.

하지만 칸트는 다음과 같은 점에서 미와 숭고가 서로 구분된다고 보았다. 첫째, 미는 형식을 가진 대상에서 경험되는 반면, 숭고는 무형식적 대상에서 경험된다. 예를 들어 멀리서 산을 바라볼 때 그 대상은 산이라는 감각적 형식으로 드러나며 이러한 형식에서 우리는 아름다움을 경험한다. 그러나 안개에 가려진 봉우리 밑에 서서 거대한 산의 일부만을 바라볼 때에는 대상의 전체 형식이 쉽게 상상되지 않는다. 그리고 그 모습을 전부 드러내지 못할 만큼 거대한 산의 모습에서 우리는 숭고를 경험한다. 이처럼 숭고는 우리가 재현해 내려는 형식에 한계가 없기 때문에 발생한다. 즉 칸트에 따르면 숭고에서 경험되는 무형식성은 감각적 형식의 부재가 아닌 우리가 표상할 수 있는 형식적 한계의 부재를 의미한다.

둘째, 미와 숭고는 그것이 불러일으키는 감정이 다르다. 칸트는 미가 직접적으로 즐거움을 준다면, 숭고는 '불쾌의 쾌'라는 감정을 유발한다고 보았다. 우리는 어떤 거대한 대상과 대면했을 때 그것의 전체 모습을 재현해 내기 위해 애쓰는 과정에서 자신의 지각 능력의 한계에 도달하는 불쾌한 경험을 하게 된다. 그리고 이러한 불쾌의 감정을 거쳐 결국 숭고라는 쾌의 감정을 만나게 된다. 즉 하나로 파악해 낼 수 없는 거대한 대상에 대한 압도의 경험은 일차적으로 그 대상에 대한 반발을 유발하지만, 이러한 반발을 매개로 오히려 대상에 대한 이끌림을 경험한다. 이러한 점에서 칸트는 숭고에서는 미에서 발생하는 고요한 관조라는 마음의 상태와는 다른 마음의 운동, 즉 감동이 발생한다고 보았다.

셋째, 칸트는 합목적성이 미와 숭고 사이의 가장 중요한 차이라고 말한다. 합목적성이란 대상과 판단력 사이의 적합성을, 반목적성이란 대상과 판단력 사이의 부적합성을 의미한다. 미로 인한 쾌의 감정은 그 대상이 형식적 합목적성을 지닐 때 느끼는 즐거움이다. 우리가 어떤 대상을 아름답다고 느낄 때 그 대상의 형식은 우리의 판단력에 적합한 것으로 느껴진다. 그런데 숭고의 대상은 무형식적 이어서 우리는 대상을 하나의 표상으로 파악하는 데 어려움을 겪게 되고, 대상을 파악하려는 인식의 노력은 좌절된다. 따라서 숭고의 대상은 우리의 판단력에 부적합한 것으로 여겨지는 형식적 반목적성을 갖는다.

04 **〈보기2〉는 제시문을 바탕으로 〈보기1〉의 ㉠~㉢을 이해한 내용이다. 〈보기2〉의 ①~④에 들어갈 적절한 말을 〈조건〉에 맞게 쓰시오.**

〈보기 1〉

칸트는 '크다는 것'과 '크기'를 구별한다. ㉠'크기'는 다른 척도 없이도 대상 그 자체로부터 객관적으로 규정되지만 '크다는 것'은 그렇지 않다. 예를 들어 '저 사물의 크기가 1m이다.'라는 판단은 다른 대상과의 비교 없이 규정되나, '저 사물은 크다.'라는 판단은 그 사물보다 크기가 작은 사물들을 전제해야 한다. 칸트에 따르면 이는 비교 대상을 요구하는 상대적인 판단으로, 그 대상의 '크기'에 대한 인식이 아닌 주관적인 느낌을 표현한 것인 동시에 다른 사람도 '저 사물은 크다.'라고 판단할 것으로 여기는 판단이다. 칸트는 '저 사물은 크다'라는 판단에서 '크다는 것'을 다시 ㉡'상대적으로 큰 것'과 ㉢'절대적으로 큰 것'으로 구분한다. 이때 '상대적으로 큰 것'은 다른 것과의 비교를 전제한 것이지만, '절대적으로 큰 것'에 대한 판단 주체는 그 비교 대상을 자신 밖에서 찾을 수 없는 절대성을 체험한다.

〈보기 2〉

칸트는 주체의 어떤 대상에 대한 숭고의 체험은 감각적 형식으로 표상할 수 없는 대상에 대한 반성적 판단을 통해 유발되는 것으로 보았다. 이를 고려하면 칸트의 입장에서 ㉠에 대한 판단은 반성적 판단이 아니기 때문에 주체는 ㉠이 판단되는 대상에 대해 숭고의 체험을 할 수 (①). 다음으로 ㉡은 주관적인 것으로, 다른 사람들도 대상에 대해 자신과 같이 판단할 것으로 여겨지는 반성적 판단이다. 하지만 ㉡은 감각적 형식으로 표상할 수 (②) 대상에 대해 판단한 것이므로 칸트의 입장에서 주체는 ㉡으로 판단되는 대상에 대해서 숭고의 체험을 할 수 (③). 마지막으로 ㉢은 주체의 반성적 판단에 해당하고, ㉢의 판단 주체는 비교 대상을 주체 밖에서 찾을 수 없는 절대성을 체험하게 된다. 이때 ㉢의 판단에는 대상을 표상할 수 있는 형식적 한계가 (④) 때문에 주체는 숭고를 경험하게 된다.

〈조건〉

- ①~④ 모두 문맥에 맞게 '있다' 또는 '없다'의 적절한 활용형으로 작성할 것.
- ①~④ 모두 2자로 작성할 것(단, 띄어쓰기와 문장부호는 글자 수에서 제외함).

① ______ ② ______ ③ ______ ④ ______

※ 다음 글을 읽고 물음에 답하시오.

사장(沙場)은 물새가 없이 너무 너르고 그 건너 포플러의 행렬은 이 개포*의 돛대들보다 더 위엄이 있다. 오래 머물지 못하는 돛대들이 쫓겨 달아나듯이 하구(河口)를 미끄러져 도망해 버린다. 나무 없는 건넌산들은 키가 돛대보다 낮다. 피부 빛은 사공들의 잔등보다 붉다. 물속에 들어간 닻이 얼마나 오래 있나 보자고 산들은 물 위를 바라보고들 있는 듯하다.

개포에는 낮닭이 운다. 기슭 핥는 물결 소리가 닭의 소리보다 낮게 들린다. 저 아래 철교 아래 사는 모터보트가 돈

많은 집 서방님같이 은회색 양복을 잡숫고* 호기 뻗친 노라리* 걸음으로 내려오곤 한다. 빈 매생이*가 발길에 차이고 못나게 출렁거리며 운다.

커다란 금 휘장의 모자를 쓴 운전수들이 빈손 들고 내려서는 동둑을 넘어서 무엇을 찾는 듯이 구차한 거리로 들어간다. 구멍 나간 고의를 입은 사공들을 돌아다보지 않는 것이 그들의 예의이다. 모두 머리를 모으고 몸을 비비대고 들어선 배들 앞에는 언제나 운송점의 빨간 트럭 한 대가 놓여 있다. 때때로 퐁퐁퐁퐁……거리는 것은 아마 시골 손들에게 서울의 연설을 하는지 모른다.

여의도에 비행기가 뜨는 날 먼 시골 고장의 배가 들어서는 때가 있다. 돛대 꼭두마리의 팔랑개비를 바라보던 버릇으로 뱃사람들은 비행기를 쳐다본다. 그리고 돛대의 흰 깃발이 말하듯이 그렇게 하늘이 무서운 것이 아니라고 생각한다. 이럴 때에 영등포를 떠나오는 기차가 한강 철교를 건넌다. 시골 운송점과 정미소에서 내는 신년 괘력(掛曆)*의 그림이 정말이 되는 때다.

"마포는 참 좋은 곳이여!" 뱃사람의 하나는 반드시 이렇게 감탄한다.

흰 수염 난 늙은이가 매생이에서 낚대를 드리우지 않는 날을 누가 보았나? 요단강의 영지(靈智)*가 물 위에 차 있을 듯한 곳이다. 강상(江上)에 흐늑이는* 나룻배를 보면 「비파행」*의 애끊는 노래가 들리지 않나 할 곳이다.

뗏목이 먼저 강을 내려와서 강을 올라오는 배를 맞는 일이 많다. 배가 떠난 뒤에도 얼마를 지나서야 뗏목이 풀린다. 뗏목이 낯익은 배들을 보내고 나는 때에 개포의 작은 계집아이들이 빨래를 가지고 나와서 그 잔등에 올라앉는다. 기름 바른 머리 분칠한 얼굴이 예가 어덴가 하고 묻고 싶어 할 것이 뗏목의 마음인지 모른다.

뱃지붕을 타고 먼산바라기를 하는 사람들은 저 산 그 너머 산 그 뒤로 보이는 하이얀 산만 넘으면 고향이 보인다고들 생각한다. 서울 가면 아무 데 산이 보인다고 마을에서 말하고 떠나온 그들이 서울의 개포에 있는 탓이다.

배들은 낯선 개포에서 본(本)과 성명을 말하기를 싫어한다. 그들은 머리에다 커다랗게 붉은 글자로 백천(百川), 해주(海州), 아산(牙山)…… 이렇게 뻐젓한 본을 달고 금파환(金波丸), 대양환(大洋丸), 순풍환(順風丸), 이렇게 아름답고 길상(吉祥)한 이름을 써 붙였다. 그들은 이 개포의 맑은 하늘 아래 뿔사납게 서서 흰 구름과 눈빨기*를 하는 전기 공장의 시꺼먼 굴뚝이 미워서 이 강에 정을 못 들이겠다고 말없이 가 버린다.

– 백석, 「마포」

*개포: 마포의 포구.
*잡숫고: 입고.
*노라리: 건달처럼 빈둥거리는 짓.
*매생이: 돛이 없는 작은 배.
*괘력: 벽이나 기둥에 걸어 놓고 보는 일력(日曆)이나 달력.
*영지: 신령스럽고 기묘한 지혜.
*흐늑이는: 느리고 부드럽게 흔들리는.
*비파행: 중국 당나라 시인 백거이가 지은 칠언 고시.
*눈빨기: '눈 흘기기'의 평북 방언.

05 〈보기〉는 제시문을 읽고, 수업 시간에 교사와 학생들이 나눈 대화의 일부이다. 〈보기〉의 ㉠, ㉡에 해당하는 문장을 제시문에서 찾아 각각의 첫 어절과 마지막 어절을 순서대로 쓰시오.

〈보기〉

교사: 지금까지 백석의 「마포」를 함께 감상해 봤어요. 이 작품의 공간적 배경은 마포인데, 마포의 풍경과 그에 투영된 글쓴이의 단상이 체계적인 의미 단위를 이루며 전개되고 있어요. 그만큼 공간적 배경은 이 작품의 감상에 중요한 부분이라고 할 수 있습니다. 그럼 이제부터는 생성AI를 활용해 작품 속 배경을 이미지로 한번 구현해 보기로 해요. 생성AI에 입력할 프롬프트를 준비해야 하니까, 먼저 작품 속에 나타나는 공간적 배경의 모습을 정리해서 말해 볼까요?

민수: ㉠마포 포구의 건너편에는 헐벗고 낮은 민둥산들이 있어요.

교사: 그 민둥산들의 색깔은 어떻게 묘사되고 있어요?

민수: 붉은색으로 묘사되고 있어요.

혜은: ㉡마포 포구에 정박한 배들 앞에는 엔진 소리를 내는 빨간 트럭이 주차되어 있고, 예쁘게 단장한 계집아이들이 마포 포구에 정박한 배 위로 올라가 빨래를 하고 있어요.

교사: 음, 그런데 여자아이들이 빨래를 하고 있는 곳이 배 위가 맞나요?

혜은: 아, 배 위가 아니라 뗏목 위이네요.

교사: 네, 좋아요. 작품 속에 나타나는 공간적 배경의 다른 모습들도 계속 찾아봅시다.

① ㉠에 해당하는 문장

첫 어절: ______________________, 마지막 어절: ______________________

② ㉡에 해당하는 문장

첫 어절: ______________________, 마지막 어절: ______________________

※ 다음 글을 읽고 물음에 답하시오.

왜 나는 조그마한 일에만 분개하는가
저 왕궁 대신에 왕궁의 음탕 대신에
50원짜리 갈비가 기름 덩어리만 나왔다고 분개하고
옹졸하게 분개하고 설렁탕집 돼지 같은 주인년한테 욕을 하고
옹졸하게 욕을 하고

한번 정정당당하게
붙잡혀 간 소설가를 위해서
언론의 자유를 요구하고 월남 파병에 반대하는
자유를 이행하지 못하고
20원을 받으러 세 번씩 네 번씩

찾아오는 야경꾼*들만 증오하고 있는가

옹졸한 나의 전통은 유구하고 이제 내 앞에 정서(情緖)로
가로놓여 있다
이를테면 이런 일이 있었다
부산에 포로수용소의 제14야전병원에 있을 때
정보원이 너스들과 스펀지를 만들고 거즈를
개키고 있는 나를 보고 포로경찰이 되지 않는다고
남자가 뭐 이런 일을 하고 있느냐고 놀린 일이 있었다
너스들 옆에서

지금도 내가 반항하고 있는 것은 이 스펀지 만들기와
거즈 접고 있는 일과 조금도 다름없다
개의 울음소리를 듣고 그 비명에 지고
머리에 피도 안 마른 애놈의 투정에 진다
떨어지는 은행나무 잎도 내가 밟고 가는 가시밭

아무래도 나는 비켜서 있다 절정 위에는 서 있지
않고 암만해도 조금쯤 옆으로 비켜서 있다
그리고 조금쯤 옆에 서 있는 것이 조금쯤
비겁한 것이라고 알고 있다!

그러니까 이렇게 옹졸하게 반항한다
이발쟁이에게
땅주인에게는 못 하고 이발쟁이에게
구청 직원에게는 못 하고 동회 직원에게도 못 하고
야경꾼에게 20원 때문에 10원 때문에 1원 때문에
우습지 않으냐 1원 때문에

모래야 나는 얼마큼 적으냐
바람아 먼지야 풀아 나는 얼마큼 적으냐
정말 얼마큼 적으냐……

– 김수영, 「어느 날 고궁을 나오면서」

*야경꾼: 밤사이에 화재나 범죄가 없도록 살피고 지키는 사람.

06 〈보기〉는 제시문에 대한 해설의 일부이다. 〈보기〉의 ㉠, ㉡에 해당하는 연을 찾아 각각의 첫 어절과 마지막 어절을 순서대로 쓰시오.

〈보기〉

시에는 다양한 갈등의 상황이 존재하고, 이러한 갈등의 상황에 대처하는 시적 화자의 다양한 모습이 드러난다. 갈등의 상황에서 문제를 해결하고자 하는 화자의 의지와 태도가 적극적으로 드러나기도 하고, 갈등의 해소보다는 갈등으로 인해 발생한 화자의 감정을 표출하는 모습이 나타나기도 한다. 김수영의 「어느 날 고궁을 나오면서」에도 갈등을 겪는 화자의 감정이 다양한 방식으로 표출되는 것을 확인할 수 있다. 그중 이 시에는 ㉠화자가 옳다고 생각하는 삶의 태도와 실제로는 그렇게 살지 못하는 자신의 모습 각각이, 대비되는 공간적 이미지의 시어를 통해 표현되면서 화자의 자조적인 감정이 표출되기도 한다. 그리고 ㉡화자는 이와 같은 자신의 모습에 대해 느끼는 부끄러움을 구체적인 대상을 호명하며 묻는 방식으로 표출하기도 한다.

① ㉠에 해당하는 연

첫 어절: ______________________, 마지막 어절: ______________________

② ㉡에 해당하는 연

첫 어절: ______________________, 마지막 어절: ______________________

수학[자연C]

▶ 해답 p.410

07 $0 \leq \theta < 2\pi$에 대하여 $\cos\left(\frac{\pi}{2}+\theta\right)=\frac{1}{\sqrt{6}}$이고 $\cos\theta<0$일 때,

$\tan^2(\pi+\theta)+\sqrt{5}\tan\theta+3\sin^2\left(\frac{3}{2}\pi+\theta\right)$

의 값을 구하는 과정을 서술하시오.

08 함수

$f(x)=\begin{cases} \frac{1}{3}x^{-4} & (0<x\leq 2) \\ \log_3 x & (x>2) \end{cases}$ 에 대하여

$\sum_{n=1}^{3} f(f(f(n)))$의 값을 구하는 과정을 서술하시오.

09 다항함수 $f(x)$가 모든 실수 x에 대하여

$$\int_0^x tf(t)dt=f(x)+ax^3+x^2+x-2$$

를 만족시킬 때, $f(a)$의 값을 구하는 과정을 서술하시오. (단, a는 상수이다.)

10 자연수 k에 대하여 $\sqrt[n]{(2^k)^7}$의 값이 8의 배수가 되도록 하는 2 이상의 자연수 n의 개수를 $f(k)$라 하자. 〈보기〉에서 옳은 것만을 있는 대로 고르는 과정을 서술하시오.

〈보기〉

ㄱ. $f(7)=2$

ㄴ. $f(k)=2$를 만족시키는 5 이하의 k의 개수는 2이다.

ㄷ. $f(k)=5$를 만족시키는 10 이하의 모든 k의 값의 합은 24이다.

11 다항함수 $f(x)$가 다음 조건을 만족시킨다.

> (가) $\lim_{x \to \infty} \frac{f(x)}{9x^2-1} = \frac{1}{3}$
>
> (나) $\lim_{x \to \frac{1}{3}} \frac{9x^2-1}{f(x)} = \frac{1}{4}$

$\lim_{x \to \frac{1}{3}} \frac{\left|x-\frac{1}{3}\right|(x^2+ax+5)}{f(x)} = b$를 만족시키는 두 상수 a, b의 값을 구하는 과정을 서술하시오.

12 삼차함수 $f(x)$가 두 실수 α, $\beta(\alpha<\beta)$에 대하여 다음 조건을 만족시킨다.

> (가) $f'(\alpha)=f'(\beta)=0$
>
> (나) $f(\alpha)f(\beta)<0$
>
> (다) $|f(\beta)|=2|f(\alpha)|$

집합 $A=\{x \mid |f(x)|-|f(t)|=0\}$의 원소의 개수가 홀수가 되도록 하는 모든 실수 t의 개수가 m이고, 이러한 m개의 실수 t의 값을 작은 수부터 차례로 $t_1, t_2, t_3, \cdots, t_m$이라 하자.

$\frac{1}{|f(\alpha)|}\sum_{i=1}^{m} f(t_i)$의 가능한 모든 값을 구하는 과정을 서술하시오.

13 실수 전체의 집합에서 연속인 함수 $f(x)$가 다음 조건을 만족시킨다.

> (가) $0 \le x < 1$일 때, $f(x)=a\left(x-\frac{1}{4}\right)^2-\frac{9}{16}$ 이다.
>
> (나) 모든 실수 x에 대하여 $f(x+1)=f(x)+1$을 만족시킨다.

자연수 n에 대하여 $p_n=\int_{n-1}^{n} f(x)dx$라 할 때, 함수 $g(x)=\sum_{n=1}^{100}(x-p_n)^2$은 $x=\alpha$에서 최솟값을 갖는다. α의 값을 구하는 과정을 서술하시오. (단, a, α는 상수이다.)

14 삼차함수 $f(x)$가 다음 조건을 만족시킨다.

> (가) $\lim_{x \to 2}\frac{f(x)-f(-2)}{x-2}=1$
>
> (나) $\lim_{x \to 0}\frac{f(x+2)}{f(x-2)}=3$

① $f(2) \neq 0$일 때, 위 조건을 만족시키는 함수가 존재하는지 서술하시오.

② $\int_{0}^{3} f(x)dx$의 값을 구하는 과정을 서술하시오.

15 다음 조건을 만족시키는 모든 자연수 n의 값의 합을 m이라 하자.

> 함수 $f(x)=\sin\frac{\pi}{n}x$가 모든 실수 x에 대하여 $f(x+30)=f(x)$를 만족시킨다.

그림과 같이 중심이 O이고 반지름의 길이가 4인 원에 내접하는 예각삼각형 ABC에 대하여 점 O에서 세 선분 AB, BC, CA에 내린 수선의 발을 각각 D, E, F라 하자. $5\sin^2 A=4\sin^2 C$이고 $\overline{OD}:\overline{OE}:\overline{OF}=12:m:6(3\sqrt{5}-1)$일 때, 선분 OE의 길이와 $\sin^2 B$의 값을 구하는 과정을 서술하시오.

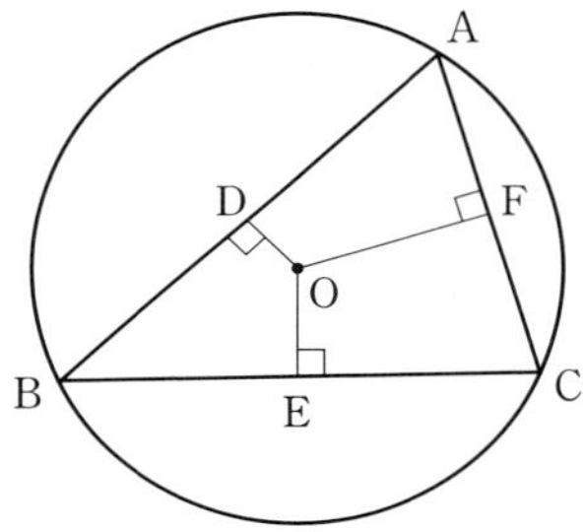

국어[자연D]

▶ 해답 p.414

※ 다음은 학생들이 나눈 대화이다. 물음에 답하시오.

학생1: 체육 대회를 준비하기 위해 정할 것이 있어서 모이자고 했어. 먼저 체육 대회 종목에 대해 얘기할까? 작년엔 줄다리기, 피구, 계주, 이인삼각 달리기를 했어. 올해는 체육 대회에 더 많은 학생이 안전하게 참여할 수 있도록 하자.
학생3: 그럼 이인삼각 달리기를 뺄까?
학생2: 왜?
학생3: 작년에 이인삼각 달리기를 하다가 한 학생이 넘어져서 다치는 일이 있었어.
학생2: 그랬었지. 또 아쉬운 점은 이인삼각 달리기는 한 반에서 절반 정도만 선수로 참여할 수 있다는 점이야.
학생1: 이인삼각 달리기는 빼는 게 좋겠다. 대체할 다른 종목이 있을까?
학생2: 꼬리잡기는 어때?
학생3: 보통 꼬리잡기는 10명 미만을 한 단위로 진행하는 종목이잖아? 이인삼각 달리기랑 비교했을 때 더 많은 학생이 참여할 수 있는 종목이 아닌 것 같아.
학생2: 내가 최근에 알게 된 종목이 하나 있어. '여럿이 한마음'이라는 이름의 달리기 종목인데 네댓 명이 한 단위를 이루는 게임이야. 서로 팔뚝을 붙이면서 나란히 선 다음 스펀지 막대를 다 함께 쥐고 반환점을 도는 방식이었어.
학생1: 재밌겠는데? 다섯 조가 이어 달리면 학급 전체 학생이 참여할 수 있겠는걸?
학생3: 그리고 이인삼각 달리기를 할 때는 하체를 서로 강하게 엮어야만 했는데, 여럿이 한마음은 학생들끼리 서로 상체가 느슨하게 엮이게 되는 운동이라서 부상의 위험도 훨씬 적겠어.
학생1: 좋아. 그럼 이인삼각 달리기 대신 여럿이 한마음 달리기를 넣는 걸로 하자

01 〈보기〉는 제시문에 나타난 학생들의 발화를 설명한 것이다. 〈보기〉의 ①~④에 들어갈 적절한 대화 참여자를 쓰시오.

〈보기〉

- '학생1'은 대화의 화제와 논의의 기준을 제시하면서 대화를 시작하고 있다.
- '(①)'은/는 앞선 자신의 제안에 대한 이유를 묻는 '학생2'의 질문에 예전의 사례를 근거로 제시하며 답하고 있다.
- '(②)'은/는 '학생2'가 제시한 대안에 대해, 앞에서 '학생2'가 작년 종목의 단점으로 언급한 문제를 마찬가지로 가지고 있음을 지적한다.
- '학생2'가 마지막으로 제시한 대안에 대해, '(③)'은/는 참여 가능 학생 수 측면을 고려하여 이를 긍정적으로 평가하고, '(④)'은/는 부상 가능성 감소를 근거로 새로운 대안의 타당성을 높이고 있다.

①: ________ ②: ________ ③: ________ ④: ________

[02～03] 다음 글을 읽고 물음에 답하시오.

교과서에 포함된 글은 기능에 따라 '메타 텍스트', '서술 텍스트', '자료 텍스트'로 나뉜다. 메타 텍스트는 교과서 전체나 단원이 어떻게 구성되어 있는지 안내하는 부분이라 학습 내용 자체를 서술하고 있지는 않다. 서술 텍스트는 학습해야 하는 내용을 직접 서술한 글이다. 가령 요약하며 읽기 단원이라면 요약하기의 전략과 유의점에 대해 구체적으로 서술되어 있는 부분이 서술 텍스트에 해당한다. 자료 텍스트는 제재(題材)라고도 하며, 서술 텍스트에서 배운 내용을 적용해 볼 수 있고 학습을 위한 활동의 대상이 되는 글이다. 이러한 제재는 독자의 학년을 고려하여 선정이 된다.

제재를 학년에 맞게 선정하기 위해서는 읽기 쉬운 정도, 즉 수준을 측정해야 하는데 ㉠측정 방법으로는 양적 평가와 질적 평가를 함께 사용하는 것이 권장된다. 양적 평가에서는 글의 표면적 특성인 문장의 길이, 쉬운 단어의 비율만을 특정한 공식에 대입하여 나온 점수로 수준을 평가한다. 하지만 이 두 가지 요소만으로는 글의 수준을 완벽하게 평가하기 어렵다. 단어와 단어가 만나면 개별 단어의 의미를 넘어서는 이면적인 의미가 만들어지기도 하기 때문이다. 한편 질적 평가에서는 전문가가 주관에 기초하여 글의 수준을 종합적으로 평가한다. 관습적인 글의 구조가 사용되었는지, 문장의 의미는 명료한지, 독자가 글을 읽는 목적은 무엇이며, 글을 이해하는 데 필요한 배경지식은 어느 정도인지를 종합하는 것이다. 하지만 이 방식은 전문가마다 측정한 결과의 편차가 클 수도 있다는 한계가 있다.

국어 교과서의 제재를 선정할 때는 수준뿐만 아니라 '대자성', '균형성', '계열성'도 함께 고려한다. 다양하게 해석할 수 있는 글은 대자성이 있다고 하며, 조립 설명서는 의미가 고정된 글이어서 대자성이 없다. 대자성이 있는 글은 의견을 주고받는 수업에 활용할 수 있으므로 교과서에 일정 비율 수록된다. 균형성이란 다양한 유형의 제재가 수록되어야 한다는 것으로, 이를 갖추기 위해서는 설명문, 논설문, 문학이 모두 수록되어야 한다. 계열성이란 학습 순서의 선후 배치와 관련된 것인데, 이를 갖추기 위해서는 학년이 올라갈수록 배우는 내용이 심화되거나 현재 배우는 것과 과거에 배운 것이 서로 관련되어야 한다.

02 〈보기〉는 제시문을 읽은 후 ㉠에 대해 두 학생이 나눈 대화이다. ①～④에 들어갈 적절한 말을 제시문에서 찾아 쓰시오.

〈보기〉

혜은: (①)은/는 전문가가 글의 수준을 주관적으로 판단하는 방법이야. 독자가 글을 읽는 목적이나 글 이해에 필요한 배경지식 등을 종합해서 평가하지.

민수: (②)은/는 문장의 길이와 쉬운 단어의 비율을 기준으로 글의 수준을 수치화하여 평가하는 방법이야. 그래서 객관적인 기준으로 글을 평가할 수 있어.

혜은: 그런데 거기에는 한계가 있어. 쉬운 단어의 비율이 높아도 단어들이 조합되면서 (③)인 의미가 생겨 오히려 이해하기 어려운 글이 될 수도 있거든.

민수: (①)도 한계가 있지. 같은 글이라도 평가자마다 기준이 달라서 평가자에 따라 평가 결과에 (④)이/가 크게 생길 수도 있어.

①: ________ ②: ________ ③: ________ ④: ________

03 **〈보기1〉은 한 학생이 고등학교 입학 첫날에 쓴 일기이고, 〈보기2〉는 제시문을 바탕으로 〈보기1〉을 이해한 내용이다. 〈보기2〉의 ①~④에 들어갈 적절한 말을 〈조건〉에 맞게 쓰시오.**

〈보기 1〉

오늘 고등학교 국어 교과서를 배부받았다. 먼저 차례를 보니 이 교과서에는 설명문, 논설문, 문학이 모두 수록되어 있었고, 마지막 장에는 저자의 약력도 소개되어 있었다. 시 「진달래꽃」은 중학교 국어 교과서에서 배웠는데, 오늘 받은 교과서에도 있었다. 중학교 때는 '화자의 정서와 태도'를 설명한 교과서의 글을 읽은 후 「진달래꽃」의 화자의 정서와 태도를 정리해 보고, 중의적인 마지막 구절로 토론을 했던 기억이 났다. 고등학교에서는 「속미인곡」을 읽은 후 정서와 태도가 비슷한 「진달래꽃」과 비교하며 이별의 정한이라는 주제가 계승되는 양상을 배우는 것 같다.

〈보기 2〉

- 교과서에 포함되는 글을 기능에 따라 분류할 때, 〈보기1〉의 학생이 중학교 때 읽은 '화자의 정서와 태도'를 설명하는 글은 (①)에 해당한다.
- 국어 교과서의 제재를 선정할 때 글의 수준 이외에, 제재가 갖추어야 할 것으로 고려되는 요소가 있는지를 기준으로 살펴보면, 중학교 교과서에 실린 「진달래꽃」은 마지막 구절이 중의적이라는 점에서 (②). 그리고 고등학교 교과서에 실린 「속미인곡」은 중학교 때 배운 「진달래꽃」과 관련이 있으며, 이별의 정한이라는 주제가 계승되는 것을 보여준다는 점에서 (③). 또한 고등학교 교과서는 설명문, 논설문, 문학이 모두 수록되어 있다는 점에서 (④).

〈조건〉

- ①은 제시문에서 적절한 말을 찾아 그대로 쓸 것.
- ②~④는 제시문의 어휘를 활용하여 작성할 것.
- ①~④ 모두 6자 이내로 작성할 것(단, 띄어쓰기와 문장부호는 글자 수에서 제외함).

① ______________________

② ______________________

③ ______________________

④ ______________________

※ 다음 글을 읽고 물음에 답하시오.

우리는 흔히 사회 과학 내에서 합리적 행위의 영역은 경제학이, 비합리적 행위의 영역은 사회학이 담당하는 것으로 여긴다. 그러나 사회학 이론가인 ㉠제임스 콜먼은 이러한 통념이 사실이 아니라는 것을 입증하고자 하였다. 또한 그는 사회학에서 인간의 행위를 수학적으로나 경제학적으로 접근하여 설명하지 않는다는 점, 경제학에서 경제적 행위나 현상을 분석할 때에 사회 구조의 영향을 간과한다는 점 등에 대해 날카로운 비판을 던졌다. 콜먼이 경제학과의 긴밀한 연관 속에서 사회학을 연구하고자 하였음을 가장 잘 보여주는 것은 그의 합리적 선택 이론이다.

합리적 선택 이론에서는 인간의 행위를 모형화하기 위한 틀을 제시한다. 콜먼에 의하면 인간 행위는 행위자 개인의 효용을 증대한다는 단일한 목적으로 이루어진다. 합리적 선택 이론에서 각 행위자는 목적 지향적이어서 자신이 보유한 초기 자원, 그것에 대한 통제 정도를 이용하여 자신의 효용을 최대화하는 존재로 가정된다. 여기서 자원에는 시간, 돈, 노력, 물리적 장비, 인력뿐만 아니라 정보, 지식, 기술 등이 포함된다. 그런데 행위자가 관심 있는 자원을 타인이 통제하고 있을 수도 있고 타인이 관심 있는 자원을 자신이 통제하고 있을 수도 있다. 콜먼은 자원에 대한 통제 상황에서 행위에 대한 효용을 함수를 통해 표현하였는데, 이 함수에서 행위에 대한 효용은 행위자가 가진 자원과 그것에 대한 통제 정도를 지수로 하여 계산한 값이다.

콜먼은 이러한 경제학적 접근에 그치지 않고 인간의 행위나 현상을 사회 구조와 관련지어 설명하였다. 콜먼은 행위자들 사이에 더 이상의 행위가 일어나지 않는다면 그것은 사회적 균형 상태에 도달한 것인데, 우리가 목도하는 빈부의 격차와 같은 사회적 상황도 사회적 균형 상태의 하나라고 하였다. 그러면서 그는 사회적 균형 상태에서 나타나는 행위자의 권리 배분과 권리 이양, 그리고 이것으로부터 파생하는 신뢰 및 권위 관계 등에 주목하고, 사회적 균형 상태는 자원의 초기 배분 상태에 절대적으로 의존한다는 점을 강조하였다. 주어진 자원의 상태가 행위자의 행위가 이루어진 이후의 균형적 결과에 결정적으로 영향을 미친다는 것이다. 이를 시장에서의 배분과 관련지어 말하자면, 완전 경쟁 시장이라는 전제하에 시장을 통한 배분은 자원의 초기 불평등 상태를 유지하게 하는 경향이 있다는 말로 설명할 수 있다.

04 **〈보기〉는 제시문을 읽고 ㉠의 견해를 정리한 것이다. 〈보기〉의 ①, ②에 들어갈 적절한 말을 제시문에서 찾아 쓰시오.**

〈보기〉

㉠에 따르면 행위자는 자신의 (①)을/를 최대화하고자 하는 존재이다. 이때 행위에 대한 (①)은/는 행위자가 가지고 있는 자원과 그것에 대한 (②)에 의해 좌우된다. 이를 바탕으로 ㉠은 자원의 초기 배분 상태가 행위자의 행위가 이루어진 이후의 균형적 결과에 결정적인 영향을 미친다는 것을 강조했다.

① ______________________

② ______________________

※ 다음 글을 읽고 물음에 답하시오.

[앞부분 줄거리] 백제 위덕왕의 아들인 장은 왕권을 탈취하려는 세력의 음모를 피해 신라의 '하늘재학사'라는 공방에서 자신의 정체를 숨기고 살아간다. 그러던 중 장은 우연히 신라 진평왕의 딸 선화 공주를 만나 사랑에 빠지게 된다. 한편, 신라 화랑 김도함은 선화 공주와의 결혼을 조건으로 '사택기루'라는 이름으로 '하늘재 학사'에 잠입한다. 그는 장과 선화 공주가 서로 사랑하는 사이라는 것을 알고 충격을 받게 되고, 자신의 집안이 몰락하게 된 것이 장 때문이라고 생각하며 장과 치열하게 대립한다.

S#7. 사당 안(밤)

두 사람의 힘겨루기가 있고, 어느 순간 칼이 바닥에 나뒹군다. 두 사람 모두 칼을 향해 돌진하는데…… 장이 먼저 칼을 집으려는데 뒤의 기루가 장을 때려눕힌다.

둘의 육박전이 이어지다가 다시 칼을 잡는 기루, 장의 목에 또다시 칼을 들이대고…….

기루: 너만 아니었으면 신라의 충신으로 살 수 있었어! 너만 아니었으면 선화 공주와 신라가 내 것이었어! 너만 아니었으면 존경하지 않는 부여선을 주군으로 받들지도 않았어!

장: …….

기루: 니가 내 자릴 뺏어 간 순간, 내게 남은 건 배신자의 길밖에 없었어. 그게 벗어날 수 없는 내운명이 되었어! (하며 절규하는데)

장: (가련한 듯 보고)

기루: **그러니 같이 가자! 나를 나락으로 빠뜨린 너를 데리고 가야 해!**

장: (자신의 지난날을 돌이켜 보듯) 벗어날 수 없는 게 운명이 아니라, 피할 수 있는데도 그 길로 가는 게 운명이야!

기루: ……!

장: 벗어날 수 없었다고? 넌 언제나 벗어날 수 있었어! 다만 처음부터 가고자 하는 네 길! 네 길이 틀렸을 뿐이야.

기루: …….

장: 소중한 것을 위해서, 꼭 지켜야 할 것을 위해서, 죽을지도 모르면서 악행에 맞서는 길이어야 하고, 죽기보다 힘들 줄 알면서 지키는 연모여야 해!

기루: ……!

장: 네 자신의 영달을 위해 배신을, 악행을, 권력을 선택했으면서, 이제 와서, 벗어날 수 없었다? 그렇게 쉬운 변명이 어딨어?

기루: (바로 받아) 사람은 누구나 자신의 영달을 원해.

장: 너처럼? 누구나 너처럼?

(중략)

S#9. 사당 안(밤)

기루와 장, 서로 뚫어지듯 보고 있는데…….

장: 넌 신라도, 공주님도, 하늘재 사람들도, 격물도, 니 인생도 진심으로 사랑하지 않았어.

기루: ……!

장: 필요에 따라 연모를 선택하고, 필요에 따라 나라를 선택하고, 필요에 따라 존경하지도 않는 주군을 따랐지! 니가 말하는 영달을 위해. 니가 가지고 싶은 자리를 위해. 마치 자리가 너인 것처럼……. 하지만 자리는 자리일 뿐 네가 아냐. 넌 자리만 흠모했지, 너를 진심으로 사랑한 적이 없어. 스스로를 존경하고 사랑했다면, 자리 따위를 위해 너를 그렇게 망가뜨리지 않아.

기루: ……!

장, 이제는 칼을 의식하지 않는 듯 담담해지고, 기루, 고통스러운데…….

장: 내가 공주님을 만나기 위해 연지를 만들고「서동요」를 만들던 시각에 넌 뭘 했어?
기루: (어린 기루가 진평왕에게 거래하는 장면이 회상으로 깔리면) …….
장: 넌 신라 황제에게 공주님을 놓고 거래를 했어. 설레고 가슴 뛰며 사랑을 해야 할 시각에 넌 계산을 하고 있었다구!
기루: …….
장: 그러고도 벗어날 수 없었다고? 벗어날 수 없었던 게 아니라 피할 수 있는데도 언제나 피할 수 있는데도 넌 니 운명의 길을 걸어왔어. 악행의 길인 줄 뻔히 알면서도 그런 운명의 길을 니가 선택해 여기까지 왔다고!

기루, 장을 노려보는데…….

장, 이제는 죽음도 각오한 듯 담담하게 앞을 본다.

장: 그러니 이제 마지막 선택을 해.
기루: …….
장: 죽이든지! 죽든지!

기루, 장을 내려칠 듯 손을 떨기 시작한다. 장은 그런 기루를 보고…….
기루는 떨고…… 장은 보고…… 기루는 떨고 장은 보고……
갑자기 칼을 힘없이 놓아 버리는 기루.
장, 그런 기루를 보는데…….
기루, 장을 보더니…… 천천히 문을 향해 걸어가기 시작한다.
순간, 극단적 선택을 할 것임을 아는 장. 정신이 드는 듯 기루를 부른다.

장: 기루야! 기루야!

– 김영현,「서동요」

05 **〈보기〉는 제시문을 대본으로 하여 제작하는 드라마의 촬영 전 회의에서, '장'과 '기루' 역을 맡은 배우가 각 대사에 대한 감독의 요구 사항을 정리한 메모의 일부이다. 〈보기〉의 ①, ②에 들어갈 적절한 대사를 제시문에서 찾아 각각의 첫 어절과 마지막 어절을 순서대로 쓰시오.**

〈보기〉

○ '기루' 역 배우의 메모
- 대사 "그러니 같이 가자! 나를 나락으로 빠뜨린 너를 데리고 가야 해!"에서 '기루'는 지난날 자신의 노력이 '장'으로 인해 좌절되었다고 생각하고 있으니 분노가 고조되어 '장'을 몰아붙이는 듯한 어조로 연기해야 한다.

○ '장' 역 배우의 메모
- 대사 "(①)"은/는 스스로를 변명하는 '기루'의 말에 바로 뒤이어, '기루'의 말 중 일부분을 인용하여 '기루'를 다그치며 되묻는 대사이니까, 점점 격앙되는 어조로 연기해야 한다.
- 대사 "(②)"에서는 파국으로 치닫는 '기루'의 다음 행동을 예상하고 놀란 '장'의 마음이 잘 드러나도록 다급한 목소리로 연기해야 한다.

① 첫 어절: ______________________, 마지막 어절: ______________________

② 첫 어절: ______________________, 마지막 어절: ______________________

※ 다음 글을 읽고 물음에 답하시오.

가야 할 때가 언제인가를
분명히 알고 가는 이의
뒷모습은 얼마나 아름다운가.

봄 한철
격정을 인내한
나의 사랑은 지고 있다.

분분한 낙화……
결별이 이룩하는 축복에 싸여
지금은 가야 할 때,

무성한 녹음(綠陰)과 그리고
머지 않아 열매 맺는
가을을 향하여

나의 청춘은 꽃답게 죽는다.

헤어지자
섬세한 손길을 흔들며
하롱하롱 꽃잎이 지는 어느 날

나의 사랑, 나의 결별,
샘터에 물 고이듯 성숙하는
내 영혼의 슬픈 눈.

– 이형기, 「낙화」

06 〈보기〉는 제시문에 대한 해설의 일부이다. 〈보기〉의 ①～③에 들어갈 적절한 말을 〈조건〉에 맞게 쓰시오.

〈보기〉

이형기의 「낙화」는 사랑하는 이와 헤어진 후 이별의 아픔을 이겨 내고 이루게 되는 성숙을 인간사와 자연사의 중첩을 통해 노래하고 있는 작품이다. 이는 인간사에서 일어나는 일과 자연사에서 일어나는 일이 유사하다는 유추적 상상력을 기반으로 이루어지는데, '사랑 – 이별 – 성숙'으로 이어지는 인간사의 과정에 대응되는 자연사의 모습이 시 속에서 '꽃 – (①   ) – 열매'의 이미지로 형상화되고 있다. 시의 화자는 이별 또한 영혼의 성숙을 가져다주는 것이라는 깨달음을 얻은 후에 이별의 상황을 의지적으로 받아들이고자 한다. 시의 (②   )연에는 화자의 이러한 태도가 이별 상황에서의 구체적인 말과 행동을 통해 드러나고 있다. 의지적인 태도로 이별을 받아들인 화자는 인고를 통한 내면적 성장을 이루게 되는데, '(③   )'은/는 이러한 인고와 내면적 성장을 신체 이미지로 형상화한 시어이다.

〈조건〉

- ①, ③은 제시문에서 적절한 시어를 찾아 쓸 것.
- ②는 적절한 숫자를 쓸 것.
- ①～③ 모두 3자 이내로 작성할 것(단, 띄어쓰기와 문장부호는 글자 수에서 제외함.).

① ______________________

② ______________________

③ ______________________

수학[자연D]

▶ 해답 p.415

07 1이 아닌 두 양수 a, $b(a \neq b)$가

$\log_a \frac{1}{b} = \left(\log_{\frac{1}{b}} a\right) \times \left(\log_a \frac{b^3}{a^2}\right)$을 만족시킬 때,

$\log_b a + \log_{\frac{1}{a}} b$의 값을 구하는 과정을 서술하시오.

08 함수 $f(x) = x^2 + ax + b$가 다음 조건을 만족시킬 때, $f(a) + f(b)$의 값을 구하는 과정을 서술하시오(단, a, b는 상수이다).

> (가) $\int_0^1 f(x)dx = \frac{1}{3}$
>
> (나) $\lim_{x \to 0} \left\{ \frac{x^2 + x + 1}{x} \int_1^{x+1} f(t)dt \right\} = 3$

09 삼각형 $\mathbf{ABC}$가 다음 조건을 만족시킨다.

(가) $\overline{\mathrm{BC}} \times \overline{\mathrm{CA}} = 42$

(나) $\cos C = \frac{27}{28}$

(다) $\sin A + \sin B = \frac{13\sqrt{55}}{56}$

삼각형 ABC의 외접원의 넓이를 S라 할 때, $\sqrt{\frac{495S}{\pi}}$의 값을 구하는 과정을 서술하시오.

10 자연수 n에 대하여 좌표평면에서 $A_n(-n, 0)$, $B_n(n, 0)$, $C_n(0, n)$을 꼭짓점으로 하는 삼각형 $A_nB_nC_n$의 넓이를 S_n, 둘레의 길이를 l_n이라 하자. $\sum_{n=1}^{10} S_n$과 $\sum_{n=1}^{10} l_n$의 값을 구하는 과정을 서술하시오.

11 삼차함수 $f(x)$가 다음 조건을 만족시킨다.

> (가) $\lim_{x \to \infty} \frac{f(x)}{x^3} = \frac{1}{3}$
>
> (나) $\lim_{x \to 0} \frac{f(x)}{x} = 4$
>
> (다) 두 양수 x_1, $x_2(x_1 < x_2)$에 대하여
> $f(x_1) - f(x_2) + x_1^2 - x_2^2 < 0$이다.

방정식 $f(x) = 0$의 세 근의 합의 최댓값을 구하는 과정을 서술하시오.

12 함수 $f(x) = -\frac{1}{3}x^3 + x + 7$과 실수 t에 대하여 집합
$A = \{x \mid (f(x)f'(t) - f'(t))(x - t) + f(x)(f(t) - 1) - f(t) + 1 = 0\}$일 때,
집합 A의 원소의 개수가 1이 되도록 하는 모든 t의 값을 구하는 과정을 서술하시오.

13 다항함수 $f(x)$와 $g(x)$가 다음 조건을 만족시킨다.

> (가) $f(0)=1$이고, $f(x)$의 한 부정적분 $F(x)$가 모든 실수 x에 대하여
> $F(x)=\frac{1}{2}\{f(x)\}^2$이다.
>
> (나) 모든 실수 x에 대하여
> $\int_0^x \{t+g(t)\}dt=x+g(x)+\frac{x^3}{3}+a$
> 이다.

$$\int_0^{\frac{1}{2}}\frac{x^2}{1+x}dx+\int_0^{\frac{1}{2}}\frac{f(x)}{1-x}dx+\int_0^{\frac{1}{2}}\frac{g(x)}{x^2-1}dx$$

의 값을 구하는 과정을 서술하시오(단, a는 상수이다).

14 그림과 같이 선분 AB를 지름으로 하는 원 위에 $\overline{\text{CA}}=\sqrt[4]{5}$, $\overline{\text{CB}}=\sqrt[4]{20}$, $\overline{\text{DB}}=\sqrt[4]{1.25}$인 점 C와 점 D를 잡는다.

점 C에서 선분 AB에 내린 수선의 발을 P, 점 D에서 선분 AB에 내린 수선의 발을 Q라 할 때, $\overline{\text{PB}}$, $\overline{\text{QB}}$, $\frac{\overline{\text{AB}}}{\overline{\text{PQ}}}$의 값을 구하는 과정을 서술하시오.

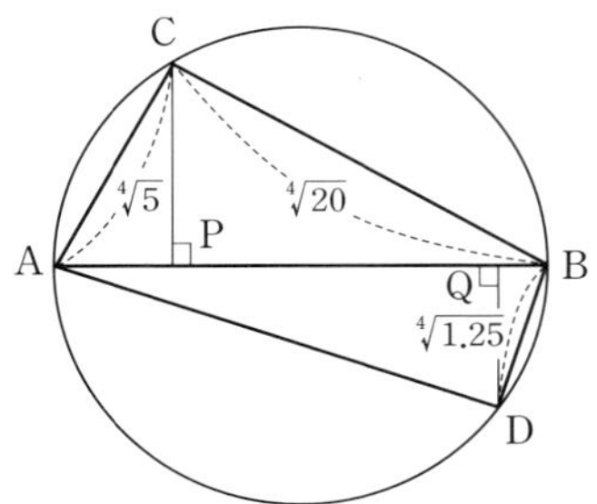

15 모든 항이 양수인 등비수열 $\{a_n\}$이 모든 자연수 n에 대하여
$a_n a_{n+1} a_{n+2} = 3^n$을 만족시킨다.
수열 $\{a_n\}$의 첫째항부터 제 n항까지의 합을 S_n이라 할 때, $\frac{1}{S_{12}}$의 값을 구하는 과정을 서술하시오.

국어[자연E]

▶ 해답 p.419

※ 다음은 학생이 대학 학과 게시판에 올린 글이다. 물음에 답하시오.

안녕하세요. 저는 ○○ 대학교 문화재학과 진학을 희망하는 □□ 고등학교 2학년 △△△입니다. 진로와 관련하여 궁금한 점이 있어 학과 게시판에 글을 남깁니다. 저는 얼마 전까지만 해도 진로에 대한 구체적인 계획이 없어 고민이 많았습니다. 그러던 중 얼마 전 부모님께서 초등학생인 동생과 민속 박물관 견학을 계획하셨고, 저에게 동행을 권유하셨습니다. 사실 이번 나들이 전까지 문화재에 별 관심이 없었고, 문화재는 그저 옛것 또는 낡은 것이라는 생각을 하고 있었기 때문에, 민속 박물관 견학에 별 기대가 없었습니다. 하지만 민속 박물관 견학을 계기로 우리 문화재에 대한 생각이 긍정적으로 바뀌게 되었습니다. 특히 박물관 뒤뜰에는 무인석이 하나 있었는데, 그 생생한 모습 때문인지 마치 시간을 거슬러 과거로 돌아간 듯한 느낌을 받았습니다. 다만 박물관이 설립된 지 꽤 오래되었고 개인 소장품을 전시한 곳이다 보니 소중한 문화재의 관리가 제대로 이루어지고 있지 않은 것 같았는데, 문화재 관리가 체계적으로 이루어질 필요가 있다는 생각을 해 보았습니다. 박물관 견학을 계기로 문화재에 관심을 갖게 되었으며, 담임 선생님과 부모님의 조언을 듣고 문화재학과에 진학하기로 결심했습니다. 저는 문화재학과에 진학하여 문화재와 관련된 전문가가 되고 싶지만 문화재학과 졸업 이후 어떤 진로가 있을지 막연한 생각이 들어, 재학생과 졸업생 분들의 조언을 듣고자 이렇게 글을 올립니다. 끝까지 읽어 주셔서 감사합니다.

01 〈보기〉는 제시문을 작성하기 전에 학생이 수립한 글쓰기 계획의 일부이다. 〈보기〉의 ①, ②가 반영된 문장을 제시문에서 찾아 각각의 첫 어절과 마지막 어절을 순서대로 쓰시오.

〈보기〉

① 문화재에 관심을 가지기 전에 문화재에 대해 가졌던 편견을 제시하여, 박물관 견학 후 바뀐 생각과 대조를 이룰 수 있도록 한다.

② 박물관 견학에서 개인적으로 아쉬웠던 점과 이때 하게 된 생각을 제시하여, 이것이 문화재에 관심을 가지게 된 계기에 대한 언급과 이어지도록 한다.

① 첫 어절: ______________, 마지막 어절: ______________

② 첫 어절: ______________, 마지막 어절: ______________

[02~03] 다음 글을 읽고 물음에 답하시오.

아리스토텔레스는 무한을 현실적 무한과 잠재적 무한으로 구별했다. 현실적 무한은 실체가 존재한다는 무한이고 잠재적 무한은 가능성으로만 생각할 수 있는 무한을 의미한다. 예를 들어 자연수가 1부터 시작하여 1씩 계속 커진다면 이를 계속 세는 것은 가능하다. 하지만 가장 큰 자연수가 무엇인지는 알 수 없다. 따라서 자연수의 집합은 하나의 완결된 형태로 존재하지 않으며 가능성으로만 존재하는 잠재적 무한에 해당한다고 볼 수 있다. 무한에 대한 아리스토텔레스의 견해는 중세까지 이어지며 대부분의 학자들은 잠재적 무한을 지지했다.

현실적 무한에 대한 연구는 19세기 말의 수학자 칸토어에 의해 이뤄졌다. 칸토어는 집합을 바탕으로 무한에 대해 생각했고 무한의 크기를 비교하는 방법으로 집합의 원소 수인 기수를 제시했다. 칸토어는 두 집합 A, B가 일대일대응이 되면 집합 A, B는 같은 기수를 가지며 두 집합의 크기는 같다고 했다. 가령, 자연수 집합과 짝수 집합이 있을 때 짝수 집합은 자연수의 부분 집합이므로 자연수 집합은 짝수 집합보다 두 배 많은 수를 가진다고 생각할 수 있다. 하지만 각각의 자연수를 그 자연수에 2를 곱한 수와 짝지으면 두 집합의 모든 원소는 일대일대응이 된다. 1은 2와, 2는 4와, 3은 6과 짝지어지는 식이다. 이러한 대응이 무한히 이어지고 결과적으로 두 집합은 일대일대응이 된다. 따라서 두 집합의 기수는 같다고 할 수 있다.

칸토어는 자연수 집합과 유리수 집합도 기수가 같다는 것을 증명했다. 임의의 두 유리수 사이에는 수많은 유리수가 존재한다. 이러한 성질을 조밀성이라고 한다. 자연수는 조밀성이 없고, 유리수 집합은 자연수 집합을 부분 집합으로 포함하고 있다. 따라서 유리수 집합은 자연수 집합보다 기수가 크다고 생각할 수 있지만 칸토어는 ㉠'대각화 증명'을 통해 두 집합의 기수가 같다는 것을 증명했다. 〈그림 1〉에서 첫 번째 행은 1을 분모로 하는 분수로 자연수를 의미한다. 이러한 규칙에 따라 n번째 행에는 n을 분모로 하는 분수가 나열된다. 이후 화살표의 방향에 따라 하나씩 세면서 1/1, 2/2, 3/3 등 동일한 수를 제거하면 모든 양의 유리수를 셀 수 있게 되고, 유리수의 배열에 자연수를 1부터 하나씩 대응시킬 수 있다. 따라서 유리수 집합은 자연수 집합과 기수가 같다.

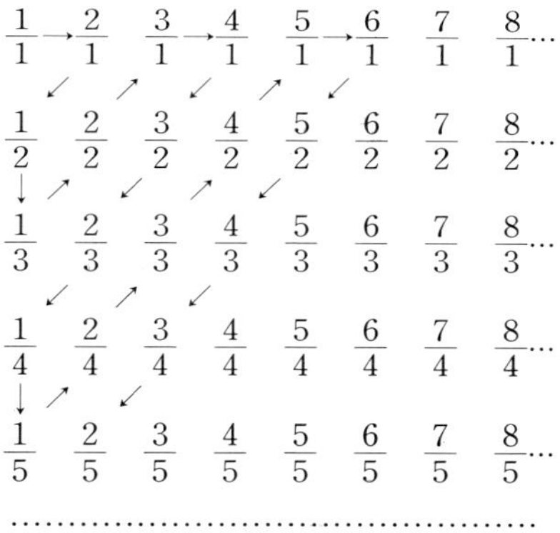

$$\begin{array}{cccccccc}
\frac{1}{1} \to & \frac{2}{1} & \frac{3}{1} \to & \frac{4}{1} & \frac{5}{1} \to & \frac{6}{1} & \frac{7}{1} & \frac{8}{1} \cdots \\
\frac{1}{2} & \frac{2}{2} & \frac{3}{2} & \frac{4}{2} & \frac{5}{2} & \frac{6}{2} & \frac{7}{2} & \frac{8}{2} \cdots \\
\frac{1}{3} & \frac{2}{3} & \frac{3}{3} & \frac{4}{3} & \frac{5}{3} & \frac{6}{3} & \frac{7}{3} & \frac{8}{3} \cdots \\
\frac{1}{4} & \frac{2}{4} & \frac{3}{4} & \frac{4}{4} & \frac{5}{4} & \frac{6}{4} & \frac{7}{4} & \frac{8}{4} \cdots \\
\frac{1}{5} & \frac{2}{5} & \frac{3}{5} & \frac{4}{5} & \frac{5}{5} & \frac{6}{5} & \frac{7}{5} & \frac{8}{5} \cdots \\
\cdots & & & & & & &
\end{array}$$

〈그림 1〉

칸토어는 ㉡'대각선 논법'을 통해 실수의 집합은 자연수의 집합보다 기수가 크다는 것을 증명했다. 0과 1 사이의 모든 실수를 무한소수로 나타내고 이를 〈그림 2〉와 같이 일일이 나열하여 r_1, r_2, r_3…와 같이 번호를 붙인다고 가정해보자. 그런데 〈그림 2〉의 첫 번째 무한소수 r_1의 소수 첫째 자리 a_{11}을 다른 숫자로 바꾸어 새로운 소수의 첫째 자리에 두고, 두 번째 무한소수 r_2의 소수 둘째 자리 a_{22}를 다른 숫자로 바꾸어 새로운 소수의 둘째 자리에 두는 식으로 새로운 무한소수를 만들면 원래의 목록에는 존재하지 않는 무한소수를 찾을 수 있다. 이와 같은 방법을 반복하면 계속해서 다른 무한소수를 만들어낼 수 있고, 0과 1 사이의 모든 무한소수를 나열했다는 가정은 잘못되었다는 것을 알 수 있다. 즉 실수 집합의 기수는 자연수 집합의 기수보다 크다.

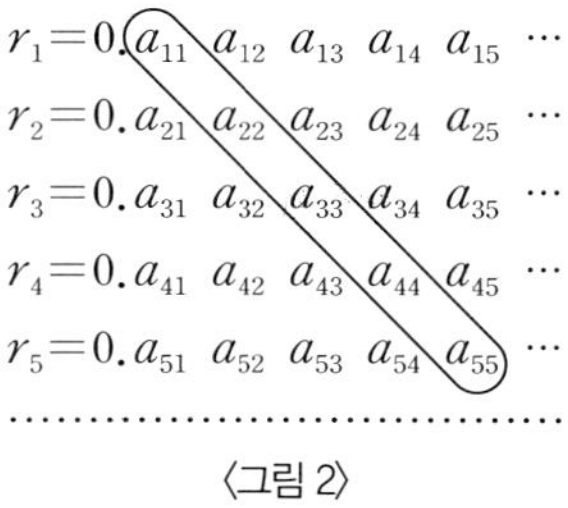

$$\begin{array}{l}
r_1 = 0.a_{11}\ a_{12}\ a_{13}\ a_{14}\ a_{15}\ \cdots \\
r_2 = 0.a_{21}\ a_{22}\ a_{23}\ a_{24}\ a_{25}\ \cdots \\
r_3 = 0.a_{31}\ a_{32}\ a_{33}\ a_{34}\ a_{35}\ \cdots \\
r_4 = 0.a_{41}\ a_{42}\ a_{43}\ a_{44}\ a_{45}\ \cdots \\
r_5 = 0.a_{51}\ a_{52}\ a_{53}\ a_{54}\ a_{55}\ \cdots \\
\cdots
\end{array}$$

〈그림 2〉

02 〈보기2〉는 제시문을 바탕으로 〈보기1〉을 이해한 것이다. 〈보기2〉의 ①, ②에 들어갈 적절한 말을 제시문에서 찾아 쓰시오.

〈보기 1〉

A 호텔에는 무한 개의 객실이 있고 모든 객실에는 1부터 시작하는 자연수로 객실 호수가 매겨져 있다. A 호텔의 모든 객실에는 손님이 투숙하고 있는 상태이다. 어느 날 무한 명의 새로운 손님이 찾아와서 투숙할 객실을 찾았다. 지배인의 요청에 따라 모든 객실의 손님들은 현재 투숙하고 있는 객실의 호수에 2를 곱한 숫자의 호수로 객실을 옮겼다. 남은 객실에는 새 손님들이 모두 투숙할 수 있게 되었다.

〈보기 2〉

- 아리스토텔레스의 관점에서 A 호텔의 객실 수는 두 종류의 무한 중, (①)에 해당한다.
- 새로운 손님이 오기 전까지 A 호텔에 투숙한 손님의 집합을 X라고 하고, 새로운 손님이 온 후에 A 호텔에 투숙한 손님의 집합을 Y라고 하자. 칸토어의 관점에서 집합 X와 Y의 (②)은/는 같다.

① ______________________

② ______________________

03 〈보기〉는 제시문을 읽고 ㉠, ㉡에 대해 실시한 탐구활동이다. 〈보기〉의 ①, ②에 들어갈 적절한 '수집합의 명칭'을 제시문에서 찾아 쓰시오.

〈보기〉

- ㉠, ㉡은 모두 '어떤 수의 집합'과 '(①)의 집합' 간의 일대일 대응 여부를 증명하기 위한 방법이다.
- ㉡에서는 실수의 집합은 자연수의 집합보다 기수가 크다는 것을 증명했는데, 이 과정에는 제시문의 〈그림 2〉와 같이 나열된 실수의 배열로부터 원래의 실수 목록에 없던 새로운 (②)을/를 만들어 내는 방법이 활용되었다.

① ______________________

② ______________________

※ 다음 글을 읽고 물음에 답하시오.

단백질은 세포 내에서 가장 다양하고 중요한 기능을 가지는 고분자 화합물로서, 생체 반응을 중계하며 생명체의 질서를 유지하는 역할을 한다. 아미노산은 이러한 단백질을 구성하는 기본 단위로, 아미노산이 결합되어 있는 구조를 폴리펩타이드라고 한다. 단백질은 이러한 폴리펩타이드 사슬로 구성되어 있으며 대개 100개 이상의 아미노산으로 구성된다. 아미노산의 서열은 단백질의 구조뿐만 아니라 단백질의 고유한 기능도 결정한다.

단백질은 어떤 구조를 이루는지에 따라 여러 단계로 나눌 수 있다. 1차 구조는 단백질을 구성하는 아미노산의 서열을 뜻한다. 단백질을 구성하는 아미노산의 서열은 생물의 유전 정보에 의해서 결정되는데, 아미노산 중 하나라도 다른 아미노산으로 대체된다면 단백질의 모양, 기능에 영향을 미칠 수 있다. 아미노산 간의 수소 결합에 의해 형성되는 2차 구조는 폴리펩타이드 사슬의 일부가 꼬이거나 접히면서 나타나는 특정한 패턴을 의미한다. 이러한 패턴의 모양에 따라 2차 구조는 α 나선 구조, β 병풍 구조 등으로 구분된다. 단백질이 제대로 기능하기 위해서는 이러한 특정 패턴을 지닌 긴 폴리펩타이드 사슬이 복잡한 3차원의 형태로 바뀌어야 한다. 2차 구조를 가진 단백질은 다시 3차원적으로 접혀 입체 구조를 가지게 된다. 이 구조를 3차 구조라고 하는데, 이때 폴리펩타이드 사슬이 접히는 과정을 '단백질 접힘'이라고 한다. 4차 구조는 3차 구조가 여러 개 결합하여 이루어진 것을 가리킨다. 1차, 2차 구조는 생체 내에서 단독으로 존재할 수 없다. 하지만 3차 구조부터는 안정화되어 단독으로 존재할 수 있다.

단백질 접힘이 일어나는 원리 중 하나로 아미노산 사이의 상호 작용이 있다. 아미노산에는 물과 강한 친화력을 가진 친수성 아미노산과 물을 싫어하는 성질을 가진 소수성 아미노산이 있는데, 폴리펩타이드 사슬에는 친수성 아미노산이 촘촘하게 존재하는 부분과 소수성 아미노산이 모여 있는 부분이 혼재되어 있다. 세포의 내부는 거의 수분으로 가득 차 있으므로 소수성 아미노산들끼리는 물에 닿는 부분을 최소화하기 위해 서로 뭉쳐 단백질 안쪽으로 접혀 들어간다. 이러한 과정과 수소 결합 등의 여러 가지 힘이 상호 작용하여 폴리펩타이드 사슬이 완전히 접혀 3차 구조를 이루게 되면 각 단백질 고유의 구조를 형성하게 된다. 이때 열 충격 단백질이라고도 알려진 샤페론이 폴리펩타이드 사슬과 상호 작용하며 단백질 접힘에 관여하기도 한다. 샤페론은 폴리펩타이드 사슬이 미리 접히지 않도록 안정화시켜 단백질이 제대로 접히도록 도와주거나, 잘못 접힌 단백질이 다른 단백질과 응집되어 만들어진 응집체의 분해를 돕는 등의 역할을 한다.

이러한 단백질의 접힘은 복잡한 과정이므로 때로는 부적절하게 접힌 분자들이 만들어지기도 한다. 잘못 접힌 단백질은 보통 세포 내에서 분해되지만, 노화 등의 이유로 세포 내부나 외부에 쌓이기도 한다. 이처럼 잘못 접힌 단백질이 쌓이게 되면 병을 유발할 수 있다. 예를 들어 알츠하이머 병은 정상 단백질이 비정상적 과정을 거쳐 잘못 접힌 독특한 입체 형태가 누적되면, 이것이 신경 독성을 나타내거나 정상 단백질의 작용을 막아 발생하는 것으로 알려져 있다.

한편 단백질의 접힘이 풀리거나 해체되면 단백질의 변성이 일어난다. 열, 강산 또는 강염기는 변성을 일으키는 대표적인 요인에 해당한다. 예를 들어 세포 내에서 기능하는 단백질 중 효소는 보통 중성 pH에서 3차 구조를 유지할 수 있으며 강산 또는 강염기, 혹은 높은 온도에서는 수소 결합이 대부분 파괴된다. 변성이 일어나면 단백질의 아미노산의 서열에는 변함이 없지만 2차 및 3차 구조에 손상이 가해져 단백질은 제대로 기능을 하지 못하게 된다. 변성은 특별한 경우에는 가역적이기 때문에 변성의 요인이 제거되면 원래 고유의 구조로 다시 접힐 수 있다. 그러나 대부분의 단백질에는 일단 변성이 일어나면 영구적으로 변형된 채로 남는 비가역적인 변화가 일어난다.

04 〈보기2〉는 제시문을 바탕으로 〈보기1〉에 대해 실시한 탐구활동이다. 〈보기2〉의 ①~④에 들어갈 적절한 말을 〈조건〉에 맞게 쓰시오.

〈보기 1〉

달걀 프라이를 만들 때 투명했던 흰자가 새하얗게 변하는 것은 그 부위에 함유된 단백질의 구조가 열에 의해 파괴되어서 서로 응집되며 생기는 현상이다.

〈보기 2〉

- 흰자에 열을 가해 흰자가 새하얗게 변하면, 흰자의 단백질은 본래의 기능을 유지할 수 (①) 된다.
- 흰자에 열을 가해 새하얗게 변한 상황에서, 흰자에 열을 가하는 것을 멈추면 흰자의 단백질의 구조는 원래의 고유한 구조로 다시 접힐 수 (②).
- 흰자에 열을 가해 흰자가 새하얗게 변하기 전과 변한 후를 비교하면, 흰자의 단백질의 1차 구조에는 차이가 (③), 흰자의 단백질을 구성하는 폴리펩타이드 사슬의 일부가 꼬이거나 접힌 형태에는 차이가 (④).

① ________ ② ________ ③ ________ ④ ________

〈조건〉

- ①~④ 모두 문맥에 맞게 '있다' 또는 '없다'의 적절한 활용형으로 작성할 것.
- ①~④ 모두 3자 이내로 작성할 것(단, 띄어쓰기와 문장부호는 글자 수에서 제외함).

① ________ ② ________ ③ ________ ④ ________

※ 다음 글을 읽고 물음에 답하시오.

사또 크게 성을 내어,

"만일 춘향을 늦게 데려오면 호장 이하 각 부서 두목들을 모두 내쫓을 것이니 빨리 대령하지 못할까?"

육방이 소동하고, 각 부서 두목이 넋을 잃어,

"김 번수야 이 번수야. 이런 별일이 또 있느냐. 불쌍하다 춘향 정절, 가련케 되기 쉽다. 사또 분부 지엄하니 어서 가자 바삐 가자."

사령과 관노가 뒤섞여서 춘향 집 앞에 당도하니, 이때 춘향이는 사령이 오는지 관노가 오는지 모르고 주야로 도련님만 생각하여 우는데, 망측한 환을 당해 놓았으니 소리가 화평할 수 있으리오.

(중략)

사또 매우 기뻐 춘향더러 분부하되,

"오늘부터 몸단장 바르게 하고 수청을 거행하라."

"사또 분부 황송하나 일부종사(一夫從事) 바라오니 분부 시행 못 하겠소."

사또 웃으며 말한다.

"아름답도다. 계집이로다. 네가 진정 열녀로다. 네 정절 굳은 마음 어찌 그리 어여쁘냐. 당연한 말이로다. 그러나 이수재(李秀才)*는 서울 사대부의 자제로서 명문 귀족의 사위가 되었으니, 한순간 사랑으로 잠깐 기생질하던 너를 조금이라도 생각하겠느냐? 너는 원래 정절 있어 정절을 지키다가 고운 얼굴 늙어 가고 백발이 난무하여 강물 같은 무정한 세월을 한탄할 때 불쌍코 가련한 게 너 아니면 누구랴? 네 아무리 수절한들 열녀 칭찬 누가 하랴? 그것은 다 버려두고 네 고을 사또에게 매임이 옳으냐 어린놈에게 매인 게 옳으냐? 네가 말을 좀 하여라."

춘향이 여쭈오되,

"충신불사이군(忠臣不事二君)이요 열녀불경이부(烈女不更二夫)*라. 절개를 본받고자 하옵는데 계속 이렇게 분부하시니, 사는 것이 죽는 것만 못하옵고 열녀불경이부오니 처분대로 하옵소서."

이때 회계 나리가 썩 나서 하는 말이,

"네 여봐라. 어 그년 요망한 년이로고. 사또 일생 소원이 천하의 일색이라. 네 여러 번 사양할 게 무엇이냐? 사또께옵서 너를 추켜세워 하시는 말씀이지 너 같은 기생 무리에게 수절이 무엇이며 정절이 무엇인가? 구관은 전송하고 신관 사또 영접함이 법도에 당연하고 사리에도 당연커든 괴이한 말 하지 말라. 너희 같은 천한 기생 무리에게 '충렬(忠烈)' 두 자가 웬말이냐?"

이때 춘향이 기가 막혀 천연히 앉아 여쭈오되,

"충효 열녀(忠孝烈女)도 상하 있소? 자세히 들으시오. 기생으로 말합시다. 충효 열녀 없다 하니 낱낱이 아뢰리다. 해서 기생 농선이는 동선령에 죽어 있고, 선천 기생은 아이로되 칠거지악(七去之惡) 능히 알고, 진주 기생 논개는 우리나라 충렬로서 충렬문(忠烈門)에 모셔 놓고 길이길이 받들고, 청주 기생 화월이는 삼층각(三層閣)에 올라 있고, 평양 기생 월선이도 충렬문에 들어 있고, 안동 기생 일지홍은 살았을 때 열녀문 지은 후에 정경부인 명성이 있사오니 기생 모함 마옵소서."

춘향이 다시 사또에게 여쭈오되,

"당초에 이수재 만날 때에 산과 바다를 두고 맹세한 굳은 마음, 소첩의 한결같은 정절을 맹분(孟賁) 같은 용맹이라도 빼어 내지 못할 터요, 소진(蘇秦)과 장의(張儀)*의 입담인들 첩의 마음 옮겨 가지 못할 터요, 공명 선생의 높은 재주로 동남풍은 빌었으되*, 일편단심 소녀의 마음은 굴복지 못하리라. 기산의 허유(許由)는 요임금의 천거를 거절했고, 서산(西山)의 백이숙제 두 사람은 주나라 곡식을 먹지 않고 굶어 죽었으니, 만일 허유가 없었으면 속세 떠난 선비 누가 되며, 백이숙제 없었으면 간신 도적 많으리라. 첩의 몸이 비록 천한 계집이나 이들을 모르리까. 사람의 첩이 되어 남편을 배반하는 것은 벼슬하는 관장님네 나라를 배반하는 것과 같사오니 처분대로 하옵소서."

사또 크게 화를 내어,

"이년 들어라. 모반과 대역하는 죄는 능지처참하고, 관장을 조롱하는 죄는 율법에 적혀 있고, 관장을 거역하는 죄는 엄한 형벌과 함께 귀양을 보내느니라. 죽는다고 설워 마라."

– 작자미상, 「춘향전」

*이수재: 이몽룡을 가리킴. '수재'는 미혼 남자를 뜻하는 말.

*충신불사이군이요 열녀불경이부: 충신은 두 임금을 섬기지 않고, 열녀는 두 지아비를 섬기지 않음.

*소진과 장의: 중국의 전국 시대에 활약한 유세가들로 언변이 매우 뛰어났음.

*공명선생의 높은 재주로 동남풍은 빌었으되: 「삼국지연의」에서 제갈공명이 동남풍을 불게 하여 적벽 대전을 승리로 이끈 일을 말함.

05 〈보기〉는 제시문에 대한 해설의 일부이다. 〈보기〉의 ㉠에 해당하는 '등장인물의 대화 전체'와 ㉡을 포함하고 있는 '문장'을 제시문에서 찾아 각각의 첫 어절과 마지막 어절을 순서대로 쓰시오.

〈보기〉

소설에서 사건의 전개, 인물의 성격, 배경 등은 말하기 또는 보여주기의 방식으로 독자에게 전달된다. 「춘향전」에서도 다양한 말하기와 보여주기의 방법이 사용되고 있다. 가령 제시문에서는 '사또'의 간사하고 권위적인 성격이 보여주기를 통해 드러난다. '사또'는 '춘향'을 '열녀'라고 치켜세우며 회유하는 말을 먼저 건네는데, 여기서 자신의 목적을 이루기 위해 상대를 거짓으로 높이는 간사한 모습이 드러난다. 하지만 '사또'는 '춘향'이 자신의 요구를 거절하자 ㉠크게 화를 내며 폭력적인 말을 한다. 여기에서 그의 권위적이며 폭압적인 성격이 드러난다. 한편 「춘향전」에는 고전소설만의 특이한 서술 방법도 쓰이고 있다. 고전소설에서는 전지적인 서술자가 작품에 직접 개입하여 사건, 인물 등에 대한 직접적인 평가를 하기도 하는데, 이를 편집자적 논평이라고 한다. 제시문에서는 ㉡춘향의 처지에 대한 서술자의 논평을 찾아볼 수 있다.

① ㉠에 해당하는 '등장인물의 대화 전체':

첫 어절: ____________________, 마지막 어절: ____________________

② ㉡을 포함하고 있는 '문장':

첫 어절: ____________________, 마지막 어절: ____________________

※ 다음 글을 읽고 물음에 답하시오.

(가)

시에서 이미지란 주로 감각을 통해 재생되는 심상을 의미하지만, 이미지는 감각적인 것만으로 한정되지 않는데 이러한 대표적인 이미지들의 예시로는 감각 이미지와 비유 이미지가 있다. 감각 이미지는 감각 기관 중심의 시각·청각·후각·미각·촉각 이미지와, 한 감각이 다른 감각으로 전이되는 공감각 이미지 등으로 나눌 수 있다. 예를 들어 '좁은 들길에 들장미 열매 붉어'나 '발목이 시리도록 밟아도 보고, 좋은 땀조차 흘리고 싶다.'와 같은 시의 구절에서는 색채를 바탕으로 한 시각 이미지나 촉각을 활용한 이미지를 찾을 수 있다. 1930년대 이미지즘 운동에서도 알 수 있듯이 회화적 요소가 극대화된 시각 중심의 감각 이미지는 현대 이미지의 핵심이며, 감각뿐 아니라 대상에 대한 주관적 인식 혹은 정서적 반응을 동반하게 되었다. 더불어 시각 이미지는 그림을 그리듯 공간적 장면을 하나의 화면처럼 보이도록 표현하기도 하고, 이러한 화면들이 모여 청각, 촉각 등의 다양한 감각 이미지들과 연결되어 운동성 있는 장면으로 형상화되기도 하였다.

비유 이미지는 시에서 시인이 원관념에 해당하는 정서나 관념 등을 직접 토로하는 것이 아니라 보조 관념을 통해 간접적으로 구체화하는 과정에서 생성되는 이미지이다. 예를 들어 「봄은 고양이로다」라는 시에서는 원관념인 '봄'을 '고양이'의 털, 눈, 입술, 수염과 연결 지어 봄의 분위기를 형성한다. '금방울과 같이 호동그란 고양이의 눈에 / 미친 봄의 불길이 흐르도다.'에서는 봄의 생동감을, '고양이의 수염에 / 푸른 봄의 생기가 뛰놀아라.'에서는 생기 넘치는 봄의 분위기를 형상화한다. 이처럼 시어 자체가 비유의 언어이기에 비유 이미지는 보조 관념으로 시 전편에서 정서나 심리적인 의미를 환기하게 된다. 그런데 맥락과 상황에 따라 비유 이미지가 될 수도 있고 안 될 수도 있다. 예를 들어 '가시를 가졌다.'라는 표현은 앞에 '장미'가 붙는다면 사실 진술이지만, '아름다운'과 같은 것이 앞에 붙어 원관념으로 연결되면 사실과는 다른 상황에서 형성되는 비유 이미지가 되어 '아름다움 속에 숨어 있는 위험'과 같은 심리적인 의미를 환기하게 된다.

이미지를 개념상 감각 이미지와 비유 이미지로 구분하지만 사실상 두 이미지가 중첩되어 사용되는 경우도 많다. 신체 감각에 의해 지각된 감각 이미지가 시인이 드러내고자 한 정서나 관념 등을 비유적으로 표현하여 함축적 의미를 담고 있는 경우에 이미지가 중첩되었다고 보는데, '황금의 꽃같이 굳고 빛나던 옛 맹세'처럼 감각 이미지와 비유 이미지가 연결되면, 시각적으로 보이는 황금과 꽃이 귀중하고 아름답다는 심리적 의미를 드러낸다는 점에서 중첩 이미지로 사용된 사례라고 할 수 있다.

(나)

푸른 하늘에 닿을 듯이
세월에 불타고 우뚝 남아 서서
차라리 봄도 꽃피진 말아라.

낡은 거미집 휘두르고
끝없는 꿈길에 혼자 설레이는
마음은 아예 뉘우침 아니라.

검은 그림자 쓸쓸하면
마침내 호수 속 깊이 거꾸러져
차마 바람도 흔들진 못해라.

– 이육사, 「교목」

06 〈보기〉는 제시문 (가)를 읽은 두 학생이 제시문 (나)에 대해 나눈 대화의 일부이다. 〈보기〉의 ①~③에 들어갈 적절한 말을 제시문 (가)에서 찾아 쓰시오.

〈보기〉

민수: 3연의 '검은 그림자'에서 '검은'은 감각 기관 중에서도 시각을 통해 파악되는 것이니까 '검은 그림자'는 감각 이미지로 볼 수 있어.

혜은: 그렇지. 비슷하게 1연의 '푸른 하늘'에서 '푸른'도 시각이 활용되니까 '푸른 하늘'도 감각 이미지로 볼 수 있어. 동시에 '푸른 하늘'은 '교목'이 가 닿고자 하는 이상향이라는 심리적 의미도 환기해. 이런 점들을 종합적으로 고려하면, '푸른 하늘'은 (①) 이미지의 사례로 볼 수 있어.

민수: 응, 정말 그런 거 같아. 1연의 '세월에 불타고'는 어떻게 이해할 수 있을까?

혜은: 음, '세월에 불타고'에서 '불타고'도 시각을 통해 파악될 수 있다는 점에서 일단은 (②) 이미지로 볼 수 있어. 그런데 '세월에 불타고'는 문맥상 '세월에 고통 받고'의 심리적 의미를 환기시키기도 하니까, '세월에

불타고'도 (①) 이미지로 이해할 수 있어.
민수: 그런데 이 시에서 '세월에 고통 받고'라는 의미가 '세월에 불타고'로 표현되는 과정이 참 인상적인 것 같아. 일반적으로는 '불타다'가 '건물이 불타다, 나무가 불타다'처럼 쓰일 때는 사실적 진술로 쓰인 것이지만, 이 시에서는 '불타다'가 '세월'과 결합하면서 (③) 이미지를 획득하게 된 것 같아.

① ________________

② ________________

③ ________________

수학[자연E]

▶ 해답 p.421

07 공비 r가 음수인 등비수열 $\{a_n\}$의 첫째항부터 제 n항까지의 합을 S_n이라 하자.

$\frac{S_4-S_1}{S_{10}-S_4}=\frac{64}{9}$일 때,

r의 값을 구하는 과정을 서술하시오. (단, $a_1\neq0$, $r\neq-1$)

08 다항함수 $f(x)$에 대하여

$\lim_{x\to\infty}\frac{\sqrt{x^4-5}-f(x)}{6x^2+1}=\frac{1}{3}$일 때,

함수 $g(x)$를

$g(x)=\begin{cases} f(1-x)-f(x) & (x<1) \\ f(x) & (x\geq1) \end{cases}$이라

하자.

함수 $g(x)$가 $x=1$에서 미분가능할 때, $f(3)$의 값을 구하는 과정을 서술하시오.

09 자연수 k에 대하여 함수 $f(x)=5^{3x+3}-5^{2x+\log_2 k}$의 그래프가 x축과 만나는 점의 x좌표를 a라 하자. $1\le a\le 3$을 만족시키는 모든 k의 값의 합을 구하는 과정을 서술하시오.

10 최고차항의 계수가 1인 이차함수 $f(x)$와 두 실수 a, b가 다음 조건을 만족시킬 때, $a+b+f(3)$의 값을 구하는 과정을 서술하시오.

(가) 함수 $g(x)=\dfrac{x}{f(x^2+9)}$는 $x=a$에서만 불연속이다.

(나) $\displaystyle\lim_{x\to -3}\frac{f(x-2)}{f(x^2)}=b$

11 그림과 같이 중심이 O이고 길이가 6인 선분 AB를 지름으로 하는 반원이 있다. 호 AB 위의 점 P에 대하여 $\overline{\mathrm{PB}}=\overline{\mathrm{PC}}$가 되도록 호 PA 위의 점 C를 잡는다. 선분 OP가 선분 BC와 만나는 점을 D라 하자. 사각형 ACPD가 평행사변형일 때, 선분 AP의 길이와 $\sin(\angle\mathrm{PBC})$의 값을 구하는 과정을 서술하시오.

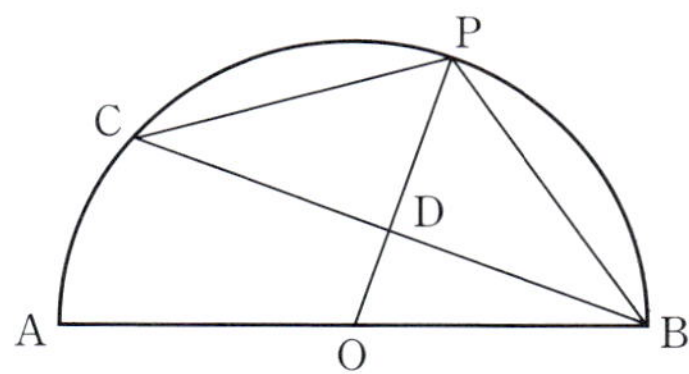

12 다항함수 $f(x)$가 다음 조건을 만족시킨다.

(가) 모든 실수 x에 대하여

$$f(x)=x^3-3x^2+2x\int_0^2 f(t)dt+\left\{\int_0^2 \frac{f(x)}{\sqrt{2}}dt\right\}^2$$

(나) 임의의 두 실수 x_1, $x_2(x_1<x_2)$에 대하여

$$f(x_2)-3x_1^2>f(x_1)-3x_2^2$$

실수 전체의 집합에서 연속인 함수 $g(x)$가 $0\le x<1$일 때 $g(x)=f(x)+ax^2$이고, 모든 실수 x에 대하여 $g(x+1)=g(x)+b$를 만족시킨다.

$\int_2^3 g(x)dx=\frac{79}{12}$일 때, a와 b의 값을 구하는 과정을 서술하시오(단, a, b는 상수이다).

13 실수 전체의 집합에서 미분가능한 함수 $f(x)$의 도함수가

$$f'(x)=\begin{cases}-2 & (x>b)\\ -4x^3-12x^2-9x-2 & (x\le b)\end{cases}$$

이다.

함수 $g(x)$는 $g(x)=|f(x)|$이고 세 집합 A, B, C를

$$A=\left\{x \,\middle|\, \lim_{h\to 0-}\frac{g(x+h)-g(x)}{h}+\lim_{h\to 0+}\frac{g(x+h)-g(x)}{h}=0\right\},$$

$$B=\left\{x \,\middle|\, \lim_{h\to 0-}\frac{g(x+h)-g(x)}{h}=\lim_{h\to 0+}\frac{g(x+h)-g(x)}{h}=0\right\}$$

$$C=\{g(x)\,|\,x\in A\}$$

라 할 때, $n(A)=3$, $n(B)=2$, $n(C)=2$이다. 집합 C의 모든 원소를 구하는 과정을 서술하시오.

14 시각 $t=0$일 때 동시에 원점을 출발하여 수직선 위를 움직이는 두 점 P, Q가 있다. 시각 $t(t\ge 0)$에서의 점 P의 속도 $v_1(t)$와 점 Q의 가속도 $a_2(t)$는

$v_1(t)=-\frac{1}{2}t^2+\frac{5}{2}t$, $a_2(t)=2t-\frac{1}{2}$이다.

시각 $t=k$일 때, 두 점 P, Q의 속도가 같고 점 Q의 가속도가 점 P의 가속도의 7배이다. $t=0$에서 $t=k$까지 두 점 P, Q가 움직인 거리의 차를 구하는 과정을 서술하시오(단, k는 상수이다).

15 상수 a와 $\frac{\pi}{2}<\theta<\pi$에 대하여, 이차방정식 $3x^2-\sqrt{5}x+a=0$의 해가 $\sin\theta$, $\cos\theta$이다. $\sin\theta-\cos\theta$의 값을 b라 할 때, ab의 값을 구하는 과정을 서술하시오.

국어[자연F]

▶ 해답 p.424

※ 다음은 수업 중 학생들이 실시한 토론의 일부이다. 물음에 답하시오.

사회자: 이번 시간에는 죄를 지은 사람이 본인의 죄를 인정하고 수사에 협조하면 형량을 감경해 주는 제도인 플리바게닝에 대해 토론하도록 하겠습니다.

찬성1: 저희는 플리바게닝을 도입해야 한다고 생각합니다. 플리바게닝이 도입된다면 형량을 감경받기 위해 자신이 지은 죄를 인정하는 경우가 늘어날 것이므로 범죄자가 아무런 처벌도 없이 풀려날 가능성이 줄어들어 사회 질서 유지에 도움이 될 것입니다. 또한 범죄자가 자신이 지은 죄를 은폐하려고 노력하는 대신 스스로 죄를 인정하게 되어 범죄자에게 반성할 기회를 제공한다는 점도 긍정적입니다.

반대2: 플리바게닝을 도입하는 것이 사회 질서 유지에 도움이 된다고 하셨나요?

찬성1: 네, 맞습니다.

반대2: 만약 범죄자가 법적인 처벌을 받는 대신에 수사 협조라는 수단을 통해 형량을 흥정하게 된다면 법에 근거해야 하는 사회적 질서가 흔들리게 되지 않을까요?

찬성1: 아닙니다. 수사 협조에 따른 형량 감경 정도를 법률적으로 규정해 두기 때문에 플리바게닝으로 인해 사회 질서가 흔들릴 염려는 없습니다.

사회자: 이번에는 반대 측에서 입론해 주시길 바랍니다.

반대1: 플리바게닝을 도입해서는 안 된다고 생각합니다. 먼저, 수사의 편의를 위해 적법한 범죄 입증 과정 없이 범죄에 대한 처벌을 결정하는 것은 사회적 질서를 훼손할 수 있습니다. 또한 플리바게닝에서 범죄자가 자신의 죄를 인정하는 것은 잘못을 반성하는 것이 아니라 형량 감경을 위한 계산된 행동으로 볼 수 있습니다.

01 **〈보기1〉은 교사가 토론 전에 소개한 토론의 쟁점이고, 〈보기2〉는 청중들이 〈보기1〉을 바탕으로 토론 과정을 이해한 내용의 일부이다. 〈보기2〉의 밑줄 친 ㉡과 ㉢이 ㉠과 같은 형식이 되도록 ①~④에 들어갈 적절한 말을 쓰시오.**

〈보기 1〉

[쟁점1] 플리바게닝은 사회적 질서 유지에 도움이 되는가?
[쟁점2] 플리바게닝은 범죄자가 자신의 죄를 반성할 기회를 제공하는가?

〈보기 2〉

- ㉠'찬성1'은 '쟁점1'과 관련하여, 범죄자가 아무런 처벌 없이 풀려날 가능성이 줄어 사회적 질서유지에 도움이 된다고 주장하는군.
- ㉡'(①)'은/는 '(②)'와/과 관련하여, 범죄자가 잘못을 스스로 인정하도록 하기 때문에 반성의 기회를 제공한다고 주장하는군.
- ㉢'(③)'은/는 '(④)'와/과 관련하여, 적법한 범죄 입증 절차 없이 범죄자에 대한 처벌이 결정되므로 사회적 질서 유지에 도움이 되지 않는다고 주장하는군.

① ________ ② ________ ③ ________ ④ ________

※ 다음 글을 읽고 물음에 답하시오.

환경 문제를 둘러싸고 다양한 행위자들이 전 지구 차원에서 전개하는 복잡한 상호 작용을 가리켜 '지구 환경 정치'라고 하는데, 이를 이해하기 위해서는 국제 정치에 대한 이론적 논의를 함께 살펴보아야 한다. 국제 정치에 대한 이론적 논의는 크게 현실주의, 자유주의, 구성주의 관점에서 이루어져 왔다.

현실주의는 주권 국가를 주요 분석 단위이자 행위 주체로 보며 국가와 국가 간의 관계를 분석해 국제 관계를 이해하고자 한다. 이 이론에 따르면 국제 관계는 합리적인 단일 행위자인 국가 간의 힘의 정치로, 국제 사회에서 이해관계가 충돌하는 경우 각 국가는 자국의 이익을 배타적으로 추구하므로 국가 간의 갈등 및 경쟁 관계는 불가피하다. 현실주의는 지구 환경 정치 역시 국가 간의 갈등 영역으로 보고 협력을 통한 환경 문제의 해결이 힘들 것이라는 전망을 제시한다. 현실주의적 관점에서는 환경 문제가 안보나 군사 문제처럼 국가들의 존폐에 직접적으로 영향을 미치지 않으며, 경제 영역에서 국가 간의 경쟁이 날로 치열해져 가는 상황에서 국가들이 환경 보호를 정책의 우선순위에 두고 전 지구적 환경 문제 해결에 나서는 데에 소극적일 것이라고 본다. 또한 개별 국가들이 다른 국가들에 대한 신뢰가 낮고 그들의 무임승차를 우려하기 때문에 적극적으로 친환경적인 정책을 채택하기를 꺼릴 것이라고 본다.

자유주의는 국제 정치에서 협력의 가능성을 긍정하며 이의 진작을 위해 노력해야 한다고 본다. 현실주의가 국제 정치의 주요 행위 주체로 주권 국가들에 초점을 맞춘다면 자유주의의 분석 단위는 국가뿐만 아니라 국제 연합(UN)과 같은 범지구적 국제기구, 유럽 연합(EU)과 같은 지역 수준의 초국가적인 기구 및 협력 단체, 비정부 기구 등 좀 더 다양한 행위자들을 포함한다. 자유주의의 틀에서 국제 정치에 대한 이론화 작업을 한 신자유 제도주의에 따르면, 국제 관계에서 국가는 합리적이고 이성적인 행위자들이기에 자국의 이익을 추구하기 위해 다른 국가들과 교류 · 협력하는 선택을 한다고 본다. 그리고 국제 정치 · 경제가 다원화되고 복잡해지면서 이렇게 얽힌 상호 작용이 서로에 대한 의존성을 강화하여 국제 체제 전체의 안정을 가져올 수 있다고 보았다. 이러한 관점에서 환경 문제에서도 국가를 넘어선 다양한 행위 주체들이 교류와 협력 관계를 선택해 다양한 규칙과 제도들을 지역적, 국제적 수준에서 만들어 나감으로써 지구 환경 문제를 개선하려고 노력해 왔다고 본다. 그리고 그러한 노력이 앞으로 더욱 제도화될 것으로 전망한다. 또한 지구 환경 문제들의 성격이 복잡하고 해결 방안의 도출을 위해서 전문적이고 과학적 지식을 요구하는 특징 때문에 국가 단위에서뿐만 아니라 비정부 기구, 전문가 집단, 다국적 기업 등의 다양한 행위자들도 점차 중요한 역할을 할 것이라고 본다.

구성주의는 국제 관계에서 행위의 결과나 그 행위가 가지는 의미는 국제 사회를 구성하는 다양한 행위 주체 간의 상호 작용에 의해 사회적으로 구성되며 결정된다고 본다. 국가들이 추구하는 바가 국가 간의 상호 작용의 방식에 따라 경쟁적 관계에 놓이거나 협력적 관계에 놓인다는 것이다. 구성주의적 시각에서 볼 때 국가들은 환경 문제에 대한 고정된 이해관계나 시각을 가진다기보다는 국제 사회 속에서 다른 국가를 비롯해 비정부 기구, 전문가 집단, 기업 등 다른 행위 주체들과의 상호 작용을 통해 새로운 가치, 시각이나 이해관계를 발달시킬 수 있다. 한편 구성주의는 지구 환경 정치에서 가장 중요한 행위 주체인 국가들의 이해관계와 관념이 현재와 같이 주권 국가의 영토와 국경에 기반해 있는 한 주권의 경계를 넘어선 다양한 지역적이고 전 지구적인 환경 문제의 해결에 장애가 되므로 민족, 국가, 영토에 대한 재개념화와 이기적이며 배타적인 국가 중심적 사고로부터의 탈피가 필요하다고 주장한다.

02 〈보기2〉는 제시문을 바탕으로 〈보기1〉을 이해한 내용이다. 〈보기2〉의 ①~③에 들어갈 적절한 말을 제시문에서 찾아 쓰시오.

〈보기 1〉

1992년 브라질 리우에서 178개 국가와 167개국 민간단체 대표 등이 참석한 유엔 지구 정상 회담이 열렸다. 회담에 참석한 모든 국가가 지구 환경의 회복과 보존이란 대의에 공감하고 과제에 대해 논의하였다. 특히 회담에서는 생물종 다양성 상실이 주요 안건으로 논의되었다. 제1세계에서는 생물종 유전자 다양성의 경제적 가치가 중요하게 대두된 반면, 제3세계는 제1세계의 다국적 기업이 자국에서 펼치는 유전자 탐사에 대해 경제적 보상이 이루어져야 한다고 보았다. 생물종 다양성이 자연의 문제가 아닌 경제 문제로 바뀌었고, 특히 제1세계와 제3세계를 아우르는 사안이 된 것이다. 생물종 다양성 상실이 회담의 관심사로 주목받은 데에는 저명한 자연 과학자들이 생물종 다양성 쟁점에 대해 공론장에서 많이 언급하여 대중의 관심을 끈 것도 영향을 미쳤다. 이와 관련해 보전 생물학이 생물종 다양성 쟁점의 과학적 근거를 제공했다.

〈보기 2〉

〈보기1〉의 회담 과정에서 환경 문제와 관련한 행위 주체에는 현실주의의 관점에서는 (①)만 포함된다. 반면 자유주의의 관점에서는 행위 주체에 (①) 이외에 민간단체 대표, 유엔, 다국적 기업 등도 포함될 수 있다. 한편 (②)의 관점에서 보면, 〈보기1〉의 회담 과정에서 생물종 다양성 상실 문제가 자연의 문제가 아닌 경제 문제로 바뀌어 인식된 것은 환경 문제에 대한 행위 주체의 이해관계와 시각이 고정되지 않음을 보여주는 사례이다. 그리고 〈보기1〉에서 저명한 자연과학자들이 공론장에서 생물종 다양성 쟁점을 언급하고 과학적 근거를 제공해 생물종 다양성 상실이 회담에서 주목받는 데 큰 영향을 미쳤는데, 이는 환경 문제 해결에 행위 주체 중 (③)의 역할이 중요하다는 것을 보여주는 사례이다.

① ______________________

② ______________________

③ ______________________

※ 다음 글을 읽고 물음에 답하시오.

경제 성장은 한 국가의 전체 소득을 총인구 수로 나눈 1인당 실질 국민 소득*이 증가하는 것을 말한다. 맬서스는 인구 증가의 관점에서 경제 성장 모형을 제시했다. ㉠맬서스 모형에서 경제의 유일한 생산 요소는 노동이고 인구는 노동에 투입할 수 있는 양을 의미한다. 맬서스 모형은 노동 투입량과 실질 국민 소득 간의 관계를 나타내는데 노동을 통한 생산물은 식량뿐이라고 가정한다. 따라서 실질 국민 소득은 곧 그 사회의 식량 생산 수준을 나타낸다. 〈그림〉은 맬서스 모형을 설명하는 그림으로, 노동 투입량에 따른 실질 국민 소득을 보여 주는 총생산 곡선(AP)과 특정한 숫자의 사람을 먹여 살리기 위한 최소한의 식량의 양을 나타내는 생존 곡선(SB) 간의 관계를 보여 주고 있다.

맬서스 모형은 생산 요소의 투입량이 증가함에 따라 한계 생산량*이 줄어드는 현상인 한계 생산물 체감의 법칙을 따르기 때문에 AP 곡선에서 인구 증가에 따른 식량 생산량 증가는 점점 줄어드는 형태를 보인다. SB 곡선보다 AP 곡선이 위에 있는 경우 인구는 점차 증가하게 된다. 하지만 〈그림〉에서도 볼 수 있듯이 인구가 어느 수준 이상으로 늘어나면 추가된 인구가 생산한 식량이 늘어난 인구를 먹여 살리기에 충분하지 못하다. 따라서 인구는 감소하게 되고 인구와 실질 국민 소득은 두 곡선이 만나는 지점인 점 E로 수렴하여 경제는 장기적으로 균형의 상태를 이루게 된다. 점 E를 맬서스 균형점이라고 하며 이 지점에 도달하면 더 이상 인구나 생산량의 변화는 일어나지 않게 된다. 이를 정체 상태라고 하며 이 상태에서는 더 이상의 경제 성장을 기대하기 어렵다.

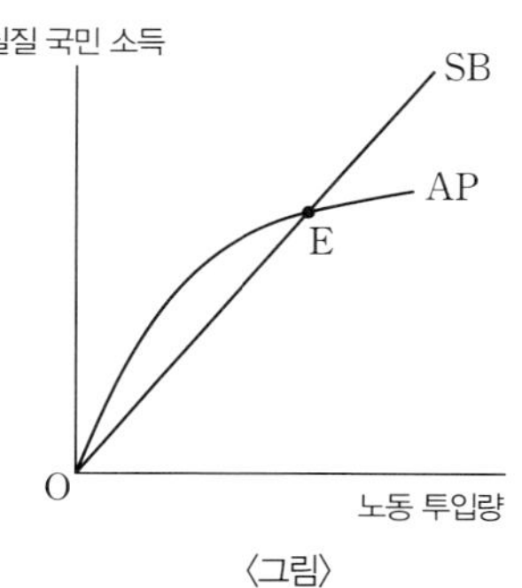

〈그림〉

하지만 맬서스 모형에서 가정한 것과 달리 현대 경제에서는 노동 이외에도 자본, 기술 등의 다른 생산 요소가 매우 중요하게 작용하며 실질 국민 소득은 식량 외의 다양한 생산물을 포함한다. 이러한 상황을 고려하여 솔로는 노동과 더불어 자본이라는 생산 요소를 추가하여 맬서스 모형보다 현실적인 경제 성장 모형을 제시하였다. ㉡솔로 모형에서는 노동 투입량이 일정한 수준에 정체되어 있을 때 자본량을 늘리면 더 많은 생산이 가능하다. 솔로 모형의 AP 곡선은 맬서스 모형의 AP 곡선과 동일한 형태이지만 자본량이 늘어나면 동일한 노동 투입량에서의 실질 국민 소득은 더 늘어나게 된다. 즉 자본이 1인당 국민 소득에 영향을 미친다는 것이다.

솔로 모형에서 자본량은 생산량을 결정하는 주요 요소이며 자본량의 변화는 경제 성장으로 이어질 수 있다. 하지만 솔로 모형에서도 어느 수준까지의 경제 성장은 가능하지만 끝없이 성장하는 것은 불가능하다. 자본도 한계 생산물 체감의 법칙이 작용하기 때문에 자본의 증가량에 따른 1인당 실질 국민 소득의 증가량은 점점 줄어들기 때문이다.

*실질 국민 소득: 물가 변동이 없는 상태로 산출한 국민 소득. 명목 국민 소득을 물가 지수나 생계비 지수로 나누어 산출한다.
*한계 생산량: 생산 요소가 한 단위 증가할 때 더 늘어나는 생산물의 양.

03 〈보기〉는 제시문을 읽고 ㉠, ㉡을 정리한 것이다. 〈보기〉의 ①~③에 들어갈 적절한 말을 제시문에서 찾아 쓰시오.

〈보기〉

사회의 실질 국민 소득에 영향을 미치는 경제의 생산 요소로 ㉠에서는 (①)만을 고려하지만, ㉡에서는 (①) 이외에 자본 등 다른 생산 요소도 고려한다. 따라서 ㉡에서는 ㉠과 달리 노동 투입량이 (②)되어 있는 상황에서도 실질 국민 소득이 증가할 수 있다. 하지만 ㉡ 역시 ㉠과 마찬가지로 (③)의 적용을 받는다. 왜냐하면 ㉡에서도 투입되는 자본의 증가량에 따른 실질 국민 소득의 증가량이 점점 감소하기 때문이다.

① ______________________

② ______________________

③ ______________________

※ 다음 글을 읽고 물음에 답하시오.

조류는 강이나, 바다, 호수, 연못과 같은 물속에 사는 작은 생물을 일컫는 말이며, 엽록소를 가지고 있어 햇빛과 이산화 탄소를 이용해 산소와 유기물을 만들어 내는 광합성 작용을 한다. 조류는 생태계 먹이 그물에서 1차 소비자의 먹이가 되는 생산자로서, 수생태계에 에너지를 공급하는 중요한 역할을 한다. 조류 중 남조류는 생물학적 특성이 다른 조류와는 차이점이 있어 남세균으로 주로 불린다.

녹조 현상은 강이나 호수에 남세균이 과도하게 발생하여 물의 색깔이 짙은 녹색으로 변하는 현상이다. 담수 조류 중 옅은 녹색을 띠는 녹조류와 구별하기 위해 녹조 현상이라고 일컫는다. 남세균의 발생에 영향을 미치는 요인에는 영양물질과 수온 및 일사량, 물의 흐름이 있다.

도심에서 나오는 하수, 각종 농축산 시설 등에서 배출하는 폐수, 비가 올 때 빗물과 함께 흘러내리는 비료 등에는 질소나 인과 같은 여러 영양물질이 들어 있다. 이런 영양물질은 남세균의 증식에 필수적이며, 남세균이 영양물질을 이용하여 대량으로 증식하게 되면 녹조 현상이 발생한다.

수온은 남세균의 성장을 좌우하는 요인이며, 햇빛은 남세균의 광합성을 위해 필수적 요소이다. 녹조 현상의 원인이 되는 남세균은 20~30℃의 수온에서 가장 왕성하게 성장하며, 햇빛을 많이 받을수록 잘 자란다. 우리나라에서는 일반적으로 수온이 높아지고 일사량이 증가하는 여름철에 남세균이 성장하기 좋은 환경이 만들어진다.

또한 물의 흐름이 약하거나 정체되어 있으면 남세균이 더 많이 증식할 수 있다. 유속이 빠르면 물 표면에 떠다니는 남세균이 하류로 쓸려 내려가기 때문에 한곳에서 대량으로 증식하기 어렵다. 수심이 깊고 흐름이 정체된 강이나 호수에서는 여름철에 성층 현상이 나타난다. 성층 현상이란 따뜻하고 밀도가 낮은 물이 위에 놓이고 차갑고 밀도가 높은 물이 아래에 놓여 밀도 차에 의해 수층이 분리되어 물이 수직으로 잘 이동하지 않는 현상을 말한다. 성층 현상이 일어나 물이 잘 섞이지 않으면 수면의 온도가 더욱 올라가게 되어 남세균이 성장하기 더 좋은 여건이 만들어진다.

04 <보기2>는 제시문을 읽고 <보기1>에 대해 탐구한 것이다. <보기2>의 ①, ②에 들어갈 적절한 말을 <조건>에 맞게 쓰시오.

<보기 1>

오른쪽 그림은 어떤 강의 [상황 A]와 [상황 B]의 수심에 따른 수온의 변화를 나타낸 그래프이다.

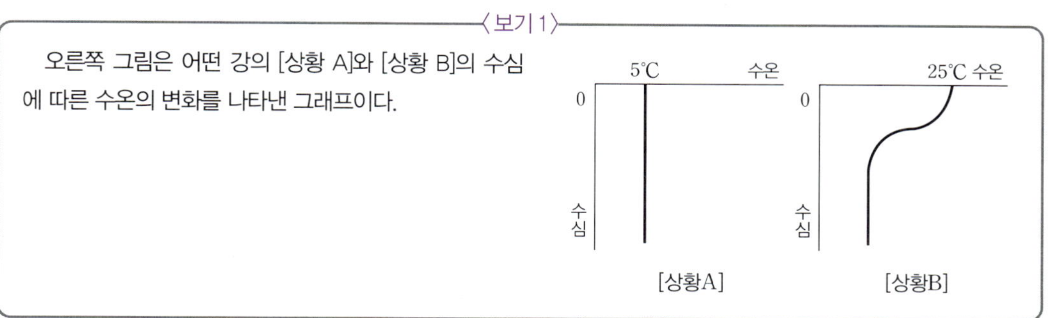

<보기 2>

어떤 강에서 다른 조건은 모두 동일하게 유지되고 수심에 따른 수온의 변화만 [상황 A]에서 [상황 B]로 변하면, 수심에 따른 물의 밀도 차에 의해 물이 잘 섞이지 않게 된다. 이에 따라 강물 수면의 온도가 (①) 그 강에는 녹조 현상이 발생할 가능성이 커진다. 녹조 현상이 발생한 강에서 다른 조건은 변하지 않고 강물의 유속이 (②) 녹조 현상이 다시 줄어들 수 있다.

<조건>

- ①은 '-기 때문에'의 형식으로, ②는 '-(으)면'의 형식으로 작성할 것.
- ①은 7자 이내로, ②는 4자 이내로 작성할 것(단, 띄어쓰기와 문장부호는 글자 수에서 제외함).

① ______________________

② ______________________

※ 다음 글을 읽고 물음에 답하시오.

갈매나무는 두현의 기억이 미칠 수 있는 어린 시절부터 내면에 자리 잡아 온 움직일 수 없는 한 풍경이었다. 어릴 적 한때 할머니의 손에서 자란 두현이도 그 갈매나무와 더불어 컸다. 할머니 집 안 마당에 어른 키의 갑절만큼 자라 있던 그 늙은 나무는 노년 들어 홀로 대청마루에 나앉는 일이 잦았던 할머니에게는 무언의 친구이기도 했을 터였다.

가지 끝에 뾰족뾰족한 가시를 달고 있는 그 갈매나무는 두현에겐 지옥이자 천당이었다. 갈매나무 아래서 윤정이와 사진을 찍고 난 다음 그녀와 가진 첫 입맞춤이 천당에 대한 기억에 해당한다면 아내가 됐던 윤정이와 이 년이 채 안 돼 헤어지기로 동의한 다음 이혼 서류에 마지막으로 도장을 찍고 내려가 찾아뵌 할머니 집 앞의 갈매나무는 바로 캄캄한 지옥이었다.

현아 니 맴이 많이 아프제…….

두현은 두렵고 송구스런 마음 때문에 엎드려 드린 큰절을 차마 일으키지 못하고 등짝을 들썩거리며 흐느꼈다. 그 격정의 잔등을 삭정이처럼 야윈 할머니의 손길이 잔잔히 더듬고 지나갔다.

할머니…… 이 매욱한* 손자가 세상에 다시없는 불효를 저지르고 이렇게 찾아뵈었으니 이 일을 어쩌면 좋습니까? 호되게 꾸짖어 주세요, 부디!

꾸짖긴 눌로? 어림도 없지러. 니가 아프면 낼로(나를) 찾아와야지 그럼 눌로(누구를) 찾아…… 옹냐 잘 왔네라. 에구 불쌍한 내 새끼야. 니 맴 할미가 알제 하모 하모…….

부엌 문짝에 옆 이마를 기대어 집게손가락으로 눈가를 꼭꼭 찍어 누르고 섰던 작은숙모한테 더운밥을 지어 내오도록 한 할머니는 그가 물에 만 밥그릇을 앞에 두고 천근만근으로 무거워진 깔깔한 밥술을 놀리는 걸 지켜보다가 숙모의 부축을 받아 갈매나무 아래 평상에 나앉으셨다. 그러고는 등을 돌린 채 눈물을 지으셨다. 두현은 밥이 아니라 눈물을 떠 넣고 씹었다.

지집한테 찔리운 까시는 오래가는 벱인디…….

할머니가 갈매나무 우듬지께를 망연자실한 눈길로 쳐다보시며 중얼거렸다. 그러자 그도 어릴 적 겁도 없이 갈매나무에 오르려다 가시에 찔려 떨어졌던 기억이 났던 것이다. 아마 할머니도 그 때 기억 때문에 더 북받치시는 것일지도 모를 일이었다. 눈물이 그렁그렁한 어린 손자의 손바닥에 깊숙이 박힌 가시를 입김을 몇 번이고 호호 불어 가면서 빼 주실 때 해 주던 할머니의 말씀이 새삼 엊그제 일인 양 생생할 뿐이었다.

까시 아프제? 앞으로두 세상의 숱해 많은 까시가 널 괴롭힐지도 모르제. 그래도 사내니깐 울지는 말그래이. 그럴수록 더 독한 까시를 가슴속에 품어야 하니라. 알긋제?

야아…… 할무이.

세상의 독한 가시를 이기라는 그 말씀은 삼 년 전 늦깎이 시인으로 등단한 그가 여태껏 시의 화두로 삼아 온 것이었다.

[중략 부분 줄거리] 두현이 찾아간 '아름다운 지옥'은 이제 찻집이 아닌 오리탕 전문점으로 바뀌어 있었고, 두현은 그 식당의 여주인과 이야기를 나눈다.

아내가 가고 없는 그 신혼방에서 두현은 한사코 자신에게서 달아나려는 어떤 아이에 대한 꿈을 서너 번 꾸었다. 힐끗 뒤를 돌아다보는 꿈속의 작은 아이는 그를 닮아 보일 때도 있었고 얼굴이 하얗게 지워져서 나타날 때도 있었다. 아주 무서운 꿈이었다. 꿈자리에서 깨어날 때마다 그는 눈물이 핑돌아 낯선 곳에서 잠이 설깬 아이처럼 훌쩍거리곤 했다.

그래서요?

그래서 그렇다는 말이죠.

에이, 시시해. 그럼 전 부인은 진짜 유학을 갔어요?

아직까지 한 번도 못 만났으니 그럴 가능성도 있을 겁니다.

그럼 요즘도 아이 꿈을 꾸세요?

아뇨, 요즘은 한 나무에 대한 꿈을 꾸는 편이죠.

나무요?

나뭅니다. 아주 헌걸차고 씩씩한 녀석이죠. 바로 수칼매나무입니다. 갈매나무가 암수딴그루 나무인건 아시죠?

암수딴그루라뇨?

왜, 은행나무처럼 암수가 따로 있다 이겁니다. 제가 여태껏 보아 온 건 모두 암그루였죠. 아직 수그루를 한 번도 보지 못했죠. 아마 어느 깊은 계곡 어디에선가 뿌리를 박고 홀로 눈보라와 찬비와 거친 바람을 맞으며 추운 계절을 꿋꿋이 견디며 힘차게 수액을 높은 우듬지 위로 뽑아 올리는 자태를 간직한 수그루를 알아보게 될 겁니다. 그런 날이 꼭 올 겁니다. 제 꿈이 그렇거든요. 그놈을 봤어요. 한 번도 아니고, 두 번도 아니고⋯⋯ 몹시 앓을 땐 내가 직접 그 수칼매나무가 되는 꿈을 꿔요. 아주 편안한 나무가 되는 꿈을 꿔요.

– 김소진, 「갈매나무를 찾아서」

*매욱한: 하는 짓이나 됨됨이가 어리석고 둔한.

05 〈보기〉는 제시문에 대한 해설의 일부이다. 〈보기〉의 ①, ②에 해당하는 말을 〈조건〉에 맞게 쓰시오.

〈보기〉

김소진의 소설 「갈매나무를 찾아서」는 주인공 두현이 심리적 아픔으로 고통받고 있는 상황에서 자신의 아픔을 극복해 나갈 것을 다짐하는 모습이 드러나는 작품이다. 이 작품의 핵심 소재인 갈매나무는 작품의 곳곳에서 다양한 방법으로 활용된다. 제시문에서 이를 살펴보면, 먼저 두현이 이혼 후 찾아간 할머니 집 안마당에는 갈매나무가 있다. 할머니가 '아내와의 이혼으로 인한 두현의 상처와 아픔'을 비유적으로 표현한 '(①)'에서 갈매나무는 두현의 어린 시절 상처와 현재의 아픔을 매개하는 역할을 한다. 제시문에서 갈매나무는 두현의 내면을 드러내는 소재로 활용되기도 한다. 두현이 식당 여주인과 대화를 나누는 장면에서 두현의 말에 등장하는 '(②)'은/는 심리적 아픔으로 고통받는 두현이 지향하는 모습과 가치를 상징하는 소재로 갈매나무의 이미지가 분화되어 쓰인 것이다.

〈조건〉

- ①, ② 모두 제시문에서 적절한 말을 찾아 쓸 것.
- ①은 세 어절로 쓰고, ②는 한 단어로 쓸 것.

① ____________________

② ____________________

※ 다음 글을 읽고 물음에 답하시오.

삼가 뜻하는 바를 아뢰오니 상제께서 처분하오소서
주천(酒泉)*이 주인 없어 오래도록 황폐하였으니 그 이유 살피신 후에 제가 바라는 일을 처결하여 허락함을 공증 문서로 발급하옵소서
상제께서 소장 안에 호소하는 바를 다 살펴보았거니와 유령* 이백*도 토지나 전결세를 나눠 받지 못했거든* 하물며 세상의 공적 물건이라 제 마음대로 못 할 일이라

– 작자 미상

*주천: 중국 감숙성의 지명으로 술맛 나는 물이 샘솟는 곳이라 하여 붙여진 이름. 풍류와 취락의 이상적 공간으로 널리 이름난 곳.
*유령: 중국 진나라 때의 죽림칠현 중의 한 사람으로, 술을 몹시 즐기던 시인.
*이백: 당나라 현종 때의 시인. 술을 친구로 삼은 시선(詩仙)으로 불림.
*토지나 전결세를 나눠 받지 못했거든: 주천에 대한 소유의 권리를 받지 못했다는 의미.

06 〈보기〉는 제시문에 대한 해설의 일부이다. 〈보기〉의 ①~③에 들어갈 적절한 말을 제시문에서 찾아 쓰시오.

〈보기〉

소지형 시가는 조선 후기로 넘어오면서 소송의 사례가 증가하고 여기에 동원되는 '소지(所志)' 형식이 널리 보편화되면서, 고문서의 한 양식인 소지가 국문 시가와 갈래 교섭을 일으키며 문학사에 등장한 형태이다.

소지의 본래 성격은 청원(請願) 및 진정(陳情)에 있다. 따라서 소지를 활용한 소지형 시가의 경우, 본래 소지의 형식에 따라 청원의 수신인과 청원의 내용이 나타난다. 제시문에서 청원의 수신인은 '(①)'이라는 시어로 나타나고, '제가 바라는 일'이라는 시어로 나타나는 청원의 내용은 '(②)'을/를 자신에게 내려 달라고 하는 것이다.

한편 소지형 시가 작품은 개인이 지니고 있는 욕망을 무절제하게 표출하기만 하는 것이 아니라, 청원 및 진정을 처리해 주는 권한자의 처분을 제시하여 화자의 과도한 욕망을 경계하는 주제 의식을 보여 주기도 한다. 제시문에서도 화자의 욕망을 경계하는 권한자의 처분이 나타나고 있다. 제시문에서 권한자는 역사적 인물을 언급하면서, '(②)'이/가 '(③)'에 해당한다는 점을 들어 화자의 청원을 받아들이지 않는다.

① ______________________

② ______________________

③ ______________________

수학[자연F]

▶ 해답 p.426

07 $0 \leq \theta < 2\pi$에서

$\sin\left(\frac{3}{2}\pi+\theta\right)-\cos\left(\frac{3}{2}\pi+\theta\right)=-\frac{3}{4}$일 때,

$\tan\theta+\frac{1}{\tan\theta}$의 값을 구하는 과정을 서술하시오.

08 $\sum_{n=1}^{12}\frac{3n^2+5n+2}{18n^2+30n+8}$의 값을 구하는 과정을 서술하시오.

09 모든 항이 양수인 수열 $\{a_n\}$, $\{b_n\}$, $\{c_n\}$이 모든 자연수 n에 대하여

$a_na_{n+1}=2^{\sin\frac{n}{6}\pi}$, $b_nb_{n+1}=2^{\cos\frac{n}{3}\pi}$,

$c_nc_{n+1}=2^{\tan\frac{2n-1}{4}\pi}$을 만족시킬 때,

$\sum_{n=1}^{100}\log_2(a_nb_nc_n)$의 값을 구하는 과정을 서술하시오.

10 그림과 같이 $1<k<16$인 자연수 k에 대하여 함수 $y=|(x-1)(x-k)|$의 그래프가 직선 $y=m(x-1)$과 서로 다른 세 점에서 만난다. 세 점의 x좌표를 작은 수부터 크기 순서대로 a_1, a_2, a_3이라 하자. 세 수 a_1, a_2, a_3이 이 순서대로 공비가 r인 등비수열을 이룰 때, 공비 r가 유리수가 되도록 하는 모든 자연수 k의 값의 합을 구하는 과정을 서술하시오(단, m은 양수이다).

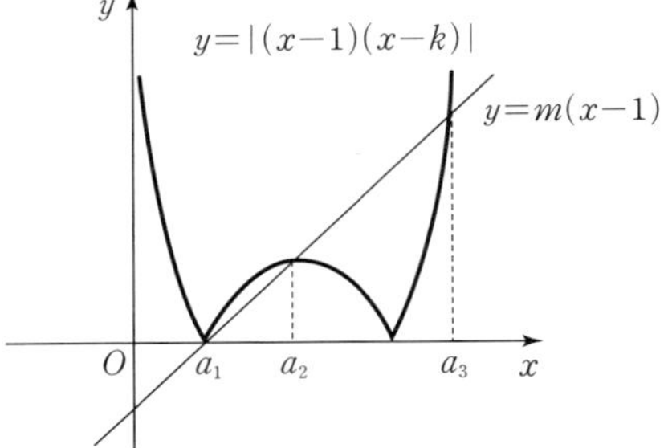

11 방정식 $\log_5(5^x+10)=\frac{x}{2}+\log_5\frac{10}{25}+2$ 의 두 근을 α, β라 할 때, $\frac{1}{5^\alpha}+\frac{1}{5^\beta}$의 값을 m이라 하자.
정의역이 $\left\{x \mid -\sqrt[5]{5} \le x \le -\frac{1}{125}\right\}$인 함수 $y=-\log_5(-x)+a$의 최댓값은 M이고 최솟값이 m일 때, a, M, m의 값을 구하는 과정을 서술하시오(단, a는 상수이다).

12 양수 k에 대하여 함수 $f(x)$는
$f(x)=(k-x)^3+6(k-x)^2+3(k-x)-18$이라고 하자. 닫힌구간 $[0, k]$에서 정의된 함수 $g(x)=\int_0^x f(t)dt$가 열린구간 $(0, k)$에서 극값을 갖도록 하는 k의 범위를 구하는 과정을 서술하시오.

13 최고차항의 계수가 1인 이차함수 $f(x)$가 다음 조건을 만족시킨다.

> (가) $f(x)$의 최솟값은 음수이다.
> (나) 함수 $y=f(x)$의 그래프와 직선 $y=f(2)$가 서로 다른 두 점 A, B에서 만나고 두 점 A, B의 x좌표의 합은 6이다.
> (다) $\lim_{x \to 5}\frac{1}{x-5}\left\{\int_a^x |f(t)|dt-2\int_a^3 |f(t)|dt\right\}=6$

$af(3)$의 값을 구하는 과정을 서술하시오(단, a는 상수이다).

14 좌표평면 위의 점 $A(4, 4)$와 실수 $m(m>1)$에 대하여 점 A에서 직선 $y=mx$에 내린 수선의 발을 B라 하자. 점 B를 지나며 x축에 수직인 직선이 선분 OA와 만나는 점을 C라 하자. 삼각형 ABC의 넓이를 $S(m)$, 삼각형 OBC의 넓이를 $T(m)$이라 할 때,

$\lim_{m \to 1+}\frac{s(m)}{(m-1)T(m)}$의 값을 구하는 과정을 서술하시오(단, O는 원점이고, 점 B의 x좌표는 0보다 크다).

15 사차함수 $f(x)=\frac{1}{4}x^4-\frac{5}{3}x^3+x^2+8x+9$이고, 삼차함수 $g(x)$는 최고차항의 계수가 1이고 $g(0)=-\frac{1}{3}$이다. $f(x)$와 $g(x)$가 $x=a$에서 극댓값을 가질 때, 함수 $g(x)$의 극솟값을 구하는 과정을 서술하시오.

Nothing great in the world has been
accomplished without passion.

이 세상에 열정없이 이루어진 위대한 것은 없다.

– Georg Wilhelm 게오르크 빌헬름 –

PART 3

1. 국어
2. 수학
3. 기출

1 국어

Ⅰ. 문학

[01~02]

(가) 김소월, 「가는 길」

갈래	서정시, 자유시, 현대시	특징	• '가는 길'이라는 구절의 반복을 통해 이별의 상황과 정서를 강조 • '길'은 인생, 운명, 이별의 과정을 상징 • 단순하고 반복적인 운율로 슬픔을 부드럽게 전달 • 감정을 직접적으로 드러내지 않고 담담하게 표현
성격	서정적, 애상적, 전통적, 민요적		
제재	임과의 이별		
주제	이별의 아픔과 임에 대한 그리움		

(나) 강은교, 「우리가 물이 되어」

갈래	자유시, 서정시	특징	• 가정법의 형태로 간절한 소망을 표현함 • 물과 불의 대립적 이미지를 활용해 주제의식 강화 • 생명력, 순수함, 정화력, 생성 등 물의 원형적 상징성을 활용 파괴, 소멸 등 불의 부정적 이미지를 현대 사회의 갈등과 대립으로 삭막해진 모습에 비유
성격	상징적, 의지적, 역설적		
제재	물		
어조	소망의 간절함을 드러내는 목소리		
주제	조화로운 합일과 생명력이 넘치는 세계에 대한 소망		

01 [모범답안]

흐르는, 흐릅디다려

[바른해설]

(가) 작품에서는 '흐르는 물은 / 어서 따라오라고 따라가자고 / 흘러도 연달아 흐릅디다려.'와 같이 자연물인 물의 동적인 이미지를 통해 갈 길을 재촉하는 듯한 상황을 부각하고 있다.

02 [모범답안]

(가) ① ㄱ / ② ㅎ (또는 ① ㅎ / ② ㄱ)

(나) ① 가정 / ② 병렬

[바른해설]

(가)의 1, 2연에서는 '그립다', '그리워', '그냥 갈까 / 그래도' 등과 같이 'ㄱ' 음의 반복과 '할까', '하니', '한 번'과 같은 'ㅎ' 음의 반복이 나타난다. 1연에서는 1, 3행에 'ㄱ' 음을, 2, 3행에 'ㅎ' 음을 배치하고, 2연에서는 1, 2행에 'ㄱ' 음을, 3행에 'ㅎ' 음을 배치하는 구조적 병렬을 이루어 시의 리듬감을 형성하고 있다.

(나)의 1, 2연에서는 '물'이 되어 만나는 가정적 상황이 반복되고, 3연에서는 '불'로 만나려는 현재 상황이 나타난다. 따라서 특정한 상황이 쌍을 이뤄 반복되는 병렬적 배치라 할 수 있다.

[03~04]

갈래	자유시, 서정시	특징	금붕어를 통해 꿈을 잃고 현실에 순응하며 살아가는 현대인을 묘사함
성격	상징적, 산문적, 우의적		
제재	금붕어		
주제	이상 세계에 대한 동경과 좌절		

03 [모범답안]

① 저항 / ② 순응

[바른해설]

이 작품은 어항 속에 갇힌 금붕어라는 특정 대상을 소재로 하여 고향을 잃고 좁은 공간에 갇혀 길들여지고 있는 존재를 형상화하고 있다. ㉠의 '지느러미는 칼날의 흉내를 내서도 항아리를 끊는 일이 없다.'는 것은 금붕어가 자신이 처한 현실에 '저항'하지 않고 '순응'하는 태도를 드러낸 것으로, 현실에 순응하며 살아가는 현대인의 모습을 묘사한 것이다.

04 [모범답안]

거리 두기

[바른해설]

〈보기〉에서 모더니즘 시의 '거리 두기'와 같은 형상화 방법은 인간이 아닌 특정 대상을 활용하여 현실을 우회적으로 표현한다고 하였다. 즉, 이 작품은 인간이 아닌 '금붕어'가 특정 대상으로 등장하여 현실에 순응하며 살아가는 현대인이 처한 현실을 우회적으로 표현하고 있다.

[05~06]

갈래	고려 속요	특징	• 불가능한 상황을 전제하는 역설적 표현으로 임과의 영원한 사랑을 다짐하는 시적 화자의 정서를 효과적으로 표현하고 있다. • 비슷한 구조의 문장과 시어를 반복적으로 구사하여 리듬감을 살리면서 시적 상황과 화자의 정서를 강조하고 있다.
성격	서정적, 민요적		
제재	임에 대한 사랑		
주제	태평성대의 기원, 임에 대한 영원한 사랑의 다짐		

05 [모범답안]

① 구은 밤 / ② 련(蓮)ㅅ고즐 / ③ 텰릭 / ④ 한쇼

[바른해설]

이 작품은 ① 구은 밤(구은 밤), ② 련(蓮)ㅅ고즐(연꽃), ③ 텰릭(철 갑옷), ④ 한쇼(큰 소) 등의 소재를 사용하여 불가능한 상황을 표현하고 있고, 그러한 불가능한 상황이 현실화된다면 비로소 임과 헤어지겠다는 반어적 표현으로 임에 대한 끊임없는 사랑과 믿음을 부각하고 있다.

06 [모범답안]

딩아, 노니ᄋᆞ와지이다

[바른해설]

1연은 임과의 사랑을 갈망하는 다른 연들과 달리 태평성대를 기원하는 의식요의 기능을 하고 있다. 이는 고려 속요들이 구전되어 오다가 조선 건국 후 '남녀상열지사(男女相悅之詞)'라 하여 일부는 없어지고 일부는 궁중음악으로 수용되면서 재편된 것으로 추정된다. 1연의 첫 어절은 '딩아'이고 마지막 어절은 '노니ᄋᆞ와지이다'이다.

PART1 국어
PART2 수학
PART3 해답

[07~08]

갈래	단편소설	특징	• 환경에 영향을 받는 인간의 모습을 그림 • 감방 안의 부정적 상황으로 인한 인간성의 황폐화를 그림 • 1919년 동생의 부탁으로 일제에 대한 격문을 쓰고 감옥살이 했던 실제 경험이 밑바탕이 됨
성격	사실적		
배경	시간 – 일제 강점기 / 공간 – 감방 안		
문체	• 객관성과 사실성을 지님 • 간결한 호흡의 문장 표현		
시점	1인칭 주인공 시점		
주제	극한 상황 속에서 드러나는 인간의 비정함과 이기심 고발		

07 [모범답안]

① 지옥

② 냉수 한 모금

[바른해설]

① 해당 작품에서 '나'는 무더운 날씨에 많은 인원이 갇혀 있는 비좁은 감방을 '지옥'으로 표현하면서 태형을 선고받고 공소한 영감에게 그가 나가야 감방 안에 공간의 여유가 생긴다며 공소를 포기하라고 윽박지르고 있다.

② 해당 작품에서 감방 안 사람들은 3 · 1 운동을 하다가 수감되었음에도 불구하고 극한 환경에 노출된 탓에 독립, 자결, 자유 등에 대한 열망을 포기한 채 '냉 수 한 모금'만을 바라고 있다. 즉, 이를 통해 작가는 극한 환경에 내몰린 인간의 강한 생존 본능과 그로 인한 존엄성 상실을 부각하고 있다.

08 [모범답안]

① 환경

② 이기주의

[바른해설]

① 덥고 비좁고 갑갑한 감방은 수감자들의 생존을 위협하는 극한 환경에 해당한다. 〈보기 1〉에 따르면, 작가는 이를 통해 비인간적인 환경을 조성한 일체의 잔혹함을 고발하고 있다.

② 간수가 영감을 끌어낸 뒤 '방 안 사람들의 얼굴'에 '기쁨'이 빛나는 것은 감방 안 자신들의 자리가 조금이나마 넓어졌기 때문이다. 즉, 극한 환경 속에서 타인의 고통보다 자신의 안위를 더 우선시하는 사람들의 모습을 통해 극단적 이기주의를 드러내고 있다.

[09~10]

갈래	단편 소설, 액자 소설	특징	• 외부 이야기와 내부 이야기의 서술 시점이 다름 • 외부 이야기와 내부 이야기를 넘나드는 인물을 통해 과거와 현재를 교차시켜 주제를 확장함
성격	비판적, 실존적		
배경	한국 전쟁 당시부터 그 이후, 북으로 이송되어 가는 길		
시점	• 외부이야기: 1인칭 관찰자 시점 • 내부 이야기: 전지적 작가 시점		
주제	근원적인 인간성의 소중함과 극한 상황 속에서 모색하는 올바른 삶의 자세		

09 [모범답안]

① 1인칭 관찰자 시점

② 전지적 작가 시점

[바른해설]
이 작품은 액자 소설로 외부 이야기와 내부 이야기의 서술 시점이 다른 특징을 갖고 있다. 외부 이야기는 '나'가 '철'에게서 어느 형제에 관한 이야기를 듣는 것을 1인칭 관찰자 시점에서 서술하고 있고, 내부 이야기는 한국 전쟁 당시 북한군의 포로가 된 형제의 사연을 전지적 작가 시점에서 서술하고 있다.

TIP
- **1인칭 관찰자 시점**: 서술자가 작품에 등장하나 자신이 주인공은 아니며, 주인공을 관찰하여 서술
- **전지적 작가 시점**: 작품 밖의 서술자이지만 전지전능한 신처럼 인물들의 심리, 내면, 감정까지 모두 알고 서술

10 [모범답안]
형

[바른해설]
이 작품에서 "형은 둔감했고 ~ 모자란 사람이었다."라는 진술, 상황을 고려하지 않고 말과 행동을 하는 모습, 포로로 잡혀가다 동생을 만났을 때 대뜸 울음보를 터뜨리는 모습 등을 통해 '나상(裸像)'이 아이와 같이 천진난만한 '형의' 모습을 나타낸 것으로 이해할 수 있다.

[11~12]

갈래	한문 소설, 단편 소설	특징	• 호랑이를 의인화하여 양반들의 위선과 비도덕성을 비판한다. • 북곽 선생과 동리자의 언행을 희화화하여 풍자의 효과를 높이고 있다.
성격	우의적, 풍자적, 비판적		
제재	호랑이의 꾸짖음		
주제	양반들의 위선과 비도덕성에 대한 비판		

11 [모범답안]
뒤로[뒤에서] 호박씨 깐다

[바른해설]
북곽 선생과 동리자는 겉으로 보이는 모습과 다르게 밤에 서로 몰래 만나는 관계이므로, '겉으로는 점잖고 의젓하나 남이 보지 않는 곳에서는 엉뚱한 짓을 하는 경우를 비유적으로 이르는 말'인 '뒤로[뒤에서] 호박씨 깐다'는 속담이 어울린다.

12 [모범답안]
그의 아들 다섯은 모두 성(姓)이 달랐다.

[바른해설]
동리자는 천자로부터 '동리과부지려(東里寡婦之閭)'라는 이름을 부여받을 정도로 절개를 지킨 열녀로 칭송받았으나, '그의 아들 다섯은 모두 성(姓)이 달랐다.'라는 내용을 통해 세간의 평과 다르게 겉과 속이 다른 부도덕한 인물임을 알 수 있다.

[13~14]

갈래	자유시, 서정시	특징	• 시적 화자의 소망을 '고양이'의 모습을 통해 간접적으로 드러냄 • 특정한 어미('-리라', '-겠지' 등)를 반복적으로 사용하여 운율을 형성함 • 의성어와 의태어를 활용하여 고양이의 모습이나 행동을 생동감 있게 묘사함
성격	낭만적, 의지적, 감각적		
제재	고양이		
주제	편안하고 안락한 삶을 거부하고 자유로운 야생의 삶을 소망함		

13 [모범답안]

① 툇마루 / ② 벌판

[바른해설]

'툇마루'는 인간의 보살핌을 대표하는 공간이고, '벌판'은 야생적이고 자유로운 고양이의 삶을 대표하는 공간이다. 화자는 '툇마루에서 졸지 않으리라.'라는 다짐을 하며 '너른 벌판으로 나아가리라'라는 의지를 표현하고 있다.

14 [모범답안]

시련에 굴하지 않으려는 의지

[바른해설]

'거센 바람, 찬비'는 고양이에게 닥칠 시련을 의미하며, '털끝 하나 적시지 않을걸.'이라는 시구는 그와 같은 시련에 굴하지 않을 것이라는 의지를 드러낸다.

[15~16]

갈래	장편 소설, 인터넷 연재소설	특징	• 작가의 체험을 바탕으로 한 자전적 성격을 띠고 있음 • 작품을 읽기 위해 블로그를 방문한 독자와 작가 간의 대화가 제시되어 쌍방향 소통의 과정을 보여 줌
성격	사실적, 체험적		
배경	1950~1960년대 서울		
시점	1인칭 시점		
주제	젊은이들의 방황과 성숙		

15 [모범답안]

붉은색이, 보였다

[바른해설]

해당 작품에서 "붉은색이 ~ 지나갔다."는 문장과 바로 다음의 "물감이 ~ 보였다."는 문장은 무의 그림을 묘사한 부분으로, 무가 그린 그림이 추상화임을 알 수 있는 대목이다. 그러므로 첫 문장의 첫 어절은 '붉은색이'이고, 마지막 문장의 마지막 어절은 '보였다'이다.

16 [모범답안]

인터넷 연재소설은 작가와 독자가 쌍방향 소통[상호 작용]을 하는 것이 특징이다.

[바른해설]

인쇄 매체를 통해 문학 작품을 향유할 때 작가는 일반적으로 독자와 일방향 소통을 하는 반면에 인터넷을 통해 문학 작품을 향유할 때 작가는 독자와 쌍방향 소통, 즉 상호 작용을 하는 것이 특징이다.

[17~18]

갈래	단편 소설, 액자 소설	특징	• 이야기 속에 이야기가 있는 액자식 구성을 취함 • 추리 소설적 서사 구조로 내용이 전개됨 • 고도의 상징성을 띰
성격	심리적, 추리적		
시점	• 내부: 1인칭 주인공 시점 • 외부: 1인칭 주인공 시점과 관찰자 시점의 혼용		
배경	• 내부: 6 · 25 전쟁 중, 강계의 어느 시골 • 외부: 1960년대 어느 도시		
주제	삶의 방식이 다른 형제의 아픔과 극복 의지		

17 [모범답안]
(그러나) 그 눈에는 아무 것도 찾아볼 수가 없다.

[바른해설]
관모가 김 일병을 앞세우고 산을 내려갈 때, 김 일병은 관모를 침착하게 따라가면서 '〈나〉'를 돌아보지만 '그 눈에는 아무것도 찾아볼 수가 없다'고 서술되어 있다. 이는 어떠한 기대나 갈망이 없다는 의미로, 김 일병의 체념적 심정을 엿 볼 수 있는 대목이다.

18 [모범답안]
핏자국

[바른해설]
어린 시절의 노루 사냥 기억은 관모로부터 김 일병을 지켜 주지 못한 것에 대한 형의 죄책감을 불러일으키고 있으며, 형은 노루 사냥의 기억을 떠올린 후 과거의 경험과 현재 사건의 매개체 역할을 하는 '핏자국'을 따라 관모와 김 일병을 찾아 나선다.

[19~20]

<table>
<tr><td>갈래</td><td>현대 소설, 단편 소설</td><td rowspan="5">특징</td><td rowspan="5">• 과장적으로 상황을 설정하여 주제를 효과적으로 드러냄
• 등장인물을 '대리', '과장', '부장' 등 회사의 직급으로 제시하여, 서열 중심의 경쟁 사회를 살아가는 현대인의 모습을 나타냄
• 여운을 남기는 방식으로 작품의 결말을 제시하여 비판적 인식을 극대화함</td></tr>
<tr><td>성격</td><td>현실 비판적</td></tr>
<tr><td>제재</td><td>• 시간: 현대
• 공간: 대도시의 아파트와 거리</td></tr>
<tr><td>주제</td><td>인간성을 상실한 현대인의 기계적인 노동과 경쟁 사회에 대한 비판</td></tr>
</table>

19 [모범답안]
인간성을 상실한 채 노동을 강요하는 현대 사회의 부정적 모습

[바른해설]
'디스토피아(dystopia)'는 현대 사회의 부정적 단면을 나타내는 '역(逆)유토피아'를 의미하는데, 이 작품은 '스노우맨'을 통해 인간성을 상실한 채 노동을 강요하는 현대 사회의 부정적 모습을 그려내고 있다.

20 [모범답안]
(남자와 유 대리의) 상사

[바른해설]
ⓐ 앞의 '이봐'와 '일어나'는 눈 속에 파묻혀 있는 유 대리의 생사를 확인하기 위한 남자의 목소리이지만, ⓐ의 "이봐!"는 큰따옴표로 묶여 있고 남자가 유 대리의 전화를 귀에 대고 있는 것으로 보아 (남자와 유 대리의) 상사임을 추론할 수 있다.

[21~22]

<table>
<tr><td>갈래</td><td>설(說)</td><td rowspan="4">특징</td><td rowspan="4">• 중국 고사를 활용하여 주제를 강조함
• 다양한 예를 제시하여 주장을 뒷받침함
• 자연물로부터 발견한 이치를 형상화함
• 예상되는 반대 의견을 반박함으로써 주장을 강화함</td></tr>
<tr><td>성격</td><td>사색적, 논리적</td></tr>
<tr><td>제재</td><td>이름 없는 꽃</td></tr>
<tr><td>주제</td><td>중요한 것은 사물의 이름이 아니라 실질임</td></tr>
</table>

21 [모범답안]
사물의 실질

[바른해설]
제시문에서 사람이 사물을 대할 때 이름만을 좋아하는 것이 아니라 좋아하는 것은 '이름 너머'에 있다고 하였고, 그 뒤에 든 예시에서 사람이 음식을 좋아하지만 음식의 이름 때문에 좋아하는 것은 아니라고 하였다. 주어진 〈보기〉는 제시문이 이름보다는 실질에 주목한 실학적 사고를 잘 담아낸 글이라고 평가하고 있으므로, '사물의 실질'이 바로 '이름 너머'라고 볼 수 있다.

22 [모범답안]
'이름'과 '존재의 본질'을 무관한 것으로 본다.

[바른해설]
〈보기〉의 시가 '이름'을 통해 '존재의 본질'에 의미를 부여할 수 있다는 관점을 보여주는 반면, 윗글의 [A]는 '초나라 어부와 굴원의 이야기'를 통해 '이름'이 있고 없고에 관계 없이 '존재의 본질'은 달라지지 않는다는 관점을 보여주고 있다. 즉, 〈보기〉의 시는 '이름'을 '존재의 본질'에 의미를 부여한 것으로 보지만, [A]는 '이름'과 '존재의 본질'을 무관한 것으로 본다.

[23~25]

갈래	현대 수필, 경수필	특징	• 명태에 관한 글쓴이의 경험과 추억을 통해 명태가 가진 속성을 예찬함 • 명태를 의인화하여 대상에 관한 화자의 인식을 드러냄 • 다른 생선과의 비교를 통해 명태의 특성과 명태가 가진 개성을 강조함
성격	논리적, 설득적, 경험적, 비유적		
제재	명태		
주제	명태의 담백한 맛과 개성		

23 [모범답안]
명태는 맛에 대한 자기주장을 관철하려 들지 않는다.

[바른해설]
'명태는 맛에 대한 자기주장을 관철하려 들지 않는다.'는 명태가 담백한 맛을 지닌 생선임을 표현한 것이다. 즉, 대상의 속성을 긍정적으로 표현하고 있다.

24 [모범답안]
준치

[바른해설]
'준치'는 중심 소재인 명태와 비교하기 위해 제시된 대상이다. 겨울철에 잡혀서 좀처럼 썩지 않는 명태와 달리, 준치는 여름철에 잡혀서 쉽게 부패하는 특성을 보인다. 따라서 준치는 명태와의 비교를 통해 명태가 지닌 가치를 돋보이게 하기 위한 소재라고 할 수 있다.

25 [모범답안]
명태를, 떠오른다

[바른해설]
7문단의 '명태를 생각하면 언뜻 늦가을 텃밭의 황토 흙에 하반신을 묻고 상반신을 햇살에 파랗게 드러낸 채 서 있던 청정한 조선무가 떠오른다.'에서 연상을 통해 명태와 어울리는 조선무를 소개하고 있다.

[26~27]

갈래	희곡	특징	• 군대와 전쟁의 비인간성과 주인공의 순진함을 극명하게 대비하여 주제를 강조함 • 동화적 풍경의 시골 마을과 폭력적인 전쟁터의 모습을 대비하여 전쟁의 폭력성을 강조함 • 막을 사용하지 않고 15개의 경(scene)으로 구성되어 주제를 부각함 • 아이러니와 희화화를 통해 웃음을 유발하지만, 이것이 오히려 비극성을 심화하고 전쟁의 참혹함을 강조함
성격	고발적, 우화적, 비극적		
배경	전쟁 중인 동쪽 나라와 서쪽 나라		
주제	인간의 순수함을 파괴하는 전쟁에 대한 고발과 비정한 세태에 대한 비판		

26 [모범답안]

① 사령관

② 오장군

[바른해설]

'시나리오'는 오장군을 적의 포로가 되도록 만들어서 사령관의 '어깨를 주무르면서' 듣게 된 '거짓 브리핑 내용'을 '고스란히 적에게 제공'하도록 하는 작전이다. 따라서 동쪽 나라 사령관이 오장군을 이용해 적군에게 허위 사실을 유포하기 위해 준비한 계획이라고 할 수 있다.

27 [모범답안]

ⓐ 해설 / ⓑ 대사 / ⓒ 지문

[바른해설]

ⓐ 해설: 막이 오르기 전이나 후의 무대장치, 등장인물, 시 · 공간적 배경 등에 대한 설명이 명시되어 있는 부분

ⓑ 대사: 무대 위에서 등장인물들이 주고받는 대화, 독백, 방백

ⓒ 지문: 등장인물의 행동이나 말투, 표정 등을 알려주는 글

Ⅱ. 독서

[01~02]

주제	국가 권력의 지배가 정당화될 수 있는 근거에 대한 아퀴나스의 견해	해제	이 글은 국가 권력이 개인이나 집단의 자유를 침해할 수 있음에도 어떻게 지배가 정당화될 수 있는지에 대해 설명하고 있다. 국가 권력이 실질적인 효력을 발휘할 수 있는 이유는 법률에 근거하며, 법률은 강제력이 있기 때문이다. 중세 신학자 아퀴나스는 실정법이 그 자체로는 정당화될 수 없으며 신의 섭리인 영원법과, 이성을 통해 인식되는 자연법에 근거하였을 때 정당화될 수 있다고 보았다. 그는 권력자가 도덕적이며 공동선을 이끌 수 있다면 국가 권력이 정당화될 수 있다고 보았다. 반면 권력자가 도덕성이 없는 폭군이라면 그를 권력자의 자리에서 끌어내려야 한다고 보았다. 다만 그 행위도 공동체의 행위이며 확고한 명분이 있을 때 정당화될 수 있다고 보았다.
구성	• 1문단: 국가 권력의 지배 근거에 대한 정당화 필요성 • 2문단: 법률이 정당화되기 위한 조건에 대한 아퀴나스의 견해 • 3문단: 권력자가 정당화될 수 있는 요건에 대한 아퀴나스의 견해		

01 [모범답안]

ⓐ 실정법 / ⓑ 영원법 / ⓒ 자연법

[바른해설]
제시문의 두 번째 문단에 따르면 중세 신학자 아퀴나스는 지배를 위한 법률의 정당화를 신의 섭리이며 신앙을 통해서 인식할 수 있는 영원법(ⓑ)과 인간 세계의 보편적 원리이며 이성을 통해 인식할 수 있는 자연법(ⓒ)에서 그 근거를 찾았다. 영원법과 자연법은 인간의 본성인 양심이나 정의에 대한 관념에 부합하기 때문에 그에 따라 제정된 실정법(ⓐ)은 지배의 정당성을 갖게 된다는 것이다.

02 [모범답안]
① 없다 / ② 있다 / ③ 없다 / ④ 있다

[바른해설]
① 두 번째 문단에서 아퀴나스는 실정법이 자연법을 따른다 하더라도 자연법의 정신을 완전히 구현할 수 없다는 점을 인정한다고 하였다. 그러므로 실정법은 자연법의 정신을 완전히 구현할 수 없다.
② 두 번째 문단에서 아퀴나스는 실정법을 영원법과 자연법에 가깝게 함으로써 국가가 공동선을 지향한다는 생각을 구성원 모두가 공유하는 것이 권력의 지배를 정당화할 수 있다고 보았다.
③ 세 번째 문단에 따르면 민주주의에서 투표는 권력이 사회 구성원으로부터 나온다는 것을 표상하기 때문에 군주제보다 더 좋은 제도로 보이지만, 투표가 권력자의 도덕성을 담보하는 것은 아니라고 하였다. 그러므로 다수의 득표로 지도자를 선출하는 방식이 지도자의 도덕성을 담보하는 것은 아니다.
④ 세 번째 문단에서 사람들에게 양심에 어긋나는 일을 강요하거나 공동선의 추구를 가로막는 폭군이라면 그 자리에서 끌어내려야 하는데, 이것이 정당화되려면 공동체의 행위이며, 현재 상태보다 더 나은 결과를 가져올 것이라는 확고한 명분이 있어야 한다고 하였다. 그러므로 '공동선에 대한 더 나은 대안과 기대'는 폭군을 권좌에서 끌어내리는 혁명을 정당화하는 명분이라고 할 수 있다.

[03~04]

주제	지식의 종류와 바른 지식을 얻기 위한 독서 방법	해제	이 글은 여러 종류의 지식 중 바른 지식을 얻기 위해서는 어떠한 독서가 필요한지 설명하고 있다. 사람은 무지의 상태에서 사고와 탐구를 통해 지식을 쌓게 되는데, 지식 가운데는 부분 지식, 오류 지식, 비판 지식, 바른 지식 등이 있다. 바른 지식으로 가기 위해서는 독서가 필요하다. 바른 지식을 향해 가기 위해서는 다양한 분야의 책을 읽고, 한 분야의 책을 깊이 읽고, 비판서들을 읽는 것이 필요하다.
구성	• 1문단: 지식의 종류 • 2문단: 바른 지식을 얻는 과정과 독서 • 3문단: 바른 지식을 얻기 위한 독서 방법		

03 [모범답안]
ⓐ 바른 / ⓑ 부분 / ⓒ 오류 / ⓓ 비판

[바른해설]
ⓐ 인간이 수천 년 동안 부분 지식을 쌓아 올려 행성의 운동을 설명할 수 있었던 것은 '비판 지식'을 통해 오류들을 제거해 나가면서 '바른 지식'을 얻는 과정을 보여 준다.
ⓑ 인간은 무지에서 시작하여 사고와 탐구를 통해 '바른 지식'을 얻기 위해 끊임없이 '부분 지식'을 쌓는다.
ⓒ 지식을 쌓는 과정에 논리적 결함이 있거나 '부분 지식'을 전체로 단정할 때 잘못된 '오류 지식'에 빠질 수도 있다.
ⓓ 자신의 지식이 불완전하다는 것을 인정하고 '비판 지식'을 통해 오류들을 제거해 나가면 '바른 지식'을 향해 나갈 수 있다.

04 [모범답안]
① 부분 / ② 오류

[바른해설]
① 앞을 보지 못하는 사람들이 코끼리를 만진 후 제각기 한 말이 틀린 것은 아니지만, 그들이 한 말이 일치하지 않는 이유는 코끼리를 만져서 알게 된 지식이 '부분 지식'이기 때문이라고 할 수 있다.
② 앞을 보지 못하는 사람들이 코끼리를 만져서 얻은 지식은 '부분 지식'이지만, 그들은 그것을 전체로 단정했기 때문에 '오류 지식'에 빠졌다고 할 수 있다.

[05~06]

주제	자신의 관점에서 책의 내용을 이해하고 체득하려 한 기대승의 독서법	해제	이 글은 이황이 극찬했던 유학자인 기대승의 독서 방법에 대해 설명하고 있다. 기대승은 독서의 목적을 시험 합격이나 출세에 두지 않고 학문을 탐구하는 데 두었다. 그는 독서를 할 때 다른 사람들의 주석을 참고는 하였지만, 그에 의존하지 않고 반복해서 읽고 실천하면서 참뜻을 깨닫기 위해 노력하였다. 그는 아는 것을 실천하고 적용하면서 선인들이 말한 것의 의미를 이해하려고 하였다. 이러한 그의 독서법은 이황과의 논쟁에서나 왕과의 경연 자리에서 새로운 관점을 제시하는 바탕이 되었다.
주제	• 1문단: 이황으로부터 극찬을 받았던 기대승 • 2문단: 천자문의 참뜻을 알려 한 기대승의 일화 • 3문단: 기대승의 글에 나타난 독서법 • 4문단: 독서를 통해 새로운 문제의식과 관점을 제시한 기대승		

05 [모범답안]

① 나를 돌이켜 궁구하면 천지의 도를 알 수 있다.
② 마음을 집중하여 경을 실천하며 성에 이른다.

[바른해설]

① ㉠의 '나를 돌이켜 궁구하면 천지의 도를 알 수 있다.'는 부분에서, 자신의 관점에서 완전히 이해될 때까지 반복해서 읽으려는 자세가 드러난다. 이는 글의 핵심을 자신의 관점에서 완전히 이해할 수 있을 때까지 읽은 독서법에 해당한다.
② ㉠의 '마음을 집중하여 경을 실천하며 성에 이른다.'는 부분에서, 성인의 글을 읽을 때 근본 취지를 생각하고 실천하려는 자세가 드러난다. 이는 글쓴이가 글을 쓴 근본 취지를 생각하고, 실천을 통해 읽은 내용을 체득하는 독서법에 해당한다.

06 [모범답안]

① 실천, 적용
② 행간, 참뜻

[바른해설]

① 〈보기〉에서 학생은 친구들이 실제 생활에서 그 내용이 어떻게 적용되는지를 설명해 달라고 했을 때, '미처 생각을 해 보지 못했다'고 하였다. 이는 실천하고 적용하면서 확실하게 이해해야 한다는 기대승의 관점에서 문제점으로 지적될 수 있다.
② 〈보기〉에서 학생은 만물의 근원에 대한 철학자들의 말은 설명했지만 '그들이 왜 만물의 근원을 따지려 했느냐고 묻는 말에 정확히 답을 하지 못했다'고 하였다. 이는 언어의 행간을 이해하고, 성인들의 말에 담긴 참뜻을 이해해야 한다는 기대승의 관점에서 문제점으로 지적될 수 있다.

[07~09]

주제	IMF의 운영 방식과 융자금의 구성 및 신용 공여 조건	해제	이 글은 국제 통화 및 금융 제도의 안정을 도모하기 위한 국제 금융 기구인 국제 통화 기금(IMF)의 운영에 대해 설명하고 있다. IMF는 가입을 원하는 국가가 신청을 할 경우 이사회의 승인과 총회의 투표로 가입을 승인한다. 회원국은 경제 규모에 따라 정해진 쿼터 납입금을 납부하고, 쿼터 지분만큼의 의결권을 가진다. 쿼터 납입금은 IMF 금융 지원의 주요 재원이지만 신용도가 떨어지는 회원국들의 통화는 사용하기가 어려웠고, 달러화를 지속적으로 공급하는 것이 달러화의 신용도를 떨어뜨리는 문제가 있었다. 이러한 문제를 해결하기 위해 나온 것이 특별 인출권(SDR)이다. SDR은 신용도가 높은 통화와 교환할 수 있는 대체 통화로, 통화 바스켓 방식을 적용하고 있다. IMF로부터 융자를 받은 회원국은 수수료와 함께 신용 공여 조건을 이행해야 한다. 신용 공여 조건은 융자금이 제대로 쓰이며, 정책 프로그램이 효과적으로 작동하는지 모니터링을 하기 위한 것인데, 2008년 글로벌 금융 위기 이후에는 경제 기초 여건을 고려하는 사전적 신용 공여 조건이 도입되었다.
구성	• 1문단: IMF의 설립 목적과 운영 방식 • 2문단: 쿼터 납입금의 구성과 문제점 • 3문단: 특별 인출권과 통화 바스켓 • 4문단: IMF의 신용 공여 조건		

07 [모범답안]

안정적으로 SDR의 가치를 유지할 수 있기 때문이다.

[바른해설]

통화 바스켓 방식의 도입은 통화 바스켓 통화 중 어느 한 통화의 상대적 가치가 저하되어도 다른 통화의 상대적 가치가 상승하면 영향이 상쇄되기 때문에 안정적으로 SDR 가치를 유지할 수 있다는 장점이 있다.

08 [모범답안]

신용 공여 조건

[바른해설]

〈보기〉에서 ⓐ의 '구조 조정과 공기업의 민영화, 자본 시장의 추가 개방 등의 IMF가 내건 조건'은 IMF로부터 융자를 받은 회원국이 이행하기로 약속한 IMF의 정책 프로그램인 '신용 공여 조건'이다.

09 [모범답안]

편입되다

[바른해설]

㉡ '들어오면서'의 기본형 '들어오다'는 '일정한 범위나 기준 안에 소속되거나 포함되다.'의 의미이며, 여기서 '편입되다'로 바꾸어 쓸 수 있다. '편입되다'는 '이미 짜인 한 동아리나 대열 따위에 끼어 들어가게 되다.'의 뜻이다.

TIP

〈들어오다〉의 사전적 의미

I. 「…에, …으로」

1. 일정한 지역이나 공간의 범위와 관련하여 그 밖에서 안으로 이동하다.
   ⑩ 배에 물이 들어오다.
2. 수입 따위가 생기다.
   ⑩ 들어오는 돈과 나가는 돈.
3. 전기나 수도 따위의 시설이 설치되다.
   ⑩ 우리 마을에 수도가 들어왔다.

II. 「…에」

1. 어떤 단체의 구성원이 되다.
   ⑩ 극단에 새로 들어온 사람.
2. 일정한 범위나 기준 안에 소속되거나 포함되다.
   ⑩ 21세기에 들어오다.
3. 말이나 글의 내용이 이해되어 기억에 남다.
   ⑩ 걱정이 되어 책을 읽어도 머리에 들어오지 않는다.

[10~11]

<table>
<tr><td>갈래</td><td>설명문</td><td rowspan="4">특징</td><td rowspan="4">• 커피의 가공 과정을 과정, 분류 등 다양한 방식을 활용하여 설명함
• 커피에 대한 정보를 사실적으로 서술함</td></tr>
<tr><td>성격</td><td>사실적, 객관적, 체계적</td></tr>
<tr><td>제재</td><td>커피</td></tr>
<tr><td>주제</td><td>커피 열매의 가공법</td></tr>
</table>

10 [모범답안]

① 수확 / ② 선별 / ③ 건조 / ④ 분리

[바른해설]

① 제시문에서 '건식법의 첫 단계는 빨갛게 익은 커피 열매, 즉 체리를 수확하는 것이다.'라고 하였으므로, ①에 들어갈 말은 '수확'이다.
② 제시문에서 '수확한 체리는 세척 과정을 거쳐 키질을 통해 잘 익은 것과 덜 익은 것, 손상된 것으로 선별한다.'고 했으므로, ②에 들어갈 말은 '선별'이다.
③ 제시문에서 '이렇게 선별한 체리는 커다란 콘크리트 블록, 벽돌 파티오 또는 돗자리를 펼쳐 놓고 햇볕을 받도록 한다.'고 했고, '건조를 커피의 품질을 결정하는 가장 중요한 단계'라고 하였으므로, ③에 들어갈 말은 '건조'이다.
④ 제시문에서 '공장에서는 기계를 사용하여 생두를 체리에서 분리해 낸 후에 이를 선별하고 등급을 매겨 포대에 담는다.'라고 했으므로, ④에 들어갈 말은 '분리'이다.

11 [모범답안]

① 커피 본래의 맛과 향을 더 훌륭하게 보존할 수 있다.
② 훼손이 적다.

[바른해설]

제시문의 마지막 단락에서 습식법은 특별히 고안된 기계와 많은 양의 물을 사용하기 때문에 상대적으로 비용이 많이 들지만, 건식법보다 커피 본래의 맛과 향을 더 훌륭하게 보존할 수 있을 뿐만 아니라 훼손도 적기 때문에 주로 고급 아라비카 커피 원두를 가공하는 데 이용된다고 서술하고 있다.

[12~13]

주제	풍력 발전기의 구조와 작동 원리	해제	이 글은 풍력 발전기의 구조와 작동 원리에 대해 설명하고 있다. 풍력 발전기는 바람 에너지를 날개의 회전 운동으로 변환한 후 이를 전기 에너지로 변환하는 장치이다. 풍력 발전기는 날개의 회전축이 불어오는 바람의 방향과 평행한 것은 수평축형, 수직은 것은 수직축형으로 구분한다. 바람이 날개에 부딪히면 양력이 발생하여 그 힘으로 날개가 회전하는데, 바람의 방향이나 풍속은 실제로 시시각각 변하므로 제어기의 요잉 장치로 회전축의 방향을, 피치 장치로 회전 속력을 적절히 제어하여 전기를 출력한다. 베츠의 연구에 의하면 바람으로 얻을 수 있는 최대 발전 효율은 59.4%이다. 수직축형은 수평축형보다 최대 발전 효율은 낮지만 제어기의 구조가 간단하다.
구성	• 1문단: 풍력 발전기의 종류와 구성 장치 • 2문단: 풍력 발전기의 날개가 회전하는 원리 • 3문단: 증속기와 제너레이터의 작동 과정 • 4문단: 제어기를 구성하는 장치와 작동 과정 • 5문단: 풍력 발전기의 발전 효율		

12 [모범답안]

㉠ 날개의 회전축 / ㉡ [나]

[바른해설]

㉠ : 1문단에서 풍력 발전기는 날개의 회전축이 불어오는 바람의 방향과 평행한 것은 수평축형, 수직인 것은 수직축형으로 구분한다고 하였다. 즉, [가]와 [나]의 구분은 불어오는 바람의 방향과 '날개의 회전축'이 이루는 각을 기준으로 삼은 것이다. 따라서 ㉠에는 '날개의 회전축'이 들어갈 말로 적절하다.
㉡ : 5문단에서 수직축형은 한쪽 날개에 바람이 닿는 동안 반대쪽 날개에는 바람이 닿지 않기 때문에 수평축형의 발전 효율이 수직축형보다 더 높다고 하였다. 그러므로 전기의 출력량은 [가]와 [나]중 [나]가 더 많다.

13 [모범답안]

ⓐ T2 / ⓑ T4 / ⓒ T5

[바른해설]

ⓐ : 2문단에서 날개를 회전시킬 수 있는 최소의 풍속은 3m/s라고 하였으므로, 날개가 회전하여 발전기에서 전기가 처음 출력되기 시작하는 시간대는 풍속이 4m/s에서 7m/s로 점차 증가하기 시작하는 T2이다.

ⓑ : 3문단에서 정격 출력을 얻기 위해서는 풍속이 15m/s에 도달해야 한다고 했으므로, 풍속의 증가로 날개의 회전수가 점차 증가하여 정격 출력을 내기 시작하는 시간대는 풍속이 16m/s에서 23m/s로 점차 증가하는 T4이다.

ⓒ : 4문단에서 풍속이 25m/s를 초과하면 부품들을 보호하기 위해 받음각을 0도로 만들고 추가적으로 브레이크 장치가 작동되어 날개 회전을 중단한다고 하였으므로, 브레이크가 작동되어 날개의 회전이 중단되는 시간대는 풍속이 28m/s에서 26m/s로 점차 감소하는 T5이다.

[14~15]

갈래	논설문	해제	이 글은 패놉티콘에서 전자 패놉티콘까지 감시의 역사를 살펴보고 있다. 현대 사회는 정보 기술의 발달을 통해 다양한 유형의 감시 장치가 등장한 전자 패놉티콘 사회로, 시민운동이 국민의 역감시를 보장하는 기능을 하고 있다. 이러한 전자 패놉티콘 시대에는 결국 정보가 중요하며 이를 어떻게 관리하고 보호할 것인가에 대한 관심과 고민이 필요하다.
제재	패놉티콘, 전자 패놉티콘		
주제	현대 사회의 전자 패놉티콘은 다양한 유형으로 대중을 감시하지만 역감시가 가능하게 하기도 함		

14 [모범답안]

역감시

[바른해설]

역감시의 기능은 권력자 혹은 권력 단체에 대해 공유할 수 있는 정보를 투명하게 공개하여 시민이 권력자를 감시할 수 있도록 하는 것이다. 그러므로 〈보기〉의 사례와 같이 기관이나 업체 등 권력 단체의 개인 정보 침해에 대해 국민들이 알도록 마크를 부여하는 것은 '역감시'의 기능에 해당한다고 볼 수 있다.

15 [모범답안]

① 시선 / ② 정보

[바른해설]

제시문에 따르면 '패놉티콘'에서는 시선이 규율과 통제의 기제라면, '전자 패놉티콘'에서는 정보가 규율과 통제의 기제로 작동한다고 설명하고 있다. 그러므로 규율과 통제의 기제로 작동하는 '패놉티콘'과 '전자 패놉티콘'의 두드러진 차이점을 대표하는 단어는 각각 '시선'과 '정보'이다.

[16~17]

주제	대수학과 기하학을 접목시킨 데카르트의 아이디어와 대수 방정식을 통해 추론한 4차원의 세계	해제	이 글은 데카르트에 의해 정립된 해석 기하학에 대해 설명하고, 해석 기하학을 통해 나온 개념인 4차원 도형에 대해 이야기하고 있다. 17세기 초반까지 수학은 공리를 기반으로 하는 연역적 체계인 유클리드 기하학이 주를 이루고 있었지만, 데카르트가 도형을 좌표 평면에 나타내는 방법을 고안함으로써 기하학과 대수학이 합쳐지게 된다. 데카르트의 방법은 도형을 대수 방적으로 나타낼 수 있기 때문에, 유클리드 기하학으로 설명하기 어려웠던 다양한 도형도 대수 방정식으로 설명할 수 있게 되었다. 단, 대수 방정식에서 변수가 네 개 이상인 경우 대수로는 표현되지만 데카르트 좌표계에 표시하거나 시각화하는 것이 어렵다. 어떤 도형의 절단면이 한 차원 낮은 도형이라는 점을 통해, 3차원 입체 도형들이 4차원 도형의 한 단면이라는 것을 추론할 수 있다. 물리학에서는 3차원의 물체가 시간의 흐름에 따라 이동하였다면 4개의 변수로 표현할 수 있으므로, 4차원은 우리가 살고 있는 물리적 세계를 설명하는 방법이 된다.
구성	• 1문단: 유클리드 기하학의 기본 체계 • 2문단: 데카르트 좌표계의 고안과 해석 기하학의 탄생 • 3문단: 도형을 대수적으로 표현하는 것의 유용성 • 4문단: 대수 방정식의 변수 개수와 차원의 관계 • 5문단: 4차원 도형의 시각화 방법 • 6문단: 물리적 세계에서의 사건과 4차원		

16 [모범답안]
① 유클리드 – ⓐ 공리
② 데카르트 – ⓑ 대수

[바른해설]
3문단에 따르면 유클리드는 도형에 대한 정의와 논리적 공리, 기하학적 공리들을 동원해 설명했고, 데카르트는 이러한 방법의 한계를 극복하기 위해 도형을 좌표 평면에 나타내는 방법을 고안함으로써 도형들을 대수 방정식을 만족하는 점들의 집합으로 나타냈다.

17 [모범답안]
① 4 / ② 3 / ③ 3 / ④ 4

[바른해설]
5문단에 따르면 3차원을 절단하면 2차원이 되며, 2차원의 절단면들을 모으면 3차원이 된다고 하였다. 〈보기〉에서 작가들이 제안한 '방 탈출' 아이디어는 2차원이 3차원의 절단면인 것과 마찬가지로 3차원도 4차원의 절단면이라는 데서 착안한 것으로, 4차원(①) 도형의 단면이 3차원(②) 도형이며 3차원(③) 도형을 모아 4차원(④) 도형을 재구성할 수 있다는 생각이 작용한 것으로 볼 수 있다.

[18~19]

갈래	논설문	특징	• 과학적 근거를 뒷받침 자료로 제시하여 글의 신뢰성을 높임 • 흥미로운 일화를 제시하며 글을 시작하여 독자의 관심과 흥미를 이끌어 냄 • 인과와 문제 해결 구조를 사용하여 글을 전개함
성격	설득적, 설명적		
제재	북태평양 환류대에 형성된 쓰레기 섬		
주제	해양 오염의 심각성과 오염 방지 노력의 필요성		

18 [모범답안]
A: 음식물 자원화 시설
B: 바다 쓰레기장

[바른해설]
제시문에 따르면 우리가 남은 음식물을 음식물 쓰레기통에 버리면, 지방 자치 단체의 수거 차량이 '음식물 자원화 시설'로 가져가 가축의 사료나 농경지의 퇴비로 만들고 거기서 자원화되지 않고 남는 것들은 폐기물 운반선을 타고 바다(바다의 쓰레기장)로 가서 버려진다고 서술되어 있다. 그러므로 A에는 '음식물 자원화 시설', B에는 '바다의 쓰레기장'이 들어갈 말로 적절하다.

19 [모범답안]
㉠ 서해 병 구역
㉡ 동해 병 구역
㉢ 동해 정 구역

[바른해설]
㉠ 제시문에 따르면 서해 병 구역은 군산 서쪽 200킬로미터 지점에 있고, 동해 병 구역은 포항 동쪽 125킬로미터 지역에 있으며, 동해 정 구역은 울산 남동쪽 63킬로미터 지점에 있다고 하였다. 그러므로 바다 쓰레기장 중 육지에서 가장 멀리 떨어진 구역은 '서해 병 구역'이다.
㉡ 제시문에 따르면 서해 병 구역의 수심은 80미터이고, 동해 병 구역의 수심은 200~2,000미터이며, 동해 정 구역의 수심은 150미터라고 하였다. 그러므로 바다 쓰레기장 중 수심이 가장 깊은 구역은 '동해 병 구역'이다.
㉢ 제시문에 따르면 동해 병 구역은 전체 폐기물의 60퍼센트 가량을 담당하는 우리나라 최대의 바다 쓰레기장이고, 서해 병 구역과 동해 정 구역은 각각 전체 폐기물의 27퍼센트와 1.3퍼센트를 담당한다고 하였다. 그러므로 바다 쓰레기장 중 폐기물을 가장 적게 처리하는 구역은 1.3퍼센트의 폐기물을 담당하는 '동해 정 구역'이다.

[20~21]

갈래	설명문	특징	• 구체적인 작품을 들어 세잔의 예술에 대한 관점을 설명함 • 세잔의 영향을 받은 입체파의 예술에 대한 관점과 작품 경향을 설명함 • 세잔과 입체파와 같이 새로운 관점에서 예술을 감상하는 것의 효과를 강조함
제재	세잔과 입체파의 예술에 대한 관점		
주제	세잔과 입체파의 예술에 대한 관점과 작품 경향 및 의의		

20 [모범답안]

ⓐ 색채의 효과

ⓑ 지적 원리

[바른해설]

인상주의자들은 윤곽선이나 형태 및 입체감보다는 '색채의 효과'를 중시했으며, 외부에서 관찰한 자연의 순간순간의 모습과 그것에 대한 시각적 인상을 현장에서 화폭에 담아냈다. 세잔은 대상 표면의 색이 변한다 하더라도 입체적인 구조는 변하지 않는다는 생각에서 감각적 경험과 '지적 원리'가 결합된 미술을 만들어 냄으로써 견고하고 영구적인 모습으로 물체들을 나타내고자 하였다.

21 [모범답안]

종전의 원근법적 그림들이 지켜 온 규칙으로부터 벗어났기 때문이다.

[바른해설]

ⓐ의 다음 문장들에서 '이상하게 왜곡된 표현들'의 구체적 사례들을 열거하여 묘사하고 있고, 이러한 이상한 점들은 모두 '종전의 원근법적 그림들이 지켜 온 규칙으로부터 벗어났기 때문'이라고 그 이유를 설명하고 있다.

[22~23]

갈래	설명문	특징	• 정치 논리와 경제 논리의 이해를 돕기 위해 정치인과 경제인의 속성을 분석함 • 정치인과 경제인, 정치 논리와 경제 논리를 대조하여 설명함
제재	정치 논리와 경제 논리		
주제	정치 논리와 경제 논리의 차이점 및 적절한 활용의 필요성		

22 [모범답안]

① 정치인 / ② 경제인 / ③ 경제인

[바른해설]

제시문에 따르면 정치인은 정책을 투입의 관점에서 보는 반면, 경제인은 효과의 측면에서 본다고 하였다.

① 〈방법 1〉에서 '투입 대상'은 정치인이 정책을 결정할 때 고려하는 측면이므로, ①에는 '정치인'이 들어가야 한다.

② 〈방법 2〉에서 '정책의 효과'는 경제인이 추구하는 정책 방향이므로, ②에는 '경제인'이 들어가야 한다.

③ 〈방법 3〉에서 '방역에 성공하는 가구 수'는 도표에서 '정책의 효과'에 해당하므로, ③에는 '경제인'이 들어가야 한다.

23 [모범답안]

ⓐ 공평성 / ⓑ 효율성

[바른해설]

'정치 논리'는 '누구에게 얼마를'이라는 식의 자원 배분의 논리로서 주로 분배 측면을 중시한다고 하였으므로, ⓐ에는 '어느 쪽으로도 치우치지 않는 고른 성향'을 의미하는 '공평성'이 들어가야 한다. 반면에 '경제 논리'는 효율성 혹은 '최소의 비용으로 최대의 효과'를 얻고자 하는 경제 원칙에 입각한 자원 배분의 논리라고 하였으므로, ⓑ에는 '들인 노력과 얻은 결과의 비율이 높은 성향'을 의미하는 '효율성'이 들어가야 한다.

[24~25]

갈래	강연문	특징	• 실생활과 연관된 다양한 질문을 통해 청중의 흥미와 관심을 유발함 • 스스로 묻고 답하는 방식으로 내용을 전개함 • 적정 기술의 개념이 발전해 온 과정을 시간 순서대로 설명하고, 적정 기술의 구체적 사례를 제시함
성격	설명적, 해설적		
제재	적정 기술		
주제	더불어 사는 삶을 실천하는 과학 기술 개발의 필요성		

24 [모범답안]

ⓐ 지역을 중심으로 하는 작은 기술

ⓑ 중간 기술

ⓒ 적정 기술

[바른해설]

ⓐ 제시문에 적정 기술 운동은 마하트마 간디가 맨 처음 시작했으며, '지역을 중심으로 하는 작은 기술'을 개발하려고 노력했다고 서술되어 있다. 그러므로 ⓐ에 들어갈 말은 '지역을 중심으로 하는 작은 기술'이다.

ⓑ 제시문에 간디의 영향을 받은 경제학자 에른스트 슈마허는 《작은 것이 아름답다》라는 책에서 '중간 기술'을 강조했다고 서술되어 있다. 그러므로 ⓑ에 들어갈 말은 '중간 기술'이다.

ⓒ 제시문에 따르면 현재는 '중간 기술'이라는 이름이 열등한 기술인 것처럼 오해받을 수 있어서 대안으로 '적정 기술'이란 단어를 사용한다고 서술되어 있다. 그러므로 ⓒ에 들어갈 말은 '적정 기술'이다.

25 [모범답안]

① 가능하면 현지에서 나는 재료를 사용한다.

② 적은 비용으로 활용한다.

③ 사람들의 협업을 끌어내 지역 사회 발전에 공헌해야 한다.

[바른해설]

① 〈보기〉의 사례에서 '지세이버' 모델이 몽골에서 쉽게 구할 수 있는 돌인 맥반석을 활용하였다는 점에서, 적정 기술이 되기 위한 [A]의 조건 중 2의 '가능하면 현지에서 나는 재료를 사용한다.'는 조건을 만족한다.

② 〈보기〉의 사례에서 '지세이버' 모델을 사용하면 연료 사용량이 감소하여 난방비 절감 효과가 있다고 하였으므로, 적정 기술이 되기 위한 [A]의 조건 중 1의 '적은 비용으로 활용한다.'는 조건을 만족한다.

③ 〈보기〉의 사례에서 연료비로 절약된 비용이 아이들의 교육에 재투자되고 있다고 하였으므로, 적정 기술이 되기 위한 [A]의 조건 중 7의 '사람들의 협업을 끌어내 지역 사회 발전에 공헌해야 한다.'는 조건을 만족한다.

[26~27]

주제	제2차 세계 대전과 자본주의 황금시대의 원인이 된 포드주의	특징	이 글은 제2차 세계 대전 이후 자본주의의 황금시대를 가능케 한 원동력으로서 포드주의적 생산 방식에 대해 설명하고 있다. 과학적 관리법인 테일러주의의 완성으로서 포드주의는 노동을 구상과 실행으로 구분했을 뿐 아니라 노동의 전 과정을 기계 시스템에 통합하여 일관 생산 체제를 구성했다. 이는 엄청난 생산성의 향상을 불러왔으나, 공급과 수요 사이의 간극을 넓혀 세계 대공황 및 제2차 세계 대전이라는 파국을 일으키는 원인으로 작용했다. 종전 이후 선진 자본주의 국가들은 계급 타협을 통해 노동권의 보호와 수요의 상승을 도모했고, 결과적으로 포드주의가 자본주의 황금시대의 원동력이 될 수 있었다.
구성	• 1문단: 포드주의적 생산 방식의 특징 • 2문단: 포드주의적 생산 방식의 부작용 • 3문단: 자본주의 황금시대의 원동력이 된 포드주의와 냉전 체제 • 4문단: 복지 국가 모델의 도입을 통한 자본주의의 번영		

26 [모범답안]
ⓐ 테일러주의
ⓑ 자동 기계 시스템

[바른해설]
제시문에 따르면 포드주의는 기술자와 단순 기능공을 '자동 기계 시스템'에 통합시킨 일관 생산 체제를 구성함으로써 '테일러주의'를 완성했다고 설명하고 있다. 즉, 포드주의는 '테일러주의'의 과학적 노동 관리 방식에 '자동 기계 시스템'이 결합되어 완성된 생산 방식이다. 그러므로 ⓐ에는 '테일러주의', ⓑ에는 '자동 기계 시스템'이 들어갈 말로 적절하다.

27 [모범답안]
① 노동자의 작업에 대한 통제권이 상실되었다.
② 과잉 생산의 문제를 낳았다.

[바른해설]
① 제시문에서 포드주의적 생산 방식은 기계 시스템의 획일적 작동이 전체 집단의 작업 리듬을 결정하기 때문에 노동자의 작업에 대한 통제권이 상실되었고, 이로 인해 노동자의 직무 자율성을 박탈하여 개별적 태업을 불가능하게 하였다고 그 문제점을 지적하고 있다.
② 제시문에서 포드주의적 생산 방식의 또 다른 문제는 생산 방식의 변화가 가져온 엄청난 생산성의 상승이 공급을 지속적으로 팽창시킨 반면 수요를 상대적으로 정체시켰기 때문에, 노동자의 실질 임금이 정체된 상황에서 생산성의 상승은 과잉 생산의 문제를 낳았다고 그 문제점을 지적하고 있다.

Ⅲ. 화법과 작문

01 [모범답안]
진학

[바른해설]
교육 실습생(교생)과 학생들의 대화에서 학생 2가 '저희는 교육 동아리 학생들인데 선생님께서는 고등학교 때 대학 진학을 어떻게 준비하셨는지 궁금해요.'라고 물으며 진학 상담을 요청하고 있다. 그러므로 제시문에서 이루어지는 상담의 핵심 주제어는 '진학'임을 알 수 있다.

02 [모범답안]
ⓐ 찬동의 격률
ⓑ 겸양의 격률
ⓒ 요령의 격률
ⓓ 관용의 격률

[바른해설]
ⓐ: '정말 배운 것이 많은 수업'이라는 표현은 상대를 칭찬하는 말로 볼 수 있으며, 이는 '찬동의 격률'에 따른 표현에 해당한다.
ⓑ: '부족한 게 많은 수업'이라는 표현은 자신을 낮추는 말로 볼 수 있으며, 이는 '겸양의 격률'에 따른 표현에 해당한다.
ⓒ: '아주 잠깐'이면 된다는 표현은 상대의 부담을 최소화하는 말로 볼 수 있으며, 이는 '요령의 격률'에 따른 표현에 해당한다.
ⓓ: '당연히 시간을 내야'한다는 표현은 자신에게 부담이 되는 말로 볼 수 있으며, 이는 '관용의 격률'에 따른 표현에 해당한다.

03 [모범답안]
① 건강식품
② 건강 기능 식품

③ 건강식품
④ 건강 기능 식품

[바른해설]
① 두 번째 문단의 네 번째 문장에서 '그런데 크릴오일, 양배추즙, 새싹 보리 등과 같은 건강식품은 ~ 구분을 하셔야 합니다.'를 통해 '크릴오일, 양배추즙, 새싹 보리'는 '건강식품'에 해당함을 알 수 있다.
②·④ 두 번째 문단의 세 번째 문장인 '화면에서 보시는 바와 같이 각종 비타민을 포함해 ~ 모두 건강 기능 식품이죠.'를 통해 '홍삼 같은 특정 기능성 원료를 포함한 제조 식품'과 '각종 비타민을 포함해 철, 마그네슘과 같은 무기질 성분이 들어 있는 영양제'는 '건강 기능 식품'임을 알 수 있다.
③ 두 번째 문단의 마지막 문장에서 '하지만 건강식품은 ~ 건강에 이롭다고 알려진 성분이 포함된 식품입니다.'를 통해 '건강에 이롭다고 알려진 성분이 포함된 식품'은 '건강식품'임을 알 수 있다.

04 [모범답안]
① 학생 2
② 학생 1과 학생 3
③ 학생 2와 학생 3

[바른해설]
① '학생 2'는 체지방 감소에 효과가 있다고 알려진 다른 원료를 제시하고 있으므로 강연 내용과 관련된 배경지식을 떠올리고 있다고 볼 수 있다.
② '학생 1'은 건강 기능 식품과 건강식품에 대한 정보가 식품을 고를 때 유용하다고 했고, '학생 3'은 가르시니아 캄보지아 추출물의 부정적 영향에 대한 연구 결과는 사용자가 알아야 할 정보라고 했다. 따라서 '학생 1'과 '학생 3'이 정보가 가진 효용성을 판단하고 있다고 볼 수 있다.
③ '학생 2'는 녹차 추출물이나 키토올리고당으로 만든 제품이 건강 기능 식품인지 일반 식품인지 확인해 보겠다고 했고, '학생 3'은 관련 내용을 동영상 플랫폼에서 찾아보겠다고 했다. 따라서 '학생 2'와 '학생 3'이 발표 내용과 관련된 추가 정보를 탐색하려 한다고 볼 수 있다.

05 [모범답안]
(가) 부탁 / (나) 사과 / (다) 감사

[바른해설]
(가)의 강연두는 동아리 부원들에게 대회에 함께 나갈 것을 '부탁'하고 있고, (나)의 권수아는 자신을 이해해 준 친구들에게 과거의 잘못을 '사과'하고 있으며, (다)의 강연두는 자신을 돕겠다는 권수아에게 '감사'의 마음을 전하고 있다.

06 [모범답안]
각자의 선택을 존중하여 자발적 참여를 유도하고 있다.

[바른해설]
(가)의 ⓐ는 상대방에게 자기의 생각을 일방적으로 강요하면 상대방이 심리적 부담을 느낄 수 있으므로, 상대방에게 선택권을 주는 표현을 사용하여 전달하는 말하기 전략을 사용하고 있다. 주어진 〈조건〉에 따라 첫 번째로 글 (가)의 마지막 문장인 '각자의 선택을 존중해 주자고.'를 활용한다. 두 번째로 '남이 시키거나 요청하지 않아도 자기 스스로 행한다.'는 의미의 형용사, '자율적'을 활용한다. 세 번째로 띄어쓰기를 제외한 25자 내외의 한 문장으로 글을 쓴다.

07 [모범답안]
담화 표지

[바른해설]
주로 구어에서 문장의 내용에 직접적인 영향을 미치지는 않지만 전체적인 분위기나 대화의 최종적인 목적을 달성하고자 문장 간의 응집성을 높이기 위하여 사용하는 것은 담화 표지로, 화자의 상태나 의도 및 감정을 나타내기도 한다. 제시문에서 ㉠과 ㉡에서 강연자는 강연의 흐름을

파악할 수 있도록 담화 표지를 사용하며 강연을 이어 가고 있다.

08 [모범답안]

ⓐ 달이 타원 궤도로 공전하기 때문에 발생한다.

ⓑ 지구의 자전으로 내부의 액체로 이루어진 코어가 회전하면서 생겨난다.

[바른해설]

ⓐ: 글 (나)의 두 번째 문단에서 슈퍼 문은 '달이 타원궤도로 공전하기 때문에 발생하는 현상'으로 보름달이 지구와 가장 근접한 근지점에 있을 때 나타난다고 서술하고 있다.

ⓑ: 글 (나)의 네 번째 문단에서 지구 자기장은 '지구의 자전으로 내부의 액체로 이루어진 코어가 회전하면서 생겨난다'는 가설이 유력하다고 서술하고 있다.

09 [모범답안]

ⓐ 타당성 / ⓑ 신뢰성

[바른해설]

토론의 반대 신문에서는 상대측의 주장을 한쪽에 치우치지 않았는지(공정성), 근거는 믿을 만한지(신뢰성), 이치에 맞는지(타당성)의 측면에서 검증할 수 있다. ⓐ는 로봇의 도입이 노동자의 대량 실직을 유발할 수 있다는 상대측 주장에 대해 의문을 제기하면서 '타당성'을 검증하고 있다. ⓑ는 미국의 전체 일자리 수가 과거에 비해 증가했다는 상대측의 주장에 대해 의문을 제기하면서 '신뢰성'을 검증하고 있다.

10 [모범답안]

(가) 로봇 도입은 다양한 일자리를 창출할 수 있다.

(나) 로봇에 부과한 세금을 실직자의 직업 재교육에 사용할 수 있다.

[바른해설]

(가) 로봇의 도입이 노동자의 대량 실직을 유발할 수 있기 때문에 로봇에 세금을 부과해야 한다는 찬성 측의 입론에, 반대 측은 자동차 보급으로 주유소, 카센터, 레저 산업 등의 일자리가 생겼듯 로봇 도입은 다양한 일자리를 창출할 수 있다고 반론을 제기하고 있다.

(나) 로봇에 부과한 세금을 실직자의 직업 재교육에 사용할 수 있기 때문에 로봇에 세금을 부과해야 한다는 찬성 측의 입론에, 반대 측은 재교육이 필요한 까닭이 로봇 도입 때문만은 아니기에 다양한 재원 마련책이 강구되어야 한다고 반론을 제기하고 있다.

11 [모범답안]

① 과도한 전력 소비

② 지구 온난화

[바른해설]

① (나)의 2문단에서 기존의 냉각 기술은 생활의 편리함을 가져다주었지만, 과도한 전력 소비 문제를 비롯한 심각한 환경 문제의 원인으로 지적되기도 한다며 기존의 냉각 기술이 환경에 미치는 부정적 영향에 대해 서술하고 있다.

② (나)의 2문단에서 예전부터 냉장고의 냉매로 많이 사용되어 온 프레온 가스는 대표적인 오존층 파괴 물질로 꼽히며, 과거에 만들어진 냉장고를 폐기하는 과정에서 폐냉매가 제대로 처리되지 않아 공기에 누출되면 오존층 파괴 위험이 높아지고 지구 온난화에도 부정적 영향을 미칠 수 있다고 서술하고 있다.

12 [모범답안]

① 자기 열량 효과

② 소비 전력

[바른해설]

① (나)의 3문단에서 자기 냉각 기술은 자성을 띠는 물체에 자기장을 걸면 냉매 내부의 전자들이 평행하게 배열되면서 온도가 올라가고, 자기장을 제거하면 전자들이 불규칙하게 배열되며 온도가 떨어지는 자기 열량 효과의 원리를 이용한다고 서술되어 있다.

② (나)의 4문단에서 자기 열량 효과를 이용한 냉각 방식은 에너지 손실이 적어, 자기 냉장고가 상용화되면 냉장고의 소비 전력을 크게 낮출 수 있을 것으로 기대된다고 서술되어 있다.

13 [모범답안]
압박 면접

[바른해설]
면접 대상자에게 연속된 질문이나 의도된 스트레스 등을 가하여 극한 상황에서 임기응변과 자제력, 순발력, 상황대처능력, 문제해결능력 등을 테스트하는 면접 방식은 압박 면접이다. 면접자는 〈질문 1〉에서 압박 질문을 통해 면접 대상자의 문제해결능력을 확인하려고 하였다.

14 [모범답안]
① 다양한 호기심
② 세심한 관찰력
③ 세상을 향한 애정
④ 균형감 있고 비판적인 안목

[바른해설]
〈질문 3〉에서 좋은 신문 기자가 되기 위해서 어떤 능력이 필요하냐는 질문에 '다양한 호기심', '세심한 관찰력', '세상을 향한 애정'이 필요하다고 답변하였고, 〈질문 4〉에서 그 외에 추가적으로 '균형감 있고 비판적인 안목'이 필요하다고 답변하였다.

15 [모범답안]
ⓐ 이중 부정
ⓑ (지금까지 경험하지 못한) 새로운 분야에 남보다 먼저 도전하라.

[바른해설]
제시문에서 ㉠의 '지금까지 경험하지 못한 새로운 분야에 남보다 먼저 뛰어들지 않으면 안 된다.'라는 문장은 한 번 부정한 것을 다시 한번 부정하여 단순한 긍정보다 완곡하거나 강조된 의미를 나타내는 '이중 부정'의 표현 전략을 사용하였다. 그 결과 '(지금까지 경험하지 못한) 새로운 분야에 남보다 먼저 도전하라'는 강조된 의미를 반영한다.

16 [모범답안]
실패는 성공의 어머니

[바른해설]
제시문에서 ㉡의 '실패의 쓴맛은 성공의 확률을 그만큼 더 높여 주는 법이다.'는 실패를 두려워하지 말고 다양한 도전을 해야 성공을 거둘 수 있다는 의미로, '실패는 성공의 어머니'라는 격언을 통해 '실패를 허(許)하는 문화를 조성하자'는 제시문의 주제를 함축적으로 표현할 수 있다.

17 [모범답안]
적, 녹, 청

[바른해설]
[A]에서 '청색' 원추 세포 이상으로 청색과 황색을 구분하지 못하는 청황 색맹도 있고, '적색'과 '녹색' 원추 세포에 이상이 생겨 청색약(보라색약)이 나타나는 때도 드물게 있다고 하였으므로, 빈칸에 들어갈 색상은 순서에 관계 없이 '적', '녹', '청'이다.

18 [모범답안]
ⓐ 원추 세포 / ⓑ 녹색맹 / ⓒ 적색맹 / ⓓ 전 색각 이상

[바른해설]
ⓐ 색각 이상은 '원추 세포'에 이상이 나타나는 상태에 따라 색약, 색맹 등으로 구분된다.

ⓑ '녹색맹'은 신호등에서 빨간불과 노란불을 거의 비슷하게 인식하고 녹색불은 흰색으로 인식한다.
ⓒ '적색맹'은 빨간불의 붉은색은 인식하지 못하지만 빨간불과 노란불, 초록불의 색이 다르다는 점은 인식한다.
ⓓ '전 색각 이상'은 원추 세포 세 종류에 모두 문제가 발생해 색 자체를 인식하지 못하지만 흑색, 백색, 회색은 볼 수 있다.

19 [모범답안]
인기가 많은 몇 개 벽화의 위치를 옮기는 것

[바른해설]
벽화 찬성 주민 대표의 입장에서 볼 때 벽화를 지우는 것이나 옮기는 것은 이익이 아니라 손해에 해당하므로, '인기가 많은 몇 개 벽화의 위치를 옮기는 것'은 찬성 측의 입장에서 보면 '양보한 것'이고 반대 측의 입장에서 보면 '얻은 것'에 해당된다.

20 [모범답안]
상대방의 표준을 파악하여 마음을 움직일 수 있게 표현하기

[바른해설]
[A]에서 벽화 반대 주민 대표는 공동체의 가치를 내세우면서 공동체의 이익을 함께 나누자고 말하고 있는데, 벽화 찬성 주민 대표도 이 가치에 동의하며 제안을 수용하고 있다. 그러므로 벽화 반대 주민 대표는 상대방이 중요하게 여기는 가치, 즉 표준을 파악하여 상대방의 마음을 움직이고 자신들의 요구를 관철시킨 것이라 할 수 있다.

21 [모범답안]
유희적 기능

[바른해설]
심신의 안정과 추억, 즐거움 등의 유희적 기능을 충족시키기 위해 동물원을 유지하려면 '동물 쇼'와 같은 상업화로 인해 동물 학대와 비윤리적 착취의 문제가 발생한다. 그러므로 '동물원을 폐지해야 한다.'는 비판을 받는 가장 큰 부작용을 낳은 동물원의 기능은 '유희적 기능'이다.

22 [모범답안]
주장의 공정성

[바른해설]
제시문의 필자는 동물원을 폐지하자는 주장을 드러내고 있으면서도 동물원의 유지를 주장하는 논거인 현대 동물원의 긍정적 기능들을 언급하고 있다. 이와 같이 자신의 관점과 상반되는 논거들을 제시하고 이에 대해 검토하는 내용을 포함하면, 비평하는 글의 평가 항목 중 '주장의 공정성'을 확보할 수 있다.

23 [모범답안]
방제용 드론

[바른해설]
초고의 2문단에서 스마트 노지 작물 농가는 스마트 팜 시스템을 통해 물 공급과 병해충 예방 관리를 이행한다고 하였고, 스마트 축사 농가는 가축에게 제공하는 물과 사료를 원격 또는 자동으로 조절한다고 하면서 방제용 드론이 꼭 필요하다고 언급하지 않았다. 따라서 방제용 드론은 여러 형태의 스마트 팜에 필수적인 장비라고 볼 수 없다.

- **다양한 센서들**: 1문단에서 스마트 팜에서는 다양한 센서를 이용한다고 설명하고 있으므로, 〈보기〉의 스마트 팜 개요도에서 강우 센서, 풍향/풍속 센서, 일사 센서, 환경 센서 장비, 외부 온습도 센서, 토양 수분 센서 등의 여러 센서를 이 설명의 구체적인 예로 사용할 수 있다.
- **영상 장비**: 1문단에서 영상 장비를 통해 농장의 상태를 확인한다고 설명하고 있으므로, 〈보기〉의 스마트 팜 개요도에서 웹 카메라와 CCTV를 이 설명의 구체적인 예로 사용할 수 있다.

24 [모범답안]
(가) 스마트 팜 설치 비용 부담 – ⓐ 축산

(나) 스마트 팜 기술 및 장비에 대한 낮은 이해도 – ⓑ 노지 과수

[바른해설]

(가) 4문단에서 스마트 팜을 운영하는 많은 농민들은 스마트 팜 설치 비용이 부담된다고 하고 있는데, 〈보기〉의 축산 운영 농가의 경우 '스마트 팜 설치 비용 부담'을 이야기한 비율이 65.6%로 가장 높게 나타났다.

(나) 4문단에서 스마트 팜을 확대 적용하기 위해서 장비 운용에 대한 이해도를 높이는 일이 시급하다고 하고 있는데, 〈보기〉의 노지 과수 운영 농가의 경우 '스마트 팜 기술 및 장비에 대한 낮은 이해도'를 이야기한 비율이 45.7%로 가장 높게 나타났다.

25 [모범답안]

㉠ 부원 2 / ㉡ 부원 1 / ㉢ 부원 2 / ㉣ 부원 1

[바른해설]

㉠ '부원 1'은 어르신들이 식당에서 무인 기기로 음식을 주문하는 것을 어려워하셨다는 '부원 2'의 발언에 동의하며, 주문을 어려워하시면서 동일한 메뉴만 주문하겠다고 하신 어르신의 말씀을 추가하여 '부원 2'의 발언 내용을 뒷받침하고 있다. 따라서 빈칸에 들어갈 대상은 '부원 2'이다.

㉡ '부원 3'은 앞서 '부원 1'이 결제 과정에서 복잡한 사항을 건너뛸 수 있도록 제한한 내용에 대해 그것은 건의 내용을 논의할 때 발언할 내용이라고 하며, 결제 과정의 어려움과 관련된 경험에 대해서 자신이 추가 발언을 하고자 하는 의사를 표시하고 있다. 따라서 빈칸에 들어갈 대상은 '부원 1'이다.

㉢ '부원 3'은 '부원 2'가 말한 내용이 플랫폼과도 관련된 문제이므로 학생의 입장에서 건의하는 데에 제한점이 있을 것이라는 생각을 드러내고 있고, 아울러 '부원 2'의 말에 동의하면서 각 기기의 조작 절차가 유사할 경우 효과가 있을 것이라고 언급하고 있다. 따라서 빈칸에 들어갈 대상은 '부원 2'이다.

㉣ '동아리 부장'은 '부원 1'에게 두 번째 발화에서 언급한 내용을 건의 사항에 포함하고자 하는지 확인하는 질문을 하고 있다. 따라서 빈칸에 들어갈 대상은 '부원 1'이다.

26 [모범답안]

① 둘째, 좋겠습니다

② 셋째, 주십시오

[바른해설]

① (가)에서 '부원 2'와 '부원 3'은 어르신들이 무인 기기를 조작하실 때 품목이 달라지거나 결제 과정에서 쿠폰 사용 등의 변화가 생기면 어려움을 느끼신다고 언급했고, 이 내용이 (나)의 3문단에서 '둘째, 어르신들이 다양한 품목의 구매에 무인 기기를 직접 이용하실 수 있도록 우리 지역 내 각 기기의 조작 절차를 가급적이면 통일하는 방향으로 지속적으로 점검해 주시면 좋겠습니다.'라는 건의의 근거로 제시되었다.

② (가)에서 '부원 2'는 어르신들의 무인 기기 이용이 익숙해지실 때까지 동행하는 봉사가 필요하다고 했고, '부원 3'은 그중에서 연령이 많이 높거나 거동이 불편한 어르신들은 기기 조작의 익숙한 정도와 상관없이 지속적인 동행 봉사가 필요하다고 언급했다. 이 내용이 (나)의 4문단에서 '셋째, 어르신들의 상황에 따라 봉사자들이 어르신들을 지속적으로 보조할 수 있도록 연계를 강화해 주십시오.'라는 건의의 근거로 제시되었다.

Ⅳ. 문법

01 [모범답안]

(A) 잡일, 축하, 겉늙은

(B) 학대, 많지만

[바른해설]

(A) 음절 구조 유형이 바뀐 음절이 있는 말

- '잡일'의 발음은 [잠닐]이다. 둘째 음절에 'ㄴ'이 첨가되어 둘째 음절의 음절 구조 유형이 바뀌었다. 곧 'd + c'의 음절 구조 유형에서 'd + d'의 음절 구조 유형으로 바뀌었다.
- '축하'의 발음은 [추카]이다. 첫째 음절의 종성 'ㄱ'과 둘째 음절의 초성 'ㅎ'이 축약되어 둘째 음절의 초성 'ㅋ'으로 발음되므로, 첫째 음절의 음절 구조 유형이 바뀌었다. 곧 'd + b'의 음절 구조 유형에서 'b + b'의 음절 구조 유형으로 바뀌었다.
- '겉늙은'의 발음은 [건늘근]이다. '늙은'의 'ㄱ'이 뒤 음절로 연음됨으로써 셋째 음절의 음절 구조 유형이 바뀌었다. 곧 'd + d + c'의 음절 구조 유형에서 'd + d + d'의 음절 구조 유형으로 바뀌었다.

(B) 음절 구조 유형이 바뀐 음절이 없는 말

- '학대'의 발음은 [학때]이다. 음절 구조 유형이 바뀐 음절이 없다.
- '많지만'의 발음은 [만:치만]이다. 첫째 음절의 종성 'ㅎ'과 둘째 음절의 초성 'ㅈ'이 축약되어 둘째 음절의 초성 'ㅊ'으로 발음되었으나, 첫째 음절의 종성인 'ㄴ'은 그대로 있으므로 음절 구조 유형은 바뀐 것이 없다.

02 [모범답안]

ⓑ 굴[굴] – 꿀[꿀]
ⓓ 연(鳶)[연] – 원(圓)[원]
ⓔ 사과[사과] – 사과(謝過)[사:과]

[바른해설]

ⓑ '굴'과 '꿀'은 'ㄱ'과 'ㄲ'만 다르므로 최소 대립쌍에 해당한다.
ⓓ '연'과 '원'은 반모음 'j'와 반모음 'w'만 다르므로 최소 대립쌍에 해당한다.
ⓔ '사과'와 '사과(謝過)'는 음의 길이만 다르므로 최소 대립쌍에 해당한다.

03 [모범답안]

ⓐ ㅜ / ⓑ ㅚ / ⓒ ㅐ

[바른해설]

ⓐ는 고모음으로, 후설 모음 중 원순 모음에 해당하는 모음이므로 'ㅜ'이다.
ⓑ는 중모음으로, 전설 모음 중 원순 모음에 해당하는 모음이므로 'ㅚ'이다.
ⓒ는 저모음으로, 전설 모음 중 평순 모음에 해당하는 모음이므로 'ㅐ'이다.

혀의 앞뒤 위치 / 입술 모양 / 혀의 높이	전설 모음		후설 모음	
	평순	원순	평순	원순
고모음	ㅣ	ㅟ	ㅡ	ㅜ
중모음	ㅔ	ㅚ	ㅓ	ㅗ
저모음	ㅐ		ㅏ	

04 [모범답안]

- 짧게 발음해야 하는 것: ⓐ, ⓑ, ⓒ, ⓓ
- 길게 발음해야 하는 것: ⓔ

[바른해설]

하늘에서 내리는 '눈[눈:]'은 길게 발음해야 되고, 신체 부위의 '눈[눈]'은 짧게 발음해야 한다. 그러나 길게 발음되는 음운이라도 둘째 음절 이하에 오면 짧게 발음해야 하므로 '함박눈'의 '눈[눈]'은 짧게 발음해야 한다.

05 [모범답안]

어떤 대상의 수나 양을 나타내는 말이 있을 때 그 말이 어떤 범위에 걸쳐 있는지에 따라 중의성이 생길 수 있다.

[바른해설]

주어진 예문은 '학생들 모두'가 전시 작품을 감상했다는 뜻도 될 수 있고(전시 작품은 일부만 감상했을 수 있음.), 학생들이 '전시 작품 모두'를 감상했다는 뜻도 될 수 있다(학생들 중 일부만이 감상했을 수 있음.). 즉, 해당 예문에서 '모두'는 전부를 나타내는 말이고 그 말이 어떤 범위에 걸쳐 있는지에 따라 의미가 달라지므로, 해당 예문은 제시문에서 중의성이 생기는 대표적인 세 가지 원인 중 세 번째 사유인 '어떤 대상의 수나 양을 나타내는 말이 있을 때 그 말이 어떤 범위에 걸쳐 있는지에 따라 중의성이 생길 수 있다.'에 해당한다.

06 [모범답안]

ⓐ 두 명의 포수가 각각 참새 네 마리를 잡았다.
ⓑ 철수가 대학에 합격한 영수와 함께 찾아왔다.

[바른해설]

ⓐ: '두 명의 포수가'가 각각 '참새 네 마리'를 잡아 총 여덟 마리의 참새를 잡은 해석과 '두 명의 포수'가 합쳐서 총 네 마리의 참새를 잡은 해석 둘 다 가능하므로, '두 명의 포수가' 뒤에 '각각'을 넣어 주면 두 명의 포수가 총 여덟 마리의 참새를 잡은 전자의 해석으로 한정된다.
ⓑ: 대학에 합격한 사람이 '영수'인 해석과 '영수와 철수'인 해석 두 가지 모두 가능하므로, '철수가'를 문장 맨 앞으로 옮기면 대학에 합격한 사람이 '영수'인 해석으로 한정된다.

07 [모범답안]

① 의존 명사 / ② 보조사

[바른해설]

ⓐ의 '뿐'은 의존 명사로서 '(어미 '-을' 뒤에서) 다만 어떠하거나 어찌할 따름'의 뜻을 가지고 있고, 〈예시〉 문장의 '뿐'은 보조사로서 '그것만이고 더는 없음'의 뜻을 가지고 있다. ⓐ의 '뿐'은 의존 명사이므로 띄어 써야 옳고, 〈예시〉 문장의 '뿐'은 보조사이므로 붙여 써야 옳다.

08 [모범답안]

목적어

[바른해설]

목적어 자리에 목적격 조사 대신 보조사가 와도 의미상 '을/를'로 바꿀 수 있으면 목적어이다. 또한 목적어는 문장에서 서술어의 동작 대상이 되는 말로, 서술어가 '바꾸었고'로 무엇을 바꾸었는지를 확인해야 한다. 이러한 이유로 문장의 해당 부분은 목적어가 된다.

09 [모범답안]

닭과, 넓고, 굵게, 넓다, 굵나

[바른해설]

- **닭과**: '닭과 → (닭꽈) → [닥꽈]'에서 된소리되기와 자음군 단순화가 적용되었으므로 ㉠에 해당한다.
- **넓고**: '넓고 → (넓꼬) → [널꼬]'에서는 된소리되기와 자음군 단순화가 적용되었으므로 ㉠에 해당한다.
- **읊지**: '읊지 → (읖지) → (읖찌) → [읍찌]'에는 음절의 끝소리 규칙, 된소리되기, 자음군 단순화가 적용되었으므로 ㉠에 해당하지 않는다.
- **굵게**: '굵게 → (굵께) → [굴께]'에서는 된소리되기(경음화)와 자음군 단순화가 적용되었으므로 ㉠에 해당한다.
- **읊다**: '읊지 → (읖지) → (읖찌) → [읍찌]'에서는 음절의 끝소리 규칙, 된소리되기, 자음군 단순화가 적용되었으므로 ㉠에 해당하지 않는다.
- **넓다**: '넓다 → (넓따) → [널따]'에서는 된소리되기, 자음군 단순화가 적용되었으므로 ㉠에 해당한다.
- **굵나**: '굵나 → (극나) → [긍나]'에서는 자음군 단순화, 비음화가 적용되었으므로 ㉠에 해당한다.

10 [모범답안]

ⓐ 어간과 어미가 모두 바뀌는 것
ⓑ 어미가 바뀌는 것

ⓒ 어간이 바뀌는 것

[바른해설]
ⓐ의 '노래'는 어간과 어미가 모두 바뀌는 경우로, '노랗+아'가 '노래'로 바뀌었다. 이것은 'ㅎ'으로 끝나는 어간에 '–아/–어'가 오면 어간의 일부인 'ㅎ'이 없어지고 어미도 변하는 'ㅎ' 불규칙이 일어난 것이다.
ⓑ의 '푸르러'는 어미가 바뀌는 경우로, '푸르+어'가 '푸르러'로 바뀌었다. 이것은 어간이 '르'로 끝나는 일부 용언에서, 어미 '–어'가 '러'로 변하는 '러' 불규칙이 일어난 것이다.
ⓒ의 '지어'는 어간이 바뀌는 경우로, '짓+어'가 '지어'로 바뀌는데, 이것은 'ㅅ' 모음 어미 앞에서 탈락하는 'ㅅ' 불규칙이 일어난 것이다.

11 [모범답안]
① 과거 시제
② 관형사형 어미
③ 현재 시제
④ 선어말 어미

[바른해설]
ⓐ의 '굴렀지'는 선어말 어미 '–었–'을 통해 과거 시제를 표현하고 있다.
ⓑ의 '날아가던'은 동사의 어간에 관형사형 어미 '–던'을 결합하여 과거 시제를 표현하고 있다.
ⓒ의 '있는'은 동사의 어간에 관형사형 어미 '–는'을 결합하여 현재 시제를 표현하고 있다.
ⓓ의 '이르리라는' 선어말 어미 '–(으)리–'를 통해 미래 시제를 표현하고 있다.

12 [모범답안]
덮밥, 접칼

[바른해설]
- **척척박사**: '부사 + 명사'의 구성을 보이는 비통사적 합성어이다.
- **덮밥**: '용언의 어간 + 명사'의 구성을 보이는 비통사적 합성어이다.
- **접칼**: '용언의 어간 + 명사'의 구성을 보이는 비통사적 합성어이다.
- **검붉다**: '용언의 어간 + 용언'의 구성을 보이는 비통사적 합성어이다.
- **스며들다**: '용언의 연결형 + 용언'의 구성을 보이는 통사적 합성어이다.

13 [모범답안]
ⓐ 나, 죽고 싶다고
ⓑ 많은 이들의 격려를 받아
ⓒ 아흔여덟에도
ⓓ 구름도 타보고 싶은걸

[바른해설]
ⓐ '–고 싶다'의 구성으로 쓰이는 보조 용언 '싶다'는 본용언에 붙여 쓰는 것이 허용되는 보조 용언이 아니므로, 보조 용언의 띄어쓰기 원칙에 따라 '죽고 싶다'라고 띄어 적는 것이 올바르다.
ⓑ '많은이'의 '이'는 '사람'의 뜻을 나타내는 의존 명사로, 앞말과 띄어 적어야 하므로 '많은 이'로 고쳐 써야 한다.
ⓒ '아흔 여덟'은 숫자이므로 만 단위로 띄어 적어야 한다. 따라서 '아흔여덟'로 고쳐 써야 한다.
ⓓ '타 보고 싶은 걸'의 '걸'은 가벼운 반박이나 감탄, 어떤 일에 대한 아쉬움을 나타내는 종결 어미로, 항상 앞말과 붙여 적어야 하므로 '타 보고 싶은걸'로 고쳐 써야 한다.

14 [모범답안]
㉠ 읽습니다 / ㉡ 읽으세 / ㉢ 읽는구나

[바른해설]
㉠: 하십시오체의 평서형 어미는 '-습니다', '-ㅂ니다'이다. 그러므로 ㉠에 들어갈 '읽다'의 활용형은 '읽습니다'이다.
㉡: 하게체의 청유형 어미는 '-(으)세'이다. 그러므로 ㉡에 들어갈 '읽다'의 활용형은 '읽으세'이다.
㉢: 해라체의 감탄형 어미는 '-구나'이다. 그러므로 ㉢에 들어갈 '읽다'의 활용형은 '읽는구나'이다.

15 [모범답안]
ⓐ 실질형태소 / ⓑ 실질형태소 / ⓒ 형식형태소 / ⓓ 형식형태소 / ⓔ 형식형태소

[바른해설]
ⓐ '먹었다'의 '먹-'은 구체적인 동작을 나타내는 용언의 어간이므로 '실질형태소'이다.
ⓑ '하늘이냐'의 '하늘'은 구체적인 대상을 나타내는 명사이므로 '실질형태소'이다.
ⓒ '끝났겠군'의 '-겠-'은 추측의 의미를 나타내는 선어말 어미이므로 '형식형태소'이다.
ⓓ '보면서'의 '-면서'는 진행상을 나타내는 연결 어미이므로 '형식형태소'이다.
ⓔ '고우시다'의 '-시-'는 높임을 나타내는 선어말 어미이므로 '형식형태소'이다.

16 [모범답안]
ⓐ 지다 / ⓑ 내리다 / ⓒ 가라앉다

[바른해설]
ⓐ '뜨다'가 '해나 달이 동쪽에서 떠오르다'의 의미를 지닌 경우 '해나 달이 서쪽으로 넘어가다'의 이미를 지닌 '지다'가 반의어에 해당된다.
ⓑ '뜨다'가 '비행기 따위가 공중에 떠 있는 상태'를 의미하는 경우 '비행기 따위가 지상에 도달하여 멈추다.'라는 의미를 지닌 '내리다'가 반의어에 해당된다.
ⓒ '뜨다'가 '물속이나 지면 따위에서 가라앉거나 내려앉지 않고 물 위나 공중에 있거나 위쪽으로 솟아오르다.'의 의미를 지닌 경우 '가라앉다'가 반의어에 해당된다.

17 [모범답안]
날이 흐려서 더 울다가 다시 누웠다.

[바른해설]
'날이 흐려서 더 울다가 다시 누웠다.'는 '날이 흐리다', '(풀이) 더 울다', '(풀이) 다시 누웠다.'의 세 개의 문장이 이어진 '이어진문장'이다. 또한 '흐려서'에서 종속적 연결 어미 '-어서'에 의해 원인의 의미 관계에 있는 '종속적으로 연결된 이어진문장'이다.

18 [모범답안]
ⓐ 나는 친구에게 선물을 주었다.
ⓑ 우리 반에서 너까지 백점이다.
ⓒ 나는 사과와 배를 먹는다.

[바른해설]
ⓐ '나는 친구에게 선물을 주었다.'에서 '에게'는 격 조사 중 어떤 행동이 미치는 대상을 나타내는 '부사격 조사'이다.
ⓑ '우리 반에서 너까지 백점이다.'에서 '까지'는 앞말에 특별한 뜻을 더해 주는 '보조사'이다.
ⓒ '나는 사과와 배를 먹는다.'에서 '와'는 두 단어나 구를 같은 자격으로 이어 주는 '접속 조사'이다.

19 [모범답안]
ⓐ 이다
ⓑ 간직하고, 있는

[바른해설]
어미 활용을 하는 품사는 동사, 형용사, 서술격 조사로 '경주는 옛 모습을 간직하고 있는 도시이다.'에서 '간직하고, 있는, 이다'만이 이에 해당

한다. 그리고 이 중에서 다른 말과의 문법적 관계를 표시하는 것은 서술격 조사 '이다'뿐이다. 그러므로 ⓐ에는 '이다', ⓑ에는 '간직하고, 있는'이 들어갈 단어로 적절하다.

20 [모범답안]
① 모든
② 미루다

[바른해설]
ⓐ의 '다섯'은 관형사로 뒤에 오는 의존 명사 '번'을 꾸며 주고 있다. 마찬가지로 '모든 일의 시작이 중요하다.'라는 문장에서 '모든'은 뒤에 오는 명사 '일'을 꾸며 주는 관형사이다.
ⓑ의 '좋았다'는 상태 또는 성질을 나타내는 형용사이고, '미루다'는 동작이나 움직임을 나타내는 동사이다.

21 [모범답안]
모음 조화

[바른해설]
반모음 'w'가 양성 계열 'ㅏ, ㅐ'와 결합될 때는 양성 계열인 'ㅗ'로 표기하고, 음성 계열 'ㅓ, ㅔ'에 대해서는 음성 계열 'ㅜ'로 표기한 것은 모음 조화 현상 때문이다. 즉, 모음 조화는 양성 모음은 양성 모음끼리만 이어지고, 음성 모음은 음성 모음끼리만 이어지는 현상이다.

22 [모범답안]
㉠ j / ㉡ 뒤

[바른해설]
제시문에 따르면 반모음 'j'가 단모음 뒤에 오면 'ㅣ'로 표시하므로 단모음 'ㅡ' 뒤에 반모음 'j'가 오면 'ㅢ'가 된다. 따라서 'ㅢ'는 반모음 'j'가 단모음 뒤에 오는 이중모음이었다고 이해할 수 있으므로 ㉠에는 'j'가, ㉡에는 '뒤'가 들어갈 말로 적절하다.

23 [모범답안]
① 탈락 / ② 교체 / ③ 축약 / ④ 첨가

[바른해설]
① '좋은[조은]'은 'ㅎ'탈락 현상이 일어나는 사례로, 음운 변동 유형 중 탈락에 해당한다.
② '권력[궐력]'은 유음화 현상이 일어나는 사례로, 음운 변동 유형 중 '교체'에 해당한다.
③ '많다[만타]'는 'ㅎ'과 'ㄷ'이 만나 'ㅌ'으로 축약되는 사례로, 음운 변동 유형 중 '축약'에 해당한다.
④ '맨입[맨닙]'은 'ㄴ'첨가 현상이 일어나는 사례로, 음운 변동 유형 중 '첨가'에 해당한다.

24 [모범답안]
ⓐ [받꼬]
ⓑ [출똥]
ⓒ [모태]
ⓓ [열려섣]

[바른해설]
ⓐ '받고[받꼬]'는 된소리되기 현상(교체)이 일어난다.
ⓑ '출동[출똥]'은 된소리되기 현상(교체)이 일어난다.
ⓒ '못해[모태]'는 [몯해]에서 [모태]로 음절의 끝소리 규칙(교체)과 거센소리되기 (축약)가 일어난다.
ⓓ '열여섯[열려섣]'은 [열녀섣]에서 [열려섣]으로 음절의 끝소리 규칙(교체)과 'ㄴ' 첨가(첨가), 유음화(교체)가 일어난다.

25 [모범답안]

ⓐ 상대 관계
ⓑ 모순 관계
ⓒ 반대 관계

[바른해설]

ⓐ '형 : 아우'는 두 단어 사이에 상대적 관계가 성립하므로, 반의 관계 중 '상대 관계'에 해당된다.
ⓑ '기혼 : 미혼'은 두 단어 사이에 중간 개념이 존재하지 않으므로, 반의 관계 중 '모순 관계'에 해당된다.
ⓒ '뜨겁다 : 차갑다'는 두 단어 사이에 중간 개념이 존재하므로, 반의 관계 중 '반대 관계'에 해당된다.

26 [모범답안]

상황 맥락

[바른해설]

이 과장은 15%의 할인 혜택을 요구하고 있으나, 매장 주인은 할인 행사를 하지 않는다고 하면서 ⓐ와 같은 발화로 응대하였다. 이는 '상황 맥락'을 고려해 볼 때, 매장 주인이 이 과장의 요구 사항을 수용할 수 없음을 나타내는 발화라고 할 수 있다.

〈담화와 맥락의 유형〉

언어적 맥락	앞뒤 발화에 나타난 언어적 표현이나 내용의 흐름 등으로 파악할 수 있는 맥락
비언어적 맥락	• 상황 맥락: 의사소통의 시간적 · 공간적 배경, 화자(글쓴이), 청자(독자), 주제, 목적 등 담화를 생산하고 수용하는 활동에 직접 영향을 끼치는 맥락 • 사회 · 문화적 맥락: 역사적 · 사회적 상황, 공동체의 이념이나 가치 등 담화를 생산하고 수용하는 활동에 간접적인 영향을 끼치는 맥락

27 [모범답안]

ⓐ 주문하신 음식 나왔습니다.
ⓑ 그분은 세 살 된 딸이 있으시다.
ⓒ 경희야, 선생님께서 지금 너 오라고 하셔.
ⓓ 이 문제는 할아버지께 여쭤서 해결하자.
ⓔ 할머니께서는 당신이 직접 농사를 지으세요.

[바른해설]

ⓐ 주어는 '음식'인데 이것은 간접 높임을 할 수 있는 대상이 아니다. 따라서 '나오셨습니다'를 '나왔습니다'로 수정해야 한다.
ⓑ 어린 '딸'은 직접 높일 필요가 없으나 높임의 대상인 '그분'의 친족 관계에 있으므로 간접 높임의 대상은 될 수 있다. '있다'의 간접 높임에서는 특수 어휘인 '계시다'를 사용하는 것이 아니라 선어말 어미 '-으시-'를 넣어 사용하는 것이 적절하므로 '있으시다'로 말해야 한다.
ⓒ '오래'는 '오라고 해'의 준말이다. '오는' 행동을 하는 사람이 청자이고 그 행동을 지시한 사람이 선생님이므로 '-시-'는 '오-'에 붙는 것이 아니라 '하-'에 붙어야 한다. 그러므로 '오라고 하셔'나 그것의 준말인 '오라셔'로 수정해야 한다. 주체 높임을 위한 조사 '께서'의 사용은 적절하다.
ⓓ 이 문장의 객체인 '할아버지'를 높이기 위해 '묻다' 대신 '여쭈다'를 사용해야 한다. 객체 높임을 위한 조사 '께'의 사용은 적절하다.
ⓔ '할머니'는 아주 높여야 할 대상인데, 이 문장에서 '할머니'를 가리키는 재귀 대명사 '자기'는 높이지 않는 대상에 쓰는 말이다. 이때에는 '당신'을 사용해야 한다. 주체 높임을 위한 조사 '께서'의 사용은 적절하다.

수학

[수학 Ⅰ]

Ⅰ. 지수함수와 로그함수

01 [모범답안]

진수는 양수이므로

$a>0$ …… ①

주어진 부등식이 모든 실수 x에 대하여 성립하려면 이차방정식 $x^2+2x\log_2 a+3\log_2 a-2=0$의 판별식 D가 $D<0$인 조건을 만족시켜야 한다.

$\frac{D}{4}=(\log_2 a)^2-(3\log_2 a-2)<0$ …… ②

$(\log_2 a)^2-3\log_2 a+2<0$

$\log_2 a=A$라 하면

$(\log_2 a)^2-3\log_2 a+2=A^2-3A+2$이므로

$A^2-3A+2<0$

$(A-1)(A-2)<0$

$1<A<2$

$1<\log_2 a<2$

이때 밑이 1보다 크므로

$2<a<4$

따라서 a의 범위는 $a>0$과 $2<a<4$의 조건을 모두 만족시킨다.

$\therefore 2<a<4$ …… ③

TIP 판별식

$D>0$: 서로 다른 두 실근
$D=0$: 중근
$D<0$: 서로 다른 두 허근

02 [모범답안]

$\sqrt[3]{a}=2^n$ …… ㉠

$\sqrt[4]{4^n}=k$ …… ㉡

$\sqrt[4]{(2^n)^2}=\sqrt[4]{4^n}$이므로 ㉡에 ㉠을 대입하면

$\sqrt[4]{(\sqrt[3]{a})^2}=k$

$k=\sqrt{2a}$이고, $\sqrt[3]{a}>0$이므로

$\sqrt[4]{(\sqrt[3]{a})^2}=\sqrt{2a}$

$\sqrt{\sqrt[3]{a}}=\sqrt{2a}$

$\sqrt[3]{a}=2a$

양변을 세제곱하면 $a=8a^3$

$a>0$이므로 $a^2=\frac{1}{8}$

따라서 $a=\frac{1}{\sqrt{8}}$, $\frac{1}{a}=\sqrt{8}$

03 [모범답안]

$\log_3\frac{36}{5}+\log_3\frac{15}{4}=\log_3\left(\frac{36}{5}\times\frac{15}{4}\right)$

$\log_3 27=3$

점 $(3, \log_2 a)$가 원 $x^2+y^2=25$ 위의 점이므로

$3^2+(\log_2 a)^2=25$

$(\log_2 a)^2=16$

$\log_2 a=-4$ 또는 $\log_2 a=4$

$a=\frac{1}{16}$ 또는 $a=16$

따라서 모든 양수 a의 값의 곱은

$\frac{1}{16}\times 16=1$

04 [모범답안]

주어진 함수 $y=4\log_a x+b$와 그 역함수의 교점은 함수 $y=4\log_a x+b$와 직선 $y=x$의 교점과 같다. 따라서 $x=4\log_a x+b$의 두 근이 1, 5이므로

$1=4\log_a 1+b$

$\therefore b=1$

또한

$5=4\log_a 5+1$

$\log_a 5=1$

이때 $a>1$

$\therefore a=5$

따라서 $a+b=6$

05 [모범답안]

$\log_2 a+\log_2 b=n$에서 $\log_2 ab=n$, $ab=2^n$

a, b가 자연수이므로

$a+b\geq 2\sqrt{ab}=2\sqrt{2^n}$ (단, 등호는 $a=b$일 때 성립)

(i) n이 홀수일 때

$a=b$, $ab=2^n$인 두 자연수 a, b가 존재하지 않으므로 집합 A_n의 모든 원소 (a, b)에 대하여 $a+b>2\sqrt{2^n}$이 성립한다.

(ii) n이 짝수일 때

$a=b,\ ab=2^n$

즉, $a+b=2\sqrt{2^n}$ 인 두 자연수 a, b가 존재하므로 집합 A_n의 어떤 원소 (a, b)에 대하여 $a+b>2\sqrt{2^n}$이 성립하지 않는다.

(i), (ii)에서 n은 홀수이어야 하므로 주어진 조건을 만족시키는 10 이하의 모든 자연수 n은 1, 3, 5, 7, 9이고,

그 합은 $1+3+5+7+9=25$이다.

06 [모범답안]

함수 $y=2^{x+1}+1$이 y축과 만나는 점은 x의 좌표가 0이므로, A의 좌표는 $(0, 3)$이다.

함수 $y=\log_3(x+k)-1$의 그래프가 x축과 만나는 점은 y좌표가 0이므로, B의 좌표는 $(3-k, 0)$이다.

선분 AB의 길이가 5이므로

$\overline{AB}=\sqrt{(3-k)^2+3^2}=\sqrt{k^2-6k+18}=5$

$k^2-6k+18=25,\ k^2-6k-7=0$

근과 계수의 관계에 의해 두 근의 곱은 -7

07 [모범답안]

$6^{\log_3 4}\div n^{\log_3 2}=4^{\log_3 6}\div 2^{\log_3 n}=2^{2\log_3 6}\div 2^{\log_3 n}$

$=2^{\log_3 36}\div 2^{\log_3 n}=2^{\log_3 36-\log_3 n}=2^{\log_3 \frac{36}{n}}$

$2^{\log_3 \frac{36}{n}}=2^k$에서 $\log_3\dfrac{36}{n}=k,\ \dfrac{36}{n}=3^k$

$n=\dfrac{36}{3^k}=\dfrac{4\times 3^2}{3^k}$

n, k가 자연수이므로

$k=1$일 때 $n=12$, $k=2$일 때 $n=4$

따라서 순서쌍 (n, k)는 $(12, 1)$, $(4, 2)$이므로 $n+k$의 최댓값은 $12+1=13$

08 [모범답안]

$\log_2 a-\log_2 b+\log_2 c-\log_2 d$

$=(\log_2 a-\log_2 b)+(\log_2 c-\log_2 d)$

$=\log_2\dfrac{a}{b}+\log_2\dfrac{c}{d}=\log_2\dfrac{ac}{bd}$이므로

$\log_2 a-\log_2 b+\log_2 c-\log_2 d=m$에서

$\log_2\dfrac{ac}{bd}=m$

$2^m=\dfrac{ac}{bd}$ …… ㉠

$5\in\{a, b, c, d\}$ 또는 $7\in\{a, b, c, d\}$이면 ㉠을 만족시키지 않는다.

또한 ㉠을 만족시키기 위해서는

$\{3, 6\}\cap\{a, b, c, d\}=\{3, 6\}$

또는 $\{3, 6\}\cap\{a, b, c, d\}=\varnothing$이고

집합 $\{a, b, c, d\}$의 원소의 개수가 4이므로

$\{3, 6\}\cap\{a, b, c, d\}=\{3, 6\}$이다.

(i) $3\in\{a, c\}$, $6\in\{b, d\}$일 때

$a=3$, $b=6$이라 하면

$c=8$, $d=2$일 때 2^m의 값은

$2^m=\dfrac{3\times 8}{6\times 2}=2$로 최대이고,

$c=2$, $d=8$일 때 2^m의 값은

$2^m=\dfrac{3\times 2}{6\times 8}=\dfrac{1}{8}$로 최소이다.

(ii) $6\in\{a, c\}$, $3\in\{b, d\}$일 때

$a=6$, $b=3$이라 하면

$c=8$, $d=2$일 때 2^m의 값은

$2^m=\dfrac{6\times 8}{3\times 2}=8$로 최대이고,

$c=2$, $d=8$일 때 2^m의 값은

$2^m=\dfrac{6\times 2}{3\times 8}=\dfrac{1}{2}$로 최소이다.

(i), (ii)에서 2^m의 최댓값은 8, 최솟값은 $\dfrac{1}{8}$이므로

$k=8+\dfrac{1}{8}=\dfrac{65}{8}$

따라서 $\dfrac{8}{5}k=\dfrac{8}{5}\times\dfrac{65}{8}=13$

09 [모범답안]

주어진 부등식을 $\dfrac{x}{2}>1$인 경우, $0<\dfrac{x}{2}<1$인 경우로 나누어 생각한다.

(i) $\dfrac{x}{2}>1$인 경우

$\dfrac{x}{2}>1$, 즉 $x>2$이므로

$x^2+2x+1<8x-7$

$x^2-6x+8<0$

$(x-4)(x-2)<0$

따라서 x값의 범위는 $2<x<4$

(ii) $0<\dfrac{x}{2}<1$인 경우

$0<\dfrac{x}{2}<1$, 즉 $0<x<2$이므로

$x^2+2x+1>8x-7$

$x^2-6x+8>0$

$(x-4)(x-2)>0$

따라서 $x<2$ 또는 $x>4$이며, $0<x<2$이므로

x값의 범위는 $0<x<2$

(i), (ii)에서 부등식을 만족시키는 x값의 범위는 $2<x<4$ 또는 $0<x<2$이므로 자연수 x는 1, 3

10 [모범답안]

함수 $y=3^x$의 그래프와 직선 AB가 만나는 점은 $A(a, 3^a)$와 $B(b, 3^b)$이므로

$\frac{3^b-3^a}{b-a}=4$, $3^b-3^a=4(b-a)$

이때 두 점 A, B 사이의 거리는 $\overline{AB}=\sqrt{17}$이므로

$\overline{AB}=\sqrt{(b-a)^2+(3^b-3^a)^2}$

$=\sqrt{(b-a)^2+16(b-a)^2}=\sqrt{17}(b-a)$

$\sqrt{17}(b-a)=\sqrt{17}$이므로 $b-a=1$

$b=1+a$이므로

$3^b-3^a=4$, $3^{1+a}-3^a=4$, $3\times3^a-3^a=4$, $2\times3^a=4$

$\therefore 3^a=2$

$3^b=3^{a+1}=3\times3^a$

$\therefore 3^b=6$

따라서 $3^a+3^b=8$

11 [모범답안]

등식 $\frac{\log a+\log b}{2}=\log\frac{a+b}{p}$에서

$\log a+\log b=2\log\frac{a+b}{p}$

$\log ab=2\log\frac{a+b}{p}$

$\log ab=\log\left(\frac{a+b}{p}\right)^2$

$ab=\left(\frac{a+b}{p}\right)^2=\frac{a^2+b^2+2ab}{p^2}=\frac{12ab}{p^2}$

$\therefore p^2=\frac{12ab}{ab}=12$

12 [모범답안]

점 P의 x좌표를 $t(t>1)$이라 하면 $P(t, \log_4 t)$이다.

$A(1, 0)$, $B(-1, 0)$이므로

$m_1=\frac{\log_4 t-0}{t-1}=\frac{\log_4 t}{t-1}$, $m_2=\frac{\log_4 t-0}{t-(-1)}=\frac{\log_4 t}{t+1}$

$\frac{m_2}{m_1}=\frac{3}{5}$에서 $3m_1=5m_2$, $3\times\frac{\log_4 t}{t-1}=5\times\frac{\log_4 t}{t+1}$

$t>1$에서 $\log_4 t>0$이므로 $\frac{3}{t-1}=\frac{5}{t+1}$

$5t-5=3t+3$, $t=4$

$P(4, 1)$이므로 직선 AP의 방정식은

$y=\frac{1}{3}x-\frac{1}{3}$

점 $Q(a, b)$는 직선 AP 위의 점이므로

$b=\frac{1}{3}a-\frac{1}{3}$ …… ㉠

점 $Q(a, b)$는 곡선 $y=g(x)$ 위의 점이므로

$b=\log_k(-a)$, $k^b=-a$

$k^b=-\frac{9}{7}b$이므로 $-a=-\frac{9}{7}b$

$b=\frac{7}{9}a$ …… ㉡

㉠, ㉡에서 $\frac{7}{9}a=\frac{1}{3}a-\frac{1}{3}$, $\frac{4}{9}a=-\frac{1}{3}$

따라서 $a=-\frac{3}{4}$

㉡에서 $b=\frac{7}{9}a$이므로 $b=\frac{7}{9}\times\left(-\frac{3}{4}\right)=-\frac{7}{12}$

$\therefore ab=\left(-\frac{3}{4}\right)\left(-\frac{7}{12}\right)=\frac{7}{16}$

13 [모범답안]

$g(-x)=-\left(\frac{1}{4}\right)^{-x}+b=-4^x+b$

x의 값이 증가하면 $g(x)=-\left(\frac{1}{4}\right)^x+b$의 값은 증가하고, $g(-x)$의 값은 감소하며, $f(x)=a^{x+1}$의 값은 증가한다.

$h(0)=g(-0)=g(0)$, $h(p)=f(p)=g(-p)$이므로 함수 $y=h(x)$의 그래프는 그림과 같다.

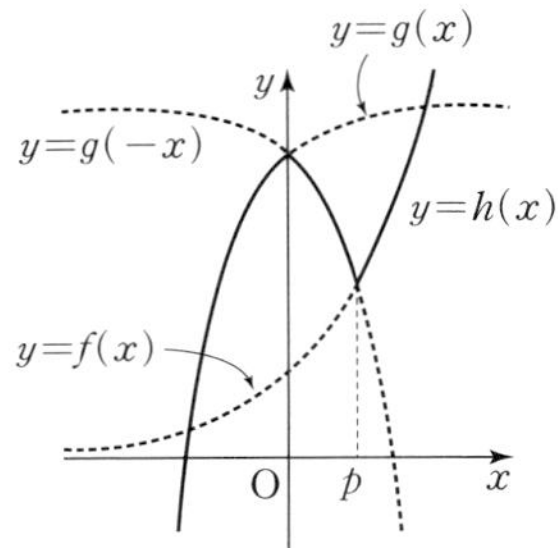

곡선 $y=h(x)$와 직선 $y=k$가 만나는 점의 개수가 2인 경우는 $k=g(0)$인 경우와 $k=f(p)=g(-p)$인 경우이다.

조건을 만족시키는 모든 실수 k의 값의 합이 11이므로

$g(0)+f(p)=11$

$-1+b+a^{p+1}=11$

$a^{p+1}=12-b$ …… ㉠

$a^{p+1}>0$이므로 $b<12$ …… ㉡

$f(p)=g(-p)$이므로

$a^{p+1}=-4^p+b$ …… ㉢

㉠, ㉢에서

$12-b=-4^p+b$

$4^p=2(b-6)$ …… ㉣

$4^p>0$이므로 $b>6$ …… ㉤

㉡, ㉤에서 자연수 b는 $7\le b\le 11$

p가 자연수이므로 ㉣을 만족시키는 두 자연수 b, p의 값은

$b=8$, $p=1$

$b=8$, $p=1$을 ㉠에 대입하면 $a^2=4$에서 자연수 a의 값은 2이다.

따라서 $b-a=8-2=6$

14 [모범답안]

$\log_a b=\log_b a$에서 $\dfrac{\log b}{\log a}=\dfrac{\log a}{\log b}$

$(\log b)^2=(\log a)^2$, $\log b=\pm\log a$

이때 a, b는 서로 다른 양수 이므로 $\log b=-\log a$

$\therefore b=\dfrac{1}{a}$

산술 · 기하 평균을 이용하여 $(a+5)(b+4)$의 최솟값을 구하면

$$(a+5)(b+4)=(a+5)\left(\frac{1}{a}+4\right)$$
$$=21+\frac{5}{a}+4a\geq 21+2\sqrt{\frac{5}{a}\times 4a}$$

$\therefore (a+5)(b+4)\geq 21+2\sqrt{20}=21+4\sqrt{5}$

$\left(\text{단, } \dfrac{5}{a}>0,\ 4a>0\text{이고 등호는 } \dfrac{5}{a}=4a\text{일 때 성립}\right)$

따라서 구하는 최솟값은 $21+4\sqrt{5}$

15 [모범답안]

(i) $\mathrm{A}(17, 2)$에서

$2=\log_n 17$ …… ①

이므로 $n^2=17$

$\therefore n=\sqrt{17}$

(ii) $\mathrm{B}(25, 1)$

$1=\log_n 25$ …… ②

이므로 $n^1=25$

$\therefore n=25$

(i), (ii)에서 선분 AB와 함수 $y=\log_n x$의 그래프가 만나도록 하는 n의 값의 범위는

$\sqrt{17}\leq n\leq 25$ …… ③

이므로 자연수 n의 최댓값과 최솟값은 각각 5, 25이다.

$\therefore 25-5=20$

16 [모범답안]

$f(t)=4$에서 $n^t-n^{-t}=4$이므로

$$(n^t+n^{-t})^2=n^{2t}+n^{-2t}+2$$
$$=(n^t-n^{-t})^2+4=20$$

이때 $n^t+n^{-t}>0$이므로 $n^t+n^{-t}=2\sqrt{5}$

또한 $n^{2t}+n^{-2t}+2=20$이므로 $n^{2t}+n^{-2t}=18$

$f(4t)$의 값은

$f(4t)=n^{4t}-n^{-4t}=(n^t-n^{-t})(n^t+n^{-t})(n^{2t}+n^{-2t})$이므로

$4\times 2\sqrt{5}\times 18=144\sqrt{5}$

$\therefore 144\sqrt{5}$

17 [모범답안]

$2^a=5^b=50$의 조건에서

$a=\log_2 50=1+2\log_2 5$

$b=\log_5 50=2+\log_5 2$

따라서

$$(a-1)(b-2)=(1+2\log_2 5-1)(2+\log_5 2-2)$$
$$=(2\log_2 5)(\log_5 2)=2$$

18 [모범답안]

$3^{2x+2}-3^{x+1}+2=0$에서 $3^x=k$라 하면

$9k^2-3k+2=0$

위 이차방정식의 두 근은 3^α, 3^β이므로, 근과 계수의 관계에 의하여

$3^\alpha+3^\beta=\dfrac{1}{3}$, $3^\alpha 3^\beta=\dfrac{2}{9}$

따라서

$$\frac{9^\alpha+9^\beta}{3^\alpha+3^\beta}=\frac{(3^\alpha+3^\beta)^2-2\times 3^\alpha 3^\beta}{3^\alpha+3^\beta}$$
$$=\frac{\left(\frac{1}{3}\right)^2-2\times\frac{2}{9}}{\frac{1}{3}}=\frac{\frac{1}{9}-\frac{4}{9}}{\frac{1}{3}}=-1$$

$\therefore \dfrac{9^\alpha+9^\beta}{3^\alpha+3^\beta}=-1$

19 [모범답안]

$3^{a+b}=8$, $a+b=\log_3 8=3\log_3 2$

$2^{a-b}=9$, $a-b=\log_2 9=2\log_2 3$

이므로,

구하고자 하는 식에서 근호 안의 지수에서

$a^2-b^2=(a+b)(a-b)=3\log_3 2\times 2\log_2 3=6$

$\therefore \sqrt[3]{3^6}=3^2=9$

20 [모범답안]

함수 $y=\left(\dfrac{2}{5}\right)^{2x-2}+t$에서 $x=0$에서의 y값은 $\dfrac{25}{4}+t$이다.

주어진 함수가 제3사분면을 지나지 않기 위해서는

$\dfrac{25}{4}+t\geq 0$의 조건을 만족시켜야 한다.

$\therefore t\geq -\dfrac{25}{4}$

따라서 상수 t의 최솟값은 $-\dfrac{25}{4}$이다.

21 [모범답안]

a가 자연수이므로

$\dfrac{a}{10}+\dfrac{3}{20}>0$, $\dfrac{a}{10}+\dfrac{3}{20}\neq 1$, $\dfrac{2a+4}{9}>0$, $\dfrac{2a+4}{9}\neq 1$

즉, 두 함수 $f(x)$, $g(x)$는 모두 지수함수이다.

함수 $f(x)$의 최솟값이 $f(3)$이므로 $0<\dfrac{a}{10}+\dfrac{3}{20}<1$

$-\frac{3}{2}<a<\frac{17}{2}$ …… ㉠

함수 $g(x)$의 최솟값이 $g(1)$이므로 $\frac{2a+4}{9}>1$

$a>\frac{5}{2}$ …… ㉡

㉠, ㉡에서 $\frac{5}{2}<a<\frac{17}{2}$

따라서 자연수 a는 3, 4, 5, 6, 7, 8이고 그 합은 33이다.

22 [모범답안]

$3^x+2=9^{x-1}+\frac{38}{9}$에서 $3^x=t$라 하면

$t+2=\frac{1}{9}t^2+\frac{38}{9}$, $9t+18=t^2+38$, $t^2-9t+20=0$,

$(t-4)(t-5)=0$

따라서 $3^x=4$, $3^x=5$이다.

$\therefore x=\log_3 4$ 또는 $x=\log_3 5$

따라서 두 점 A, B의 x좌표의 합은

$\log_3 4+\log_3 5=\log_3 20$

$\therefore \log_3 20$

23 [모범답안]

$y=4^x+4$에서 $8=4^x+4$, $4=4^x$,

따라서 $x=1$이므로 $\mathrm{A}(1, 8)$

$y=2^{x-1}-8$에서 $8=2^{x-1}-8$, $16\times2=2^x$,

따라서 $x=5$이므로 $\mathrm{B}(5, 8)$

따라서 구하고자 하는 넓이는

$\Delta\mathrm{OAB}=\frac{1}{2}\times8\times(5-1)=16$

$\therefore 16$

24 [모범답안]

주어진 이차방정식

$(-\log k+2)x^2-2(\log k-2)x+1=0$이 허근을 갖기 위해선 판별식 D가 0보다 작아야 한다. $(D<0)$

$\frac{D}{4}=(\log k-2)^2-(-\log k+2)<0$

$\log k=t$라고 하면

$(t-2)^2-(-t+2)=t^2-3t+2=(t-2)(t-1)<0$,

$1<t<2$

즉, $1<\log k<2$

$\therefore 10<k<100$

또한

$(-\log k+2)x^2-2(\log k-2)x+1=0$이 x에 대한 이차방정식이므로 $-\log k+2\neq0$

$\therefore k\neq100$

한편, 진수 조건에 의해 $k>0$

따라서 실수 k값의 범위는

$10<k<100$

25 [모범답안]

함수 $f(x)=\log_a x+1$이 $x=k$에서 최댓값 M을 갖고 $x=k+2$에서 최솟값 m을 가지므로 $0<a<1$이고

$M=f(k)=\log_a k+1$

$m=f(k+2)=\log_a(k+2)+1$

$Mm=0$에서 $M=0$ 또는 $m=0$

(i) $M=0$일 때, $\log_a k=-1$, $k=\frac{1}{a}$

$M-m=-\log_a 2$이므로 $m=\log_a 2$

즉, $\log_a(k+2)+1=\log_a 2$

$\log a\left(\frac{1}{a}+2\right)+\log_a a=\log_a 2$,

$\log_a(1+2a)=\log_a 2$

$1+2a=2$, $a=\frac{1}{2}$

(ii) $m=0$일 때, $\log_a(k+2)=-1$, $k=\frac{1}{a}-2$

$M-m=-\log_a 2$이므로 $M=-\log_a 2$

즉, $\log_a k+1=-\log_a 2$

$\log_a\left(\frac{1}{a}-2\right)+\log_a a=\log_a\frac{1}{2}$,

$\log_a(1-2a)=\log_a\frac{1}{2}$

$1-2a=\frac{1}{2}$, $a=\frac{1}{4}$

(i), (ii)에서 모든 실수 a의 값의 곱은

$\frac{1}{2}\times\frac{1}{4}=\frac{1}{8}$

II. 삼각함수

01 [모범답안]

(i) $0 \le x < \pi$일 때, $|\sin x| = \sin x$ ……①

이므로 $|\sin x| + \sin x = 2\sin x = 2$

$\therefore \sin x = 1$

따라서 $x = \frac{\pi}{2}$

(ii) $\pi \le x < 2\pi$일 때, $|\sin x| = -\sin x$ ……②

이므로 $|\sin x| + \sin x = 2$의 해는 없다.

(i), (ii)에 의해 주어진 방정식의 해는

$x = \frac{\pi}{2}$ ……③

02 [모범답안]

부채꼴 OAB의 반지름의 길이가 2이므로

부채꼴 OAP의 넓이는 $\frac{1}{2} \times 2^2 \times \theta = 2\theta$

부채꼴 OAQ의 넓이는 $\frac{1}{2} \times 2^2 \times 4\theta = 8\theta$

부채꼴 OAQ의 넓이와 부채꼴 OAP의 넓이의 차가 $\frac{2}{3}\pi$이므로

$8\theta - 2\theta = 6\theta = \frac{2}{3}\pi$에서 $\theta = \frac{\pi}{9}$

따라서 부채꼴 OQB의 넓이는

$\frac{1}{2} \times 2^2 \times \left(\frac{\pi}{2} - 4\theta\right) = \frac{1}{2} \times 4 \times \frac{\pi}{18} = \frac{\pi}{9}$

03 [모범답안]

주어진 식에서 $a\cos\left(\frac{1}{3}\pi - ax\right)$ 부분을 변형하면

$a\cos\left(\frac{1}{3}\pi - ax\right) = a\cos\left(\frac{6}{12}\pi - \frac{2}{12}\pi - ax\right)$

$= a\sin\left(ax + \frac{1}{6}\pi\right)$이므로

$f(x) = a\sin\left(ax + \frac{1}{6}\pi\right) + a\cos\left(\frac{1}{3}\pi - ax\right) + b$

$= a\sin\left(ax + \frac{1}{6}\pi\right) + a\sin\left(ax + \frac{1}{6}\pi\right) + b$

$= 2a\sin\left(ax + \frac{1}{6}\pi\right) + b$

이때 함수 $f(x)$의 주기가 2π이므로

$\therefore \frac{2\pi}{a} = 2\pi,\ a = 1$

또한, 함수 $f(x)$의 최솟값이 2이므로

$\therefore -2a + b \le f(x) \le 2a + b,\ -2 + b = 2,\ b = 4$

따라서 $f(x) = 2\sin\left(x + \frac{1}{6}\pi\right) + 4$이므로

$\therefore f\left(\frac{5}{6}\pi\right) = 2\sin\left(\frac{5}{6}\pi + \frac{1}{6}\pi\right) + 4 = 4$

04 [모범답안]

θ값의 범위가 $0 < \theta < \frac{\pi}{2}$이므로 $\sin\theta > 0,\ \cos\theta > 0$

$|3\cos\theta| + \sin\theta + \sqrt{(3\cos\theta - \sin\theta)^2}$

$= 3\cos\theta + \sin\theta + 3\cos\theta - \sin\theta$

$= 6\cos\theta$

이때 $3\sin\theta - \sqrt{3}\cos\theta = 0$이므로

$\frac{\sin\theta}{\cos\theta} = \frac{\sqrt{3}}{3},\ \tan\theta = \frac{\sqrt{3}}{3}$

따라서 동경 $\theta = \frac{\pi}{6}$

$\therefore 6\cos\theta = 6 \times \frac{\sqrt{3}}{2} = 3\sqrt{3}$

05 [모범답안]

이차방정식 $x^2 - 4x + 2 = 0$의 두 근이 $\alpha,\ \beta(\alpha > \beta)$이므로

근과 계수의 관계에 의하여 $\alpha + \beta = 4,\ \alpha\beta = 2$

$(\alpha - \beta)^2 = (\alpha + \beta)^2 - 4\alpha\beta = 4^2 - (4 \times 2) = 8$

$\alpha > \beta$이므로 $\alpha - \beta = 2\sqrt{2}$

$\sin\theta - \cos\theta = \frac{\alpha - \beta}{\alpha + \beta} = \frac{2\sqrt{2}}{4} = \frac{\sqrt{2}}{2}$

$(\sin\theta - \cos\theta)^2 = 1 - 2\sin\theta\cos\theta$이므로

$\sin\theta\cos\theta = \frac{1 - (\sin\theta - \cos\theta)^2}{2} = \frac{1 - \left(\frac{\sqrt{2}}{2}\right)^2}{2}$

$= \frac{1 - \frac{2}{4}}{2} = \frac{1}{4}$

06 [모범답안]

$\frac{3}{2}\pi < \theta < 2\pi$이므로 $\sin\theta < 0$에서

$|\sin\theta| = -\sin\theta$ …… ㉠

또 $\cos\theta > 0$에서 $\sin\theta - \cos\theta < 0$이므로

$\sqrt{(\sin\theta - \cos\theta)^2} = |\sin\theta - \cos\theta|$

$= -\sin\theta + \cos\theta$ …… ㉡

또 $\sqrt[3]{(\sin\theta - \cos\theta)^3} = \sin\theta - \cos\theta$ …… ㉢

이고 ㉠, ㉡, ㉢에 의하여 주어진 식을 정리하면

$-\sin\theta + \cos\theta + \sin\theta = \sin\theta - \cos\theta - 2\sin\theta$에서

$2\cos\theta = -\sin\theta,\ \cos\theta = -\frac{1}{2}\sin\theta$ …… ㉣

㉣을 $\sin^2\theta + \cos^2\theta = 1$에 대입하면

$\sin^2\theta + \left(-\frac{1}{2}\sin\theta\right)^2 = \frac{5}{4}\sin^2\theta = 1$에서

$\sin^2\theta = \frac{4}{5}$

PART1 국어
PART 2 수학
PART 3 해답

따라서 $\sin\theta<0$이므로

$\sin\theta=-\frac{2}{\sqrt{5}},\ \frac{1}{\sin\theta}=-\frac{\sqrt{5}}{2}$

07 [모범답안]

$(a-b)^2=c^2+(\sqrt{3}-2)ab$에서

$a^2-2ab+b^2=c^2+(\sqrt{3}-2)ab,$

$a^2+b^2-c^2=\sqrt{3}\,ab$

이때 코사인 법칙을 이용하면

$\cos C=\frac{a^2+b^2-c^2}{2ab}=\frac{\sqrt{3}\,ab}{2ab}=\frac{\sqrt{3}}{2}$

따라서 $C=\frac{\pi}{6}$이므로

$\tan C=\tan\frac{\pi}{6}=\frac{\sqrt{3}}{3}$

08 [모범답안]

함수 $y=\cos\frac{\pi}{2}x$의 그래프에서 최댓값은1, 최솟값은 -1이며 주기는 $\frac{2\pi}{\frac{\pi}{2}}=4$이다.

따라서 $y=\cos\frac{\pi}{2}x$의 그래프와 직선 $y=\frac{1}{5}x$의 그래프는 다음과 같다.

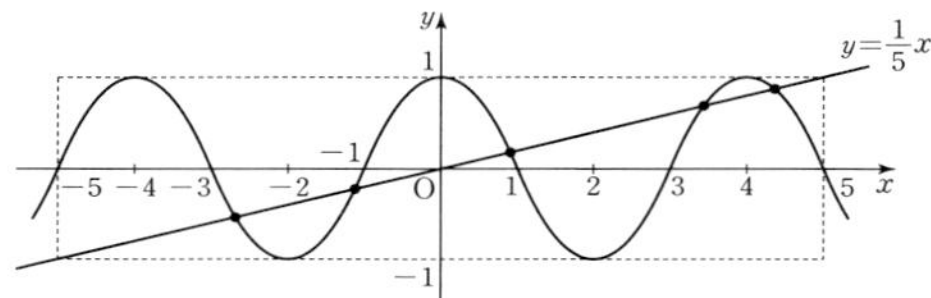

따라서 구하려는 교점의 개수는 5개이다.

09 [모범답안]

함수 $y=\sin x$의 그래프와 직선 $y=\frac{2}{3}$의 그래프가 만나는 두 점 $\left(\alpha, \frac{2}{3}\right), \left(\beta, \frac{2}{3}\right)$은 $x=\frac{\pi}{2}$에 대해 대칭이다.

따라서

$\frac{\alpha+\beta}{2}=\frac{\pi}{2},\ \alpha+\beta=\pi$이다.

$\therefore \sin(\alpha+\beta+\pi)=\sin 2\pi=0$

10 [모범답안]

ΔABC의 세 각의 크기의 합은 180°이므로

$A+B+C=180^\circ,\ A+C=180^\circ-B$

$2\sin(A+C)\times\sin B=1,\ 2\sin B\times\sin B=1,$

$\sin^2 B=\frac{1}{2}$

이때 $0^\circ<B<105^\circ$이므로 $\sin B>0$이다.

$\therefore \sin B=\frac{1}{\sqrt{2}}$ 따라서 $B=45^\circ$

$B=45^\circ,\ C=75^\circ$이므로

$A+45^\circ+75^\circ=180^\circ$

$\therefore A=60^\circ$

ΔABC은 반지름이 4인 원에 내접하므로 사인법칙에 의하면

$\frac{a}{\sin 60^\circ}=2\times 4$

$\therefore a=8\times\frac{\sqrt{3}}{2}=4\sqrt{3}$

11 [모범답안]

$|a|+c=2\sqrt{2},\ -|a|+c=0$에서

$|a|=\sqrt{2},\ c=\sqrt{2}$

$f\left(\frac{5}{12}\pi\right)=f\left(\frac{17}{12}\pi\right)=0$에서

함수 $f(x)$의 주기는 $\frac{17}{12}\pi-\frac{5}{12}\pi=\pi$이므로

$\frac{2\pi}{|b|}=\pi,\ |b|=2$

따라서 $a^2-b^2+c^2=(\sqrt{2})^2-2^2+(\sqrt{2})^2=0$

12 [모범답안]

함수 $f(x)$의 최댓값은 $|a|+1$이고 최솟값은 $-|a|+1$이므로

$(|a|+1)-(-|a|+1)=2|a|=10$에서

$a=-5$ 또는 $a=5$

한편, 함수 $y=\cos 2x$의 주기는 $\frac{2\pi}{2}=\pi$이므로 두 함수 $y=\cos 2x,\ y=|\cos 2x|$의 그래프는 그림과 같다.

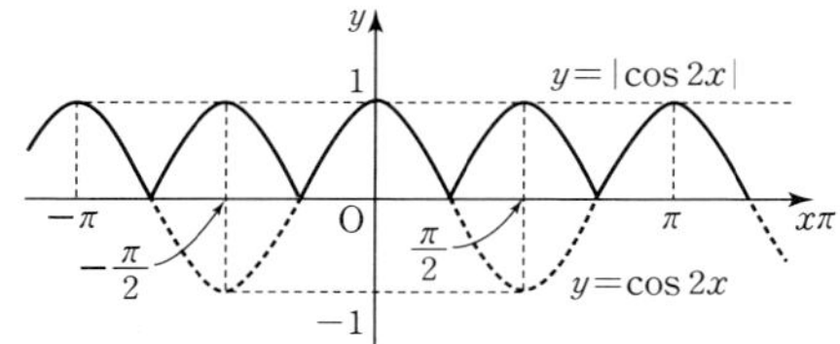

즉, 함수 $g(x)$의 주기는 $\frac{\pi}{2}$이다.

이때 함수 $f(x)=a\sin bx+1$의 주기도 $\frac{\pi}{2}$이므로

$\frac{2\pi}{|b|}=\frac{\pi}{2}$에서 $|b|=4$

$b=-4$ 또는 $b=4$

따라서 $a+b$의 최댓값은 $5+4=9$

13 [모범답안]

ΔABC의 외접원의 반지름의 길이를 R이라 하면

$\sin A=\frac{a}{2R},\ \sin B=\frac{b}{2R},\ \sin C=\frac{c}{2R}$이고

$\sin A : \sin B : \sin C = 3 : 4 : 5$이므로
$a : b : c = 3 : 4 : 5$이다.
이때 $a = 3k$, $b = 4k$, $c = 5k$ $(k > 0)$라 하면
$\therefore \cos A = \dfrac{b^2 + c^2 - a^2}{2bc} = \dfrac{(4k)^2 + (5k)^2 - (3k)^2}{2 \times 4k \times 5k} = \dfrac{4}{5}$

14 [모범답안]
$\sin^2\theta + \cos^2\theta = 1$, $\cos^2\theta = 1 - \sin^2\theta$이므로
부등식 $\cos^2\theta + 2\sin\theta \leq 3(a+1)$에서
$(1 - \sin^2\theta) + 2\sin\theta \leq 3(a+1)$ ……①
따라서 $\sin^2\theta - 2\sin\theta + 3a + 2 \geq 0$
이때 $\sin\theta = t$라고 하면 t값의 범위는 $-1 \leq t \leq 1$
$t^2 - 2t + 3a + 2 \geq 0$
이를 완전제곱식으로 변형하면
$(t-1)^2 + 3a + 1 \geq 0$ ……②
함수 $y = t^2 - 2t + 3a + 2$는 $t = 1$ ……③
에서 최솟값을 갖는다.
따라서 a값의 범위는
$(1-1)^2 + 3a + 1 \geq 0$
$\therefore a \geq -\dfrac{1}{3}$ ……④

15 [모범답안]
(i) $n = 1$일 때
$f(x) = \begin{cases} \sin\pi x & (0 \leq x < 1) \\ \frac{1}{2}\sin\pi x & (1 \leq x < 2) \end{cases}$에서
최댓값은 $x = \dfrac{1}{2}$일 때 $f\left(\dfrac{1}{2}\right) = \sin\dfrac{\pi}{2} = 1$이고
최솟값은 $x = \dfrac{3}{2}$일 때 $f\left(\dfrac{3}{2}\right) = \dfrac{1}{2}\sin\dfrac{3}{2}\pi = -\dfrac{1}{2}$이므로
$g(1) = 1 + \left(-\dfrac{1}{2}\right) = \dfrac{1}{2}$
(ii) $n = 2$일 때
$f(x) = \begin{cases} 2\sin\pi x & (2 \leq x < 3) \\ \frac{1}{4}\sin\pi x & (3 \leq x < 4) \end{cases}$에서
최댓값은 $x = \dfrac{5}{2}$일 때
$f\left(\dfrac{5}{2}\right) = 2\sin\dfrac{5}{2}\pi = 2$이고
최솟값은 $x = \dfrac{7}{2}$일 때
$f\left(\dfrac{7}{2}\right) = \dfrac{1}{4}\sin\dfrac{7}{2}\pi = -\dfrac{1}{4}$이므로
$g(2) = 2 + \left(-\dfrac{1}{4}\right) = \dfrac{7}{4}$
(i), (ii)에서
$g(1) \times g(2) = \dfrac{1}{2} \times \dfrac{7}{4} = \dfrac{7}{8}$

16 [모범답안]
(i) $0 < t \leq \dfrac{\pi}{2}$일 때

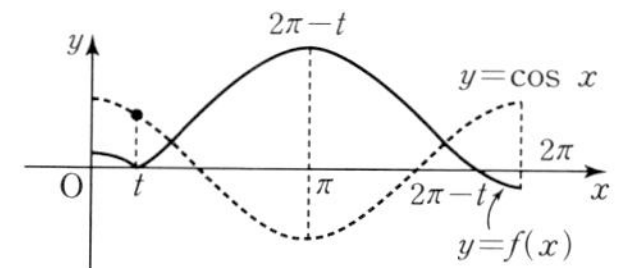

$M(t) = f(\pi) = \cos t - \cos\pi = \cos t + 1$,
$m(t) = f(2\pi) = \cos t - \cos 2\pi = \cos t - 1$
그러므로 $M(t) + m(t) = 2\cos t$

(ii) $\dfrac{\pi}{2} < t < \dfrac{3}{2}\pi$일 때

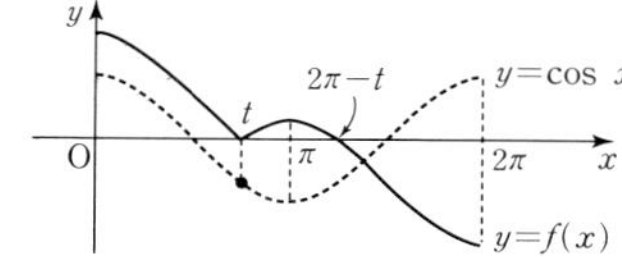

$M(t) = f(0) = \cos 0 - \cos t = 1 - \cos t$,
$m(t) = f(2\pi) = \cos t - \cos 2\pi = \cos t - 1$
그러므로 $M(t) + m(t) = 0$

(iii) $\dfrac{3}{2}\pi \leq t < 2\pi$일 때

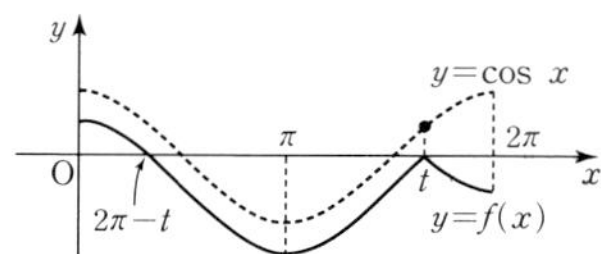

$M(t) = f(0) = \cos 0 - \cos t = 1 - \cos t$,
$m(t) = f(\pi) = \cos\pi - \cos t = -1 - \cos t$
그러므로 $M(t) + m(t) = -2\cos t$

(i), (ii), (iii)에서 $\dfrac{\pi}{2} \leq t \leq \dfrac{3}{2}\pi$일 때,
$M(t) + m(t) = 0$
따라서 $M(t) + m(t) = 0$을 만족시키는 실수 t의 최솟값은 $\dfrac{\pi}{2}$이고, 최댓값은 $\dfrac{3}{2}\pi$이므로 그 합은
$\dfrac{\pi}{2} + \dfrac{3}{2}\pi = 2\pi$이다.

17 [모범답안]
코사인 법칙을 이용하면
$b^2 = 3^2 + 5^2 - 2 \times 3 \times 5 \times \cos 120^\circ = 49$
따라서 $b = 7$ $(b > 0)$

PART1 국어
PART2 수학
PART3 해답

ΔABC의 외접원의 반지름의 길이를 r이라 할 때 사인 법칙을 이용하면

$\frac{7}{\sin 120^\circ}=2r$

따라서 $r=\frac{7\sqrt{3}}{3}$

18 [모범답안]

$\tan\theta=\frac{\sin\theta}{\cos\theta}=-\frac{3}{7}$ 이므로 $7\sin\theta=-3\cos\theta$,

$\sin\theta=-\frac{3}{7}\cos\theta$

$\sin^2\theta+\cos^2\theta=1$이므로 $\left(-\frac{3}{7}\cos\theta\right)^2+\cos^2\theta=1$,

$\cos^2\theta=\frac{49}{58}$

이때 θ가 제2사분면의 각이므로 $\cos\theta=-\frac{7}{\sqrt{58}}$

따라서

$\sin\theta=-\frac{3}{7}\cos\theta=-\frac{3}{7}\times\left(-\frac{7}{\sqrt{58}}\right)=\frac{3}{\sqrt{58}}$

$\therefore \sin\theta+\cos\theta=\frac{3}{\sqrt{58}}+\left(-\frac{7}{\sqrt{58}}\right)=-\frac{4}{\sqrt{58}}$

19 [모범답안]

부등식 $x^2-2x\cos\theta+\sin^2\theta>-\sin\theta$에서

$x^2-2x\cos\theta+\sin^2\theta+\sin\theta>0$

$x^2-2x\cos\theta+\sin^2\theta+\sin\theta>0$이 모든 실수 x에 대해 성립하기 위해서는 x에 관한 이차방정식

$x^2-2x\cos\theta+\sin^2\theta+\sin\theta=0$의

판별식 $D<0$이 성립해야 한다.

따라서

$\frac{D}{4}=\cos^2\theta-(\sin^2\theta+\sin\theta)<0$

이때 $\cos^2\theta=1-\sin^2\theta$이므로

$1-\sin^2\theta-(\sin^2\theta+\sin\theta)<0$

$-2\sin^2\theta-\sin\theta+1<0$

$2\sin^2\theta+\sin\theta-1>0$

$(2\sin\theta-1)(\sin\theta+1)>0$

$\therefore \sin\theta<-1$ 또는 $\sin\theta>\frac{1}{2}$

따라서 θ의 값의 범위는

$\frac{\pi}{6}<\theta<\frac{5}{6}\pi$

20 [모범답안]

사인 법칙을 이용하면

$\sin A=\frac{a}{2R}=\frac{a}{10}$, $\sin B=\frac{b}{2R}=\frac{b}{10}$,

$\sin C=\frac{c}{2R}=\frac{c}{10}$

따라서

$\sin A+\sin B+\sin C=\frac{a+b+c}{10}=\frac{24}{10}$

$\therefore \frac{12}{5}$

21 [모범답안]

$\sin^2x+\cos^2x=1$을 이용하면

$\cos^2x+6\sin x+k=(1-\sin^2x)+6\sin x+k<0$,

$\sin^2x-6\sin x-k-1>0$

이때 $\sin x=t$라고 하면 t값의 범위는 $-1\le t\le 1$

$t^2-6t-k-1=t^2-6t+9-9-k-1$

$=(t-3)^2-k-10>0$

$\therefore (t-3)^2-k-10>0$

위의 부등식이 모든 x에 대해 성립하기 위해서는 $-1\le t\le 1$의 범위에서 $(t-3)^2-k-10>0$를 만족시켜야 한다.

따라서

$t=1$일 때 $(t-3)^2-k-10>0$가 최솟값을 가지므로

$(1-3)^2-k-10=-k-6>0$

$\therefore -6>k$

22 [모범답안]

선분 CE는 두 원 O_2, O_3의 공통인 현이므로 두 직선 PB, CE는 서로 수직이다.

삼각형 PAC는 한 변의 길이가 2인 정삼각형이므로 삼각형 PAB에서 코사인법칙에 의하여

$\overline{PB}^2=\overline{PA}^2+\overline{AB}^2-2\times\overline{PA}\times\overline{AB}\times\cos(\angle PAB)$

$=2^2+3^2-2\times2\times3\times\frac{1}{2}=7$

$\overline{PB}>0$이므로 $\overline{PB}=\sqrt{7}$

점 P에서 선분 AB에 내린 수선의 길이가 $\sqrt{3}$이므로 삼각형 PCB의 넓이는

$\frac{1}{2}\times1\times\sqrt{3}=\frac{\sqrt{3}}{2}$

이때 두 선분 PB, CE의 교점을 H라 하면

$\frac{1}{2}\times\overline{CH}\times\overline{PB}=\frac{\sqrt{3}}{2}$, $\overline{CH}=\frac{\sqrt{3}}{\sqrt{7}}=\frac{\sqrt{21}}{\sqrt{7}}$

$\overline{CE}=2\times\overline{CH}=\frac{2\sqrt{21}}{\sqrt{7}}$

삼각형 EDC의 외접원 O_3의 반지름의 길이가 2이므로 사인 법칙에 의하여 $\frac{\overline{CE}}{\sin(\angle EDC)}=2\times2$

따라서 $\sin(\angle EDC)=\frac{\overline{CE}}{4}=\frac{\sqrt{21}}{14}$

23 [모범답안]

코사인법칙에 의해

$\cos A=\frac{4^2+5^2-3^2}{2\times4\times5}=\frac{4}{5}$

또한 $\sin^2 A+\cos^2 A=1$이므로 $\sin A=\sqrt{1-\cos^2 A}$

따라서

$\sin A=\sqrt{1-\left(\frac{4}{5}\right)^2}=\frac{3}{5}$

그러므로 ΔABC의 넓이는

$\frac{1}{2}\times b\times c\times \sin A=\frac{1}{2}\times4\times5\times\frac{3}{5}=6$

24 [모범답안]

$\cos^2\left(\frac{\pi}{2}-x\right)=\sin^2 x$, $\sin\left(\frac{\pi}{2}-x\right)=\cos x$이고

$\sin^2 x=1-\cos^2 x$이므로

이것을 주어진 부등식에 대입하면

$2(1-\cos^2 x)-3\cos x-3\geq0$

$2\cos^2 x+3\cos x+1\leq0$

$(2\cos x+1)(\cos x+1)\leq0$

$-1\leq\cos x\leq-\frac{1}{2}$

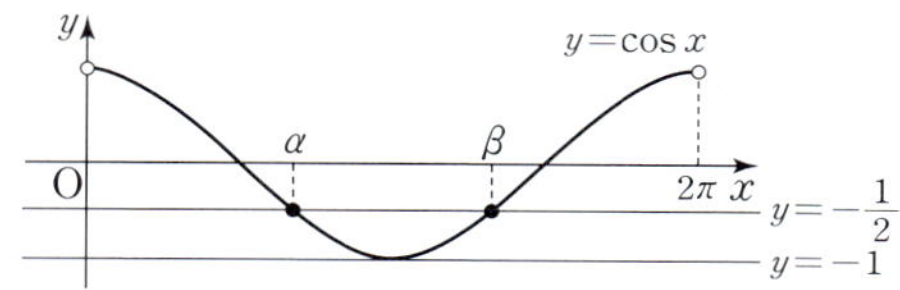

함수 $y=\cos x$의 그래프와 직선 $y=-\frac{1}{2}$이 만나는 점의 x좌표는 $\frac{2}{3}\pi$, $\frac{4}{3}\pi$이므로 주어진 부등식을 만족시키는 모든 x의 값의 범위는 $\frac{2}{3}\pi\leq x\leq\frac{4}{3}\pi$이다.

따라서 $\alpha=\frac{2}{3}\pi$, $\beta=\frac{4}{3}\pi$이므로

$\beta-2\alpha=\frac{4}{3}\pi-2\frac{2}{3}\pi=0$

25 [모범답안]

$2\sin x-1\geq0$에서 $\sin x\geq\frac{1}{2}$이므로 x값의 범위

$0\leq x<2\pi$에서 부등식 $\sin x\geq\frac{1}{2}$을 만족시키는 x의 범위는

$\frac{\pi}{6}\leq x\leq\frac{5}{6}\pi$

따라서 $\alpha=\frac{\pi}{6}$, $\beta=\frac{5}{6}\pi$

$\therefore\ \tan\left(\alpha+\beta-\frac{2}{3}\pi\right)=\tan\left(\frac{\pi}{6}+\frac{5}{6}\pi-\frac{2}{3}\pi\right)$

$=\tan\frac{\pi}{3}=\sqrt{3}$

Ⅲ. 수열

01 [모범답안]

주어진 다항식 $3x^2+(4-2n)x-3n$을 $x-n$으로 나누었을 때의 나머지가 a_n임을 이용하여

$3x^2+(4-2n)x-3n=(x-n)Q(x)+a_n$

의 식으로 표현할 수 있다.

따라서 위 식에 $x=n$을 대입하여 a_n을 구하면,

$a_n=3n^2+(4-2n)n-3n$ ……①

$a_n=n^2+n$

$\therefore\ \sum_{k=1}^{17}\frac{1}{a_k}=\sum_{k=1}^{17}\frac{1}{k^2+k}$

$=\sum_{k=1}^{17}\frac{1}{k(k+1)}=\sum_{k=1}^{17}\left(\frac{1}{k}-\frac{1}{k+1}\right)$ ……②

이므로 식을 전개하면

$\left(\frac{1}{1}-\frac{1}{2}\right)+\left(\frac{1}{2}-\frac{1}{3}\right)+\left(\frac{1}{3}-\frac{1}{4}\right)+\cdots$

$+\left(\frac{1}{16}-\frac{1}{17}\right)+\left(\frac{1}{17}-\frac{1}{18}\right)$

$=1-\frac{1}{18}=\frac{17}{18}$ ……③

02 [모범답안]

등차수열 $\{a_n\}$의 공차를 d(d는 자연수)라 하면

조건 (가)에서

$a_1+a_4=a+(a+3d)=2a+3d$이고

$a_8=a+7d$이므로

$2a+3d=a+7d$, $a=4d$

등차수열 $\{a_n\}$의 일반항은

$a_n=a+(n-1)d=4d+(n-1)d=(n+3)d$

조건 (나)에서 $(m+3)d=12$ …… ㉠

m, d가 모든 자연수이고 $m+3\geq4$이므로

㉠을 만족시키는 자연수 d를 구하면

(i) $m+3=4$일 때, $d=3$이고 $a=4\times3=12$

(ii) $m+3=6$일 때, $d=2$이고 $a=4\times2=8$

(iii) $m+3=12$일 때, $d=1$이고 $a=4\times1=4$

(i), (ii), (iii)에 의하여 모든 자연수 a의 최솟값은 4

03 [모범답안]

$\sum_{n=1}^{m}\left\{\sum_{i=1}^{n}(2i+1)\right\}=\sum_{n=1}^{m}\left(2\times\frac{n(n+1)}{2}+n\right)$

$=\sum_{n=1}^{m}(n^2+2n)$

$=\frac{m(m+1)(2m+1)}{6}$

$+2\times\frac{m(m+1)}{2}$

PART1 국어

PART 2 수학

PART 3 해답

$$=m(m+1)\left(\frac{2}{6}m+\frac{1}{6}+1\right)$$
$$=\frac{1}{6}m(m+1)(2m+7)=26$$

이므로 $m(m+1)(2m+7)=156$

$\therefore 156=3\times4\times13$

따라서 $m=3$

04 [모범답안]

(i) 등차수열 $\{a_n\}$의 공차를 d라고 하면 $a_n\neq0$이므로

$a_n=-6+(n-1)d\neq0$

$\therefore (n-1)d\neq6$

따라서 공차 d는 6의 약수가 될 수 없다.

(ii) 2 이상의 자연수 k에 대해서 $S_k=0$이므로

$$S_k=\frac{k\{2\times(-6)+(k-1)d\}}{2}=0$$

$\therefore (k-1)d=12$

따라서 공차 d는 12의 약수이다.

(i), (ii)의 조건을 모두 만족시키는 d는 4, 12 이다.

(가) $d=4$, $k=4$일 때

$$S_{3k}=S_{12}=\frac{12\{2\times(-6)+(12-1)\times4\}}{2}$$
$$=\frac{12\times32}{2}=192$$

(나) $d=12$, $k=2$일 때

$$S_{3k}=S_6=\frac{6\{2\times(-6)+(6-1)\times12\}}{2}$$
$$=\frac{6\times48}{2}=144$$

$\therefore S_{3k}$의 최솟값은 144

05 [모범답안]

등비수열 $\{a_n\}$의 첫째항을 a, 공비를 r이라 하면 등비수열 $\{a_n\}$의 모든 항이 서로 다른 양수이므로 $a>0$이고 r은 1이 아닌 양수이다.

$$S_8=\frac{a(1-r^8)}{1-r}$$

또 수열 $\{b_n\}$은 첫째항이 $a_2=ar$이고 공비가 r^2인 등비수열이므로

$$T_4=\frac{ar\{1-(r^2)^4\}}{1-r^2}$$

$2S_8=3T_4$에서

$$2\times\frac{a(1-r^8)}{1-r}=3\times\frac{ar\{1-(r^2)^4\}}{1-r^2}$$
$$\frac{2a(1-r^8)}{1-r}=\frac{3ar(1-r^8)}{(1-r)(1+r)}$$

즉, $2=\frac{3r}{1+r}$에서 $2+2r=3r$, $r=2$

따라서 $\frac{b_2}{a_2}=\frac{a_4}{a_2}=\frac{ar^3}{ar}=r^2=4$

06 [모범답안]

$a_n=a_1r^{n-1}$이므로

$a_8-a_6=a_1r^7-a_1r^5=a_1r^5(r^2-1)$

$S_8-S_6=a_7+a_8=a_1r^6+a_1r^7=a_1r^6(r+1)$

$\frac{a_8-a_6}{S_8-S_6}=3$에서

$$\frac{a_1r^5(r^2-1)}{a_1r^6(r+1)}=3,\ \frac{r-1}{r}=3,\ r-1=3r$$

따라서 $r=-\frac{1}{2}$

07 [모범답안]

$a_8=S_8-S_7$, $(64k-16)-(49k-14)=15k-2$

$a_7=S_7-S_6$, $(49k-14)-(36k-12)=13k-2$

이때 공차가 4이므로

$a_8-a_7=2k=4$

$\therefore k=2$

따라서 $a_8=15\times2-2=28$

08 [모범답안]

주어진 식 $\sum_{k=1}^{n}a_k=3^n-1$에서 $\sum_{k=1}^{n}a_k=S_n$이므로

(i) $n=1$일 때 $S_1=a_1=2$.

(ii) $n\geq2$일 때

$a_n=S_n-S_{n-1}=(3^n-1)-(3^{n-1}-1)=2\times3^{n-1}$

(ii)의 식에 $n=1$을 대입한 값이 (i)과 같으므로

$a_n=2\times3^{n-1}$ 즉, $\{a_n\}$은 첫째항이 2이고 공비가 3인 등비수열이다.

따라서

$$\frac{1}{9^9-1}\sum_{k=1}^{9}a_{2k}=\frac{2}{9^9-1}\sum_{k=1}^{9}(3^{2k-1})$$
$$=\frac{2}{9^9-1}\times\frac{3(9^9-1)}{9-1}=\frac{3}{4}$$

09 [모범답안]

등차수열 $\{a_n\}$의 첫째항을 a, 공차를 d라 하면

$a_n=a+(n-1)d$

$a_2=a+d=-10$, $a_5=a+4d=14$

두 식을 연립하면 $a=-18$, $d=8$

$a=-18+(n-1)\times8=8n-26$

등차수열 $\{a_n\}$은 -18, -10, -2, 6, 14, $\cdots$, 54으로 제3항까지 음수이고 나머지는 양수이다.

따라서

$|a_1|+|a_2|+|a_3|+\cdots+|a_{10}|$

$=-(a_1+a_2+a_3)+(a_4+\cdots+a_{10})$

$=-(-18-10-2)+\frac{7(6+54)}{2}$

$=30+210=240$

10 [모범답안]

주어진 식에서 $\sum_{k=1}^{20} ka_k - \sum_{k=2}^{21}(k-1)(a_k)$을 계산하면

$\sum_{k=1}^{20} ka_k - \sum_{k=2}^{21}(k-1)(a_k)$

$=(1a_1+2a_2+3a_3+4a_4+\cdots+20a_{20})$

$\quad -(1a_2+2a_3+3a_4+4a_5+\cdots+19a_{20}+20a_{21})$

$=a_1+a_2+a_3+a_4+\cdots+a_{20}-20a_{21}$

$=\sum_{k=1}^{20} a_k - 20a_{21}=50$

$a_{21}=\frac{1}{2}$이므로

$\therefore \sum_{k=1}^{20} a_k=50+20a_{21}=50+10=60$

11 [모범답안]

주어진 등차수열 $\{a_n\}$의 공차를 d라고 할 때, 제5항과 제9항의 절댓값이 같고 부호가 반대이므로 $a_5+a_9=0$이 성립한다.

$a_1=12$이므로

$a_5+a_9=(12+4d)+(12+8d)=24+12d=0$

$\therefore d=-2$

따라서 $a_{12}=12+(12-1)\times(-2)=-10$

12 [모범답안]

$a_{n+4}=a_n$에서

$a_5=a_1,\ a_6=a_2,\ a_7=a_3,\ a_8=a_4$이므로

$\sum_{n=1}^{8} a_n=(a_1+a_2+a_3+a_4)+(a_5+a_6+a_7+a_8)$

$=(a_1+a_2+a_3+a_4)+(a_1+a_2+a_3+a_4)$

$=2(a_1+a_2+a_3+a_4)=2\sum_{n=1}^{4} a_n=2\times\frac{7}{2}=7$

$b_{n+2}=b_n$에서

$b_7=b_5=b_3=b_1,\ b_8=b_6=b_4=b_2$이므로

$\sum_{n=1}^{8} b_n=(b_1+b_2)+(b_3+b_4)+(b_5+b_6)+(b_7+b_8)$

$=(b_1+b_2)+(b_1+b_2)+(b_1+b_2)+(b_1+b_2)$

$=4(b_1+b_2)=4\sum_{n=1}^{2} b_n=4\times\frac{3}{4}=3$

따라서

$\sum_{n=1}^{8}(a_n-b_n)=\sum_{n=1}^{8} a_n-\sum_{n=1}^{8} b_n=7-3=4$

13 [모범답안]

수열 $\{a_n\}$의 첫째항부터 제n항까지의 합이 S_n이므로 수열의 합과 일반항 사이의 관계에 의하여

$a_1=S_1=2^1+1=3$

$S_{2m}-S_m=(2^{2m}+1)-(2^m+1)=2^{2m}-2^m=56$에서

$2^m=t$라 하면

$t^2-t-56=0$

$(t+7)(t-8)=0$

$t>0$이므로 $t=8$

즉, $2^m=8$이므로 $m=3$

따라서

$a_m=a_3=S_3-S_2=(2^3+1)-(2^2+1)=4$이므로

$a_1\times a_m=3\times 4=12$

14 [모범답안]

주어진 함수 $y=\frac{x+5}{2x^2+3}$가 $y=1$과 만남으로

$\frac{x+5}{2x^2+3}=1,\ x+5=2x^2+3,\ 2x^2-x-2=0$

이때 교점의 x좌표 a, b는 $2x^2-x-2=0$의 두 근이므로

$2(x-a)(x-b)=2x^2-x-2$ ……①

의 식으로 표현할 수 있다.

따라서

$2\sum_{k=1}^{5}(k-a)(k-b)=\sum_{k=1}^{5}(2k^2-k-2)$

$=2\sum_{k=1}^{5}k^2-\sum_{k=1}^{5}k-\sum_{k=1}^{5}2$ ……②

$=2\times\frac{5\times6\times11}{6}-\frac{5\times6}{2}-10$

$=110-15-10=85$ ……③

15 [모범답안]

$\{a_n\}$은 첫째항이 1이고 공차가 2인 등차수열이므로

$a_n=1+(n-1)\times2=2n-1$

또한 주어진 식의 분모를 바꾼 후 유리화하면

$\frac{1}{\sqrt{a_1}+\sqrt{a_2}}+\frac{1}{\sqrt{a_2}+\sqrt{a_3}}+\frac{1}{\sqrt{a_3}+\sqrt{a_4}}+\cdots+\frac{1}{\sqrt{a_9}+\sqrt{a_{10}}}$

$=\frac{1}{\sqrt{a_2}+\sqrt{a_1}}+\frac{1}{\sqrt{a_3}+\sqrt{a_2}}+\frac{1}{\sqrt{a_4}+\sqrt{a_3}}+\cdots$

$\quad+\frac{1}{\sqrt{a_{10}}+\sqrt{a_9}}$

$=\frac{\sqrt{a_2}-\sqrt{a_1}}{a_2-a_1}+\frac{\sqrt{a_3}-\sqrt{a_2}}{a_3-a_2}+\frac{\sqrt{a_4}-\sqrt{a_3}}{a_4-a_3}+\cdots$

$\quad+\frac{\sqrt{a_2}-\sqrt{a_1}}{a_{10}-a_9}$

이때 $\{a_n\}$은 공차가 2인 등차수열이므로 각 항의 차는 2이다.

따라서

$=a_2-a_1=a_3-a_2=a_4-a_3=\cdots=a_{10}-a_9=2$

이므로

$=\frac{\sqrt{a_2}-\sqrt{a_1}}{2}+\frac{\sqrt{a_3}-\sqrt{a_2}}{2}+\frac{\sqrt{a_4}-\sqrt{a_3}}{2}+\cdots$

$\quad+\frac{\sqrt{a_{10}}-\sqrt{a_9}}{2}$

$=\left(\frac{\sqrt{a_2}}{2}-\frac{\sqrt{a_1}}{2}\right)+\left(\frac{\sqrt{a_3}}{2}-\frac{\sqrt{a_2}}{2}\right)+\left(\frac{\sqrt{a_4}}{2}-\frac{\sqrt{a_3}}{2}\right)+\cdots$
$+\left(\frac{\sqrt{a_{10}}}{2}-\frac{\sqrt{a_9}}{2}\right)$

$=\frac{\sqrt{a_{10}}}{2}-\frac{\sqrt{a_1}}{2}$

이때 $a_1=1$, $a_{10}=19$이므로

$\frac{\sqrt{a_{10}}}{2}-\frac{\sqrt{a_1}}{2}=\frac{\sqrt{19}}{2}-\frac{\sqrt{1}}{2}=\frac{\sqrt{19}-1}{2}$

$\therefore \frac{\sqrt{19}-1}{2}$

16 [모범답안]

등차수열 $\{a_n\}$이 첫째항이 a, 공차가 d라고 하면

a_3과 a_9의 등차중항이 a_k이고 공차 $d=4$이므로

$a_k=a+(k-1)\times 4=\frac{1}{2}(a_3+a_9)$

$=\frac{1}{2}(a+2d+a+8d)=a+5d=a+20$

$\therefore k=6$, $a_k=a_6$

따라서

a_1과 a_6의 등비중항이 a_4이므로

$(a_4)^2=a_1\times a_6$

$(a+12)^2=a(a+20)$

$a^2+24a+144=a^2+20a$

$4a=-144$

$a=-36$

$\therefore a_6=-36+(6-1)\times 4=-16$

17 [모범답안]

$\sum_{n=1}^{12}\frac{d}{\sqrt{a_n}+\sqrt{a_{n+1}}}=\sum_{n=1}^{12}\frac{d\times(\sqrt{a_n}-\sqrt{a_{n+1}})}{a_n-a_{n+1}}$

$=\sum_{n=1}^{12}\frac{d\times(\sqrt{a_n}-\sqrt{a_{n+1}})}{-d}=-\sum_{n=1}^{12}(\sqrt{a_n}-\sqrt{a_{n+1}})$

$=-\{(\sqrt{a_1}-\sqrt{a_2})+(\sqrt{a_2}-\sqrt{a_3})+(\sqrt{a_3}-\sqrt{a_4})$
$+\cdots+(\sqrt{a_{11}}-\sqrt{a_{12}})+(\sqrt{a_{12}}-\sqrt{a_{13}})\}$

$=-\sqrt{a_1}+\sqrt{a_{13}}=-1+\sqrt{a_{13}}$

이므로 10 이하의 자연수 m에 대하여

$-1+\sqrt{a_{13}}=m$, $\sqrt{a_{13}}=m+1$

$a_{13}=(m+1)^2=m^2+2m+1$

$a_{13}=a_1+12d=1+12d$이므로

$1+12d=m^2+2m+1$

$12d=m(m+2)$ …… ㉠

$m=1$일 때, $m(m+2)=1\times 3=3$이므로 ㉠을 만족시키는 자연수 d는 존재하지 않는다.

$m=2$일 때, $m(m+2)=2\times 4=8$이므로 ㉠을 만족시키는 자연수 d는 존재하지 않는다.

$m=3$일 때, $m(m+2)=3\times 5=15$이므로 ㉠을 만족시키는 자연수 d는 존재하지 않는다.

$m=4$일 때, $m(m+2)=4\times 6=24$이므로 ㉠에서 $d=2$

$m=5$일 때, $m(m+2)=5\times 7=35$이므로 ㉠을 만족시키는 자연수 d는 존재하지 않는다.

$m=6$일 때, $m(m+2)=6\times 8=48$이므로 ㉠에서 $d=4$

$m=7$일 때, $m(m+2)=7\times 9=63$이므로 ㉠을 만족시키는 자연수 d는 존재하지 않는다.

$m=8$일 때, $m(m+2)=8\times 10=80$이므로 ㉠을 만족시키는 자연수 d는 존재하지 않는다.

$m=9$일 때, $m(m+2)=9\times 11=99$이므로 ㉠을 만족시키는 자연수 d는 존재하지 않는다.

$m=10$일 때, $m(m+2)=10\times 12=120$이므로 ㉠에서 $d=10$

따라서 모든 자연수 d의 개수는 2, 4, 10으로 3개이다.

18 [모범답안]

등차수열 $\{a_n\}$에서 정수인 공차를 d라 하면,

$d\le 0$인 경우, 이 등차수열은 모든 항이 음수가 되므로

$a_{k+1}a_{k+3}<0$의 조건을 만족시킬 수 없다. 따라서 $d>0$이다.

$d>0$일 때 모든 자연수 k에 대하여 $a_k<a_{k+1}$이고, $a_{k+1}a_{k+3}<0$을 만족시키는 자연수 k의 최솟값이 13이므로 $a_{13+1}<0$, $a_{13+3}>0$이 되어야 한다.

$a_{14}=-28+13d<0$에서 $d<\frac{28}{13}=2.15\cdots$

$a_{16}=-28+15d>0$에서 $d>\frac{28}{15}=1.86\cdots$

따라서 d는 $1.86\cdots<d<2.15\cdots$사이에 있는 정수이므로 2이다.

$\therefore a_4=(-28)+(4-1)\times 2=-28+6=-22$

19 [모범답안]

$n=1$일 때, $S_1=1$

$n\ge 2$일 때,

$a_n=S_n-S_{n-1}$

$=(2n^2-n)-\{2(n-1)^2-(n-1)\}$

$=4n-3$

$\therefore a_1=S_1=1$이므로, 수열 $\{a_n\}$의 일반항은 $a_n=4n-3$

따라서

$\sum_{k=1}^{11}\frac{1}{a_ka_{k+1}}=\sum_{k=1}^{11}\frac{1}{(4n-3)(4n+1)}$

$=\frac{1}{4}\sum_{k=1}^{11}\left(\frac{1}{4n-3}-\frac{1}{4n+1}\right)$

$=\frac{1}{4}\left\{\left(\frac{1}{1}-\frac{1}{5}\right)+\left(\frac{1}{5}-\frac{1}{9}\right)+\cdots\right.$
$\left.+\left(\frac{1}{41}-\frac{1}{45}\right)\right\}$

$$=\frac{1}{4}\left(\frac{1}{1}-\frac{1}{45}\right)=\frac{11}{45}$$

20 [모범답안]

등차수열 $\{a_n\}$에서 $a_1=32$이고, $d=-5$이므로 일반항은

$a_n=32+(n-1)\times-5=-5n+37$

$a_n=-5n+37<0$을 만족시키는 n은 8이므로 a_n은 제1항부터 제7항까지 양수이고 제8항부터는 음수이다.

따라서 S_n의 최댓값은 S_7

$\therefore S_7=\frac{7\{2\times32+6\times-5\}}{2}=119$

21 [모범답안]

등차수열 $\{a_n\}$의 공차를 d라 하면

$\sum_{k=1}^{4}a_k=\frac{4(4+3d)}{2}=8+6d=14$이므로

$d=1$

즉, 등차수열 $\{a_n\}$의 첫째항이 2, 공차가 1이므로

$a_n=2+(n-1)\times1=n+1$

따라서

$$\sum_{k=1}^{6}\frac{1}{a_ka_{k+1}}=\sum_{k=1}^{6}\frac{1}{(k+1)(k+2)}$$

$$=\sum_{k=1}^{6}\left(\frac{1}{k+1}-\frac{1}{k+2}\right)$$

$$=\left(\frac{1}{2}-\frac{1}{3}\right)+\left(\frac{1}{3}-\frac{1}{4}\right)+\cdots+\left(\frac{1}{7}-\frac{1}{8}\right)$$

$$=\frac{1}{2}-\frac{1}{8}=\frac{3}{8}$$

22 [모범답안]

$k=1$일 때, $a_1=2$이므로

$\{a_n\}$: 2, 2, 6, 10, 14, …이고 $a_1=a_2=2$

$k=2$일 때, $a_1=6$이므로

$\{a_n\}$: 6, 2, 2, 6, 10, …이고 $a_1=a_4=6$

$k=3$일 때, $a_1=10$이므로

$\{a_n\}$: 10, 6, 2, 2, 6, 10, 14, …이고

$a_1=a_6=10$

$k=4$일 때, $a_1=14$이므로

$\{a_n\}$: 14, 10, 6, 2, 2, 6, 10, 14, …이고

$a_1=a_8=14$

이와 같은 과정을 반복하면

$a_1=4k-2$일 때 $a_1=a_{2k}$

$a_1=a_{12}$에서 $2k=12$

따라서 $k=6$

23 [모범답안]

수열 $\{a_n\}$의 일반항을 구하면

$a_n=\sum_{k=1}^{n}a_k-\sum_{k=1}^{n-1}a_k$이므로

$a_n=n^2+n-\{(n-1)^2+(n-1)\}=2n$ (단 $n\geq2$)

$a_1=S_1=2$이므로 a_n은 $n=1$부터 성립한다.

따라서

$a_{3n+2}=2(3n+2)=6n+4$

$$\sum_{k=1}^{12}a_{3k+2}=\sum_{k=1}^{12}(6n+4)$$

$$=6\times\frac{12\times13}{2}+48$$

$$=516$$

24 [모범답안]

첫째항이 3이고 끝항이 24, 모든 항의 개수가 $m+2$인 등차수열의 합이 243이므로

$\frac{(m+2)(3+24)}{2}=243$

$\therefore m=16$

따라서 등차수열의 첫째항은 3, 제18항의 값은 24이므로

$24=3+17d$

$\therefore d=\frac{21}{17}$

25 [모범답안]

$a_n<0$이면 $a_{n+1}=a_n+2$

즉, $a_n=a_{n+1}-2$이고 $a_{n+1}<2$ …… ㉠

$a_n\geq0$이면 $a_{n+1}=a_n-1$

즉, $a_n=a_{n+1}+1$이고 $a_{n+1}\geq-1$ …… ㉡

㉠, ㉡에서

$a_{n+1}<-1$이면 $a_n=a_{n+1}-2$ …… ㉢

$a_{n+1}\geq2$이면 $a_n=a_{n+1}+1$ …… ㉣

$-1\leq a_{n+1}<2$이면 $a_n=a_{n+1}-2$

또는 $a_n=a_{n+1}+1$ …… ㉤

$a_5=1$이므로 ㉤에서 $a_4=1-2=-1$ 또는 $a_4=1+1=2$

$a_4=2$인 경우

㉣에서 $a_3=3$, $a_2=4$, $a_1=5$

$a_4=-1$인 경우

㉤에서 $a_3=-1-2=-3$ 또는 $a_3=-1+1=0$

$a_3=-3$인 경우

㉢에서 $a_2=-5$, $a_1=-7$

$a_3=0$인 경우

㉤에서 $a_2=0-2=-2$ 또는 $a_2=0+1=1$

$a_2=-2$인 경우

㉢에서 $a_1=-4$

$a_2=1$인 경우

㉤에서 $a_1=1-2=-1$ 또는 $a_1=1+1=2$

따라서 조건을 만족시키는 모든 a_1의 값은 5, -7, -4, -1, 2이므로 최솟값은 -7

[수학 II]

IV. 함수의 극한과 연속

01 [모범답안]

$\lim_{x\to\infty}\frac{f(x)}{4x^3+1}=\frac{1}{4}$에서 $f(x)$는 최고차항의 계수가 1인 삼차 함수이다.

$\lim_{x\to4}\frac{(x+4)f(x)}{(x-4)^2}=16$에서 $x\to4$일 때 (분모) → 0이고 극한값이 존재한다.

그러므로 (분자) → 0이어야 한다.

즉, $\lim_{x\to4}(x+4)f(x)=8f(4)=0$ ……①

삼차함수 $f(x)$는 $x-4$를 인수로 가지므로

$f(x)=(x-4)g(x)$ ($g(x)$는 이차함수)라고 하자.

$\lim_{x\to4}\frac{(x+4)f(x)}{(x-4)^2}=\lim_{x\to4}\frac{(x+4)(x-4)g(x)}{(x-4)^2}$

$=\lim_{x\to4}\frac{(x+4)g(x)}{(x-4)}=16$에서

$x\to4$일 때 (분모) → 0이고 극한값이 존재한다.

그러므로 (분자) → 0이어야 한다.

즉, $\lim_{x\to4}(x+4)g(x)=8g(4)=0$에서 $g(4)=0$ ……②

이차함수 $g(x)$는 $x-4$를 인수로 가지고 이차항의 계수는 1이므로 $g(x)=(x-4)(x+k)$ (k는 상수)라 하면

$f(x)=(x-4)^2(x+k)$

이때

$\lim_{x\to4}\frac{(x+4)f(x)}{(x-4)^2}=\lim_{x\to4}\frac{(x+4)(x-4)^2(x+k)}{(x-4)^2}$

$\lim_{x\to4}(x+4)(x+k)=8(4+k)=16$에서

$k=-2$ ……③

그러므로, $f(x)=(x-4)^2(x-2)$ ……④

$f(5)=1\times3=3$ ……⑤

02 [모범답안]

함수 $y=f(x-1)$의 그래프는 함수 $y=f(x)$의 그래프를 x축의 방향으로 1만큼 평행이동한 것과 같으므로,

$\lim_{x\to1-}f(x-1)=\lim_{x\to0-}f(x)=2$

함수 $y=f(x+1)$의 그래프는 함수 $y=f(x)$의 그래프를 x축의 방향으로 -1만큼 평행이동한 것과 같으므로,

$\lim_{x\to1+}f(x+1)=\lim_{x\to2+}f(x)=-1$

$\lim_{x\to1-}f(x-1)=\lim_{x\to1+}f(x+1)=2+(-1)=1$이고, 그림에서 $\lim_{x\to1+}f(x)=1$이다.

따라서 $\lim_{x\to k+}f(x)=1$을 만족시키는 정수 k의 값은 1이다.

03 [모범답안]

$\lim_{x\to1-}f(x)=\lim_{x\to1-}(x+a)=a+1$,

$\lim_{x\to1+}f(x)=\lim_{x\to1+}(-3x^2+x+2a)$

$=2a-2=2(a-1)$이므로

$\lim_{x\to1-}f(x)\times\lim_{x\to1+}f(x)=(a+1)\times2(a-1)=2a^2-2$

즉, $2a^2-2=16$에서 $a^2=9$

$a=-3$ 또는 $a=3$

주어진 조건에서 $a<0$이므로 $a=-3$

04 [모범답안]

함수 $f(x)$가 실수 전체의 집합에서 연속이므로 $x=2$에서도 연속이다.

따라서 $f(2)=\lim_{x\to2-}f(x)=\lim_{x\to2+}f(x)$가 성립한다.

$\lim_{x\to2-}m(x-2)^3+n=3$, $n=3$

한편, $f(x)=f(x+4)$에 $x=0$을 대입하면

$f(0)=f(4)$이므로

$m(0-2)^3+3=4+1=5$

$-8m+3=5$

$m=-\frac{1}{4}$

따라서 $f(x)\begin{cases}-\frac{1}{4}(x-2)^3+3 & (0\le x\le2)\\ x+1 & (2<x\le4)\end{cases}$이고,

$f(x)=f(x+4)$이므로

$f(41)=f(37)=f(33)=\cdots=f(1)$

$=-\frac{1}{4}(-1)^3+3=\frac{13}{4}$

05 [모범답안]

함수 $\frac{f(x)}{g(x)}$는 유리함수이다. 유리함수가 모든 실수에서 연속이 되려면 (분모)≠0임을 나타내어야 한다. (분모)$=g(x)$이며 이차함수이다. 이차함수가 0이 되는 지점이 없게 하려면 $g(x)=0$이 실근을 갖지 않아야 한다.

이차방정식 $2x^2+kx+3$의 판별식을 D라고 하면,

$D=k^2-24<0$

$\therefore k^2<24$

$-4\le k\le4$

$k=-4, -3, -2, -1, 0, 1, 2, 3, 4$

$\therefore$ 9개

06 [모범답안]

$\lim_{x\to\infty}\{\sqrt{x^2+ax+b}-(ax+b)\}$

$=\lim_{x\to\infty}\frac{\{\sqrt{x^2+ax+b}-(ax+b)\}\{\sqrt{x^2+ax+b}+(ax+b)\}}{\sqrt{x^2+ax+b}+(ax+b)}$

$$=\lim_{x\to\infty}\frac{(x^2+ax+b)-(ax+b)^2}{\sqrt{x^2+ax+b}+(ax+b)}$$

$$=\lim_{x\to\infty}\frac{(1-a^2)x^2+a(1-2b)x+(b-b^2)}{\sqrt{x^2+ax+b}+(ax+b)}$$

$$=\lim_{x\to\infty}\frac{(1-a^2)x+a(1-2b)+\frac{b-b^2}{x}}{\sqrt{1+\frac{a}{x}+\frac{b}{x^2}}+\left(a+\frac{b}{x}\right)}\ \cdots\cdots\ ㉠$$

㉠의 값이 존재하므로 $1-a^2=0$이고,

$a>0$이므로 $a=1$

㉠에서

$$=\lim_{x\to\infty}\frac{(1-2b)+\frac{b-b^2}{x}}{\sqrt{1+\frac{1}{x}+\frac{b}{x^2}}+\left(1+\frac{b}{x}\right)}=\frac{1-2b}{2}\text{이므로}$$

$\frac{1-2b}{2}=-2$에서 $1-2b=-4$, $b=\frac{5}{2}$

따라서 $3a-b=3-\frac{5}{2}=\frac{1}{2}$

07 [모범답안]

$$\lim_{x\to-1}\frac{\sqrt{2x+a}+b}{x+2}=\frac{1}{3}\ \cdots\cdots\ ㉠$$

㉠에서 $x\to-2$일 때 (분모) → 0이고 극한값이 존재하므로 (분자) → 0이어야 한다.

즉, $\lim_{x\to-2}(\sqrt{2x+a}+b)=\sqrt{a-4}+b=0$에서

$b=-4\sqrt{a-4}\ \cdots\cdots\ ㉡$

㉡을 ㉠에 대입하면

$$\lim_{x\to-2}\frac{\sqrt{2x+a}-\sqrt{a-4}}{x+2}$$

$$=\lim_{x\to-2}\frac{(\sqrt{2x+a}-\sqrt{a-4})(\sqrt{2x+a}+\sqrt{a-4})}{(x+2)(\sqrt{2x+a}+\sqrt{a-4})}$$

$$=\lim_{x\to-2}\frac{2(x+2)}{(x+2)(\sqrt{2x+a}+\sqrt{a-4})}$$

$$=\lim_{x\to-2}\frac{2}{\sqrt{2x+a}+\sqrt{a-4}}$$

$$=\frac{2}{2\sqrt{a-4}}=\frac{1}{\sqrt{a-4}}$$

즉, $\frac{1}{\sqrt{a-4}}=\frac{1}{3}$에서 $\sqrt{a-4}=3$

$a-4=9$이므로 $a=13$

㉡에서 $b=-3$

따라서 $a-b=13-(-3)=16$

08 [모범답안]

$|f(x)-3x|<4$에서 $-4<f(x)-3x<4$이므로

$-4+3x<f(x)<4+3x$

$-4+3x>0$, 즉 $x>\frac{4}{3}$일 때 위의 식

$(-4+3x)<f(x)<(4+3x)$의 각 변을 제곱하면

$9x^2-24x+16<\{f(x)^2\}<9x^2+24x+16$

모든 실수 x에 대하여 $x^2-8x+24>0$이므로 위의 식의 각 변을 $x^2-8x+24$로 나누면

$$\frac{9x^2-24x+16}{x^2-8x+24}<\frac{\{f(x)\}^2}{x^2-8x+24}<\frac{9x^2+24x+16}{x^2-8x+24}$$

이때, $\lim_{x\to\infty}\frac{9x^2-24x+16}{x^2-8x+24}=9$, $\lim_{x\to\infty}\frac{9x^2+24x+16}{x^2-8x+24}=9$ 이므로

$$\lim_{x\to\infty}\frac{\{f(x)\}^2}{x^2-8x+24}=9$$

09 [모범답안]

$f(x)$가 모든 실수 x에서 연속이므로 $x=\pm2$에서 연속이다.

즉 $\lim_{x\to2}f(x)=f(2)$, $\lim_{x\to-2}f(x)=f(-2)$가 성립한다.

$x\neq\pm2$일 때

$$f(x)=\frac{x^3+3x^2-4x-12}{x^2-4}$$

$$=\frac{(x-2)(x+2)(x+3)}{(x-2)(x+2)}$$

$$=x+3$$

$f(-2)=\lim_{x\to-2}f(x)=\lim_{x\to-2}(x+3)=1$

$f(2)=\lim_{x\to2}f(x)=\lim_{x\to2}(x+3)=5$

그러므로 $f(-2)f(2)=1\times5=5$

10 [모범답안]

함수 $f(x)=x^4-4x^3+5$에서

$f'(x)=4x^3-12x^2=4x^2(x-3)$

함수 $f(x)$의 역함수가 존재하고 최고차항의 계수가 양수이므로 함수 $f(x)$가 구간 $[a, \infty)$에서 증가한다.

즉 $x\geq a$일 때, $f'(x)\geq0$이다.

$f'(x)=4x^2(x-3)\geq0\ \therefore\ x\geq3$

따라서 a의 최솟값은 3이다.

11 [모범답안]

$\lim_{x\to\infty}f(x)=\infty$이므로 $\lim_{x\to\infty}\frac{1}{f(x)}=0$ 성립한다.

따라서

$$\lim_{x\to\infty}\frac{1}{f(x)}\{f(x)+g(x)\}=\lim_{x\to\infty}\left\{1+\frac{g(x)}{f(x)}\right\}=0\times4=0$$

$$\therefore\ \lim_{x\to\infty}\frac{g(x)}{f(x)}=-1$$

$$\lim_{x\to\infty}\frac{3f(x)+7g(x)}{(-f(x))+g(x)}=\lim_{x\to\infty}\frac{3+7\frac{g(x)}{f(x)}}{(-1)+\frac{g(x)}{f(x)}}$$

$$=\frac{3+7\times(-1)}{(-1)+(-1)}$$

$$=2$$

12 [모범답안]

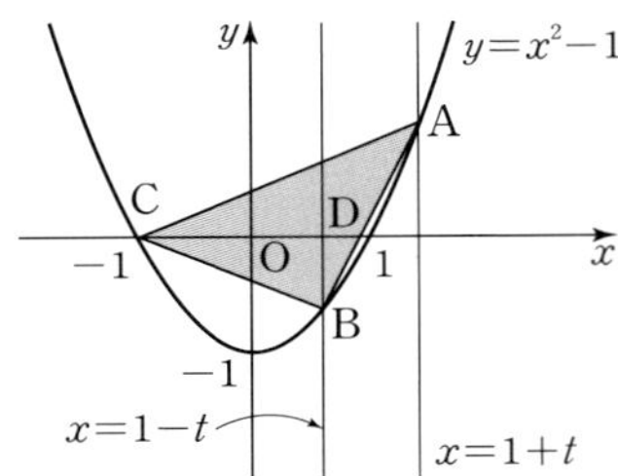

두 점 A, B의 좌표는

$A(1+t, t^2+2t)$, $B(1-t, t^2-2t)$

직선 AB의 기울기는

$\dfrac{(t^2+2t)-(t^2-2t)}{(1+t)-(1-t)}=\dfrac{4t}{2t}=2$이므로

직선 AB의 방정식은

$y=2\{x-(1+t)\}+t^2+2t$

즉, $y=2x+t^2-2$

직선 AB가 x축과 만나는 점을 D라 하면

$2x+t^2-2=0$에서 $x=1-\dfrac{t^2}{2}$

즉, $D\left(1-\dfrac{t^2}{2}, 0\right)$

삼각형 ACB의 넓이는 삼각형 ACD와 삼각형 BDC의 넓이의 합이고,

$\overline{CD}=\left(1-\dfrac{t^2}{2}\right)-(-1)=2-\dfrac{t^2}{2}$이므로

$S(t)=$(삼각형 ACD의 넓이)$+$(삼각형 BDC의 넓이)

$=\dfrac{1}{2}\times\left(2-\dfrac{t^2}{2}\right)\times(t^2+2t)+\dfrac{1}{2}\times\left(2-\dfrac{t^2}{2}\right)\times(2t-t^2)$

$=\dfrac{1}{2}\times\left(2-\dfrac{t^2}{2}\right)\times\{(t^2+2t)+(2t-t^2)\}$

$=\dfrac{1}{2}\times\left(2-\dfrac{t^2}{2}\right)\times 4t$

$=4t-t^3$

따라서

$\lim\limits_{t\to0+}\dfrac{S(t)}{t}=\lim\limits_{t\to0+}\dfrac{4t-t^3}{t}=\lim\limits_{t\to0+}(4-t^2)=4$

13 [모범답안]

$\lim\limits_{x\to\infty}\dfrac{f(x)-2x^2}{x}=3$이므로

$f(x)-2x^2=3x+a$(a는 상수) ……①

따라서 $f(x)=2x^2+3x+a$ ……②

$f\left(\dfrac{1}{x}\right)=\dfrac{2}{x^2}+\dfrac{3}{x}+a$이므로 ……③

$x^2f\left(\dfrac{1}{x}\right)=2+3x+ax^2$ ……④

따라서, $\lim\limits_{x\to0+}x^2f\left(\dfrac{1}{x}\right)=\lim\limits_{x\to0+}(2+3x+ax^2)=2$ ……⑤

14 [모범답안]

$\lim\limits_{x\to1}\dfrac{f(x)g(x)}{x-1}=0$에서 $x\to1$일 때 (분모) $\to$ 0이고 극한값이 존재하므로 (분자) $\to$ 0이어야 한다.

즉, $\lim\limits_{x\to1}f(x)g(x)=f(1)g(1)=0$ …… ㉠

$\lim\limits_{x\to1}\dfrac{f(x)-g(x)}{x-1}=5$에서 $x\to1$일 때 (분모) $\to$ 0이고 극한값이 존재하므로 (분자) $\to$ 0이어야 한다.

즉, $\lim\limits_{x\to1}\{f(x)-g(x)\}=f(1)-g(1)=0$ …… ㉡

㉠, ㉡을 연립하여 풀면 $f(1)=g(1)=0$이므로 두 상수 a, b에 대하여 $f(x)=(x-1)(x+a)$, $g(x)=(x-1)(x+b)$라 하자.

$\lim\limits_{x\to1}\dfrac{f(x)-g(x)}{x-1}=\lim\limits_{x\to1}\dfrac{(x-1)(x+a)-(x-1)(x+b)}{x-1}$

$=\lim\limits_{x\to1}\{(x+a)-(x+b)\}$

$=(1+a)-(1+b)=a-b=5$ …… ㉢

$f(2)=2+a$, $g(3)=2(3+b)$이므로 $f(2)=g(3)$에서

$2+a=6+2b$, $a-2b=4$ …… ㉣

㉢, ㉣을 연립하여 풀면 $a=6$, $b=1$

따라서 $f(x)=(x-1)(x+6)$, $g(x)=(x-1)(x+1)$이므로

$f(4)+g(4)=30+15=45$

15 [모범답안]

$\lim\limits_{x\to0}\dfrac{f(x)}{x}=8$, $\lim\limits_{x\to4}\dfrac{f(x)}{(x-4)}=6$에서

(분모) $\to$ 0이므로 (분자) $\to$ 0이다.

즉, $f(0)=f(4)=0$을 만족한다.

따라서 $f(x)=x(x-4)Q(x)$로 만들 수 있다.

$\lim\limits_{x\to0}\dfrac{f(x)}{x}=\lim\limits_{x\to0}\dfrac{x(x-4)Q(x)}{x}=-4Q(0)=8$,

$Q(0)=-2$

$\lim\limits_{x\to4}\dfrac{f(x)}{x-4}=\lim\limits_{x\to4}\dfrac{x(x-4)Q(x)}{(x-4)}=4Q(4)=6$,

$Q(4)=\dfrac{3}{2}$

한편 $f(x)=x(x-4)Q(x)$이므로

$f(f(x))=f(x)\{f(x)-4\}Q(f(x))$

$=x(x-4)Q(x)\{f(x)-4\}Q(f(x))$

를 만족한다.

$\lim\limits_{x\to4+}\dfrac{f(f(x))}{(x+1)(x-4)}$

$=\lim\limits_{x\to4+}\dfrac{x(x-4)Q(x)\{f(x)-4\}Q(f(x))}{(x+1)(x-4)}$

$=\lim\limits_{x\to4+}\dfrac{xQ(x)\{f(x)-4\}Q(f(x))}{(x+1)}$

$=\dfrac{4Q(4)\{f(4)-4\}Q(f(4))}{5}$

$=\frac{\left(4\times\frac{3}{2}\right)\times(-4)\times Q(0)}{5}$

$=\frac{\left(4\times\frac{3}{2}\right)\times(-4)\times(-2)}{5}$

$=\frac{48}{5}$

따라서 $n=48$, $m=5$이므로

$nm=240$

16 [모범답안]

$\lim_{x\to n}\frac{2[x]}{[x]^2+x}$의 극한값이 존재하므로 좌극한값과 우극한값이 동일하다.

$\lim_{x\to n+}\frac{2[x]}{[x]^2+x}=\frac{2n}{n^2+n}=\frac{2}{n+1}$

$\lim_{x\to n-}\frac{2[x]}{[x]^2+x}=\frac{2(n-1)}{(n-1)^2+n}=\frac{2n-2}{n^2-n+1}$

$\frac{2}{n+1}=\frac{2n-2}{n^2-n+1}$

$n^2-n+1=n^2-1$

$n=2$

따라서, $\lim_{x\to 2}\frac{2[x]}{[x]^2+x}=\frac{2\times 2}{2^2+2}=\frac{2}{3}=m$이 성립한다.

$\therefore \frac{n}{m}=3$

17 [모범답안]

함수 $f(x)$가 $x=3$에서 연속이 되려면

$x=3$에서 극한값과 함숫값이 일치하여야 한다.

$\lim_{x\to 3}f(x)=f(3)$을 만족한다.

$\lim_{x\to 3}f(x)=\lim_{x\to 3}\frac{x^2-9}{(x-3)}=\lim_{x\to 3}\frac{(x-3)(x+3)}{(x-3)}$

$=\lim_{x\to 3}(x+3)$

$\lim_{x\to 3}(x+3)=f(3)=6$

18 [모범답안]

함수 $\left|f(x)-\frac{1}{2}\right|$이 실수 전체의 집합에서 연속이므로 $x=2$에서 연속이다.

즉, $\lim_{x\to 2-}\left|f(x)-\frac{1}{2}\right|=\lim_{x\to 2+}\left|f(x)-\frac{1}{2}\right|$

$=\left|f(2)-\frac{1}{2}\right|$이어야 한다.

이때

$\lim_{x\to 2-}\left|f(x)-\frac{1}{2}\right|=\lim_{x\to 2-}\left|x^2+2x+a-\frac{1}{2}\right|$

$=\left|a+\frac{15}{2}\right|$,

$\left|f(2)-\frac{1}{2}\right|=\left|(8+a)-\frac{1}{2}\right|=\left|a+\frac{15}{2}\right|$

이므로

$\left|a+\frac{15}{2}\right|=\left|2a+\frac{5}{2}\right|$

$a+\frac{15}{2}=2a+\frac{5}{2}$에서 $a=5$

$a+\frac{15}{2}=-\left(2a+\frac{5}{2}\right)$에서 $a=-\frac{10}{3}$

따라서 모든 실수 a의 값의 곱은

$5\times\left(-\frac{10}{3}\right)=-\frac{50}{3}$

19 [모범답안]

원 $x^2+y^2=1$의 중심 $(0, 0)$과 직선 $y=x+t$ 사이의 거리를 구하면

$y-x-t=0$이므로, 원의 중심과 직선사이의 거리

$d=\frac{|0-0-t|}{\sqrt{(1)^2+(-1)^2}}=\frac{|t|}{\sqrt{2}}$이다.

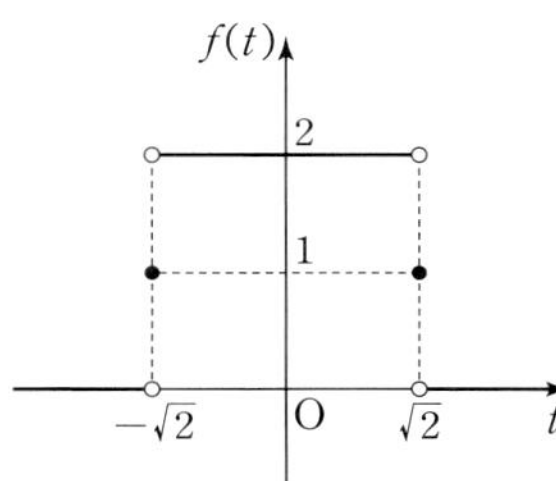

$\frac{|t|}{\sqrt{2}}<1$ $(-\sqrt{2}<t<\sqrt{2})$ → 원과 직선은 서로 다른 두 점에서 만난다.

$\frac{|t|}{\sqrt{2}}=1$ $(t=\pm\sqrt{2})$ → 원과 직선은 한 점에서 만난다.

$\frac{|t|}{\sqrt{2}}>1$ $(t>\sqrt{2},\ t<-\sqrt{2})$ → 원과 직선은 만나지 않는다.

$f(t)=\begin{cases}2 & (-\sqrt{2}<t<\sqrt{2})\\ 1 & (t=\pm\sqrt{2})\\ 0 & (t>\sqrt{2},\ t<-\sqrt{2})\end{cases}$ 이므로

함수 $f(t)$는 $t=\pm\sqrt{2}$에서 불연속

따라서 $k=\pm\sqrt{2}$이다.

20 [모범답안]

$h(x)=\frac{1}{f(x)}-3x$라고 하면 함수 $h(x)$는 닫힌구간 $[0, 4]$에서 연속이다.

그리고 $h(0)=(1-k)-0=1-k=-(k-1)$

$h(4)=(3-k)-12=-(k+9)$

이때 $h(x)=0$의 실근이 $(0, 4)$에서 적어도 하나 존재하므로, $h(0)h(4)<0$을 만족하여야 한다.

$h(0)h(4)=(k-1)(k+9)<0$

PART1 국어

PART 2 수학

PART 3 해답

$\therefore -9<k<1$

따라서 정수 k는 $-8, -7, -6, -5, -4, -3, -2, -1, 0$이므로 개수는 9개이다.

21 [모범답안]

$h(x)=f(x)-(2x^2+3)$이라고 하면

함수 $h(x)$는 모든 실수 x에 대하여 연속이다.

$h(-1)=k^2-2k-3-(2+3)$

$=k^2-2k-8=(k-4)(k+2)$

$h(1)=0-(2+3)=-5<0$

$h(3)=22-(18+3)=1>0$

$h(x)=0$이 열린구간 $(-1, 1)$과 열린구간 $(1, 3)$에서 각각 적어도 하나의 실근을 갖기 위해서는 $h(-1)h(1)<0$, $h(1)h(3)<0$을 만족하여야 한다.

$h(1)h(3)=-5\times1=-5<0$이므로 만족한다.

$h(-1)h(1)<0$이 만족하기 위해서는

$h(-1)h(1)=(k-4)(k+2)(-5)<0$

$(k-4)(k+2)>0$

따라서 k값의 범위는 $k>4$ 또는 $k<-2$

22 [모범답안]

함수 $f(x)g(x)$가 실수 전체의 집합에서 연속이려면 함수 $f(x)g(x)$가 $x=a$에서 연속이어야 한다.

즉, $\lim_{x\to a-}f(x)g(x)=\lim_{x\to a+}f(x)g(x)=f(a)g(a)$이어야 한다.

이때

$\lim_{x\to a-}f(x)g(x)=\lim_{x\to a-}(x+3)(x^2+ax+a-1)$

$=(a+3)(2a^2+a-1)$

$\lim_{x\to a+}f(x)g(x)=\lim_{x\to a+}(3x-4)(x^2+ax+a-1)$

$=(3a-4)(2a^2+a-1)$

$f(a)g(a)=(3a-4)(2a^2+a-1)$이므로

$(a+3)(2a^2+a-1)=(3a-4)(2a^2+a-1)$에서

$\{(3a-4)-(a+3)\}(2a^2+a-1)=0$

$(2a-7)(2a-1)(a+1)=0$에서

$a=\frac{7}{2}$ 또는 $a=\frac{1}{2}$ 또는 $a=-1$

따라서 모든 실수 a의 값의 곱은

$\frac{7}{2}\times\frac{1}{2}\times(-1)=-\frac{7}{4}$

23 [모범답안]

함수 $f(x)g(x)$가 실수 전체의 집합에서 연속이므로 $x=-1$에서 연속이다. 즉,

$\lim_{x\to-1-}f(x)g(x)=\lim_{x\to-1+}f(x)g(x)=f(-1)g(-1)$

이어야 한다.

이때

$\lim_{x\to-1-}f(x)g(x)=\lim_{x\to-1-}(-x+3)(-x^2+4x+a)$

$=4(a-5)$,

$\lim_{x\to-1+}f(x)g(x)=\lim_{x\to-1+}(3x+a)(-x^2+4x+a)$

$=(a-3)(a-5)$,

$f(-1)g(-1)=(a-3)(a-5)$이므로

$4(a-5)=(a-3)(a-5)$에서

$(a-5)(a-7)=0$

$a=5$ 또는 $a=7$

따라서 모든 실수 a의 값의 곱은

$5\times7=35$

24 [모범답안]

$\frac{1}{x}=t$로 치환하여 주어진 식을 t에 대한 식으로 변형하면

$x\to0+$일 때 $t\to\infty$이다.

따라서 $\lim_{x\to0+}\frac{2xf\left(\frac{1}{x}\right)-3}{3-x}=\lim_{t\to\infty}\frac{2\frac{f(t)}{t}-3}{3-\frac{1}{t}}$가 성립한다.

이때 $\lim_{t\to\infty}\frac{1}{t}=0$이므로

$\lim_{t\to\infty}\frac{2\frac{f(t)}{t}-3}{3-\frac{1}{t}}=\frac{\left\{2\lim_{t\to\infty}\frac{f(t)}{t}\right\}-3}{3-0}=7$

$2\lim_{t\to\infty}\frac{f(t)}{t}=21+3=24$

$\lim_{t\to\infty}\frac{f(t)}{t}=\lim_{x\to\infty}\frac{f(x)}{x}=12$

25 [모범답안]

$\lim_{x\to\infty}\frac{f(x)}{x^2+x+1}=1$이므로

$f(x)$는 이차항의 계수가 1인 이차함수이다.

또한, $\lim_{x\to3}\frac{f(x)}{x-3}=5$이므로

$f(x)=(x-a)(x-3)$이라고 하면 (단, a는 상수)

$\lim_{x\to3}\frac{f(x)}{x-3}=\lim_{x\to3}\frac{(x-a)(x-3)}{(x-3)}$

$(x-3)$을 약분하면

$\lim_{x\to3}(x-a)=3-a=5$, $a=-2$

$f(x)=x^2-x-6$

$\therefore f(1)=1-1-6=-6$

V. 다항함수의 미분법

01 [모범답안]

$\lim_{x\to3}\frac{x^2f(3)-9f(x)}{x-3}$

$=\lim_{x\to3}\frac{x^2f(3)-9f(3)+9f(3)-9f(x)}{x-3}$ ······①

$=\lim_{x\to3}\frac{\{x^2f(3)-9f(3)\}-\{9f(x)-9f(3)\}}{x-3}$

$=\lim_{x\to3}\frac{(x^2-9)f(3)}{x-3}-9\lim_{x\to3}\frac{f(x)-f(3)}{x-3}$

$=f(3)\lim_{x\to3}(x+3)-9\lim_{x\to3}\frac{f(x)-f(3)}{x-3}$ ······②

$=6f(3)-9f'(3)$ ······③

02 [모범답안]

이차함수 $y=f(x)$의 그래프가 y축에 대하여 대칭이므로 $f(-1)=f(1)$, $f(-2)=f(2)$이고 $f(1)\neq f(2)$이다.

이때 $\lim_{x\to2}\frac{f(x)+af(-2)}{x-2}=\lim_{x\to2}\frac{f(x)+af(2)}{x-2}$에서

$x\to2$일 때 (분모) → 0이고 극한값이 존재하므로 (분자) → 0이어야 한다.

즉, $\lim_{x\to2}\{f(x)+af(2)\}=f(2)+af(2)$

$=(a+1)f(2)=0$

$f(2)\neq0$이므로 $a=-1$

함수 $f(x)$에서 x의 값이 -2에서 -1까지 변할 때의 평균변화율 p는

$p=\frac{f(-1)-f(-2)}{-1-(-2)}=f(-1)-f(-2)=f(1)-f(2)$

함수 $f(x)$에서 x의 값이 -1에서 2까지 변할 때의 평균변화율 q는

$q=\frac{f(2)-f(-1)}{2-(-1)}=\frac{f(2)-f(-1)}{3}=\frac{f(2)-f(1)}{3}$

$=-\frac{f(1)-f(2)}{3}=-\frac{p}{3}$

따라서 $\frac{p}{q}=-3$

03 [모범답안]

$\lim_{x\to0}\frac{f(x)-g(x)}{x}=2$에서 $x\to0$일 때 (분모) → 0이고 극한값이 존재하므로 (분자) → 0이어야 한다.

즉, $\lim_{x\to0}\{f(x)-g(x)\}=0$에서

$f(0)=g(0)$ ······ ㉠

두 다항함수 $f(x)$, $g(x)$가 $x=0$에서 미분가능하므로

$\lim_{x\to0}\frac{f(x)-g(x)}{x}$

$=\lim_{x\to0}\left\{\frac{f(x)-f(0)}{x}-\frac{g(x)-g(0)}{x}\right\}$

$=f'(0)-g'(0)$

즉, $f'(0)-g'(0)=2$ ······ ㉡

$\lim_{x\to0}\frac{g(2x)-x}{f(x)-2x}=4$ ······ ㉢

㉢에서 $x\to0$일 때

$\lim_{x\to0}\{f(x)-2x\}=f(0)$

$\lim_{x\to0}\{g(2x)-x\}=g(0)$

이때 $f(0)\neq0$이면 ㉠에 의해

$\lim_{x\to0}\frac{g(2x)-x}{f(x)-2x}=\frac{g(0)}{f(0)}=1$이므로 ㉢을 만족시키지 않는다.

그러므로 $f(0)=g(0)=0$

$\lim_{x\to0}\frac{g(2x)-x}{f(x)-2x}=\lim_{x\to0}\frac{\frac{g(2x)-g(0)}{2x}\times2-1}{\frac{f(x)-f(0)}{x}-2}$

$=\frac{2g'(0)-1}{f'(0)-2}$

㉢에서

$\frac{2g'(0)-1}{f'(0)-2}=4$

$2g'(0)-1=4f'(0)-8$

$4f'(0)-2g'(0)=7$ ······ ㉣

㉡, ㉣을 연립하여 풀면

$f'(0)=\frac{3}{2}$, $g'(0)=-\frac{1}{2}$

따라서 $f'(0)-g'(0)=\frac{3}{2}-\left(-\frac{1}{2}\right)=\frac{4}{2}=2$

04 [모범답안]

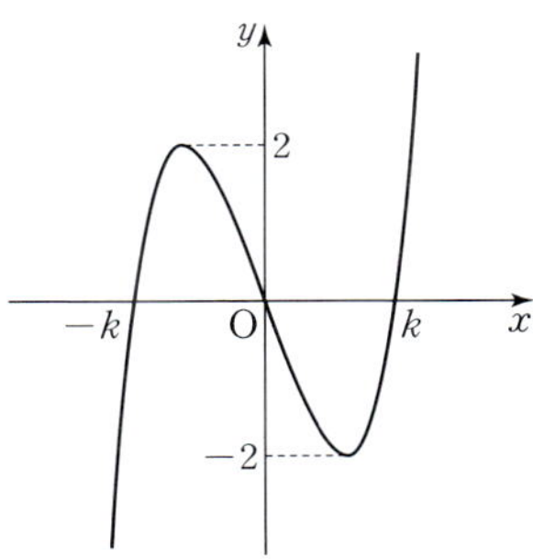

삼차함수 $f(x)$는 $f(x)+f(-x)=0$을 만족시키므로 원점에 대하여 대칭인 함수이다.

방정식 $|f(x)|=2$은 서로 다른 네 개의 실근을 가지므로, 위의 그래프에서 $f(x)$가 극대값 2와 극솟값 -2를 가져야만 서로 다른 네 개의 실근을 갖는다.

따라서

$f(x)=x(x-k)(x+k)$이므로

PART1 국어

PART2 수학

PART3 해답

$f(x)=x^3-k^2x(k>0)$

$f'(x)=3x^2-k^2=0$

$x=\pm\frac{k}{\sqrt{3}}$

$f(x)$는 $x=\frac{k}{\sqrt{3}}$에서 극솟값 -2를 갖고 $x=-\frac{k}{\sqrt{3}}$에서 극댓값 $+2$를 갖는다.

따라서

$f\left(\frac{k}{\sqrt{3}}\right)=\frac{k^3}{3\sqrt{3}}-\frac{k^3}{\sqrt{3}}=-\frac{2k^3}{3\sqrt{3}}=-2$

$k^3=3\sqrt{3}$

$\therefore k=\sqrt{3}$

따라서 $f(x)=x(x-\sqrt{3})(x+\sqrt{3})=x^3-3x$

05 [모범답안]

$f(x+y)=f(x)+f(y)+4xy$에서

$x=0,\ y=0$을 대입하면

$f(0+0)=f(0)+f(0)+0,\ f(0)=0$

또한 $f'(0)=\lim_{x\to 0}\frac{f(x)-f(0)}{x-0}=\lim_{x\to 0}\frac{f(x)}{x}$을 만족하므로

$f'(3)=\lim_{h\to 0}\frac{f(3+h)-f(3)}{h}$에서,

$f(x+y)=f(x)+f(y)+4xy$식을 이용하여

$f(3+h)-f(3)=f(h)+12h$ $(x=3,\ y=h)$를 구할 수 있다.

$\therefore f'(3)=\lim_{h\to 0}\frac{f(3+h)-f(3)}{h}=\lim_{h\to 0}\frac{f(h)+12h}{h}$

$=\lim_{h\to 0}\frac{f(h)}{h}+12$

$=f'(0)+12=5+12=17$

06 [모범답안]

$\lim_{x\to 3}\frac{f(x)-1}{x-3}=2$에서 $f(3)=1,\ f'(3)=2$를 만족한다.

$\lim_{x\to 3}\frac{g(x)-4}{x-3}=5$에서 $g(3)=4,\ g'(3)=5$를 만족한다.

$h(x)=f(x)g(x)$이므로

$h'(x)=f'(x)g(x)+f(x)g'(x)$

따라서

$h'(3)=f'(3)g(3)+f(3)g'(3)$

$(2\times 4)+(1\times 5)=8+5=13$

07 [모범답안]

$f(x)=x^2+ax+b$ ($a,\ b$는 상수)로 놓으면

$f'(x)=2x+a$

$\lim_{x\to\infty}\frac{f(x)-x^2}{x}=\lim_{x\to\infty}x\left\{f\left(1+\frac{2}{x}\right)-f(1)\right\}$ …… ㉠

$\lim_{x\to\infty}\frac{f(x)-x^2}{x}=\lim_{x\to\infty}\frac{ax+b}{x}$

$=\lim_{x\to\infty}\left(a+\frac{b}{x}\right)=a$

$\lim_{x\to\infty}x\left\{f\left(1+\frac{2}{x}\right)-f(1)\right\}$에서

$\frac{1}{x}=t$로 놓으면 $x\to\infty$일 때 $t\to 0+$이므로

$\lim_{x\to\infty}\left\{f\left(1+\frac{2}{x}\right)-f(1)\right\}=\lim_{t\to 0+}\frac{f(1+2t)-f(1)}{t}$

$=\lim_{t\to 0+}\left\{\frac{f(1+2t)-f(1)}{2t}\times 2\right\}$

$=2f'(1)=2(2+a)$

$=4+2a$

㉠에서 $a=4+2a,\ a=-4$

즉, $f(x)=x^2-4x+b$이고 $f(2)=-1$이므로

$4-8+b=-1,\ b=3$

따라서 $f(x)=x^2-4x+3$이므로

$f(3)=9-12+3=0$

08 [모범답안]

함수 $f(x)=-x^4+3x^2-36$에서 $f'(x)=-4x^3+6x$

접점의 좌표를 $(t,\ -t^4+3t^2-36)$이라고 하면

접선의 방정식은

$y=(6t-4t^3)(x-t)+(-t^4+3t^2-36)$이다.

이 접선은 원점을 지나므로 이 접선의 방정식에 $x=0,\ y=0$을 대입하면

$0=4t^4-6t^2-t^4+3t^2-36=3t^4-3t^2-36$

$=3(t^2+3)(t^2-4)$

이때 t는 실수이므로 $t=\pm\sqrt{4}=\pm 2$

따라서 접점의 좌표는 $(2,\ -40),\ (-2,\ -40)$이므로

삼각형 OPQ의 넓이는 $\frac{1}{2}\times 4\times 40=80$이다.

09 [모범답안]

$\overline{RP}^2=x^2$

$\overline{RQ}^2=(x-4)^2+4^2=x^2-8x+32$

이때 $\overline{RP}^2\le\overline{RQ}^2$라고 하면

$x^2\le x^2-8x+32,\ 8x\le 32,\ x\le 4$이므로

$x\le 4$일 때 함수 $f(x)=\overline{RP}^2$,

$x>4$일 때 함수 $f(x)=\overline{RQ}^2$

즉 $f(x)=\begin{cases}\overline{RQ}^2=x^2-8x+32 & (x>4)\\ \overline{RP}^2=x^2 & (x\le 4)\end{cases}$

$\lim_{x\to 4-}\frac{f(x)-f(4)}{x-4}=\lim_{x\to 4-}\frac{x^2-16}{x-4}$

$=\lim_{x\to 4-}\frac{(x-4)(x+4)}{x-4}$

$=\lim_{x\to 4-}(x+4)=8$

$\lim_{x\to 4+}\frac{f(x)-f(4)}{x-4}=\lim_{x\to 4+}\frac{x^2-8x+16}{x-4}$

$$=\lim_{x\to4+}\frac{(x-4)^2}{x-4}=\lim_{x\to4+}(x-4)=0$$

이므로 $f'(4)$는 존재하지 않는다.

따라서 $f(4)$는 $x=4$에서 미분가능하지 않다.

$\therefore k=4$

10 [모범답안]

움직이는 두 점 P, Q의 위치는

$P(t)=(t-1)^2(t-7)^2$, $Q(t)=k$이다.

이때 두 점 P, Q의 속도는

$P'(t)=2(t-1)^2(t-7)+2(t-1)(t-7)^2$

$=4(t-1)(t-4)(t-7)$

두 점 P, Q의 위치가 같은 순간이 3번 있으므로 $P(t)=Q(t)$의 방정식이 서로 다른 세 실근을 가져야 한다. $P(t)$는 $t=1$, $t=7$에서 극솟값, $t=4$일 때 극댓값을 가지므로 $P(t)$의 그래프를 그리면

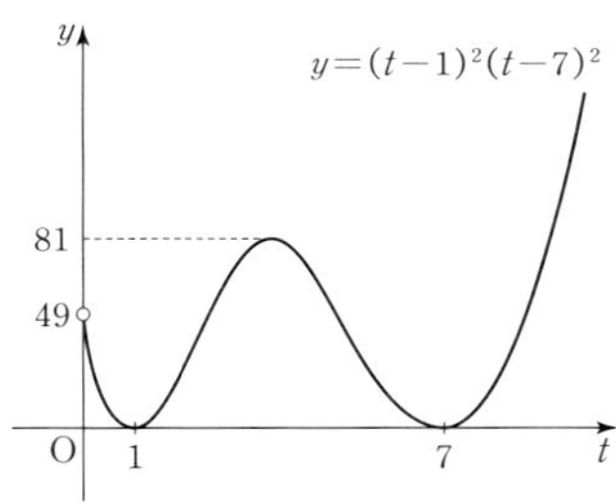

$P(4)=81$의 극댓값을 갖고,

$P(0)=49$이므로 $y=k$와 교점 3개를 가지려면

k값의 범위는 $49\le k<81$

11 [모범답안]

$f(x)=\frac{1}{3}x^3+ax^2-3a^2x$에서

$f'(x)=x^2+2ax-3a^2$

함수 $f(x)$가 감소할 때 $f'(x)\le0$이므로

$x^2+2ax-3a^2\le0$

$(x+3a)(x-a)\le0$

$a>0$이므로 $-3a\le x\le a$

함수 $f(x)$가 열린구간 $(k, k+2)$에서 감소하므로 $-3a\le k$이고 $k+2\le a$

즉, $-3a\le k\le a-2$ …… ㉠

㉠을 만족시키는 실수 k의 값이 존재해야 하므로

$-3a\le a-2$에서 $a\ge\frac{1}{2}$

그러므로 a의 최솟값은 $\frac{1}{2}$이다.

이때 $f(x)=\frac{1}{3}x^3+\frac{1}{2}x^2-\frac{3}{4}x$이고 $k=-\frac{3}{2}$이므로

$f\left(\frac{2}{3}k\right)=f(-1)=-\frac{1}{3}+\frac{1}{2}+\frac{3}{4}=\frac{11}{12}$

12 [모범답안]

$f(x)=\frac{1}{a}(x^3-2bx^2+b^2x+1)$에서

$f'(x)=\frac{1}{a}(3x^2-4bx+b^2)$

$f'(x)=0$에서 $\frac{1}{a}(3x^2-4bx+b^2)=0$

$\frac{1}{a}(3x-b)(x-b)=0$

$x=\frac{b}{3}$ 또는 $x=b$

자연수 b에 대하여 $\frac{b}{3}<b$이므로 함수 $f(x)$의 증가와 감소를 표로 나타내면 다음과 같다.

x	$\cdots$	$\frac{b}{3}$	$\cdots$	b	$\cdots$
$f'(x)$	+	0	−	0	+
$f(x)$	↗	극대	↘	극소	↗

함수 $f(x)$는 $x=\frac{b}{3}$에서 극댓값 $f\left(\frac{b}{3}\right)$를 갖고, $x=b$에서 극솟값 $f(b)$를 갖는다.

$f\left(\frac{b}{3}\right)=\frac{1}{a}\left(\frac{b^3}{27}-\frac{2b^3}{3}+\frac{b^3}{3}+1\right)=\frac{4b^3}{27a}+\frac{1}{a}$

$f(b)=\frac{1}{a}(b^3-2b^3+b^3+1)=\frac{1}{a}$

이때 극댓값과 극솟값의 차가 4이므로

$f\left(\frac{b}{3}\right)-f(b)=\left(\frac{4b^3}{27a}+\frac{1}{a}\right)-\frac{1}{a}=\frac{4b^3}{27a}=4$

$b^3=27a=3^3\times a$ …… ㉠

a, b가 모두 100보다 작은 자연수이므로 ㉠이 성립하려면 a의 값은 어떤 자연수의 세제곱이어야 한다.

$a=1^3=1$일 때 $b^3=3^3\times1^3=(3\times1)^3=3^3$이므로 $b=3$

$a=2^3=8$일 때 $b^3=3^3\times2^3=(3\times2)^3=6^3$이므로 $b=6$

$a=3^3=27$일 때 $b^3=3^3\times3^3=(3\times3)^3=9^3$이므로 $b=9$

$a=4^3=64$일 때 $b^3=3^3\times4^3=(3\times4)^3=12^3$이므로 $b=12$

$a\ge5^3=125$이면 a가 100보다 큰 자연수가 되어 조건을 만족시키지 않는다.

따라서 $a+b$의 값은 $1+3=4$ 또는 $8+6=14$ 또는 $27+9=36$ 또는 $64+12=76$이므로 $a+b$의 최댓값과 최솟값은 각각 $M=76$, $m=4$이다.

$\therefore M-2m=76-2\times4=68$

13 [모범답안]

접점의 좌표를 $(t, -t^3+6t^2-7t)$라고 하면 접점에서의 기울기는 $-3t^2+12t-7$

접선의 기울기가 2이므로

$-3t^2+12t-7=2$

$3t^2-12t+9=3(t-3)(t-1)=0$

$t=1, t=3$

(ⅰ) $t=1$일 때, 접점의 좌표는 $(1, -2)$, 이때 접선의 방정식은 $y=2(x-1)-2=2x-4$

(ⅱ) $t=3$일 때, 접점의 좌표는 $(3, 6)$, 이때 접선의 방정식은 $y=2(x-3)+6=2x$

두 직선 사이의 거리는 직선 $y=2x$와 점 $(1, -2)$ 사이의 거리와 같다.

이때 $y=2x$는 $y-2x=0$이므로 점 $(1, -2)$과 직선 사이의 거리는 $\dfrac{|-2-2|}{\sqrt{(1)^2+(-2)^2}}=\dfrac{4}{\sqrt{5}}=\dfrac{4\sqrt{5}}{5}$

14 [모범답안]

역함수가 존재하도록 하기 위해서는 $f(x)$는 일대일대응이어야 하므로

$f'(x)\geq 0$ 또는 $f'(x)\leq 0$

$f'(x)=-6x^2+6kx^2+k$ ······①

$f'(x)$의 최고차항이 음수이므로 $f'(x)\leq 0$

이차방정식 $f'(x)=0$의 판별식을 D라고 하자.

$f'(x)$가 서로 다른 두 실근을 갖지 않으려면 $D\leq 0$

$\dfrac{D}{4}=(3k)^2-(-6k)=9k^2+6k=3k(3k+2)\leq 0$ ······②

따라서 k값의 범위는 $-\dfrac{2}{3}\leq k\leq 0$ ······③

15 [모범답안]

원기둥의 밑면의 반지름을 r cm라 하면, 반지름과 높이의 합이 90 cm이므로 높이는 $90-r$ cm이다.

또한, 원기둥의 부피를 $V(r)\text{cm}^3$라고 하면

$V(r)=\pi r^2\times(90-r)=-\pi r^3+90\pi r^2\ (0<r<90)$

$V'(r)=-3\pi r^2+180\pi r=-3\pi r(r-60)$

$0<r<90$이므로 $V'(r)=0$을 만족하는 $r=60$이다.

이때 증가와 감소를 따져보면 $r=60$에서 극댓값을 갖는다.

그러므로 $r=60$에서 $V(r)\text{cm}^3$이 최댓값을 갖는다.

따라서, 원기둥의 겉넓이를 구하면,

$(2\times\pi\times 60^2)+(2\times\pi\times 60\times 30)=10800\pi$

16 [모범답안]

두 함수 $f(x)$, $g(x)$는 $x=3$에서 연속이고 미분가능하므로

$$\lim_{x\to 3}\frac{f(x)-f(3)}{x-3}=\lim_{x\to 3+}\frac{f(x)-f(3)}{x-3}=\lim_{x\to 3-}\frac{f(x)-f(3)}{x-3}=f'(3)$$

$$\lim_{x\to 3}\frac{g(x)-g(3)}{x-3}=\lim_{x\to 3+}\frac{g(x)-g(3)}{x-3}=\lim_{x\to 3-}\frac{g(x)-g(3)}{x-3}=g'(3)$$

$h(x)$는 $x=3$에서 연속이므로

$\lim_{x\to 3+}h(x)=f(3)=\lim_{x\to 3-}h(x)=g(3)=h(3)$

$\therefore f(3)=g(3)=h(3)$

또한, $h(x)$는 $x=3$에서 미분가능하므로,

따라서 $x=3$에서 좌미분계수와 우미분계수가 같아야 한다.

$$\lim_{x\to 3+}\frac{h(x)-h(3)}{x-3}=\lim_{x\to 3+}\frac{f(x)-f(3)}{x-3}=f'(3)=h'(3)$$

$$\lim_{x\to 3-}\frac{h(x)-h(3)}{x-3}=\lim_{x\to 3-}\frac{g(x)-g(3)}{x-3}=g'(3)=h'(3)$$

$\therefore f'(3)=g'(3)=h'(3)$

$$\frac{1}{h'(3)}\times\lim_{x\to 3}\frac{2f(x)+3g(x)-5g(3)}{x-3}$$

$$=\frac{1}{h'(3)}\times\lim_{x\to 3}\frac{2f(x)+3g(x)-2f(3)-3g(3)}{x-3}$$

$$=\frac{1}{h'(3)}\times\lim_{x\to 3}\frac{2\{f(x)-f(3)\}+3\{g(x)-g(3)\}}{x-3}$$

$$=\frac{1}{h'(3)}\times\{2f'(3)+3g'(3)\}$$

$$=\frac{1}{h'(3)}\times 5h'(3)$$

$=5$

17 [모범답안]

함수 $f(x)$가 최고차항의 계수가 1인 삼차함수이므로 방정식 $f(x)+kx=0$은 삼차방정식이고, 이 방정식은 적어도 하나의 실근을 갖는다.

조건 (가)에서 함수 $|f(x)+kx|$가 실수 전체의 집합에서 미분가능하므로 실수 α에 대하여 방정식 $f(x)+kx=0$은 오직 하나의 근 $x=\alpha$를 가져야 하고, $f'(\alpha)+k=0$이어야 한다.

그러므로 $f(x)+kx=(x-\alpha)^3$

즉, $f(x)=(x-\alpha)^3-kx$로 놓을 수 있다.

조건 (나)에서 $\lim_{x\to 1}\dfrac{f(x)-kx}{x-1}=\lim_{x\to 1}\dfrac{(x-\alpha)^3}{x-1}$의 값이 존재하고

$x\to 1$일 때 (분모) → 0이므로 (분자) → 0이어야 한다.

즉, $\lim_{x\to 1}(x-\alpha)^3=(1-\alpha)^3=0$에서 $\alpha=1$이므로

$f(x)=(x-1)^3-kx=x^3-3x^2+(3-k)x-1$

$f'(x)=3x^2-6x+(3-k)$

따라서 $f(2)=1-2k$,

$f'(2)=12-12+(3-k)=3-k$이므로

$f(2)+f'(2)=0$에서

$(1-2k)+(3-k)=4-3k=0$

즉, $k=\dfrac{4}{3}$

$\therefore 3k=3\times\dfrac{4}{3}=4$

18 [모범답안]

$f(x)=x^3-3x^2+kx$의 양변을 x에 대해 미분하면,

$f'(x)=3x^2-6x+k=0$인 이차방정식에서 서로 다른 두 근의 곱은 -3이다.

따라서 $\frac{k}{3}=-3$, $k=-9$

$f(x)=x^3-3x^2-9x$

$f'(x)=3x^2-6x-9=3(x-3)(x+1)$

그러므로 $f(x)$의 증감을 따져보면 $x=3$에서 극솟값, $x=-1$에서 극댓값을 갖는다.

$f(3)=-27$, $f(-1)=5$

이때 $f(x)=t$가 서로 다른 세 실근을 갖도록 하는 t의 범위는

$(f(x)$의 극솟값$)<t<(f(x)$의 극댓값$)$

$\therefore -27<t<5$

19 [모범답안]

주어진 조건을 만족시키려면

(함수 $f(x)$의 최솟값) $\geq$ (함수 $g(x)$의 최댓값)이어야 한다.

$f(x)=x^4-2x^2$에서

$f'(x)=4x^3-4x=4x(x+1)(x-1)$

$f'(x)=0$에서 $x=-1$ 또는 $x=0$ 또는 $x=1$

함수 $f(x)$의 증가와 감소를 표로 나타내면 다음과 같다.

x	$\cdots$	-1	$\cdots$	0	$\cdots$	1	$\cdots$
$f'(x)$	$-$	0	$+$	0	$-$	0	$+$
$f(x)$	↘	극소	↗	극대	↘	극소	↗

$f(-1)=-1$, $f(0)=0$, $f(1)=-1$이므로 함수 $f(x)$의 최솟값은 -1이다.

$g(x)=-x^2+4x+k=-(x-2)^2+4+k$에서 함수 $g(x)$의 최댓값은 $4+k$이다.

$4+k\leq-1$에서 $k\leq-5$

따라서 실수 k의 최댓값은 -5이다.

20 [모범답안]

$y'=4x+4$이고 점 $(-2,-3)$에서의 접선이므로

접선의 기울기는 -4

이때의 접선의 방정식은 $y=-4(x+2)-3$

$\therefore y=-4x-11$

따라서 a와 b의 값은

$a=-4$, $b=-11$이다.

$\therefore a+b=-15$

21 [모범답안]

방정식 $\{f(x)^2\}+2f(x)=8$을 정리하면,

$\{f(x)+4\}\{f(x)-2\}=0$이므로

$f(x)=-4$, $f(x)=2$

이때 $f(\alpha)=3$, $f(\beta)=-2$를 만족하는 함수 $f(x)$의 그래프는

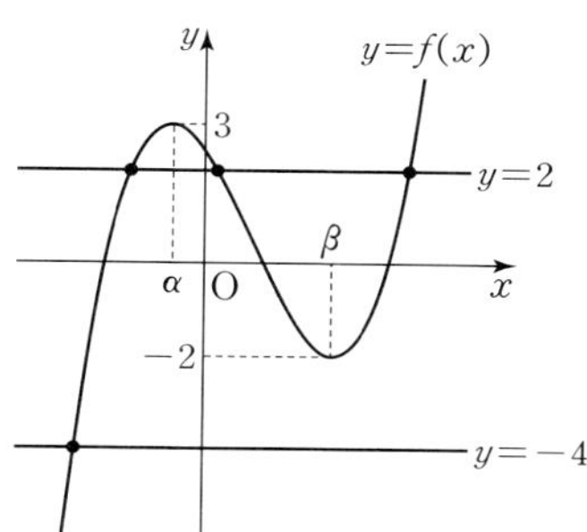

$f(x)=-4$에서 실근 1개, $f(x)=2$에서 실근 3개이므로 구하는 서로 다른 실근의 개수는 모두 4이다.

22 [모범답안]

주어진 식에 $x=0$, $y=0$을 대입하면

$f(0)=3f(0)\times f(0)$

$f(0)>0$이므로 $f(0)=\frac{1}{3}$

$f'(2018)$

$=\lim_{h\to0}\frac{f(2018+h)-f(2018)}{h}$

$=\lim_{h\to0}\frac{3f(2018)f(h)-f(2018)}{h}$

$=\lim_{h\to0}\frac{3f(2018)\left\{f(h)-\frac{1}{3}\right\}}{h}$

$=3f(2018)\lim_{h\to0}\frac{f(h)-f(0)}{h}$

$=3f(2018)f'(0)$

$\therefore \frac{f'(2018)}{f(2018)}=3f'(0)=9$

23 [모범답안]

$f(x)=\frac{1}{3}x^3+\frac{1}{4}x^2-3x+a$라 하면

$f'(x)=x^2+\frac{1}{2}x-3=\frac{1}{2}(x+2)(2x-3)$이므로

$f'(x)=0$에서 $x=-2$ 또는 $x=\frac{3}{2}$

함수 $f(x)$의 증가와 감소를 표로 나타내면 다음과 같다.

x	$\cdots$	-2	$\cdots$	$\frac{3}{2}$	$\cdots$
$f'(x)$	$+$	0	$-$	0	$+$
$f(x)$	↗	극대	↘	극소	↗

$x>0$에서 함수 $f(x)$는 $x=\frac{3}{2}$일 때 최솟값을 갖고, $x\geq2$인 모든 자연수 x에 대하여 $f(x)\geq f(2)$이다.

따라서 모든 자연수 x에 대하여 부등식 $f(x)\geq0$이 성립하려면

$f(1)\geq0$, $f(2)\geq0$이어야 한다.

$f(1)=\frac{1}{3}+\frac{1}{4}-3+a=a-\frac{29}{12}$,

$f(2)=\frac{8}{3}+1-6+a=a-\frac{7}{3}$이므로

$f(1)\geq 0$에서 $a\geq\frac{29}{12}$

$f(2)\geq 0$에서 $a\geq\frac{7}{3}$

이때 $\frac{7}{3}<\frac{29}{12}$이므로 $a\geq\frac{29}{12}$

즉, 실수 a의 최솟값은 $\frac{29}{12}$이다.

따라서 $p=12$, $q=29$이므로 $q-p=17$이다.

24 [모범답안]

$f(x)=ax^2+bx+c$(a, b, c는 정수, $a\neq 0$)으로 놓으면

$f'(x)=2ax+b$

$f'(x)\{f'(x)+2\}=8f(x)+12x^2+11$에서

$(2ax+b)(2ax+b+2)=8(ax^2+bx+c)+12x^2+11$

정리하면

$4a^2x^2+4(ab+a)x+b^2+2b$

$=4(2a+3)x^2+8bx+8c+11$

$4a^2=4(2a+3)$에서 $a^2-2a-3=0$

$a=-1$ 또는 $a=3$

(i) $a=-1$

$4(ab+a)=8b$에서 $b=-\frac{1}{3}$이므로 b가 정수라는 조건에 모순이다.

(ii) $a=3$

$4(ab+a)=8b$에서 $b=-3$

$b^2+2b=8c+11$에서 $c=-1$

$\therefore f(x)=3x^2-3x-1$

25 [모범답안]

점 P의 시각 t에서의 속도를 v, 가속도를 a라 하면

$v=\frac{dx}{dt}=-4t^3+12t^2+2kt$

$a=\frac{dv}{dt}=-12t^2+24t+2k$

$=-12(t-1)^2+2k+12$

점 P의 가속도 a는 $t=1$일 때 최댓값 $2k+12$를 가지므로

$2k+12=48$에서 $k=18$

$v=-4t^3+12t^2+36t$

$a=\frac{dv}{dt}=-12t^2+24t+36=-12(t+1)(t-3)$

$t\geq 0$이고 $t=3$의 좌우에서 a의 부호가 양에서 음으로 바뀌므로 $t=3$일 때 v는 극대이면서 최댓값을 갖는다.

따라서 점 P의 속도의 최댓값은 $t=3$일 때

$-4\times 27+12\times 9+36\times 3=108$

VI. 다항함수의 적분법

01 [모범답안]

$f(x)$가 $x=-1$에서 극값을 가지므로 $f'(-1)=0$

$f(x)=\int(2x^2+kx-3)dx$에서 양변을 미분하면

$f'(x)=2x^2+kx-3$ ……①

$f'(-1)=0$이므로 $f'(-1)=2-k-3=0$, $k=-1$

즉, $f'(x)=2x^2-x-3=(2x-3)(x+1)$ ……②

$f'(x)=0$일 때 $x=-1$ 또는 $x=\frac{3}{2}$

x	$\cdots$	-1	$\cdots$	$\frac{3}{2}$	$\cdots$
$f'(x)$	$+$	0	$-$	0	$+$
$f(x)$	↗	극대	↘	극소	↗

따라서 $f(x)$는 $x=-1$에서 극댓값을 가지며, $x=\frac{3}{2}$에서 극솟값을 가진다.

$f(x)=\int(2x^2-x-3)dx=\frac{2}{3}x^3-\frac{1}{2}x^2-3x+C$

$f(0)=0$이므로 $C=0$

즉, $f(x)=\frac{2}{3}x^3-\frac{1}{2}x^2-3x$ ……③

$f\left(\frac{3}{2}\right)=-\frac{27}{8}$ ……④

02 [모범답안]

$f'(x)=4x^3-8x+7$에서

$f'(1)=4-8+7=3$

$f(x)=\int f'(x)dx=\int(4x^3-8x+7)dx$

$=x^4-4x^2+7x+C$ (단, C는 적분상수)이므로

$f(1)=1-4+7+C=C+4$

곡선 $y=f(x)$ 위의 점 $(1, f(1))$에서의 접선의 방정식은

$y-f(1)=f'(1)(x-1)$

$y-(C+4)=3(x-1)$, $y=3x+C+1$

이 접선의 y절편이 3이므로 $C+1=3$, $C=2$

따라서 $f(x)=x^4-4x^2+7x+2$이므로

$f(3)=81-36+21+2=68$

03 [모범답안]

(i) $x<1$일 때

$f'(x)=3x^2-4$이므로

$f(x)=(3x^2-4)dx=x^3-4x+C_1$ (단, C_1는 적분상수)

$f(0)=0$이므로 $C_1=0$

즉, $f(x)=x^3-4x$

(ii) $x\geq 1$일 때

$f'(x)=-4x+3$이므로

$f(x)=(-4x+3)dx=-2x^2+3x+C_2$ (단, C_2는 적분상수)

함수 $f(x)$는 $x=1$에서 연속이므로

$\lim_{x\to 1-}f(x)=\lim_{x\to 1+}f(x)=f(1)$이어야 한다.

$\lim_{x\to 1-}f(x)=\lim_{x\to 1-}(x^3-4x)=-3$,

$\lim_{x\to 1+}f(x)=\lim_{x\to 1+}(-2x^2+3x+C_2)=1+C_2$,

$f(1)=1+C_2$이므로

$-3=1+C_2$에서 $C_2=-4$이고, 이때 $f(1)=-3$

$x\geq 1$일 때, $f(x)=-2x^2+3x-4$이므로

$f(2)=-8+6-4=-6$

따라서 $f(2)-f(1)=(-6)-(-3)=-3$

04 [모범답안]

함수 $f(x)$가 $f(x+3)=f(x)+2$를 만족하므로

$$\int_1^4 f(x)dx=\int_{-2}^1 f(x+3)dx=\int_{-2}^1 (f(x)+2)dx$$
$$=k+\int_{-2}^1 2dx=k+6$$

따라서 $\int_4^7 f(x)dx=\int_1^4 f(x+3)dx=\int_1^4 (f(x)+2)dx$
$$=(k+6)+6=k+12$$

$$\int_{-2}^7 f(x)dx=\int_{-2}^1 f(x)dx+\int_1^4 f(x)dx+\int_4^7 f(x)dx$$

$k+(k+6)+(k+12)=3k+18$

$\therefore \int_{-2}^7 f(x)dx=3k+18$

05 [모범답안]

$\frac{d}{dx}\{f(x)-g(x)\}=2x-2$에서

$f(x)-g(x)=x^2-2x+C_1$, $f(0)-g(0)=-2$이므로

$f(0)-g(0)=C_1=-2$

$f(x)-g(x)=x^2-2x+C_1=x^2-2x-2$

$\frac{d}{dx}\{f(x)g(x)\}=3x^2+4x-2$에서

$f(x)g(x)=x^3+2x^2-2x+C_2$, $f(0)g(0)=3$이므로

$C_2=3$

따라서 $f(x)g(x)=x^3+2x^2-2x+3$
$$=(x+3)(x^2-x+1)$$

$\begin{cases} f(x)=x+3 \\ g(x)=x^2-x+1 \end{cases}$ 또는 $\begin{cases} f(x)=x^2-x+1 \\ g(x)=x+3 \end{cases}$

$f(0)=1$, $g(0)=3$이므로

$f(x)=x^2-x+1$, $g(x)=x+3$

06 [모범답안]

$$\int_0^x (x-t)f(t)dt=x^4+3x^2+k$$

주어진 식에 $x=0$을 대입하면 $k=0$

$$\int_0^x (x-t)f(t)dt=x\int_0^x f(t)dt-\int_0^x tf(t)dt$$
$$=x^4+3x^2$$

양변을 x에 대하여 미분하면

$$\int_0^x f(t)dt+xf(x)-xf(x)=\int_0^x f(t)dt=4x^3+6x$$

다시 양변을 x에 대하여 미분하면

$f(x)=12x^2+6$

$\therefore f(1)=12+6=18$

07 [모범답안]

$\int_{-1}^a f(x)dx=\int_{-1}^0 f(x)dx$에서

$$\int_{-1}^a f(x)dx-\int_{-1}^0 f(x)dx=0$$

$$\int_{-1}^a f(x)dx+\int_0^{-1} f(x)dx=0,$$

$$\int_0^a f(x)dx=0$$

$$\int_0^a f(x)dx=\int_0^a (6x^2-6x-5)dx$$

$=[2x^3-3x^2-5x]_0^a=2a^3-3a^2-5a$이므로

$2a^3-3a^2-5a=0$

$a(a+1)(2a-5)=0$에서

$a=-1$ 또는 $a=0$ 또는 $a=\frac{5}{2}$

$\therefore a$의 모든 합은 $(-1)+0+\frac{5}{2}=\frac{3}{2}$

08 [모범답안]

$f(x)=x^2+2x+5$라고 하고, $f(x)$의 한 부정적분을 $F(x)$라고 하면

$$\lim_{h\to 0+}\frac{S(h)}{h}$$
$$=\lim_{h\to 0+}\frac{\int_{3-2h}^{3+2h} f(x)}{h}$$
$$=\lim_{h\to 0+}\frac{F(3+2h)-F(3-2h)}{h}$$
$$=\lim_{h\to 0+}\frac{F(3+2h)-F(3)+F(3)-F(3-2h)}{h}$$
$$=\lim_{h\to 0+}\frac{\{F(3+2h)-F(3)\}-\{F(3-2h)-F(3)\}}{h}$$
$$=2\lim_{h\to 0+}\frac{\{F(3+2h)-F(3)\}}{2h}$$
$$+2\lim_{h\to 0+}\frac{\{F(3-2h)-F(3)\}}{(-2h)}$$

$=2F'(3)+2F'(3)=4F'(3)=4f(3)=4\times20=80$

09 [모범답안]

$f(x+y)=f(x)+f(y)-xy$에서 $x=0$, $y=0$을 대입하면

$f(0)=f(0)+f(0)-0$, $f(0)=0$

$f'(1)=2$이므로

$f(x+y)=f(x)+f(y)-xy$에서 $x=1$, $y=h$를 대입하면

$f(1+h)=f(1)+f(h)-h$

$$f'(1)=\lim_{h\to0}\frac{f(1+h)-f(1)}{h}=\lim_{h\to0}\frac{f(h)-h}{h}$$

$$=\lim_{h\to0}\left\{\frac{f(h)}{h}-1\right\}=f'(0)-1$$

$f'(1)=2$이므로 $f'(0)=3$이 성립한다.

한편, $f(x)$를 구하기 위해서는 $f'(x)$를 구하여야 한다.

$f(x+y)=f(x)+f(y)-xy$에서 $x=x$, $y=h$를 대입하면,

$f(x+h)=f(x)+f(h)-xh$

$$f'(x)=\lim_{h\to0}\frac{f(x+h)-f(x)}{h}=\lim_{h\to0}\frac{f(h)-xh}{h}$$

$$=\left\{\lim_{h\to0}\frac{f(h)}{h}\right\}-x=f'(0)-x=3-x$$

$f(x)=\int f'(x)dx=\int(3-x)dx=-\frac{1}{2}x^2+3x+C$

이때 $f(0)=0=C$이다.

그러므로 $f(x)=-\frac{1}{2}x^2+3x$이다.

10 [모범답안]

$\int_{-5}^{5}(x^3+4)f(x)dx=\int_{-5}^{5}\{x^3f(x)+4f(x)\}dx$이다.

$x^3f(x)=g(x)$라 하면,

모든 실수 x에 대하여 $f(x)$는 y축에 대하여 대칭이므로 $f(x)=f(-x)$가 성립한다.

따라서

$g(-x)=(-x)^3f(-x)=-x^3f(x)=-g(x)$이므로

$g(x)$는 원점에 대하여 대칭이다.

즉, $\int_{-5}^{5}x^3f(x)dx=\int_{-5}^{5}g(x)dx=0$이 성립한다.

$$\int_{-5}^{5}(x^3+4)f(x)dx=\int_{-5}^{5}x^3f(x)dx+4\int_{-5}^{5}f(x)dx$$

$$=0+4\int_{-5}^{5}f(x)dx$$

$$4\int_{-5}^{5}f(x)dx=8\int_{0}^{5}f(x)dx=8\times3=24$$

11 [모범답안]

$f(x)=3x^2+ax+b$ (a, b는 상수)로 놓으면

$\int_0^1 f(x)dx=\int_0^1(3x^2+ax+b)dx$

$=\left[x^3+\frac{a}{2}x^2+bx\right]_0^1=1+\frac{a}{2}+b$

$f(1)=3+a+b$이므로

$1+\frac{a}{2}+b=3+a+b$에서 $a=-4$

$\int_0^2 f(x)dx=\int_0^2(3x^2+ax+b)dx$

$=\left[x^3+\frac{a}{2}x^2+bx\right]_0^1=1+\frac{a}{2}+b$

$f(1)=3+a+b$이므로

$1+\frac{a}{2}+b=3+a+b$에서 $a=-4$

$\int_0^2 f(x)dx=\int_0^2(3x^2+ax+b)dx$

$=\left[x^3+\frac{a}{2}x^2+bx\right]_0^2=8+2a+2b$

$f(2)=12+2a+b$이므로

$8+2a+2b=12+2a+b$에서 $b=4$

따라서 $f(x)=3x^2-4x+4$이므로

$f(-1)=3+4+4=11$

12 [모범답안]

조건 (가)에서 $\int_0^2 f(t)dt=a$ (a는 상수)라 하면

$f(x)=x^3+4ax-a^2$

$\int_0^2(x^3+4ax-a^2)dx=\left[\frac{1}{4}x^4+2ax^2-a^2x\right]_0^2$

$=4+8a-2a^2=a$에서

$2a^2-7a-4=0$, $(a-4)(2a+1)=0$

$a=-\frac{1}{2}$ 또는 $a=4$

함수 $f(x)$가 조건 (나)를 만족시키려면 실수 전체의 집합에서 증가해야 하므로 모든 실수 x에 대하여 $f'(x)\geq0$이어야 한다.

$a=-\frac{1}{2}$인 경우 $f(x)=x^3-2x-\frac{1}{4}$이고

$f'(x)=3x^2-2$

이때 $f'(x)<0$인 실수 x가 존재하므로 조건 (나)를 만족시키지 않는다.

$a=4$인 경우 $f(x)=x^3+16x-16$이고

$f'(x)=3x^2+16$

이때 모든 실수 x에 대하여 $f'(x)>0$이므로 조건 (나)를 만족시킨다.

따라서 $f(1)=1+16-16=1$

13 [모범답안]

함수 $f(x)=x^2(x+2)(x+k)$의 그래프는 다음과 같다.

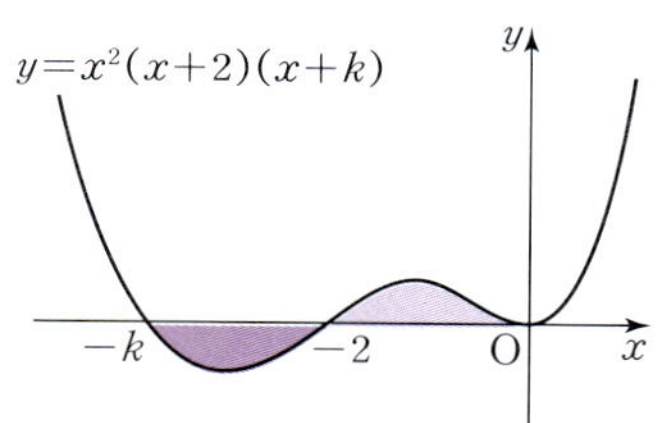

닫힌구간 $[-k,\ -2]$에서는 $f(x)\leq 0$이고,

$\int_{-k}^{-2} f(x)dx=A$이며 둘러싸인 넓이는 $-A$이다.

닫힌구간 $[-2,\ 0]$에서는 $f(x)\geq 0$이고,

$\int_{-2}^{0} f(x)dx=B$이며 둘러싸인 넓이는 B이다.

이때 x축으로 둘러싸인 넓이가 같으므로 $-A=B$, $A+B=0$이다.

그러므로 $\int_{-k}^{0} f(x)dx=0$을 만족한다.

$$\int_{-k}^{0} x^2(x+2)(x+k)dx$$
$$=\int_{-k}^{0} x^4+(k+2)x^3+2kx^2dx$$
$$=\left[\frac{1}{5}x^5+\frac{(k+2)}{4}x^4+\frac{2k}{3}x^3\right]_{-k}^{0}$$
$$=\frac{k^5}{5}-\frac{k^5+2k^4}{4}+\frac{2k^4}{3}$$
$$=0$$
$$\therefore k=\frac{10}{3}$$

14 [모범답안]

두 곡선 $y=2x^2-3$과 $y=x^2+\frac{1}{n}$의 교점의 x좌표를 구하면

$2x^2-3=x^2+\frac{1}{n}$에서 $x^2=3+\frac{1}{n}$

$\therefore x=\pm\sqrt{3+\frac{1}{n}}$ ……①

도형의 넓이 S_n은

$$S_n=\int_{-\sqrt{3+\frac{1}{n}}}^{\sqrt{3+\frac{1}{n}}}\left|(2x^2-3)-\left(x^2+\frac{1}{n}\right)\right|dx$$
$$=\int_{-\sqrt{3+\frac{1}{n}}}^{\sqrt{3+\frac{1}{n}}}\left|x^2-3-\frac{1}{n}\right|dx$$
$$=\left[-\frac{1}{3}x^3+\left(3+\frac{1}{n}\right)x\right]_{-\sqrt{3+\frac{1}{n}}}^{\sqrt{3+\frac{1}{n}}}$$
$$=\left(2-\frac{2}{3}\right)\left(3+\frac{1}{n}\right)\sqrt{3+\frac{1}{n}}$$ ……②

이때 $\lim_{x\to\infty}S_n=\lim_{n\to\infty}\left(2-\frac{2}{3}\right)\left(3+\frac{1}{n}\right)\sqrt{3+\frac{1}{n}}$

$$=\left(2-\frac{2}{3}\right)(3)\sqrt{3}=4\sqrt{3}$$ ……③

15 [모범답안]

시각 t에서의 두 점 P, Q의 위치를 각각 $x_P(t)$, $x_Q(t)$라고 하면

$x_P(t)=\int(3t^2+4t-5)dt=t^3+2t^2-5t+C_1$

P는 원점에서 출발하였으므로, $x_P(0)=0$, $C_1=0$

따라서 $x_P(t)=t^3+2t^2-5t$

$x_Q(t)=\int(4t+11)dt=2t^2+11t+C_2$

Q는 원점에서 출발하였으므로, $x_Q(0)=0$, $C_2=0$

따라서 $x_Q(t)=2t^2+11t$

움직이는 두 점 P, Q가 다시 만나기 위해서는 $x_p(t)=x_q(t)$를 만족해야 하므로

$$x_p(t)-x_q(t)=(t^3+2t^2-5t)-(2t^2+11t)$$
$$=t^3-16t=t(t^2-16)=0$$

이때 $t\geq 0$이므로 $t=0$, $t=4$이다.

따라서 $t=4$일 때 두 점 P, Q는 다시 만나게 된다.

16 [모범답안]

$x^2\int_1^x f(t)dt=\int_1^x t^2f(t)dt+x^4+ax^3+bx^2$ …… ㉠

㉠의 양변에 $x=1$을 대입하면

$\int_1^1 f(t)dt=0$, $\int_1^1 t^2f(t)dt=0$이므로

$0=0+1+a+b$에서

$a+b=-1$ …… ㉡

㉠의 양변을 x에 대하여 미분하면

$2x\int_1^x f(t)dt+x^2f(x)=x^2f(x)+4x^3+3ax^2+2bx$

$2x\int_1^x f(t)dt=4x^3+3ax^2+2bx$

$\int_1^x f(t)dt=2x^3+\frac{3a}{2}x+b$ …… ㉢

㉢의 양변에 $x=1$을 대입하면

$0=2+\frac{3a}{2}+b$에서

$3a+2b=-4$ …… ㉣

㉡, ㉣을 연립하여 풀면

$a=-2$, $b=1$

㉢에서

$\int_1^x f(t)dt=2x^2-3x+1$ …… ㉤

㉤의 양변을 x에 대하여 미분하면 $f(x)=4x-3$이므로

$f(a+b)=f(-1)=-7$

17 [모범답안]

$f(t)=3t^2-10t$이라 하고

$f(t)$의 부정적분을 $F(t)$라고 하면

$\lim_{x \to k} \frac{1}{x-k} \int_k^x (3t^2-10t)dt$

$= \lim_{x \to k} \frac{1}{x-k} \int_k^x f(t)dt$

$= \lim_{x \to k} \frac{F(x)-F(k)}{x-k}$

$= F'(k)$

$= f(k)$

$f(k) = -3$

$3k^2 - 10k = -3$

$3k^2 - 10k + 3 = (3k-1)(k-3) = 0$

$\therefore k = \frac{1}{3}, k = 3$

따라서 모든 실수 k 값의 곱은 1이다.

18 [모범답안]

함수 $g(x)$가 $g(x) = \begin{cases} 2f(x) & (f(x) \geq 0) \\ 0 & (f(x) < 0) \end{cases}$이므로

두 함수 $y=f(x)$, $y=g(x)$의 그래프는 그림과 같다.

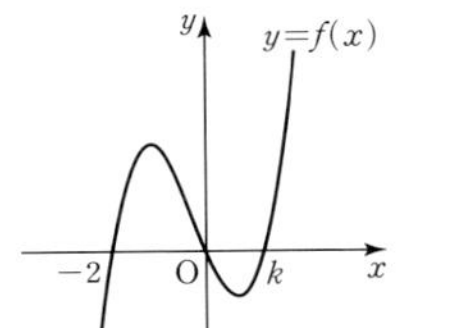

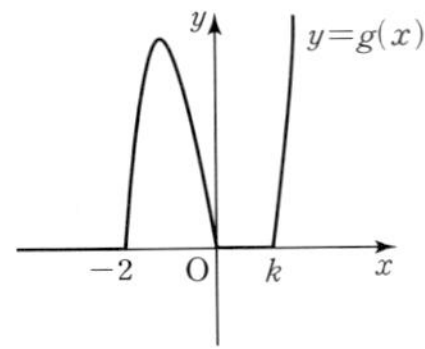

그러므로 함수 $y=g(x)$의 그래프와 x축으로 둘러싸인 부분의 넓이는

$\int_{-2}^{0} 2f(x)dx = \int_{-2}^{0} \{x^3+(2-k)x^2-2kx\}dx$

$= 2\left[\frac{1}{4}x^4 + \frac{2-k}{3}x^3 - kx^2\right]_{-2}^{0}$

$= 2\left\{0 - \left(4 + \frac{8k-16}{3} - 4k\right)\right\} = \frac{8}{3}k + \frac{8}{3}$

$\frac{8}{3}k + \frac{8}{3} = 8$이므로 $\frac{8}{3}k = \frac{16}{3}$

따라서 $k=2$

19 [모범답안]

$f'(k) = 3k^2 - 3 = 0$을 만족하는 $k = \pm 1$이다. 이때 $k > 0$이므로 $k=1$이다.

$f(1) = -2$이므로 $g(1) = -2$이다. 또한 $g'(1) = 0$이므로 $g(x) = (x-1)^2 - 2 = x^2 - 2x - 1$이다.

두 곡선 $y=f(x)$와 $y=g(x)$로 둘러싸인 부분의 넓이를 구하기 위해서는 $f(x)-g(x)$를 구해야 하므로

$f(x) - g(x) = (x^3 - 3x) - (x^2 - 2x - 1)$

$= x^3 - x^2 - x + 1 = (x-1)^2(x+1)$

따라서 둘러싸인 부분의 넓이는

$\int_{-1}^{1} |(x-1)^2(x+1)|dx = \frac{4}{3}$이다.

20 [모범답안]

주어진 그림에서 $A = \int_1^3 f(x)dx$

$\lim_{n \to \infty} \sum_{k=1}^{n} f\left(1 + \frac{2k}{n}\right)\frac{4}{n} = 2\lim_{n \to \infty} \sum_{k=1}^{n} f\left(1 + \frac{2k}{n}\right)\frac{2}{n}$이고,

$\lim_{n \to \infty} \sum_{k=1}^{n} f\left(1 + \frac{2k}{n}\right)\frac{2}{n} = \int_1^3 f(x)dx$이므로

$\lim_{n \to \infty} f\left(1 + \frac{2k}{n}\right)\frac{4}{n} = 2\lim_{n \to \infty} \sum_{k=1}^{n} f\left(1 + \frac{2k}{n}\right)\frac{2}{n}$

$= 2\int_1^3 f(x)dx = 2A$

21 [모범답안]

주어진 관계식의 양변을 x에 대해 미분하면

$f(x) = f(x) + xf'(x) - 6x^2 + 4x$

$xf'(x) = 6x^2 - 4x$, $f'(x) = 6x - 4$

양변을 x에 대해 적분하면

$\int f'(x)dx = \int (6x-4)dx$, $f(x) = 3x^2 - 4x + C$

(단, C는 적분상수)

$f(1) = 2$이므로

$f(1) = 3 - 4 + C = 2$, $C = 3$

따라서 $f(x) = 3x^2 - 4x + 3$

$\therefore f(2) = 7$

22 [모범답안]

조건 (가)에서 $f(0) = 0$, $f'(0) = 9$이고

조건 (나)에서 $f(3) = 0$, $f'(3) = 0$이다.

$f(0) = 0$, $f(3) = 0$이므로

$f(x) = ax(x-3)(x+k)$ (k는 상수, a는 0이 아닌 상수)로 놓으면

$f'(x) = a(x-3)(x+k) + ax(x+k) + ax(x-3)$

$f'(3) = a \times 3 \times (3+k) = 0$에서 $k = -3$

따라서

$f(x) = ax(x-3)^2 = ax^3 - 6ax^2 + 9ax$이므로

$f'(x) = 3ax^2 - 12ax + 9a$

$f'(0) = 9a = 9$에서 $a = 1$이므로

$f(x) = x^3 - 6x^2 + 9x = x(x-3)^2$

$0 \leq x \leq 3$에서 $f(x) \geq 0$이므로

곡선 $y=f(x)$와 x축으로 둘러싸인 부분의 넓이는

$\int_0^3 f(x)dx = \int_0^3 (x^3 - 6x^2 + 9x)dx$

$= \left[\frac{1}{4}x^4 - 2x^3 + \frac{9}{2}x^2\right]_0^3$

$= \frac{81}{4} - 54 + \frac{81}{2}$

$=\frac{27}{4}$

23 [모범답안]

점 P가 움직이는 방향이 바뀌는 순간 $v(t)=0$이므로

$t^2-5t+4=0$에서 $(t-1)(t-4)=0$

$t=1$ 또는 $t=4$에서 점 P가 움직이는 방향이 바뀌므로

$t_1=1,\ t_2=4$

시각 $t=1$에서의 점 P의 위치가 7이므로

시각 $t=4$에서 점 P의 위치는 $7+\int_1^4 v(t)$이고

$\int_1^4 v(t)dt=\int_1^4 (t^2-5t+4)dt$

$=\left[\frac{1}{3}t^3-\frac{5}{2}t^2+4t\right]_1^4$

$=\left(\frac{64}{3}-40+16\right)-\left(\frac{1}{3}-\frac{5}{2}+4\right)=-\frac{9}{2}$

따라서 시각 $t=4$에서의 점 P의 위치는

$7+\left(-\frac{9}{2}\right)=\frac{5}{2}$

24 [모범답안]

$1+\frac{2k}{n}=x_k$라고 하면 $\triangle x=\frac{2}{n}$이므로

이를 주어진 값에 대입하면

$\lim_{n\to\infty}\frac{1}{n}\sum_{k=1}^{n}f\left(1+\frac{2k}{n}\right)$

$=\lim_{n\to\infty}\sum_{k=1}^{n}f\left(1+\frac{2k}{n}\right)\frac{2}{n}\times\frac{1}{2}$

$=\frac{1}{2}\int_1^3 f(x)dx$

$=\frac{1}{2}\int_1^3 (x^3+x)dx$

$=\frac{1}{2}\left[\frac{1}{4}x^4+\frac{1}{2}x^2\right]_1^3$

$=12$

25 [모범답안]

$S(t)=\int_t^{t+1}f(x)dx=\int_t^1 4x^2dx+\int_1^{t+1}(x-3)^2dx$

$=-\int_1^t 4x^2dx+\int_1^t (x-2)^2dx$

$S'(t)=-4t^2+(t-2)^2=-3t^2-4t+4$

$=-(3t^2+4t-4)=-(t+2)(3t-2)$

$S'(t)=0$에서 $0<t<1$이므로 $t=\frac{2}{3}$

$t=\frac{2}{3}$의 좌우에서 $S'(t)$의 부호가 양에서 음으로 바뀌므로

함수 $S(t)$는 $t=\frac{2}{3}$에서 극대이면서 최대이다.

기출(2025학년도)

국어[인문A]

01 [모범답안]

답안	배점	예상 소요 시간
① 전통적인, 있다	5점	4분 / 전체 80분
② 우선, 있다	5점	

[바른해설]

① 둘째 문단의 문장 '전통적인 신문, 잡지 구독 서비스부터 최근 급부상한 온라인 스트리밍 서비스, 유통업계의 정기 배송 서비스 등이 대표적 사례라고 할 수 있다.'에서 구독 경제의 구체적인 사례를 제시하고 있다는 것을 확인할 수 있다. 이런 예시를 통해 독자가 앞 문장에서 설명한 구독 경제의 개념에 대한 이해를 조금 더 쉽게 이해할 수 있도록 도울 수 있다.

② 넷째 문단의 문장 '우선 가격 장벽이 낮은 것이 소비자의 무분별한 구독으로 이어지며 오히려 과소비를 조장할 우려가 있다.'에서 구독 경제의 확산으로 나타나는 문제점 중 소비자의 소비 행태에 부정적인 영향을 미칠 수 있다는 점이 언급되고 있음이 확인된다.

02 [모범답안]

답안	배점	예상 소요 시간
① 고정비가 있기/발생하기/존재하기/생기기 때문이다 등	5점	5분 / 전체 80분
② 왼쪽 (방향)으로, 왼편 (방향)으로, 원점 (방향)으로, 좌측 (방향)으로 등	5점	

[바른해설]

① 내부 제조를 나타내는 그래프에서 선의 처음 출발점이 아웃소싱을 나타내는 선보다 위에서 출발하는 것은, 제시문에 따르면 내부 제조 시에는 아웃 소싱에서와 달리 고정비용이 발생하기 때문이다.

② 제품의 내부 제조 시 다른 비용은 달라지지 않으면서 고정비만 줄어들면 〈그림〉에서 '내부 제조 시의 총비용(A)' 그래프는 아래로 이동한다. 이에 따라 Q'은 그래프 상 왼쪽 방향으로 이동하게 된다.

03 [모범답안]

답안	배점	예상 소요 시간
① 극소 국가	5점	5분 / 전체 80분
② 최소 국가	5점	

[바른해설]

제시문에서는 노직의 최소국가론이 나타난다. 노직에 의하면 국가가 갖추어야 할 두 요건은 "강제력의 독점"과 "보호서비스의 제공"이다. 이 두 가지를 충족시켜줄 수 있는 최소한의 형태가 최소국가이다. 노직에 의하면 국가는 초기의 자연발생적인 형태인 "보호협회"에서 "상업적 보호협회"와 "지배적 보호협회" 그리고 "극소국가"와 "최소국가"로 나아간다. 〈보기〉는 이 중에서 보호협회와 극소국가, 최소국가가 각각 이 국가가 갖추어야 할 요건을 얼마나 충족시켜주고 있는가를 정리해 놓고 있다. 극소국가 이전의 협회들은 아직 "강제력의 독점"을 이루지 못하며, 극소국가와 최소국가만이 강제력의 독점을 갖춘다. 그러나 극소국가는 비용을 지불하는 사람들만을 보호하는데 반해, 최소국가는 영토 내의 모든 사람들을 보호하는 것으로 나타난다.

04 [모범답안]

답안	배점	예상 소요 시간
㉠ 고의	2점	5분 / 전체 80분
㉡ 과실	2점	
㉢ 주의 의무	2점	
㉣ 고의	4점	

[바른해설]

㉠ 자동차 운전자가 보복 운전의 목적으로 앞차를 뒤에서 들이받아 추돌사고를 낸 것은 자신의 행위가 구성 요건에 해당함을 알고도 그 행위를 의도적으로 실현한 '고의'에 해당한다.

㉡ 운전자가 수면 부족으로 피로한 상태에서 졸음운전을 하다 앞차를 뒤에서 들이받는 사고를 낸 경우는 자신의 행위가 타인의 법익을 해칠 것임을 몰랐더라도 사회적으로 요구되는 주의 의무를 준수하지 못한 '과실'에 해당한다.

㉢ 제시문의 2문단에서 확인할 수 있듯이 과실범이 성립하는 요건은 행위자의 주의 의무 위반 여부에 있다. 따라서 ㉢에 들어갈 적절한 말은 '주의 의무'이다.

㉣ 운전자가 도로에 사람이 있다는 것을 인식하지 못한 것은 운전자가 자신의 행위가 타인의 법익을 해칠 것임을 몰랐던 경우에 해당하므로, 여기에는 고의가 인정되지 않는다. 따라서 ㉣에 들어갈 적절한 말은 '고의'이다.

05 [모범답안]

답안	배점	예상 소요 시간
① '주관설' 또는 '행위자 표준설'	4점	7분 / 전체 80분
② '객관설' 또는 '평균인 표준설'	3점	
③ '허용된 위험' (이론)	3점	

[바른해설]

① 제시문의 3문단에 의하면 주관설(또는 행위자 표준설)에서는 행위자 개인의 주의 능력을 기준으로 하여 주의 의무 위반 여부를 판단한다. 따라서 〈보기1〉에서 '갑'의 과실 유무와 과실의 경중에 대한 판단을 할 때, '갑' 개인의 과실 주의력을 표준으로 삼는 것은 주관설(행위자 표준설)의 관점이다.

② 제시문의 3문단에 의하면 객관설(또는 평균인 표준설)에서는 사회 일반인의 주의 능력을 기준으로 하여 주의 의무 위반 여부를 판단한다. 단, 의료나 운전 등과 같이 전문화된 업무와 관련된 행위는 동일한 업무와 직종에 종사하는 사람들을 표준으로 삼는다고 했다. 따라서 〈보기1〉에서 의사인 '갑'의 과실 유무와 과실의 경중에 대한 판단을 할 때, 의료 업무와 직종에 종사하는 사람들의 주의력을 표준으로 삼는 것은 객관설(평균인 표준설)의 관점이다.

③ 제시문의 4문단에 의하면 '허용된 위험' 이론에서는 행위자가 구성 요건에 해당하는 결과를 피하기 위한 조치를 충분히 했다면, 비록 그 행위가 중대한 피해를 초래하더라도 행위자에게 과실 책임을 지울 수 없다고 본다. 따라서 '허용된 위험' 이론에서는 〈보기1〉에서 '갑'의 과실 유무와 과실의 경중에 대한 판단을 할 때, '갑'이 '을'에게 수술 전 일정 기간 아스피린의 복용 중단을 지시했는가 그렇지 않은가가 중요한 요소가 된다.

06 [모범답안]

답안	배점	예상 소요 시간
① 모음 탈락	5점	3분 / 전체 80분
② 유음화	3점	
③ 구개음화	2점	

[바른해설]

① '가서'는 동사 어간 '가-'와 어미 '-아서'가 결합한 것인데, [가서]로 발음된다. 이때 어간과 어미의 결합 과정에 동일 모음 'ㅏ'가 탈락하는 모음 탈락이 일어난다.

② '난리'는 [날리]로 발음되는데, 이때 'ㄴ'이 'ㄹ' 앞에서 'ㄹ'로 바뀌는 유음화가 일어난다.

③ '걷히다'는 [거치다]로 발음되는데, 이때 'ㄷ'과 'ㅎ'이 만나 'ㅌ'으로 바뀌는 거센소리되기와, 'ㅌ'이 'ㅣ' 앞에서 'ㅊ'으로 바뀌는 구개음화가 일어난다.

07 [모범답안]

답안	배점	예상 소요 시간
① 내, 상관하랴	7점	6분 / 전체 80분
② 아마도, 마치리라	3점	

[바른해설]

① "내 생애 담백한들 분수이니 상관하랴"를 살펴보면, '분수이니'에서 그것이 자신에게 맞는 삶이라고 하고 있음을 확인할 수 있고, '~상관하랴'에서 설의적 표현을 확인할 수 있다. 그리고 이 구절은 전체적으로 소박한 생활에 불만을 가지기 보다는 이를 수용하려는 삶의 태도가 드러나는 것으로 이해할 수 있다.

② "아마도 수석에 소요하여 남은 세월 마치리라"의 '남은 세월'과 '~마치리라' 등을 통해 여생을 이와 같은 삶의 태도로 살아가고자 하는 소망과 다짐을 표현하고 있음을 확인할 수 있다.

08 [모범답안]

답안	배점	예상 소요 시간
① 탁영호	5점	7분 / 전체 80분
② 선부연	5점	

[바른해설]

① "티끌 묻은 긴 갓끈을 탁영호(濯纓湖)에 씻어 내니/ 귀 씻던 옛 할아비 자네 혼자 높을쏘냐"에서 해당 장소가 '탁영호'임을 확인할 수 있다.

② "청학동(靑鶴洞) 좁은 길로 선부연(仙釜淵) 찾아가니/ 반고씨 적 생긴 가마 제작도 공교하다/ 형산에 만든 솥을 뉘라셔 옮겨 왔나"에서 해당 장소가 '선부연'임을 확인할 수 있다.

09 [모범답안]

답안	배점	예상 소요 시간
① 그러나, 질식입니다	4점	6분 / 전체 80분
② 그러나, 느끼시나요(?)	6점	

[바른해설]

① 첫째 문단의 문장 '그러나 그것은 장미꽃 송이 속에 파묻히어 향기에 도취한 행복한 질식이 아니라, 대기에서 절연된 무덤 속에서 화석(化石) 되어 가는 구더기의 몸부림치는 질식입니다.'에서 '나'가 느끼는 조선의 현실에 대한 절망감을

알 수 있다. 여기에서 '나'가 느끼는 고통이 '숨막힘'과 같은 '질식'으로 표현되고 있고, 이것이 '행복한 질식'이 아니라 '구더기의 몸부림 치는 질식'으로 표현되는 것에서 긍정적 상황과 부정적 상황의 '질식'이 대조되고 있는 것을 확인할 수 있다.

② 둘째 문단의 문장 '그러나 스스로 내성(內省)하는 고민이요 오뇌가 아니라, 발길과 채찍 밑에 부대끼면서도 숨이 죽어 엎디어 있는 거세된 존재에게도 존경과 동정을 느끼시나요?'에서 조선과 조선 민중에 대한 일본의 폭압성이 환유적 소재 '발길'과 '채찍'에 의해 드러난다. 그리고 이러한 상황에 적극적 성찰로 나아가지 못한 채 무기력한 태도로 살아가는 조선 민중과 '나' 자신에 대한 자조적 인식도 드러나고 있음을 알 수 있다.

수학[인문A]

10 [모범답안]

답안	배점	예상 소요 시간
$ab=1$	3점	4분 / 전체 80분
$m=30$	4점	
$a=\dfrac{5}{3}$	3점	

[바른해설]

$\log_a b-\log_b a=0$

$\dfrac{\log b}{\log a}-\dfrac{\log a}{\log b}=0$

양변에 $\log a\log b$를 곱하면

$(\log b)^2-(\log a)^2=0$

$(\log b+\log a)(\log b-\log a)=0$

$a\neq b$이므로 $\log b+\log a=0$

$\therefore \log ab=0$, $ab=1$

a, b가 1이 아닌 양수이므로 부등식의 성질에 의해

$9a+25b\geq 2\sqrt{9a\times 25b}=30$ (단, 등호는 $9a=25b$일 때 성립)

$\therefore$ $9a+25b$의 최솟값 $m=30$이고 이때의 a값인 $a=\dfrac{5}{3}$이다.

11 [모범답안]

답안	배점	예상 소요 시간
$a_n=3n-1$	1.5점	4분 / 전체 80분
$\sum_{k=1}^{6}(a_k)^3=9633$	3.5점	
$S_n=\dfrac{n(3n+1)}{2}$	1.5점	
$n=23$	3.5점	

[바른해설]

첫째항이 2이고 공차가 3인 등차수열 $\{a_n\}$은

$a_n=2+(n-1)\times 3=3n-1$이므로,

$\sum_{k=1}^{6}(a_k)^3=\sum_{k=1}^{6}(3k-1)^3=\sum_{k=1}^{6}(27k^3-27k^2+9k-1)$

$=9633$이다.

따라서 $13S_n>9633$에서 $S_n>741$이고

$S_n=\dfrac{n\{4+3(n-1)\}}{2}=\dfrac{n(3n+1)}{2}$이므로

$\dfrac{n(3n+1)}{2}>741$이다.

$S_{22}=737$이고 $S_{23}=805$이므로 $13S_n>\sum_{k=1}^{6}(a_k)^3$을 만족시키는 자연수 n의 최솟값은 23이다.

12 [모범답안]

답안	배점	예상 소요 시간
$x=-1+\sqrt{1+t}$	2점	5분 / 전체 80분
$S(t)=2t(\sqrt{1+t}-1)$ $-2(\sqrt{1+t}-1)^2$ $-\dfrac{2}{3}(\sqrt{1+t}-1)^3$	5점	
$\lim\limits_{t\to\infty}=\dfrac{\sqrt{t}\,S(t)}{t^2}=\dfrac{4}{3}$	3점	

[바른해설]

제1사분면에서 두 함수 $|2x|+y=t$과 $y=x^2$의 교점의 x좌표는 $x^2+2x-t=0$에서 $x=-1+\sqrt{1+t}$이다. 따라서 두 함수로 둘러싸인 부분의 넓이는 다음과 같다.

$$S(t)=2\int_0^{-1+\sqrt{1+t}}(t-2x-x^2)dx$$

$$=2\left[tx-x^2-\frac{x^3}{3}\right]_0^{-1+\sqrt{1+t}}$$

$=2t(\sqrt{1+t}-1)-2(\sqrt{1+t}-1)^2-\dfrac{2}{3}(\sqrt{1+t}-1)^3$이다. 따라서

$$\lim_{t\to\infty}\frac{\sqrt{t}\,S(t)}{t^2}$$

$$=\lim_{t\to\infty}\frac{2t(\sqrt{1+t}-1)-2(\sqrt{1+t}-1)^2-\frac{2}{3}(\sqrt{1+t}-1)^3}{t^{\frac{3}{2}}}$$

$$=2-\frac{2}{3}=\frac{4}{3}$$

13 [모범답안]

답안	배점	예상 소요 시간
$f(t)=\begin{cases}0 & (t<0)\\ 1 & (t=0)\\ 2 & (0<t<2)\\ 3 & (t=2)\\ 4 & \left(2<t<\frac{9}{4}\right)\\ 3 & \left(t=\frac{9}{4}\right)\\ 2 & \left(t>\frac{9}{4}\right)\end{cases}$ (또는 $f(t)$의 그래프)	4.5점	6분 / 전체 80분
$g(t)=t(t-2)\left(t-\frac{9}{4}\right)$	4.5점	
$f(1)+g(1)=\frac{13}{4}$	1점	

[바른해설]

$|x^2-2x|+x=\begin{cases}x^2-x & (x\le 0)\\ -x^2+3x & (0<x\le 2)\\ x^2-x & (x>2)\end{cases}$이고

$y=-x^2+3x=-\left(x-\frac{3}{2}\right)^2+\frac{9}{4}$이므로

함수 $y=|x^2-2x|+x$의 $x=\frac{3}{2}$에서의 함숫값은 $\frac{9}{4}$이다.

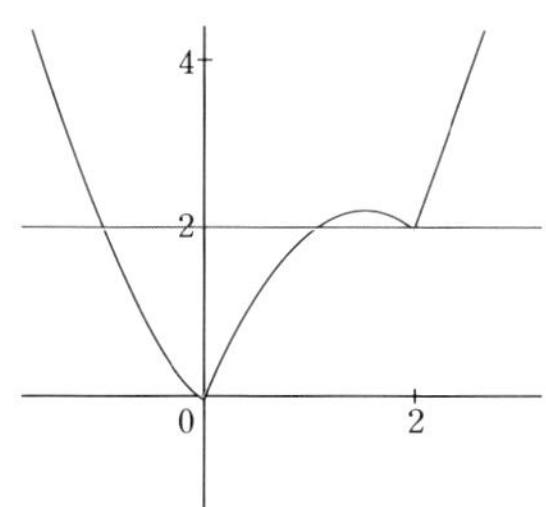

따라서 함수

$f(t)=\begin{cases}0 & (t<0)\\ 1 & (t=0)\\ 2 & (0<t<2)\\ 3 & (t=2)\\ 4 & \left(2<t<\frac{9}{4}\right)\\ 3 & \left(t=\frac{9}{4}\right)\\ 2 & \left(t>\frac{9}{4}\right)\end{cases}$

함수 $f(t)$는 $t\neq 0$, $t\neq 2$, $t\neq\frac{9}{4}$인 실수 t에서 연속이고

$g(t)$는 실수 전체의 집합에서 연속이므로

$f(t)g(t)$는 $t=0, t=2, t=\frac{9}{4}$에서 연속이어야 한다.

$t=0$일 때 $f(0)g(0)=g(0)$, $\lim_{t\to 0+}f(t)g(t)=2g(0)$,

$\lim_{t\to 0-}f(t)g(t)=0$이므로 $g(0)=0$

마찬가지로 $t=2$, $t=\frac{9}{4}$일 때를 계산하면

$g(2)=0$, $g\left(\frac{9}{4}\right)=0$이다.

$g(t)$는 최고차항의 계수가 1인 삼차함수이므로

$g(t)=t(t-2)\left(t-\frac{9}{4}\right)$이다.

따라서 $f(1)+g(1)=2+1\times(-1)\times\left(-\frac{5}{4}\right)=\frac{13}{4}$

14 [모범답안]

답안	배점	예상 소요 시간
$f(x)=-\frac{1}{2}x^2+8x+c$ (또는 $f(x)=-\frac{1}{2}(x-8)^2+c$ 또는 $f(x)$의 일차항의 계수는 8)	1.5점	6분 / 전체 80분
$g(x)=\begin{cases}-\frac{1}{2}x^2+8x+c & (x\le a)\\ \lvert x-4\rvert & (x>a)\end{cases}$	2점	
$a=7$	2.5점	
$f(a)(=g(7))=3$	4점	

[바른해설]

이차함수 $f(x)$의 최고차항의 계수가 $-\frac{1}{2}$이고 $x=8$에서 최댓값을 가지므로

$f(x)=-\frac{1}{2}x^2+8x+c$라 놓을 수 있다. ($c$는 상수)

$f(x+1)-f(x)=-\frac{1}{2}(x+1)^2+8(x+1)+c-\left(-\frac{1}{2}x^2+8x+c\right)=-x+\frac{15}{2}$이므로

$\left|f(x+1)-f(x)-\frac{7}{2}\right|=\left|-x+\frac{15}{2}-\frac{7}{2}\right|$

$=|-x+4|$

따라서,

$g(x)=\begin{cases}-\frac{1}{2}x^2+8x+c & (x\le a)\\ |x-4| & (x>a)\end{cases}$

만일 $a<4$이면 $\lim_{x\to 4-}\frac{g(x)-g(4)}{x-4}=-1$,

$\lim_{x\to 4+}\frac{g(x)-g(4)}{x-4}=1$이므로

$g(x)$는 $x=4$에서 미분 불가능하고, 이는 가정에 모순된다.

$a\geq 4$일 때, $g(x)$가 $x=a$에서 연속이므로

$g(a)=-\frac{1}{2}a^2+8a+c=\lim_{x\to a+}g(x)=a-4$

$\lim_{x\to a-}\frac{g(x)-g(a)}{x-a}=-a+8$, $\lim_{x\to a+}\frac{g(x)-g(a)}{x-a}=1$이

므로 $g(x)$가 $x=a$에서 미분가능하려면 $a=7$

따라서 $f(a)=f(7)=g(7)=3$

15 [모범답안]

답안	배점	예상 소요 시간
$f(x)=-2\sin^2x-2\sin x+7$	3점	7분 / 전체 80분
$\alpha=\frac{15}{2}$	3점	
$\beta=3$	3점	
$\alpha\beta=\frac{45}{2}$	1점	

[바른해설]

$$\begin{aligned}f(x)&=2(-\cos x)^2-2\sin x+5\\&=2(1-\sin^2x)-2\sin x+5\\&=-2\sin^2x-2\sin x+7\\&=-2\left(\sin x+\frac{1}{2}\right)^2+\frac{15}{2}\end{aligned}$$

$\sin x=t$라 놓으면 $-1\leq t\leq 1$이다.

$f(t)=-2\left(t+\frac{1}{2}\right)^2+\frac{15}{2}$

최댓값: $t=-\frac{1}{2}$일 때, $\alpha=\frac{15}{2}$

최솟값: $t=1$일 때, $\beta=3$

$\therefore \alpha\beta=\frac{15}{2}\times 3=\frac{45}{2}$

국어[인문B]

01 [모범답안]

답안	배점	예상 소요 시간
① 자료 1 또는 자료 2	2점	4분 / 전체 80분
② 자료 2 또는 자료 1	3점	
③ 자료 2 또는 자료 3	2점	
④ 자료 3 또는 자료 2	3점	

[바른해설]

① 한글 초성 점자의 점형과 제자 원리를 설명하기 위해서는 한글 점자에서 점의 위치 번호에 대한 정보를 보여주는 [자료 1]과 초성 점자의 점형을 보여주는 [자료 2]를 활용해야 한다.

② 종성과 달리 초성에서는 한글 'ㅇ'에 대한 점자 표기가 따로 없다는 것을 보여주기 위해 [자료2]와 [자료 3]을 활용해야 한다.

02 [모범답안]

답안	배점	예상 소요 시간
① '(군집) B' 또는 'B 군집'	4점	5분 / 전체 80분
② '(군집) B' 또는 'B 군집'	6점	

[바른해설]

① 제시문에 따르면, 풍부도 서열 곡선에서 곡선의 길이가 길수록 군집의 종의 수가 많다. 〈보기1〉에서 군집 B의 풍부도 서열 곡선의 길이가 군집 A에 비해 더 길기 때문에 종의 수에서 군집 B가 더 많다.

② 제시문에 따르면, 풍부도 서열 곡선에서 곡선의 기울기가 완만할수록 종간 개체 수 배분이 균등하다. 〈보기1〉에서 군집 B의 풍부도 서열 곡선의 기울기가 군집 A에 비해 더 완만하므로 종간 개체 수 배분이 더 균등하다

03 [모범답안]

답안	배점	예상 소요 시간
① 낮고, 작고 등	3점	5분 / 전체 80분
② 높다, 크다 등	3점	
③ 높아진다, 올라간다, 증가한다, 커진다 등	4점	

[바른해설]

① [삼림 Ⅰ]이 [삼림 Ⅱ]보다 종의 수가 적고, 종간 개체수 배분이 불균등하기 때문에 다양도가 낮다.

② [삼림 Ⅰ]이 [삼림 Ⅱ]보다 다양도가 낮은데, 다양도가 낮을수록 심슨 지수가 높아지기 때문에 [삼림 Ⅰ]이 [삼림 Ⅱ]보다 심슨 지수는 높다고 추론할 수 있다.

③ 튤립나무가 우점종인 [삼림 II]에서 튤립나무를 제거하면, [삼림 II]의 다양도는 높아지게 되며, 이로부터 심슨 지수의 역수인 [삼림 II]의 심슨 역지수 역시 높아진다는 것을 추론할 수 있다.

04 [모범답안]

답안	배점	예상 소요 시간
① '자국 통화' 또는 '회원국의 통화'	2점	5분 / 전체 80분
② '특별 인출권' 또는 'SDR' 또는 '특별 인출권(SDR)'	4점	
③ '국제 통화' 또는 '제3의 국제 통화' 또는 '금과 달러에 이은 제3의 국제 통화'	4점	

[바른해설]

① 제시문의 2문단에 의하면, 쿼터 납입금은 IMF의 가장 기본적인 융자 재원으로 IMF의 재원 중 90% 정도를 차지한다. 가맹국은 쿼터 납입금으로 할당액의 25%는 금으로, 나머지 75%는 자국 통화로 납입한다. 이 시기에는 회원국의 자국 통화를 IMF의 금융 지원 재원으로 사용하기 어려운 문제가 있었다.

② 제시문의 3문단에 의하면, 특별 인출권(SDR)은 IMF 회원국이 담보 없이 외화를 인출할 수 있는 권리로, 금과 달러에 이은 제3의 국제 통화로 간주되고 있다. SDR은 추가 출자 없이 회원국의 합의에 의해 발행 총액이 결정되며, 회원국의 쿼터에 비례하여 배정된다.

③ 제시문의 3문단에서 알 수 있듯이, 처음에 IMF 회원국이 담보 없이 외화를 인출할 수 있는 권리로 등장한 SDR은 그 사용 가치가 증가됨에 따라 금, 달러에 이어 제3의 국제 통화로 간주되게 되었다. SDR이 국제 통화로서의 지위를 획득하게 됨에 따라 쿼터 납입금을 금뿐만 아니라 SDR로도 납입할 수 있게 되었다. 이에 따라 이전의 '골드 트랑슈'는 '리저브 트랑슈'로 바뀌어 불리게 되었다.

05 [모범답안]

답안	배점	예상 소요 시간
① (중세 이후) 르네상스 (철학)	2점	4분 / 전체 80분
② 홉스	2점	
③ 중립적(인)	6점	

[바른해설]

① 제시문의 "중세 이후 르네상스 철학자들은 코나투스가 자기 보존에 대한 욕망이라는 기존의 견해를 받아들이면서, 코나투스를 유기적 생명체뿐만 아니라 무기물도 가진 속성이라고 하였다."에서 코나투스를 유기적 생명체와 무기물이 가지는 특성으로 본 것은 '르네상스 철학'임을 알 수 있다.

② 제시문의 "홉스는 코나투스를 인간이 알기 어려운 단위에서 벌어지는 물체의 운동이라고 말하였고, 우리가 관찰하는 모든 운동은 코나투스의 집합이라고 하였다."에서 홉스가 '물체의 모든 운동을 코나투스의 집합으로 이해'했다는 것을 확인할 수 있다.

③ 제시문의 "데카르트는 이전 학자들과 달리 코나투스에 담긴 생물학적인 함축적 의미를 제외하고 어떤 물체의 상태를 기술하는 중립적인 표현으로만 코나투스를 사용하였다."에서 데카르트가 코나투스를 어떤 물체의 상태를 기술하는 '중립적'인 표현으로만 사용했음을 확인할 수 있다.

06 [모범답안]

답안	배점	예상 소요 시간
① 상자에서, 평온해지더라	6점	6분 / 전체 80분
② 가시덤불, 있으리이까(?)	4점	

[바른해설]

① 제시문의 "상자에서 옥피리를 꺼내어 장막을 높이 걷고 책상에 기대어 한 곡을 부니, 그 소리가 화평하고 호방해, 마치 봄 물결이 천 리 장강에 흐르는 듯하고, 삼월의 화창한 바람이 아름다운 나무에 불어오는 듯해, 한 번 불매 처량한 마음이 기쁘게 풀어지고, 두 번 불매 호탕한 마음이 저절로 생겨나 군중이 자연히 평온해지더라."에서 과장법, 열거법 등이 활용되며 남성 주인공 '양창곡'의 비범함을 보여주고 있다. 여기에서 '양창곡'은 옥피리를 불어 사람들의 마음을 평안하게 만든다.

② 제시문의 "가시덤불 속 꽃다운 풀이 분명하고, 기와 조각 속 보석이 완연하니, 잠깐 보았으나 어찌 잊을 수 있으리이까?"에서 등장 인물 소사마의 입을 통해 여성 주인공 '강남홍'의 전체적인 인상이 비유적 표현과 설의적 표현을 통해 언급된다. 다음 문장에서 이어지는 내용이 바로 '강남홍'에 대한 구체적인 외양 묘사를 통한 비범함을 드러내는 부분이다.

07 [모범답안]

답안	배점	예상 소요 시간
① (한 쾌의) 혀	6점	6분 / 전체 80분
② '거봐(,) 너도 북어지 너도 북어지 너도 북어지' 또는 '22(행)'	4점	

[바른해설]

① 문제는 〈보기〉에 나타난 최승호의 「북어」에 대한 이해와 감상의 바탕 위에서 구절의 의미를 이해하고 있는지를 물었

다. 이중 특히 "비판적으로 말하는 능력을 잃어버린 현대인의 속성이 북어의 모습과 중첩되어 형상화된 시어"는 무엇보다 '말하는 능력의 경직화'를 가리킨다는 점이 해답을 찾는 실마리라고 볼 수 있다. 이러한 이해 위에서 "혀" 혹은 "한 쾌의 혀"를 찾을 수 있을 것이다.

② 한편 시상의 전개를 놓고 볼 때, 이 작품에서는 비판적인 능력을 상실한 현대인의 모습을 북어의 외적인 모습과의 중첩을 통해서 이해하고, 이에 대한 연민의 태도를 보이다가 22행에서 문득 자신이 그러한 대상들과 다르지 않음을 깨닫고 돌연 북어의 벌린 입에서 "너도 북어지"하는 말을 듣는 모습이 나타난다. 이 갑작스러운 전환의 흐름 위에서 북어들이 하는 말 "거봐, 너도 북어지 너도 북어지 너도 북어지"를 통해 드러내고 있다.

08 [모범답안]

답안	배점	예상 소요 시간
① (날카로운) 사금파리	5점	7분 / 전체 80분
② (금속에 슬기 시작한) 녹	5점	

[바른해설]

① 글쓴이의 반성의 "뼈아픔"을 효과적으로 드러내는 이미지로 사금파리가 사용되었다. 제시문의 여섯 번째 문단에는 왜 매사에 그렇게 자신감이 없느냐는 친구의 질문이 작가에게는 사금파리가 박힌 것처럼 아팠다고 나와 있다.

② 습관이 되어 버린 자기 인식의 비유로 '녹'의 비유가 나와 있다. 작가는 이 녹의 비유를 통해서 습관이 되어버린 자기 인식의 문제점을 선명하게 드러내었다.

09 [모범답안]

답안	배점	예상 소요 시간
① 성공률	3점	6분 / 전체 80분
② 짭짤하다	3점	
③ (제)40(항)	4점	

[바른해설]

① 한글맞춤법 [제11항] [붙임1]에서는 모음이나 'ㄴ' 받침 뒤에 이어지는 '렬, 률'은 '열, 율'로 적는다고 설명하고 있다. 따라서 '성공' 뒤에 이어지는 '률'은 '율'로 표기하므로, '성공율/성공률' 중에 올바른 표기는 '성공률'이다.

② 한글맞춤법 [제13항]에는 한 단어 안에서 같은 음절이나 비슷한 음절이 겹쳐 나는 부분은 같은 글자로 적는다고 설명하고 있다. 따라서 '짭짤하다/짭잘하다' 중 올바른 표기는 '짭짤하다'이다.

③ '간편게/간편케'의 올바른 표기와 관련된 한글 맞춤법은 한글맞춤법 [제40항]이다. 한글맞춤법 [제40항]에서는 어간의 끝음절 '하'의 'ㅏ'가 줄고 'ㅎ'이 다음 음절의 첫소리와 어울려 거센소리로 될 적에는 거센소리로 적는다고 하고 있으므로, '간편게/간편케' 중 올바른 표기는 '간편케'이다.

수학[인문B]

10 [모범답안]

답안	배점	예상 소요 시간
$\alpha=\log_5\frac{1}{3}$	2점	4분 / 전체 80분
$\mathrm{M}=-\frac{134}{9}$	3점	
$\beta=2$	2점	
$m=-1240$	3점	

[바른해설]

$y=(5^x)^2-75\times5^x+10$

$5^x=\mathrm{A}$라 하자. $(\mathrm{A}>0)$

$y=\mathrm{A}^2-75\mathrm{A}+10$

$=\left(\mathrm{A}-\frac{75}{2}\right)^2-\frac{5585}{4}$

이때, $\frac{1}{3}\le\mathrm{A}\le25$

$\mathrm{A}=\frac{1}{3}$일 때, 즉 $x=\alpha=\log_5\frac{1}{3}$에서 최댓값 $\mathrm{M}=-\frac{134}{9}$

$\mathrm{A}=25$일 때, 즉 $x=\beta=2$에서 최솟값 $m=-1240$

11 [모범답안]

답안	배점	예상 소요 시간
$\lim_{x\to\infty}f(x)g(x)\frac{2025}{2}a$ (a는 $g(x)$의 이차항의 계수)	4.5점	4분 / 전체 80분
$g(x)=2x^2-50x+10$	3.5점	
$g\left(\frac{25}{2}\right)=-\frac{605}{2}$	2점	

[바른해설]

$f(x)=\sum_{k=1}^{45}\frac{\sqrt{x+k+45}-\sqrt{x+k}}{x\sqrt{x}}$

$=\sum_{k=1}^{45}\frac{45}{x\sqrt{x}(\sqrt{x+k+45}+\sqrt{x+k})}$

$=\sum_{k=1}^{45}\frac{1}{x\sqrt{x}}\left(\frac{45}{(\sqrt{x+k+45}+\sqrt{x+k})}\right)$이므로

$g(x)=ax^2+bx+c$라 놓으면

$\lim_{x\to\infty}f(x)g(x)$

$=\lim_{x\to\infty}\frac{ax^2+bx+c}{x^2}\left(\sum_{k=1}^{45}\frac{45\sqrt{x}}{(\sqrt{x+k+45}+\sqrt{x+k})}\right)$

$=\frac{2025}{2}a$

따라서 $a=2$

또한 α, β가 방정식 $g(x)=0$의 서로 다른 두 실근이므로 근과 계수의 관계로부터

$\alpha+\beta=-\frac{b}{2}=25$, $\alpha\beta=\frac{c}{2}=5$이고 $b=-50$, $c=10$이다.

따라서 $g(x)=2x^2-50x+10=2\left(x-\frac{25}{2}\right)^2-\frac{605}{2}$이므로 최솟값은 $g\left(\frac{25}{2}\right)=-\frac{605}{2}$

12 [모범답안]

답안	배점	예상 소요 시간
$f(x)=5x^4+2ax^2-\lvert a\rvert$ (a는 상수)	2점	5분 / 전체 80분
$f(1)=\frac{23}{4}$	3.5점	
$f(1)=\frac{1}{2}$	3.5점	
$\frac{25}{4}$	1점	

[바른해설]

다항함수 $f(x)$는 $f(-x)=f(x)$이므로 y축 대칭이고

$\int_0^1 f(t)dt=a$ (a는 상수)라 하면

$\int_{-1}^1 f(t)dt=2a$이다.

따라서 $f(x)=5x^4+2ax^2-\lvert a\rvert$로 나타내어지며

$a=\int_0^1(5t^4+2at^2-\lvert a\rvert)dt$

$=\left[t^5+\frac{2}{3}at^3-\lvert a\rvert t\right]_0^1=1+\frac{2a}{3}-\lvert a\rvert$를 만족한다.

(1) $a\geq0$인 경우, $a=\frac{3}{4}$이고 $f(x)=5x^4+\frac{3}{2}x^2-\frac{3}{4}$이므로 $f(1)=\frac{23}{4}$이다.

(2) $a<0$인 경우, $a=-\frac{3}{2}$이고 $f(x)=5x^4-3x^2-\frac{3}{2}$이므로 $f(1)=\frac{1}{2}$이다.

따라서 모든 $f(1)$의 값의 합은 $\frac{25}{4}$이다.

13 [모범답안]

답안	배점	예상 소요 시간
$\sum_{k=1}^{21}\frac{a_{k+1}-a_k}{\sqrt{a_{k+1}}+\sqrt{a_k}}a_k$ $=\sqrt{a_{22}}-1$	2점	6분 / 전체 80분
$a_{22}=a_1+21d=1+21d$ (d는 공차)	1점	
$\alpha=9$	2.5점	
$\beta=435$	4.5점	

[바른해설]

$\sum_{k=1}^{21}\frac{a_{k+1}-a_k}{\sqrt{a_{k+1}}+\sqrt{a_k}}$

$=\sum_{k=1}^{21}\sqrt{a_{k+1}}-\sqrt{a_k}=\sqrt{a_{22}}-\sqrt{a_1}=\sqrt{a_{22}}-1$

따라서 50 이하의 자연수 m에 대하여 $\sqrt{a_{22}}-1=m$,

$a_{22}=(m+1)^2=m^2+2m+1$

공차를 d라 하면, $a_{22}=a_1+21d=1+21d$이다.

따라서 $1+21d=m^2+2m+1$,

즉 $21d=m^2+2m=m(m+2)$,

$d=\frac{m(m+2)}{21}$

즉, 집합

$A=\left\{d \mid d=\frac{m(m+2)}{21}\text{인 자연수, } m=1, 2, \cdots, 50\right\}$이다.

공차 $d=\frac{m(m+2)}{21}$가 자연수인 경우는 $m=7$, 12, 19, 21, 28, 33, 40, 42, 49이다.

(m이 21의 배수인 경우: $m=21$, 42; $m+2$가 21의 배수인 경우: $m=19$, 40)

(m이 7의 배수인 경우: $m=7$, 28, 49; $m+2$가 7의 배수인 경우: $m=12$, 33)

따라서 $A=\{3, 8, 19, 23, 40, 55, 80, 88, 119\}$이므로

$\alpha=9$, $\beta=435$

14 [모범답안]

답안	배점	예상 소요 시간
$\angle\mathrm{DCB}=\frac{\pi}{3}$	2점	6분 / 전체 80분
$\overline{\mathrm{AB}}=5$	3점	
$\sin(\angle\mathrm{ADC})=\frac{39}{98}\sqrt{3}$	5점	

[바른해설]

1) □ABCD가 원에 내접하므로 $\angle\mathrm{DCB}=\pi-\angle\mathrm{BAD}$

$=\pi-\frac{2}{3}\pi=\frac{\pi}{3}$

2) △BCD에서 $\overline{\mathrm{BD}}^2=3^2+8^2-2\times3\times8\times\cos\frac{\pi}{3}=49$

$\therefore \overline{\mathrm{BD}}^2=49$ …… ①

3) $\triangle ABD$에서

$\overline{\mathrm{BD}}^2=\overline{\mathrm{AB}}^2+3^2-2\times\overline{\mathrm{AB}}\times3\times\cos\frac{2}{3}\pi$

$=\overline{\mathrm{AB}}^2+3\overline{\mathrm{AB}}+9$ …… ②

①과 ②에 의해, $49=\overline{\mathrm{AB}}^2+3\overline{\mathrm{AB}}+9$

$(\overline{\mathrm{AB}}+8)(\overline{\mathrm{AB}}-5)=0$

$\overline{\mathrm{AB}}>0$이므로 $\overline{\mathrm{AB}}=5$

4) □ABCD=△BAD+△BCD

$=\frac{1}{2}\times5\times3\times\sin\frac{2}{3}\pi+\frac{1}{2}\times3\times8\times\sin\pi3$

$=\frac{15\sqrt{3}}{4}+\frac{24\sqrt{3}}{4}=\frac{39}{4}\sqrt{3}$ …… ③

5) $\angle ADC=\theta$, $\angle ABC=\pi-\theta$라 하자

$\square ABCD=\triangle ABC+\triangle ADC$

$=\frac{1}{2}\times5\times8\times\sin(\pi-\theta)+\frac{1}{2}\times3\times3\times\sin\theta$

$=\frac{49}{2}\sin\theta$ …… ④

③과 ④에 의해, $\frac{39}{4}\sqrt{3}=\frac{49}{2}\sin\theta$

$\therefore \sin(\angle ADC)=\frac{39}{98}\sqrt{3}$

15 [모범답안]

답안	배점	예상 소요 시간
$a=-4$, $b=1$	4점	7분 / 전체 80분
$c=-5$	4점	
$t<-1-2\sqrt{15}$ 또는 $t>-1+2\sqrt{15}$ (또는 $(-\infty, -1-2\sqrt{15})\cup(-1+2\sqrt{15}, \infty)$)	2점	

[바른해설]

$f(x)$는 $x=-1$과 $x=3$에서 연속이고, 미분가능하다.

따라서 $-a+b=\lim_{x\to-1-}f(x)=\lim_{x\to-1+}f(x)=5$이고,

$a=\lim_{x\to-1-}\frac{f(x)-f(-1)}{x+1}=\lim_{x\to-1+}\frac{f(x)-f(-1)}{x+1}$

$=-4$이므로, $a=-4$, $b=1$이다.

또한 $5=\lim_{x\to3-}f(x)=\lim_{x\to3+}f(x)=3c+d$이고,

$4=\lim_{x\to3-}\frac{f(x)-f(3)}{x-3}=\lim_{x\to3+}\frac{f(x)-f(3)}{x-3}=9+c$이므로, $c=-5$, $d=20$이다.

$g'(x)=3ax^2+2(b+t)x+c=-12x^2+2(t+1)x-5$이므로, $g(x)$가 극값을 가지려면

$(t+1)^2-60>0$을 만족해야 한다.

따라서 t의 범위는 $t<-1-2\sqrt{15}$ 또는 $t>-1+2\sqrt{15}$이다.

국어[자연C]

01 [모범답안]

답안	배점	예상 소요 시간
① 정부, 중이다	5점	4분 / 전체 80분
② 실제로, 많았다	5점	

[바른해설]

글쓰기의 과정에 대한 이해를 바탕으로 제시문을 읽고, 제시문에서 제시문을 작성한 사람이 계획했던 내용을 찾을 것을 요구하는 문제이다.

① 문제에서는 "구체적인 통계 자료를 활용하여 스마트 팜의 현황을 제시"한 부분을 찾도록 요청하고 있다. 해당부분은 제시문의 두 번째 문단 후반부에 해당 부분이 나와 있다. "정부 기관의 발표에 따르면 2023년 8월을 기준으로 스마트 시설 원예 농가 7000여 가구, 스마트 노지 작물 농가 400여 가구, 스마트 축사 농가 5000여 가구가 참여하는 등 스마트 팜은 최근 연평균 15.5% 정도의 성장률로 꾸준히 성장 중이다." 문제에서는 첫 어절과 마지막 어절을 쓰도록 했으므로 "정부"와 "중이다"를 작성하면 된다.

② 두 번째의 글쓰기 전략은 "스마트 팜의 구축 및 운영 과정에서 발생하는 문제점을 스마트 팜 운영 농가의 실제 사례를 통해 보여준다"이다. 체험 농가의 어려움 사례는 제시문 네 번째 문단, 두 번째 문장에 나온다. "실제로 스마트 팜을 운영하는 많은 농민들은 스마트 팜 설치 비용이 부담이 된다고 하였으며, 기술적 이해 부족으로 인한 잦은 고장 문제를 이야기한 농민도 많았다."가 그것이다. 따라서 첫 어절과 마지막 어절 "실제로"와 "많았다"를 쓰면 된다.

02 [모범답안]

답안	배점	예상 소요 시간
① '근육과 뼈(의 경계면)' 또는 '뼈와 근육(의 경계면)'	4점	5분 / 전체 80분
② 혈관 (속)	2점	
③ '근육과 뼈(의 경계면)' 또는 '뼈와 근육(의 경계면)'	4점	

[바른해설]

① 제시문의 3문단에 의하면 초음파가 음향 저항이 다른 두 조직의 경계면에 입사될 때 반사되는 초음파의 세기는 두 매질 사이의 음향 저항의 차이가 클수록 커진다. 따라서 '근육과 뼈의 경계면'과 '지방과 근육의 경계면' 중 경계면에서 반사되는 초음파의 세기가 더 큰 것은 '근육과 뼈의 경계면'이다.

② 제시문의 [자료1]에 의하면 혈액에서 평균적인 초음파의 전

파 속도는 1,570m/s이고, 공기에서 평균적인 초음파의 전파 속도는 331m/s이다. 따라서 '혈관 속'에서 초음파의 전파 속도가 대부분 공기로 채워진 '폐 속'에서보다 더 빠르다.

③ 제시문의 4문단에 의하면 반사 계수의 값이 1에 가까울수록 입사파의 대부분이 반사된다. 제시문의 [자료 2]에서 '근육과 뼈의 경계면'에서의 반사 계수는 0.640이고, '지방과 근육의 경계면'에서의 반사 계수는 0.100이므로 '근육과 뼈의 경계면'에서 초음파가 반사되는 정도가 '지방과 근육의 경계면'보다 더 크다.

03 [모범답안]

답안	배점	예상 소요 시간
① 음향 저항(의) 차이	6점	5분 / 전체 80분
② 반사파	4점	

[바른해설]

① 초음파 검사 시에 탐촉자와 피부 표면 사이에 점성이 높은 액체형 젤(gel)을 바르는 것은 탐촉자에서 나온 초음파가 피부에 닿기 전에 통과하게 되는 매질과 피부 사이의 음향 저항의 차이를 감소시켜 초음파가 신체 내로 쉽게 투과되도록 하기 위함이다.

② 초음파 검사 전에 껌 씹기와 흡연을 하지 않아야 하는 이유는, 껌을 씹거나 흡연하는 과정에서 위장으로 들어간 공기로 인해, 초음파 검사 시 반사파가 증가하여 정밀한 진단이 어렵게 되기 때문이다.

04 [모범답안]

답안	배점	예상 소요 시간
① 없다(없음, 없어 등 '없다'의 평서형 종결어미 결합형)	2점	6분 / 전체 80분
② 있는	3점	
③ 없다(없음, 없어 등 '없다'의 평서형 종결어미 결합형)	3점	
④ 없기	2점	

[바른해설]

이 문제는 제시문의 미와 숭고에 대한 칸트의 생각과 〈보기1〉의 내용을 종합하여 칸트가 보여준 숭고의 이해가 갖는 의미를 몇 개의 구체적 사례를 통해 정리하도록 요청하고 있다. 따라서 〈보기2〉의 요청사항을 각각 명제별로 정리하면 다음과 같다.

1. 칸트에 의하면 숭고의 체험은 감각적 형식으로 표상할 수 없는 대상에 대한 반성적 판단이 이루어지는 것이다.
2. 크기는 감각과 대상을 통해서 경험할 수 있는 대상이기에 이는 숭고의 체험 대상이 아니다.
3. 상대적으로 큰 것 역시 상대적인 크기를 비교할 수 있는 대상을 전제한 것이므로 이는 감각적 판단의 대상이고 따라서 숭고 체험을 할 수 없다.
4. 칸트가 말하는 숭고의 체험에서 가장 중요한 요건은 제시문의 두 번째 문단에서 "무형식적 대상"이나 "우리가 표상할 수 있는 형식적 한계의 부재"로 나타난다. 그래서 〈보기1〉에서는 이를 그 비교 대상을 자신의 밖에서 찾을 수(도) 없다고 하였다. 그러므로 형식적인 재현이 불가능한 '절대적으로 큰 것'은 곧 숭고를 경험하게 하는 대상이다.

그러므로 ㉠(크기)가 판단되는 대상에 대해 숭고의 체험을 할 수 (①없다).

㉡(상대적으로 큰 것)은 주관적인 것으로, 다른 사람들도 대상에 대해 자신과 같이 판단할 것으로 여겨지는 반성적 판단이다. 하지만 ㉡은 감각적 형식으로 표상할 수 (②있는) 대상에 대해 판단한 것이므로 숭고의 체험을 할 수 (③없다).

마지막으로 ㉢(절대적으로 큰 것)은 주체의 반성적 판단에 해당하고, ㉢의 판단 주체는 비교 대상을 주체 밖에서 찾을 수 없는 절대성을 체험하게 된다. 이는 제시문에서 말하는 대상을 표상할 수 있는 형식적 한계가 (④없다)는 상태를 가리킨다. 따라서 조건에 맞춰서 각각 없다, 있는, 없다, 없다를 기술하면 된다.

05 [모범답안]

답안	배점	예상 소요 시간
① 나무, 낮다	6점	7분 / 전체 80분
② 모두, 있다	4점	

[바른해설]

① "나무 없는 건넌산들은 키가 돛대보다 낮다. 피부 빛은 사공들의 잔등보다 붉다."에서 마포 포구의 건너편에는 나무가 없어 헐벗고 낮은 민둥산이 있음을 확인할 수 있고, 그 산이 붉은색임을 알 수 있다.

② "모두 머리를 모으고 몸을 비비대고 들어선 배들 앞에는 언제나 운송점의 빨간 트럭 한 대가 놓여 있다"에서 '마포 포구에 정박한 배들 앞에는 엔진 소리를 내는 빨간 트럭이 주차'되어 있음을 확인할 수 있다.

06 [모범답안]

답안	배점	예상 소요 시간
① 아무래도, 있다	5점	5분 / 전체 80분
② 모래야, 적으냐(……)	5점	

[바른해설]

① 제시문의 5연 '아무래도 나는 비켜서 있다 절정 위에는 서 있지 / 않고 암만해도 조금쯤 옆으로 비켜서 있다 / 그리고 조금쯤 옆에 서 있는 것이 조금쯤 / 비겁한 것이라고 알고

있다!'에서 화자가 옳다고 생각하는 삶의 태도와 실제로는 그렇게 살지 못하는 자신의 모습이 대비되는 공간적 이미지의 시어 '절정'과 '조금쯤 옆'을 통해 드러난다. 그리고 이 과정에서 화자의 자조적인 감정이 표출되는 것으로 볼 수 있다.

② 제시문의 7연 '모래야 나는 얼마큼 적으냐 / 바람아 먼지야 풀아 나는 얼마큼 적으냐 / 정말 얼마큼 적으냐……'에서 구체적인 대상 '바람, 먼지, 풀'을 호명하며 묻는 방식으로 자신의 모습에 대해 느끼는 화자의 부끄러운 감정이 드러난다고 할 수 있다.

수학[자연C]

07 [모범답안]

답안	배점	예상 소요 시간
$\tan^2(\pi+\theta)+\sqrt{5}\tan\theta$ $+3\sin^2(\frac{3}{2}\pi+\theta)$ $=\tan^2\theta+\sqrt{5}\tan\theta+3\cos^2\theta$	2점	4분 / 전체 80분
$\cos\theta=-\frac{\sqrt{5}}{\sqrt{6}}$ $\left(\text{또는 } \tan\theta=\frac{1}{\sqrt{5}}\right)$	4점	
$\frac{37}{10}$	4점	

[바른해설]

θ는 제3사분면 위의 각이고,

$\tan^2(\pi+\theta)+\sqrt{5}\tan\theta+3\sin^2\left(\frac{3}{2}\pi+\theta\right)$

$=\tan^2\theta+\sqrt{5}\tan\theta+3\cos^2\theta$이다.

각 θ의 동경과 원점을 중심으로 하고 반지름이 $\sqrt{6}$인 원의 교점을 A라 하자.

$A(-\sqrt{5}, -1)$이다. 삼각함수 정의에 의해

$\cos\theta=-\frac{\sqrt{5}}{\sqrt{6}}$이고, $\tan\theta=\frac{1}{\sqrt{5}}$이다.

$\therefore \tan^2\theta+\sqrt{5}\tan\theta+3\cos^2\theta$

$=\left(\frac{1}{\sqrt{5}}\right)^2+\sqrt{5}\left(\frac{1}{\sqrt{5}}\right)+3\times\left(-\frac{\sqrt{5}}{\sqrt{6}}\right)^2$

$=\frac{1}{5}+1+\frac{5}{2}=\frac{37}{10}$

$\cos\left(\frac{\pi}{2}+\theta\right)=-\sin\theta=\frac{1}{\sqrt{6}}$,

$\sin\theta<0$, $\cos\theta<0$이므로 θ는 3사분면 위의 각이다.

$\sin\theta=-\frac{1}{\sqrt{6}}$, $\cos\theta=-\frac{\sqrt{5}}{\sqrt{6}}$, $\tan\theta=-\frac{1}{\sqrt{5}}$이다.

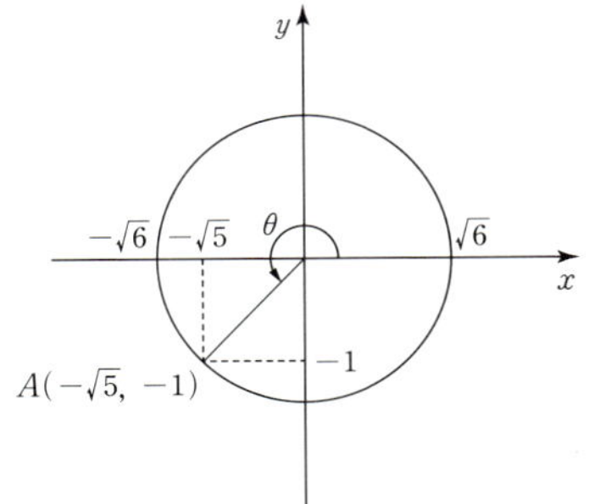

08 [모범답안]

답안	배점	예상 소요 시간
$f(f(f(1)))=3$	3점	5분 / 전체 80분
$f(f(f(2)))=3+16\log_3 2$	3점	
$f(f(f(3)))=27$	3점	
$\sum_{n=1}^{3} f(f(fn)))=33+16\log_3 2$	1점	

[바른해설]

$f(1)=\frac{1}{3}, f(f(1))=f\left(\frac{1}{3}\right)=\frac{1}{3}\times\left(\frac{1}{3}\right)^{-4}=27$

$f(f(f(1)))=f(27)=3$

$f(2)=\frac{1}{3}\times 2^{-4}, f(f(2))=\frac{1}{3}\times\left(\frac{1}{3\times 16}\right)^{-4}=3^3\times 2^{16}$

$f(f(f(2)))=f(3^3\times 2^{16})=3+16\log_3 2$

$f(3)=\log_3 3=1, f(f(3))=\frac{1}{3}\times(1)^{-4}=\frac{1}{3},$

$f(f(f(3)))=f\left(\frac{1}{3}\right)=\frac{1}{3}\times\left(\frac{1}{3}\right)^{-4}=27$

$\sum_{n=1}^{3} f(f(fn)))=3+3+16\log_3 2+27=33+16\log_3 2$

09 [모범답안]

답안	배점	예상 소요 시간
$f(x)=bx+c$ (또는 $f(x)$는 1차 함수)	3점	5분 / 전체 80분
$f(0)=2$ (또는 $f(x)=bx+2$)	3점	
$b=-1,\ a=-\frac{1}{3}$	3점	
$f(a)=\frac{7}{3}$	1점	

[바른해설]

$f(x)$가 상수함수이면 성립하지 않는다.

$f(x)=bx^n+\cdots+c$로 놓았을 때 n의 값은 1

따라서 $f(x)=bx+c$

$\int_0^x tf(t)dt=f(x)+ax^3+x^2+x-2$에서 x에 0을 대입하면

$0=f(0)-2=c-2$

따라서 $c=2$

$f(x)=bx+2$이므로

$\int_0^x tf(t)dt=f(x)+ax^3+x^2+x-2$에서

$\frac{1}{3}bx^3+x^2=bx+2+ax^3+x^2+x-2$

$\Leftrightarrow \frac{1}{3}bx^3+x^2=ax^3+x^2+(b+1)x$

$\Leftrightarrow a=\frac{1}{3}b, b+1=0$

$b=-1, a=-\frac{1}{3}$

$f(x)=-x+2$

$f(a)=f\left(-\frac{1}{3}\right)=\frac{1}{3}+2=\frac{7}{3}$

10 [모범답안]

답안	배점	예상 소요 시간
ㄱ. $f(7)=1$	2점	6분 / 전체 80분
ㄴ. $k=3, 5$ (또는 $f(3)=2, f(5)=2$)	3점	
ㄷ. $k=6, 8, 10$ (또는 $f(6)=5, f(8)=5,$ $f(10)=5$)	4점	
옳은 것은 ㄴ, ㄷ	1점	

[바른해설]

$\sqrt[n]{(2^k)^7}$의 값이 8의 배수가 되기 위해서는 $2^{\frac{7k}{n}}$에서 $\frac{7k}{n}=m$이 3 이상의 자연수이어야 한다.

$k=1$일 때, $2^{\frac{7\times 1}{n}}=2^m$을 만족하는 2 이상의 자연수 n은 없음. $f(k)=0$,

$k=2$일 때, $n=2$, $f(k)=1$,

$k=3$일 때, $n=3, 7$, $f(k)=2$,

$k=4$일 때, $n=2, 4, 7$, $f(k)=3$,

$k=5$일 때, $n=5, 7$, $f(k)=2$,

$k=6$일 때, $n=2, 3, 6, 7, 14$, $f(k)=5$,

$k=7$일 때, $n=7$, $f(k)=1$,

$k=8$일 때, $n=2, 4, 7, 8, 14$, $f(k)=5$,

$k=9$일 때, $n=3, 7, 9, 21$, $f(k)=4$,

$k=10$일 때, $n=2, 5, 7, 10, 14$, $f(k)=5$,

따라서 $k=6, 8, 10$, 모든 $k=6, 8, 10$의 합은 24

11 [모범답안]

답안	배점	예상 소요 시간
$f(x)=3\left(x-\frac{1}{3}\right)(x+k)$	2.5점	6분 / 전체 80분
$f(x)=3\left(x-\frac{1}{3}\right)\left(x+\frac{23}{3}\right)$	3.5점	
$a=\frac{46}{3}$	3점	
$b=0$	1점	

[바른해설]

조건 (가)에서 0이 아닌 극한값이 존재하고, 분모가 이차함수

이므로, 함수 $f(x)$도 이차함수이다.

따라서 $f(x)=ax^2+\beta x+\gamma$로 놓을 수 있다.

$$\lim_{x\to\infty}\frac{f(x)}{9x^2-1}=\lim_{x\to\infty}\frac{ax^2+\beta x+\gamma}{9x^2-1}$$

$$=\lim_{x\to\infty}\frac{a+\frac{\beta}{x}+\frac{\gamma}{x^2}}{9-\frac{1}{x^2}}=\frac{a}{9}$$

따라서 $a=3$

조건 (나)에서 (분자) → 0이고 0이 아닌 극한값이 존재하므로 (분모) → 0이어야 한다.

따라서 $f(x)=3\left(x-\frac{1}{3}\right)(x+k)$로 놓을 수 있다.

$$\lim_{x\to\frac{1}{3}}\frac{9x^2-1}{f(x)}=\lim_{x\to\frac{1}{3}}\frac{9\left(x-\frac{1}{3}\right)\left(x+\frac{1}{3}\right)}{3\left(x-\frac{1}{3}\right)(x+k)}$$

$$=\lim_{x\to\frac{1}{3}}\frac{3\left(x+\frac{1}{3}\right)}{(x+k)}=\frac{2}{k+\frac{1}{3}}=\frac{1}{4}$$

따라서 $k=\frac{23}{3}$

즉, $f(x)=3\left(x-\frac{1}{3}\right)\left(x+\frac{23}{3}\right)$이다.

$$\lim_{x\to\frac{1}{3}-}\frac{\left|x-\frac{1}{3}\right|(x^2+ax+5)}{f(x)}$$

$$=\lim_{x\to\frac{1}{3}-}\frac{-\left(x-\frac{1}{3}\right)(x^2+ax+5)}{3\left(x-\frac{1}{3}\right)\left(x+\frac{23}{3}\right)}=-\frac{\left(\frac{1}{9}+\frac{a}{3}+5\right)}{24}$$

$$\lim_{x\to\frac{1}{3}+}\frac{\left|x-\frac{1}{3}\right|(x^2+ax+5)}{f(x)}$$

$$=\lim_{x\to\frac{1}{3}+}\frac{\left(x-\frac{1}{3}\right)(x^2+ax+5)}{3\left(x-\frac{1}{3}\right)\left(x+\frac{23}{3}\right)}=\frac{\left(\frac{1}{9}+\frac{a}{3}+5\right)}{24}$$

$\lim_{x\to\frac{1}{3}}\frac{\left|x-\frac{1}{3}\right|(x^2+ax+5)}{f(x)}$의 값이 존재하므로

$-\frac{\left(\frac{1}{9}+\frac{a}{3}+5\right)}{24}=\frac{\left(\frac{1}{9}+\frac{a}{3}+5\right)}{24}=b=0$이다.

따라서 $a=-\frac{46}{3}$, $b=0$이다.

12 [모범답안]

답안	배점	예상 소요 시간
$m=11$	4점	7분 / 전체 80분
$\frac{1}{\lvert f(\alpha)\rvert}\sum_{i=1}^{m}f(t_i)=-3$	3점	
$\frac{1}{\lvert f(\alpha)\rvert}\sum_{i=1}^{m}f(t_i)=3$	3점	

[바른해설]

조건 (가) $f'(\alpha)=f(\beta)=0$에서 $x=\alpha$와 $x=\beta$에서 극값을 가지며, 조건 (나) $f(\alpha)f(\beta)<0$에서

함숫값의 부호는 다르므로 다음 두 가지 경우로 나눌 수 있다.

(1) 최고차항의 계수가 양수일 때,

즉, $f(\alpha)>0$일 때, 방정식 $|f(x)|=|f(t)|$의 실근의 개수가 홀수가 되도록 하는 실수 t는 $y=|f(x)|$의 그래프가 직선 $y=0$, $y=|f(\alpha)|$, $y=|f(\beta)|$와 만나는 점들의 x좌표이므로 $m=11$이고,

$\frac{1}{|f(\alpha)|}\sum_{i=1}^{m}f(t_i)=\frac{-|f(\beta)|-|f(\alpha)|}{|f(\alpha)|}=-3$이다.

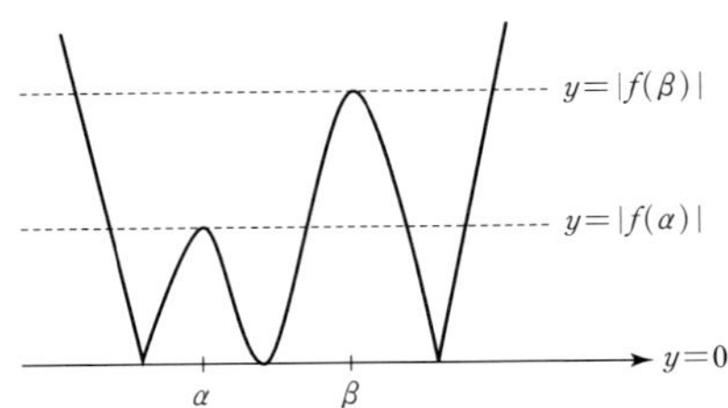

(2) 최고차항의 계수가 음수일 때, 즉, $f(\alpha)<0$일 때, 마찬가지로 방정식 $|f(x)|=|f(t)|$의 실근의 개수가 홀수가 되도록 하는 실수 t는 $y=|f(x)|$의 그래프가 직선 $y=0$, $y=|f(\alpha)|$, $y=|f(\beta)|$와 만나는 점들의 x좌표이므로 $m=11$이고,

$\frac{1}{|f(\alpha)|}\sum_{i=1}^{m}f(t_i)=\frac{|f(\beta)|+|f(\alpha)|}{|f(\alpha)|}=3$이다.

따라서 ±3이다.

13 [모범답안]

답안	배점	예상 소요 시간
$a=2$	2점	6분 / 전체 80분
$p_1=-\frac{13}{48}$	2점	
$p_n=(n-1)+p_1$	2점	
$\alpha=\frac{2363}{48}$	4점	

[바른해설]

$f(1)=f(0)+1=\frac{a}{16}-\frac{9}{16}+1=\frac{a}{16}+\frac{7}{16}$이고

$\lim_{x\to 1-} f(x) = \lim_{x\to 1-} a\left(x-\frac{1}{4}\right)^2 - \frac{9}{16} = \frac{9a-9}{16}$

f는 $x=1$에서 연속이므로 $a=2$

따라서

$f(x)=2\left(x-\frac{1}{4}\right)^2-\frac{9}{16}$, $f(0)=-\frac{7}{16}$, $f(1)=\frac{9}{16}$

구간 [0, 1]에서 $y=f(x)$의 그래프와 직선 $y=-\frac{9}{16}$ 사이의 부분의 넓이를 A라 하면

$A=\int_0^1 f(x)-\left(-\frac{9}{16}\right)dx=\int_0^1 2\left(x-\frac{1}{4}\right)^2 dx=\frac{7}{24}$

$p_1=\int_0^1 f(x)dx=A-\frac{9}{16}=-\frac{13}{48}$이다.

p_2는 조건 (나)로부터 다음과 같이 계산할 수 있다.

$p_2=\int_0^1 f(x)dx+1$

따라서 $p_n=\int_{n-1}^n f(x)dx=(n-1)+\int_0^1 f(x)dx$이므로

수열 $\{p_n\}$은 첫째 항이 $-\frac{13}{48}$이고 공차가 1인 등차수열이다.

$g(x)=\sum_{i=1}^{100}(x-p_n)^2$

$=100x^2-2(p_1+p_2+\cdots+p_{100})x$

$+(p_1^2+p_2^2+\cdots+p_{100}^2)$이므로

$x=\frac{p_1+p_2+\cdots+p_{100}}{100}$에서 최솟값을 가진다.

따라서

$\alpha=\frac{1}{100}\left(\sum_{n=1}^{100}p_n\right)=\frac{1}{2}(2p_1+99)=p_1+\frac{99}{2}=\frac{2363}{48}$

14 [모범답안]

답안	배점	예상 소요 시간
① $\lim_{x\to 0}\frac{f(x+2)}{f(x-2)}=\frac{f(2)}{f(-2)}=1$ 이 되므로 모순	3점	5분 / 전체 80분
$f(2)=f(-2)=0$	1점	
$f(x)=\frac{1}{12}(x+2)(x-2)(x+1)$	4.5점	
② $\int_0^3 f(x)dx=-\frac{1}{16}$	1.5점	

[바른해설]

$\lim_{x\to 2}\frac{f(x)-f(-2)}{x-2}=1$에서 $x\to 2$일 때, (분모) → 0이고 극한값이 존재하므로 (분자) → 0이어야 한다. 따라서 $\lim_{x\to 2}\{f(x)-f(-2)\}=0$에서 $f(2)=f(-2)$이다.

$f(x)$는 삼차함수이므로,

$f(x)=a(x-2)(x+2)(x-k)+b$라 하자.

(나)에서

$\lim_{x\to 0}\frac{f(x+2)}{f(x-2)}=\lim_{x\to 0}\frac{ax(x+4)(x+2-k)+b}{a(x-4)x(x-2-k)+b}=2$에서

$b\neq 0$이면 극한값이 1로 수렴하므로 조건에 모순이다.

이 때, $f(2)=f(-2)\neq 0$이면,

$\lim_{x\to 0}\frac{f(x+2)}{f(x-2)}=\frac{f(2)}{f(-2)}=1$이 되므로 모순

따라서, $f(2)=f(-2)=0$이다.

$f(x)=a(x+2)(x-2)(x-k)$ (a는 0이 아닌 상수, k는 상수)

$\lim_{x\to 0}\frac{f(x+2)}{f(x-2)}=\lim_{x\to 0}\frac{ax(x+4)(x+2-k)}{ax(x-4)(x-2-k)}$

$=\lim_{x\to 0}\frac{(x+4)(x+2-k)}{(x-4)(x-2-k)}=\frac{4(2-k)}{-4(-2-k)}=3$에서

$k=-1$ 즉, $f(x)=a(x+2)(x-2)(x+1)$

$\lim_{x\to 2}\frac{f(x)-f(-2)}{x-2}=\lim_{x\to 2}\frac{(x+2)(x-2)(x+1)}{x-2}$

$=12a=1$에서 $a=\frac{1}{12}$

따라서 $f(x)=\frac{1}{12}(x+2)(x-2)(x+1)$이다.

즉, $\int_0^3 f(x)dx=-\frac{1}{16}$

15 [모범답안]

답안	배점	예상 소요 시간
$m=24$	3점	4분 / 전체 80분
$\overline{OE}=2$	5점	
$\sin^2 B=\frac{9+3\sqrt{5}}{32}$	2점	

[바른해설]

$\frac{30}{n}$이 2의 배수가 되어야 하므로, 가능한 n은 1, 3, 5, 15이고 $m=24$이다.

$\overline{OD}:\overline{OE}:\overline{OF}=12:24:6(3\sqrt{5}-1)=2:4:(3\sqrt{5}-1)$이므로, 양수 h에 대하여

$\overline{OD}=2h$, $\overline{OE}=4h$, $\overline{OF}=(3\sqrt{5}-1)h$라 하자.

반지름의 길이가 4이므로 사인법칙에 의하여

$\frac{\overline{BC}}{\sin A}=2\times 4$, $\sin A=\frac{\overline{BC}}{8}$이다.

같은 방법으로 $\sin B=\frac{\overline{AC}}{8}$, $\sin C=\frac{\overline{AB}}{8}$이다.

$\sin^2 A=\frac{\overline{BC}^2}{64}=\frac{4\overline{BE}^2}{64}=\frac{16-\overline{OE}^2}{16}=1-h^2$,

$\sin^2 B=\frac{16-(3\sqrt{5}-1)^2h^2}{16}$, $\sin^2 C=\frac{4-h^2}{4}$이다.

$5-5h^2=4-h^2$이므로, $h=\frac{1}{2}$이고, 따라서 $\overline{OE}=2$,

$\sin^2 B=\frac{9+3\sqrt{5}}{32}$이다.

국어[자연D]

01 [모범답안]

답안	배점	예상 소요 시간
① 학생 3	2점	4분 / 전체 80분
② 학생 3	4점	
③ 학생 1	2점	
④ 학생 3	2점	

[바른해설]

① 학생3의 두 번째 발화에서 학생2의 "왜?"라는 질문에 작년 '이인삼각 달리기' 종목에서 일어난 불상사를 언급하며 자신의 앞선 제안에 대한 근거를 제시하고 있다.

② 학생3의 세 번째 발화에서 학생2가 대안으로 제시한 '꼬리잡기' 종목이 학생2가 앞서 '이인삼각 달리기'에 대해 지적한 문제점을 마찬가지로 가지고 있음을 지적하고 있다.

③ 학생2가 자신의 네 번째 발화에서 제안한 '여럿이 한마음' 종목에 대해 학생1은 참여 학생 수의 관점에서 긍정적으로 평가하고 있다.

④ 학생2가 자신의 네 번째 발화에서 제안한 '여럿이 한마음' 종목에 대해 학생3은 안전성의 관점에서 제안의 타당성을 높이고 있다.

02 [모범답안]

답안	배점	예상 소요 시간
① 질적 평가	2점	5분 / 전체 80분
② 양적 평가	2점	
③ 이면적(인)	3점	
④ 편차	3점	

[바른해설]

① "질적 평가에서는 전문가가 주관에 기초하여 글의 수준을 종합적으로 평가한다. 관습적인 글의 구조가 사용되었는지, 문장의 의미는 명료한지, 독자가 글을 읽는 목적은 무엇이며, 글을 이해하는 데 필요한 배경지식은 어느 정도인지를 종합하는 것이다."에서 '질적 평가'가 '전문가가 글의 수준을 주관적으로 판단'하는 것이며 '독자가 글을 읽는 목적이나 글 이해에 필요한 배경지식 등을 종합해서 평가'하는 것임을 확인할 수 있다.

② "양적 평가에서는 글의 표면적 특성인 문장의 길이, 쉬운 단어의 비율만을 특정한 공식에 대입하여 나온 점수로 수준을 평가한다."에서 '양적 평가'가 '문장의 길이와 쉬운 단어의 비율을 기준으로 글의 수준을 수치화하여 평가하는 방법'임을 확인할 수 있다.

③ "단어와 단어가 만나면 개별 단어의 의미를 넘어서는 이면적인 의미가 만들어지기도 하기 때문"에서 '쉬운 단어의 비율이 높아도 단어들이 조합되면서 이면적인 의미가 생겨 오히려 이해하기 어려운 글이 될 수'있음을 확인할 수 있다.

④ "이 방식은 전문가마다 측정한 결과의 편차가 클 수도 있다는 한계가 있다"에서 '같은 글이라도 평가자마다 기준이 달라서 평가자에 따라 평가 결과에 편차가 크게 생길 수도 있'음을 확인할 수 있다.

03 [모범답안]

답안	배점	예상 소요 시간
① 서술 텍스트	2점	6분 / 전체 80분
② '대자성(이) 있다' 등	3점	
③ '계열성(이) 있다' 등	3점	
④ '균형성(이) 있다' 등	2점	

[바른해설]

① "서술 텍스트는 학습해야 하는 내용을 직접 서술한 글"이라고 하였으므로, 〈보기1〉의 학생이 중학교 때 읽은 '화자의 정서와 태도'를 설명하는 글은 '서술 텍스트'에 해당한다.

② "다양하게 해석할 수 있는 글은 대자성이 있다고 하"였으므로, '중학교 교과서에 실린 「진달래꽃」이 마지막 구절이 중의적이라는 점'을 볼 때 「진달래꽃」은 '대자성이 있다.'

③ "계열성이란 학습 순서의 선후 배치와 관련된 것인데, 이를 갖추기 위해서는 학년이 올라갈수록 배우는 내용이 심화되거나 현재 배우는 것과 과거에 배운 것이 서로 관련되어야 한다"하였으므로, '고등학교에서는 「속미인곡」을 읽은 후 정서와 태도가 비슷한 「진달래꽃」과 비교하며 이별의 정한이라는 주제가 계승되는 양상'되었다는 점을 볼 때, 「속미인곡」은 '계열성이 있다'.

④ "균형성이란 다양한 유형의 제재가 수록되어야 한다는 것으로, 이를 갖추기 위해서는 설명문, 논설문, 문학이 모두 수록되어야 한다."하였으므로, '먼저 차례를 보니 이 교과서에는 설명문, 논설문, 문학이 모두 수록되어 있었고'라고 말한 것을 볼 때, 고등학교 교과서는 균형성이 있다.

04 [모범답안]

답안	배점	예상 소요 시간
① (개인의) 효용	5점	5분 / 전체 80분
② 통제 정도	5점	

[바른해설]

① 제시문의 2문단에 의하면 제임스 콜먼은 행위자를 자신의 효용을 최대화하고자 하는 존재로 보았다.

② 제시문의 2문단에 의하면 행위자의 행위에 대한 효용은 행위자가 가지고 있는 자원과 그것에 대한 통제 정도에 의해

좌우된다.

05 [모범답안]

답안	배점	예상 소요 시간
① 너처럼, 너처럼	4점	7분 / 전체 80분
② 기루야, 기루야	6점	

[바른해설]

① "너처럼? 누구나 너처럼?"은 장의 말을 듣고, 자신을 변명하는 기루의 대사에 대해 반박하고 있는 장의 대사에 해당한다.

② "기루야! 기루야!"에는 기루가 극단적 선택을 할 것임을 순간적으로 알아챈 장의 모습이 나타나므로 다급한 목소리로 연기하는 것이 적절한 대사이다.

06 [모범답안]

답안	배점	예상 소요 시간
① 낙화	3점	6분 / 전체 80분
② 6(연)	3점	
③ (슬픈) 눈	4점	

[바른해설]

① 시의 이해와 감상을 묻는 문제이다. 특별히 이 작품에 투영된 유추적 상상력을 이해하고 있는가를 물었다. 〈보기〉에 나와 있듯이 자연사와 인간사의 중첩은 "꽃(핌)–낙화–열매" 대 "사랑–이별–성숙"으로 대응된다. 이형기의 이 시에서는 꽃이 피고 지는 이미지를 이별과 그에 따른 성숙의 과정으로 중첩시키고 있다. 2연에는 "봄 한철/격정을 인내한/나의 사랑은 지고 있다."라고 표현하여 "꽃이 지다"를 "사랑이 지다"로 은유하였다. 그렇다면 꽃은 사랑이라고 은유되었음을 알 수 있다. 따라서 3연에 나오는 "분분한 낙화"는 마침내 그 이별이 이루어지는 순간임을 유추할 수 있다.

② 어쩔 수 없는 이별이 아니라, 그 어쩔 수 없음을 이해하고 수용한 사람의 결심이 선 헤어짐의 모습은 6연에 자세하게 나타난다. "헤어지자"라는 결별의 말, 그리고 "섬세한 손길을 흔들며"에는 이별하는 사람이 할 법한 동작(행동)이 시적으로 묘사되어 있다.

③ 자연사와의 중첩이 이루어지는 마지막 이별을 감내하면서 화자가 얻게 되는 성숙의 과정이 드러난 연은 시의 마지막 연이다. "샘터에 물 고이듯 성숙하는/ 내 영혼의 슬픈 눈"에는 알고 감행한 이별이라고 하더라도 막상 그것을 견디는 일이 또 다른 슬픔과 고통의 과정이라는 것, 그리고 그것을 견디는 사람의 눈물 젖은 눈, 슬픈 눈의 이미지가 제시되어 있다. 따라서 문제의 조건인 3글자 이내로 '눈'이나 '슬픈 눈'을 답안으로 작성할 수 있다.

수학[자연D]

07 [모범답안]

답안	배점	예상 소요 시간
$(\log_a b)^2-3\log_a b+2=0$	5점	4분 / 전체 80분
$\log_a b=2$ $\left(\text{또는 } \log_b a=\frac{1}{2}\right)$	3점	
$\log_b a+\log_{\frac{1}{a}} b=-\frac{3}{2}$	2점	

[바른해설]

$-\log_a b=-\frac{1}{\log_a b}(3\log_a b-2)$이므로

$(\log_a b)^2=3\log_a b-2$

정리하면 $(\log_a b)^2-3\log_a b+2=0$

$(\log_a b)^2-3\log_a b+2=(\log_a b-2)(\log_a b-1)=0$이므로

$\log_a b=2$ 또는 $\log_a b=1$

$a\neq b$이므로 $\log_a b=2$이다.

따라서

$$\log_b a+\log_{\frac{1}{a}} b=\frac{1}{\log_a b}-\log_a b=\frac{1}{2}-2=-\frac{3}{2}$$

08 [모범답안]

답안	배점	예상 소요 시간
$\frac{a}{2}+b=0$ (또는 $a=-2b$ 또는 $b=-\frac{a}{2}$)	2점	5분 / 전체 80분
$f(1)=3$ (또는 $a+b=2$)	5점	
$a=4,\ b=-2$	2점	
$f(a)+f(b)=24$	1점	

[바른해설]

조건 (가)로부터 $\frac{1}{3}=\int_0^1 f(x)dx=\int_0^1 (x^2+ax+b)dx$

$=\frac{1}{3}+\frac{a}{2}+b,\ b=-\frac{a}{2}$

함수 $f(x)$의 한 부정적분을 $F(x)$라 하면

$$3=\lim_{x\to 0}\left\{\frac{x^2+x+1}{x}\int_1^{x+1} f(t)dt\right\}$$

$$=\lim_{x\to 0}\left\{\frac{x^2+x+1}{x}[F(t)]_1^{x+1}\right\}$$

$$=\lim_{x\to 0}\left\{(x^2+x+1)\times\frac{F(1+x)-F(1)}{x}\right\}$$

$$=(0+0+1)\times F'(1)=F'(1)$$

$$=f(1)=1+a+b=1+a-\frac{a}{2}=1+\frac{a}{2}$$

따라서 $a=4,\ b=-2$이다.

PART1 국어 PART 2 수학 PART 3 해답

$f(x)=x^2+4x-2$이므로

$f(a)+f(b)=f(4)+f(-2)=30-6=24$

09 [모범답안]

답안	배점	예상 소요 시간
$\sin C=\frac{\sqrt{55}}{28}$	2점	5분 / 전체 80분
$R=\frac{28}{\sqrt{55}}$	5점	
$\sqrt{\frac{495S}{\pi}}=84$	3점	

[바른해설]

삼각형 ABC의 외접원의 반지름의 길이를 R이라 하자.

$42=\overline{BC}\times\overline{CA}=4R^2\sin A\sin B$이고,

$\sin C=\sqrt{1-\cos^2 C}=\frac{\sqrt{55}}{28}$이므로

$$\frac{27}{28}=\cos C=\frac{\overline{BC}^2+\overline{CA}^2-\overline{AB}^2}{2\times\overline{BC}\times\overline{CA}}$$

$$=\frac{4R^2\sin^2 A+4R^2\sin^2 B-4R^2\sin^2 C}{8R^2\sin A\sin B}$$

$$=\frac{(\sin A+\sin B)^2-2\sin A\sin B-\sin^2 C}{2\sin A\sin B}$$

$$=\frac{\frac{13^2\times 55}{56^2}-\frac{55}{28^2}}{\frac{21}{R^2}}-1=\frac{55\times 165}{56^2\times 21}R^2-1$$이다.

그러므로 $R=\frac{28}{\sqrt{55}}$이다.

따라서 삼각형 ABC의 외접원의 넓이 $S=\frac{42\times 56}{165}\pi$이고,

$\sqrt{\frac{495S}{\pi}}=84$이다.

10 [모범답안]

답안	배점	예상 소요 시간
$S_n=n^2$	2점	6분 / 전체 80분
$l_n=2n+2\sqrt{2}n$ (또는 $l_n=2n(1+\sqrt{2})$)	2점	
$\sum_{n=1}^{10}S_n=385$	3점	
$\sum_{n=1}^{10}l_n=110(1+\sqrt{2})$	3점	

[바른해설]

삼각형 $A_nB_nC_n$의 넓이는 $S_n=\frac{1}{2}\times 2n\times n=n^2$이고,

둘레의 길이는 $l_n=2n+2\sqrt{2}n$이다.

$$\sum_{n=1}^{10}S_n=\sum_{k=1}^{10}k^2=\frac{10\times 11\times 21}{6}=385$$

$$\sum_{n=1}^{10}l_n=(2+2\sqrt{2})\sum_{k=1}^{10}k=(2+2\sqrt{2})\times 55$$

$$\sum_{n=1}^{10}S_n=385$$

$$\sum_{n=1}^{10}l_n=110(1+\sqrt{2})$$

11 [모범답안]

답안	배점	예상 소요 시간
$f(x)=\frac{1}{3}x^3+bx^2+4x$	2점	6분 / 전체 80분
(i) $(b+1)>0$인 경우 만족 (ii) $(b+1)=0$인 경우 만족	3점	
(iii) $(b+1)<0$인 경우: $-3\le b<-1$에서 만족	4점	
9	1점	

[바른해설]

$f(x)=ax^3+bx^2+cx+d$ (a, b, c, d는 상수, $a\neq 0$)이라 하면 조건 (가)에서 $a=\frac{1}{3}$

조건 (나)에서 (분모) → 0이고 0이 아닌 극한값이 존재하므로 (분자) → 0이어야 한다.

따라서 $d=0$이다. 또한,

$$\lim_{x\to 0}\frac{f(x)}{x}=\lim_{x\to 0}\frac{\frac{1}{3}x^3+bx^2+cx}{x}$$

$$=\lim_{x\to 0}\left(\frac{1}{3}x^2+bx+c\right)=4$$

따라서 $c=4$이다.

그러므로 $f(x)=\frac{1}{3}x^3+bx^2+4x$이다.

$f(x)=\frac{1}{3}x^3+bx^2+4x=x\left(\frac{1}{3}x^2+bx+4\right)$이기 때문에,

방정식 $f(x)=0$의 세 근의 합은 $-3b$이다.

조건 (다)에서 $f(x_1)+x_1^2<f(x_2)+x_2^2$이므로

$g(x)=f(x)+x^2$이라 하면 열린구간 $(0, \infty)$에서 증가함수이다. 함수 $g(x)$가 열린구간 $(0, \infty)$에서 증가하기 위한 필요조건은 $0<x$일 때, $g'(x)\ge 0$이다.

$g'(x)=f'(x)+2x=x^2+2(b+1)x+4$

$=\{x+(b+1)\}^2-b^2-2b+3$이다.

따라서 $x>0$일 때,

$g'(x)=\{x+(b+1)\}^2-b^2-2b+3$의 그래프가 x축과 접하거나 x축보다 위쪽에 있어야 한다.

$g'(x)=\{x+(b+1)\}^2-b^2-2b+3$의 그래프 축의 방정식이 $x=-(b+1)$이므로,

(i) $(b+1)>0$인 경우:

축의 방정식 $x=-(b+1)<0$이고, $g'(0)=4>0$이므로 $0<x$일 때, $g'(x)>0$이 성립한다.

(ii) $(b+1)=0$인 경우;

$g'(x)=x^2+4$이므로 $0<x$일 때, $g'(x)>0$이 성립한다.

(iii) $(b+1)<0$인 경우;

축의 방정식 $x=-(b+1)>0$이므로 $g'(x)$의 최솟값이 0보다 크거나 같아야 한다.

따라서 $g'(-(b+1))=-b^2-2b+3\geq 0$이 성립해야 하고, 부등식 $-b^2-2b+3\geq 0$의 해는 $-3\leq b\leq 1$이다. $(b+1)<0$와 $-3\leq b\leq 1$을 모두 만족시키는 b의 범위는 $-3\leq b<-1$이다. 즉, $-3\leq b<-1$에서 $g'(x)\geq 0$이다.

(i), (ii), (iii)에 의하여 $0<x$일 때 함수 $g(x)$가 증가하기 위한 필요충분조건은 $b\geq -3$이다.

$f(x)=0$의 모든 근의 합은 $-3b$이므로 모든 근의 합의 범위는 $-3b\leq 9$이다.

따라서 구하는 최댓값은 9이다.

12 [모범답안]

답안	배점	예상 소요 시간
$(f(x)-1)$ $(f'(t)(x-t)+f(t)-1)=0$	2점	7분 / 전체 80분
$f(3)=1$ (또는 $(3, 1)$)	1점	
$t=\pm 1$	3.5점	
$t=3, -\frac{3}{2}$	3.5점	

[바른해설]

집합

$A=\{x\,|\,(f(x)f'(t)-f'(t))(x-t)$

$+f(x)(f(t)-1)-f(t)+1=0\}$에서

조건의 식을 정리하면

$(f(x)-1)(f'(t)(x-t)+f(t)-1)=0$이므로

$f(x)=1$ 또는 $f'(t)(x-t)+f(t)=1$이다.

$f(x)=1$을 만족하는 점은 $(3, 1)$이다.

$f'(x)=-x^2+1$에서 $x=\pm 1$일 때 $f'(x)=0$을 만족하고 $f(-1)>1$이므로 그래프의 개형을 그려보면 점 $(3, 1)$은 $f(x)=1$을 만족하는 유일한 점이다.

$y=f'(t)(x-t)+f(t)$는 $x=t$에서의 접선이므로 $x=t$일 때의 접선과 $y=1$이 만나는 점이 없거나 만나는 점이 오직 $(3, 1)$이어야 $n(A)=1$을 만족한다.

(i) 접선이 x축에 평행인 경우,

$f'(t)=-t^2+1=0$일 때, $t=\pm 1$이다.

(ii) 접선이 $(3, 1)$을 지나는 경우,

$y-\left(-\frac{1}{3}t^3+t+7\right)=(-t^2+1)(x-t)$가 $(2, 1)$을 지날 때, $(t-3)^2(2t+3)=0$이므로 $t=3, -\frac{3}{2}$이다.

(i), (ii)에 의하여 답은 $t=\pm 1, 3, -\frac{3}{2}$이다.

13 [모범답안]

답안	배점	예상 소요 시간
$f(x)=x+1$	2점	6분 / 전체 80분
$g(x)=x^2+x+2$	4.5점	
$\int_0^{\frac{1}{2}}\frac{x^2}{1+x}dx+\int_0^{\frac{1}{2}}\frac{f(x)}{1-x}dx$ $+\int_0^{\frac{1}{2}}\frac{g(x)}{x^2-1}dx=-\frac{3}{8}$	3.5점	

[바른해설]

조건 (가): $F(x)=\frac{1}{2}\{f(x)\times f(x)\}$의 양변을 미분하면

$f(x)=\frac{1}{2}\{f(x)f'(x)+f'(x)f(x)\}=f(x)f'(x)$

$f(x)\{f'(x)-1\}=0\Rightarrow f(x)=0$ 또는 $f'(x)=1$이다.

$f(0)=1$이므로 $f'(x)=1$이다.

따라서 $f(x)=\int 1dx=x+C$이고 $f(0)=1$이므로

$f(x)=x+1$

조건 (나): $\int_0^x\{t+g(t)\}dt=x+g(x)+\frac{x^3}{3}+a$의 양변을 x에 대하여 미분하면

$x+g(x)=1+g'(x)+x^2$이다.

$g(x)$가 상수함수라면 이 등식을 만족할 수 없다.

$g(x)$의 최고차항을 ax^n라 하면 $g'(x)$의 최고차항은 anx^{n-1}이므로 이 등식이 성립하려면 $ax^n=x^2$이어야 한다.

조건 (나)의 식에 $x=0$을 대입하면 $0=g(0)+a$

따라서 $g(x)=x^2+bx-a$로 놓을 수 있다.

$g'(x)=2x+b$이므로 $x+g(x)=x+(x^2+bx-a)$

$=1-(2x+b)+x^2=1+g'(x)+x^2$이다.

정리하면 $(b-1)x-(a+b+1)=0$이다.

따라서 $b=1$, $a=-b-1=-2$이다.

$g(x)=x^2+x+2$

$$\int_0^{\frac{1}{2}}\frac{x^2}{1+x}dx+\int_0^{\frac{1}{2}}\frac{f(x)}{1-x}dx+\int_0^{\frac{1}{2}}\frac{g(x)}{x^2-1}dx$$

$$=\int_0^{\frac{1}{2}}\frac{x^2}{1+x}dx+\int_0^{\frac{1}{2}}\frac{x+1}{1-x}dx+\int_0^{\frac{1}{2}}\frac{x^2+x+2}{x^2-1}dx$$

$$=\int_0^{\frac{1}{2}}\frac{x^2(x-1)+(x+1)(-1-x)+x^2+x+2}{x^2-1}dx$$

$$=\int_0^{\frac{1}{2}}\frac{x^3-x^2-x+1}{x^2-1}dx=\int_0^{\frac{1}{2}}\frac{x^2(x-1)-(x-1)}{x^2-1}dx$$

$$=\int_0^{\frac{1}{2}}\frac{(x^2-1)(x-1)}{x^2-1}dx=\int_0^{\frac{1}{2}}(x-1)dx$$

$=\left[\frac{x^2}{2}-x\right]_0^{\frac{1}{2}}=-\frac{3}{8}$

14 [모범답안]

답안	배점	예상 소요 시간
$\overline{AB}=\sqrt[4]{45}$ (또는 $\overline{AB}=45^{\frac{1}{4}}$)	1.5점	5분 / 전체 80분
$\overline{PB}=\frac{(\sqrt[4]{20})^2}{\sqrt[4]{45}}$ $\left(\text{또는 } \overline{PB}=\frac{\sqrt{20}}{\sqrt[4]{45}}\right.$ 또는 $\left.\overline{PB}=\frac{2\sqrt{5}}{45^{\frac{1}{4}}}\right)$	3점	
$\overline{QB}=\frac{\left(\sqrt[4]{\frac{5}{4}}\right)^2}{\sqrt[4]{45}}$ $\left(\text{또는 } \overline{QB}=\frac{\frac{1}{2}\sqrt{5}}{\sqrt[4]{45}}\right)$	3점	
$\frac{\overline{AB}}{\overline{PQ}}=2$	2.5점	

[바른해설]

선분 AB가 원의 지름이므로 $\angle ACB=\angle ADB=90°$

직각삼각형 ABC에서 $\overline{AB}=\sqrt{\overline{CA}^2+\overline{CB}^2}$

$=\sqrt{(\sqrt[4]{5})^2+(\sqrt[4]{20})^2}=\sqrt[4]{45}$

$\triangle ABC$와 $\triangle CBP$는 닮음이므로 $\overline{PB}:\overline{CB}=\overline{CB}:\overline{AB}$

따라서 $\overline{PB}:\sqrt[4]{20}=\sqrt[4]{20}:\sqrt[4]{45}$

$\overline{PB}=\frac{(\sqrt[4]{20})^2}{\sqrt[4]{45}}$

마찬가지로 $\overline{QB}:\overline{DB}=\overline{DB}:\overline{AB}$

따라서 $\overline{QB}:\sqrt[4]{\frac{5}{4}}=\sqrt[4]{\frac{5}{4}}:\sqrt[4]{45}$

$\overline{QB}=\frac{\left(\sqrt[4]{\frac{5}{4}}\right)^2}{\sqrt[4]{45}}$

$\overline{PQ}=\overline{PB}-\overline{QB}=\frac{(\sqrt[4]{20})^2}{\sqrt[4]{45}}-\frac{\left(\sqrt[4]{\frac{5}{4}}\right)^2}{\sqrt[4]{45}}$

$=\frac{2\sqrt{5}-\frac{1}{2}\sqrt{5}}{\sqrt[4]{45}}=\frac{\frac{3}{2}\sqrt{5}}{\sqrt[4]{45}}$

따라서 $\frac{\overline{AB}}{\overline{PQ}}=2$

15 [모범답안]

답안	배점	예상 소요 시간
$r=3^{\frac{1}{3}}$	3점	4분 / 전체 80분
$a_1=1$	3점	
$\frac{1}{S_{12}}=\frac{3^{\frac{1}{3}}-1}{80}$ $\left(\text{또는 } \frac{1}{S_{12}}=\frac{\sqrt[3]{3}-1}{80}\right)$	4점	

[바른해설]

$a_na_{n+1}a_{n+2}=3^n$에서

$\frac{a_{n+1}a_{n+2}a_{n+3}}{a_na_{n+1}a_{n+2}}=\frac{3^{n+1}}{3^n}$, $\frac{a_{n+3}}{a_n}=\frac{ar^{n+2}}{ar^{n-1}}=r^3=3$

따라서 공비 r는 $r=3^{\frac{1}{3}}$이다.

$n=1$일 때, $a_1a_2a_3=a_1\times a_1r\times a_1r^2=a_1^3r^3=3$이므로

$a_1=1$이다.

$S_{12}=\frac{r^{12}-1}{r-1}=\frac{81-1}{3^{\frac{1}{3}}-1}$

따라서 $\frac{1}{S_{12}}=\frac{3^{\frac{1}{3}}-1}{80}$ 또는 $\frac{1}{S_{12}}=\frac{\sqrt[3]{3}-1}{80}$

국어[자연E]

01 [모범답안]

답안	배점	예상 소요 시간
① 사실, 없었습니다	5점	4분 / 전체 80분
② 다만, 보았습니다	5점	

[바른해설]

① '사실 이번 나들이 전까지 문화재에 별 관심이 없었고, 문화재는 그저 옛것 또는 낡은 것이라는 생각을 하고 있었기 때문에, 민속 박물관 견학에 별 기대가 없었습니다.'에서 문화재에 관심을 가지기 전에 문화재에 대해 가졌던 편견이 제시되고 있으며, 이는 박물관 견학 후 바뀐 생각과 대조를 이룬다.

② '다만 박물관이 설립된 지 꽤 오래되었고 개인 소장품을 전시한 곳이다 보니 소중한 문화재의 관리가 제대로 이루어지고 있지 않은 것 같았는데, 문화재 관리가 체계적으로 이루어질 필요가 있다는 생각을 해 보았습니다.'에서 박물관 견학에서 개인적으로 아쉬웠던 점과 이때 하게 된 생각이 제시되고 있으며, 이는 문화재에 관심을 가지게 된 계기에 대한 언급과 이어진다.

02 [모범답안]

답안	배점	예상 소요 시간
① 잠재적 무한	4점	5분 / 전체 80분
② '기수' 또는 '크기'	6점	

[바른해설]

① A 호텔의 객실 수는 1씩 무한히 계속 셀 수는 있지만, 가장 큰 수는 알 수 없다. 따라서 아리스토텔레스에 무한의 구분법에 따르면 잠재적 무한에 해당한다.

② 새로운 손님이 오기 전의 A 호텔의 손님의 집합 X와 새로운 손님이 온 후의 A 호텔의 손님의 집합 Y는, 제시문의 2문단에서 칸토어가 자연수의 집합과 짝수의 집합이 일대일대응을 이루는 것과 같은 논리로, 그 기수(크기)가 같다고 할 수 있다.

03 [모범답안]

답안	배점	예상 소요 시간
① 자연수(의) (집합)	5점	6분 / 전체 80분
② '무한 소수' 또는 '실수'	5점	

[바른해설]

① 제시문을 참고하면, ㉠, ㉡ 모두 유리수 혹은 실수와 자연수의 집합과의 일대일 대응 여부를 증명하는 방법이라는 것을 알 수 있다.

② 제시문에 의하면, '대각선 논법'은 0과 1 사이에 나열된 무한소수에 속하지 않는 새로운 무한소수 혹은 실수를 찾아냄으로써 실수가 자연수의 집합보다 크다는 것을 증명하는 것이다.

04 [모범답안]

답안	배점	예상 소요 시간
① 없게	2점	7분 / 전체 80분
② 없다 ('-다, -어, -지' 등 평서형 종결어미로 끝날 것)	2점	
③ '없고, 없으니, 없으며, 없지만, 없으나' 등 ('-고, -(으)니, -지만, -(으)나 등' 연결어미로 끝날 것. (단, '-지만, -(으)나, -어도'와 같은 '대조/반대'의 의미를 나타내는 연결어미를 사용할 경우, 반드시 ④의 답이 '있다'로 작성되어 있어야 함)	3점	
④ 있다 ('-다, -어, -지' 등 평서형 종결어미로 끝날 것)	3점	

[바른해설]

제시문의 다섯 번째 단락에 의하면, 단백질에 변성이 일어나도 단백질의 아미노산의 서열에는 변함이 없다. 그러나 2차 및 3차 구조에 손상이 가해져 단백질은 제대로 기능을 하지 못하게 된다. 대부분의 단백질에는 일단 변성이 일어나면 영구적으로 변형된 채로 남는 비가역적인 변화가 일어난다. 그러므로 제시문에 의하면, 흰자에 열을 가해 변성이 일어나면 흰자의 단백질은 본래의 기능을 유지할 수 없게 되고(①), 열을 가하는 것을 멈추어도 원래의 구조로 다시 접힐 수 없다(②). 또한 열을 가하기 전의 흰자와 가한 후의 아미노산의 서열을 나타내는 1차 구조에서는 차이가 없지만, 단백질을 구성하는 폴리펩타이드 사슬의 일부가 꼬이거나 접힌 형태에는 차이가 있다(③).

05 [모범답안]

답안	배점	예상 소요 시간
① 이년, 마라	4점	5분 / 전체 80분
② 사령과, 있으리오	6점	

[바른해설]

① 고전소설의 인물 제시 방법을 묻는 문제이다. 〈보기〉의 해설에서도 언급하고 있듯이 인물의 성격을 제시하는 방법은 말하기 방법과 보여주기 방법이 있고, 보여주기는 인물의 말과 행동을 보여주는 것이다. 제시문에서는 사또가 춘

향을 구슬러 '수청'을 받아내기 위해서 열녀니 정절이니 하고 구슬리다가 춘향이 극구 수청을 거절하자 급기야 화를 내는 장면이 나타난다. 제시문 후반부에 있는 대사 "이년 들어라. 모반과 대역하는 죄는 능지처참하고, 관장을 조롱하는 죄는 율법에 적혀 있고, 관장을 거역하는 죄는 엄한 형벌과 함께 귀양을 보내느니라. 죽는다고 설워마라."가 그것이다. 따라서 문제가 요구하는 대로 이 문장들 전체에서 첫 어절인 "이년"과 마지막 어절인 "마라"를 쓰면 된다.

② 고전 소설의 서술적 특성 중의 하나인 편집자적 논평이 이루어지는 부분을 묻는 문제이다. 제시문에는 사또가 춘향을 찾아오라고 엄명하는 부분이 나오는데, 그 말미에 상황이 자신에게 매우 불리하게 돌아가고 있다는 것을 눈치채지 못한 채 이도령생각만 하고 있는 춘향의 처지를 서술자가 직접 논평하는 문장이 나온다. "사령과 관노가 뒤섞여서 춘향 집 앞에 당도하니, 이때 춘향이는 사령이 오는지 관노가 오는지 모르고 주야로 도련님만 생각하여 우는데, 망측한 환을 당해 놓았으니 소리가 화평할 수 있으리오."가 그 문장이다. 여기에서 편집자적 논평이 이루어지는 부분은 "망측한 환을 당해 놓았으니 소리가 화평할 수 있으리오." 부분이다.

06 [모범답안]

답안	배점	예상 소요 시간
① 중첩 (이미지)	3점	5분 / 전체 80분
② '감각 (이미지)' 또는 '시각 (이미지)'	3점	
③ 비유 (이미지)	4점	

[바른해설]

① "신체 감각에 의해 지각된 감각 이미지가 시인이 드러내고자 한 정서나 관념 등을 비유적으로 표현하여 함축적 의미를 담고 있는 경우에 이미지가 중첩"되었다고 한다는 것을 통해 감각 이미지이면서 동시에 심리적 의미도 환기하는 '푸른 하늘'과 '세월에 불타고'는 '중첩' 이미지의 사례로 볼 수 있다.

② "감각 이미지는 감각 기관 중심의 시각 · 청각 · 후각 · 미각 · 촉각 이미지" 등으로 나눌 수 있다고 하였으므로 '시각을 통해 파악'된다는 점에서 '세월에 불타고'는 '감각' 이미지임을 알 수 있다.

③ "맥락과 상황에 따라 비유 이미지가 될 수도 있고 안 될 수도 있다. 예를 들어 '가시를 가졌다.'라는 표현은 앞에 '장미'가 붙는다면 사실 진술이지만, '아름다운'과 같은 것이 앞에 붙어 원관념으로 연결되면 사실과는 다른 상황에서 형성되는 비유 이미지가 되어 '아름다움 속에 숨어있는 위험'과 같은 심리적인 의미를 환기하게 된다"고 하였으므로, 감각 이미지가 활용된 '불타다'가 '세월'과 결합하여 '세월에 고통받고'의 심리적 의미를 환기하기 때문에 '세월에 고통받고'는 '사실적 진술'이 아니라 '비유 이미지'임을 확인할 수 있다.

수학[자연]

07 [모범답안]

답안	배점	예상 소요 시간
$r^3(r^3+1)=\frac{9}{64}$	4점	4분 / 전체 80분
$r^3=-\frac{9}{8}$	4점	
$r=-\sqrt[3]{\frac{9}{8}}$ 또는 $-\frac{9^{\frac{1}{3}}}{8^{\frac{1}{3}}}$ 또는 $\frac{\sqrt[3]{9}}{2}$ 또는 $-\frac{3^{\frac{2}{3}}}{2}$	2점	

[바른해설]

$$\frac{S_4-S_1}{S_{10}-S_4}=\frac{r^3-1}{r^3(r^6-1)}=\frac{1}{r^3(r^3+1)}=\frac{64}{9}$$

$r^3(r^3+1)=\frac{9}{64}$, $\left(r^3+\frac{1}{2}\right)^2-\frac{1}{4}-\frac{9}{64}=0$,

$\left(r^3+\frac{1}{2}\right)^2=\frac{25}{64}$

$(8r^3-1)(8r^3+9)=0$, $r^3=\frac{1}{8}$ 또는 $r^3=-\frac{9}{8}$

공비 r가 음수이므로 $r=-\sqrt[3]{\frac{9}{8}}=-\left(\frac{9}{8}\right)^{\frac{1}{3}}=-\frac{\sqrt[3]{9}}{2}$

08 [모범답안]

답안	배점	예상 소요 시간
$f(x)=-x^2+bx+c$ (또는 최고차항의 계수가 -1인 이차함수)	3점	5분 / 전체 80분
$2b+c=2$	2점	
$b=\frac{4}{3}$, $c=-\frac{2}{3}$ 또는 $f(x)=-x^2+\frac{4}{3}x-\frac{2}{3}$	3점	
$f(3)=-\frac{17}{3}$	2점	

[바른해설]

조건 $\lim_{x\to\infty}\frac{\sqrt{x^4-5}-f(x)}{6x^2+1}=\frac{1}{3}$로부터, $f(x)$는 이차함수이며, $f(x)=ax^2+bx+c$ (a, b, c는 상수)이라 하자.

$\frac{1-a}{6}=\frac{1}{3}$이므로 $a=-1$이고,

$f(x)=-x^2+bx+c$,

$g(x)=\begin{cases}(2-2b)x+b-1 & (x<1)\\ f(x) & (x\ge1)\end{cases}$ 이다.

(1) 함수 $g(x)$가 $x=1$에서 미분가능하므로 $x=1$에서 연속이다.

따라서 $f(0)-f(1)=f(1)$, 즉 $2f(1)=f(0)$을 만족하므로 $2b+c=2$이다.

(2) 함수 $g(x)$가 $x=1$에서 미분가능하므로

$\lim_{x\to1-}\frac{g(x)-g(1)}{x-1}=(2-2b)$

$=-2+b=\lim_{x\to1+}\frac{g(x)-g(1)}{x-1}$이다.

따라서 $b=\frac{4}{3}$, $c=-\frac{2}{3}$이다.

$f(x)=-x^2+\frac{4}{3}x-\frac{2}{3}$이므로 $f(3)=-\frac{17}{3}$이다.

09 [모범답안]

답안	배점	예상 소요 시간
$a=\log_2k-3$ (또는 $x=\log_2k-3$)	4점	4분 / 전체 80분
$16\le k\le64$	4점	
1960	2점	

[바른해설]

$y=5^{3x+3}-5^{2x+\log_2k}$

$5^{3x+3}=5^{2x+\log_2k}$

$x=\log_2k-3$

함수 $y=f(x)$의 그래프가 x축과 만나는 점의 x좌표 a는 $a=\log_2k-3$이다.

$1\le a\le3$이므로 $1\le\log_2k-3\le3$,

따라서 $16\le k\le64$이다.

$\therefore$ $16+17+\cdots+63+64$이므로 모든 k의 값의 합은 1960이다.

10 [모범답안]

답안	배점	예상 소요 시간
$a=0$	2.5점	6분 / 전체 80분
$f(x)=(x-9)(x+5)$	4.5점	
$b=\frac{1}{6}$	2점	
$a+b+f(3)=-\frac{287}{6}$	1점	

[바른해설]

임의의 실수 x에 대하여 $f(x)>0$이면 $g(x)$는 모든 실수에서 연속이므로 주어진 조건을 만족시킬 수 없다. 그러므로 $f(x)=(x+\alpha)(x+\beta)$라 하자($\alpha\le\beta$).

$g(x)=\frac{x}{f(x^2+9)}=\frac{x}{(x^2+9+\alpha)(x^2+9+\beta)}$이므로

$9+\alpha>0$이면 $9+\beta>0$이므로 모든 실수 x에 대하여 $f(x^2+9)>0$이고 함수 $g(x)$는 실수 전체의 집합에서 연속이 되므로 조건 (가)를 만족시킬 수 없다.

$9+a<0$이면 함수 $g(x)$는 $x=-\sqrt{-a-9}$와 $x=\sqrt{-a+9}$에서 불연속이므로 조건 (가)를 만족시킬 수 없다.

따라서 $9+a=0$

$a=-9$이고 $f(x)=(x-9)(x+\beta)$

$$\lim_{x\to-3}\frac{f(x-2)}{f(x^2)}=\lim_{x\to-3}\frac{(x-2-9)(x-2+\beta)}{(x+3)(x-3)(x^2+\beta)}=b$$

이므로

$\lim_{x\to-3}(x-2+\beta)=-5+\beta=0$이다. 따라서 $\beta=5$이고 $f(x)=(x-9)(x+5)$이다.

따라서 $f(3)=-6\times8=-48$이고,

$g(x)=\frac{x}{f(x^2+9)}=\frac{x}{x^2(x^2+14)}$는 $x=0$에서만 불연속이므로 $a=0$이다.

또한 $b=\lim_{x\to-3}\frac{f(x-2)}{f(x^2)}=\lim_{x\to-3}\frac{(x-11)(x+3)}{(x+3)(x-3)(x^2+5)}$

$=\frac{-14}{-6\times14}=\frac{1}{6}$이다.

따라서 $a+b+f(3)=0+\frac{1}{6}-48=-\frac{287}{6}$이다.

11 [모범답안]

답안	배점	예상 소요 시간
$\overline{AD}=2\sqrt{3}$ (또는 $\overline{PB}=2\sqrt{3}$)	3점	6분 / 전체 80분
$\overline{AP}=2\sqrt{6}$	3점	
$\sin(\angle PBC)=\frac{1}{\sqrt{3}}$	4점	

[바른해설]

$\overline{PD}\perp\overline{BC}$이고 $\overline{PB}=\overline{PC}$, $\overline{OB}=\overline{OC}=3$이므로 $\overline{CD}=\overline{BD}$이다. 선분 OD가 직각삼각형 ABC의 두 변의 중점을 지나므로 선분 AC는 선분 OD와 평행이고, $\overline{AC}=2\overline{OD}$이다. 사각형 ACPD가 평행사변형이므로 $\overline{CP}=\overline{AD}$이다.

$\overline{PB}=\overline{PC}=x$, $\overline{AC}=\overline{PD}=y$라 놓으면 $\frac{y}{2}+y=3$이므로

$y=2$

$\angle APB=\frac{\pi}{2}$이므로 $\overline{AP}^2=36-x^2$, $\angle ACB=\frac{\pi}{2}$이므로

$\overline{BC}^2=32$

즉, $\overline{BC}=4\sqrt{2}$ 또한 ACPD가 평행사변형이므로

$\overline{AD}=\overline{PC}=x$

$\angle PBC=\theta$라 할 때, $\overline{AP}^2=x^2+4+4x\sin\theta$이므로

$2x^2+4x\sin\theta-32=0$

직각삼각형 PBD로부터 $\sin\theta=\frac{2}{x}$이므로

$2x^2-24=0$, 즉 $x=2\sqrt{3}$이고 $\sin\theta=\frac{1}{\sqrt{3}}$

따라서 $\overline{AD}=2\sqrt{3}$이고 $\overline{AP}=2\sqrt{6}$이다.

12 [모범답안]

답안	배점	예상 소요 시간
$f(x)=x^3-3x^2+2x+\frac{1}{2}$	4점	6분 / 전체 80분
$a=b$	2점	
$a=b=\frac{5}{2}$	4점	

[바른해설]

$c=\int_0^2 f(x)dx$라 놓으면 $f(x)=x^3-3x^2+2cx+\frac{1}{2}c^2$이므로

$c=\int_0^2\left(x^3-3x^2+2cx+\frac{1}{2}c^2\right)dx$

$=\left[\frac{1}{4}x^4-x^3+cx^2+12c^2x\right]_0^2=c^2+4c-4$이므로

$c=1$ 또는 $c=-4$이다.

(1) $c=1$일 때, $f(x)=x^3-3x^2+2x+\frac{1}{2}$이므로

$f(x)+3x^2=x^3+2x+\frac{1}{2}$는 증가함수이다.

따라서 조건 (나)를 만족한다.

(2) $c=-4$일 때, $f(x)=x^3-3x^2-8x+8$이므로

$f(x)+3x^2=x^3-8x+8$인데 모든 실수에서 증가함수인 것이 아니므로 조건 (나)를 만족시키지 않는다.

따라서 모든 조건을 만족시키는 함수

$f(x)=x^3-3x^2+2x+\frac{1}{2}$이다.

$g(x)$가 $x=1$에서 연속이므로

$\lim_{x\to1-}g(x)=\lim_{x\to1+}g(x)=\lim_{x\to0+}g(x)+b$

$=\lim_{x\to0+}f(x)+ax^2+b=\frac{1}{2}+b$인데

$\lim_{x\to1-}g(x)=f(1)+a=\frac{1}{2}+a$이므로 $a=b$이다.

$\int_2^3 g(x)dx=\int_1^2\{g(x)+b\}dx+\int_1^2 g(x)dx+b$

$=\int_0^1 g(x)dx+2b$

$=\int_0^1(x^3-3x^2+2x+\frac{1}{2}+ax^2)dx+2a$

$=\frac{28a+9}{12}=\frac{79}{12}$이므로

$a=b=\frac{5}{2}$이다.

13 [모범답안]

답안	배점	예상 소요 시간
$b=0$	1.5점	7분 / 전체 80분
$b=-\frac{3}{2}$	1.5점	
$b=-\frac{3}{2}$일 때 조건을 만족하지 않는다.	3점	
$C=\left\{0, \frac{27}{16}\right\}$	4점	

[바른해설]

$f'(x)=\begin{cases} -2 & (x>b) \\ -(x+2)(2x+1)^2 & (x\le b) \end{cases}$에서 실수 전체의 집합에서 정의된 두 함수 $f'_1(x)$, $f'_2(x)$를 $f'_1(x)=-2$, $f'_2(x)=-4x^3-12x^2-9x-2$라 하자. $f(x)$가 실수 전체의 집합에서 미분가능하므로 실수 전체의 집합에서 연속이다. $f(x)$가 연속함수가 되도록 하는 $f'1(x)$의 부정적분 중 하나를 $f_1(x)$라 하고, $f'_2(x)$의 부정적분 중 하나를 $f_2(x)$라 하자.

$f(x)$가 $x=b$에서 미분가능하므로

$\lim_{x\to b-}\frac{f(x)-f(b)}{x-b}=\lim_{x\to b+}\frac{f(x)-f(b)}{x-b}$이고,

$-4b^3-12b^2-9b-2=-2$이므로 $b=-\frac{3}{2}$ 또는 $b=0$이다.

(1) $b=-\frac{3}{2}$일 때,

$$g(x)=|f(x)| = \begin{cases} |2x-K_1| & \left(x>-\frac{3}{2}\right) \\ \left|x^4+4x^3+\frac{9}{2}x^2+2x-K_2\right| & \left(x\le -\frac{3}{2}\right) \end{cases}$$

에 대해 $n(\mathrm{A})=3$, $n(\mathrm{B})=2$, $n(\mathrm{C})=2$를 만족하는 경우가 없다.

(2) $b=0$일 때

$$f(x)=\begin{cases} -2x+D_1 & (x>0) \\ -x^4-4x^3-\frac{9}{2}x^2-2x+D_2 & (x\le 0) \end{cases}$$

이고,

$f(x)$가 연속함수이므로 $\mathrm{D}_1=\mathrm{D}_2$이다.

$h(x)=\begin{cases} -2x & (x>0) \\ -x^4-4x^3-\frac{9}{2}x^2-2x & (x\le 0) \end{cases}$라 놓으면

$$g(x)=|f(x)|-|h(x)+D_1| = \begin{cases} |2x-D_1| & (x>0) \\ \left|x^4+4x^3+\frac{9}{2}x^2+2x-D_1\right| & (x\le 0) \end{cases}$$이다.

$n(\mathrm{A})=3$, $n(\mathrm{B})=2$, $n(\mathrm{C})=2$를 만족하는 상수 D_1는 $D_1=-h\left(-\frac{1}{2}\right)=-\frac{5}{16}$이다.

따라서 $\mathrm{C}=\left\{g\left(-\frac{1}{2}\right), g(-2)\right\}$이고, $g\left(-\frac{1}{2}\right)=0$, $g(-2)=2-\frac{5}{16}=\frac{27}{16}$이다.

그러므로 $\mathrm{C}=\left\{0, \frac{27}{16}\right\}$

14 [모범답안]

답안	배점	예상 소요 시간
$k=2$	2점	5분 / 전체 80분
$v_2(t)=t^2-\frac{1}{2}t$	2점	
$\int_0^2 \lvert v_2(t)\rvert dt=\frac{41}{24}$	4점	
$\frac{47}{24}$	2점	

[바른해설]

시각 t에서 점 P의 가속도는 $a_1(t)=-t+\frac{5}{2}$이고, 시각 $t=k$일 때 점 Q의 가속도가 점 P의 가속도의 7배이므로, $2k-\frac{1}{2}=7\left(-k+\frac{5}{2}\right)$, 즉 $k=2$이다.

점 Q의 속도 $v_2(t)=t^2-\frac{1}{2}t+\mathrm{C}$ (단, C는 적분상수)이고, $t=2$일 때, 두 점 P, Q의 속도가 같으므로 $\mathrm{C}=0$이고 $v_2(t)=t^2-\frac{1}{2}t$이다.

따라서 $t=0$에서 $t=2$까지 점 P가 움직인 거리

$\int_0^2 |v_1(t)|dt=\frac{11}{3}$이고,

점 Q가 움직인 거리

$\int_0^2 |v_2(t)|dt=\int_0^{\frac{1}{2}}\left(-t^2+\frac{1}{2}t\right)dt+\int_{\frac{1}{2}}^2\left(t^2-\frac{1}{2}t\right)dt$

$=\frac{41}{24}$이다.

따라서 두 점 P, Q가 움직인 거리의 차는

$\frac{11}{3}-\frac{41}{24}=\frac{47}{24}$이다.

15 [모범답안]

답안	배점	예상 소요 시간
$\sin\theta+\cos\theta=\frac{\sqrt{5}}{3}$	1점	5분 / 전체 80분
$a=-\frac{2}{3}$	4점	
$b=\frac{\sqrt{13}}{3}$	4점	
$a\times b=-\frac{2\sqrt{13}}{9}$	1점	

[바른해설]

이차방정식의 근과 계수의 관계에 의해

$\sin\theta+\cos\theta=\frac{\sqrt{5}}{3}$ …… ①

$\sin\theta\cos\theta=\frac{a}{3}$ …… ②

여기서 ①의 양변을 제곱하면

$(\sin\theta+\cos\theta)^2=\frac{5}{9}$

$\sin\theta\cos\theta=-\frac{2}{9}$ …… ③

②와 ③에 의해 $a=-\frac{2}{3}$

$$(\sin\theta-\cos\theta)^2=\sin^2\theta+\cos^2\theta-2\sin\theta\cos\theta$$
$$=1+\frac{4}{9}=\frac{13}{9}$$

$\frac{\pi}{2}<\theta<\pi$이므로, $\sin\theta>0$, $\cos\theta<0$이다.

$\sin\theta-\cos\theta>0$이므로,

$\sqrt{(\sin\theta-cos\theta)^2}=\sqrt{\frac{13}{9}}=\frac{\sqrt{13}}{3}=b$

$\therefore a\times b=-\frac{2}{3}\times\frac{\sqrt{13}}{3}=-\frac{2\sqrt{13}}{9}$

국어[자연F]

01 [모범답안]

답안	배점	예상 소요 시간
① 찬성 1	3점	4분 / 전체 80분
② 쟁점 2	2점	
③ 반대 1	3점	
④ 쟁점 1	2점	

[바른해설]

① 찬성1은 입론에서 플리바게닝이 범죄자에게 반성의 기회를 제공한다고 주장한다.

② 플리바게닝이 범죄자에게 반성의 기회를 제공한다는 주장은 쟁점2와 관련된다.

③ 반대1은 입론에서 플리바게닝이 사회적 질서를 훼손할 수 있다고 주장한다.

④ 플리바게닝이 사회적 질서를 훼손할 수 있다는 주장은 쟁점1과 관련된다.

02 [모범답안]

답안	배점	예상 소요 시간
① (주권) 국가	3점	5분 / 전체 80분
② 구성주의	3점	
③ 전문가 (집단)	4점	

[바른해설]

① 제시문의 둘째 문단에 의하면, 현실주의는 주권 국가를 주요 분석 단위이자 행위 주체로 보며 국가와 국가 간의 관계를 분석해 국제 관계를 이해하고자 하는 관점이다. 그러므로 현실주의의 관점에서 〈보기1〉의 사례에서 행위 주체는 국가만 포함된다.

② 제시문의 넷째 문단에 의하면, 구성주의적 시각에서 국가들은 환경 문제에 대한 고정된 이해관계나 시각을 가진다기보다는 국제 사회 속에서 다른 국가를 비롯해 비정부 기구, 전문가 집단, 기업 등 다른 행위 주체들과의 상호 작용을 통해 새로운 가치, 시각이나 이해관계를 발달시킬 수 있다고 했다. 이런 관점에서 〈보기1〉의 회담 과정에서 생물종 다양성 상실 문제가 자연의 문제가 아닌 경제 문제로 바뀌어 인식된 것은 환경 문제에 대한 행위 주체의 이해관계와 시각이 고정되지 않음을 보여주는 사례라고 할 수 있다.

③ ②에서도 언급된 바와 같이 구성주의적 관점에서는 환경 문제 해결에 다양한 행위 주체들이 영향을 미치게 되는데, 〈보기1〉에서 생물종 다양성 상실이 회담의 관심사로 주목받은 데에는 저명한 자연 과학자들의 영향이 컸음을 알 수 있다. 〈보기1〉의 저명한 자연 과학자들은 제시문에서 다양

한 행위 주체로 언급된 것 중, '전문가 집단'에 해당한다.

03 [모범답안]

답안	배점	예상 소요 시간
① '노동' 또는 '인구'	3점	7분 / 전체 80분
② (일정한 수준에) 정체(되어)	4점	
③ 한계 생산물 체감(의 법칙)	3점	

[바른해설]

① 제시문에 따르면, 경제의 생산 요소 가운데 맬서스 모형은 오직 노동만을 고려하고, 솔로 모형은 노동 이외에 자본 등의 요소도 고려한다.

② 제시문의 솔로 모형에 따르면, 노동 투입량이 정체된 상태에서도 자본 투입량에 의해 실질 국민 소득이 증가할 수 있다.

③ 제시문에 따르면, 맬서스 모형과 솔로 모형 모두 한계 생산물 체감의 법칙을 따른다.

04 [모범답안]

답안	배점	예상 소요 시간
① 올라가기/상승하기/높아지기 때문에 등	5점	6분 / 전체 80분
② 빨라지면, 증가하면, 상승하면 등	5점	

[바른해설]

① 〈보기1〉에서 어떤 강이 [상황A]에서 [상황B]로 변한 것은 제시문의 5문단에 언급된 성층 현상이 일어난 것이다. 성층 현상이 일어나면 수심에 따른 물의 밀도 차에 의해 물이 잘 섞이지 않게 되고, 이에 따라 수면의 온도가 더욱 높아지기 때문에 녹조 현상이 발생할 가능성이 커진다.

② 제시문의 5문단에 의하면 유속이 빠르면 물 표면에 떠다니는 남세균이 하류로 쓸려 내려가기 때문에 한곳에서 대량으로 증식하기 어렵다. 따라서 〈보기2〉에서 녹조 현상이 발생한 강에서 다른 조건은 변하지 않고 강물의 유속이 빨라지면 녹조 현상이 다시 줄어들 수 있다.

05 [모범답안]

답안	배점	예상 소요 시간
① 지집한테 찔리운 까시	6점	6분 / 전체 80분
② '수칼매나무' 또는 '수그루'	4점	

[바른해설]

① 문제에서는 "아내와의 이혼으로 인한 두현의 상처와 아픔"을 비유적으로 표현한 할머니의 말을 찾도록 하고 있다. 제시문에는 할머니의 직접 발화가 몇 가지 나오지만 그 중에 이혼 직후에 할머니에게 찾아온 손주 '두현'을 위로한 후 할머니가 한 말은 "지집한테 찔리운 까시는 오래가는 법인디……"가 여기에 해당하는 말이다. '계집한테 찔린 가시'는 여자(아내)에게 받은 상처, 즉 이혼으로 인한 상처가 아무는데 시간이 오래 걸리는 상처임을 비유적으로 나타내는데, 이때 갈매나무라는 소재가 활용되었다. 뿐만 아니라 두현은 어린시절 할머니 집에서 갈매나무 가시에 찔려 상처가 난 적이 있는데, 이 두 사건을 갈매나무라는 소재가 매개하고 있다.

② 두현이 식당 여주인과 대화를 나누는 장면에서 '수칼매나무'가 등장한다. 여기서 수칼매나무는 두현의 꿈 속에 등장하는 모습으로서 "홀로 눈보라와 찬비와 거친 바람을 맞으며 추운 계절을 꿋꿋이 견디는"는 이미지로 작품 속에서 형상화되고 있다. 이때 '수칼매나무'는 심리적 아픔으로 고통받는 두현이 지향하는 모습과 가치를 상징하는 소재로서 암수라는 생물학적 구분에 따라 갈매나무의 이미지가 분화된 것으로 이해할 수 있다.

06 [모범답안]

답안	배점	예상 소요 시간
① 상제	3점	4분 / 전체 80분
② '주천' 또는 '주천(酒泉)'	3점	
(세상의) 공적 물건	4점	

[바른해설]

① 제시문의 '삼가 뜨하는 바를 아뢰오니 상제께서 처분하오소서'에서 청원의 수신인이 '상제'임을 알 수 있다.

② 제시문에서 화자가 '상제'에게 청원하는 내용은 '주천(酒泉)*이 주인 없어 오래도록 황폐하였으니 그 이유 살피신 후에 제가 바라는 일을 처결하여 허락함을 공증문서로 발급하옵소서'에서 드러난다. 이를 통해 화자의 청원 내용은 '주천을 자신에게 내려 달라고 하는 것'임을 알 수 있다.

③ 제시문의 '하물며 세상의 공적 물건이라 제 마음대로 못 할 일이라'이라는 '상제'의 말에서 화자의 청원을 들어줄 수 없는 이유가 '주천'이 '공적 물건'이기 때문임을 알 수 있다.

수학[자연F]

07 [모범답안]

답안	배점	예상 소요 시간
$\cos\theta+\sin\theta=\frac{3}{4}$	3점	4분 / 전체 80분
$\sin\theta\cos\theta=-\frac{7}{32}$	3점	
$\tan\theta+\frac{1}{\tan\theta}=-\frac{32}{7}$	4점	

[바른해설]

$\sin\left(\pi+\left(\frac{\pi}{2}+\theta\right)\right)-\cos\left(\pi+\left(\frac{\pi}{2}+\theta\right)\right)=-\frac{3}{4}$

$-\sin\left(\frac{\pi}{2}+\theta\right)+\cos\left(\frac{\pi}{2}+\theta\right)=-\frac{3}{4}$

$-\cos\theta-\sin\theta=-\frac{3}{4}$

$\cos\theta+\sin\theta=\frac{3}{4}$

$(\sin\theta+\cos\theta)^2=\sin^2\theta+\cos^2\theta+2\sin\theta\cos\theta$

$\therefore \sin\theta\cos\theta=-\frac{7}{32}$

$\tan\theta+\frac{1}{\tan\theta}=\frac{\sin\theta}{\cos\theta}+\frac{\cos\theta}{\sin\theta}=\frac{\sin^2\theta+\cos^2\theta}{\sin\theta\cos\theta}$

$=-\frac{32}{7}$

08 [모범답안]

답안	배점	예상 소요 시간
$2(3n+1)(3n+4)$ (또는 $(3n+1)(3n+4)$ 형태로 인수분해)	3점	4분 / 전체 80분
$\frac{1}{6}+\frac{1}{9}\left(\frac{1}{3n+1}-\frac{1}{3n+4}\right)$	3점	
$\frac{81}{40}$	4점	

[바른해설]

$\frac{3n^2+5n+2}{18n^2+30n+8}=\frac{1}{6}\times\frac{9n^2+15n+6}{9n^2+15n+4}$

$=\frac{1}{6}\left(1+\frac{2}{9n^2+15n+4}\right)$

$=\frac{1}{6}\left\{1+\frac{2}{(3n+1)(3n+4)}\right\}$

$=\frac{1}{6}+\frac{1}{9}\left(\frac{1}{3n+1}-\frac{1}{3n+4}\right)$

$\sum_{n=1}^{12}\left\{\frac{1}{6}+\frac{1}{9}\left(\frac{1}{3n+1}-\frac{1}{3n+4}\right)\right\}$

$=\sum_{n=1}^{12}\frac{1}{6}+\frac{1}{9}\sum_{n=1}^{12}\left(\frac{1}{3n+1}-\frac{1}{3n+4}\right)$

$=2+\frac{1}{9}\left(\frac{1}{4}-\frac{1}{7}+\frac{1}{7}-\frac{1}{10}+\cdots+\frac{1}{34}-\frac{1}{37}+\frac{1}{37}-\frac{1}{40}\right)$

$=2+\frac{1}{9}\left(\frac{1}{4}-\frac{1}{40}\right)$

$=2+\frac{1}{9}\times\frac{9}{40}=2+\frac{1}{40}=\frac{81}{40}$

09 [모범답안]

답안	배점	예상 소요 시간
$\sum_{n=1}^{100}\log_2 a_n=\frac{3}{2}$	4점	5분 / 전체 80분
$\sum_{n=1}^{100}\log_2 b_n=-\frac{1}{2}$	2.5점	
$\sum_{n=1}^{100}\log_2 c_n=50$	2.5점	
$\sum_{n=1}^{100}\log_2(a_nb_nc_n)=51$	1점	

[바른해설]

$\sum_{n=1}^{100}\log_2(a_nb_nc_n)=\sum_{n=1}^{100}(\log_2 a_n+\log_2 b_n+\log_2 c_n)$

$\sum_{n=1}^{100}\log_2 a_n=\log_2\{(a_1a_2)(a_3a_4)\cdots(a_{97}a_{98})(a_{99}a_{100})\}$

$=\sin\frac{\pi}{6}+\sin\frac{3}{6}\pi+\cdots+\sin\frac{97}{6}\pi+\sin\frac{99}{6}\pi$

사인함수의 주기는 2π이므로,

$\sin\frac{\pi}{6}+\sin\frac{3}{6}\pi+\sin\frac{5}{6}\pi+\sin\frac{7}{6}\pi+\sin\frac{9}{6}\pi+\sin\frac{11}{6}\pi$

의 값이 8번 반복되며 그 값은 0이다. 따라서

$\sum_{n=1}^{100}\log_2 a_n=\sin\frac{97}{6}\pi+\sin\frac{99}{6}\pi=\frac{3}{2}$

$\sum_{n=1}^{100}\log_2 b_n=\log_2\{(b_1b_2)(b_3b_4)\cdots(b_{97}b_{98})(b_{99}b_{100})\}$

$=\cos\frac{\pi}{3}+\cos\frac{3}{3}\pi+\cdots+\cos\frac{97}{3}\pi+\cos\frac{99}{3}\pi$

코사인함수의 주기는 2π이므로,

$\cos\frac{\pi}{3}+\cos\frac{3}{3}\pi+\cos\frac{5}{3}\pi$의 값이 16번 반복되며,

그 값은 0이다. 따라서

$\sum_{n=1}^{100}\log_2 b_n=\cos\frac{97}{3}\pi+\cos\frac{99}{3}\pi=-\frac{1}{2}$

$\sum_{n=1}^{100}\log_2 c_n=\log_2\{(c_1c_2)(c_3c_4)\cdots(c_{97}c_{98})(c_{99}c_{100})\}$

$=\tan\frac{\pi}{4}+\tan\frac{5}{4}\pi+\cdots\tan\frac{193}{4}\pi+\tan\frac{197}{4}\pi$

탄젠트함수의 주기는 π이므로, $\tan\frac{\pi}{4}$의 값이 50번 반복되며, 그 값은 50이다.

즉, $\sum_{n=1}^{100}\log_2 c_n=50$

$\sum_{n=1}^{100}\log_2(a_nb_nc_n)=\sum_{n=1}^{100}(\log_2 a_n+\log_2 b_n+\log_2 c_n)$

$=\frac{3}{2}-\frac{1}{2}+50=51$

10 [모범답안]

답안	배점	예상 소요 시간
$a_1=1,\ a_2=r,\ a_3=r^2$	1점	6분 / 전체 80분
$r=-\frac{1}{2}+\frac{\sqrt{8k+1}}{2}$	3.5점	
$k=3,\ 6,\ 10,\ 15$	4.5점	
합은 34	1점	

[바른해설]

그림에서 $a_1=1$이고 공비가 r이므로 $a_1=1,\ a_2=r,\ a_3=r^2$이다. $a_1,\ a_2,\ a_3$의 순서로 서로 다른 세 점에서 만나므로 $r>1$이다.

$x=a_3$일 때 y값이 같으므로

$(r^2-1)(r^2-k)=m(r^2-1),\ r^2-k=m$ …… ①

$x=a_2$일 때 y값이 같으므로

$-(r-1)(r-k)=m(r-1),\ -r+k=m$ …… ②

①, ②를 연립하면 $r^2+r-2k=0$, 이차방정식을 풀면

$r=-\frac{1}{2}\pm\sqrt{2k+\frac{1}{4}}=-\frac{1}{2}\pm\frac{\sqrt{8k+1}}{2}$이다.

$r>1$이고, $8k+1$이 자연수의 제곱수가 되면 r가 유리수가 되므로, $1<k<16$인 자연수 k는 3, 6, 10, 15이고 합은 $3+6+10+15=34$이다.

※ 참고 $k=3\rightarrow r=2,\ n=1,\ k=6\rightarrow r=3,\ m=3$

$k=10\rightarrow r=4,\ m=6,\ k=15\rightarrow r=5,\ m=10$

11 [모범답안]

답안	배점	예상 소요 시간
$m=\frac{4}{5}$	4점	5분 / 전체 80분
$a=1$	3점	
$M=4$	3점	

[바른해설]

$\log_5(5^x+10)=\frac{x}{2}+\log_5\frac{10}{25}+2$

$\log_5(5^x+10)=\frac{x}{2}+2+(\log_5 10-\log_5 25)$

$\log_5(5^x+10)=\frac{x}{2}+2+\log_5 10-2$

$\log_5\frac{(5^x+10)}{10}=\frac{x}{2}$

$\frac{(5^x+10)}{10}=5^{\frac{x}{2}}$에서 양변을 제곱하면

$\frac{(5^x+10)^2}{100}=5^x$

$5^x=k$라 하자. $(k>0)$

$k^2-80k+100=0$

이차방정식의 근과 계수 관계에 의해

$\begin{cases}5^\alpha+5^\beta=80\\5^\alpha\times5^\beta=100\end{cases}$

$\therefore\ \frac{1}{5^\alpha}+\frac{1}{5^\beta}=\frac{5^\beta+5^\alpha}{5^\alpha\times5^\beta}=\frac{80}{100}=\frac{4}{5}=m$

정의역이 $\left\{x\,\middle|\,-\sqrt[5]{5}\le x\le-\frac{1}{125}\right\}$인

함수 $y=-\log_5(-x)+a$는 $x=-\sqrt[5]{5}$일 때 최솟값을 갖고, 최솟값이 $\frac{4}{5}$이므로

$\frac{4}{5}=-\log_5\sqrt[5]{5}+a\quad\therefore\ a=1$

함수 $y=-\log_5(-x)+1$은 $x=-\frac{1}{125}$일 때 최댓값 $M=4$를 갖는다.

12 [모범답안]

답안	배점	예상 소요 시간
닫힌구간 $[0,\ k]$에서 $f(x)$는 감소 (또는 $g'(x)$는 감소 또는 열린 구간 $(0,\ k)$에서 $f'(x)<0$)	5점	6분 / 전체 80분
$f(k)=-18<0$	1점	
$k^2+3k-6>0$	2.5점	
$k>\frac{-3+\sqrt{33}}{2}$	1.5점	

[바른해설]

열린구간 $(0,\ k)$에서 $g'(x)=f(x)$이다.

$f(x)$의 닫힌구간 $[0,\ k]$에서 $f(x)$를 전개하여 미분하면

$f'(x)=-3x^2+(6k+12)x-3k^2-12k-3$이므로,

$f'(x)$는 $x=k+2$에서 최대이고, $f'(k)=-3<0$이다.

따라서 닫힌구간 $[0,\ k]$에서 $f'(x)<0$이므로 $f(x)$는 감소한다. $f(k)=-18<0$이므로

$f(0)=k^3+6k^2+3k-18=(k+3)(k^2+3k-6)>0$을 만족시키는 양수 k에 대하여 $g(x)$가 열린구간 $(0,\ k)$에서 극값을 가진다. 따라서 $k>\frac{-3+\sqrt{33}}{2}$이다.

PART1 국어

PART2 수학

PART3 해답

13 [모범답안]

답안	배점	예상 소요 시간
$f(x)=x^2+bx+c$라 하면 $b=-6$ (또는 $f(x)=x^2-6x+c$)	2점	7분 / 전체 80분
$a=1$	3점	
$c=-1$ (또는 $f(x)=x^2-6x-1$)	4점	
$af(3)=-10$	1점	

[바른해설]

$f(x)=x^2+bx+c$라 하자.

조건 (나): A, B의 x좌표는 $f(x)=f(2)$의 서로 다른 실근이다.

$x^2+bx+c=4+2b+c \Rightarrow x^2+bx-2b-4=0$이므로 근과 계수의 관계 (또는 대칭축)에 의해 $-b=6$, 즉 $b=-6$이다. 따라서 $f(x)=x^2-6x+c$이다.

조건 (다):

$\lim_{x\to5}\frac{1}{x-5}\left\{\int_a^x|f(t)|dt-2\int_a^3|f(t)|dt\right\}=6$으로부터

$\int_a^5|f(t)|dt-2\int_a^3|f(t)|dt=0$이므로

$\int_a^5|f(t)|dt=2\int_a^3|f(t)|dt$이다.

따라서 $\int_3^5|f(t)|dt=\int_a^5|f(t)|dt+\int_3^a|f(t)|dt$

$=\int_a^3|f(t)|dt$이다.

$|f(x)|\geq0$이고 함수 $y=|f(x)|$는 직선 $x=3$에 대하여 대칭이므로 $a=1$이다.

$g(x)=\int_1^x|f(t)|dt-2\int_1^3|f(t)|dt$라 하면 $g(5)=0$

이고

$\lim_{x\to5}\frac{\int_1^x|f(t)|dt-2\int_1^3|f(t)|dt}{x-5}=\lim_{x\to5}\frac{g(x)-g(5)}{x-5}$

$=g'(5)=|f(5)|=|-5+c|=6$

$c=11$일 때 $f(x)=x^2-6x+11$이고 $f(x)$의 최솟값 $f(3)=2>0$이므로

조건 (가)를 만족시킬 수 없다.

$c=-1$일 때 $f(x)=x^2-6x-1$이고 $f(x)$의 최솟값은 $f(3)=-10<0$

$af(3)=1\times(-10)=-10$

14 [모범답안]

답안	배점	예상 소요 시간
$B(t, mt)$에 대해 $t=\frac{4(m+1)}{m^2+1}$ (t대신 다른 매개변수를 사용 가능)	3점	6분 / 전체 80분
$S(m)=\frac{1}{2}(mt-t)(4-t)$, $T(m)=\frac{t}{2}(mt-t)$ (또는 $\frac{S(m)}{T(m)}=\frac{m^2-m}{m+1}$	5점	
$\lim_{m\to1+}\frac{S(m)}{(m-1)T(m)}=\frac{1}{2}$	2점	

[바른해설]

어떤 t에 대해 $B(t, mt)$이다.

점 A에서 직선 BC에 내린 수선의 발을 H, 직선 BC가 x축과 만나는 점을 D라 하면, 삼각형 OBD와 삼각형 BAH는 닮은꼴이므로 $t:mt=(mt-4):(4-t)$

따라서 $t=\frac{4(m+1)}{m^2+1}$이므로 삼각형 ABC의 넓이는

$S(m)=\frac{1}{2}(mt-t)(4-t)=\frac{8m(m+1)(m-1)^2}{(m^2+1)^2}$

이고, 삼각형 OBC의 넓이는

$T(m)=\frac{t}{2}(mt-t)=\frac{1}{2}(m-1)\left\{\frac{4(m+1)}{m^2+1}\right\}^2$

$=\frac{8(m-1)(m+1)^2}{(m^2+1)^2}$이다.

따라서 $\lim_{m\to1+}\frac{S(m)}{(m-1)T(m)}=\frac{1}{2}$이다.

15 [모범답안]

답안	배점	예상 소요 시간
$a=2$	2점	5분 / 전체 80분
$f(2)=\frac{59}{3}$ (또는 극댓값 $\frac{59}{3}$)	2점	
$g(x)=x^3-9x^2+24x-\frac{1}{3}$	3점	
극솟값 $\frac{47}{3}$	3점	

[바른해설]

$f'(x)=x^3-5x^2+2x+8=(x+1)(x-2)(x-4)$이므로, $f(x)$는 $x=2$에서 극댓값 $\frac{59}{3}$를 가진다.

$g(x)=x^3+bx^2+cx-\frac{1}{3}$이라 하면,

$0=g'(2)=12+4b+c$이고,

$\frac{59}{3}=g(2)=8+4b+2c-\frac{1}{3}$이므로, $b=-9$, $c=24$ 이다.

$g'(x)=3x^2-18x+24=3(x-2)(x-4)$이므로, 함수 $g(x)$의 극솟값은 $g(4)=\frac{47}{3}$이다.